입 싼 보석들

입 싼 보석들

Les Bijoux indiscrets

디드로 | 정상현 옮김

고려대학교출판부
KOREA UNIVERSITY PRESS

Les Bijoux indiscrets

Denis DIDEROT

모노모타파에서*

* '모노모타파'는 예전에 남아프리카의 거대한 영토를 가리키는 말이었다. 오늘날과 같은 근대국가의 국경이 형성되기 이전의 영토였기 때문에, 현재의 어느 나라 땅이라고는 말할 수가 없다. 다만 당시 대부분의 지도를 참조해 볼 때, 이 제국의 영토는 북쪽으로는 장베즈 강(현재 중앙 아프리카의 앙골라가 수원지다)에서 남쪽으로는 희망봉까지 뻗어 있었다. 이 제국의 수도명 역시 모토모타파였다. 일반적으로 디드로의 동시대인들은 이 작품에서 언급되고 있는 아프리카 지역과 그 국가들에 대해서 정확한 개념이 없었다. 따라서 이 소설에 나오는 아프리카 국가들은 그들에게 이국적이고 낯선 상상의 세계로 떠오를 수 있을 뿐이다.

차례

제1권

제2권

부록

일러두기

1. 대화문 안의 화자의 삽입절은 발화문과 구별하기 위하여 줄표 안에 넣었다.
2. 〔 〕 안의 내용은 독자의 이해를 돕기 위해 옮긴이가 덧붙인 설명이다.
3. 번역 저본으로는 Denis Diderot, *OEuvres complètes*, t. I, édition critique et annotée, dirigée par Jean Fabre, Herbert Dieckmann, Jacques Proust et Jean Varloot, Paris, Hermann, 1975(Après la mort de Jean Fabre, l'édition a été désignée sous le sigle DPV et dénomée Édition Dieckmann-J. Varloot)를 사용하였고, Denis Diderot, *Les Bijoux indiscrets*, édition présentée établie et annotée par Jacques Rustin, coll. Folio, Gallimard, 1981을 참고하였다.

지마에게

지마, 지금 이 순간을 이용하세요. 근위대장 나르키는 당신 어머니와 이야기를 나누고 있고, 당신의 가정교사는 발코니에서 당신 아버지가 돌아오시는지 살피고 있어요. 꺼내서, 읽으세요, 아무것도 두려워 마세요. 그나저나 누군가 당신의 화장대 뒤에서 《입 싼 보석들》을 발견한다 해도, 그걸 보고 놀랄 거라고 당신은 생각하시나요? 그렇지 않아요, 짐, 아니에요. 《소파》,[1] 《탄자이》[2] 그리고 《고백》[3]이 당신 베개 밑에 있었다는 걸 다 아는걸요. 여태 망설이고 계시는 거예요? 그럼 알아두세요. 아글라에[4]도 당신이 얼굴을 붉히며 받아들인 작품에 기꺼이 손대기로 했다니까요. "아글라에가, 그 얌전한 아글라에가!…"라고 당신이 말하겠지요. 그녀마저도 그랬어요. 지마가 지루해하거나 어쩌면 젊은 승려인 알렐루이아와 함께 방황하는 동안, 아글라에는 저에게 자이드, 알판, 파니[5] 등의 연애사건을 즐겨가

---

1 원제는 *Le Sopha*. 1742년 출판된 크레비용Crébillon fils의 리베르탱libertin 소설이다.

2 이 작품의 원제는 *L'Ecumoire ou Tanzaï et Néadarné*다. 역시 크레비용의 리베르탱 소설로 1734년에 출판되었다.

3 뒤크로Charles Duclos의 리베르탱 소설인 이 작품의 원제는 *Les Confessions du comte de ***, écrites par lui-même à un ami*다. 1741년에 출판되었다.

4 고대 로마신화에 나오는 미의 세 여신 중 하나. 아글라에는 여기서 1746년부터 1751년까지 디드로의 정부였던 퓌지외 부인Madeleine d'Arsant de Puisieux(1720-1798)으로 추정된다.

5 세 여인 모두 이 소설에서 망고귈의 반지 실험의 대상이 된다. 자이드는 이 소설의 2권

면서 천진난만하게 알려 주었고, 망고귈의 이야기에서 얼마 안 되지만 내 마음에 드는 표현들을 알려 주었으며, 이 이야기를 다시 보고 나서는 더 재미나게 읽는 방법을 일러 주었어요. 그도 그럴 것이 아글라에가 콩고에서 가장 정숙하지만 가장 모범적이지 못한 것은, 그녀가 또한 둘째가라면 서러울 정도로 재사才士에는 무관심하면서 재치에 가장 능한 여인이기 때문이잖아요. 지마는 지금도 지나치게 주의를 떠는 게 잘하는 일이라고 생각할까요? 다시 한 번 말씀드리지만, 지마, 꺼내서, 읽으세요, 그리고 다 읽으세요. "여행하는 보석"[6]의 이야기도 빼놓지 말고요. 이 이야기의 해설자가 당신의 교리문답 신부도 애인도 아닌 이상, 당신의 정조관념에는 해가 되지 않도록 해설해 줄 겁니다.

19장, 알판은 2권 2장, 파니는 2권 10장의 주인공이자 희생양이다.

6 이 소설의 2권 14장의 에피소드로 성애 장면이 가장 노골적으로 표현되었다.

제1권

LES BIJOUX INDISCRETS.

TOME PREMIER.

AU MONOMOTAPA.

제1장
망고귈의 탄생

히아우프 젤레 탄자이는 셰시아네[1] 대국을 오랫동안 통치하고 있었는데, 관능적 쾌락을 즐기는 이 왕은 이 나라에 계속해서 기쁨을 주는 원천이었다. 미뉘시의 왕인 아카주는 선친이 예견했던 운명을 거역할 수 없었다.[2] 쥘미스[3]도 이 세상 사람이 아니었다. ***백작은 아직 살아 있었다. 스플랑디드,[4] 앙골라,[5] 미자푸프[6] 그리고 두 인도와 아시아의 몇몇 전제군주들이 급사했다. 어리석은 군주들에게 복종하는 데 지친 백성들은 그들 후손의 속박을 벗어나게 되었다. 그래서 이 불행한 군주들의 후예들은 세상 사람들 모르게 떠돌고 있었고, 제국의 지방에서는 거의 잊혀지고 있었다. 이름 높은 셰라자드의 손자만이 왕위를 굳혔다. 그런데 그는 망고귈이 콩고에

---

1 탄자이는 크레비용의 소설 《탄자이》의 주인공과 관련이 있다. 크레비용은 이 소설에서 셰시아네가 아주 오래전에 멸망한 극동의 한 왕국이며, 지리학자들의 무지로 인해 그 기억마저 잊혀졌다고 주장한다.

2 뒤크로가 1744년에 발표한 콩트 《아카주와 지르필*Acajou et Zirphile*》의 줄거리를 그대로 암시하고 있다.

3 쥘미스는 부아즈농Voisenon 사제의 콩트인 《쥘미스와 젤마이드*Zulmis et Zelmaïde*》의 주인공이다. 1745년에 출판되었다.

4 1747년 발표된 앙리 파종Henri Pajon의 단편소설 《스플랑디드 왕과 에테로클리트 왕후의 이야기*Histoire du roi Splendide et de la princesse Hétéroclite*》의 주인공이다.

5 1746년 발표된 라 모를리에르La Morlière의 소설 《앙골라, 사실 같지 않은 인도의 이야기 *Angola, histoire indienne, ouvrage sans vraisemblance*》의 주인공이다.

6 1746년 발표된 부아즈농의 콩트 《술탄 미자푸프와 왕후 그리즈민*Le Sultan Misapouf et la princesse Grisemine*》의 주인공이다.

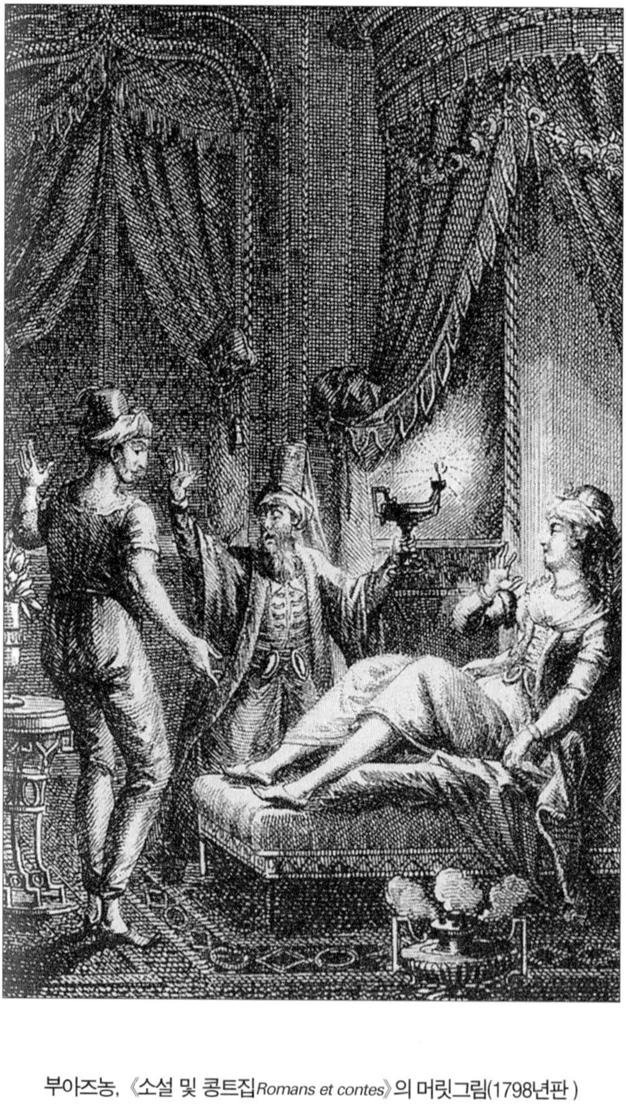

부아즈농, 《소설 및 콩트집*Romans et contes*》의 머릿그림(1798년판)

서 태어났을 때, 무갈 제국에서 샤크밤[7]이라는 이름을 가진 신민이었다. 보시다시피, 망고귈은 몇몇 군주들이 죽은 불길한 시기에 태어났던 것이다.

망고귈의 아버지인 에르겝제드[8]는 아들의 요람 곁에 재간 있는 여인들을 두지 않았다. 왜냐하면 그가 주목했던 바, 머리가 좋은 여자로부터 교육을 받은 그 낭시 대부분의 군주들은 비보에 불과했기 때문이었다. 그는 정통하기보다는 그리기를 더 잘하는 인물인 코댕도라는 자에게 자식의 운명을 점성술로 점치게 하는 것으로 만족했다.

코댕도는 제국의 옛 수도였던 반자의 아뤼스피스 대학장[9]이었다. 에르겝제드는 그에게 많은 연금을 지급하고 있었고, 그와 그의 후손들에게까지, 뛰어난 요리사였던 그들 종조부의 공로를 생각해서, 콩고 국경에 면해 있는 으리으리한 성을 하사했었다. 코댕도는 새들의 비행과 하늘의 상태를 관찰하여 궁정에 보고하는 임무를 맡았었다. 그런데 그는 이 일을 아주 엉망으로 하고 있었다. 전 아프리카를 통틀어 가장 훌륭한 연극 작품과

---

7 《소파》에 등장하는 술탄이다. 크레비용이 편협한 정신의 소유자인 이 인물을 통해 루이 15세에 대한 풍자를 시도했다는 것이 정설로 되어 있다. 크레비용은 이 소설의 음란성과 더불어 루이 15세를 풍자적 알레고리의 중심에 세운 불손함으로 인해 파리에서 삼백 리 떨어진 곳에서 3개월간의 유배형에 처해졌다.

8 이 소설에서 루이 15세에 대한 풍자가 망고귈의 실체를 통해서 드러난다 하더라도, 망고귈의 선친으로 소개되는 에르겝제드 왕의 모델이 누구인지를 대번에 지목하기는 쉽지가 않다. 그도 그럴 것이 루이 15세의 아버지는 왕위에 오르지 못하였기 때문이다. 그러나 소설이 진행됨에 따라 에르겝제드 왕의 치세가 섭정시대를 암시하고 있음을 고려해 볼 때, 그는 오를레앙 공Phillipe d'Orléans(1674-1723)임이 분명하다.

9 이 아프리카의 도시는 바로 파리다. 15세기 말경에 포르투갈인들이 콩고지방을 탐험했을 때, 이 지방이 한창 번영하고 있는 거대한 왕국임을 알았다. 이 왕국의 수도가 바로 반자 혹은 음반자 콩고Mbanza Kongo였다. 이백여 년 동안 포르투갈의 식민통치를 받고 난 이후, 18세기의 콩고 왕국은 쇠퇴하였고, 포르투갈인들이 산 살바도로San Salvador라고 불렀던 반자도 그 영광의 기운이 다했다. 옛 수도의 폐허는 현재 앙골라에 있다. "아뤼스피스 대학"은 1747년 출판된 디드로의 《회의주의자의 산책*La Promenade du Sceptique*》에서 미신의 공식 본거지로 풍자된 소르본에 대한 암시다.

가장 볼품없는 공연장이 반자에 있는 것이 사실이라면, 반면 세상에서 가장 아름다운 대학과 가장 형편없는 예언이 그곳에 있었다.

에르겝제드의 궁에서 볼일이 있다는 소식을 전해들은 코댕도는 아주 몸 둘 바를 몰라 하며 출발하였다. 사실 이 가련한 사내는 여러분들과 나처럼 별을 읽을 줄 모르고 있던 터였다. 그런데 그들은 이 사람을 애타게 기다리고 있었다. 궁정의 주요 대신들은 황후의 처소로 앞서 떠났다. 화려하게 치장을 한 여인들이 아기의 요람 주위에 있었다. 에르겝제드가 그로부터 아들에 관해서 대단한 것을 틀림없이 곧 알아낼 것이라는 사실에 조신들이 앞을 다투어 경하드리고 있었다. 에르겝제드는 아버지였고, 그래서 틀이 덜 잡힌 아이의 얼굴 모습에서 아이의 장래를 식별할 수 있으리라는 것은 아주 자연스러운 일이라고 생각했다. 마침내 코댕도가 당도했다. "가까이 오시게—에르겝제드가 그에게 말했다—. 그대가 보고 있는 왕자를 하늘이 내게 내리셨을 때, 나는 아이가 탄생하는 순간을 세심하게 포착해 두라고 일러두었지. 그래서 그대에게 아이의 탄생을 알려야만 했던 거요. 그대의 주인에게 충심으로 말씀해 주시게. 하늘이 그의 아들에게 정해 놓은 운명을 주저하지 말고 알려 주시게."

"관대함이 하해와 같으신 황제폐하,—코댕도가 대답했다—훌륭하시고도 이름 높으신 부모님에게서 태어난 왕자님은 존귀하고 유복한 운명만을 지니고 있을 것이옵니다. 하지만 제가 폐하 앞에서 있지도 않은 학식을 과시라도 한다면, 저는 폐하를 속이는 것이 될 것이옵니다. 별들이 뜨고 지는 것은 저나 그 밖의 다른 사람들에게나 매한가지옵니다. 따라서 폐하의 가장 무식한 신하만큼이나 저도 미래에 대해 견식이 없사옵니다."

"하지만,—술탄이 말을 이었다—당신은 점성가가 아니오?"

"관대하신 전하,—코댕도가 대답했다—저에겐 과분하신 말씀이시옵니다."

“이봐! 젠장, 그럼 그대는 뭐요?” 이 늙은 왕이 그에게 반박했다. 그나저나 에르겝제드는 격앙해 있었다.

“장점술사腸占術士지! 아 이거구먼! 나는 당신이 그런 생각을 했으리라고 상상치도 못하고 있었소. 바로 그거요, 코댕도 대감, 당신의 병아리들이 편안히 먹게 내버려두시오. 그러고 나서, 지난번에 내 아내의 암앵무새의 감기를 두고 했던 것처럼, 내 아들의 운명을 판결하시오.”

그러자 곧 코댕도는 주머니에서 돋보기를 꺼내서, 아이의 왼쪽 귀를 잡고, 자기 두 눈을 비비고, 안경을 요리조리 대고 살피더니, 그 귀를 슬쩍 들여다보고는, 오른쪽 귀에도 똑같은 짓을 하고 나서, “어린 군주의 치세가 오래가면 행복할 것입니다”라는 판결을 내렸다.

“알겠네. ―에르겝제드가 말을 이었다―내 아들에게 그럴 시간이 있다면, 세상에서 가장 훌륭한 일을 할 것이란 말이군. 한데, 제기랄! 내가 듣고 싶은 것은, 그 애한테 그럴 시간이 있게 될 거냔 말이지. 그 애가 살아서, 세상에서 가장 훌륭한 군주가 될 수 있다 하더라도, 죽고 난 뒤에 내게 무슨 소용이 있겠나? 내 아들의 운명을 점성술로 알아보게, 그리고 내게 이 아이의 추도사도 지어주게.”

코댕도는 그 이상 알지 못한다는 것을 유감스럽게 생각한다고 왕에게 대답했다. 그러나 그는 점쟁이가 된 지 얼마 안 돼서 그 정도 한 것은 잘한 일로 생각해 주십사 하고 폐하께 간청했다. 실제로, 코댕도는 예전에 무슨 일을 했을까?

제2장
망고귈의 교육

망고귈의 유아기幼兒期에 대해서는 간단히 언급하겠다. 말을 배우기 전에 수없이 좋은 것만 들어야 하는 것을 제외하곤, 왕자들의 유아기는 여타 인간들의 유아기와 같다. 그래서 에르겝제드가 망고귈만의 교과목을 마련해 주었을 때는 그 아들의 나이 겨우 네 살이었다. 양식이 있었고, 자신의 교육이 그러했던 것처럼 아들의 교육이 소홀히 되지 않길 바랐던 에르겝제드는 콩고에서 전 분야에 걸쳐 대가들이었던 화가, 철학자, 시인, 음악가, 건축가, 무용교사, 수학교사, 역사교사, 검술교사 등을 일찍이 곁에 불러들여 엄청난 연금을 지급하면서 궁정에 붙들어 두었다. 선천적으로 탁월한 소질과 스승들의 꾸준한 가르침 덕분에, 망고귈은 어린 왕자가 태어나 처음 십오 년 동안 관습대로 배우고 익혀야 할 것들을 빼놓지 않고 알고 있었으며, 약관의 나이에 그 또래의 여느 군주 못지않게 마시고, 먹고, 잘 줄 알았다.

세월의 무게로 인해 왕관의 무게가 느껴지기 시작하고, 제국 통치에 지쳐 있었고, 그를 위협하고 있었던 소요에 겁이 났으며, 망고귈의 탁월한 자질에 대해 신뢰감이 꽉 찼으며, 종교적인 감정, 즉 머지않아 죽을 것이라는 확실한 예상 내지는 귀족들의 어리석은 행동에 옥죄었던 에르겝제드는 왕좌에서 내려와 아들에게 자리를 물려주었다. 그리고 이 어진 군주는 물러난 뒤에도 콩고 실록實錄에 자신의 명성으로 남을 만한 가장 공정한 행정에서 비롯된 여러 죄과를 씻어야만 한다고 생각하였다.

이때가 1500000003200001년, 콩고제국이 세워진 지 390000070003년 되는 해로, 망고귈의 통치가 시작된 해였으며, 그 직계혈통이 성립된 지 1234500년 되는 해였다.[10] 조신들과 잦은 회의를 하고, 여러 전쟁을 치러내고, 각종

10 연대기에 대한 이런 식의 지나친 숫자 표현은 당시 유행하던 소설 안에서 흔히 볼 수 있는 익살스러운 놀이였다. 그러나 이러한 숫자놀음 이면에는 작가의 철학자 의도가 숨겨져 있음이 분명하다. 디드로는 천지 창조에 대한 성서적 믿음을 정면으로 공격하면서, 우주의 역사에 대한 자신의 유물론적 신념을 드러내고 있다.

문제들을 처리함으로써, 그는 가정교사들의 손을 떠나자마자 아주 짧은 시간 내에 알아야 할 것들을 알게 되었다. 그것은 대단한 일이었다.

그러는 동안 망고귈은 10년도 안 돼서 위인의 평판을 얻게 되었다. 전투에서 승리하여, 여러 도시들을 쟁취하고, 그의 제국을 넓혔고, 지방의 평화를 회복하였으며, 재정의 난맥을 바로잡았으며, 학문과 예술을 부흥시켰으며, 건축물들을 세우고, 유익한 시설물들을 지어 불후의 명성을 얻었다. 또한 법률을 강화하고 개정하였으며, 아카데미도 여러 개 설립하였는데, 그는 라틴어라고는 단 한마디도 모르면서 이 모든 것을 해냈다. 그의 교수진이 결코 이해할 수 없었던 사실이었다.

망고귈은 왕좌에서 위대한 것 못지않게, 하렘에서도 친절하였다. 그는 우스꽝스러운 그 나라 풍습에 맞춰 처신을 하려는 생각을 조금도 하지 않았다. 자기 부인들이 사는 궁궐 문을 부쉈고, 이 부인들의 정조에 모욕이 되는 궁궐 근위병들을 내쫓았으며, 이렇게 함으로써 절개를 지키는 그 여인네들을 조심스럽게 믿었다. 플랑드르 지방의 어떤 수녀원처럼 이 부인들의 궁방宮房에도 자유로이 드나들곤 했는데, 모두들 이곳에서의 품행은 역시 방정했다.[11] 어진 술탄이었던 그는 오로지 몇몇 프랑스 소설에서나 볼 수 있는 왕이었다. 온화하고, 정중하며, 쾌활하고, 신사답고, 매혹적인 용모를 지닌 그는 쾌락을 좋아해서, 쾌락을 위해 살았고, 머릿속에는 역대 왕들 전부의 것을 합친 것보다 더 많은 기지가 가득 차 있었다.

대개들 곧잘 이렇게 생각하고 있다—보기 드문 자질을 갖추고 있었기 때문에, 많은 부인들이 그의 마음을 빼앗기를 갈망했다고. 몇몇 부인들은

---

11 수녀들은 수녀원에서 생활하였으나, 수녀원에 들어가기 위해서는 억지로 속세를 거부하지 않아도 되었고, 수도원 규율을 반드시 따르지 않아도 되었다. 이 여인들은 일상생활을 하면서 커다란 자유를 누렸다. 그렇다고 해서 이러한 자유를 파렴치한 쪽으로 남용하는 일은 없었다고 한다.

성공하였다. 그의 마음을 잃었던 부인들은 궁정의 귀족들로 마음을 달래려고 애썼다. 젊은 미르조자[12]는 성공한 여인들 중 한 명이었다. 나는 미르조자의 자질과 매력을 일일이 열거하는 데 시간을 보내지 않을 것이다. 그러면 이 작품은 끝이 없으리라. 그래서 나는 이 이야기에 그중 하나가 담겨 있기를 바란다.

제3장

이 이야기의 제1장으로 간주될 수 있는 것

미르조자는 여러 해 전부터 망고귈을 붙잡아 두었다. 맹렬하고 뜨거운 사랑이 머리가 가장 좋은 사람들에게 넌지시 일러주는 모든 것을 이 연인들은 수천 번이나 서로 말하고 되풀이하였다. 그들은 내밀한 사이가 되었는데, 지극히 사소한 생활상은 서로 숨기는 죄를 저지를 수도 있었을 것이다. 이렇게 별난 가정들도 나왔다. "나를 왕좌에 앉혔던 하늘이 나의 태생을 천하게 만들었더라면, 당신은 품위를 떨어트려 가면서까지 나를 대했을까? 미르조자가 나를 왕위에 올렸을까? 미르조자가 매력을 조금이라도 잃게 된다면, 망고귈은 변함없이 그녀를 사랑하게 될까?" 영리한 연인들을 단련시키고, 이따금 세심한 연인들의 사이를 틀어 놓으며, 가장 성실한 연인들에게 꽤나 자주 거짓말을 하게 만드는 이러한 가정들은 그들에겐 진부한 것이었다고 생각한다. 아주 유용有用하고도 진귀한 말을 잘하는 능력이 절정에 오른 이 애첩은 반자에서 일어난 스캔들을 철저하게 규명하였었다. 육체적 욕구가 거의 없었기 때문에,[13] 이 여자는 언제나 술탄의

---

12 미르조자는 실존 인물이었던 퐁파두르 부인Madame de Pompadour을 모델로 하고 있다. 1745년에 왕의 마음을 사로잡아 정부가 되었다.

13 기질이 열정적이지 못했던 퐁파두르 부인은 특히 분별력이 있고 유능한 여자였다.

애무를 받아들일 수 있는 입장이 아니었고, 술탄도 늘 그것을 제안할 기분이 아니었다. 결국 망고귈과 미르조자는 말도 별로 하지 않고, 같이하는 일도 거의 없었으며, 전보다 덜 사랑하지 않았는데도 서로 재미를 보지 못했던 그런 나날들을 보내고 있었다. 이러한 나날들은 드물었지만, 그런 나날들이 있었고, 그런 날이 찾아왔다.

한마디도 하지 않고 배듭을 짓고 있는 애첩을 앞에 두고, 술탄이 등받이가 있는 침대 위에 무사태평하게 누워 있었다. 산책하기에는 안 좋은 날씨였다. 망고귈은 피케놀이〔카드놀이의 일종〕를 하자는 말도 하지 못하고 있었다. 이렇게 권태로운 상황이 십오 분 가량 지속되자, 술탄은 하품을 하면서 몇 번이고 이렇게 말하는 것이었다.

"젤리오트[14]의 노래가 완벽했다는 걸 인정해야겠어."

"그럼 폐하께서 지겨워 죽을 지경이셨겠다는 것도 인정하셔야겠네요." 애첩이 덧붙였다.

"그렇지 않았소, 부인.—하품을 반쯤 하다 말고 망고귈이 말을 이었다—당신을 보는 순간은 누구에게나 결코 지루한 시간이 아니지 않소."

"그 순간이 열렬할 수 있는 것은 전하께 달려 있는 일이시잖아요.—미르조자가 대꾸했다—하여간 터무니없는 말씀을 하고 계시네요, 넋도 놓으시고, 하품도 하시면서. 전하, 무슨 일이 있으세요?"

"모르겠어." 술탄이 말했다.

"그럼 제가 맞혀볼게요.—애첩이 말을 계속했다—제 나이 열여덟에 전

이 여인은 루이 15세에게 둘도 없는 소중한 여인이 되기 위하여 모든 수단을 다 동원했다고 한다.

14 피에르 젤리오트Pierre Jéliotte, Jélyote(1713-1790)라고도 한다. 당대의 가장 훌륭한 가수였다고 한다. 1733년 데뷔하여 1755년 가수의 이력을 마감할 때까지 오페라 극장에서 화려한 경력을 쌓았다.

하의 마음을 사로잡는 행복을 누렸습니다.[15] 전하가 저를 사랑하신 지 네 해가 되었지요. 열여덟에 넷을 더하니 스물둘이라. 제가 이렇게 잘도 늙어 버렸네요."

망고귈은 이러한 계산을 비웃었다.

"그런데 즐거움을 주기엔 제 값어치가 다했다 하더라도,—미르조자가 말을 보탰다—제가 조언자로서는 그만이라는 걸 어쨌든 전하께 보여드리고 싶은데요. 전하께 붙어 다니는 다채로운 놀이들은 전하의 싫증을 막을 수가 없었습니다. 전하께서 싫증내고 계시잖아요. 전하, 이것이 전하의 병입니다."

"그대가 맞혔다고 인정할 수 없소.—망고귈이 말했다—어쨌든 경우가 그렇다 치면, 무슨 치유제라도 알고 있는 게요?"

잠시 생각에 잠기더니, 미르조자는 술탄에게 이렇게, '폐하께서는 이 도시에서 벌어지는 연애사건에 대한 그녀의 이야기를 무척 즐기시는 것 같았으며, 이젠 전하께 이에 대해 해 드릴 이야깃거리가 없기도 하고 궁정의 연애사건에 대해 잘 알아보지 못해서 죄송스럽게 생각하고 있으며, 그래서 훨씬 더 훌륭한 것을 생각해낼 때까지, 이럭저럭 그 같은 이야기를 꾸며라도 볼 걸 그랬다'고 대답했다.

"그거 좋은 생각이군 그래,—망고귈이 말했다—그런데 이 모든 정신 나간 여인들의 이야기들을 누가 알고 있기나 한가? 그리고 누군가 알고 있다 하더라도, 누가 그대처럼 나에게 그 이야기들을 늘어놓을 것이냐 말이야?"

"그 이야기들을 항시 알아두자고요—미르조자가 말을 이었다— 전하께 이야기 드릴 자가 누구이건 간에, 폐하께서는 표현방식으로 인해 잃는

15 과장이 조금 지나쳤다. 1721년에 태어난 퐁파두르 부인이 애첩의 서열에 올랐을 때 나이는 스물네 살이었다.

것보다 내용을 통해 얻는 것이 더 많을 것이 분명합니다."

"괜찮다면, 나도 그대와 함께 흥미진진한 내 궁정 여인들의 연애사건들을 상상해 보겠소. ―망고궐이 말했다― 그나저나 이 연애사건들을 알 도리가 없다면, 무슨 상관이야, 그 이야기들은 백배나 더 흥미진진한 것이 아니었겠어?"

"아는 데 어려움이 있을 겁니다. ―미르조자가 대답했다― 하여간 제 생각은 그게 답니다. 폐하의 친척이며 친구인 정령 쿠쿠파[16]는 훨씬 대단한 것들을 했잖아요. 그의 생각을 물어보시죠?"

"아! 내 마음의 환희여! ―술탄이 소리쳤다― 그대는 놀랍소. 그 정령이 나를 위해서 전력을 다할 것이라는 것은 전혀 의심치 않소. 이 길로 내 집무실에 틀어박혀 그 요정을 불러낼 것이오."

그러고 나서 망고궐은 몸을 일으켰고, 콩고의 관습에 따라 애첩의 왼쪽 눈에 입맞춤을 하고 나서 떠났다.

제4장

정령을 불러냄

정령 쿠쿠파는 늙은 우울증 환자인데, 세상살이가 주는 걱정거리들과 다른 정령들과의 교제가 자신의 안위에 장애가 되지 않을까 두려워 공지空地 속으로 피신해서 위대한 신의 무한한 완전성에 온통 제멋대로 빠져들어, 자기 몸을 꼬집어도 보고, 할퀴어도 보고, 장난질도 쳐 보고, 싫증도 내 보

16 쿠쿠파Cucufa라는 이름은 이 소설의 내용과 무관하지 않은 것 같다. 디드로가 'Cucufa'라는 이름을 정령에게 부여했을 때, 아마도 불어의 '오쟁이 지게 하다'라는 동사 'cocufier'를 염두에 두었을 것이다. 그도 그럴 것이 정령 쿠쿠파의 마술 반지는 콩고에서 헤아릴 수 없이 많은 오쟁이 진 남편을 알아내는 것 이외의 다른 효력을 발휘하지 않을 것이다.

고, 분노도 해 보았다가, 굶어죽을 지경에 이르기도 하였다. 바로 거기서 그는 몸뚱이를 자루 속에 꼭 끼어 놓고, 양 옆구리는 줄로 꽉 동여매고, 양팔은 가슴 위에 교차해 놓고, 머리는 두건 속에 푹 집어넣어 수염만 삐죽 내민 채, 거적 위에 누워 있었다. 그는 잠을 자고 있지만, 마치 명상하고 있는 것 같다. 친구라고는 자기 발밑에서 자는 올빼미 한 마리, 그의 거적을 갉아 먹는 생쥐 몇 마리, 그의 머리 주위를 파닥거리는 박쥐들이 전부였다. 술탄이 종소리에 맞춰, 바라문 승려들의 야간 기도문의 첫 소절을 낭송하면서 이 정령을 불러낸다. 그러자 그가 두건을 걷어 올리고, 두 눈을 비비고, 샌들을 신고 출발한다. 두 마리의 큰 부엉이의 다리를 잡고 하늘을 날아오는 늙은 카말돌리회 수도사를 상상해 보시라. 바로 이 수행원들을 대동하고 퀴퀴파가 술탄 앞에 나타난 것이다. 땅에 안착하며 그는 이렇게 말했다. "브라흐마 신의 축복이 이곳에 있기를!"

"아멘." 군주가 화답했다.

"이보게, 뭘 원하시는가?"

"아주 간단한 거요―망고귈이 말했다―내 궁정의 여인네들을 제물로 하여 내게 즐거움을 좀 주시오."

"이것 보시게,―퀴퀴파가 말을 받았다―바라문 수도원을 통틀어도 자네 하나의 욕구를 채우지 못할 거야. 이 미친 여인들 무리하고 뭘 하시려고?"

"이 여인네들이 벌이고 있고 벌였던 연애질을 알고 싶어서 그럽니다. 그리고 그게 다요."

"그런데 그건 불가능해―정령이 말했다―여인네들에게서 그네들 연애질 고백을 원하다니! 있어 본 적도 없고 있을 수도 없을 거야."

"하지만 그렇게 돼야만 하는데." 술탄이 부언했다.

이 말을 듣고 나자, 정령은 귀를 긁적이고 손가락으로 긴 턱수염을 재미

1748년판의 삽화

삼아 쓸어내리더니, 생각에 잠기기 시작했다. 명상은 짧았다. 그가 망고귈에게 말했다.

"이보시게, 난 자네를 사랑하고 있어. 자네는 만족할 걸세."

이윽고 그는 옷의 왼쪽 겨드랑이 아래 나 있는 주머니에 오른손을 쑥 찔러 넣더니, 성화聖畵, 축성된 묵주, 납으로 된 작은 신상神像, 곰팡이가 슨 사탕 몇 개와 함께 망고귈이 첫눈에 성 위베르의 반지[17]로 생각한 은반지 하나를 꺼냈다.

"이 반지를 잘 보시게나—그가 술탄에게 말했다—이보시게, 이걸 자네 손가락에 끼게. 자네가 반지에 얹힌 보석을 뒤집어 여인네 쪽으로 향하면, 그 여인네들은 모두 크고, 낭랑하고, 알아듣기 쉬운 목소리로 밀애담을 이야기할 걸세. 그러나 적어도 그녀들의 말이 입에서 나오는 것이라고 행여 생각해서는 안 되네."

"그럼 도대체 어디를 통해서, 제기랄!—망고귈이 소리쳤다—그 여자들이 털어놓을 거요?"

"여자들 몸에서 가장 솔직하고 자네가 알고 싶어 하는 것들을 가장 잘 알고 있는 신체 부위,—쿠쿠파가 말했다—그녀들의 보석[18]을 통해서 털어놓을 거야."

"그 여자들의 보석을 통해서요,—웃음을 터뜨리면서 술탄이 말을 이었다—그야말로 정말 입이 하나 더 있는 셈이군요. 말하는 보석들이라! 그것 참 듣도 보도 못한 기상천외한 것이로군요."

---

17 성 위베르의 유물과 관련이 있는 이 반지들은 예전에 기적적인 효력, 특히 공수병을 치유하는 효능을 발휘했다고 한다.

18 '보석'에 대한 이 은유적 표현은 디드로가 만들어 낸 것이 아니었다. 이런 식의 표현은 당시 속어로 사용되고 있었다. 그러나 그렇게 널리 상용되지는 않았다. 남 · 여성 성기를 일컫는다.

"여보게,—정령이 말했다—나는 자네 할아버지를 위해서도 정말 그 밖의 다른 경이로운 일들을 했다네. 그러니 내 말을 믿게. 자, 그럼 이만. 브라흐마 신께서 자네에게 축복을 내리시기를. 자네의 비법을 잘 사용하시게, 터무니없는 호기심들이 있다는 것도 유념하시고."

이렇게 말하고 나서, 이 고자질쟁이는 머리를 흔들어, 두건을 요상하게 걸치더니, 부엉이 두 마리의 다리를 다시 잡고서는 하늘로 사라졌다.

제5장
망고귈의 위험한 욕망

퀴퀴파의 신비한 반지를 손에 넣자마자, 망고귈은 애첩에게 첫 반지 실험을 하고 싶어졌다. 내가 잊고 이야기하지 않은 것이 있다. 뒤집혀진 반지의 보석이 여자들의 보석으로 하여금 말을 하게 하는 것 말고도, 이 반지는 이 반지를 새끼손가락에 낀 사람을 안 보이게 하는 효능을 지니고 있었다. 그래서 망고귈은 눈 깜싹할 사이에 그를 맞이할 준비가 전혀 되지 않은 곳 어디로든지 옮겨 다닐 수가 있었고, 평상시 일어나고 있는 일들을 아무도 모르게 두 눈으로 똑똑히 볼 수 있었다. 반지를 끼고, 거기로 가고 싶나고 말하기만 하면, 그는 곧 거기에 있었다. 이렇게 해서 그는 미르조자의 처소에 있게 되었다.

더 이상 술탄을 기다리고 있지 않았던 미르조자는 잠자리에 들었다. 망고귈은 천천히 그녀의 베개로 다가가서, 촛불의 희미한 빛을 통해 그녀가 잠든 것을 알게 되었다. "됐어,—그가 말했다—자고 있군. 반지를 빨리 다른 손가락에 끼어 보자고. 우리의 모습을 드러내고, 이 잠자고 있는 미녀를 향해 보석을 돌려 보자고. 그리고 그녀의 보석을 좀 깨워 보자… 그런데 무엇 때문에 내 몸이 말을 안 듣는 거지? 몸도 떨리고… 미르조자가… 그럴 수 있을까? 아니야, 그런 일은 있을 수 없어. 미르조자는 내게 충실한 여자야. 부당한 의혹들아, 다 물러가거라. 난 너희들의 말을 전혀 듣고 싶지 않아, 절대 들어서도 안 되고." 그는 말하고 나서, 손가락마다 반지를 끼워 보았다. 그러나 그는 불에 데었을 때처럼 빠르게 반지를 손가락에서 떼어 놓고는, 속으로 외쳤다. "불쌍한 인간아, 내가 뭘 하고 있는 건가? 퀴퀴파의 충고를 무시하다니. 바보 같은 호기심을 만족시키려고, 내 애첩과 목숨을 잃을 수도 있는 위험을 무릅쓰려고 하다니… 그녀의 보석이 엉뚱한 말을 하기라도 한다면, 나는 그녀를 다시는 못 볼 것이고, 그로 인해 괴로움에 시달려 죽을지도 모르잖아. 보석이 무슨 마음을 먹고 있을지 누가 알겠어?" 마음의 동요로 인하여 망고귈은 조심스럽게 있을 수 없었다. 그가 한 마지막 몇 마디의 톤이 조금 높아서 애첩이 깨어났다.

"아 폐하!—그가 있어서 놀랐다기보다는 그가 있어서 몹시 기뻤던 그녀가 그에게 말했다—폐하셨군요! 왜 다들 폐하께 말씀드리지 않았던 거야? 폐하께서 제가 깨어나기를 기다리셨다니!"

망고귈은 애첩에게 퀴퀴파와 만난 일이 잘됐다고 전하는 것으로 대답을 대신했고, 그에게서 받은 반지를 보여 주었으며, 그 특성을 숨기지 않고 말해 주었다.

"아! 그렇다면 그가 폐하께 얼마나 엄청난 비밀을 주었던 것인가요?—미르조자가 큰 소리로 말했다.—그런데 폐하, 그걸 사용해 보실 생각이신가요?"

"왜, 제기랄!—술탄이 말했다—내가 그걸 사용하려 한다면? 그대가 날 설득한다 해도, 그대부터 시작하겠소."

이 무시무시한 말을 듣고 나자 애첩은 파랗게 질렸고, 몸을 떨더니, 기운을 차려, 브라흐마 신과 인도제국과 콩고의 모든 신의 가호를 빌어, 자신의 정절에 거의 불신을 표시하는 비법을 그녀에게 절대 시험하지 말아 주기를 술탄에게 간청하였다.

“제가 늘 정숙하였다면,—그녀가 말을 계속하였다—나의 보석은 말도 하지 않을 것이니, 폐하께서는 제가 결코 용서하지 않을 모욕을 저에게 저지르게 되는 것입니다. 그것이 말을 하게 되는 날이면, 저는 폐하로부터 받는 존경과 마음을 잃게 될 것입니다. 그리고 폐하께서는 이 때문에 몹시 가슴 아파하실 겁니다. 제 생각입니다만, 지금까지 폐하께서는 우리 관계를 만족스럽게 생각하고 계셨습니다. 왜 우리의 관계가 끊길 위험을 무릅쓰십니까? 폐하, 저를 믿으세요. 정령의 충고를 받아들이세요. 정령에게는 경험이 있습니다. 그래서 정령의 충고는 따르면 항상 득이 됩니다.”

“그대가 깨어났을 때, 그게 바로 내 자신에게 하고 있었던 말이오—망고귈이 그녀에게 대답했다—그러나 당신이 좀 더 자고 있었더라면, 무슨 일이 일어나게 됐을지 나도 모르오.”

“일어날 수 있을 법했던 것은—미르조자가 말했다—제 보석이 전하께 아무것도 알려주지 않았을 것이고, 그래서 전하께서는 저를 영원히 잃었을 수도 있을 거라는 겁니다.”

“그럴 수도 있겠군—망고귈이 말을 이었다—그건 그렇고, 내가 처했던 위험을 지금 모두 생각해 보니 말인데, 영원불멸한 신의 이름으로 내 그대에게 맹세하오. 그대는 내가 보석을 돌려 향할 여자들 중에서 제외될 것이오.”

그러자 미르조자는 안도의 표정을 지었고, 이 군주가 막 문제 삼으려고 했던 보석들을 선수 쳐서 웃음거리로 만들기 시작했다.

“시달리즈의 보석은 이야기할 게 많답니다.—그녀가 이야기하였다—고것이 자기 여주인만큼이나 입이 싸다면, 그 때문에 쉽게 입을 열 거예요. 아리아의 보석은 이 사교계를 떠났는데, 폐하께서는 고것으로부터 기껏

해야 제 할머니에 대한 이야기만을 아시게 될 겁니다. 글로세의 것으로 말하자면, 물어보는 데는 그만이라고 생각합니다. 그녀는 요염하고 예쁘잖아요."

"바로 그 때문에,—술탄이 말을 받았다—그 보석이 입을 다물 거야."

"그러면,—술탄의 첩이 바로 답했다—페딤의 보석에게 말을 걸어 보세요. 그녀는 바람기 있고 못생겼잖아요."

"그래,—술탄이 말을 계속했다—못생겼으니, 바람기 있다고 그녀를 비난하는 당신만큼 고약할 것이야. 페딤은 정숙해. 내가 하는 말이니 틀림없지, 내가 알기로는 어딘가 정숙한 데가 있어."

"정숙하지요, 폐하께서 좋으실 대로 얼마든지—애첩이 말을 이었다—하지만 흐리멍덩한 그녀의 눈에는 그 반대의 것을 말하는 무언가가 있어요."

"그녀의 두 눈이 거짓말을 했다고?—술탄이 불쑥 대답했다—당신이 알고 있는 페딤 때문에 미치겠군. 물어볼 보석이 이것밖에 없는 건 아니겠지?"

"그나저나 외람된 말씀입니다만 폐하,—미르조자가 덧붙였다—폐하께서 친히 선정하시어 영예를 안겨 줄 보석이 누구의 것인지를 여쭈어 볼 수 있을까요?"

"마니몬반다(콩고에서는 황후를 이렇게 부른다)[19]의 모임에서 곧 알게 될 거요,—망고귈이 말했다—속히 알게 될 것이오. 그리고 내 궁정의 보석들이 싫증이 나면, 반자를 한 바퀴 돌 것이오. 귀부인들의 보석들보다는 훨씬 분별 있는 부르주아 여인들의 보석들을 아마도 찾을 수 있을 거요."

---

19 오스트리아 여제 마리 레진스카에 대한 암시다. '마니몬반다manimonbanda'라는 용어는 사실 콩고 말로 '회교국 왕비sultane'에 가깝다('마니mani'는 그 왕국의 제일인자나 귀족들에게 붙여지는 일반적 칭호이고 '느 음반다ne mbanda'는 왕비를 의미한다). 마리 레진스카가 선호하는 놀이는 카바뇰cavagnole이었다. 이 왕비의 놀이 모임은 룰렛 따위의 운수를 건 승부, 도박에 지칠 줄 모르는 열의를 보였다.

"전하,—미르조자가 말했다—제가 부르주아 여인들에 대해 좀 알고 있습니다.[20] 그래서 전하께 분명히 말씀드릴 수 있는 것은, 이 여인들은 다만 훨씬 용의주도하다는 것입니다."

"곧 그에 대한 정보를 알게 될 거요. 그런데 말이오,—망고궐이 말을 계속했다—자기네 보석들이 처음으로 내뱉는 몇 마디에 이 여인네들이 아! 제발! 아! 하며 당혹스러워 하고 놀라는 모습을 상상하면, 웃음을 참을 수가 없소. 내 마음의 환희여, 잊지 마시오, 내가 회교국 황후 처소에서 당신을 기다릴 것과 당신에게 준비되지 않은 내 반지를 절대 사용하지 않을 것이라는 것을."

"전하,—미르조자가 말했다—어쨌든, 저는 전하께서 제게 하신 약속을 믿겠습니다."

망고궐은 그녀의 걱정을 미소로 넘겼고, 재차 약속을 했으며, 그것도 모자라 몇 번 토닥거려 주고 나서는 자리를 떴다.

제6장
첫 번째 반지 실험

알신

망고궐은 황후 처소에 먼저 도착했다. 그는 거기 있는 여인들 모두가 카바뇰 놀이를 하고 있는 것을 보았다. 명성이 자자한 여인들을 훑어보며, 이들 중 한 여자에게 반지 실험을 할 결심을 굳히려니, 선택이 곤란할 따름이었다. 누구부터 시작해야 할지 몰랐는데, 그때 십자로에서 중궁전中宮殿의 한 젊은 부인을 얼핏 보았다. 그녀는 남편과 농담을 하고 있었다. 이것이

20 퐁파두르 부인이 부르주아 출신이었다는 것은 주지의 사실이다. 그녀는 국왕의 첩으로 간택됨으로써, 부르주아 신분을 벗을 수 있었다.

술탄에게는 이상하게 보였다. 그도 그럴 것이 그들이 결혼한 지가 일주일이 넘었기 때문이었다. 오페라 극장에서도 둘은 같은 좌석에 모습을 드러냈고, 산책로나 불로뉴 숲에서도 사륜마차에 같이 앉아 있었다. 사교계의 모임이 끝나면 같이 갔는데, 관례상 그들은 서로 사랑하지 않아도, 심지어 서로 안 만나도 되었던 것이다. "그 보석이—망고귈이 중얼거렸다—자기 여주인만큼이나 미쳤다면, 우리는 흥미로운 독백을 곧 듣게 될 거야." 이렇게 혼잣말을 하고 있었을 때, 애첩이 나타났다.

"잘 오셨소—술탄이 그녀의 귀에 대고 말했다—당신을 기다리면서 내 그물추를 던졌지."

"누구한테요?" 미르조자가 물었다.

"보이지요, 십자로에서 시시덕거리고 있는 사람들." 곁눈질을 하며 망고귈이 대답했다.

"시작이 멋지네요." 애첩이 말을 받았다.

알신은 그 젊은 부인의 이름이었는데, 생기발랄하고 아름다웠다. 술탄의 궁정엔 그보다 더 사랑스러운 여인이 없었으며, 그보다 더 품위 있는 여자라고는 단 한 명도 없었다. 술탄 휘하의 한 사령관이 그녀에게 홀딱 반했었다. 그는 알신에 대해서 공공연하게 떠도는 소문을 모를 수가 없었다. 이 때문에 불안해했지만, 그는 하던 대로 했다. 이를 어찌 생각해야 될지 그녀에게 물어보았던 것이다. 알신은 이 중상모략이, 그들이 그렇게 말할 근거가 있다고 했다면 스스로 목숨을 끊었어야 할 몇몇 건방 떠는 자들일 것이며, 또 실제로 아무 일도 없었고, 말이 났으니 그가 이 일에 대해 어떤 판단을 내리건 그것은 전적으로 그의 마음이라고 단언했다. 이렇게 자신에 찬 대답으로 인해 사랑에 빠진 이 사령관은 자기 정부의 결백을 확신하게 되었다. 그는 결론을 내렸고, 자신의 모든 특권을 안고 배우자의 자격을 획득하였다.

술탄은 그녀를 향해 반지를 돌렸다. 남편이 해 주고 있었던 망측한 몇 가지 이야기로 인해 알신은 본의 아니게 폭소를 터뜨렸는데, 반지의 작용 때문에 이 폭소가 갑자기 군데군데 잘려 흩어지더니, 곧이어 그녀의 치마 속에서 중얼대는 소리가 들렸다. "내가 드디어 귀족이 되었어. 귀족이 되니 정말 기분 좋은데. 높은 신분을 갖는 것보다 더 나은 게 없지. 모두들 내가 처음에 가졌던 생각들을 들었더라면, 나를 사령관보다 훨씬 낫다고 생각했을 거야. 하지만 사령관이라는 것은 없는 것보다 낫잖아."

이 말을 듣자, 부인들 모두가 카드놀이를 그치고 목소리의 출처를 찾으려고 했다. 이러한 움직임 때문에 몹시 소란스러웠다.

"조용히들 하시오—망고귈이 말했다—주의를 기울일 만한 일이오."

모두들 입을 다물었고, 보석은 계속 말을 이었다. "남편을 맞아들이기 위해서 대개들 사전에 준비하는 것들을 보면, 남편은 아주 세력 있는 주인이어야 해. 준비할 것이 얼마나 많아! 도금양수水[21]도 엄청나게 필요하고! 더욱이 보름가량 굶어야 하니, 그럼 난 끝장이야. 내가 없어지는 거잖아, 그러면 사령관 나리께서 하실 일이라곤 딴 살림을 차리시거나, 종킬 섬[22]으로 나를 데리고 가는 일밖에 없겠지." 이 대목에서 저자는 모든 여인들의 얼굴이 창백해졌으며, 한마디 말도 없이 서로를 쳐다보았고, 대화가 시작되지나 않을까, 다 알려지지 않을까 두려워 신중한 태도를 취했다고 말했다. "그러나—알신의 보석이 말을 계속했다—제가 보기에는 사령관에게

---

21 피부를 수렴하고 여분의 지방분을 억제하는 수렴화장수. 18세기의 여성들은 미를 가꾸기 위하여 도금양 꽃에서 추출한 이 화장수를 많이 사용하였다. 그러나 알신의 보석의 경우에서처럼, 왕왕 퇴색한 자신을 숨기기 위해 쓰이기도 하였다.

22 《탄자이》의 저주받은 여주인공은 알신이 현재 없어질까 두려워하는 그 신체기관을 되찾기 위해서 종킬 섬으로 갔다.

는 그녀가 그렇게 많은 조치를 했을 필요가 없다는 생각이 들어요. 하지만 전 지금 제 여주인의 용의주도함을 인정하게 되었습니다. 그녀는 최악의 경우를 생각했던 것입니다. 그래서 저는 그분과 그의 마차 담당 시종을 위해 시중을 들게 된 것입니다."

보석이 이상야릇한 말을 계속할 참이었는데, 그때 이 기묘한 장면이 다소곳한 마니몬반다의 분개를 자아내고 있다고 눈치 챈 술탄은 반지를 원위치시켜 웅변가의 말을 중단시켰다. 사령관은 아내의 보석이 한 처음 몇 마디 말을 듣고 이미 사라진 뒤였다. 알신은 당황하지 않고 얼마 동안 시치미를 뗐다. 그러나 여인들은 그녀에게 울화가 있다고 쑥덕거렸다. "그렇고 말고요—한 댄디가 말했다—울화예요. 시고뉴[23]는 울화를 히스테리성이라고 합니다. 그것은 말하자면 하부下部에서 오는 문제지요. 그에게는 이를 위한 신적인 묘약이 있습니다. 다시 생기를 주고… 하는 것은 만물의 근원, 근원이 되게 하는 것, 근원이 되는 것입니다. 부인께 이것을 권해드리리다." 모두들 이러한 빈정거림을 비웃었지만, 우리의 견유학자는 말을 이었다.

"마님들, 이보다 진짜인 것은 없습니다. 제가 그걸 사용해 보았거든요, 여러분께 말씀드리는 제가요, 엑기스가 감소해서."

"엑기스 감소요, 후작님!—한 젊은 여인이 말을 이었다—그게 뭐죠?"

"부인,—후작이 대답했다—그건 어쩌다 일어나는 대단치 않은 우연한 사고들 중 하나예요. 에! 그런데 다들 그것을 알고 있죠."

그동안 시치미는 끝이 났다. 알신은 그녀의 보석이 아무 소리도 안 했거

23 의사였던 시고뉴는 당시 직접 제조한 엄청나게 많은 치료약들을 그럴듯하게 퍼트리고 다녔다고 한다. 그중 몇 가지 약들은 울화증을 가라앉혔다고 한다. 디드로와 마찬가지로 신중하고 사려 깊은 사람들은 이런저런 이유로 그를 돌팔이로 여겼다.

나 세상에서 가장 아름다운 것을 말했던 것마냥 용감하게 카드놀이를 하기 시작했다. 진지하게 도박을 하는 것은 그녀뿐이었다. 이런 식의 도박이 그녀에게 엄청난 돈을 가져다 주었다. 다른 여자들은 자기들이 무엇을 하고 있는지 모르고 있었고, 가진 패도 분간하지 못했으며, 카드 숫자도 잊고 있었고, 그들이 가진 유리한 기회도 놓쳤으며, 때가 아닌데도 돈을 걸었고, 또 다른 실수를 골백번도 더 저질렀는데, 알신은 이것을 이용하였다. 마침내 도박은 끝났고, 모두 물러갔다.

이 사건은 궁정과 도시와 콩고 전역에서 크게 회자되었다. 이에 대한 풍자시도 돌았다. 알신의 보석의 연설은 궁정의 아첨꾼들에 의해 발표되고, 재검토되고, 수정되고, 증보되고, 주석까지 붙여졌다. 사령관은 가요로 풍자되었다. 그의 부인의 이름은 세세에 길이 전해졌다. 그녀가 무대 위에 올려지기도 하였다. 그녀는 산책로에서 뛰었다. 사람들이 그녀 주위에 모여 웅성대곤 하였고, 그녀는 옆에서 나는 이 소리를 듣곤 하였다. "그래, 서기 있군, 바로 그 여자야. 저 여자의 보석이 두 시간이 넘도록 계속해서 털어놓았대."

알신은 자신에 대한 최근 평판을 훌륭할 정도로 침착하게 견뎌냈다. 다른 여자들에게는 없었던 평온한 마음으로 그녀는 이 모든 이야기와 많은 다른 말들을 들었다. 이 여자들은 자기네 보석들의 경솔한 언행을 다소나마 시종일관 기대하고 있었다. 하여간 다음 장章의 사건으로 인해 이 여자들의 심적 혼란은 극에 이르렀다.

서클 모임이 해산하자, 망고귈은 애첩에게 손을 내밀었고, 그녀의 처소로 데려갔다. 그녀를 거의 떠나지 않았던 생기 있고 쾌활한 표정을 그녀로서는 하고 있을 수 없었다. 그녀는 도박에서 많은 돈을 잃었고, 그 끔찍한 반지의 효과는 그녀를 망상에 던져 넣었는데, 그녀는 이 망상에서 여태껏 헤어나지 못하고 있었다. 그녀는 술탄의 호기심을 알고 있었고, 다정하다기보다는 전제적인 한 남자의 약속을 신뢰하지 못하고 있었기 때문에 불안에서 온통 벗어나지 못하고 있었다.

"내 영혼의 환희여, 무슨 일이신가?—망고귈이 그녀에게 말했다—꿈꾸는 것 같군 그래."

"도박을 했어요—미르조자가 대답했다—전례 없는 불운이었어요. 딸 가능성이란 전혀 없었지요. 저는 열두 개의 판에 돈을 걸었어요. 이 열두 개의 판이 그렇게나 많이 이길 수 있었으리라고는 지금도 믿어지지가 않아요."

"유감이구먼—망고귈이 대답했다—그건 그렇고 내 비법에 대해서는 어떻게 생각하오?"

"전하,—애첩이 그에게 말했다—그것이 악마와 같다는 생각에는 변함이 없습니다. 전하께는 필시 즐거움이 되겠지요. 그러나 그러한 즐거움은 치명적인 결과를 가져올 것입니다. 전하께서는 집이란 집은 모두 불안의 도가니에 빠트리고, 남편들을 각성시키고, 연인들을 절망에 빠트리고, 부인들을 타락시키고, 여식들의 명예를 더럽히고, 그 밖의 수많은 소란을 일으키시려 하고 있어요. 제발! 전하, 맹세컨대…"

"이런 빌어먹을!—망고귈이 말했다—니콜[24]마냥 훈계하려 드는군! 무엇 때문에 그대의 이웃에 대한 관심이 오늘 그렇게 깊이 그대에게 충격을 주었는지 정말 알고 싶은 걸. 안 되지, 부인, 안 된다고, 난 반지를 간직할 거야. 내가 즐겁기만 한다면야, 각성한 남편, 절망한 연인, 타락한 부인,

---

24 피에르 니콜Pierre Nicole(1625-1695). 포르-르와얄의 장세니스트였던 그는 1671년부터 출판된 열한 권짜리 《도덕론*Essais de morale*》집의 저자였다. 이 기독교 모럴리스트가 열성적으로 설파한 성적 금기사항을 비웃고 있는 디드로는 그의 철학서 《철학적 사색*Pensées philosophiques*》(13, 14장)에서도 니콜을 인용하며 미신적이고 편협하며 불평이 많은 정신의 소유자라고 비난했다.

명예가 더럽혀진 여식이 다 내게 뭐 그리 대수겠어? 도대체 내가 거저 술탄인가? 내일 봅시다, 부인, 계속 뒤따를 장면들이 처음 것보다 코믹하고, 당신이 이것을 서서히 좋아하게 될 것을 기대해야만 하겠군."

"전 전혀 그렇게 생각하지 않습니다, 마마." 미르조자가 말을 이었다.

"그런데 난 말이지, 나의 대답은 그대가 이 보석들을 재미나게, 무척 재미나게 생각할 것인즉, 그대는 그것들과의 접견을 물리칠 수 없을 것이라는 거요. 그리고 내가 그대에게 이 보석들을 대사의 자격으로 파견한다면, 그대는 그럼 어떻게 하실 거요? 원하신다면, 이 보석들이 늘어놓는 소리에 대한 걱정을 안 하게 해 주겠소. 그러나 이 보석들이 겪은 이야기들에 대해서 말인데, 그것들의 입을 통해서건 내 입을 통해서건 듣게 될 거요. 이건 이미 결정된 일이오. 조금도 물러 설 수 없소. 이 새로운 연설자들과 친숙해지는 일은 그대 몫이오."

이 말을 하고 나서, 그는 그녀를 껴안았고, 방금 했던 실험에 대해 곰곰이 생각하고 정령 퀴퀴파에게 신심 깊은 마음으로 감사해 하면서 집무실로 갔다.

제7장

두 번째 반지 실험

제단

그 다음 날 미르조자 처소에서 간단한 저녁식사가 있었다. 선정된 사람들이 이른 시간에 그녀의 처소로 모여들었다. 전날 놀라운 사건이 일어나기에 앞서, 모두들 그곳에 좋아서 갔는데, 오늘 저녁에는 단지 예의상 온 것이었다. 여자들 모두가 거북한 표정을 하고 있었고, 단음절로만 말했다. 이 여자들은 주위를 살피며, 어떤 보석이 대화에 끼어들기를 시종일관 기대하고 있었다. 알신의 불운한 사건을 입방아 찧고 싶어 근질근질했음에도 불구하고, 누구도 그 이야기의 시작을 책임질 엄두를 내지 못했다. 그녀가 올까 하여 다들 참고 있는 것은 아니었다. 저녁식사 명단에 끼어 있었지만, 그녀는 나타나지 않았다. 다들 그녀에게 두통이 있다고 짐작하였다. 그렇기는 했지만, 웬 종일 입으로만 말하는 것을 들었기 때문에 위험을 별로 걱정하지 않았건, 대담무쌍한 척했건 간에, 지루했던 대화는 활기를 띠었고, 가장 의혹이 가는 여인들은 짐짓 태도를 꾸몄고, 침착한 척했는데, 미르조자가 조신朝臣 제그리에게 재미난 게 없냐고 물었다.

"마마,—제그리가 대답했다—젊은 처자 시베린과 근위대장 샤주르의 다가오는 결혼을 마마께 전언 드렸는데, 이제 모든 게 다 깨졌음을 알려 드리옵니다."

"이유가 무엇이랍니까?" 애첩이 말을 끊었다.

"샤주르가 왕비 같은 자기 여자의 화장대에서 들었다고 하는 이상한 목소리 때문이옵니다—제그리가 계속했다—어제부터 황제폐하의 궁정은, 방법은 모르겠사오나, 하고 싶은 마음이 전혀 없는 고백을 현장에서 포착하겠다는 희망을 안고 경청하려는 사람들로 갈수록 붐비고 있습니다."

"하지만 그건 미친 짓이오—애첩이 말을 받았다—알신의 불행은, 그게 불행이라 해도, 전혀 확증된 것이 아니잖소. 아직 조사해 보지도 않아 놓고선…"

"마마,—젤마이드가 말을 가로챘다—제가 아주 분명히 들었습니다. 그녀가 입을 열지도 않고 말을 하였습니다. 이런저런 일들이 정확히 조목조목 발음되었고, 그래서 이 기묘한 소리가 어디서 나왔는지 간파하는 일이 그리 어렵지 않았습니다. 고백 드리건대, 제가 그녀의 처지에 있었다면 죽었을 것입니다."

“죽는다고!―제그리가 말을 이었다―모두들 다른 사고를 여러 번 당하고도 살아남아 있잖아요.”

“뭐라고요?―젤마이드가 소리쳤다―보석의 가벼운 입보다 더 끔찍한 게 있기나 합니까? 그러니까 이젠 절충은 없어요. 정사情事를 그만하든지, 정부情婦로 인정받을 결심을 해야만 하는 겁니다.”

“정말이지,―미르조자가 말했다―양자택일은 가혹한 일이에요.”

“아닙니다, 마마, 아니에요,―다른 여인이 말을 이었다―이 여자들이 그걸 감수할 것이라는 걸 마마께서 아시게 될 겁니다. 원하는 대로 얼마든지 보석이 말하도록 내버려둘 겁니다. 그리고 남이 뭐라 쑥덕대건 신경 쓰지 않고 평상시 대로 지낼 겁니다. 입 놀리는 게 여자의 보석이건 그 여자 애인이건, 결국 그게 뭐 중요하겠습니까? 그래봤자 사정은 다 알고 있는 것 아니겠습니까?”

“모든 것을 다 고려해 보니,―세 번째 여인이 계속했다―한 여자의 연애 행각이 폭로되어야 한다면, 애인보다 보석을 통하는 게 더 낫겠네요.”

“생각이 이상하구먼.” 애첩이 말했다.

“옳고요―겁도 없이 자기 생각을 말했던 그 여인이 말을 이었다―왜냐하면 정부情夫는 보통 입 싼 인간이 되기 전에는 불만에 차서, 그 때문에 상황을 과장하면서 분풀이할 생각에 사로잡히는 반면, 보석은 흥분됨이 없이 말하고 진실에 사족을 붙이지 않는다는 사실을 유념하셔야 되니까 그렇다는 겁니다.”

“저는 이 의견에 찬성할 수 없습니다―젤마이드가 말을 이었다―여기서 죄인을 실추시키는 것은 진술의 신망도라기보다는 증언의 효력입니다. 손수 제단祭壇으로 삼았던 이 제단의 명예를 말로써 손상시킨 정부는 믿음을 전혀 줄 수 없는, 이를테면 부도덕한 인간입니다. 그런데 제단이 목소리를 높이면, 뭐라고 대답하죠?"

"제단은 자기가 뭘 말하는지 모른다고 대답하세요." 두 번째 여인이 말을 받았다. 그때까지 입을 다물고 있었던 모니마가 침묵을 깨고, 질질 끄는 말투와 무사태평한 표정으로 말했다, "아! 제단이란 게 있다고 하니, 내 제단이 말을 하건 입을 다물건, 나는 그것의 말이 전혀 두렵지 않아요."

망고귈이 막 들어왔고, 모니마의 마지막 말을 하나도 놓치지 않았다. 그가 그녀를 향해 반지를 돌리자, 그녀의 보석이 외치는 소리가 들렸다. "하나도 믿지 마세요, 그녀가 거짓말하는 거예요." 옆에 있던 여자들이 서로 쳐다보면서 방금 대답을 한 보석이 누구 거냐고 서로 물었다.

"내건 아닌데." 젤마이드가 말했다.

"내 것도 아니에요." 다른 여자가 말했다.

"내 것도 아니에요." 모니마가 말했다.

"내 것도 아닌데." 술탄이 말했다.

모두가 그랬던 것처럼 누구도, 애첩도 아니라고 고집했다.

이렇게 확실치 않은 상황을 이용하여 술탄이 부인들에게 물어보았다. "그러면 당신들은 제단은 가지고 있는 거요?—그가 부인들에게 말했다—아니, 고것들은 어떻게 잔칫상을 받소?" 그는 이렇게 말하면서 반지를 계속 돌렸는데, 미르조자를 제외한 모든 여인들을 향해 신속하게 반지를 돌렸다. 그러자 반지마다 제 차례가 되어 대답을 했고, 각기 다른 어조로 말하는 소리가 들렸다. "날 찾는 자가 많아, 난 몸이 망가졌어, 난 버림받았어, 난 향수를 뿌려, 난 피곤해, 날 받드는 게 엉망이야, 난 지겨워, 등등." 보석들 모두가 자기 말을 하였는데, 너무나 갑작스레 일어난 일이라 〔누구의 것인지〕 정확하게 갖다 붙일 수가 없었다. 이 보석들의 은어가 때로는 잘 들리지 않고 때로는 째지는 소리를 내는지라, 망고귈과 조신들의 박장대소와

섞여서 신종의 소음을 냈다. 상황이 상황인지라 여인들은 아주 진지한 표정을 짓고 있었는데, 이 모습이 아주 우스꽝스러웠다. "뭐라고 하는 거요—술탄이 말했다—그건 그렇고 보석들이 우리가 하는 말을 잘하려고 하고 대화의 반은 도맡으려 하니 우린 너무 즐겁군 그래. 사교계는 이 기관器官 복제로 한없이 득을 볼 수 있을 거요. 우리도 아마 말을 할 거고, 우리 남자들도 말이야, 입이나 다른 걸로. 누가 알아? 보석들하고 죽이 잘 맞는 것은 고것들에게 물어보고 대답하도록 운명 지어져 있을지. 그런데 내 해부학자는 다르게 생각하고 있어."

제8장
세 번째 반지 실험

간단한 저녁식사

상을 차렸다. 저녁을 먹었다. 먼저 모니마를 제물로 하여 즐기고 있었다. 여자들 모두가 그녀의 보석이 맨 처음 말을 했다고 입을 모아 비난했다. 그런데 술탄이 그녀를 지켜주지 않았더라면, 그녀는 이 연합세력한테 꼼짝 못했을 것이다.

"모니마가 젤마이드보다 바람기가 덜하다고 주장하진 않겠소—그가 말했다—그러나 그녀의 보석이 훨씬 더 입이 무겁다고 생각하오. 게다가, 한 여자의 입과 보석이 모순되는 말을 한다면, 어느 걸 믿어야 하지?"

"전하,—조신이 대답했다—저는 보석들이 앞으로 무슨 말을 할지 모르옵니다. 하지만 지금까지 이것들은 자기들에게 아주 익숙한 주제에 대해서만 설명을 했습니다. 이것들이 용의주도하게 들었던 것만 말을 할 것이라면, 저는 신탁처럼 믿을 것이옵니다."

"가장 확실한 신탁의 견해를 들을 수 있겠군요." 미르조자가 말했다.

"부인,—망고귈이 말을 이었다—진실을 숨기려는 자들이 무슨 이득을 볼 것 같소? 그들을 그렇게 만들 수 있는 것은 정신적 위안을 주는 망상뿐일 것일 것 같소. 그러나 보석에게는 그런 망상은 전혀 없지. 그런 점 때문에 거기엔 편견이 없는 것이지."

"정신적 위안을 주는 망상이라고요!—미르조자가 말했다—편견이요! 폐하께서 저희들과 같은 난처한 상황에 처하신다면, 정절과 관련된 것은 절대 몽상적이 아니라고 느끼실 것입니다."

술탄의 첩의 대답에 용기백배한 모든 부인들은 자기들을 몇 가지 시험에 들게 한 것은 지나친 것이었다고 주장하였다. 그러자 망고귈도 어쨌든 이러한 실험들은 거의 언제나 위험한 것이라고 주장했다.

이런 말들이 오고가자 샴페인을 들게 되었다. 모두들 거기에 빠졌다. 술이 거나하게 오르자, 보석들도 후끈 달아오르기 시작했다. 망고귈이 짓궂은 장난질을 다시 치려고 결심한 바로 그 순간이었다. 그는 남편을 앞에 두고 자기와 아주 가까이 앉아서 매우 쾌활하게 있는 한 젊은 부인을 향해 반지를 돌렸다. 테이블 아래서 이런 사실을 알리는 한탄조의 소리, 희미하고 따분한 목소리가 올라오는 것이 들렸다.

"아! 난 지칠 대로 지쳤어. 이젠 아무것도 할 수 없어, 기진맥진 그 자체야."

"뭐야? 퐁고 사비암 신이시여!—후세임이 외쳤다—내 아내의 보석이 말을 하네? 무슨 말을 할 건가?…"

"듣게 될 거요." 술탄이 대답했다.

"전하, 보석의 말을 듣는 사람 대열에서 빠질 수 있도록 해 주십시오—후세임이 말을 받았다—분별없는 말이 튀어나오기라도 한다면, 전하께서 생각하시길…"

"난 그대가 경솔하다고 생각하오—술탄이 대답했다—보석이 주절대는 소리에 겁을 먹고 있으니. 도대체 그것이 대개 무슨 말을 할 수 있을지 모른단 말이오? 그 나머지를 짐작도 못하고? 그러니까 앉아 보시오, 즐겨 보세요."

후세임은 앉았고, 그의 부인의 보석이 까치처럼 지저귀기 시작했다.

"그 꺽다리 발랑토를 항상 소유할 수 있을까?—그것이 소리쳤다—관계를 청산하고 있는 놈들을 난 보았어. 하지만 이 사람은…"

이 말을 듣자 후세임은 격노한 사람처럼 일어나더니 칼을 집어 들고 테이블 반대편으로 돌진하였는데, 그의 옆 사람들이 그를 말리지 않았더라면 자기 부인의 가슴을 찔렀을 것이다.

"후세임,—술탄이 그에게 말했다—당신 정말 시끄럽게 구는군. 아무것도 안 들리잖소. 상식이 없는 건 당신 부인의 보석만이 아닐 것 같지 않소? 이 부인들은 어떻게 되겠소, 그들 남편이 당신 기분 같다면 말이오? 허 참! 하찮고 보잘것없는 연애사건 때문에 당신은 절망해 있소, 관계를 끝내지 않고 있는 발랑토라는 작자 때문에? 당신 자리로 돌아가시오, 신사답게 받아들이시오. 행동 조심하고 왕의 여흥에 참석을 허락한 군주에게 또다시 결례를 범하지 않도록 유념하시오."

후세임이 분노를 감추며, 눈은 감고 손을 이마에 댄 채, 의자 등받이에 몸을 기대고 있는 동안, 술탄은 재빨리 그의 반지를 돌렸다. 그러자 보석이 말을 계속했다. "나라면 발랑토의 젊은 시동이라도 꽤나 만족할 것 같은데. 그나저나 이자는 언제 착수할지 알 수 없으니. 시동이 착수하고 발랑토가 정리할 때까지, 바라문 승려인 에공과 함께 보내며 참고 견뎌야지. 이자는 지독히 못생겼어, 인정해야지. 하지만 그의 재능은 끝내고 또다시 시작하는 거란 말씀이야. 오 바라문 족속은 참 대단한 인간이야!"

보석의 탄성이 이쯤 되었을 때, 후세임은 그럴 가치도 없었던 여자 때문에 상심했던 것이 부끄러워졌고, 함께 있던 다른 사람들과 웃기 시작했다. 그렇긴 했지만 그는 자기 부인에게 원한을 품고 있었다. 저녁식사가 끝나자 자기 아내를 이슬람 수녀원으로 데리고 가서 가둬 둔 후세임만 빼고는 각자 자기 저택으로 돌아갔다. 그녀의 불행한 소식을 전해 받은 망고귈은 그녀를 찾아갔다. 그는 수녀원 전체가 그녀를 위로하느라 분주했지만, 그녀가 유배된 원인이 무엇인지 알아내려는 데 훨씬 더 전념하고 있다는 것을 알았다.

"제가 여기 와 있는 것은 사소한 일 때문이에요—그녀가 이곳 여자들에게 말하고 있었다—어제 황궁에서 저녁식사를 하면서, 모두들 샴페인을 단숨에 들이켜고, 토케 포도주를 진탕 마셨지요. 다들 무슨 말을 하고 있었는지 알 수 없는 상황이었는데, 그때 내 보석이 지껄여 대는 것이었어요. 고것이 무슨 말을 했는지는 모릅니다. 한데 내 남편은 그 때문에 버럭 화를 냈지 뭐예요."

"부인, 말할 것도 없이, 그가 틀렸네요—수녀들이 그녀에게 대답했다—대개들 대수롭지 않은 일 가지고는 그처럼 성을 내지 않는데… 뭐라고요? 당신의 보석이 말을 했다고요! 한데 지금도 말을 하나요? 아! 저희가 그걸 듣는다면 너무너무 기쁠 거예요! 그것은 재치 있고 우아하게만 말을 할 거야."

이 여자들의 욕망이 충족되었는데, 술탄이 이 가련한 은둔자를 향해 반지를 돌렸기 때문이었다. 그러자 보석은 이 여자들과 함께 있는 게 기쁜 일이기는 하지만, 그래도 역시 자기는 바라문 승려와 함께 있는 것이 훨씬 만족스러운 것 같다고 주장하며, 이 여자들의 정중한 예의에 감사를 표했다.

술탄은 이 여인들의 삶에 대한 특이한 것 몇 가지를 알아보기 위해서 이 기회를 이용했다. 그의 반지가 클레앙티라고 하는 한 젊은 은둔자의 보석에게 질문을 하였는데, 자칭 동정녀인 이 보석은 두 명의 정원사, 한 명의 바라문, 세 명의 기사騎士의 죄를 고해했는데, 이 때문에 약을 복용하고 두 번 사혈瀉血하여, 죄의 동기를 차단하였다고 말했다. 제피린은 자기 보석을 빌어서 자기가 수녀라는 영예로운 칭호를 얻게 된 것이 다 이 수녀원의 잔심부름꾼 덕택이라고 털어놓았다. 하지만 술탄을 놀라게 한 것은, 이 유폐된 보석들이 지독히 외설적인 표현을 사용하여 말을 했는데도, 그 주인인 이 동정녀들은 얼굴 하나 붉히지 않고 그 말들을 듣고 있었던 것이었다. 이로 인해 그는 이러한 은거지에서 실행을 하지 못하면, 그 대신 사색하는 일이 많겠다는 추측을 하게 되었다.

이러한 사실을 분명히 하기 위해서, 그는 열대여섯쯤 되는 수련 수녀를 향해 반지를 돌렸다. "플로라는 쇠 격자문을 통해서 한 청년 장교에게 여러 번 추파를 던졌지요—그녀의 보석이 대답했다—난 그녀가 그를 좋아한다고 확신합니다. 그녀의 새끼손가락이 나에게 그렇게 말했거든요." 플로라에게 아주 안 좋은 결과가 닥쳤다. 수녀원의 보석들이 입을 다물 수 있도록, 고참 수녀들은 그녀에게 두 달 동안의 침묵 수행과 채찍 수행 형을 내렸고 기도를 명했다.

제9장

반자 과학 아카데미 상황

내가 은둔자들 무리에 끼어 두었던 망고귈이 이 여자들을 저버리고 나오자마자 즉시 반자에서는 바라문파 콕시스 수녀회의 모든 처녀들이 보석으로 말하고 있었다는 소문이 퍼졌다. 후세임의 난폭한 소행으로 인해 널리 알려진 소문이 학자들의 호기심을 자극했다. 이 이상한 사건은 확인되었고, 지력이 뛰어난 사람들은 그들이 처음에는 불가능하다고 취급했던 사건에 대한 설명을 소재素材의 여러 특성에 비추어 애써 찾기 시작했다. 보석들이 재잘대는 소리는 기막힌 작품들을 무수히 생산해내었고, 이 중대한 주제는 인간 정신의 최후의 노력으로 간주할 수 있는 여러 편의 연구보고서로 이루어진 아카데미 논문집의 양을 늘렸다.

반자 과학 아카데미를 세우고 영속시키기 위해서, 콩고, 모노에뮈기,[25] 벨레귀앙즈[26] 그리고 근처 왕국에서 견식 있는 사람들을 줄기차게 초빙했고, 초빙하고 있었다. 이 아카데미는 각기 다른 직함을 주어 박물사, 물리학, 수학에서의 모든 저명인사들과 언젠가 이 분야에서 두각을 나타내게 될 대부분의 사람들을 맞아들였다. 이 지칠 줄 모르는 벌떼는 쉼 없이 진리 탐구에 전력했고, 매년 독자들은 발견물들로 가득한 책 속에서 이 벌떼들이 한 작업의 결실을 거두어들였다.

당시 아카데미는 두 개의 분파로 나뉘었는데, 하나는 소용돌이 이론 지지자로, 다른 하나는 만유인력 지지자로 구성되어 있었다. 유능한 기하학자이자 위대한 물리학자인 올리브리[27]는 소용돌이 이론 학파를 세웠다. 유능한 물리학자이자 위대한 기하학자인 시르시노[28]는 최초로 만유인력 이론을 내세웠다. 올리브리와 시르시노는 모두 자연을 설명할 작정이었다. 올리브리의 원칙들은 언뜻 보면 마음을 사로잡는 간결함이 있다. 그것들은 주요 현상들에는 대강 들어맞지만, 세밀한 부분으로 들어가면 모순된다. 시르시노에 대해서 말하자면, 불합리한 것에서 출발한 것 같다. 그러

25 중앙아프리카에 위치했던 이 지역은 18세기에 그 이름만 알려졌다. 옛 지도에는 현 빅토리아 호수 북부에 표시되었다. 여기서 모노에뮈기는 영국을 우의적으로 표현하고 있는 것으로 추정된다.

26 예전에는 현 수단Soudan 남부지방 일부와 에티오피아와 인접한 지역을 차지하고 있었던 나라였다.

27 데카르트를 말한다.

28 뉴턴을 말한다.

나 그에게 어려운 것은 처음 한 발짝일 뿐이다. 올리브리의 이론체계를 무너트리는 세부사항은 그의 이론체계를 확고부동하게 만든다. 그는 입구에서 어두운 길을 따라간다. 그러나 그 길은 나아갈수록 환해진다. 반대로, 올리브리의 길은 들어갈 때는 밝지만 언제나 갈수록 어두워진다. 올리브리의 철학은 연구보다는 지성知性을 요한다. 지성이 많지 않고 연구를 많이 하지 않는다면 시르시노의 제자가 될 수 없을 것이다. 대개가 올리브리의 학파에는 아무런 준비도 없이 들어간다. 모두가 이 학파의 열쇠를 가지고 있다. 시르시노 학파는 으뜸가는 기하학자들에게만 열려 있다. 올리브리의 소용돌이 이론은 모든 사람의 손이 미치는 거리에 있다. 시르시노의 중력은 일류 대수학자들에게나 해당되는 문제다. 따라서 언제나 만유인력 연구자 한 명이면 소용돌이 이론 연구자 백 명을 상대할 것이다. 그런고로 만유인력 연구자 한 명은 늘 소용돌이 이론 연구자 백 명의 능력과 맞먹을 것이다. 반자 아카데미가 입 싼 보석들의 소재를 토론하고 있었을 때의 상황이 이러하였다.

이와 같은 현상은 일의 실마리를 거의 제공하지 못하고 있었다. 인력에도 걸리지 않고 있었다. 미묘한 물질[29]도 전혀 해결하지 못하고 있었다. 원장이 대강이나마 생각이 있었던 자들에게 그 생각을 말해 보라고 독촉해 보았지만 아무런 소용이 없었다. 깊은 침묵이 회의를 감싸고 있었다. 자신도 전혀 이해하지 못했던 무수한 주제들을 다룬 개론서들의 저자인 소용돌이 이론의 연구자 페르시플로가 마침내 일어나서 말했다. "회원 여러분, 진상은 이 세상의 시스템과 관련이 있을 수 있습니다. 저는 이 사건이 조수

29 인간의 오감으로는 파악할 수 없는 수수께끼 같은 물질을 말한다. 데카르트는 이 물질로 전통적인 물리학에서 말하는 진공상태를 채우면서, 물질로 꽉 찬 우주의 개념을 설명하였다.

潮水와 대강 같은 원인을 가지고 있지 않나 생각하는 바입니다. 그도 그럴 것이, 오늘이 대보름인 것에 주의해 보십시오. 그러나 저의 추측을 따르시기 전에, 보석들이 내달에 말하는 것을 들어야만 합니다."

모두들 어깨를 으쓱했다. 그가 보석처럼 추론하고 있다고 감히 지적하지 못하였다. 그러나 눈치가 구단인 그인지라, 단번에 모두가 그렇게 생각하고 있다는 것을 알아차렸다.

만유인력 연구자인 레시프로코[30]가 발언을 했고 이어 덧붙였다. "회원 여러분, 저는 왕국에 있는 전 항구의 조위潮位 이론을 바탕으로 연역한 도표를 만들었습니다. 관찰기록이 제 계산과는 조금 어긋나는 것이 사실입니다. 하지만 보석들이 재잘대는 소리가 계속해서 조수 간만 현상과 일치한다면, 이러한 단점에서도 유용성을 이끌어 내게 될 것이기 때문에 그 단점은 고쳐질 것입니다."

세 번째 사람이 일어나서 칠판 앞으로 가더니 그 형태를 그리고 말했다. "보석 A와 B가 있다고 가정해 봅시다. 그리고…"

이 대목에서 번역자들의 무지로 인하여 아프리카인 저자가 틀림없이 남겨두었던 논증을 우리는 알 수 없게 되었다. 두 쪽 정도의 누락된 부분을 지나자마자 다음과 같은 글의 내용을 읽을 수 있다. '레시프로코의 추론은 논증적인 것 같다. 그래서 그의 변증법을 바탕으로 한 여러 사람들의 각종 시도에 따르면, 여자들이 항상 귀로 들었던 것을 오늘은 분명 보석으로 말하게 될 것이라는 사실을 그가 언젠가 연역하게 될 것이라고 모두들 동의하였다.'

해부학자의 일원인 오르코톰[31] 박사가 곧이어 말했다. "회원 여러분,

30 뉴턴의 신봉자인 이자의 이름 'Réciproco'는 물론 만유인력 이론에서 말하는 질량의 상호적réciproque 특성에서 따온 것이다.

뜬구름 잡는 가정 속에서 이 이상한 사건의 원인을 추구하느니, 그것을 포기하는 게 더 적절할 것이라고 생각합니다. 저에 대해서 말씀드리자면, 여러분께 제안해야 할 제 추측들이 그저 무의미한 것이었다면, 저는 입을 다물었을 겁니다. 어쨌든 저는 검토하였고, 연구하였고, 숙고하였습니다. 저는 절정상태에 이른 보석들을 살펴보았습니다. 그리고 저는 여러 분야의 지식과 경험의 도움으로 우리가 그리스어로 자궁delphus이라고 부르는 기관氣管은 기관이라는 것의 특성이란 특성은 다 소유하고 있고, 그래서 입과 마찬가지로 보석으로도 잘 말할 수 있는 주체들이 있다는 사실을 확신하게 되었습니다. 회원 여러분, 그렇습니다, 자궁은 현악기이자 관악기, 아니 관악기라기보다는 훨씬 더 현악기입니다. 그리로 향하는 외부의 공기가 꼭 자궁경관 양측의 근섬유 위를 타는 활의 노릇을 대신합니다. 저는 이 섬유를 리본[32] 혹은 성대로 부르겠습니다. 이 섬유들을 떨도록 하는 것은 바로 이 공기와 성대의 부드러운 마찰입니다. 그리고 이 섬유들이 서로 다른 음을 내게 되는 것은 제법 빠른 그것들의 떨림 때문입니다. 육체는 이 소리들을 마음대로 바꿀 수 있고, 말도 하니 노래까지 할 수 있는 것입니다.

두 개의 리본 혹은 성대만이 있고 이것들의 길이는 거의 같은데, 어떻게 이것들이 인간의 목소리가 낼 수 있는 장중하고 날카롭고, 강하고 약한 수많은 음을 내기에 충분한지 저에게 물어보시겠지요. 이 기관器官과 악기를 비교해 본 바에 따르면, 그것들이 늘어났다 줄어들었다 하는 것만으로

---

31 오르코톰Orcotome이라는 이름은 '거세하다châtrer'를 의미하는 그리스어 'orchotomein'에서 파생되었다. 이 어원의 적합성은 곧 증명이 될 것이다. 이 인물도 1741년 과학 아카데미 회원으로 선출되었고 이듬해 왕립학회에서 의학강좌—수강학생들이 많았다고 한다—를 맡았던 해부학자 앙투안 페랭Antoine Ferrein(1693-1769)을 일부 흉내 내고 있다.

32 성대에 딸려 있는 기관의 명칭.

도 그러한 효과들을 낼 수 있다고 대답을 드리는 바입니다.

이 국부가 이완과 수축을 할 수 있다는 것을, 여러분과 같은 학자 층의 모임에서 증명하는 것은 쓸데없는 일입니다. 그러나 이러한 이완과 수축의 결과로, 자궁은 제법 날카로운 소리들을, 한마디로 말해서, 목소리의 모든 변화와 노래의 음조들을 낼 수 있는 것입니다. 이것이 바로 제가 의심의 여지없이 기대를 걸고 있는 사실입니다. 제가 호소하려는 것은 경험입니다. 회원 여러분, 그렇습니다, 저는 여러분 앞에서 자궁과 보석들을 추론하게 하고 말하게 하고 노래까지 부르게 하도록 약속드리는 바입니다."

보석들을 자기 동료들 중 하나가 내놓은 기관氣管 이론의 수준까지 올려놓기로 작정하였던 오르코톰의 연설은 이러하였다. 질투를 한 그가 이 동료의 성공을 헐뜯은 적이 있었는데 부질없는 짓이었다.

제10장

앞 장章보다 덜 학문적이고 덜 지루한 장

이어지는 아카데미 회의

오르코톰의 경험들을 기대하면서 이자에게 이의를 제기했을 때, 모두가 이자의 생각이 견고하기보다는 교묘하다는 생각을 한 것 같았다. "보석들의 말하는 능력이 천부적이라면, ―누군가 그에게 말했다― 왜 그것들이 이 능력을 사용하는 데 그렇게 오랜 시간이 걸렸지요? 이것이, 아주 강한 말의 욕구를 여자들에게 주고, 이 여자들 몸 안에 말하는 기관을 두 개로 만드는 것을 즐거움으로 삼았던 브라흐마 신의 인자함 때문이라면, 여자들이 자연의 이 귀중한 선물을 그렇게 오랫동안 모르고 있었거나 소홀히 했던 것은 참으로 이상한 일이군요. 왜 보석마다 단 한 번만 말을 했던 거지요? 왜 이 보석들 모두가 말한 주제는 다 같았던 겁니까? 한 입이 말하고 있으면, 다른 입은 반드시 잠자코 있는 것은 어떤 메커니즘 때문에 그런 겁니까? 게다가—그가 덧붙였다—대부분의 보석들이 말을 했던 상황과 이야기했던 것들에 비추어 그것들의 수다를 판단해 보건대, 수다는 본인의 의지와는 관계없는 것이고, 이 수다가 국부를 지니고 있는 여인들의 지배력을 벗어나지 못했었다면, 이 국부는 계속해서 말을 못했을 것이고 이 여인들의 발문을 막았을 것이라고 확신하는 것은 너무나도 당연한 일입니다."

오르코톰은 이러한 반론에 대응할 각오를 하였고, 그래서 그는 보석들은 항시 말하였지만, 그 소리가 너무 작아서 그것들이 말하는 것이 이따금 거의 들리지 않았으며, 그것들의 주인들조차도 듣지 못했다고 주장하였다. 그것들이 오늘날 소리를 높였던 것은 놀랄 일이 아니며, 그것들에게 가장 친숙한 것들에 대해서 사람들이 점잖고 사려 깊게 서로 이야기를 나눌 수 있을 정도로 대화의 자유를 추진해 왔다고 주장하였다. 그것들이 단 한 번 목소리를 높였다고 해서, 그때가 유일한 경우일 거라고 결론을 지어서는 안 된다고 주장하였다. 말을 못하는 것과 침묵을 지키는 것 사이에는 큰 차이가 있다고 주장하였다. 그것들 모두가 같은 소재만을 말한 것은, 필경 그게 그것들이 생각하고 있을 유일한 것이라고 주장하였다. 아직까지 말하지 않은 보석들은 말할 것이라고 주장하였다. 그것들이 입을 다물고 있는 것은, 말할 것이 없거나 장애가 있거나 생각이나 표현력이 없어서 그렇다고 주장하였다.

"한마디로 말해서,—그가 말을 계속했다—여자들 몸 안에 말하는 기관을 늘리면서, 여자들이 지닌 강한 말의 욕구를 만족시키는 수단을 이들에게 부여한 것이 브라흐마 신의 인자함 때문이라고 하는 것은, 이러한 호의가 그 결과 불편함을 초래한다면, 이러한 불편함을 예방하는 것도 브라흐마 신의 예지에 속하는 일이라는 것을 인정하는 것이지요. 이게 바로 한 입이 말을 하면 다른 하나를 침묵하도록 강제하면서 신께서 하셨던 것입니다. 여자들이 시시각각 생각을 바꾸는 것은 우리에겐 이미 지나치게 불편할 따름입니다. 브라흐마 신께서 여자들에게 모순되는 감정을 동시에 가질 수 있는 재능을 부여했었다면, 그럼 어떻게 되었겠습니까? 게다가 보석이 오로지 남이 들을 수 있게 말을 하게 되었다면, 어떻게 되었겠습니까? 그런데 입 하나로도 서로 잘 지내기가 정말 힘든 여자들이 어떻게 두 입으로 말하면서 서로를 이해하는 일이 있을 수 있었을까요?"

많은 문제들에 대한 답변을 갓 끝낸 상태였지만, 오르코톰은 모든 사항을 만족시켰다는 확신을 하고 있었다. 잘못된 생각이었다. 그는 모진 공격을 받았고, 그래서 죽을 지경이었다. 그때 물리학자 시모나즈가 그를 구했다. 그러자 말싸움은 소란스럽게 되었다. 문제에서 벗어나 갈피를 잡지 못하였고, 제자리로 돌아왔지만, 재차 갈피를 못 잡고 감정이 격해져 고함을 질러댔고, 고함은 욕설이 되었으며, 아카데미 회의는 끝이 났다.

제11장

네 번째 반지 실험

메아리

보석들이 재잘대는 소리가 아카데미를 뒤덮고 있는 사이에, 그 소리는 여러 모임에서 그날의 뉴스, 다음 날 그리고 며칠 동안 계속해서 이야기의 소재가 되었다. 퍼내고 퍼내도 끝이 없는 텍스트였다. 진짜로 일어난 일들에 거짓을 보태기도 하였다. 다 받아들여졌다. 마술과 같은 사건이 온통 믿을 만한 것이 되었다. 모두들 그 점에 대해서 육 개월 이상을 이야기하며 보냈다.

술탄은 세 번밖에 반지를 실험하지 않았는데, 중궁전에 각기 지정된 좌석이 있었던 부인들의 모임에서는, 참석자들이 여 의장의 보석의 연설에 이어 후작 부인의 그것의 연설을 말하고 있었다. 곧이어 한 독신녀의 신심 깊은 비밀이 폭로되었다. 이윽고 거기에 있지도 않았던 많은 여자들의 비밀도 폭로되었다. 이 여자들의 보석에 대해서 했던 말들은 아무도 모르고 있었다. 음담패설도 거기서 빠지지 않았다. 여러 사건들을 숙고하기에 이르렀다.

"그 마력 —그도 그럴 것이 이게 보석 위에 쳐진 장식 커버잖아요—때문에 우리는 끔찍한 상황 속에 갇혀 있다는 걸 인정해야만 합니다—부인들 중 한 명이 말했다—뭐라고요! 늘 자신한테서 터무니없는 소리가 새나가는 것을 불안에 떨며 들어야 한다는 말인가요?"

"하지만 부인,—다른 부인이 그녀에게 응수했다—부인께서 두렵다니 정말 놀랍군요. 보석이 어처구니없는 것을 말하지 않는다면, 입을 다물건 지껄여대건 뭐 그리 중요하겠어요?"

"아주 중요합니다—먼저 번 여자가 말을 이었다—내 것이 말을 안 할 것이라는 확신이 서면, 미련 없이 제가 가진 보석 세공품의 반을 줄 수 있을 정도로 말이에요."

"사실,—두 번째 여자가 그녀의 말을 받았다—아주 비싸게 값을 치르고 비밀을 지켜달라고 사람들의 비위를 맞추기 위해서는 그럴 만한 충분한 이유가 있어야 합니다."

"제게는 최상의 이유가 없네요—세피즈가 바로 답을 했다—하지만 제가 남의 비위를 맞추었던 일을 부정하는 것은 아닙니다. 조용히 있기 위해서 이만 에퀴면 많은 것이 아닙니다. 솔직히 말씀드리자면 제 입과 마찬가지로 제 보석도 신뢰하지 못하기 때문입니다. 그런 와중에 살다 보니, 제

입에서 어리석은 말들이 잘도 새어나가더군요. 보석에 의해 폭로되고, 증명되고, 소상히 밝혀지는 믿을 수 없는 많은 연애사건들을 매일 듣고 있으니, 그중 사분의 삼을 떼어낸다 하더라도, 그 나머지면 수치를 당하기엔 충분할 겁니다. 내 것이 모든 보석들처럼 그저 반만이라도 거짓을 고했다면, 저는 파멸했을 겁니다. 우리들의 평판이 여태껏 그것들의 연설에 좌지우지되었을 리 만무한데, 우리들의 행실이 우리 보석들의 손아귀에 있었으리라는 것은 그러니 말도 안 되는 것 아니겠어요?"

"저는 말이죠,—이스멘이 활기차게 대답했다—이 끝도 없는 추론에 끼어들지 않고, 이 문제들이 제 갈길 가도록 내버려두겠어요. 보석들에게 말을 하게 만든 것이 브라흐마 신이라면, 내 바라문 애인이 내게 증명했던 것처럼, 신께서는 보석들이 거짓말하는 것을 절대 허락하시지 않을 겁니다. 그 반대 사실을 보증할 만한 신성모독적인 언행이 있을 수 있겠지요. 그러니까 내 보석은 하고 싶을 때 하고 싶은 만큼 말을 할 수 있다는 이야깁니다. 결국 그것이 무슨 말을 하겠습니까?"

그때 땅 밑에서 나오는 것 같았고, 메아리치듯 대답했던 희미한 목소리가 들렸다. "아주 많은 것들이지." 이스멘은 이 대답이 나온 곳을 전혀 상상하지 못했기 때문에 화를 냈고 옆에 있던 부인들에게 심한 말을 했는데, 이렇게 해서 모임의 재미가 계속되었다. 그녀가 애먼 사람을 잡았던 것에 쾌재를 불렀던 술탄은 멀리서 함께 이야기를 나누고 있었던 그의 대신과 헤어지고 나서, 그녀에게 다가가 말했다. "부인, 그대는 예전에 속내 이야기를 할 때 이 부인들 중 어느 누구도 들먹이지 않았는지 모르지만, 그대의 보석은 기억이 없을지도 모를 이야기들을 이 부인들의 보석이 심술궂게 되살릴 수도 있다는 것을 알아두시오."

반지를 때맞춰 요리조리 돌리던 망고귈은 이 부인과 그녀의 보석 사이에 정말 이상한 대화를 마련하였다. 자신의 자질구레한 문제들도 항상 깔끔하게 처리하였고, 마음을 털어놓을 수 있는 여자 친구 한번 가져 본 적이 없었던 이스멘은 험담하는 작자들의 모든 기술技術이 거기에는 넘쳐날 것이라고 술탄에게 대답했다.

"아마도." 미지의 목소리가 대답했다.

"엥! 아마도라니?—이 모욕적인 의심에 화가 난 이스멘이 대꾸했다—내가 그자들에게서 두려워할 게 뭐가 있단 말이지?…"

"그자들이 나만큼 알고 있다면 다지요."

"근데 당신이 아는 게 뭐요?"

"말씀드리건대, 많은 것들입니다."

"많은 것들이라, 이것이 많은 것을 알려주지만 의미는 전혀 없지요. 그중 몇 가지를 좀 상세하게 말해 줄 수 있겠소?"

"그럴 수 있을 겁니다."

"그런데 또 어떤 유형의 것이지요? 내게 마음을 주고받는 일이라도 있었단 말인가요?"

"아닙니다."

"밀애? 정사?"

"바로 그겁니다."

"누구랑 그랬는지 말씀 좀 해 주시겠어요? 댄디들하고? 군인들? 원로원 의원들?"

"아닙니다."

"배우들?"

"아닙니다."

"내 시동들, 내 제복 하인들, 내 교리문답 신부님, 아니면 내 남편의 부속 승려와 그럴 거라고 생각하시겠군요."

"아닙니다."

"위선자 양반, 자, 당신은 막다른 골목에 다다르신게지요?"

"완전히 다다른 것은 아닙니다."

"하지만 정사를 벌일 수 있는 사람이 내게는 이제 없는데. 내가 결혼하기 전인가요, 그 후인가요? 그럼 대답 좀 해 보시라니까요, 건방진 것 같으니라고."

"아! 부인, 욕설은 그쯤 해 두시지요. 당신의 가장 훌륭한 친구를 몇 안 되는 나쁜 소행에 억지로 연루시키지 마세요."

"이보세요, 이야기해 보세요. 말씀하세요, 전부 다 말이에요. 당신의 경솔한 언행이 두렵지 않은 것처럼 당신의 도움은 생각지도 않아요. 설명하실 기회를 드리죠. 어서 해 보세요."

"이스멘, 저보고 어쩌라는 겁니까?" 깊게 한숨을 내쉬면서 보석이 말을 덧붙였다.

"정숙함을 인정하라는 거예요."

"자, 그럼, 정숙하신 이스멘, 젊은 오스맹, 지방 분관구장分管區長 제그리, 당신의 춤 선생 알라지엘, 음악 선생 알무라가 이젠 기억이 안 나세요?"

"아, 정말 들어줄 수가 없군!—이스멘이 소리쳤다—내 어머니는 경계심이 많으셨던 분이라 나는 그런 난잡한 일에 빠질 수가 없었어요. 그리고 내 남편이 여기에 있다면, 그가 내게 바랐던 그대로의 나를 발견했었다는 것을 증명했을 겁니다."

"그렇고말고요—보석이 말을 이었다—당신의 절친한 친구인 알신의 비밀 덕분이지요."

"이건 떨쳐버릴 수 없을 정도로 아주 터무니없고 아주 상스러운 조롱이

군요—이스멘이 응수했다—내 일에 대해서 아주 잘 안다고 하는 것이 이 부인들의 보석 중 어느 것인지 모르겠습니다—그녀가 말을 계속했다—하지만 그 보석이 방금 말을 끝냈잖아요, 내 것은 그 첫 마디도 모르는 것들에 대해 말이에요."

"부인,—세피즈가 그녀에게 대답했다—분명히 말씀드리지만, 제건 듣기만 했답니다."

다른 여자들도 같은 말을 했다. 그리고 내가 방금 고자질했던 대화자가 누구였는지 정확히 알지 못한 채 모두 노름을 하기 시작했다.

제12장
다섯 번째 반지 실험

도박

마니몬반다에 소속되어 있는 대부분의 여자들은 노름에 열심이었는데, 이런 걸 알기 위해서는 망고귈의 명민함은 전혀 필요치 않았다. 도박에 대한 열정은 가장 감추어지지 않는 열정이다. 이 열정은 땄을 때건 잃었을 때건 눈에 띄는 갖가지 증상들로 나타난다. "도대체 이 광기가 어디서 오는 거야?—그가 중얼거렸다—어떻게 이 여자들이 파라옹 놀이판에 둘러앉아서 밤을 새울 작정을 하고, 에이스와 7번 카드 패를 고대하며 전전긍긍할 마음을 먹을 수 있을까? 이 여자들이 방탕한 생활을 재촉하고 있다는 확신이 서는군. 이런 생활을 차치하고서라도, 여자들이 열광에 빠지면, 이 열광 때문에 건강과 아름다움을 해치는데."

"여기서 또 괜스레 뭔가를 정말 하고 싶군 그래." 그가 미르조자에게 작은 소리로 말했다.

"생각하고 계시는 그 공연한 행위가 무엇인가요?" 애첩이 그에게 물었다.

“이 노름꾼 중에서 가장 광적인 여자에게 내 반지를 돌려서, 그 여자의 보석에게 질문을 하고, 카드 패 하나나 주사위 한 번에 부인들이 자기들의 체면과 집 재산을 위태롭게 하도록 내버려두는 이 어리석은 모든 남편들에게 이 기관을 통해서 제대로 된 충고를 전하려는 것이지.” 망고귈이 그녀에게 대답했다.

“그 생각 너무 좋은데요—미르조자가 그에게 대답했다—하지만, 전하, 알아 두실 것이 있습니다. 황후께서 최근에 신의 이름으로 맹세를 하셨습니다. 황후의 처소가 복화술사들의 파렴치한 행위에 재차 빠져들 위험에 처한다면, 절대 이곳에 모임을 두지 않을 것이라는 맹세입니다.”

“뭐라고 했지요, 내 영혼의 환희여?” 술탄이 말을 막았다.

“저는,—애첩이 그에게 대답했다—정숙한 황후께서 말할 줄 아는 보석을 지닌 모든 여인들에게 부여한 이름〔복화술사〕을 말했사옵니다.”

“그 이름은 그리스어는 알고 콩고어는 모르는 것을 자랑스러워하는 바라문 중, 황후의 어리석은 바라문 중이 만든 것이지—술탄이 말을 받았다—그러나 황후와 그 전속 승려에게 실례가 되겠지만, 나는 마니유의 보석에게 물어보고 싶소. 다음 심문에 정신이 바짝 들게 하기 위해서라도 심문은 여기서 하는 것이 좋을 것 같소.”

“전하, 저를 신뢰하신다면,—미르조자가 말했다—전하께서는 이 모임의 해체를 황후께서 보지 않게 해 주실 수 있을 것이옵니다. 전하의 호기심과 저의 호기심을 잃지 않고서도 그렇게 하실 수 있사옵니다. 전하께서 마니유의 처소에 가시면 좋겠건만!”

“가겠소, 당신이 원하니.” 망고귈이 말했다.

“그런데 몇 시에 가실 것입니까?” 술탄의 첩이 물었다.

“자정쯤에.” 술탄이 대답했다.

“자정에는 그녀가 노름을 합니다.” 애첩이 말했다.

“그럼 새벽 두 시까지 기다리겠소.” 망고궐이 말을 이었다.

“전하, 그럴 생각은 아니시겠지요,—미르조자가 말을 받았다—노름꾼들에게 그 시간은 가장 열을 올리고 있을 때입니다. 폐하께서 저를 신뢰하신다면, 폐하께서는 마니유가 잠들 시간인 일곱 시와 여덟 시 사이에 그녀의 처소로 가시면 됩니다.”

망고궐은 미르조자의 조언을 따랐고, 일곱 시경에 마니유를 방문했다. 하녀들이 마니유를 잠자리에 누이려던 참이었다. 그녀의 얼굴을 감싸고 있는 슬픔을 보고서는, 그는 그녀가 운이 없었나 보다고 생각하였다. 그녀는 왔다 갔다 섰다 하늘을 쳐다보았다 발길질을 하였다 두 주먹으로 두 눈을 눌렀다 하였고, 술탄이 들을 수 없었던 무언가를 입 안에서 중얼대고 있었다. 그녀의 옷을 벗기고 있었던 하녀들은 그녀의 몸동작 하나하나를 걱정하며 지켜보고 있었다. 그래서 하녀들이 그녀를 잠자리에 뉘일 수 있었던 것은, 그녀의 기친 행위 아니 더 심한 경우를 겪지 않고서는 불가능했던 것이다. 저녁기도라고는, 쓸데없이 일곱 번 계속해서 뜬 고약한 에이스 한 장에 저주를 몇 번 퍼붓는 것으로 대신하고서 결국 마니유는 잠자리에 들었다. 그녀가 두 눈을 감자마자 망고궐은 그녀 쪽으로 반지를 돌렸다. 그러자 곧 그녀의 보석이 고통스럽게 소리쳤다. “이번에는 완패했어요.” 술탄은 마니유의 집에서 그녀의 보석까지도 모든 것이 노름을 말하는 것을 비웃었다. “아니지요,—보석이 계속 말했다—아비둘하고 다시는 노름을 안 할 겁니다. 이자는 속임수만 쓸 줄 안단 말이에요. 다레는 말도 말아야지요. 이 인간과 함께 하면 재수 옴 붙을 수 있어요. 이스말은 노름을 아주 정정당당하게 합니다. 하지만 원한다고 다 그를 가질 수는 없잖아요. 크리사의 손아귀에서 놀아나기 전에는 마줄림은 보배였습니다. 젤미스보다 더 변덕스러운 노름꾼은 내 알지도 못하고요. 리카는 변덕이 덜합니다. 하지만 이 불쌍한 사내는 빈털터리입니다. 라쥘리는 뭐랄까요? 반자에서 가장 아름다운 여인은 그에게 큰 도박을 하게 하지 않을 겁니다. 몰리는 정말 시시한 도박꾼이에요! 사실 노름꾼들에게는 비탄의 감정이 들러붙었지요. 그러니 머지않아 모두들 누구랑 판을 벌려야 할지 모를 겁니다."

이렇게 푸념을 하고 나서, 보석은 자기가 직접 보았던 갖가지 묘수에 혼신을 다해 덤벼들었고, 불운에 빠져 있는 여주인의 집요함과 여러 방법에 매달리다가 녹초가 되었다. "내가 아니었다면,—보석이 말했다—마니유는 수십 번이나 파산했을 겁니다. 술탄의 이 모든 보배들은 내가 대신 지불하지 않았다면 빚을 청산하지 못했을 거라고요. 이 여자는 금융가와 승려를 상대로 한 브를랑 카드놀이 한 판에, 금화 만 뒤카도 더 잃었지요. 그녀에게 남은 것이라곤 달랑 보석 세공품들뿐이었습니다. 하지만 이것은 그녀의 남편이 한 판 벌여 볼 작정으로 저당물로 잡혔던 것을 얼마 전에 되찾은 것이었습니다. 그럼에도 불구하고 그녀가 카드를 잡았던 겁니다. 그리고 운명이 보낸 이 매혹적인 노름들 중 하나가 그녀에게 다가왔던 것입니다. 운명은 파산시킬 태세였는데 말입니다. 그들이 그녀에게 콜을 하라고 재촉했습니다. 마니유는 자기 패를 쳐다보았고, 지갑 속에 손을 넣었습니다. 꺼낼 게 없음을 확인한 그녀는 다시 판에 뛰어들어서는 판을 살펴보고 아무런 결정을 못 내렸습니다.

'부인께서는 그럼 거시는 거죠.' 금융가가 그녀에게 말했습니다.

'그럼요, 걸지요…—그녀가 말했습니다—거는데… 내 보석을 걸지요.'

'얼마에 걸 겁니까?' 튀르카레가 말을 받았습니다.

'금화 백 뒤카에 걸겠어요.' 마니유가 말했습니다.

승려는 물러났습니다. 보석은 그에게 너무 비싸 보였던 겁니다. 튀르카레는 동의했습니다. 마니유는 잃었고 값을 치렀습니다.

작위가 있는 보석을 소유하려는 어리석은 허영심이 튀르카레를 자극한 거였지요. 그는 나서서 내 여주인의 노름 욕구를 채워 준 것이었습니다. 내가 그의 쾌락에 소용될 것이라는 조건으로 말입니다. 일은 즉시 타결이 되었어요. 하지만 마니유가 도박을 크게 하였고 그녀의 금융가도 마르지 않는 샘은 아니었기 때문에, 우리는 얼마 인 가서 그의 금고의 밑바닥에 닿게 되었습니다.[33]

내 여주인이 가장 화려한 파라옹을 요리한 것이었지요. 그녀의 주위 사람들이 다 초대되었습니다. 뒤카 금화로만 돈을 걸어야 했어요. 우리는 튀르카레의 주머니를 믿고 있었습니다. 그런데 이 중요한 날 아침에 이 상놈의 자식이 자기는 한 푼도 없다는 편지를 남겨 두었지 뭡니까. 그래서 우리는 지독히도 난처한 처지에 빠지고 말았습니다. 여기서 벗어나야만 했지요. 한순간도 잃어서는 안 되었습니다. 우리는 별수 없어서 늙은 바라뉸 주시에게 갔습니다. 그가 오래전부터 몇 가지 호의를 베풀어 달라고 간청했었는데 우리는 그에게 그걸 아주 비싸게 팔았습니다. 그는 자기 수입의 두 배나 주고 이번 판을 치렀습니다.

그러나 튀르카레는 며칠 뒤에 다시 왔습니다. 그는 절망해 있었어요, 부인이 자기를 절망에 빠트렸다고 말하더군요. 그는 늘 부인의 호의를 믿고 있었습니다.

'이봐요, 그나저나 당신은 잘못 생각하고 있어요―마니유가 그에게 대답했습니다―상식적으로 저는 당신을 더 이상 받아들일 수 없군요. 당신이 돈을 빌려 줄 처지가 되었을 때는, 내가 왜 당신을 감수했는지 사교계

---

33 르 사주Le Sage의 희극 《튀르카레*Turcaret*》(1709)를 차용한 것이 분명하다. 그는 재력을 이용하여 사교계에서 실추된 순진한 남작 부인을 사로잡고 유혹한다.

사람들은 알고 있습니다. 그러나 아무 짝에도 쓸모없는 지금, 당신은 내 명예를 실추시킬 겁니다.'

튀르카레는 이 말에 자극을 받았어요. 나도 받았지요. 그도 그럴 것이 그는 반자에서 제일가는 사내였거든요. 그는 평상시의 평정심을 잃고서는, 마니유는 훨씬 더 자기를 즐겁게 해 주었던 세 명의 오페라 여자들보다 비쌌다고 말했습니다.

'아!—그가 고통스럽게 소리를 질렀어요—어째서 사랑스러운 린네르 판매원에 만족하지 못했을까? 요것이 미친년처럼 나를 좋아했는데. 호박단만 있으면 그녀를 아주 기쁘게 해 주었는데!'

비교를 좋아하지 않았던 마니유는 그의 몸을 떨리게 할 정도의 어조로 말을 막았습니다. 그리고 즉시 나가라고 명했습니다. 튀르카레는 그녀를 알고 있었고, 그래서 창문으로 나가는 것보다 계단으로 조용히 돌아가는 편을 택했습니다.

이 일이 있고 난 후에 마니유는 불행에 처해 있는 자신을 위로하러 온 다른 바라문 승려로부터 돈을 빌렸다고 말했습니다. 이 성자가 금융가의 배턴을 이은 것이었지요. 그래서 우리는 같은 화폐로 그의 위로를 갚았습니다. 그녀는 지난번에도 저를 타락시켰었지요. 그래서 노름빚은 사교계에서는 갚는 유일한 것으로 다들 알고 있습니다.

마니유에게 기막히게 연기를 하게 되는 일이 있으면, 그녀는 가장 행실이 바른 콩고의 부인이 되는 겁니다. 노름할 때를 제외하곤, 그녀는 모든 사람들을 깜짝 놀라게 할 만큼 행실을 바꿉니다. 모두들 그녀의 맹세는 듣지도 않습니다. 그녀는 맛있는 음식을 먹고, 전속 부인복 판매상과 하인에게 돈을 주고, 하녀들에게는 옷가지들을 나눠주고, 이따금 이 옷가지들을 정리하고, 다누아[34]와 남편을 어루만져 줍니다. 그런데 그녀는 스페이드 에이스 한 장에 이처럼 행복한 조처와 돈을 한 달에 서른 번이나 걸고 있습니다. 이게 바로 지금까지의 그녀가 해왔던 생활이자 앞으로 하게 될 삶인 것이지요. 그러니 내가 얼마나 더 저당잡히게 될지 아무도 모르는 겁니다."

여기서 보석은 입을 다물었고, 그래서 망고귈은 휴식을 취하러 갔다. 저녁 다섯 시경에 그를 깨웠고, 그는 애첩과 만나기로 약속했던 오페라 극장으로 갔다.

제13장

여섯 번째 반지 실험

반자의 오페라 극장에서

반자의 전 공연 중에서 오페라 극장의 공연만이 유지되고 있었다. 유명한 음악가인 위트뮈트솔과 위레미파솔라시튀튀가 번갈아 가면서 오페라 극을 맡고 있었는데, 선사는 유행에 처지기 시작했고, 후자는 이제 막 떠오르는 중이었다.[35] 이 괴짜 작곡가들은 각각 추종자들이 있었다. 무식자들과 늙정이들은 모두 위트뮈트솔을 지지했다. 젊은이들과 거장들은 위레미파솔라시튀튀 편이었다. 심미안이 있는 사람들은 노소를 막론하고 이 둘 모두를 대단하게 생각했다.

위레미파솔라시튀튀는 다정할 때 탁월하다고 심미안이 있는 사람들은

---

34 'Danois'는 몸집이 길고, 얼굴이 길쭉하고, 짧은 털을 지닌 덴마크산 개다.

35 위트미트솔은 피렌체 출신의 궁정 음악가 장 바티스트 륄리Jean-Baptiste Lulli(1633-1687)를 가리킨다. 선율의 예술로 칭송을 받은 륄리의 옹호자들과 선율보다는 화음 우위의 음악이론을 앞세운 장 필리프 라모Jean-Philippe Rameau(1683-1764)의 추종자들 사이에 일어난 음악논쟁을 암시하고 있다. 위레미파솔라시튀튀는 바로 18세기에 화성 이론으로 명성을 떨친 장 필리프 라모다.

말하곤 했다. 그러나 그에게는 때때로 휴지기가 있었는데, 그건 누구에게나 있는 일이 아닌가? 위트뮈트솔은 훨씬 더 꾸준했고 변함이 없었다. 그는 아름다운 표현으로 가득 찼다. 그러나 그는 아주 이목을 끄는 예에 이르기까지 그의 경쟁자에게서 찾을 수 없는 아름다움은 하나도 없었다. 모두들 이 경쟁자의 독자적이고 그의 작품에서나 볼 수 있는 악구樂句에 주목하고 있다. 늙은 위트뮈트솔은 꾸밈없고 자연스러우며 단조로운데, 때때로 지나치게 단조롭다. 이것이 그의 잘못이다. 젊은 위레미파솔라시튀튀는 기발하고 재치가 넘치며 복잡하고 이해하기 힘든데, 때때로 이해하기 너무 힘들다. 그러나 이것은 그의 청중의 잘못일 것이다. 전자는 서곡만 있는데, 진짜 아름답지만 그의 전 작품 서두에서 반복될 뿐이다. 후자는 곡도 만들고 서곡도 썼는데 모두 걸작으로 치고 있다. 자연은 위트뮈트솔을 선율의 길로 인도했다. 위레미파솔라시튀튀는 연구와 경험을 통해 화성학의 기원을 열었다. 누가 고대인처럼 낭송을 할 줄 알았으며, 언제서야 서창부敍唱部를 노래할 것인가? 누가 우리에게 근대인처럼 경쾌한 아리에타, 달콤한 아리아, 개성 있는 교향곡을 만들어 줄 것인가? 위트뮈트솔만이 대위성부對位聲部를 이해했다. 위레미파솔라시튀튀 이전에는 어느 누구도 애정과 관능적인 것, 관능적인 것과 정열적인 것, 정열적인 것과 선정적인 것을 나누는 미묘한 뉘앙스를 구분하지 못했었다. 위레미파솔라시튀튀의 몇몇 추종자들은 위트뮈트솔의 대위성부가 그의 것보다 뛰어나다면, 비난해야 할 것은 기복이 있는 자신들의 재능이라기보다는 자신들이 이용했던 시인들이 다르다는 것이라고 고집하기까지 했다. "읽어 보세요—그들이 소리친다—다르다누스[36]의 장면을 읽어 보세요. 그러면 여러분들은 위레

36 라 브뤼에르La Bruère의 오페라 각본을 가지고 라모가 작곡하여 1739년에 처음으로 상연한 작품이다.

미파솔라시퉈퉈에게 아름다운 가사가 주어진다면, 위트뮈트솔의 매혹적인 장면들이 다시 태어날 것이라고 확신할 것입니다." 사정이 어찌되었던 간에, 작금에는 도시 전체가 위트뮈트솔의 비극을 보러 달려가고 있는데, 위레미파솔라시퉈퉈의 발레는 숨 막힐 지경이었다.

이때 반자에서 위레미파솔라시퉈퉈의 탁월한 작품이 상연되고 있었는데, 술탄의 애첩이 그것을 볼 마음이 없었더라면 관객 없는 상연이 되었을 것이다. 보석들의 주기적인 월경은 여전히 편협한 바이올린 연주자들[37]의 시기심을 조장하고 있었고, 주연 여배우를 볼 수 없게 하였다. 대역代役을 맡았던 여자는 목소리가 덜 아름다웠다. 그러나 연기로 벌충하였기 때문에, 친히 참관한 술탄과 애첩이 이 공연을 높이 평가하는 것을 막을 것이 없었다.

미르조자가 도착해 있었다. 망고귈이 도착한다. 막이 올라가고, 공연이 시작된다. 모든 것이 훌륭하게 진행되고 있었다. 슈발리에 양[38]으로 인해 르 모르 양[39]은 잊혀졌고, 4막에 이르렀을 무렵, 술탄의 구미에 맞게 심하게 지속되었으며 이미 두 번씩이나 애첩의 하품을 일으켰던 합창이 한창이었는데, 이 와중에 술탄은 선 여가수를 향해 반지를 돌릴 생각을 했다. 누구도

---

37 프랑수아 프랑케르François Francoeur(1698-1787)와 프랑수아 르벨François Rebel (1701-1775)에게 붙여진 별명이다. 어린 나이에 오페라 극장에 들어간 그들은 1736년에 오페라 극장 감독관이 되었으며, 1751년부터 1767년까지 극장을 운영한다. 여기서 여배우들과 여가수들의 월경이 조장하는 그들의 질투심은 다음과 같은 사실을 통해 설명된다. 그들은 몇 편의 오페라 곡을 같이 작곡하였는데 성공은 대단치 못하였다. 그래서 그들은 라모의 재능이 그들의 명성에 해가 되었을 것이라는 걱정을 했다고 한다.

38 슈발리에 양은 1720년경에 태어나 1741년에 오페라 극장에 들어간다. 그녀에게 명성을 안겨 주었던 중요한 역할을 해냈다.

39 카트린 니콜 르모르Catherine-Nicole Lemaure(1704-1783)는 당시 심금을 울리는 솜씨를 발휘하여 찬사를 받았던 배우 겸 가수였다. 1724년에 오페라 극장에서 데뷔하여 1750년 은퇴한다.

공연 중에 이보다 더 별난 희극 장면을 본 적이 없었다. 서른 명의 아가씨들이 갑자기 벙어리가 되었다. 입은 크게 벌리고 있었고 전과 같이 연극에서 취하는 자세를 하고 있었다. 그러나 그 보석들은 노래를 너무 한 나머지 목이 쉰 상태였고, 요것은 퐁 뇌프[40] 노래 저것은 외설적인 보드빌 또 다른 것은 지나치게 추잡한 패러디를 부르고 있었는데, 고것들의 천성과 관련지어 볼 때 모든 것이 괴상망측하기 짝이 없었다. 한쪽에선 오 정말 나의 대모代母가 설마! 다른 한쪽에선 뭐라고! 열두 번씩이나! 여기선 누가 나랑 할래? 블레즈? 저기선 시프리앵 신부님, 신부님을 막을 게 뭐 있겠어요.[41] 마침내 이 모든 것들이 소리를 어찌나 크게 묘하게 미친 듯이 질러 대며 격해졌는지 데des… 노no… 드d… 옹on…(수고본은 이 대목에서 손상되어 있었다) 합창대 이전 혹은 그 이후에나 들을 수 있을 타의 추종을 불허하는 기상천외의 합창대, 소란스럽고 우스꽝스럽기 짝이 없는 합창대가 되어 버렸다. 그럼에도 불구하고 오케스트라는 변함없이 자기 길을 가고 있었고, 일층 맨 뒷좌석, 일층 관객석, 칸막이 좌석에서 나오는 웃음소리가 악기음과 보석들의 노랫소리와 섞여서 불협화음의 절정에 이르렀다.

몇몇 여배우들은 자기네 보석들이 바보 같은 소리를 홍얼거리다 싫증이

---

40 1878년 아카데미 사전에 의하면 퐁 뇌프는 "널리 알려진 곡조를 바탕으로 만들어진 민중가요"였다.

41 풍자가요 작가이자 드라마 작가였던 샤를 콜레Charles Collé(1709-1789)의 인기 외설가요 중 두 곡을 합쳐 놓은 것이다. 첫 번째 가요는 "숲으로 가는 것이 바로 그런 것이다"라는 아리아를 바탕으로 한 '민속 무용곡'이다. "요전 날 블레즈가 나에게 키스 했네 / 아! 그것만은 괜찮아요, 아! 그것만은 괜찮아요 / 하지만 이런 즐거움 뒤에는, / 편안한 옷차림으로 있는 블레즈 선생을 보면서 / 나는 그에게 말했지. 이봐요, 이제 그만하세요, / 오! 그건 대단한 게 아니에요, 오! 그건 대단한 게 아니라니까요…" 두 번째 가요는 라모의 《앵드 갈랑트*Indes galantes*》 중 한 아리아를 풍자한다. "아무것도 / 시프리앵 신부님, / 당신을 제지하지 못합니다, / 아무것도 당신을 막지 못합니다, / 죄다 당신에게 맞습니다 / 예외 없이 / 노파 건, 아가씨 건 / 미녀 건 추녀 건 / 당신에게는 누구든 상관이 없습니다"(*Recueil complet des chansons de Collé*, Paris, 1807, t. II, p. 45, et t. I, p. 73).

나서 그걸 말로 해버리면 어쩌나 걱정이 되어 무대 뒤로 몸을 날렸다. 그러나 이 여자들은 겁만 났을 뿐 별탈 없이 끝났다. 관객들이 재차 알아채지 못할 것이라고 확신한 망고귈은 반지를 원위치시켰다. 그러자 곧 보석들은 입을 다물었고, 웃음소리도 그쳤고, 공연장은 조용해졌으며, 극은 다시 시작되었으며, 아무 일 없이 끝났다. 막이 내려갔고, 술탄과 그 첩도 떠났으며, 우리 배우들의 보석들도 그들을 기다리고 있는 곳으로 돌아가 노래와는 다른 일에 힘을 기울였다.

이 사건은 일대를 떠들썩하게 했다. 이 때문에 남자들은 즐거워했고, 여자들은 걱정하였고, 중들은 분노했고, 아카데미 회원들은 흥분하고 있었다. 그건 그렇고 오르코톰은 어떤 생각을 하였을까? 오르코톰이 압승을 거둔 셈이었다. 그는 자신의 한 논문에서 보석들은 기필코 노래를 할 것이라고 발표했었다. 보석들의 노래가 끝난 지 얼마 되지 않았고, 아카데미 회원 동료들을 난처하게 만들고 있었던 이 현상은 그에게 새로운 빛줄기였으며 그의 이론체계를 거의 난공불락으로 만들어주고 있었다.

제14장

오르코톰의 실험

오르코톰이 아카데미에서 자신의 논문을 낭독하고 보석들의 재잘거림에 대한 견해를 알렸을 때는…의 음력 보름이었다. 한 치의 오차도 없고 여러 번 반복했으며 언제나 성공적이었던 실험을 자신만만하게 발표하곤 했기 때문에, 그는 많은 회원들의 넋을 빼놓았었다. 회원들은 그에게서 받았던 호의적인 인상을 한동안 간직하고 있었고, 오르코톰은 만 육 주 동안 꽤나 중요한 발견을 한 것으로 인정을 받았다.

그의 압승에 마침표를 찍기 위해서는, 그가 그렇게 격찬해 마지않았던 그 화제에 오른 실험들을 아카데미 연단에서 되풀이하는 것만이 문제였다. 이 문제로 소집된 회원들은 가장 명석한 자들이었다. 대신들도 그리로 갔다. 술탄도 흔쾌히 거기에 참석했지만, 눈에 보이지 않게 있었다.

망고궐은 독백에는 내로라하는 자였고, 젊은 시절 대화의 무용함을 깨달아 혼잣말에 심취하는 습관을 지니게 되었던 터라, "오르코톰이—그가 혼잣말을 했다—지독한 허풍선이거나, 나의 수호 정령이 대단한 멍청이임에 틀림없어. 분명 마법사도 아닌 아카데미 회원이 가만히 있는 보석들에게 말을 하게 할 수 있다면, 나를 지켜 주는 정령이 생기 넘치는 보석들에게 영혼을 주기 위해서 계약을 맺고 자기 영혼을 악마에게 건넨 것은 그의 크나큰 잘못이었어."

망고궐이 이런 생각에 사로잡혀 있을 때, 아카데미는 한창 진행 중이었다. 주지하다시피, 반자에서 보석의 재질材質에 대해 견식이 있다고 하는 사람들이 모두 오르코톰의 방청인이 되었다. 그는 그런 자기 관객에 만족했지만, 단 그들을 만족시키지는 못했다. 하여간 그의 실험의 성공은 가장 불행한 것이 되었다. 오르코톰은 보석 하나를 잡았고, 거기다 입을 대고 숨이 끊어지게 입김을 불었고, 그 보석을 놓았다가, 다시 잡았고, 다른 보석을 시험하였다. 사실 그는 모든 연령대의, 모든 크기의, 모든 신분의, 모든 색깔의 보석을 가져왔기 때문이었다. 그러나 그가 아무리 입김을 불어도 소용없는 일이었다. 불분명하고, 그가 약속했던 것과는 판이한 소리만 들릴 뿐이었다.

그때 웅성대는 소리가 났고 그를 잠시 당황하게 만들었다. 하지만 그는 마음을 진정하고 이와 같은 실험은 이렇게 많은 사람들 앞에서는 쉽게 이루어지지 않는다고 주장했다. 그가 옳았다.

화가 난 망고궐이 일어나서 나가더니, 눈 깜짝할 사이에 애첩의 처소에 다시 나타났다. "아, 전하시군요—그를 알아본 그녀가 말했다—누가 이기셨습니까, 전합니까 아니면 오르코돔입니까? 사실 그의 보석들이 훌륭한 효과를 냈었잖아요, 의심의 여지도 없이."

술탄은 대답도 않고 사방을 몇 바퀴 돌았다.

"한데,—애첩이 말을 이었다—폐하께서는 불만이신 것 같은데요."

"아! 부인,—술탄이 말을 받았다—이 오르코돔이란 작자의 뱃심은 정말 대단하더이다. 이에 대해선 더 이상 말하지 마시오… 후손들이여, 그대들은 어떻게 생각할 것인가, 머리에 두른 월계관을 자기 피로 적신 충직한 장교들은 사 백 리브르의 연금을 받을 수밖에 없는데, 이 위대한 망고귈이 그런 인간들에게 십만 에퀴를 연금으로 지급하고 있었다는 것을 그대들이 알게 되었을 때 말이오?… 에이 빌어먹을, 미치겠군. 화가 한 달은 가겠어."

이쯤에서 망고귈은 입을 다물었고 애첩의 처소를 계속 거닐었다. 고개를 숙이고 왔다가 갔다가 섰다간 하였으며 이따금 발길질을 하곤 하였다. 잠시 앉았다가, 벌떡 일어나서는 미르조자에게 작별을 고하고는 입맞춤도 잊고 어전御殿으로 돌아갔다.

에르겝제드와 망고귈의 위업과 경이로운 행적에 대한 이야기로 불후의 명성을 남긴 아프리카인 저자는 다음과 같은 표현을 사용하여 계속한다.

망고귈이 언짢은 기분을 내보이자, 모두들 그가 왕국의 모든 학자들을 추방할 것이라고 생각했다. 전혀 그렇지 않았다. 다음 날 그는 상쾌하게 일어나서 오전 중에는 고리 시합을 하였고, 저녁에는 하렘 정원에 쳐놓은 웅장하고 화려한 천막 안에서 총신들과 미르조자와 저녁식사를 했는데, 나랏일을 결코 팽개치고 있는 것 같지는 않았다.

시무룩한 사람들, 콩고의 불평분자들, 반자의 가십 기자들은 놓치지 않고 이러한 행실을 비난했다. 그런데 이러한 사람들이 뭘 비난하지 않으랴!

"저거야,—산책로와 카페에서 그들이 말했다—한 나라를 통치한다는 게 저거냐고? 웬 종일 창을 움켜잡고 밤새 식탁에 매달리는 게?"

"아이고! 내가 술탄이라면 말이야,—도박으로 파산하여 아내와 헤어져서 자식들은 세상에서 가장 질 나쁜 교육을 받았던 별 볼일 없는 원로원 의원이 말했다—내가 술탄이라면, 콩고를 아주 딴판으로 번영시켜 놓을 거야. 내 적들에게는 공포의 대상이 되고, 신하들에게는 사랑의 대상이 되고 싶어. 육 개월도 안 돼서 경찰, 법, 전술, 해군을 강하게 되돌려 놓을 거야. 삼 단 갑판 이상의 큰 배 백 척을 가지고 있겠지. 황무지는 곧 개간될 것이고, 대로大路도 복원될 거야. 각종 세금을 없애던지, 아니면 반으로 깎아 줄 거야. 연금은 어떻게 한다, 재사才士 여러분, 맹세코, 그대들은 전혀 받지 못할 것이오. 우수한 장교들, 퐁고 사비암 신이시여! 우수한 장교들, 노병, 우리들처럼 불철주야 자신들의 노동을 백성들에게 보상하기 위해 바치고 있는 관리들, 이 사람들이야말로 내가 은혜를 널리 베풀어야 할 자들입니다.

"여러분들은 이젠 생각이 안 나십니까?—이가 빠지고, 직모直毛인데다, 팔꿈치에 구멍 난 저고리를 입고 양 소맷부리는 찢어진 한 늙다리 정치인이 이천삼백팔십오 년 전에 통치했던 아비생 왕조의 우리의 위대한 황제 압델말레크라도 능히 해낼 수 있다는 어조로 덧붙였다—월식을 예언하는데 삼 분을 잘못 계산했다고 하여 천문학자 둘을 몸에 말뚝을 박아 죽이라고 시켰고, 그에게 계제 나쁘게 하제下劑를 처방했다고 해서 전속 외과의사와 어의를 산채로 해부하라고 했던 것을 여러분들은 이젠 생각이 안 나십니까?"

"그러니 여러분들에게 부탁드립니다—다른 자가 말을 계속했다—이 게을러터진 모든 바라문 중들, 우리 피로 살덩어리가 불어난 이 기생충이 있어봐야 어디다 써먹겠습니까? 그들에게 넘쳐나는 막대한 재산들은 우리와 같이 정직한 사람들에게 훨씬 더 어울리는 것 아니겠습니까?"

또 다른 쪽에선 이런 말이 들렸다. "사십 년 전에는 로렌 지방의 새로운 요리와 술[42]을 알고 나 있었습니까? 신들을 무시하고 풍속이 타락하면 필연적으로 따라오는 제국의 임박한 멸망을 알리는 사치에 너나 할 것 없이 뛰어들었습니다. 카노글루 대왕[43]의 식탁에서 두툼한 고기만을 먹었고 소르베만 마셨던 시절에는, 투조透彫, 마르탱[44]의 옻칠 그리고 라모의 음악을 대단히 중시하지 않았던가요? 오늘만큼 오페라의 무희들이 냉담하지 않았습니다. 하지만 아주 좋은 값에 그 여자들을 가질 수 있었지요. 아시겠지요? 전하께서 많은 걸 망치고 계시다고요. 아이고! 내가 술탄이었다면!"

"자네가 술탄이었다면,—퐁트누아 전투에서 여러 위험한 상황을 모면했고, 로펠트 전투 날[45] 그의 군주 곁에서 팔 하나를 잃었던 늙은 군인이 석한 어조로 대답했다—네가 지금 하고 있는 것보다 더 많은 바보짓을 했을 거야. 허 참! 이봐, 네 혀도 억제하지 못하면서, 한 제국을 다스리겠다고? 네 가족도 돌볼 머리도 아니면서, 국가를 관리하려는 생각을 해? 입 다물라고, 불쌍한 친구야. 이 땅의 권력자들을 존경하고, 너를 이 제국과 이 군주의 치세 아래 태어나게 해 주신 신들께 감사드리라고. 신중함으로 조신들을

---

42 로렌 지방의 각종 술들은 18세기 전반기에 프랑스에 들어왔다. 가장 유명한 술은 "완벽한 사랑"이라고 불리는 술이었는데, 붉은 빛깔의 시트론cédrat즙으로 만들었다고 한다.

43 루이 14세를 가리킨다.

44 "마르탱의 옻칠"은 18세기에 프랑스의 옻칠 기술을 완성했던 마르탱가家사 형제에서 유래된 말이다. 이 표현은 당시 가구와 장식물에 사용되었던 유행하는 모든 옻칠을 일컬었다.

45 퐁트누아(1745)와 로펠트(1745) 전투는 오스트리아 왕위 계승 전쟁 당시 삭스 원수가 승리를 거둔 유명한 전투다. 특히 퐁트누아 전투에서는 왕이 친히 참전하시어 모두들 경배 드렸다고 한다.

일깨우고, 병사는 그의 능력을 칭송하고 있고, 그의 적들을 두려워 떨게 했고, 자기 백성들을 소중히 했으며, 비난받을 것이라고는 통치를 하시면서 너와 같은 놈들을 온건하게 대우하신 것밖에 없는 그 군주 말이야."

제15장

바라문 승려들

학자들이 보석들 때문에 진을 다 뺐을 때, 바라문 승려들이 이 보석들을 낚아챘다. 이 종교는 그것들이 재잘대는 소리가 이 종교가 지닌 권능의 한 분야라고 주장했다. 그리고 이 종교의 승려들은 브라흐마 신의 거룩한 뜻이 그 결과로 나타난 것이라고 했다.

주교 총회가 있었고, 이 사건은 초자연적이라는 사실을 최고의 문인들에게 정식으로 증명하도록 맡길 것이고, 이들의 작업이 인쇄될 때까지, 이 사건을 여러 논문, 특별회담, 영성지도, 공개연설에서 지지할 것임이 결정되었다.

그건 그렇고 이 문인들도 이 사건이 초자연적인 일이라고 만장일치로 합의하였다. 그러나 콩고에서는 두 가지 원리가 인정되고 있었는데, 즉 일종의 마니교를 공언하고 있었기 때문에, 보석들의 재잘거리는 소리를 두 원리 중 어떤 것에 결부시켜야만 한다는 사건이라는 데에 이 문인들은 의견이 분분했다.

방구석에서 거의 나와 본 적이 없었고, 자기네 저서만 훑어보았던 자들은 이 경이로운 사건을 브라흐마 신에게 돌렸다. "자연의 질서를 가로막을 수 있는 분은 그분밖에 없어—그들이 말했다—그분은 모든 문제에서 심오한 의도를 가지고 계시다는 걸 시간이 지나면 알게 될 거야."

반대로, 살롱의 내실 출입을 자주 하여, 집무실에 있는 것보다는 규방에서 발견되는 일이 잦았던 사람들은, 몇몇 입 싼 보석들이 자신들의 위선을 폭로하지나 않을까 두려운 나머지, 브라흐마 신과 그 종들의 불구대천의 원수, 악마인 카다브라[46]가 보석들이 재잘거리는 소리의 원인이라고 비난하였다.

이 후자의 이론체계는 혹독한 항변을 겪었는데, 풍속의 개혁을 직접적인 목표로 삼지는 않았다. 이 체계의 수호자들도 이 점을 전혀 자기들의 의무로 과하지 않았다. 그나저나 문제는 안전하게 피하는 것이었고, 마침내 진퇴양난에 빠지게 된 이 종교는 제신들과 그 제단을 골백번 희생시키지 않았던 승려가 없을 정도였다.

망고귈과 미르조자는 정기적으로 브라흐마의 종교예식에 참석하였고, 제국 전체가 신문을 통해 이 소식을 알게 되었다. 그들이 어느 날 대회교 사원으로 갔는데, 이곳에서 중요한 의식을 엄숙하게 올리고 있었다. 율법 설명을 맡은 바라문 승려가 연단에 올라 술탄과 애첩에게 미사여구와 찬사를 늘어놓고 삽삽한 말을 했으며, 정통 교리에 따라 회중과 함께하는 착석 예절을 무척이나 웅변조로 거드름 피우며 말했다. 그는 그 필요성을 무한한 권한을 무기로 하여 논증하였는데, 그때 갑자기 신성한 열의에 사로잡힌 그는 누구도 기대하지 않고 있었기 때문에 그 효과가 대단했던 다음과 같은 장광설을 늘어놓았다.

---

46 우리말의 수리수리마수리와 비슷한 서양식 주문인 'abracadabra'를 축약한 것이다. 디드로는 알파벳 문자에 신비적인 의미를 부여한 히브리 신비 철학자들을 패러디하고 있는 것 같다. "아르두앵 신부의 주장에 따르면, abrasax(문자나 글이 새겨진 보석, 혹은 돌에 글이나 문자를 새긴 부적)의 첫 번째 세 문자는 성부le Père와 성자le Fils와 성령le Saint-Esprit을 가리킨다. 그러나 나머지 네 개의 문자는 성수聖樹로 인류를 구한다는 의미를 지니고 있다(《백과사전》, "Abrasax" 항목) 또한 이 말은, "그노시스파의 의사 세레누스 사모니세스가 오한이나 열의 예방 또는 치료로서 그 문구를 외도록 했던 것이 차차 대중에게 널리 퍼져 민간요법처럼 사용되었다고 한다"(《제임스 의학사전》).

"전 회중 여러분 가운데서 제가 무슨 소리를 듣고 있습니까? 웅성거리는 소리, 여태껏 들어 보지도 못한 소리가 다가와 제 두 귀를 때립니다. 모든 것이 타락했습니다. 브라흐마 신의 호의로 지금까지 혀에 할당되었던 말의 사용이 신께서 징벌을 내리시어 다른 기관으로 이전이 되었습니다. 어느 기관입니까? 여러분도 알고 계십니다. 배은망덕한 백성들이여, 졸고 있는 그대를 깨우기 위해서 경이로운 사건이 또 필요하였습니까? 고것들의 중심 악기들이 소리를 높이지 않았다 하더라도, 그대들의 죄는 증인들이 충분하지 않았습니까? 죄는 그 한도를 넘은 게 틀림없습니다. 하늘이 분노하시어 새로운 징벌을 찾으셨으니까요. 그대가 어둠으로 몸을 감싸 봐야 소용없었습니다. 그대는 벙어리 공범을 택하였지만 소용없는 일이었습니다. 그대는 지금 그들의 말이 들리지요? 그들은 사방팔방에서 당신에게 불리한 증언을 하였고, 그대의 파렴치한 행위를 우주에 폭로하였습니다. 오, 그대만의 예지로 그것들을 다스리시는 그대여! 오, 브라흐마 신이시여! 그대의 심판은 공정하십니다. 그대의 율법은 좀도둑, 위증자, 거짓말, 간통을 벌하십니다. 그대의 율법은 악랄한 중상, 술책을 쓴 야심, 격앙된 증오, 간계한 악의를 금하셨습니다. 그대의 충성스러운 승려들은 그대의 자녀들에게 이 진실을 끊임없이 알렸고, 그대가 마땅히 분노하시어 배임자背任者들에게 마련해 두시었던 징벌로 위협하였습니다. 하지만 쓸데없는 일이었습니다. 정신 나간 자들은 격앙된 정열에 몸을 맡기었고, 그 급류를 좇아갔으며, 우리의 충고를 무시하였고, 우리의 위협을 비웃었으며, 우리의 파문을 대수롭지 않게 여겼습니다. 그들의 악덕은 커져만 갔고, 견고해졌으며, 증가해 갔습니다. 그들의 신성모독적인 목소리는 그대에게까지 올라갔습니다. 그래서 우리는 그대가 그들에게 내리셨던 무시무시한 재앙을 예방할 수가 없었습니다. 그대의 자비를 오랫동안 간청한 후인 지금에야 그대의 정의를 칭송하고 있습니다. 그대가 준 시련에 짓눌린 그들은 틀림없이 그대에게 다시 돌아올 것입니다. 그리고 그들을 짓눌렀던 손길을 알아볼 것입니다. 하여간, 오 가혹한 불가사의여! 오 무분별의 절정이여! 그들은 그대가 지닌 힘의 효력을 자연의 맹목적인 메커니즘으로 돌렸습니다. 그들은 마음속으로 말했습니다. 브라흐마 신은 없다. 물질의 어떤 특성도 우리에게 알려지지 않았습니다. 그리고 그 존재에 대한 새로운 증거도 무지에서 나온 것이며, 우리와 그 존재를 반목시키는 자들의 고지식함에서 나온 것입니다.

이것을 토대로 하여 그들은 여러 체계를 세웠고, 여러 가설을 상상했으며, 각종 경험을 시도하였습니다. 그러나 천국의 정상에 계신 브라흐마 신께서는 그들의 헛된 계획을 비웃으셨습니다. 그분께서는 방약무인한 과학을 꺾어 놓으셨고, 보석들은 그것들의 요설과 맞서는 무력한 제동장치를 유리처럼 부숴 버렸습니다. 그러니 이 오만한 벌레들이 자기들 이성이 취약하고 자기들 노력이 덧없는 것임을 고백하기를. 브라흐마 신의 존재의 부정을 그치고, 그분의 권능에 한계를 두지 말지어다. 브라흐마 신은 계십니다. 그는 전능합니다. 그분께서는 이루 말할 수 없는 은혜를 베푸실 때 못지않게 끔찍한 재앙을 부르실 때도 우리에게 분명하게 나타나십니다.

그러나 누가 이 불행한 나라에 이 재앙을 불러들였습니까? 탐욕스럽고 신앙심 없는 인간, 그대들의 부정한 행위가 아닙니까? 수치심도 없는 사교계 여인이여, 그대들의 엽색행각, 그대들의 광적인 사랑이란 말입니다! 천한 호색가여, 그대들의 무절제, 그대들의 수치스러운 방탕이란 말이요! 우대 때문에 부패한 벼슬아치, 그대들의 부정한 행위란 말입니다! 아귀아귀 집어삼키는 상인, 그대들의 폭리란 말이요! 불경건하고 유약한 조신, 그대의 안일함과 무신앙이란 말이요!

이 상처가 특히 널리 퍼진 당신들, 무질서에 빠진 부인들과 처자들이여, 우리 신분이 지닌 의무를 물리치면서, 우리가 당신들의 난잡한 행위에 대해 침묵을 고이 지키려고 하는데, 당신들은 우리 것보다 훨씬 성가신 목소리를 몸에 지니고 있소. 고것이 당신들을 따라다니고 있소. 그래서 어디에서든지 고것들이 당신들의 순수하지 못한 욕망, 당신들의 분명치 못한 애정, 당신들의 범죄적인 애정관계, 환심을 사기 위해 수도 없이 해대는 몸치장, 위험에 빠트리려는 수많은 술책, 이목을 끌기 위해 수없이 부리는 교묘한 솜씨, 과격한 당신들의 열정, 격앙된 당신들의 질투를 비난할 것입니다. 카다브라의 속박을 벗어나 브라흐마 신의 편안한 율법의 품안으로 돌아오기 위해서 당신들은 도대체 뭘 기다리시는 겁니까? 그건 그렇고 본론으로 돌아갑시다. 그러니까 제가 사교계 사람들은 아홉 가지 이유로 이단자들처럼 앉는다고 여러분께 말씀드렸지요? 첫 번째 이유는, 운운."

이 연설은 아주 각양각색의 인상을 남겼다. 유일하게 반지의 비밀을 쥐고 있었던 망고귈과 그 첩은 오르코톰이 이성의 빛을 통해 그랬던 것처럼, 바라문 승려가 종교의 도움을 받아 보석들이 재잘거리는 소리를 적절하게 설명했다고 생각했다. 여성들과 궁정의 댄디들은 이 설교가 선동적이었고, 설교자는 망상가였다고 말했다. 그 나머지들은 그를 예언자로 간주해서, 눈물을 쏟았고, 무릎 꿇고 기도하기 시작했고, 자기를 채찍질하기도 했는데, 행실은 전혀 고치지 않았다.

이 소문은 카페에까지 흘러들었다. 교양을 갖추었다 하는 사람들은 바라문 승려가 이 문제를 피상적으로만 다루었으며, 그의 각본도 감동을 주지 않고 지루한 과장조의 수사였을 뿐이라고 판단했다. 그러나 독신녀篤信女들과 광신자들의 판단에 따르면, 한 세기 전부터 사원에서 행해졌던 것 중에서 가장 내용이 견실한 웅변적인 단편斷片이었다. 내 생각으로는, 교양을 갖추었다 하는 사람들과 독신녀들 모두 옳았다.

제16장
부리망[47]

바라문 승려들이 브라흐마 신에게 호소하고, 신상神像들을 가지고 다니며, 백성들에게 고행을 권하는 동안, 다른 사람들은 보석들의 재잘거리는 소리를 이용할 생각을 했다.

대로大路마다 가난해서 부지런한 사람들로 득실댄다. 그들은 도둑질도 소매치기도 안 한다. 그러나 그들은 소매치기 성향이 있고, 소매치기가 되면 사기꾼의 성향을 갖게 되는 법이다. 그들은 모든 것을 다 알고, 모든 짓을 다 하고 있었으며, 이 모든 것에 대한 비밀을 쥐고 있다. 그들은 오다가다 슬며시 비집고 들어간다. 거리에서, 궁전에서, 교회에서, 극장에서, 갈보 집에서, 카페에서, 무도회장에서, 오페라 극장에서, 아카데미에서 그들을 볼 수 있다. 연금을 간청하고 계십니까? 그들은 대신의 신임을 얻고 있습니다. 소송이 있으십니까? 그들은 당신을 위해 청원을 할 것입니다. 도박을 좋아하십니까? 그들은 도박장 딜러입니다. 미식가세요? 그들은 프리메이슨 단의 우두머리입니다.[48] 여자를 좋아하십니까? 그들은 당신을 아민의 집이나 아카리의 집으로 안내할 것입니다. 둘 중 하나를 얻으려고 건강을 버리시겠습니까? 선택하십시오. 그중 하나를 얻게 되면, 그들은 당신의 치유를 맡을 것입니다. 그들이 주로 하는 일은 일반인들을 웃음거리로 만들 기회를 엿보는 것이고, 일반대중의 어리석음을 이용하는 것입니다. 이

---

47 다른 판본의 경우에는 본 장은 17장에 해당된다. 네종Naison이 추가된 장들 중 맨 처음 장을 16장으로 중간에 삽입하였다.

48 18세기에, 프랑스에서 활동하는 프리메이슨 단의 우두머리들은 종종 회합을 열곤 하였는데, 그 주된 목적은 대향연을 베푸는 일과 관계되었다.

러저러한 곤경에 처해 있고, 그러저러한 신분을 지닌 아무개가 루브르 궁, 성 요한 교회, 신전, 수도원에 머물고 있으면서[49] 아침 아홉 시부터 정오까지는 자기가 있는 곳에서, 그 나머지 시간은 도심에서 남을 속인다는 사실을 공짜로 알린다는 문구가 찍힌 종이 뭉치들을 길모퉁이에다, 사원의 문 앞에다, 공연장 입구에다, 산책로 출구에다 돌리는 것은 바로 그들 몫입니다.

보석들이 이제 겨우 입을 떼기 시작하자 이 모사꾼들 중 하나가 반자의 주택마다 소형 인쇄물들을 집어넣었다. 그 형식과 내용은 이러하다. 큰 글씨로 '부인들에게 알림'이란 제목을 읽게 된다. 그 아래에는 이탤릭체로 된 작은 글씨가 있다. '대관장代官長 나리의 허락과 왕립 과학 아카데미 회원들의 승인을 얻었음'. 그리고 훨씬 아래에는 다음과 같은 글귀가 있다. '반자 왕립 아카데미 소속, 모노에뮈기 왕립 학회원, 바아파라 황실 아카데미 소속, 로앙고[50] 수집가 아카데미 소속, 모노모타파의 카뮈르[51] 학회 소속, 에레코[52] 연구소 소속, 벨레귀앙즈와 앙골라 왕립 아카데미 소속이신, 수년 전부터 별것 아닌 것에 대한 강의를 하셨던 에오리필 경이 여성들을 위해서 보석들의 타고난 기능에는 방해가 되지 않으면서 말은 못하게 하는 휴대용 부리망 즉 입마개를 발명하셨습니다. 궁정과 도시와 지방의 찬사를 받았습니다. 청결하고 편리합니다. 그는 연령별, 가격대별 사이즈를

49 라틴 구역의 생-장-바티스트-드-라트랑Saint-Jean-Baptiste-de-Latran 교회와 신전 그리고 생-제르맹-데-프레Saint- Germain-des- Près 수도원은 18세기에 자유주의 사상가들Libertins이나 반反순응주의자들의 은거지로 이용되고 있었다.

50 로앙고는 예전에 콩고 북부에 위치했던 작은 왕국이었다. 로앙고 강이 이 두 왕국을 나누고 있었다.

51 카뮈르는 모노모파타의 북서부 지역을 차지하고 있었던 중앙아프리카의 왕국이었다. 18세기의 유럽인들에게는 알려지지 않은 미지의 땅이었다.

52 장소를 지칭하는 이 이름은 아프리카의 한 국가라기보다는 어떤 신체기관의 상태를 묘사하고 있는 것 같다.

모두 구비하고 있습니다. 그는 영광스럽게도 명문가 출신의 여성들에게 이 발명품을 드리게 되었습니다.'[53]

단체에 속해 있는 것보다 더 나은 일은 없나 보다. 제작물이 우스꽝스럽기는 하지만, 사람들은 그를 격찬하고, 그는 성공한다. 이렇게 해서 에오리필의 발명품은 큰돈을 벌어 주었다. 모두들 떼 지어 그의 집으로 달려갔다. 바람기 있는 여자들은 정식으로 행차 준비를 하여 납시었고, 분별 있는 여인들은 삯마차를 타고 갔으며, 독신녀篤信女들은 고해신부나 제복하인들을 보냈다. 수도원 접수계 수녀가 도착하는 것도 보였다.[54] 여인들 모두가 부리망을 갖기를 원했다. 공작부인부터 중산층 여인까지, 자기 부리망을 갖고 있지 않은 여자는 없었다. 정숙한 태도를 가장하거나 그럴 만한 이유가 있기 때문이었다.

보석들의 재잘대는 소리를 신의 징벌이라고 고했으며, 이 때문에 풍속의 개혁과 다른 특혜들을 약속했었던 바라문 승려들은 하늘의 복수와 그들의 기내를 저버리는 물건을 전율하지 않고서는 볼 수가 없었다. 설교단에서 내려오기가 무섭게 곧 다시 올라가서 고함을 지르고, 분노를 터트리고, 신탁에 호소하고, 부리망은 살상용 폭탄이며, 그것을 사용하는 사람에게는 구원이란 없다고 선고했다. "사교계 여인들이여, 그대들의 부리망을 떼시오—그들이 소리쳤다—브라흐마 신의 의지에 복종하시오. 그대들 보석의 목소리가 그대들 양심의 목소리를 일깨우도록 하시오. 그리고 그대

53 《입 싼 보석들》의 '말하는 보석'은 디드로 고유의 생각이 아니었다. 이 재미나고 별난 주제가 가랭Garin의 《음부에게 말을 하게 했던 기사*Du chevalier qui fist les cons parler*》와 함께 13세기에 태어난 것은 주지의 사실이다. 보석들의 수다를 그치게 할 이 "휴대용 입마개" 또한 이 가랭의 우화에 등장한다.

54 《카르멜리트 수녀회 접수계 수녀의 연애담》을 암시하고 있다. 1745년경에 출판된 포르노 소설인 이 작품의 작가는 뫼니에 드 케를롱Meusnier de Querlon으로 추정된다.

들이 수치스러워 하지 않고 저지른 죄악들을 조금도 부끄러워말고 고백하시오."

그러나 그들이 아무리 고함을 질러 봐야 소용이 없었다. 소매 없는 옷과 박음질된 모피 드레스[55]가 그러했던 것처럼 부리망도 매한가지였다. 이번에는 여자들이 그들의 신전에서 그들이 콜록대도록 내버려두었다. 여자들은 입마개를 끼었고, 이것이 불필요하다고 인정되거나 지겨울 때에야 비로소 풀었다.

제17장

두 독신녀篤信女

술탄은 며칠 전부터 보석들을 쉬게 했다. 그가 몰두하고 있었던 중요한 일들로 인해 반지의 효력이 중단된 것이었다. 반자의 두 부인이 도시 전체의 웃음거리가 된 것은 바로 이 기간 동안이었다.

이 여자들은 독신자 티를 내는 데는 프로였다. 신중함이란 신중함은 다 동원하여 정사情事를 이끌어 갔고, 그래서 그런 종류의 여자들의 악의에 찬 언행도 방해가 되지 못했다는 평판을 즐기고 있었다. 회교 사원에서는 그네들의 정숙함만이 화젯거리였다. 어머니는 딸에게, 남편은 아내에게 이 여자들의 본을 따를 것을 권했다. 이 두 여자는 서로가 서로를 으뜸가는 도덕 기준으로 삼았기 때문에, 추문은 가장 큰 죄악이었다. 이러한 감정의 일치, 그러나 무엇보다도 별로 애쓴 것도 없이 혜안을 지니고 영리한 이웃을 두는 게 어려운 일이라는 사실이 그 여자들의 성격 차이를 압도하였고, 이 여자들은 아주 좋은 친구가 되었다.

55 당시 교회는 가슴과 어깨를 드러낸 거의 반라상태의 정숙하지 못한 옷차림을 하고 교회에 출입하는 여성들을 비난하였다.

젤리드는 소피의 바라문 승려를 받아들이고 있었다. 젤리드가 소피의 영적 인도자와 협의를 본 것은 소피의 집에서였다. 잠깐 동안 서로 유심히 검토해 본 결과, 한 여자는 다른 여자의 보석이 무엇과 관계되어 있는지 모를 수가 없었다. 어쨌든 이 보석들이 묘하게 입이 싸서 이 두 여자에게 견딜 수 없는 근심을 안겨 주었다. 은폐를 하고 간계를 부리느라 십오 년간 공들였던 정조의 평판을 잃고 정체가 탄로 나기 전날에 이 여자들은 서로 만났다. 그리고 이 때문에 둘은 몹시 당황했다.

이 여자들에게는, 적어도 젤리드에게는, 그녀들이 알고 있는 거의 모든 사람들만큼이나 비난을 받고 있기 때문에 목숨도 불사했을 시기가 있었다. "사람들이 뭐라 말할까? 내 남편은 어떤 행동을 할까?… 뭐라고! 그렇게도 신중하고 그렇게도 정숙하고 그렇게도 순결한 이 여자가, 이 젤리드는 다른 여자와는 달라요… 아! 이런 생각을 하니 정말 속상하네!… 그래, 이런 생각을 하지 않을 거야, 한 번도 해 본 적이 없잖아." 젤리드가 별안간 소리를 질렀다.

그때 젤리드는 그녀의 친구와 함께 있었다. 이 친구는 같은 생각을 하고 있었지만, 그 때문에 젤리드만큼 동요하지는 않았다. 젤리드의 마지막 말이 그녀를 웃게 만들었다.

"웃으세요, 부인, 참지 마세요. 웃음을 크게 터트리세요—분개한 젤리드가 그녀에게 말했다—정말 그럴 만하잖아요."

"나도 당신처럼,—소피가 냉담하게 대답했다—우리를 위협하는 모든 위험을 알고 있어요. 그런데 거기서 벗어날 방법이 있을까요? 당신이나 나나 당신의 소망이 성취될 낌새는 보이지 않는다는 것을 인정했잖아요."

"그러니 궁여지책이라도 생각해 보세요." 젤리드가 대꾸하였다.

"정말이지,—소피가 말을 이었다—머리를 쥐어짜는 데 지칠 대로 지쳤어요. 아무런 생각이 안 나요. 어느 지방 벽지로 떠나 틀어박혀 있는 것이 방책이겠지요. 하지만 반자에 쾌락을 버려두고 속세를 초탈하는 것은 나로서는 정말 못할 짓이네요. 내 보석이 이런 것과는 결코 어울리지 못할 거란 느낌이 들어요."

"그럼 어떻게 해요…"

"어떻게 하냐고요? 모든 것을 섭리에 맡기고, 나라면 남이 뭐라 쑥덕대건 웃어넘기겠어요. 평판과 쾌락을 양립시키려고 별의 별 짓을 다 해 보았습니다. 하여간 평판을 포기해야만 하는 것이 숙명이라 하니, 적어도 쾌락은 보존하자고요. 우리는 유일무이의 존재였잖아요. 아이고, 부인, 우리가 어중이떠중이들과 닮아야 하다니. 아주 힘들 것 같죠?"

"네, 그럴 거예요—젤리드가 말을 받았다—지상 최고의 경멸을 할당받았던 여인네들을 닮는다는 것은 어렵게 보이는군요. 이런 굴욕을 피하기 위해서, 저는 세상 끝까지 도망칠 것 같아요."

"떠나세요, 부인,—소피가 계속했다—저는 남아 있겠어요. 하여간 말이 나왔으니 말인데, 당신의 보석이 도중에 쫑알대지 못하도록 어떤 비책을 마련하는 것이 좋겠어요."

"정말,—젤리드가 말을 이었다—이 시점에서 농담을 하시는 것은 아주 예의에 어긋나는 일입니다. 그래서 당신의 뻔뻔스러움은…"

"오해예요, 젤리드, 내 행위에 뻔뻔스러움이 있다니요. 사태를 돌이킬 수 없는 방향으로 가게 내버려두는 것은 체념입니다. 모욕을 받아야겠지요, 눈에 선합니다. 그렇다면, 기왕 모욕을 당할 바에야, 어쨌든 나는 걱정을 하지 않기 위해서 내가 할 수 있는 것은 다할 것입니다."

"모욕을 당한다고—와락 울음을 터트리면서 젤리드가 말을 이었다—모욕을 당하다니!… 굉장한 타격이군! 난 견딜 수 없어… 아! 빌어먹을 중놈 같으니라고! 날 타락시켰던 놈은 바로 너잖아. 나는 내 남편을 사랑하고 있었어. 정절은 타고난 나였는데. 네놈이 네 성직과 나의 신뢰를 악용하지 않았다면, 여전히 남편을 사랑하고 있을 텐데. 모욕을 당하다니! 소중한 소피!…"

그녀는 말을 끝낼 수 없었다. 오열로 말을 하지 못했고, 거의 절망한 채 소파 위에 쓰러졌다. 셀리드는 목소리를 되찾았지만, 비통한 외침만이 흘러나올 뿐이었다. "아! 나의 소중한 소피, 그 때문에 죽을 것 같아… 난 분명히 그 때문에 죽을 거야. 아니야, 난 결코 내 명성을 잃고는 살아가지 못할 거야…"

"하지만 젤리드, 나의 소중한 젤리드, 그렇다고 죽음을 재촉하지는 마세요. 아마도…" 소피가 그녀에게 말했다.

"가정을 못할 이유가 없지요. 난 분명히 그 때문에 죽을 겁니다."

"하지만 우리가 …을 할 수 있을지도."

"말씀드리지만, 할 수 있는 게 없어요… 어쨌든 말씀해 보세요, 부인. 우리가 뭘 할 수 있을까요?"

"보석이 말을 못하게 할 수 있을 거예요."

"아! 소피, 헛된 희망으로 저의 고통을 덜어주시려 하시는군요. 당신은 저를 속이시는 거예요."

"아닙니다, 아니에요, 당신을 속이는 게 아니에요. 미친 여자처럼 절망하지 말고, 그냥 제 말을 들어 보세요. 프레니콜, 에오리필, 입마개 그리고 부리망에 대해서 하는 소리를 들었어요."

"그런데, 프레니콜이니 에오리필이니 부리망이니 하는 것이 우리를 위협하는 위험과 무슨 관계가 있지요? 내 보석상이 지금 뭘 하는 건가요? 또 부리망은 뭡니까?"

"사정은 이렇습니다, 부인. 부리망은 프레니콜이 아카데미의 승인을 얻어서 고안했고, 그런데도 이것이 자기 발명품이라고 으스대는 에오리필이 완성한 기구입니다."

"좋아요, 프레니콜이 아카데미의 승인을 얻어서 고안했고, 이 멍청이 에오리필이 완성한 이 기구가…"

"오오! 머리가 빠르게 돌아가시는군요. 자, 이 기구를 갖다 붙이면 싫든 좋든 보석의 입이 무거워집니다."

"진짜 그럴까요, 부인?"

"그렇게들 말을 해요."

"그걸 알아봐야겠어요—젤리드가 말을 이었다—당장."

그녀가 종을 울렸다. 하녀 하나가 나타났고, 그녀가 프레니콜을 부르러 보냈다.

"왜 에오리필이 아니죠?" 소피가 말했다.

"프레니콜이 덜 유명하잖아요." 젤리드가 대답했다.

이 보석상은 기다리게 하지 않았다.

"아! 프레니콜, 오셨군요—젤리드가 그에게 말했다—환영합니다. 견디기 힘든 궁지에 빠진 두 여자를 서둘러 구해 주세요, 선생님…"

"무엇이 문제입니까, 부인? 진귀한 보석 몇 개가 필요하신 건가요?…"

"아닙니다, 우리에겐 두 개가 있어요, 그래서 우리가 정말 원하는 건…"

"그걸 처분해 달라는 것 아닌가요? 그렇다면, 부인, 그것들을 보아야겠군요. 제가 그것들을 가져가겠습니다, 즉 우리는 교환을 하는 겁니다…"

"모르시는군요, 프레니콜 씨. 우리는 맞바꿀 게 하나도 없어요…"

"아! 무슨 말씀인지 알겠습니다, 두 분께서 없애고 싶은 신 것이 귀걸이 몇 짝이군요. 두 분 남편께서 제집에서 그걸 되찾게 하시려고요…

“전혀 아닌데요. 어쨌든 소피, 그러니까 무엇이 문제인지 말씀해 드려요.”

“프레니콜, —소피가 계속했다 —우리는 두 개의 …이 필요해요. 네! 무슨 말인지 모르시겠다고요?…”

“모르겠습니다, 부인, 어떻게 저에게 이해를 바라시는 거지요? 제게 아무 말씀도 안 하시고서는…”

“그건 말이죠—소피가 대답했다—여자가 창피할 때는, 어떤 문제에 대해서 표현하기가 힘들기 때문이에요…”

“하지만,—프레니콜이 말을 이었다—그래도 설명을 하셔야 합니다. 저는 보석상이지 점쟁이가 아닙니다…”

“그렇다 하더라도 저희 생각을 알아맞히셔야 해요…”

“정말이지, 부인, 제가 두 분을 바라보면 바라볼수록, 두 분을 점점 더 이해하지 못하겠어요. 두 분처럼 젊고, 부자고, 아름다우시면, 꾀를 안 부리셔도 되잖아요. 게다가, 진심으로 말씀드리는데, 저는 이젠 그걸 팔지 않습니다. 그런 하찮은 것들의 장사는 이제 시작하는 제 동업자들 손에 넘겼어요.”

우리의 독신녀들은 보석상의 착오가 아주 우스꽝스럽게 생각되었던지, 둘이 동시에 폭소를 터트렸다. 그는 무슨 영문인지 몰랐다.

“부인,—그가 두 여자에게 말했다—그럼 이만 실례하겠습니다. 물러가겠습니다. 저를 데리고 노시려면 사 킬로나 떨어져 있는 저를 부르시지 않아도 됩니다.”

“가지 마세요, 이보세요, 가지 마세요—젤리드가 계속 웃으면서 말했다—고의로 그런 게 아니었어요. 하지만 저희 말을 못 알아들으셨으니, 터무니없는 생각이 드신 거지요…”

“부인, 제가 결국 보다 정확한 생각을 갖도록 하시는 것은 바로 부인들이

시라고요. 무엇과 관계된 일이지요?"

"오! 프레니콜 씨, 당신께 말씀드리기 전에, 실례지만 제 마음껏 웃겠습니다."

젤리드는 숨이 막힐 정도로 웃었다. 보석상은 이 여자는 기분이 나빴거나, 아니면 미쳐서 참고 있었던 거라고 속으로 생각했다. 마침내 젤리드는 …을 그쳤다.

"그건 그렇고,—그녀가 그에게 말했다—문제는 우리의 보석들입니다. 우리 것이요, 아시겠지요, 프레니콜 씨. 언제부턴가 몇몇 보석들이 까치처럼 떠벌리기 시작했던 것을 당신께선 분명히 아시고 계십니다. 그런데 우리는 우리 보석들이 이 나쁜 예를 따르지 않길 진정으로 바랍니다."

"아! 이제 알겠어요, 다시 말해,—프레니콜이 말을 이었다—두 분께서는 부리망이 필요하신 거군요…"

"바로 그겁니다, 당신은 정말로 아신 겁니다. 프레니콜 씨는 바보가 아니라고 들었습니다만…"

"부인, 당신은 정말 친절하시군요. 부인께서 요구하시는 것을 말씀드리자면, 저는 모든 종류를 다 가지고 있습니다. 이 길로 즉시 그걸 부인께 찾아다 대령하겠습니다."

프레니콜이 떠났다. 그러는 동안 젤리드는 그녀의 친구를 껴안았고, 이 친구의 방책을 고마워했다. 그럼 나는,—아프리카인 저자가 말했다—그가 다시 돌아올 때까지 쉬어야겠소.

제18장
돌아온 보석상

보석상이 돌아왔고, 우리의 독신녀들에게 최상등급의 부리망 두 개를 건넸다.

"오 하느님 맙소사!—젤리드가 소리쳤다—무슨 부리망이 이래! 이 부리망 이거 너무 크잖아! 그리고 이걸 갖다 쓸 불행한 년들은 어떤 년들이야? 길이가 한 이 미터는 되겠어. 소피, 당신이 술탄의 암말 거 실제로 재봤잖아요…"

"그럼요,—부리망들을 주시하고 손가락으로 재어 보더니, 소피가 태연하게 말했다—당신 말이 맞아요. 이 부리망이 맞을 수 있는 것은 술탄의 암말이나 그 늙은 리모자밖에 없어요…"

"부인,—프레니콜이 말을 이었다—이건 보통 크기라고요, 젤마이드, 지르필, 아미안, 쥘리크 그리고 수많은 여자들이 이런 걸 갖다 썼어요… 장담합니다."

"말도 안 돼." 젤리드가 말을 받았다.

"하지만 그런 걸요—프레니콜이 대꾸했다—하여간 모두들 부인들처럼 이야기하더군요. 부인들께서 오해를 푸시고 싶으시면, 그 여자들처럼 착용해 보세요."

"프레니콜 씨는 하고 싶은 대로 다 말씀하실 걸. 하지만 이게 내게 맞을 거라고 결코 납득시키지는 못할 거예요." 젤리드가 말했다.

"나도 설득시키지 못할 거야—소피가 말했다—다른 게 있으면 보여 주세요."

이 물건을 놓고 여자들의 마음을 바꾸지 못해 여러 차례 고생을 했던 프레니콜은 십삼세 용 부리망을 그녀들에게 내밀었다.

"그래! 우리에게 필요한 게 바로 이거야." 두 여자가 동시에 소리쳤다.

"저도 그러길 바랍니다." 프레니콜이 나지막이 말했다.

"얼마에 파시겠어요?" 젤리드가 말했다.

"부인, 고작 십 뒤카밖에 안 합니다…"

"십 뒤카요! 농담이시죠, 프레니콜…"

"부인, 그건 솔직히 말해서…"

"신제품에 대한 대가를 치르라는 말씀이시군요…"

"내 장담합니다만, 부인, 이건 매끈하게 처리한 은제품입니다…"

"이 부리망이 예쁘게 다듬어진 건 사실이에요. 하지만 십 뒤카면, 그건 어마어마한 값이에요…"

"조금도 깎아줄 수 없습니다."

"우린 에오리필 네로 갈 거예요."

"그렇게 하세요, 부인, 그러나 세상에는 일꾼도 가지각색이고, 부리망도 가지각색입니다."

프레니콜은 단호했고, 젤리드는 그의 말을 들어 주었다. 그녀는 부리망 두 개 값을 치렀고, 보석상은 이 부리망이 이 여자들에게 되게 작을 것이고, 이 여자들이 산 지 얼마 되지 않아 그에게 다시 올 것이라고 확신하고 돌아갔다. 그의 생각은 빗나갔다. 망고귈은 이 두 여자 쪽으로 반지를 돌릴 수 있는 거리에 있지 않았기 때문에, 이 여자들의 보석들을 평소보다 더 큰소리로 말하게 하고 싶지 않았다. 그녀들에게는 다행이었다. 그도 그럴 것이 젤리드는 자기 부리망을 끼어 보고는 거지반밖에 안 된다는 것을 알았기 때문이었다. 그러나 이걸 쓰지 않는 것만큼이나 바꾸는 것도 거의 불리하다고 생각한 그녀는 그것을 처분하지 않았다.

이 여인들 중 한 여인의 이와 같은 사정이 다 알려졌다. 이 여자는 자기 정부에게 자기 사정을 아무도 모르게 말했고, 이자는 다른 사람들에게 그것을 몰래 옮겼으며, 이 자들도 반자 전역에 비밀리에 퍼트렸던 것이다. 프레니콜도 말을 하고 다녔다. 우리 독신녀들의 연애담은 공공연한 것이 되었고, 얼마 동안 콩고의 비방거리가 되었다.

젤리드는 이 때문에 비탄에 잠겼다. 남의 비난을 받아야 하기보다는 동정을 사야 할 이 여자는 그의 바라문 중을 증오하였고, 남편을 떠나, 어느 수도원에 틀어박혔다. 소피는 가면을 벗어던지고, 두려워하지 않고 이야기를 다 했으며, 루주도 바르고 애교점도 붙여서, 아주 적극적인 사교계 생활을 했으며, 성사를 벌이고 다녔다.

제19장

일곱 번째 반지 실험

숨 막힌 반지

반자의 부르주아 여인들은 자기들과 같은 부류의 보석들은 영예롭게도 말을 하지 않을 것이라는 생각을 하고 있었으면서도, 죄다 부리망을 갖추고 있었다. 이곳에서는 모두가 궁정의 상복을 가지고 있는 것처럼, 반자의 여인이건 누구나 부리망을 가지고 있었다.

이 부분에서 아프리카인 저자는 부리망의 가격이 저렴하고 품위가 없어서 계속해서 하렘의 유행이 되었다는 사실에 놀랄 정도로 주목하고 있다. "이번에는—그가 말했다—유용성有用性이 편견을 압도한 것이야."

작가가 같은 말을 또 하는 것만큼이나 상투적인 생각은 되풀이할 필요가 없다. 그나저나 콩고의 모든 옛 작가들이 자기 작품을 사실처럼 꾸미고 쉽게 만들려고 작정하였건, 그들을 칭송하는 자들이 생각하는 만큼의 정신적 풍요로움에 훨씬 미치지 못했던 건 간에, 내가 보기에 그들이 중언부언하는 것은 결점인 것 같았다.

어찌 되었건, 어느 날 전 조신들과 함께 망고귈은 정원을 거닐면서 젤라이 쪽으로 반지를 돌릴 생각을 하였다. 그녀는 아름다웠고, 숱한 염문을 뿌리고 있다는 의심을 받고 있었다. 그러나 그녀의 보석은 더듬대기만 하였고, 아무 의미도 없는 중간이 잘린 말 몇 마디만 하였는데, 야유를 일삼는 자들은 제멋대로 해석하였다…

"이런,—술탄이 말했다—말하는 데 불편함이 있는 보석이로구먼. 발음을 방해하는 무엇이 있음이 틀림없군." 그는 그래서 더 세게 그의 반지를 돌렸다. 보석이 의사표시를 하기 위해서 재차 노력을 했고, 그의 입을 막고 있었던 장애물을 부분적으로나마 극복하여, 아주 또렷하게 다음과 같은 말이 들렸다: "아야… 아야… 나… 나… 숨 막혀요. 숨을 쉴 수가 없어요… 아야… 아야… 숨 막혀요."

젤라이도 곧 숨이 막혀오는 것을 느꼈다. 그녀의 얼굴은 창백했고 목구멍은 부풀어 올랐으며, 두 눈은 감고 입은 반쯤 벌린 채 그녀 주위에 있었던 사람들의 품 안으로 쓰러졌다. 여기저기서 젤라이의 고통을 덜어주기 위한 도움이 신속하게 일었다. 그녀의 부리망을 떼어내서 보석이 숨을 쉬게 해 주면 되는 것이었다. 그런데 망고귈이 보는 앞에서 구원의 손길을 어떻게 준다?

"서두르시오, 서둘러요, 의사양반—술탄이 소리쳤다—젤라이가 죽겠소."

시동들이 궁전으로 달려갔고, 다시 돌아왔는데, 의사들이 엄숙하게 그들의 뒤를 좇았다. 오르코톰이 그들 선두에 있었다. 어떤 의사들은 피를 뽑아야 한다고 입을 모았고, 다른 이들은 케르메스[56]를 써야 한다고 입을 모았다. 하지만 통찰력의 거장 오르코톰은 젤라이를 옆 진찰실로 옮기게 했다. 그녀를 살펴보고서는 그녀가 한 굴레의 끈들을 끊었다. 부리망을 썼던 보석은 오르코톰이 절정상태에서 보았다고 자랑했던 것들 중 하나였다.

---

56 산황화酸黃化 안티몬 성분으로 이루어진 갈색 가루의 약이다. 여러 가지 용도로 사용되었지만, 18세기에는 주로 호흡기 치료에 사용되었다.

그러나 지나치게 부어 있었고, 술탄이 그녀의 상태를 가엾게 여기지 않았더라면, 젤라이는 계속 고통을 느껴야 했을 것이다. 그는 반지를 원위치시켰고, 마음이 안정되었다. 젤라이는 회복되었고, 오르코톰은 이 기적 같은 치료를 자신이 했다고 주장하였다.

젤라이의 돌발사고와 그녀를 치료한 의사의 경솔한 언행은 부리망의 신뢰도를 상당히 떨어뜨렸다. 에오리필의 이권 따위는 전혀 생각하지 않고, 오르코톰은 그녀의 부리망의 잔해를 발판으로 재산을 불리기로 마음먹었다. 자신을 콜록대는 보석들의 정식 의사로 공표하였고, 길모퉁이에서는 여전히 그의 벽보를 볼 수 있다. 그는 돈을 벌기 시작했지만, 결국 경멸의 손가락질을 받게 되었다. 술탄이 자진해서 돌팔이 의사의 거만함을 꺾으러 나섰던 것이다. 오르코톰은 말을 한 번도 해 보지 못했던 몇몇 보석을 침묵시켰던 것을 자부하고 있었을까? 망고귈은 잔인하게도 그런 보석에게 말을 하게 하였다. 함구하는 데 싫증이 난 보석이란 보석은 모두 오르코톰의 왕진을 두세 번 받기만 하면 되었다는 사실을 모두가 알게 되었다. 곧 그는 에오리필과 함께 돌팔이 부류에 합류하였으며, 브라흐마 신께서 구해 주실 때까지 그 둘은 그 부류에 남아 있게 될 것이다.

대개의 여자들이 뇌일혈보다는 불명예를 선호했다. "여자들이 뇌일혈로 죽는다는 말이 돌았다." 그래서 여자들은 부리망을 거부했다. 보석들이 말하게 내버려 두었고, 누구도 그 때문에 죽지 않았다.

제20장
여덟 번째 반지 실험

우울증

주지하다시피 자기네 보석들이 말이나 하지 않을까 겁이 났던 여인들은 숨이 막혔고, 죽을 뻔하였던 때가 있었다. 그러나 이 여자들이 이러한 두려움을 딛고 일어나 부리망을 떼고, 히스테리만 부렸던 적도 있었다.

애첩에게는 자기에게 아첨을 떠는 무리들 중에서 묘한 여인이 있었다. 변덕스러웠지만, 매력 있는 성격의 소유자였다. 표정이 하루에도 열 번은 바뀌었다. 그러나 그녀가 어떤 표정을 짓건, 호감이 갔다. 쾌활할 때나 우울할 때에도 따를 자가 없었으며, 가장 엉뚱한 행동을 할 때에도, 그녀는 섬세한 감각을 나타내는 말을 무심코 하곤 했다. 그리고 슬픔을 폭발할 때에도, 아주 유쾌한 기상천외의 언동을 하곤 했다.

미르조자는 칼리로에 —이 젊은 미친 여자의 이름이었다—와 너무 친숙해져 있었기 때문에, 그녀 없이는 거의 지낼 수가 없었다. 애첩이 뭔지 모를 근심과 냉담함에 사로잡힌 것을 알아챈 술탄이 불평을 늘어놓자, 그의 질책에 당황한 그녀가 말했다.

"전하,—그녀가 그에게 말했다—저의 카나리아, 나의 샤르트뢰즈[57] 그리고 칼리로에, 저의 이 동물 셋이 없다면, 저는 아무것도 아닙니다. 그리고 제가 칼리로에를 보고 싶어 하는 것을 전하께서 잘 아시잖아요…"

"왜 그녀가 여기 없는 거요?" 망고귈이 그녀에게 물었다.

"모르겠어요—미르조자가 대답했다—한데 몇 달 전에 그 아이가 마줠이 전쟁에 나가면, 자기는 우울증을 피할 수 없을 거라고 저에게 고하더군요. 그리고 마줠이 어제 떠났어요…"

"그 여자 때문이라면 괜찮겠구먼—술탄이 말을 받았다—그걸 근거가 확실한 우울증이라고 하지. 남편은 아주 젊고, 애인도 제법 두고 있는 수많은 여인네들이 우울증에 걸리는 것이 무엇 때문이겠소?"

---

57 푸르스름하고 잿빛 털을 지닌 고양이를 말한다.

"전하—한 조신이 대답했다—그건 유행하고 있는 병이옵니다. 우울증에 걸리는 것은 여자에게는 바람과 같은 것입니다. 애인도 우울증도 없는 여자들은 사교계를 전혀 이용하지 않은 것입니다. 그러니 이것들 없이 지내는 부르주아 여인들은 반자에 하나도 없는 것입니다."

망고귈은 미소를 지었고, 당장에 이 우울증 환자들의 방문을 결정했다. 그는 곧장 살리카의 집으로 갔다. 망고귈은, 가슴은 드러내고, 두 눈은 정열이 불타오르고, 머리는 뒤헝클어진 채 누워 있는 그녀와, 침대 머리맡에서 그녀에게 콩트를 이야기하고 있는 꼽추에다 말더듬이인 땅딸보 의사 파르파디를 보았다. 그러는 동안 그녀는 한 팔 한 팔 펴고 하품을 하고 한숨을 짓고 손을 이마에 가져가더니 고통스럽게 소리쳤다. "아야… 더 이상 숨을 못 쉬겠어요… 창문 좀 열어주세요… 환기 좀 시키세요… 더 이상 숨 쉴 수가 없어요, 죽겠어요…"

망고귈은 당황한 하녀들이 파르파디를 도와 그녀의 덮개를 떠고 있는 기회를 이용하여 반지를 그녀 쪽으로 돌렸다. 곧 이런 소리가 들렸다. "정말이지, 이렇게는 지긋지긋해서 못 살겠어! 부인께서 우울증에 걸려 살기로 작정한 거 아냐! 일주일은 가겠네, 내가 그 이유를 안다면, 죽고 싶겠지. 이 악의 뿌리를 뽑으려고 파르파디가 여러 차례 노력을 한 후에도, 이자가 계속하는 게 잘못인 것 같은 생각이 드니 말이야."

"좋아—반지를 원위치시키면서 술탄이 말했다—알았어. 요것이 자기 주치의를 위해서 우울증에 걸렸단 말이지. 다른 데를 가서 보자고."

그는 살리카의 저택을 지나 아르시노에의 저택으로 갔는데, 살리카의 집에서 멀지 않았다. 그녀가 거처하는 곳의 입구에서부터 커다란 웃음소리가 들려왔다. 그녀가 누구와 함께 있는지 알아볼 작정을 하고 그는 들어갔다. 그러나 그녀는 혼자였고, 망고귈은 이에 크게 놀라지 않았다. "여자가 히스테리를 부리고 있으면, 때에 따라 필시 침울하거나 유쾌한 히스테리를 부리고 있는 거야." 그가 말했다.

그가 그녀 쪽으로 반지를 돌리자, 즉시 그녀의 보석은 큰소리로 유쾌하게 웃기 시작했다. 정신없이 웃던 그것은 별안간 나르세스의 부재를 우스꽝스럽게 한탄하였다. 그것은 애인으로서 그에게 서둘러 돌아오라고 당부했었던 것이다. 그러고 나서 마치 그가 전 가족의 장례를 치렀던 것처럼, 또다시 오열하고 눈물짓고 신음하고 한숨짓고 절망하기를 계속했다. 술탄은 아주 묘한 고통의 격발을 가까스로 억누르고서는 반지를 원위치시켰고, 아르시노에와 그녀의 보석이 마음껏 한탄을 하도록 내버려 두고, 격언[58]이 틀렸다는 결론을 마음속으로 내리고 떠났다.

제21장

아홉 번째 반지 실험

잃은 것과 되찾은 것

판치롤레[59]의 학술서와 비명 아카데미 연구 논문집에 부쳐

망고귈은 웃음거리가 된 여자들에게 골몰한 채 그의 궁전으로 돌아오고 있는 중이었다. 그런데 자신이 방심해서 그랬는지, 반지가 잘못해서 그랬는지, 텔리스가 여러 애인의 막대한 유산으로 장식했던 으리으리한 건물의 주랑 아래에 서 있게 되었다.

---

58 디드로는 아마도 서민들 사이에서 유행한 격언을 생각한 것 같다. "눈에서 멀어지면 보석도 멀어진다Loin des yeux, loin du bijou."

59 Guido Panciroli(1523-1599)는 이탈리아 법학자였다. 그는 《근대인들에 의해 잊혀지거나 무시당한 고대인들의 발견물과 관습*Rerum memorabilium jam olim deperditarum, et contra recens atque ingeniose inventarum libri duo*》이라는 작품을 남겼는데, 제명에서도 알 수 있듯이, 이 작품은 한편으로는 근대인들이 잃어버린 고대인들의 지식, 다른 한편으로는 고대인들이 모르는 근대인들의 발견물을 내용으로 하고 있다.

텔리스는 사령관 상뷔코의 아내였다. 그의 조상들은 기니를 통치하였었다. 상뷔코는 에르겝제드의 적들로부터 거두었던 대여섯 번의 유명한 승리로 콩고에서 존경을 받았었다. 명장이었던 것 못지않게 유능한 협상가였던 그는 가장 주요한 대사직大使職을 여러 번 맡았었고, 아주 훌륭하게 그 일을 해냈다. 그는 로앙고에서 돌아올 때 텔리스를 보았고, 그녀에게 홀딱 반했다. 그때 그의 나이 50줄에 이르렀고, 텔리스는 스물다섯도 안 됐었다. 그녀는 아름다움도 아름다움이지만 매력이 더 있었다. 여자들도 대단한 미인이라고 말했으며, 남자들은 반할 만하다고 생각했다. 권력자들이 그녀에게 구혼을 했었다. 하지만 그녀에게 이미 계획이 있었는지, 그녀와 흠모자들이 각각 생각하는 재산의 차이가 컸는지, 그들 모두는 거절당했었다. 상뷔코가 그녀를 보았고, 그녀의 발아래 막대한 재산, 귀족신분, 영예, 군주란 지위에만 뒤지는 지위를 갖다 바쳤고 그녀를 획득했다.

텔리스는 결혼 후 만 육 주 동안 정숙했거나 정숙해 보였다. 하지만 태생이 관능적인 보석이 자제하는 일은 드문 일이고, 오십대 남편은 다른 한편 영웅이긴 하지만, 이 적수를 굴복시킬 작정을 하고 있다면 정신 나간 사람이었다. 텔리스의 행실이 신중했다 하더라도, 그녀가 처음에 저지른 몇 번의 연애행각은 다 알려졌다. 그래서 그런 일이 있고 난 다음에는, 그녀가 비밀리에 연애행각을 벌인다고 추측하면 그만이었다. 따라서 그 진실을 알고 싶어 하는 망고귈은 서둘러 궁전의 현관을 지나 그녀의 거처로 갔다.

여름이 한창일 무렵이었다. 무더위가 기승을 부리고 있었다. 그래서 점심을 먹은 후 텔리스는 거울과 그림으로 장식된 뒷방 침대에 몸을 던졌다. 그녀는 자고 있었고, 한 손은 여전히 그녀를 잠재웠던 페르시아 콩트집 위에 대고 있었다.

망고귈은 잠시 그녀를 바라보더니 매력적인 여인이라는 것을 인정하곤, 그녀를 향해 반지를 돌렸다. "기억이 아직도 생생해―텔리스의 보석이 즉시 말했다―네 시간 만에 아홉 차례의 사랑의 표시라. 아! 얼마나 감미로웠던 순간들이었는가! 제르문자이드는 정말 흠잡을 데 없는 남자란 말이야! 그 점에서 늙고 무감각한 상뷔코하고는 전혀 달라. 사랑하는 제르문자이드, 저는 진짜 쾌락, 실제 행복을 몰랐답니다. 그걸 알게 해준 건 바로 당신이에요."

보석의 혼을 빼놓는 일에만 집착했기 때문에, 보석이 감추고 있는 텔리스와 제르문자이드만이 맺은 성관계의 자초지종을 알고 싶어 했던 망고귈은 반지의 보석을 웃옷에 대고 얼마 동안 문질렀다. 그리고 번쩍번쩍 빛나는 그것을 텔리스 쪽으로 향했다. 그 효과는 그녀의 보석에까지 금세 나타났다. 자기에게 묻고 있었던 것을 잘 알고 있는 그 보석은 보다 역사적인 어조로 말을 이었다.

"상뷔코는 모노에뮈기 주둔군을 지휘하고 있었습니다. 그래서 나도 함께 그를 따라갔습니다. 연대장이었던 제르문자이드는 그를 모시고 있었습니다. 그를 높이 평가하여 신뢰하고 있었던 이 사령관은 우리를 자기 호위대하에 두었습니다. 헌신적인 제르문자이드는 자기 직책을 이탈하지 않았습니다. 사령관이 보기에 그의 성격이 너무 온화해서 다른 어떤 사람에게 양보할 수가 없었습니다. 그를 잃는다는 걱정이 이 사령관이 전투 때마다 두려워하는 유일한 것이었습니다.

겨울 내내 나는 새 손님 몇 명을 받았습니다. 카실, 제키아, 알마문, 아쉽, 셀림, 만조라, 네레캥, 모두 제르문자이드가 인기를 누리게 해 주었던 군인들이었지만 그와는 상대가 안됐습니다. 남을 쉽게 믿는 상뷔코는 이 경신 때문에 자기 부인이 정조를 지킬 것이고 제르문자이드가 지켜 줄 것이라고 믿었습니다. 전쟁의 막대한 행정사무와 공고의 영광을 위해 숙고하고 있었던 대작전을 맡아 여념이 없었던, 그는 제르문자이드가 자신을 배반하고 텔리스가 부정不貞하리라곤 조금도 의심하지 않았습니다.

전쟁은 계속되었습니다. 여러 부대가 다시 출정을 했고, 우리는 가마를 다시 탔습니다. 가마의 행보가 너무 느렸기 때문에, 군단이 우리를 조금씩 앞서 갔고, 우리는 후위부대에 서게 되었습니다. 제르문자이드가 이 후위부대를 지휘하고 있었습니다. 가장 큰 위험을 보고도 영광의 길을 떠나지 않았던 이 용감한 사내는 쾌락의 영광에는 저항할 수가 없었습니다. 그는 부관에게 우리를 집요하게 공격하고 있었던 적의 동태를 살피는 책임을 넘겨주고 나서는 우리 가마로 왔습니다. 그러나 그가 이리로 오자마자 우리는 무기가 부딪히고 고함이 뒤섞인 소리를 들었습니다. 제르문자이드는 자기 일을 하다말고 밖으로 뛰쳐나가려 합니다. 하지만 그는 땅에 나가떨어지고, 우리는 정복자의 무력 앞에 있게 되었습니다.

그러니까 나는 한 장교의 명예와 여러 임무를 집어삼키기 시작했던 것입니다. 그가 사령관 부인을 알지 못했다면, 용맹함과 공적으로 인해 전후 으뜸가는 직무를 고대할 수 있었습니다. 삼천 명이 넘는 남자들이 이 때문에 죽었습니다. 그만큼 그들은 우리 때문에 이 나라가 빼앗겼던 여전히 충성스러운 신하들인 것입니다."

이 연설을 듣고 놀란 망고귈을 상상해 보세요! 그는 제르문자이드에 대한 추도사를 들었었고, 그가 이런 부정행위를 할 것이라곤 전혀 알지 못했었다. 그의 아버지인 에르겝제드도 이 장교의 죽음을 애석해 했었다. 수서手書 신문은 그의 숭고한 퇴역에 마지막 찬사를 아끼지 않았고, 육 대 일의 상황에 있었던 적의 수적 우세가 그를 패전과 죽음으로 몰아갔다고 전했다. 콩고 전역에서 자신의 의무를 훌륭하게 수행했던 한 남자를 불쌍히 여겼었다. 그의 부인도 연금을 획득했었다. 그의 장남에게 그의 연대가 인계되었고, 차남에게는 특전을 약속하였다.

"정말 혐오스런 일이군!—망고궐이 작게 소리쳤다—남편은 명예가 더렵혀졌고, 국가는 배반당했으며, 국민들은 희생당했고, 이 가증할 죄악은 알려지지 않았으며, 미덕처럼 보답받기까지 했으니, 이 모든 것이 보석 하나 때문에 일어난 것이라니!"

숨을 가다듬기 위해서 말을 중단했던 텔리스의 보석이 계속했다. "이렇게 해서 나는 적의 손아귀에 들어갔습니다. 용기병龍騎兵이 우리에게 덤벼들 준비를 했습니다. 텔리스는 이 때문에 비탄에 빠진 것 같았고, 그만큼 바랄 것이 아무것도 없었습니다. 그러나 먹이의 매력으로 인해 포식자들 사이에 불화의 씨가 퍼졌습니다. 모두가 언월도偃月刀를 뽑았고, 삼사십여 명의 남자들이 순식간에 도륙을 당했습니다. 이 혼란의 소리가 한 장성의 귀에까지 이르렀습니다. 그가 달려왔고, 이 미치광이들을 진정시켰으며, 우리를 한 막사에 유폐시켰는데, 그가 이 일에 대한 대가를 요구하러 왔기 때문에 여기서 우리는 정신을 차릴 시간도 없었습니다. 패배자는 불행하구나! 침대 위에 누우면서 텔리스가 소리쳤습니다. 밤새도록 그녀의 역경이 느껴졌습니다.

다음 날 우리는 니제르 강가로 갔습니다. 사이크 배[60] 한 척이 우리를 기다리고 있었고, 여주인과 나는 브냉[61]의 황제를 알현하기 위하여 출발했습니다. 이 스물네 시간의 여행 동안, 선장은 텔리스에게 제안을 했고, 받아들여졌습니다. 그래서 나는 바다에서 하는 봉사가 육지의 그것보다 무지무지하게 격렬한 것을 경험을 통해 알게 되었습니다.

---

60 Saïque. 원래 그리스에서 만들어진 배다. 견고하게 건조되었고 돛이 아주 높은 이 배는 터키인들이 근동국가들과의 교역에서 아주 많이 사용했다고 한다.

61 Benin. 옛 아프리카 왕국. 국토 면적은 현재 나이지리아의 것과 비슷했다고 한다.

우리는 브냉의 황제를 뵈었습니다. 그는 젊고, 불같았고, 관능적이었습니다. 텔리스는 또다시 그의 마음을 사로잡았습니다. 그러나 그녀 남편의 여자들이 그녀에게 겁을 주었습니다. 그는 강화조약을 요구했고, 그녀를 얻기 위한 대가로 3개의 주州와 내 몸값만 지불하면 되었습니다.

시대가 바뀌면, 심로心勞도 바뀝니다. 어떻게 알았는지는 저도 모르는데, 상뷔코는 지난번 전투에서 일어난 여러 불행의 원인을 알았습니다. 전투가 벌어지는 동안 그는 나를 국경에 있는 바라문 중들과 그 친구들의 우두머리 집에 맡겼습니다. 이 성인은 자신을 그리 지키려 하지 않았습니다. 그는 텔리스의 교태에 굴복하고 말았습니다. 육 개월도 안 돼서, 나는 그의 막대한 수입과 세 개의 연못, 두 개의 대수림大樹林을 집어삼켰습니다."

"하느님 맙소사!—망고귈이 소리쳤다—연못 세 개와 대수림 두 개를! 보석 하나의 식욕이 정말 대단하구나!"

"그건 몇 푼 안 되는 것입니다—이 보석이 말을 다시 했다—평화로운 시기가 찾아왔습니다. 텔리스는 모노모타파의 대사직을 임명받아 가는 그녀의 남편을 따라갔습니다. 그녀는 도박을 했고 단 하루 만에 금화 십만 스캥을 잘도 잃었습니다. 제가 단 한 시간 만에 다시 땄습니다. 왕의 일을 보느라 자기의 모든 시간을 유용하게 사용하지 못했던 한 대신이 나에게 심한 구박을 받았고, 삼사 개월 만에 아주 비옥한 땅, 가구가 완벽히 갖춰진 성, 정원, 얼룩빼기 조랑말이 끄는 여행 장비 일체를 먹어치웠습니다. 사분간의 예우 그러나 제대로 치르는 예우는 우리에게 축제, 선물, 보석 세공품들을 가져다주었습니다. 그래서 눈뜬장님 아니면 정략가였던 상뷔코는 조금도 우리의 걱정거리가 되지 않았습니다.

저는—보석이 덧붙였다—제 앞에서 슬그머니 사라졌던 후작의 영지, 백작령, 가지가지 작위, 가문家紋 등은 전혀 고려의 대상에 넣지 않을 것입니다. 제 비서에게 알아보세요. 그것들이 어떻게 되었는지 말씀드릴 겁니다. 저는 비아파라의 영토를 꽤 많이 갈취했고, 벨레귀앙즈의 한 주 전체를 소유하고 있습니다. 에르겝제드는 생의 마지막 날 저에게 …을 제안했습니다." 이 말을 듣고, 망고귈은 반지를 되돌렸고 구멍의 입을 다물게 했다. 그는 선친의 명성을 소중히 생각하고 있었기 때문에, 그가 마음속으로 인정하고 있었던 선친의 숭고한 품성의 찬란함을 손상시킬 만한 어떤 것도 듣고 싶지 않았다.

하렘으로 돌아와서, 그는 우울증 환자들과 텔리스에게 한 반지 실험에 대해서 애첩과 이야기를 나누었다. "당신은—그가 그녀에게 말했다—이 여인과 허물없이 지내고 있지요. 하지만 당신은 필경 나보다 이 여인을 모를 거요…"

"무슨 말씀이신지 알겠습니다, 폐하—술탄의 첩이 그에게 대답했다—그녀의 보석은 어리석게도 전하께 미코코프 장군, 사령관 페리두르, 원로원 의원 마르쉬파, 바라문 대승인 라마다누치오와 벌인 그녀의 엽색행각을 말하게 될 것입니다. 보세요 전하, 그녀가 젊은 알라미르를 받들고 있는 것을 누가 모르겠습니까? 그리고 아무 말도 않고 있는 늙은 상뷔코는 그것에 대해서 전하만큼 모르고 있다고 할 수 있을까요?"

"당신은 모르고 있구먼—망고귈이 말을 이었다—내가 방금 전에 그녀의 보석에게 부정 취득한 것을 토해내게 했거든."

"고것이 전하에게서 뭔가를 빼앗아 갔나요?" 미르조자가 대답했다.

"내게서가 아니라,—술탄이 말했다—내 신하들, 내 제국의 귀족들, 내 이웃 군주들에게서 땅이며 주州며 성이며 연못이며 숲이며 다이아몬드며 얼룩빼기 조랑말이 끄는 여행 장비 일체를 잘도 빼앗아 갔어."

"평판과 정조는 집어넣지 않으셨군요, 폐하—미르조자가 말을 보탰다

—전하의 반지가 전하께 얼마마한 기쁨을 가져다줄지 모르겠습니다만, 전하께서 반지 실험을 하시면 하실수록, 여성은 저에게 더욱 더 추악해질 것입니다. 저에게 존경을 조금이나마 누릴 수 있도록 해 준 여인들도 예외가 아닙니다. 저는 우울한 여인들 편이 아닙니다. 아뢰옵건대, 저도 얼마동안 이 우울증에 빠져 있으려고 하옵니다."

애첩이 구속이라는 구속은 죄다 싫어하는 것을 알고 있었던 망고귈은 그녀의 오른쪽 귀에 세 번 입을 맞추고는 자리를 떴다.

제22장

망고귈 윤리의 일면

애첩이 보고 싶어 안달이 난 망고귈은 잠을 거의 못 자고 평상시보다 일찍 일어나서, 해 뜰 무렵에 그녀의 처소에 나타났다. 그녀는 벌써 벨을 울려 하녀를 부르고 난 뒤였다. 커튼이 방금 전에 걷혔고, 하녀들은 그녀를 막 일으키려던 참이었다. 술탄은 그녀 수위를 한참 둘러보았고, 그녀에게 개가 없자, 이 이상한 일의 이유를 물었다.

"전하께서는 제가 이 점에 있어서 이상하다고 생각하시기 때문이에요, 그럴 리가 있겠어요." 미르조자가 그에게 대답했다.

"분명히 말하지만,—술탄이 말을 받았다—내 궁전의 모든 여자들의 품에 개들이 안겨 있는 것을 내 알고 있으니, 당신은 그 여자들이 왜 개를 가지고 있는지, 아니면 당신에게는 왜 개가 없는지를 나에게 알려줘야만 할 것이오. 그들 중 대부분이 여러 마리의 개를 가지고 있던데, 자기 것한테 애무를 아끼지 않는 여자는 하나도 없어. 자기 애인에게는 어렵사리 허락하는 것 같은 애무를 말이야. 이 짐승들 어디가 그렇게 좋은 것이오? 이것들을 가지고 뭘 하기에?"

미르조자는 이 질문에 대한 답만은 알고 있었다.

"어쨌든,—그녀가 그에게 말했다—다들 앵무새나 카나리아처럼 개를 가지고 있는 거예요. 동물들에게 집착하는 것이 우스워 보일 수 있겠지요. 하지만 동물을 가지고 있다 해서 이상할 건 없어요. 그것들은 때때로 재미나게 해 주고, 절대 해를 끼치지 않거든요. 그것들을 어루만져 주는 것은 뒤끝이 없기 때문이에요. 게다가, 전하, 애인이 그르댕[62]에게나 해 주는 여자의 입맞춤에 만족할 거라고 생각하세요?"

"물론이지, 아무렴—술탄이 말했다—그럴 것이 분명하다고! 그것으로 만족하지 못한다면, 그 인간은 되게 까다로운 인간임에 틀림없을 거야."

성격이 온화하고, 재주가 있고, 열의가 있어서 술탄과 애첩의 사랑을 얻었던 미르조자의 한 하녀가 말했다. "이 동물들은 귀찮고 더럽습니다. 옷을 더럽히고, 가구를 못 쓰게 만들고, 레이스 제품을 찢어놓고, 가장 성실한 하녀가 총애를 잃는 데 필요할 것 같은 것보다 더 많은 피해를 십오 분 만에 일으킵니다. 그럼에도 불구하고 부인들께서는 그것들을 돌보고 계십니다."

"그렇기는 하지만, 부인 말씀에 따르면, 그것들은 그런 것 이외에는 아무런 쓸모가 없어." 술탄이 말을 보탰다.

"전하,—미르조자가 응답했다—우리의 상상력에 귀 기울여 보세요. 그래서 말인데요, 우리가 그 이유를 설명할 수 있으면 더 이상 상상일 수 없을 그런 상상을 많이 하고 있는 것처럼 그르댕 하나를 두는 것은 분명히 그런 것 중에 하납니다. 원숭이들이 지배적이었던 시절은 지났고, 앵무새 암컷들은 여전히 지지를 받고 있습니다. 개들은 몰락했었습니다. 지금 그것들

62 Gredin. 털이 길게 나 있는 작은 개의 일종.

이 다시 일어서고 있어요. 다람쥐들도 자기들 시대가 있었지요. 그래서 동물들이나, 이태리인에 뒤이은 영국인, 그 다음 기하학, 그 다음 프레탱타이 장식, 그 다음 팔발라 장식,[63] 이 연이은 모든 것이 다 매한가지라고요."

"미르조자는—고개를 저으면서 술탄이 대꾸했다—이 점에 대해서 갖추어야 할 지식을 다 갖고 있지 못하는구려, 그래서 보석들은…"

"폐하,—애접이 발했나—외아들, 딸 하나, 남편이 죽었을 때 눈물 한 방울 흘리지 않았던 아리아가 왜 도그[64] 새끼를 잃고 나서 두 주 동안 울었는지 아리아의 보석한테서 알게 될 거라는 걸 이 여자가 생각을 못할까봐서요."

"왜 아니겠소?" 망고귈이 대답했다.

"정말로—미르조자가 말했다—우리의 보석들이 우리의 모든 상상을 설명할 수 있다면, 우리보다 더 박식할 겁니다."

"그런데 누가 당신하고 그걸 놓고 싸우겠소?—술탄이 대꾸했다—그래서 내 생각에 보석은 여자에게 수많은 것을 하게 한단 말이요, 그녀가 알지도 못하는 사이에. 그리고 자신의 판단력을 따른다고 믿고 있었던 그런 여자가 자기 보석에 복종하고 있었던 그런 경우를 여러 번 보았소. 위대한 철학자는 영혼을 송과선松果線[65] 안에 놓았고, 우리 영혼은 이 안에서 서로 통하고 있소. 내가 영혼을 여자들에게 준다면, 난 잘 알고 있지, 그걸 어디다 두어야 할지."

"제겐 알려주지 마세요." 미르조자가 곧바로 응수했다.

---

63 프레탱타이Prétintailles와 팔발라Falbalas는 모두 여자 옷에 달던 장식들이다. 전자는 일반 의복에 달았던 꽃줄 장식이나 깃 · 소매의 부채꼴 장식을 말한다. 후자는 주로 원피스 하단에 달았던 주름장식이다.

64 dogue. 몸집은 땅딸막하고, 머리는 크고, 강한 턱을 지니고 있으며, 주둥이 부분이 문드러진 집 지키는 데 이용되는 개.

65 데카르트가 주창했던 이론이다. 이 가설은 결국 신경학자들에 의해 거짓으로 판명났고, 18세기에는 반데카르트 철학자들의 조롱거리로 사용되었다.

"그러나 적어도 말이오—망고궐이 말했다—여성에게 영혼이 있다는 가정하에, 내 반지가 여성에 대해서 내게 시사했던 생각을 대충이나마 당신에게 전하겠소. 내가 이 반지를 가지고 했던 실험들은 나를 위대한 모랄리스트로 만들었소. 나는 라 브뤼에르의 정신도, 포르 루아얄의 논리도, 몽테뉴의 상상력도, 샤롱의 예지도 없소. 그러나 나는 그들이 가지고 있지 않아 아쉬워할지도 모를 사실들을 모았단 말이오."

"말씀해 보세요, 전하—미르조자가 빈정거리며 말했다—열심히 귀 기울여 폐하의 말씀을 듣겠습니다. 전하의 보령쯤 되는 한 술탄의 윤리 실험, 그것 참 무언가 호기심을 끄는군요."

"그의 동료인 이름 높은 이라귀[66]에게는 실례가 되겠지만, 오르코톰의 이론체계는 엉뚱한 것이오. 하지만 그에게 제기되었던 반대의견에 대한 그의 대답에서 나는 양식을 보고 있소. 내가 여성에게 영혼을 준다면, 나는 그와 마찬가지로 보석들은 사실 아주 낮게나마 항시 말을 해 왔고, 요정 퀴퀴파의 반지의 효력으로 인해 그것들의 목소리가 높아졌다고 가정할 것이오. 이렇게 가정한다면, 당신과 같은 모든 여자를 정의하는 것보다 쉬운 일은 없을 것이오.

예를 들어, 정숙한 여자는 보석이 벙어리거나 남자들에게 호소력이 없는 여자일 거야.

정숙한 체하는 여자는 자기 보석의 말을 안 듣는 척하는 여자일 거고.

바람기 있는 여자는 보석이 많은 것을 요구하고, 보석에게 지나치게 주는 여자일 거고.

관능적 쾌락을 즐기는 여자는 기꺼이 보석의 말을 듣는 여자일 거고.

---

66 이라귀Hiragu는 의사였던 클로드 몽타냐Claude Montagnat를 가리킨다. 이 의사는 성대에 대한 페랭의 실험에 심취하여 그의 열렬한 지지자가 되었다. 주 31참조.

유녀遊女는 보석이 항시 요구하고, 그것의 요구를 조금도 거절하지 않는 여자일 거고.

교태부리는 여자는 보석이 벙어리거나 남자들에게 호소력이 전혀 없는 여자일 거고. 그러나 그녀에게 다가가는 모든 남자들에게 희망을 주고, 보석도 언젠가 말을 할 거고, 그녀도 못 들은 체하지 않게 될 그런 여자일 거야.

그런데, 내 영혼의 환희여, 내 정의에 대해서 어떻게 생각하시는가?"

"제 생각에는—애첩이 말했다—폐하께서 애정이 두터운 여자는 잊으셨습니다."

"내가 그걸 말하지 않은 것은—술탄이 대답했다—내가 아직 그 의미를 정확히 모르기 때문이오. 그리고 학식이 있는 사람들도 이 애정이 두터운이란 낱말은 보석과 아무런 관계가 없으니, 아무 의미 없다고 주장하고 있소."

"네! 아무 의미 없다고요?—미르조자가 소리쳤다—뭐라고요! 중간이 전혀 없다니요. 그러면 여자는 철내직으로 정숙한 체하거나, 바람기 있거나, 교태를 부리거나, 관능적 쾌락을 즐기거나 방탕해야만 한단 말씀이신가요?"

"내 영혼의 환희여,—술탄이 말했다—내 열거가 부정확하다는 것을 시인하려던 참이었소. 그래서 앞서 말한 품성의 여자들에다 애정이 두터운 여인을 보태겠소. 하지만 당신이 내게 그 정의를 준다는 조건에서요. 내가 정의한 것에 걸려서는 안 되오."

"그러고 말고요,—미르조자가 말했다—폐하의 체계를 벗어나지 않고 정의를 만들어낼 것이라고요."

"생각해 봅시다." 망고귈이 덧붙였다.

"자,—애첩이 말을 이었다—애정이 두터운 여자란…"

“기운 내라고, 미르조자.” 망고귈이 말했다.

“아휴! 제발 정신 산란하게 하지 마세요. 애정이 두터운 여자는… 자기 보석이 털어놓지 않았는데도 사랑에 빠졌거나, 보석이 여자가 사랑하고 있었던 남자에 대해서 좋게만 말했던 여자입니다.”

애첩에게 트집을 잡아 사랑을 한다는 것이 뭘 말하는지 묻는 것은 술탄에게 점잖지 못한 일이었다. 그래서 그는 그것에 대해 아무 소리도 안 했다. 미르조자는 동의를 얻기 위하여 침묵을 지켰고, 자기에게 어려워 보였던 걸음을 뗀 것에 대단한 자부심을 갖고 이렇게 덧붙였다. “폐하 같은 남자들은, 우리가 논증을 하지 않으니까 추론이라곤 전혀 하지 않는다고 생각하시지요. 이번 기회에 잘 알아두세요. 폐하께서 우리의 이성이 잘못된 것을 찾아내신 것처럼, 우리가 하려고만 한다면, 우리도 쉽게 폐하의 역설이 잘못된 것을 찾아낸다는 사실을 말입니다. 폐하께서 그르댕에 대한 호기심을 충족시키는 일을 그리 서두르지 않으신다면, 이번에는 제가 폐하께 저의 철학의 일면을 좀 보여드리겠습니다. 그렇다고 폐하께서 손해 보시는 거라곤 하나도 없을 겁니다. 폐하께서 저에게 보다 많은 시간을 허락하신다면, 이 시대의 중요한 인물에 대한 이야기가 될 수 있을 것이옵니다.”

망고귈은 그녀의 철학사상을 이롭게 사용하는 것보다 더 나은 일이 자기에게 없으며, 스물두 살 먹은 첩의 형이상학이 그 나이 때 술탄의 도덕 못지않게 독특할 것이라고 대답했다.

그러나 망고귈이 호의를 베푸는 것이 아닐까 걱정이 된 미르조자는 그에게 준비할 시간을 좀 달라고 하였고, 이렇게 핑계를 대서 술탄이 안달이나 그녀를 부를 수 있는 곳으로 쏜살같이 달려갔다.

제23장

열 번째 반지 실험

그르댕

술탄은 즉시 아리아[67]의 처소로 갔다. 보통 혼자 말하는 버릇이 있었기 때문에, 그는 혼잣말을 했다. "이 여자는 저 마탱[68] 네 마리가 없으면 잠을 안 잔단 말이야. 그리고 보석들도 이 동물에 대해서는 아는 것이 없고, 하지만 그녀의 보석이 이 동물들에 대해서 내게 뭔가를 이야기해 줄 거야. 그녀가 이 개들을 열렬히 사랑하는 걸 고맙게도 다들 알고 있으니까 말이지."

이 독백을 그칠 즈음에 그는 아리아의 응접실에 있게 되었다. 그는 아리아가 평상시 데리고 있는 것과 함께 쉬고 있는 것을 멀리서 감지했다. 그르댕 새끼 한 마리, 다누아 암캐 한 마리, 도그 새끼 두 마리였다. 술탄은 코담배 케이스를 꺼내서 스페인 산 코담배 두 줌을 미리 갖추어 놓고 아리아에게 다가갔다. 그녀는 자고 있었는데, 주위를 살피고 있었던 사냥개 무리가 무슨 소리를 듣더니 짖어대기 시작했고, 그녀를 깨웠다. "애들아, 조용히 해요, 그녀가 아주 부드러운 목소리로 이 개들에게 말했기 때문에 마치 그녀의 딸들에게 말하는 것 같았다. 코해야지, 코해야지, 내 휴식을 방해하지 말아요, 너희들 휴식도."

예전에 아리아는 젊고 예뻤다. 그녀는 자기와 같은 신분의 애인들을 두고 있었다. 그러나 그들은 그녀의 총애가 지속되는 시간보다 훨씬 앞서 사라졌다. 이렇게 버림받은 것을 스스로 달래기 위하여, 그녀는 말하자면 괴상한 사치에 빠졌고, 그녀의 제복 하인들도 반자에서 가장 잘생긴 사내들이었다. 그녀는 갈수록 늙어 갔고, 씀씀이를 줄이는 데에는 여러 해가

---

67 'Haria'는 라틴어 'hara'가 어원이다. 울타리를 치고 동물들을 가두어 지키는 땅을 뜻한다.
68 mâtin. 궁정이나 말무리를 지키는 몸집이 큰 개.

걸렸다. 그래서 개는 네 마리, 바라문 중은 둘로 제한했고, 회심回心의 모델이 되었다. 사실, 가장 독기 어린 풍자도 이 점에서만큼은 물어뜯을 것이 없었고, 그래서 아리아는 십 년도 훨씬 넘게 부덕婦德의 높은 평판을 받으며 평온하게 이 동물들을 즐기고 있었다. 그르댕에 대한 그녀의 애정이 너무도 확고한 것을 모두가 알고 있었기 때문에 바라문 중들이 이 애정을 나누고 있다는 의심을 더 이상 하지 않았다.

아리아가 이 짐승들에게 몇 번이고 계속해서 부탁을 하였는데 이것들은 친절하게도 복종하였다. 그때 망고귈이 반지에 손을 가져가자 늙수그레한 보석이 최근의 연애사건을 이야기하기 시작했다. 초기의 연애사건들이 있은 지는 너무나 오래되었던지, 그것을 거의 기억하지 못하였다. "물러서, 메도르—고것이 쉰 목소리로 말했다—너 때문에 피곤하단 말야. 리제트가 더 좋다고, 훨씬 온순하단 말이야." 보석의 목소리를 들어 본 적이 없었던 메도르는 늘 제 걸음을 하고 있었다. 그러나 아리아가 깨어서는, 계속 말했다. "비키라니까, 장난꾸러기야, 너 때문에 못 쉬겠잖아. 때로는 봐주겠는데, 하지만 지나친 건 지나친 거라고." 메도르는 물러섰고, 리제트는 자리를 차지하였으며, 아리아는 다시 잠이 들었다.

반지의 효력을 중지시켰던 망고귈은 그것을 다시 돌려 뒤집었다. 그러자 낡디 낡은 보석은 한숨을 깊게 내쉬고 허튼소리를 지껄이더니 다음과 같이 말했다. "아! 그 큰 그레이하운드 암컷이 죽은 건 너무 가슴 아픈 일이야, 정말 최고의 애인, 아양을 최고로 잘 떠는 암컷이었는데. 나에게 끊임없이 즐거움을 주었지. 재기의 전형, 얌전함의 전형이었어. 너희들은 비교되는 짐승일 뿐이야. 그 못된 인간이 죽였어… 가엾은 쟁졸린, 눈에 눈물이 없이는 너를 생각한 적이 없단다… 내 여주인이 그 때문에 죽는 줄 알았어. 이틀 동안 먹지도 마시지도 않고 보냈다고. 현기증이 났지. 그녀의 고통을 생각해 보라고요. 그녀의 교리문답 선생, 친구들, 그르댕조차도 나를 가까이 하지 않았어. 하녀들에게 자기 처소에 그 남자를 들여놓지 말라는 명령을 내렸어. 어기면 쫓겨날 각오를 해야 했지요… 이 괴물이 내 넋을 앗아갔어, 귀여운 쟁졸린, 그녀가 소리를 질렀죠. 그자가 여기에 나타나지 못하도록 해. 난 평생 그자를 보고 싶지 않아."

쟁졸린이 어떻게 죽었는지 호기심이 난 망고귈은 반지를 예복의 늘어진 부분에 비비면서 전력電力을 일으켰고, 아리아 쪽으로 향하자, 보석이 다시 말을 했다. "고故 라마덱의 부인이었던 아리아는 생도르에게 열중했어요. 이 청년의 가문은 훌륭했습니다만, 돈이 없었어요. 그러나 여자들의 마음을 끌고, 그르댕 다음으로 아리아의 주된 관심을 끌었던 장점을 지니고 있었죠. 지독한 가난이 나이와 아리아의 개에 대한 생도르의 혐오를 물리치고 말았습니다. 이만 에퀴의 연금 때문에 그의 두 눈이 멀어 내 여주인의 주름과 그르댕의 불편함을 못 보게 된 것입니다. 그는 그녀와 결혼을 하게 되었습니다.

그는 자신의 능력과 친절한 행위로 우리의 짐승들을 압도하였고, 그가 실권을 쥐고 나서부터 이것들을 실총失寵시켰다고 우쭐해 있었는데, 그가 착각한 것이었습니다. 그가 우리에게 지대한 공헌을 했다는 믿음을 가진 지 몇 달 뒤에, 이 개들이 자기에게나 부인에게도 잠자리를 같이하기에는 어울리지 않으며, 개를 세 마리 이상 가지고 있는 것은 우스운 일이며, 잠자리에 한 마리 이상 받아들인다는 것은 신방을 개집으로 만드는 것이라고 그녀에게 감히 조목조목 지적했던 겁니다."

"내가 당신에게—아리아가 노한 목소리로 대답했습니다—그런 말을 해 달라고 권하던가요! 내 개에게는 아주 맞지 않은 다락방에서 내가 꺼내주었던 이 가스코뉴의 가난뱅이 둘째가 여기서 까다롭게 구는 것이 정말 어울리는군요! 당신이 가구 딸린 방에서 살고 있을 때, 누군가가 필경 침대 시트를 소독해 주었겠지요, 나의 귀여운 낭군님. 이번에야말로 잘 알아두세요. 나의 개들은 당신보다 먼저 내 침대를 차지하고 있었으니, 떠나시거나 개들과 함께 침대를 나눠 쓰실 결심을 하세요."

"선언은 분명했습니다. 그래서 우리 개들은 자기들의 자리를 마음대로 할 수 있게 되었습니다. 그러나 우리 모두가 자고 있었던 어느 날 밤, 생도르는 돌아눕다가 불행히도 쟁졸린의 발을 찼습니다. 이런 대우를 받아 본 적이 없었던 이 그레이하운드 암컷은 그의 장딴지를 물었습니다. 그러자 생도르의 비명소리를 듣고 부인이 곧 깨게 되었습니다.

'도대체, 무슨 일이에요?—그녀가 그에게 말했습니다—가위눌린 것 같은데. 꿈꾸세요?'

'그건 나를 물어뜯은 당신의 개들입니다—생도르가 그녀에게 대답했죠—당신의 그레이하운드 암컷이 내 장딴지 살 한 점을 지금 막 가져갔습니다.'

'그뿐인가요?—아리아가 돌아누우면서 말했습니다—아무 일도 아닌 것 같고 소란만 피우셨네요.'

이 말에 자존심이 상한 생도르는 이 개떼를 쫓아내지 않는 한 다시는 거기에 발을 들여놓지 않겠다고 다짐하면서 침대에서 나왔죠. 이 개들을 쫓아내려고 이자는 뜻 맞는 친구들을 고용했어요. 그러나 모두 이 중요한 협상에서 실패했습니다. 아리아가 그들에게 대답했습니다. 생도르는 그녀가 생쥐와 숫쥐들이 나눠 쓰는 다락방에서 꺼내 주었던 경박하고 잘난 체하는 청년이었으며, 그래서 이렇게 까다롭게 구는 것은 그에게 전혀 맞지 않으며, 그는 밤새도록 잠만 자고, 그녀는 개들을 사랑하고, 이 개들도 그녀를 좋아하고, 그녀는 이 개들이 어릴 적부터 어루만지는 것을 좋아했고, 죽어서야 헤어질 결심을 했다고 말입니다. '그에게 또 전하세요—중재자들에게 말을 건네면서 그녀는 계속했습니다—겸허하게 내 뜻에 복종하지 않는다면, 그는 평생 후회할 것이고, 그에게 증여했던 것을 철회할 것이고, 나의 사랑하는 자식들의 생계유지를 위해 내가 유언장에 남겨 놓았던 금액에 그걸 보탤 것이라고 말입니다."

"우리끼리니 말씀인데요—보석이 덧붙였다—교리문답 선생, 고해신부, 줄줄이 늘어선 바라문 중들까지 스무 명의 애인이 다들 헛수고를 한 바람에 획득할 수 없었던 것을 자기를 위해 해 주길 바라고 있으니 생도르는 바보 중에 바보임에 틀림없습니다. 그러는 동안 생도르는 우리의 동물들과 마주칠 때마다, 좀이 쑤셔서 견디질 못한 거예요. 어느 날 박복한 쟁졸린이 그의 수중에 들어왔습니다. 그가 목을 잡더니 창밖으로 내던져버린 거예요. 이 가엾은 짐승은 떨어져 죽었습니다. 괴성이 난 게 그때였습니다. 아리아가, 얼굴은 상기되고, 두 눈은 눈물에 젖어서…"

보석은 이미 말했던 것을 되풀이하려고 하였다. 그도 그럴 것이 보석들도 반복하는 일이 흔하기 때문이다. 그러나 망고굴은 그것의 말을 가로막았다. 보석의 침묵은 오래되지 않았다. 그때 이 군주는 노망난 보석을 난처하게 만들었다고 생각하여, 보석에게 말하는 자유를 되돌려 주었던 것이다. 그러자 이 수다쟁이는 폭소를 터트리면서 기억을 더듬어 올라가는 듯 다시 말을 했다. "어쨌든 말이 나왔으니 말인데요, 아리아의 신혼 첫날밤이 어떻게 지나갔는지 말씀드리는 걸 잊을 뻔했네요. 내 살면서 이렇게 어처구니없는 상황을 똑똑히 보았다니까요. 그런 상황은 한 번도 본 적이 없었습니다. 저녁식사를 거창하게 하고 나서, 이 부부는 그들의 거처로 갑니다. 부인의 옷을 벗겨주는 하녀들만 제외하고 사람들이 다 물러갑니다. 그녀가 옷을 벗었습니다. 침대 위에 눕힙니다. 그녀와 생도르만이 남습니다. 그보다 더 재빠른 그르댕, 도그 새끼, 그레이하운드가 아내를 독차지한

1748년판의 삽화

것을 알아차린 그가 부인에게 말합니다. '부인, 제가 이 경쟁자들을 조금 밀어내도 되겠지요.'

'할 수 있으면 해 보세요, 여보,—아리아가 그에게 말하는 것이었어요— 저 같으면 쫓을 용기를 못 냅니다. 이 귀여운 동물들이 저에게 충실해서, 제가 다른 동반자를 두지 않은 지가 아주 오래되었답니다.'

'이 동물들이—생도르가 말을 잇습니다— 오늘은 제가 차지해야 할 자리 하나를 친절하게도 양보해 줄 겁니다.'

'정말이요.' 아리아가 그에게 대답합니다.

생도르는 먼저 부드러운 방법을 사용했습니다. 그래서 쟁졸린에게 구석으로 물러가라고 애원을 했습니다. 한데 이 고분고분하지 않은 동물이 으르렁대기 시작합니다. 이 경보가 나머지 개들에게까지 퍼졌습니다. 그러자 도그 새끼들과 그르댕들이 마치 그가 자기들 여주인의 목을 조르고 있었던 것처럼 짖어댔습니다. 이 소리를 참지 못한 생도르는 도그 새끼를 떨어뜨렸고, 그르댕 중 한 마리를 몰아냈고, 메도르의 다리를 잡았습니다. 친구들한테서 버림받은 메도르, 충견 메도르는 자리의 이점을 이용해 이 패배를 만회하려고 했습니다. 여주인의 양 허벅지에 딱 붙어서, 두 눈은 이글거리고, 털은 곤두세우고, 아가리는 크게 벌린 채, 콧방울을 찡긋거리더니, 가장 날카로운 이빨을 이열횡대로 하여 적에게 보이는 것이었습니다. 생도르는 한 번 이상 그것에게 공격을 가했고, 메도르도 발가락들은 꼬집히고, 장식용 소맷부리는 찢긴 채 한 번 이상 그를 물리쳤습니다. 싸움은 악착같아서 아리아를 즐겁게 해 주었는데, 십오 분 이상 지속되었습니다. 그때 생도르는 완력으로는 누를 수 없다고 절망하였는지 적에 맞서 계략을 이용했습니다. 그는 오른손으로 메도르의 역정을 돋우었습니다. 이 움직임을 주의 깊게 보느라 메도르는 왼손의 움직임을 알아채지 못한 나머지, 목덜미가 잡혔습니다. 빠져나오기 위해서, 믿을 수 없을 정도로 힘을 발휘하였지만 헛일이었습니다. 전장戰場을 포기해야만 했고 아리아를 양보해야만 했습니다. 생도르는 점령자가 되었지만, 피를 안 흘린 것은 아니었습니다. 신혼 첫날밤은 유혈이 낭자할 것이라고 아리아는 분명히 각오했었습니다. 그녀의 동물들은 아주 멋지게 방어를 하였고, 그녀의 기대를 저버리지 않았습니다."

"내 비서보다 이야기를 훨씬 더 잘 쓸 보석이구먼." 망고귈이 말했다. 이렇게 해서 그르댕에 대한 사정을 알게 된 그는 애첩의 처소로 돌아갔다. "세상에서 가장 기막힌 일을 들을 준비를 하시구려—그는 애첩을 아주 멀리서 보고는 말했다—팔라브리아의 붉은털원숭이보다도 더 고약한 것이야. 아리아의 네 마리의 개가 연적, 그녀의 남편이 택한 연적이라는 것과 그레이하운드 암컷의 죽음이 다시는 돌이킬 수도 없이 이 사람들을 갈라놓게 했다는 걸 믿으실 수 있겠소?"

"연적이니 개니 이게 다 무슨 소리예요?—애첩이 말을 이었다—그게 무슨 소린지 전혀 모르겠습니다. 아리아가 미치도록 그르댕을 좋아하는 건 알고 있어요. 그나저나 생도르가 성마른 사내인 것을 저 또한 인정하고 있습니다. 이런 사내는 거액의 돈을 준 여자들이 평상시 요구하는 호의란 호의는 아마도 다 베풀지 못할 겁니다. 뿐만 아니라, 그녀의 행실이 어찌되었건 간에, 그녀가 연적을 만들어냈다고 생각하지 않아요. 아리아는 아주 존경할 만한 여인이어서, 폐하께서 보다 명료하게 설명해 주셨으면 좋겠습니다."

"들어보시오—망고귈이 그녀에게 대답했다—여자들은 도가 지나친 이상한 취향이 있다는 것을 인정하시오. 그보다 더 심한 것은 말하지 않겠소."

곧이어 그는 그 보석이 이야기했던 것처럼 한마디도 빼놓지 않고 아리아의 이야기를 그녀에게 말했다. 미르조자는 첫날밤 전투에 대해서 웃지 않을 수 없었다. 그러나 진지한 표정을 다시 짓고는 망고귈에게 말했다.

"알지 못할 분노가 치미는군요. 그런 동물들과 그 주인 여자들이 아주 싫어지는데요. 그래서 내 하녀들에게 누구라도 맨 먼저 그르댕에게 밥을 준 의심을 받으면 쫓겨날 것이라고 선언하겠어요."

"그런데 왜 그렇게—술탄이 항변했다—증오의 범위를 넓히시는 거요? 그렇다니까, 당신과 같은 여자들은 늘 극단에 빠져 있어요. 이 동물들은 사냥에 적합하고, 전투에 필요하고, 얼마나 많은지 모르지만 아리아가 하고 있는 것 말고도 여러 가지 다른 용도로 쓰이고 있고."

"사실을 말씀드리면,—미르조자가 말했다—폐하께서는 정숙한 여자를 찾기 힘드실 거라는 생각을 하기 시작했어요."

"내가 이미 말했지 않았소—망고귈이 대답했다—하지만 조금도 서두르지 맙시다. 당신은 언젠가 내가 당신의 성급함을 이용해서 고백을 받아냈다고 나를 비난할 수 있을 거요. 내가 오로지 반지 실험 덕분에 얻어냈다고 하는 고백을 말이오. 당신을 놀라게 해 줄 실험을 계획하고 있소. 비밀이 다 드러나지 않았소. 그래서 나는 내가 물어봐야 할 보석들에게서 보다 중요한 것들을 뽑아낼 작정이오."

미르조자는 늘 자기 보석을 염려하고 있었다. 망고귈의 말로 인해 그녀는 자기 뜻대로 그에게 감출 수 없다는 생각에 혼란에 빠졌다. 그러나 맹세로 자신을 동여맸고, 마음속 깊이 신앙심을 가지고 있었던 술탄은 최선을 다해서 그녀를 안심시켰고, 아주 감미로운 키스를 몇 번 해 준 다음, 중대한 일로 그를 찾고 있었던 각료 회의장으로 갔다.

제24장

열한 번째 반지 실험

연금

카노글루와 에르겝제드가 통치할 때 콩고는 피비린내 나는 여러 전투로 인하여 혼란스러웠다. 이 두 군주는 여러 이웃나라들을 정복함으로써 그 이름을 세세에 길이 떨쳤다. 아벡스[69]와 앙고[70]의 두 황제는 망고컬의 청년기와 통치의 시작을 그들이 빼앗겼던 지방들을 되찾을 수 있는 유리한 국면으로 생각했다. 그래서 그들은 콩고에 전쟁을 선포했고, 사방으로 공격해 들어갔다. 망고컬의 각료의회는 아프리카에서 가장 막강한 의회였다. 여러 전투를 이미 겪었었던 노장 상뷔코와 사령관 미르잘라는 군대의 선두에 섰고, 승리에 승리를 거듭했으며, 그들의 뒤를 이을 수 있는 장군들을 양성했다. 그들의 성과보다 훨씬 더 중요한 승리였다. 각의閣議의 활약과 장군들의 뛰어난 지휘 덕택에, 제국의 점령을 작정했던 적은 우리의 국경에도 다다르지 못했고, 그들 국경도 제대로 막지 못하여 그 나라의 여러 요새와 지방이 쑥밭이 되는 걸 보고만 있었다. 그러나 그토록 부단하고 영광스런 승리에도 불구하고, 콩고는 영토가 확장되면서 세력이 약해져만 갔다. 잦은 군 소집으로 인해 도시와 농촌의 인구는 줄었고, 재정도 바닥이 났다.

여러 차례에 걸친 공략과 전투는 많은 인명을 앗아갔다. 병사들의 피를 아끼지 않았던 총리대신은 쓸데없는 전투[71]에 목숨을 걸었다고 비난을

---

69 아벡스Abex는 에티오피아의 홍해 쪽 연안에 자리 잡고 있었던 나라였다. 면적은 에티오피아 동북지방인 에리트리아와 비슷했다고 한다.

70 앙고Angot는 에티오피아 내에 위치한 지역 이름이다.

71 콩고가 벌인 이 쓸데없는 전투는 여러 정황으로 미루어 볼 때 오스트리아 왕위 계승 전쟁과 유사하다. 1741년부터 참여하면서 프랑스가 겪었던 행운과 재난을 상기시킨다.

받았다. 전 가족이 상喪의 슬픔에 잠겨 있었다. 아버지, 형제, 친구의 죽음을 슬퍼하지 않는 가족은 하나도 없었다. 전사한 장교들의 숫자도 엄청났고, 비교 가능한 숫자는 오로지 연금을 청원하는 그 과부들의 숫자였다. 대신들의 집무실은 과부들이 차지했다. 이 여자들은 진정서로 술탄마저 들볶았다. 이 진정서에는 사자死者들의 공적과 봉사, 과부들의 고통, 자식들의 비참한 상황, 다른 눈물거운 이유들이 빠져 있지 않았나. 이 여자들의 요구보다 더 공정한 것은 없어 보였다. 하지만 수백만 대에 해당하는 연금을 무슨 돈으로 줄 수 있겠는가?

이따금 성질도 부리고 막말을 하며, 근사한 약속이란 약속은 다 하고 나서, 각료들은 이 일을 끝낼 방법을 결정하기에 이르렀다. 그러나 아무런 결론을 내릴 수 없는 기막힌 이유가 있었다. 한 푼도 없었다.

각료들이 지지리 늘어놓는 억설과 과부들의 한탄에 진력이 난 망고궐은 아주 오래전부터 모색해 왔던 방법을 찾았다. "대신 여러분,—그가 각료들에게 말했다—연금을 수락하기 전에, 이 연금 지급이 합법적인 것인지 제때에 검토해 보아야 할 것 같습니다…"

"이 검토는—왕의 대관장이 대답했다—어마어마할 것이어서 각별한 토론이 있어야 할 것이옵니다. 하지만 폐하, 어떻게 이 여인들의 호소와 소송을 견디어 내겠습니까? 폐하께서 먼저 지쳐 물러서시올 텐데."

"대관장, 그건 그대가 생각한 것만큼 어렵지 않을 것이오—술탄이 말을 받았다—내일 정오에는 엄격함에 있어서는 둘째가라면 서러울 공평무사의 법에 따라 모든 것이 끝날 것임을 내 약속하오. 아홉 시에 그 여자들이 나를 알현토록 하시오."

수많은 가족들에게 충격을 주었던 전사자들과 전사한 장교들의 부인들이 청원한 연금 신청 리스트는 1747년에 작성되었다.

모두가 어전회의를 떠났고, 대관장은 집무실로 돌아가서 생각을 깊이 하더니 다음과 같은 담화문을 작성했다. 이 담화문은 세 시간 후에 인쇄되어, 나팔소리와 함께 공표되었고, 반자의 전 교차로에 게시되었다.

〈술탄과 대관장 나리의 영슈〉

우리—황태자, 콩고의 대관장, 총리대신, 대大마니몬반다 황후의 옷자락을 받드는 자, 각료회의실 청소책임자 및 감독관—는 내일 아침 아홉 시에 도량이 하해와 같으신 술탄께서 술탄을 위하여 전사한 장교들의 과부들과 회견을 열 것임을 공시하는 바이다. 과부들의 요구사항을 검토한 후에 공정을 기해서 영을 내리실 것이다. 콩고력 147200000009년 레겝 음력 십이일.

콩고의 모든 홀어미들은 그 수가 꽤 되었는데 벽보를 꼭 읽었거나, 그걸 읽어 오도록 제복하인을 보냈지만, 왕의 접견실에 제시간에 온 사람은 많지 않았다. "소란을 피하기 위해서—술탄이 말했다—한 번에 부인 여섯 분씩 들여보내도록 하시오. 우리가 부인들의 말을 듣고 나면, 바깥뜰 쪽으로 나 있는 뒷문을 열어드리도록 하시오. 여러분 모두가 주의 깊게 들으시고, 부인들의 요구사항에 대해서 의견을 표명하세요."

이렇게 말하고 나서, 그는 수석정리廷吏에게 신호를 보냈다. 그러자 바로 문 옆에 있었던 여섯 명이 들어왔다. 긴 상복을 입고 들어왔고, 폐하에게 정중히 인사를 했다. 망고궐은 제일 젊고 예쁜 부인에게 말했다. 이섹이라고 하는 여인이었다. "부인—그가 그녀에게 말했다—남편을 잃으신 지 오래되셨나요?"

"세 달 됐습니다, 폐하—이섹은 눈물을 흘리며 대답했다—폐하께 봉사하는 대위였습니다. 마지막 전투에서 죽었습니다. 저에게는 그에게서 낳은 자식 여섯 아이가 전부랍니다…"

"그에게서라고?—이섹에게서 나왔지만, 그 소리가 완전히 이섹의 것과 달랐던 한 목소리가 말을 막았다. 부인은 자기가 말하지 않았다는 것을 잘 알고 있었다—남편이 전장에 있는 동안, 그 아이들은 모두 부인을 위로하러 오곤 했던 한 젊은 바라문 중에서 시작해서 그 바라문 중으로 끝났다고요."

이렇게 항변을 했던 경솔한 목소리가 어디서 나왔는지 모두들 쉽게 짐작하고 있었다. 당황한 가엾은 이섹은 얼굴이 새하얘지더니, 비틀거리다가 쓰러졌다.

"이 부인은 쉽게 흥분하는군—망고궐이 조용하게 말했다—부인을 하렘의 방으로 옮겨서 응급조치를 하도록." 그러고 나서 곧 페니스에게 말을 건넸다.

"부인,—그가 그녀에게 물었다— 남편께서는 파샤[72]가 아니셨소?"

"네, 그렇습니다, 전하." 떨리는 목소리로 페니스가 대답했다.

"그런데 어떻게 남편을 잃으셨소?"

"전하, 마지막 전투에서 힘을 다 쓴 나머지, 그는 자기 침대에서 숨었습니다…"

"마지막 전투에서 힘을 다했다고?—페니스의 보석이 말을 이었다—봅시다, 부인, 당신 남편은 주둔지에서 굳건하고 원기 왕성한 건강을 얻었다고요. 아직도 건강을 누리고 있잖아요, 두세 명의 연극 무용수들이… 제 말 듣고 있지요, 그러니 당신 일이나 신경 쓰세요."

"페니스가—술탄이 말했다—국가와 남편을 위해서 훌륭히 조력했던 일

72 pacha. 현재의 주지사격에 해당하는 터키의 관직.

들에 대한 대가로 연금을 신청한다고 적으시오."

세 번째 여자는 부대에서 천연두에 걸려 죽었다고 하는 남편의 나이와 이름에 대한 질문을 받았다.

"천연두라고?—보석이 말했다—그것과는 전혀 다른 것이었는데. 부인, 맏아들이 자기하고 꼭 닮았다는 당신 남편의 말이 괘씸하다고 생각한 도지사 카바글리가 언월도로 그를 두 번 제대로 찔러서 그랬다고 말씀하세요. 아무리 닮았다고 해봐야 근거가 전혀 없었다는 것을,—보석이 덧붙였다—부인께서는 저만큼 잘 알고 계시잖아요,

네 번째 여자는 망고귈이 묻기도 전에 말할 참이었다. 그때 아래에서 그녀의 보석이 지르는 소리가 들렸다.

전쟁이 시작된 지 십 년 동안, 그녀는 호기를 누렸다. 두 명의 시동과 한 명의 불한당 같은 제복 하인이 그녀의 남편을 대신했다. 그리고 그녀는 그녀가 청원했던 연금을 오페라 코믹극장의 한 남자배우의 생계를 위해 결정한 것 같았다.

다섯 번째 여자가 용감하게 앞으로 나오더니 단호한 어조로 고인이 된 남편의 봉사에 대한 보상을 요구하였다. 근위보병의 지휘관이었던 그는 마타트라 성벽 아래서 생을 마감하였다. 술탄은 그녀를 향해 반지를 돌렸다. 그러나 소용없는 일이었다. 그녀의 보석은 벙어리였다. 그녀는—그녀를 보았던 아프리카인 저자가 말했다—너무 못생겨서 그녀의 보석이 뭔가 할 말이 있었다면 모두가 아주 놀랐을 것이었다고 고백해야만 하겠다.

망고귈은 여섯 번째 여자와 대담을 하였다. 그녀의 보석이 한 말은 다음과 같다.

"부인께서는 노름을 하며 살고 있지만 정말로 연금을 청원할 자격이 있으십니다—이 보석은 자기가 고집스럽게 침묵을 지켰었던 여인에 대한

이야기를 하면서 말했다—그녀는 자기 집에 연 금화 삼천 스캥을 벌어다 주는 도박장을 운영하고 있습니다. 노름꾼들을 제물 삼아 거기서 가벼운 저녁식사도 합니다. 그녀는 터키 금화 육백 스캥을 받고 나를 한 저녁 회식자의 호감을 사도록 했습니다. 거기서 터키의 배신자는…"

"여러분들의 요구를 들어주겠습니다, 부인 여러분—술탄이 말했다—이제 나가셔도 됩니다."

그러고 나서 그의 조언자들에게 말을 건네면서, 목숨을 걸고 술탄을 위해서 영광을 찾으러 갔던 용감한 사람들의 명예를 애써 더럽혔던 부인들과, 브라만 중들과 다른 남자들의 이 많은 어린 사생아들에게 연금을 주는 것은 어처구니없는 일이 아니냐고 물어보았다.

대관이 일어나서, 대답을 했고, 장광설을 늘어놓다가, 요약을 했다가 여느 때와 똑같이 모호한 결론을 내렸다. 그가 말을 하는 동안, 정신을 되찾았고 자신의 연애질에 화가 났으며 연금을 전혀 기대치 않았음에도 불구하고 다른 여자가 연금을 다넨 것에 절망했던—이런 일은 분명히 있을 수 있다—이섹은 대기실로 돌아가서, 두세 명의 친구에게 귀띔을 했다. 자기들을 모이라고 한 것은 오로지 그녀들의 보석이 털어놓는 말을 편하게 듣기 위한 것이었고, 접견실에서 그녀도 보석 하나가 끔찍한 것들을 지껄이는 걸 들었으며, 자신은 그게 누구 것인지 말하지 않도록 무척 조심을 할 것이고, 그러나 미치지 않고서는 그 같은 위험에 처할 수 없을 것이라고 말해 주었다.

이러한 경고가 손에 손을 거쳐 전해졌고 모여 있던 과부들을 해산시켰다. 정리가 재차 문을 열었을 땐, 아무도 없었다.

"그래, 대관, 다음번에야 나를 믿을 텐가?—떠나버렸다는 소식을 들은 망고궐은 이 순진한 친구의 어깨를 두드리면서 말했다—당신에게 이 곡녀

哭女들에게서 당신을 해방시켜 주겠다고 내 약속하지 않았던가. 이제 다들 그대를 떠나갔네. 하지만 그 부인들은 당신이 아흔다섯을 넘었는데도 당신의 환심을 사려고 아주 열심이었어. 그러나 당신이 어떤 마음을 품었건 간에 말이야, 사실 당신 능력이라면 이 부인들에게 마음을 품을 수 있다는 것을 내 알고 있으니 하는 말일세, 당신은 내가 이 부인들을 떠나보낸 것에 대해 감사해야 한다고 생각하네. 이 여자들은 당신에게 쾌락보다는 걱정거리를 더 많이 주었잖아."

아프리카인 저자는 이 실험에 대한 기억은 콩고에 보존되어 있고, 이 때문에 콩고 정부는 연금을 주는 데 무척 신중했다고 우리에게 전한다. 그러나 다음 장에서 보게 될 것처럼, 이것만이 퀴퀴파 반지의 적절한 효과가 아니었다.

제25장

열두 번째 반지 실험

법의 문제

콩고에서 강간죄는 엄한 처벌을 받았다. 그런데도 망고귈 치하에서 아주 유명한 강간 사건이 있었다. 이 군주는 왕위에 오르면서 모든 선왕들처럼 이 죄를 절대 용서하지 않겠다고 굳은 결심을 하였다. 그러나 법이 아무리 엄하다 할지라도, 욕심이 과해서 법을 어기는 자들을 저지하지는 못하고 있었다. 국부를 사용하여 죄를 지었던 죄인은 국부가 잘리는 처벌을 받았는데, 대개 죄인을 반죽음시켰던 가혹한 조처였다. 이 조처를 만들었던 사람은 프티[73]보다 이에 대한 대비책을 잘 마련해 두지 않았던 것이다.

---

73 장 루이 프티Jean-Louis Petit(1674-1750). 외과의사였던 그는 거세 뒤에 일어나는 출혈을 멈추기 위해 당시 사용되었던 방법들보다 훨씬 더 안전하고 확실한 기술을 완성하였다.

명문가 출신 청년인 케르셀은 육 개월 전부터 감방 구석에서 이 형벌을 기다리며 괴로워하고 있었다. 젊고 아름다운 부인 파트메는 그의 루크레티우스[74]이자 고발자였다. 그들은 아주 잘 어울리는 한 쌍이었다. 그걸 모르는 사람이 없을 정도였다. 파트메의 너그러운 남편도 이 점에 대해서 부인하지 않았다. 그래서 사람들이 그들의 일에 끼어드는 것은 있을 수 없는 일이었을 것이다.

이 년 동안의 그들의 관계는 평온했는데, 바람기가 있었는지, 싫증이 났는지, 그 후 케르셀은 반자 오페라 극장의 한 무희를 사랑하게 되었고, 파트마를 소홀히 했는데, 그렇다고 해서 관계를 대놓고 끊은 건 아니었다. 그는 자기가 물러서는 것도 품위가 있기를 바랐다. 이로 인해 그는 집에 자주 들를 수밖에 없었다. 이렇게 버림받은 것에 분개한 파트메는 복수를 생각했고 이 부정한 인간을 파멸시키기 위하여 여자 뒤꽁무니질로 인해 버려진 것, 즉 자기 자신을 이용하였다.

어느 날 아무것도 모르는 남편이 그 둘만을 남겨놓자, 케르셀은 언월도를 칼집에서 꺼내서, 정인情人들에겐 아무 일도 아니지만 상처받은 여인의 고지식함을 결코 일깨우지 못하는 이 맹세를 통해 파트메의 의심을 삼재우려고 하였다. 그녀는 겁에 질린 눈을 하고, 대여섯 번의 손놀림으로 자신의 몸치장을 엉망으로 만들면서, 끔찍스런 고함을 질렀으며, 구해달라고 남편과 하인들을 불렀다. 이들이 달려와서 파트메가 언월도를 가리키며 케르셀로부터 받았다고 말했던 모욕적인 행위의 증인이 되었다. "이 비열한

74 Lucrèce. 이 여인은 로마의 일곱 번째 왕이자 마지막 왕이었던 타르키니우스 수페르부스Lucius Tarquin le superbe의 조카인 타르키니우스 콜라티누스Lucius Tarquin Collatin의 아내였다. 루크레티우스는 이 왕의 아들인 섹스투스Sextus에 의해 능욕을 당하자, 불명예를 안고 살아갈 수 없어 자살한다. 그래서 'lucrèce'를 보통 명사로 사용할 때에는 정숙한 여자를 지칭한다. 그러나 다른 한편 정숙한 척하는 여자의 의미로 사용되기도 한다.

놈이—그녀가 말을 보탰다—나를 제놈 욕망에 굴복시키려고 내 머리 위로 언월도를 열 번이나 쳐들었어요."

고발의 악랄함에 어리둥절한 이 청년은 대응할 기력도 도망갈 힘도 없었다. 그는 체포됐고 감옥으로 이송되었으며, 재판장이 주재하는 법정소송에 회부되었다.

법에 따라 파트메가 검사를 받을 것이라는 명이 떨어졌다. 그래서 그녀는 검사를 받았고, 산파들의 보고는 피고에 아주 불리한 것으로 판명이 났다. 산파들은 강간당한 여인의 상태를 확증하는 기록부를 가지고 있었고, 법에 의해 요구된 모든 조건들은 케르셀에게 불리했다. 재판관들은 그를 심문했다. 파트메는 그와 대질심문을 받았고, 모두가 증인들의 증언을 들었다. 그가 무죄를 맹세하고, 사실을 부인하고, 자기를 고발한 여자와 이 년 이상 유지했었던 관계에 근거하여 강간당한 것은 여자가 아니었다고 입증해 보았자 아무 소용이 없었다. 언월도를 쓴 사실, 단둘이 있을 때의 정적靜寂, 파트메의 고함소리, 남편과 하인들을 보고 놀란 케르셀, 이 모든 상황들이 강간을 했다는 재판관들의 추정을 낳았다. 파트메로서는 자기가 여러 번 호의를 베풀었다는 것을 고백하기는커녕, 희망의 서광을 주었던 것마저도 인정하지 않았다. 그리고 그녀가 한 번도 소홀한 적이 없었던 자기 의무에 대한 고집스런 애정이 케르셀로 하여금 유혹으로 얻을 수 없어 단념한 것을 완력으로 강탈하게 했을 것이라고 주장하였다. 그녀의 행실을 돌보는 여자들의 조서 또한 무시무시한 증거품이었다. 이 조서를 훑어보고 형법전의 조항들과 비교만 해 보아도 이 불행한 케르셀이 유죄라는 것을 알 수 있었다. 그는 변호를 통해서도 가문의 명성을 통해서도 구원을 기대하지 않았다. 재판관들은 그의 소송 최종 판결 일을 레백 음력 십삼일로 정했다. 관례에 따라 국민들에게 나팔소리로 이것을 통고하기까지

하였다.

이 사건은 대화의 주제가 되었고, 오랫동안 사람들의 의견을 갈라놓았다. 일찍이 강간을 두려워할 필요가 전혀 없었던 몇몇 정숙한 체하는 노파들은 점점 더 고함의 강도를 높여갔다. "케르셀의 폭행은 대단했어요. 일벌백계하지 않는다면, 무고한 사람은 결코 안전하지 못할 겁니다. 정숙한 여자는 제단 아래서도 모욕을 당할 수 있을 거예요." 그러고 나서 이 여자들은 별 같지도 않은 간 큰 놈들이 존경받을 만한 몇몇 귀부인들의 정절을 감히 해치려 들었던 여러 경우를 들었다. 이야기를 상세히 들어보면 그녀들이 말하고 있었던 이 존경받을 만한 귀부인들은 바로 그 여자들이었다는 것에 의심의 여지가 없었다. 교훈적인 대화 모양을 한 이 이야기들은 모두 케르셀보다 죄가 작지 않은 바라문 중들, 파트메만큼 정숙한 독신녀篤信女들과 관계가 있었다.

반대로 댄디들과 몇몇 잘난 체하는 처녀들조차도 강간은 망상이었고, 손을 들지 않는다면 절대 항복하는 일은 없으며, 조금이라도 자리를 지켰더라면, 그녀가 우격다짐으로 강점 당하는 일은 절대 있을 수 없다는 주장을 내놓았다. 추론을 뒷받침하기 위해 실례들이 나왔다. 여자들은 그걸 알고 있었고, 댄디들은 만들어냈으며, 한 번도 강간당하지 않았던 여성들의 인용을 그치지 않았다. "가엾은 카르셀—누군가가 말했다—무슨 악마에 씌어서 그 형편없는 뱅브를로크를 노릴 생각을 했을까? 뱅브를로크는 무희의 이름이었지. 왜 파트메로 만족하지 못했지? 그들은 무척 사이가 좋았고, 남편은 그들이 갈 길을 가도록 내버려두었으니, 이건 축복이잖아… 이 산파의 탈을 쓴 마녀들은 안경을 잘못 꼈으니—누군가가 덧붙였다—아무것도 못 보지. 그도 그럴 것이 그걸 누가 정확히 볼 수 있어? 그리고 원로원 의원님들은 뻔한 것을 일부러 증명하게 했다고 해서 케르셀에게서 그의 쾌락을 뺏으려고 할 것이고. 이 가엾은 사내는 그 때문에 죽을 것이고. 의심의 여지가 없어. 그 다음을 봐 보라고, 불만인 여자들에게 허용되지 않을 것은…"

"형이 집행된다면,―어떤 자가 말을 가로막았다―난 프리메이슨 단원이 되겠어."

천성적으로 동정을 잘 하는 미르조자는 케르셀의 앞날을 놓고 재미있어 하고 있던 망고귈에게 법이 케르셀에 반대하고 있다면, 양식은 파트메에게 불리한 증언을 하고 있다고 항의하였다. "게다가,―그녀가 덧붙였다―현명한 정부에서 법률의 자의字意에 너무 구애를 받은 나머지 한 고발자의 단순한 진술만으로 한 시민의 생명을 위험에 빠트릴 수 있다는 것은 전대미문의 일입니다. 강간의 현실성은 충분히 확증될 수 없는 일이며, 전하, 전하께서는 이 사건이 어쨌든 전하의 원로원 의원들만큼 전하의 반지가 해야 할 일이라는 것을 인정해 주시옵소서. 산파들이 이 문제에 대해 보석들보다도 더 잘 알고 있었다는 것은 아주 이상한 일이 될 것입니다. 전하, 지금까지 폐하의 반지는 거의 폐하의 호기심만 만족시키는 데 사용되어 왔습니다. 전하께 반지를 준 정령은 보다 중요한 목적을 임무로 두지 않았을까요? 전하께서 진실을 밝히시고 신하들의 행복을 위해 이 반지를 사용하신다면, 쿠쿠파가 이 때문에 화를 낼 것이라고 생각하시옵니까? 그렇게 해 보십시오. 전하께서는 파트메로부터 죄의 고백이나 케르셀의 무고를 끌어낼 수 있는 절대적으로 확실한 방법을 손에 쥐고 계십니다."

"그대 말이 맞소―술탄이 말을 이었다―그대를 만족시켜 드리리다."

술탄은 즉시 떠났다. 지체할 시간이 없었다. 레벡 음력 십이 일 저녁이었고, 원로원이 십삼 일에 선고를 내릴 예정이었기 때문이었다. 파트메는 이제 막 잠자리에 들 무렵이었다. 커튼은 반쯤 쳐져 있었다. 밤 촛불이 그녀의 얼굴에 어두운 빛줄기 하나를 드리웠다. 마음의 갈피를 도저히 잡을 수 없어 그녀의 얼굴이 흉측하게 비춰졌음에도 불구하고, 그녀는 술탄에게 아름다워 보였다. 연민과 증오, 고뇌와 복수, 대담함과 수치스러움의 감정이 그녀의 마음속에 계속해서 일어남에 따라 그녀의 두 눈에 나타났다. 그녀는 깊게 한숨을 쉬었고, 눈물을 흘렸고 닦았으며, 또다시 흘렸고, 잠시 동안 의기소침한 얼굴을 하고 시선은 떨군 채 있었고, 갑자기 두 눈을 치켜뜨더니 하늘을 향해 분노의 시선을 던졌다. 그러는 동안 망고귈은 무엇을 하고 있었는가? 그는 혼잣말을 하고 있었고, 아주 작은 소리로 중얼거렸다. "이게 바로 절망의 모든 증상이지. 케르셀에 대한 이 여자의 옛 애정이 아주 거세게 깨어났구먼. 이 여자는 자기 애인이 받았던 모욕은 잊고, 그에게 예정된 형벌만을 생각하고 있어." 이 말을 마치자, 그는 파트메 쪽으로 이 운명의 반지를 돌렸다. 그러자 그녀의 보석이 생생하게 소리를 쳤다.

"아직 열두 시간이 남았어, 우리는 복수를 할 거야. 배신자, 배은망덕한 놈은 죽을 거고. 그리고 그가 쏟은 피는…" 자기 몸 안에서 일어나고 있었던 괴이한 움직임에 기가 질렸으며, 자기 보석의 어렴풋한 목소리에 깜짝 놀란 파트메는 마음을 단단히 먹고 그 말을 중단시키려 했다. 그러나 강력한 반지는 계속해서 움직였고, 말을 듣지 않는 보석은 모든 장애를 밀어내고 덧붙였다. "그래, 우리는 복수를 할 거야. 오 나를 배신했던 너! 불쌍한 케르셀, 죽어라. 그는 너보다 나를 좋아했어, 뱅브를로크, 절망하라… 아직 열두 시간이나 남았어! 아! 이 시간이 왜 이렇게 길게 느껴지는가. 서두르시오, 감미로운 순간들이여, 이 배신자, 백정의 칼 아래 스러질 배은망덕한 카르셀, 그의 피가 흐르는 걸 내 두 눈으로 보게 될 감미로운 순간들이여. 아! 불쌍한 것, 내가 뭘 말했던 거지? 나는 내가 가장 사랑했던 대상이 죽어가는 걸 떨지 않고 보리라. 치명적인 칼이 들리는 것도 보리라… 아! 내가 이런 잔인한 생각을 다 하다니… 그는 나를 증오하고 있어, 사실이야. 뱅브를로크 때문에 나를 떠났어. 하지만 아마도 언젠가는… 아니, 아마도 라니? 사랑은 틀림없이 그를 내 손아귀에 다시 쥐어줄 것이야. 이 보잘것없는 뱅브를로크는 그에게서 사라지게 될 환상이야. 조만간 그는 자신이 선호한 것이 부정한 행위였고 새로운 그의 선택이 어리석은 것이었음을 인정해야만 해. 기운을 내, 파트메, 너의 케르셀을 다시 볼 거야. 그래, 넌 그를 다시 볼 거야. 어서 일어나서, 뛰어라, 날아가서 그를 위협하는 무서운 위험의 진로를 돌려라. 너무 늦게 가는 것이 조금도 떨리지 않니?… 근데 어디로 달려야 하나, 나는 얼마나 용기가 없는가! 케르셀은 무시하며 돌아오지 않을 결심을 하고 나를 떠난 것이라고 내게 알리고 있는 것이 아닌가? 뱅브를로크가 그를 차지하고 있는데, 그녀를 위해서 내가 그를 지키고 있었다니! 아! 차라리 천 번을 죽어 고통받기를! 그가 더 이상 나를 위해 살지 않는다면, 그가 죽는 것이 내게 무슨 상관인가? 그래, 그렇게 생각해, 나의 분노는 옳은 것이야. 배은망덕한 케르셀은 나의 모든 증오를 받을 짓을 했어. 내가 후회할 것은 하나도 없지. 나는 그를 지키기 위해서 할 일을 다 했어, 그를 죽음으로 떠나보내기 위해서 할 일을 다 할 거야. 그러나 하루만 늦었어도 나의 복수는 어긋날 뻔했어. 그나저나 그의 악령이 그가 나를 떠났던 바로 그때에 그를 나에게 데려왔지. 그는 내가 준비했던 함정에 걸려들었어. 나는 그를 잡는다. 내가 너를 꾀어 올 수 있게 했던 약속장소는 네가 나에게 마련해 두었던 마지막 장소였어. 그러나 너는 그렇게 빨리 그 기억을 잃지 않을 것이야… 네가 원하는 곳으로 그를 데리고 올 수 있는 걸 보면 너는 얼마나 영리한가! 파트메, 너의 타락은 정말 제대로 준비되었구나! 너의 외침, 너의 고통, 너의 눈물, 너의 당혹감, 너의 침묵까지 모든 것은 케르셀을 추방했다. 그 어느 것도 그를 기다리고 있는 운명에서 벗어나게 해 줄 수 없다. 케르셀은 죽었다… 울고 있구나, 불쌍한 것. 그는 딴 여자를 사랑했는데, 그가 살아있다 해도 네게 무슨 상관인가?"

망고귈은 이 말을 듣고 소름이 돋았다. 그는 반지를 원위치시켰다. 파트메가 정신을 차리는 동안, 망고귈은 첩의 처소로 쏜살같이 달려갔다.

"아, 전하,—그녀가 그에게 말했다—뭐 좀 들으셨습니까? 케르셀은 여전히 유죄인가요? 그리고 정숙한 파트메는…"

"방금 전에 들었던 가증할 죄악을 당신에게—술탄이 대답했다—되풀이 않게 해 주시오! 여자가 분개하니 정말 무서워! 매력 덩어리가 분노로 가득 찬 마음을 때때로 감추고 있다면 누가 믿을 것 같소? 그러나 나의 사막에서 태어나고 있는 괴물들보다 더 위험한 괴물이 내 왕국에서 사라지지 않는다면, 해는 내일도 내 왕국에서 지지 않을 것이오."

술탄은 즉시 대관장을 불러오게 했고, 그에게 파트메를 체포하고, 케르셀을 하렘의 한 거처로 옮기고, 폐하께서는 손수 알아야 할 일이 있다는 것을 원로원에 알리라는 명을 내렸다. 그의 명령은 밤에도 집행이 되었다.

다음 날 동틀 무렵, 대관과 한 인사人士를 수반한 술탄은 미르조자의 처소로 가서 파트메를 그리로 데려오게 했다. 이 박복한 여인은 망고귈의 발밑에 엎드려 모든 제반 상황과 함께 죄를 고백했으며, 미르조자에게 호의를 베풀어달라고 간청했다.

그때 카르셀을 들여보냈다. 그에게는 오직 죽음만이 기다리고 있었다. 그럼에도 불구하고 그는 결백함만이 줄 수 있는 확신을 가지고 나타났다. 몇몇 빈정대는 인간들은 목숨이 위태로운 그가 그럴만한 하다면, 보다 더 비탄에 젖어 있어야 한다고 말했다. 여자들은 사태가 어디까지 갔는지 알고 싶어 했다. 그는 폐하 앞에서 공손히 무릎을 꿇고 엎드렸다. 망고귈은 그에게 일어나라고 손짓을 했으며, 손을 건넸다.

"당신은 무죄요—망고귈이 그에게 말했다—자유란 말이요. 당신을 구원해준 브라흐마 신에게 감사를 드리시오. 당신이 겪었던 시련에 대한 보상으로, 국고에서 금화 이천 스캥의 연금과 크로코딜 교단의 소유주 없는 최고의 기사령騎士領을 주겠소."

케르셀에게 은혜가 베풀어지면 베풀어질수록, 파트메의 형벌에 대한 두려움은 더욱 커져만 갔다. 대관장은 여자가 강간을 당했다고 거짓 고발을 했기에 법의 이름으로 사형을 결정했다. 술탄은 종신형 쪽으로 마음이 기울었다. 미르조자는 하나는 너무 심한 판결이고, 다른 하나는 너무 관대하다고 생각해서 파트메의 보석에게 맹꽁이자물쇠형을 언도했다. 이 피렌체의 도구[75]가 케르셀의 형 집행을 위해 세워졌던 교수대 위에서 공개적으로 그녀에게 사용되었다. 그녀는 이곳에서 아주 영리하게 이 사건을 결정했던 산파들과 함께 교도소로 이송되었다.

제26장

미르조자의 형이상학

영혼

망고귈이 아리아, 과부들, 파트메의 보석들을 신문하고 있는 동안, 미르조자는 그녀의 철학 강의를 준비할 시간이 충분히 있었다. 황후 마니몬반다가 예배를 드리고 있었고, 이곳에서는 도박 테이블도 치우고 모임도 없었으며, 애첩이 술탄의 방문을 거의 확신하고 있었던 어느 날 저녁, 그녀는 검은 치마 두 벌을 입었다. 하나는 여느 때처럼 입었고, 다른 하나는 양어깨 위에 걸쳤는데, 치마의 갈라진 부분을 통해서 두 팔을 집어넣었으며, 망고

75 이탈리아 사람이 발명한 이 도구는 의심이 많고 독재적인 남편들이 오쟁이 진 남편 신세를 방지하고자 중세시대부터 찾았다고 한다.

귈의 대관의 가발과 전속승려의 챙 없는 정방형 모자를 썼다. 그녀는 박쥐처럼 분장을 하고 나자, 철학자처럼 옷을 입었다는 생각을 했다.

이렇게 차려 입고 나서, 그녀는 청강생을 기다리는 왕립 콜레쥬의 교수처럼 자기 처소를 이리저리 거닐었다. 그녀는 명상하는 학자의 어둡고 신중한 표정까지 흉내 냈다. 미르조자는 이 부자연스런 진지한 태도를 오래 유지하지 않았다. 술탄이 몇몇 대신들과 함께 들어와서는 새 철학자에게 깊은 경의를 표시했는데, 이 새 철학자가 어찌나 근엄했던지 그 방청인의 근엄함은 저리 가라였으며, 이번에는 그녀가 터트리게 했던 폭소 때문에 그녀 자신이 당황했다.

"부인,—망고귈이 그녀에게 말했다—옷의 이점을 빌리지 않는다 해도, 당신은 정신과 용모 쪽에서 충분한 이점이 있지 않나요? 옷이 아니라 해도, 당신의 언변은 당신이 이 언변에 욕구했었던 모든 힘을 가지고 있을 것이고."

"전하,—미르조자가 대답했다—전하께서는 이 옷을 그다지 존중하지 않으시는 것 같습니다. 그리고 제자는 적어도 스승의 장점의 반은 따라야 한다는 것을 보다 많이 고려해야만 한다고 생각합니다."

"당신은 이미—술탄이 응수했다—새로운 신분에 맞는 정신과 어조를 가지고 있다는 것을 알게 되었소. 나는 이제 당신의 능력이 당신 의상의 품위에 부응하고 있다는 것을 전혀 의심치 않소. 그래서 그 증거가 몹시 기다려지는구려…"

"잠시 후면 전하께서는 만족하실 겁니다." 큰 소파 한가운데 앉으면서 미르조자가 대답했다.

술탄과 대신들이 그녀 주위에 자리를 잡자, 그녀가 시작했다.

"폐하의 교육을 담당했던 모노에뮈기의 철학자들은 영혼의 본질에 대해서 폐하와 이야기를 나눈 적이 없었습니까?"

"정말이지, 무척 자주 했소—망고궐이 대답했다—하지만 그들의 체계란 것은 모두 나에게 불확실한 개념들만 주었을 뿐이오. 물질과는 다른 실체의 존재를 내게 암시해 주는 것 같은 감정을 마음속으로 느끼지 않았더라도, 나는 그 존재를 부인하거나, 육체와 혼동했던 것 같았소. 이 카오스의 해결을 시도해 보시겠소?"

"전 할 수 없습니다—미르조자가 말을 이었다—그리고 고백 드리는데, 저는 이 부분에 대해서 폐하의 선생님들보다 더 진척을 하지 못했습니다. 그분들과 저 사이에 있는 유일한 차이는, 저는 물질과는 다른 실체의 존재를 가정하고 있다는 것이고, 그분들은 물질의 존재가 입증되었다고 생각하고 있는 것입니다. 그러나 이 실체가 존재한다면, 그것은 어디엔가 자리를 잡고 있어야만 합니다. 이 점에 대해서 그분들이 폐하께 여태껏 엉뚱한 소리를 많이 하지 않았던가요?"

"하지 않았소—망고궐이 말했다—그 물질이 머릿속에 있다고 모두가 대체적으로 인정하였소. 그리고 이러한 견해는 내게는 그럴듯하였소. 생각하고, 상상하고, 숙고하고, 판단하고, 결정짓고, 명령하는 것이 바로 머리란 말이오. 그래서 생각하지 않는 사람에 대해서는 골이 빈 녀석이라느니, 머리가 나쁜 녀석이라고 매일 이야기들 하잖소."

"한 가지 사실을 가정해서 속어로 표현하시는 것을 보니—술탄의 첩이 말을 이었다—과연 폐하의 오랜 공부와 모든 철학의 결실이십니다. 전하, 폐하의 수석 지리학자가 폐하께 이 왕국의 지도를 펼쳐 보이면서, 동쪽을 서쪽에 혹은 북쪽을 남쪽에 놓았다면, 이자에 대해서는 어떻게 생각하실 것이옵니까?"

"그건 지나치게 조잡한 실수요—망고궐이 대답했다—지리학자는 그런 실수를 저지른 적이 없소."

"있을 수 있사옵니다—애첩이 계속했다—그런데 이 경우에, 폐하의 철학자들은 가장 서투른 지리학자가 그럴 수 있는 것보다도 더 서툴렀사옵니다. 그들은 그려야 할 거대한 제국도 없었습니다. 사 대주四大洲의 경계를 정하는 것이 문제가 아니었사옵니다. 문제는 오로지 그들의 몸 안으로 들어가서, 영혼이 있는 진짜 장소를 표시하는 것입니다. 그럼에도 불구하고 그들은 동을 서에, 남을 북에 놓았습니다. 철학자들은 내부분의 인간들이 죽고 있는데도 영혼이 머릿속에 있다고 주장했습니다. 영혼이 그 거주지에 살지 않았는데도 말입니다. 그래서 그 영혼의 주 거주지는 두 발에 있는 것입니다."

"두 발에 있다고?—술탄이 말을 가로막았다—이거 정말 내 한 번도 들어보지 못한 속이 텅텅 빈 생각이로구먼."

"그렇습니다, 두 발에 있습니다—미르조자가 말을 이었다—폐하가 보시기에는 아주 터무니없는 이런 소견도 이치에 닿는 것이 될 수 있도록 철저히 규명해 볼 필요가 있습니다. 반대로 폐하께서 진실하다고 용인하신 모든 것 중에는, 철저히 규명해 보니 거짓으로 인정된 것들이 있습니다. 폐하께서는 조금 전에 저와 함께 우리 영혼의 존재는, 영혼은 영혼이 있을 곳으로 간다는 내적 증거만을 토대로 한다고 시인하셨습니다. 그래서 제가 폐하께 증명해 드리겠습니다. 이러한 의식에 대해 생각할 수 있는 모든 증거들은 한결같이 제가 영혼에 지정해준 장소에 영혼을 정해 놓고 있다는 것을 말입니다."

"그게 바로 우리가 당신께 기대하고 있는 것이오." 망고귈이 말했다.

"후의를 구하지 않겠습니다—그녀가 계속했다—여러분 모두 제게 이의를 제기해 주셨으면 합니다. 그러니까 영혼은 주 거주지를 두 발에다가 틀었고, 바로 여기서 영혼의 존재가 시작되고, 영혼은 이 두 발을 통해서 몸통으로 나아간다고 말씀드렸습니다. 이러한 사실은 경험에 호소할 것입니다. 그리고 경험 형이상학의 기본 원리들을 공표할 수 있을 것 같습니다.

우리 모두는 요람기에 반 수면의 영혼이 여러 달 꼬박 둔한 상태에 있다는 걸 경험하였습니다. 그때에는 눈은 보지도 못하고, 입은 말하지도 못하고, 귀는 듣지도 못하면서 열려 있습니다. 영혼이 긴장을 풀려하고 깨어나려고 하는 곳은 다른 곳입니다. 영혼이 초기의 기능을 수행하는 곳은 다른 신체 부위에서입니다. 아이는 바로 두 발로 자신의 생성을 알립니다. 그의 몸, 머리, 두 팔은 어머니의 태 안에서 꼼짝 않고 있습니다. 그러나 그의 두 발은 쭉 뻗었다, 굽혔다, 자신의 존재와 어쩌면 욕구도 표명합니다. 이 아이가 태어나고 있는 것입니까? 머리, 몸, 두 팔은 어떻게 될까요? 이것들은 발의 도움을 받지 못한다면 그 감옥 같은 곳에서 절대 빠져나오지 못할 것입니다. 여기서 중요한 역할을 하는 것이 바로 두 발이고, 신체의 나머지 부위를 몰아내는 것도 두 발입니다. 이것이 자연의 질서입니다. 어떤 신체 부위가 끼어들어 명령하려 할 때, 예를 들어 머리가 두 발의 자리를 차지한다면, 모든 것은 엉뚱하게 실행되고 맙니다. 엄마와 아이에게 어쩌다 무슨 일이 일어나게 되면 아무도 모르게 되는 것입니다!

아이가 태어났나요? 중요한 변화가 일어나는 곳은 바로 두 발에서입니다. 두 발을 강제로 잡아매 보세요, 그러면 두 발은 반드시 반항을 하게 됩니다. 머리는 덩어립니다. 우리는 이 덩어리를 가지고 하고 싶은 것을 다 합니다. 하지만 두 발은 감각하고, 속박을 차내고, 빼앗긴 자유를 열망하는 듯합니다.

아이가 서 있을 수 있나요? 두 발은 움직이기 위해서 무수한 노력을 합니다. 모든 것을 작동시킵니다. 다른 신체 부위에 명령을 합니다. 순종적인 양손은 벽에 기댈 것이고, 넘어지는 것을 예방하고 발의 움직임을 쉽게 하기 위해서 앞으로 향합니다.

양다리에 의지하여 굳건해진 두 발이 움직이는 습관을 들였을 때, 아이의 모든 생각은 어디로 향할까요. 그리고 그 아이의 기쁨은 무엇이겠습니까? 두 발을 훈련시키고, 가고, 오고, 달리고, 뛰어오르고, 껑충껑충 뛰는 것입니다. 이렇게 부산떠는 모습은 우리를 즐겁게 하고, 우리에게는 정신의 증거입니다. 그리고 우리는 아이가 게으르고 무기력하다고 생각하면, 그저 바보가 될 것이라고 추측합니다. 여러분들은 네 살짜리 아이에게 슬픔을 주길 원하십니까? 십오 분 동안 그를 앉아 있게 하거나 네 개의 의자 안에 가두어도 보십시오. 아이는 화를 내고 분해할 것입니다. 그래서 여러분이 훈련을 못하게 한 것은 아이의 다리만이 아닙니다. 여러분이 잡아 가둔 것은 아이의 영혼입니다.

영혼은 두세 살 때까지 두 발에 있습니다. 네 살 때는 다리에서 삽니다. 열다섯 살 때는 무릎과 허벅지로 갑니다. 이때가 되면 춤, 검술, 경마 그리고 다른 격렬한 신체 수련을 좋아하게 됩니다. 이것은 모든 청년들의 지배적인 열정이며, 몇몇 청년들에게는 열렬한 욕망입니다. 네! 영혼이 거의 독자적으로 나타나고 가장 유쾌한 감각을 느끼는 곳에는 이 영혼이 존재하지 않을 거라고요? 또 이 영혼의 거주지가 유아기와 청년기에 따라 바뀌는데, 왜 평생 동안 바뀌지 않겠느냐고요?"

미르조자는 숨이 가쁠 정도로 빠르게 이와 같은 장광설 늘어놓았다. 술탄의 총신 중 하나인 셀림[76]이 그녀가 숨 고르는 때를 이용하여 말했다. "마마, 마마께서 이의가 있으면 제기하라고 허락하셨던 자유를 이용할까 합니다. 마마의 이론체계는 독창적이십니다. 그리고 마마께서는 이 체계

---

76 이 인물은 왕족이자 프랑스군 총사령관이었던 리슐리외Richelieu(1696- 1788) 공작으로 추정된다.

를 분명하고도 기품 있게 피력해 주셨습니다. 하지만 저는 그것이 입증되었다고 믿을 정도로 마음이 끌리지 않습니다. 마마께 이렇게 말씀 드릴 수 있을 것 같습니다. 유아기에도 두 발에게 명령하는 것은 머리고, 모든 신체 부위에 있는 신경망을 이용하여 널리 퍼져 있으면서, 송과선에 자리 잡은 영혼 마음대로 두 발을 멈추거나 움직이게 하는 생각이 시작되는 것도 그곳이라는 것입니다. 모든 신하를 움직이는 폐하의 명의 근원이 이 제국에 있다는 것을 보고 있는 것과 같은 이치인 것입니다."

"그럴 수도 있겠습니다—미르조자가 응수했다—그러나 제가 경험적 사실을 통해서만 답변해 드릴 수 있는, 아주 모호한 것 한 가지가 있는 것 같습니다. 누구도 유아기에는 머리가 사고한다는 확신을 못합니다. 그리고 두뇌가 아주 명석하시고, 유년 시절에 천재라고 불리셨던 폐하께서도 그 당시에 사고하셨다는 기억이 나십니까? 또 말썽꾸러기 마냥 폐하께서 폐하의 여 가정교사들의 속을 썩일 때까지 펄쩍펄쩍 뛰셨을 때, 머리를 지배했던 것은 바로 두 발이었다는 것을 제대로 확신하실 수 있을 것입니다."

"그건 아무런 결론도 내리지 못하오—술탄이 말했다—셀림은 예민했었소, 그리고 수많은 아이들이 또 그러하오. 이 아이들은 곰곰이 생각하지 않지만, 사고하고 있소. 세월은 흘러가고, 사물에 대한 기억은 지워집니다. 그래서 그 아이들은 사고했다는 기억을 못하는 것입니다."

"하지만 그들은 무엇으로 사고를 하지요?—미르조자가 대꾸했다—이것이 문제의 요점이기 때문입니다."

"머리로 하지요." 셀림이 대답했다.

"늘 머리타령이시군요, 전혀 보이지 않는—술탄의 첩이 응수했다—당신의 막연한 객담은 그만두십시오. 당신은 이 객담 속에서 한 줄기 빛을 가정하시는데, 이 빛은 그 빛을 쥐고 있는 자에게만 보이는 것입니다. 제 경험을 들어보세요, 그리고 제 가설의 진리를 인정하세요. 영혼이 두 발에서 시작하여 몸통으로 전진하고, 이 세상 남녀들에게 있어서 영혼은 몸통 이상으로 올라가 본 적이 없었다는 것은 항구 불변의 사실입니다. 전하, 전하께서는 니니의 경박함과 살리고의 도둑질에 수도 없이 감탄하셨습니다. 하오니, 진심으로 대답해 주십시오, 이 인간들의 영혼이 다리 말고 다른 곳에 있다고 생각하시는지요? 그리고 볼뤼세르와 셀랭도르의 머리는 두 발을 따른다는 것을 주목하지 못하셨는지요? 남자 무용수의 계속되는 시험은 양다리가 존경을 받기 때문이옵니다. 걸음을 옮길 때마다, 주의 깊은 눈은 발자국을 따라 갑니다. 그리고 머리는 정중하게 두 발을 향해 숙입니다. 폐하 앞에서 무적의 파샤들이 고개를 숙이는 것처럼 말입니다."

"그 고찰에 동의합니다—셀림이 말했다—그러나 그러한 고찰이 일반적이라고는 생각하지 않습니다."

"그래서 제가 말씀드리지 않습니까—미르조자가 응수했다—영혼은 언제나 두 발에 정주하고 있다고. 영혼은 전진하고, 여행하고, 한 부위를 떠나서는, 그리로 다시 돌아와 또다시 떠납니다. 어쨌든 다른 신체 부위들은 항상 이 영혼이 살고 있는 부위에 복종한다고 주장하는 바입니다. 이건 나이, 기질, 상황에 따라 달라집니다. 각기 다른 취향, 다양한 성향, 다양한 성격은 여기에서 비롯되는 것입니다. 제 원리의 생산력이 놀랍지 않으세요? 이 원리가 미치는 수많은 현상들이 이 원리의 확실성을 증명하고 있지 않나요?"

"마마,—셀림이 그녀에게 답변했다—마마께서 그 원리를 몇몇 현상에 적용해 보신다면, 우리가 여태껏 고대하고 있는 확신을 어느 정도 가질 수 있을 것이옵니다."

"기꺼이 해드리지요—자신의 우세를 느끼기 시작하는 미르조자가 응수했다—여러분은 곧 만족하시게 될 겁니다. 그냥 제 사고의 맥락을 따라 오세요. 저는 논증에 대한 자부심은 없습니다. 저는 감정을 말할 뿐입니다. 이게 우리 같은 여자들의 철학입니다. 우리와 마찬가지로 이런 건 익히 알고 계시겠지요. 여덟 살이나 열 살 때까지 영혼이 두 발과 양 다리에 산다는 가능성은—그녀가 덧붙였다—아주 농후합니다. 하지만 그때나 혹은 조금 지나서는, 영혼은 자기 뜻대로 움직이던지 아니면 부득이하게 이 거처를 버립니다. 부득이 한 경우는, 가정교사가 영혼을 고향에서 쫓아내기 위해서 각종 기구를 사용하여, 이 영혼을 머리 안으로 데리고 왔을 때를 말합니다. 이 머리 안에서 영혼은 보통 기억으로 탈바꿈하는데, 판단으로 탈바꿈하는 경우는 한 번도 없었습니다. 중등학교 아이들의 운명이 이렇습니다. 마찬가지로 어리석은 여자 가정교사가 젊은 처자處子를 훈육하는데 애를 써서, 그의 머리를 지식으로 채우고, 심성과 품행에는 소홀히 하는 경우가 생긴다면, 영혼은 잽싸게 머리를 향해 날아가서, 혀에서 멈추거나, 눈에 정주할 것입니다. 그렇게 되면 그 학생의 길은 오직 지겨운 수다쟁이나 바람둥이 여자일 뿐입니다. 그래서 관능적인 여자는 영혼이 보석에 가 있어서 절대 거기서 벗어나지 않는 여자입니다.

바람기 있는 여자는 영혼이 때로는 보석에, 때로는 눈에 있는 여자입니다.

애정이 두터운 여자는 영혼이 보통 가슴에 있지만, 어쩌다가 보석에도 있는 여자입니다.

정숙한 여자는 영혼이 때로는 머리에, 때로는 가슴에 있습니다. 하지만 결코 다른 곳에는 머물지 않는 여자입니다.

영혼이 마음에 있으면, 민감하고, 동정적이고, 진실 되고, 관대한 성격이 육성될 것입니다. 마음을 떠나 다시 돌아오지 않는 영혼은 머릿속으로 피신하는데, 그때에는 우리가 냉혹하고, 배은망덕하고, 음흉하고, 잔인한 인간으로 취급하는 자들이 생길 것입니다.

체류가 길지 않은 별장처럼 단지 머리를 방문하는 영혼을 가진 부류의 사람들은 아주 많습니다. 이 부류는 댄디, 바람둥이 여자, 악사, 시인, 소설가, 아첨꾼, 예쁜 여자라고 불리는 모든 여자들로 이루어져 있습니다. 이러한 인간들이 좇는 이치를 들어보세요. 여러분들은 즉석에서 이 영혼들이 제멋대로라는 것을 알아보실 겁니다. 이 영혼들은 자기들이 살아가는 가지각색의 풍토를 오래도록 잊지 못합니다."

"이치가 그러하다면—셀림이 말했다—자연은 무용한 것을 많이도 만들어 놓은 셈이군요. 그렇지만 우리의 현자들은 자연이 쓸모없이 만든 것은 없다는 것을 변함없는 진리로 인정하고 있습니다."

"당신의 현자들이니 그들의 대단한 말 따위는 그만합시다—미르조자가 응수했다—그리고 자연에 대해서 말인데요, 자연을 경험의 눈을 통해서만 고찰합시다. 이 눈을 가지면, 자연은 인간의 몸 안에 영혼을 놓았다는 것을 알게 될 것입니다. 영혼이 항상 가장 아름다운 거처를 차지하지 못하는 거대한 궁전과 같은 곳 안에 말입니다. 머리와 가슴이 미덕의 요지 그리고 진리의 거처인 것처럼 영혼의 주 거주지로 정해졌습니다. 그러나 대개의 경우, 영혼은 도중에 멈춰서 누추한 곳, 의심스러운 곳, 형편없는 여인숙을 선호합니다. 영혼은 이런 곳에 영원히 도취해 있는 것입니다. 아! 스물네 시간 동안만이라도 내 마음대로 이 세상을 주무를 수 있다면, 아주 기이한 광경으로 여러분을 즐겁게 해 줄 텐데. 즉, 잠시 동안 각각의 영혼에게서 필요 이상의 주거 부위들을 제거할 것입니다. 그러면 각자에게 남아 있을 영혼이 특징짓는 그들의 모습을 보시게 될 것입니다. 이렇게 해서 무용수는 기껏해야 두 발이나 두 다리밖에 될 수 없을 것이고, 가수는 목구멍, 대부분의 여자들은 보석, 영웅과 검객은 검을 쥔 손, 몇몇 학자들은 골 빈 두개골

이 될 것입니다. 여자 딜러에게는 끊임없이 카드를 돌리게 될 두 손끝만 남게 될 것입니다. 식충이에게는 항시 움직이는 두 턱만, 바람둥이 여자에게는 두 눈만, 난봉꾼에게는 하나뿐인 정념의 도구만 남게 될 것입니다. 무식자들과 게으름뱅이들은 아무것도 안 될 것입니다."[77]

"당신이 여자들에게 손을 맡기기만 했다면,—술탄이 끼어들었다—당신이 하나뿐인 정념의 도구로 축소시킬 자들은 뛰게 되었을 거야. 보기에도 재미난 사냥일 것이야. 그래서 콩고에서와 마찬가지로 어디에서든지 이런 자들에게 굶주려 있다면, 이 때문에 머지않아 이 족속은 없어질 것이야."

"그건 그렇고 여리고 다정다감한 사람들, 변함없고 충실한 연인들은 어떻게 만드실 것입니까?" 셀림이 애첩에게 물었다.

"가슴입니다—미르조자가 대답했다—저는 잘 알고 있습니다—그녀가 망고귈을 그윽하게 쳐다보면서 덧붙였다—내 가슴이 하나 되길 추구하려는 것이 누구의 것인지를 말입니다."

술탄은 이 말을 듣고 견딜 수가 없었다. 그의 의자에서 애첩을 향해 뛰어갔다. 그의 조신들은 물러갔고 새 철학자의 강단은 쾌락의 무대가 되었다. 그는 애첩에게 몇 번이고 되풀이하여 그녀의 연설 못지않게 감정에도 매료되었음을 증명하였다. 이 때문에 철학자의 성장盛裝은 다 흐트러졌다. 미르조자는 검은 치마를 하녀들에게 돌려주었으며, 대관 영감에게는 거대

---

77 미르조자가 전개한 이단적인 이 독트린의 출처는 영국인 시인 매튜 프라이어Matthew Prior(1664-1721)의 작품인 《앨머 혹은 영혼의 발달*Alma, or the Progress of the Mind*》(1718)이다. 그러나 1749년의 《맹인에 관한 서한*Lettre sur les aveugles*》을 알리는"경험 형이상학의 기본원리들"은 디드로 고유의 생각에서 나온 것이었다. 이른바 미르조자의 '영혼 이론'의 핵심은 결국 영혼의 물질화다. 이 소설이 나온 1748년에 디드로는 《회의주의자의 산책*La Promenade du sceptique*》에서 스피노자의 만유신론을 이용하며 "신 없는 자연"으로 변형된 범신론적 언어를 말하게 된다. 미르조자의 '영혼론'은 삼부작 《달랑베르의 꿈*Le Rêve de d'Alembert*》에서 구체화될 것이다.

한 가발을, 신부님에게는 그의 이름이 다음 임명장에는 있을 것이라는 확신을 하고 챙 없는 정방형 모자를 되돌려 보냈다. 그가 재능 있는 사람이었다면, 무엇인들 되지 못했겠는가? 아카데미의 자리는 그가 희망할 수 있는 최소한의 보상이었다. 그러나 불행히도 그는 이삼백 단어밖에 몰랐고, 이 때문에 소악장 두 개를 작곡해 본 적이 없었다.

제27장

이전 대화의 계속

망고귈은 미르조자의 철학 강의를 중지시키지 않고 혼자서 듣고 있었다. 그가 나서서 항변했을 때는, 그녀가 놀랐다.

"폐하가 내 이론체계를 하나도 빠짐없이 다 인정하는 것일까?—그녀가 혼잣말을 했다—아니야, 그런 것 같지 않아. 논박을 해야 할 정도로 아주 형편없다고 생각했을까? 그럴 수 있어. 나의 사상은 지금까지 있었던 것 중에서 가장 공정하지 못해. 좋아. 하지만 가장 잘못된 사상도 아니잖아, 그리고 많은 사람들이 이보다 더 잘못 생각해 왔는걸 뭐."

이러한 의심에서 벗어나기 위해, 애첩은 망고귈에게 물어볼 결심을 했다.

"그런데, 전하,—그녀가 그에게 말했다—제 이론체계에 대해서 어떻게 생각하십니까?"

"훌륭하오—술탄이 그녀에게 대답했다—결점이라곤 하나밖에 찾지 못했소."

"그 결점이란 게 무엇인지?" 애첩이 그에게 물어보았다.

"그건—망고귈이 말했다—거짓이란 거짓은 다 잘못이라는 것이오. 당신의 사고를 따라가다 보면, 우리 모두는 영혼을 가지고 있어야만 할 것이오. 그래서 말인데, 내 마음의 환희여, 이러한 가정에는 상식이 없다는 걸 생각해 보시오. '나는 영혼이 있소. 여기 대부분의 시간을 마치 영혼이 전혀 없는 것처럼 보내는 동물이 있소. 그래서 이 동물이 영혼이 있는 것처럼 행동할 때조차도 어쨌든 영혼이 전혀 없다고 할 수 있는 것이지. 하지만 그에겐 내 것과 같이 생긴 코가 있소. 나는 영혼이 있고 생각한다고 느끼오. 그런고로 이 동물은 영혼이 있소, 그리고 그로서도 역시 생각을 하는 것이지.' 이런 식으로 추론을 한 지는 천년이 되었소, 그래서 그만큼 이 추론은 터무니없는 것이기도 하오."

"말씀드리건대—애첩이 말했다—다른 인간들이 생각한다는 것은 늘 분명한 것만은 아닙니다."

"그들이 생각하지 않는다는 것은—망고귈이 말을 이었다—대개의 경우 명백하다고 부언하시구려."

"하지만 제 생각에—미르조자가 말을 받았다—그런 이유로 그들이 한 번도 생각한 적이 없었고, 앞으로도 생각하지 않을 것이라고 한다면 그건 너무 이른 결론이 될 것입니다. 간혹 바보 같은 인간이었다고 해서 늘 바보 같은 인간이 아닌 것이지요, 그래서 폐하께서는…"

술탄을 화나게 할까 두려웠던 미르조자는 이 대목에서 얼른 멈췄다.

"부인, 말을 마치세요—망고귈이 그녀에게 말했다—듣겠습니다, 그래서 폐하께서는 한 번도 바보 같은 짓을 해 본 적이 없으십니까라고 말씀하시려고 했지요? 대답해드리리다, 나도 간혹 가다 그런 적이 있었습니다, 그리고 나를 바보 취급하는 작자들을 용서하기도 했지요. 그런 인간들이 감히 나에게 그런 말을 할 수 없겠지만, 그런 말을 하곤 했다는 걸 사실 그대는 충분히 예상하고 있잖소…"

"아! 전하,—애첩이 소리쳤다—인간들이 세상에서 제일 위대한 군주의 영혼을 인정하지 않는다면, 누구에게 영혼을 줄 수 있겠사옵니까?

"찬사는 그쯤 해 두시오—망고귈이 말했다—나는 잠시 왕관과 왕홀王笏을 놓아두었소. 철학자가 되기 위해서 술탄을 그만두었단 말이오. 그래서 진실을 말하고 들을 수 있소. 당신에게 그 증거들을 주었다고 생각하오. 그대는 날 화나게 하지 않고 아주 마음 편히 내가 간혹 오직 바보였을 때가 있었다는 것을 넌지시 말하였소. 미안하지만 내가 지닌 또 다른 성격의 의무를 다 해야겠소."

그가 계속했다. "내게도 있듯이 두 발, 두 팔, 두 손, 두 눈, 두 귀가 있는 것은 모두 나처럼 영혼을 지니고 있다고 하는 당신 말에는 조금도 동의하지 않소. 그래서 남자의 사분의 삼과 모든 여자들은 로봇일 뿐이라는 나의 확신을 — 절대 바뀌지 않을 것이오 —당신에게 선언하는 바이오."

"폐하의 말씀에는—애첩이 대답하였다—진리와 예의가 똑같이 충분히 갖추어져 있는지 모르겠습니다."

"오!—술탄이 말했다—부인께서 화를 내고 계신 게 아닌가? 사람들이 그대에게 진실을 말하는 것을 원치 않는다면, 그대는 무슨 빌어먹을 놈의 철학을 하겠다고 하신 거요? 예의를 차려야 하는 곳이 학교에서란 말이요? 그대가 원하는 것을 하도록 내 방해하지 않았소. 나도 그렇게 자유롭게 할 수 있게 해 주시오. 그래서 그대에게 말하는데, 당신들 여자들은 모두 바보요."

"그렇습니다, 전하. 이것이 바로 전하께서 증명하셔야 했던 것입니다." 미르조자가 덧붙였다.

"그건 누워서 떡먹기요." 술탄이 대답했다.

그러고 나서 그는 이 두 가지 자질—가장 경박하고 멍청함—을 누구도 못 따라올 정도로 지니고 있는 여성에 대해서 가능한 한 가장 경박하고 멍청하게 사람들이 하고 또 했던 무례한 말을 다 쏟아내기 시작했다. 미르조자의 인내심이 이렇게 혹독한 시련을 당해본 적이 없었다. 내가 독자 여러분들에게 망고귈이 했던 모든 반대 이유들을 이야기한다면, 평생 이만큼 지겨울 적이 없을 것이다. 제법 양식이 있었던 망고귈은 이날 이해되지 않는 부조리 그 자체였다. 여러분들이 이제 판단하게 될 것이다.

"빌어먹을!—그가 말한다—여자는 동물에 불과하다니까, 퀴퀴파의 반지를 내 암말을 향해 돌리면, 요게 여자처럼 말할 것이라고, 이게 다 사실이잖아."

"바로 이것이—미르조자가 그에게 대답했다—우리 여자들에 반대하여 모두가 내세웠고, 언젠가 내세우게 될 이론의 여지없는 난공불락의 논증입니다."

그러고 나서 그녀는 미친 여자처럼 웃기 시작했다. 그녀의 웃음이 그치지 않아 화가 난 망고귈은 그의 상상력 속에 떠올랐던 엉뚱한 실험을 할 결심을 하고 불현듯 밖으로 나갔다.

제28장

열세 번째 반지 실험

사랑스러운 암말

나는 대단한 초상화가가 아니다. 나는 독자들에게 술탄의 애첩의 초상은 묘사하지 않았다. 그러나 술탄 암말의 초상은 독자들이 알게 할 작정이다. 키는 보통이다. 행실은 꽤 바르다. 비난을 받는 것은 단지 고개를 좀 앞쪽으로 떨군다는 것이다. 금빛 털에, 파란 눈, 작은 발, 깡마른 다리, 튼튼한 관절, 가벼운 엉덩이를 하고 있다. 오랫동안 춤을 가르쳤는데, 이 말이 고등법원 개회 미사[78] 때에는 법원장처럼 절을 했다. 한마디로 말해 제법 예쁜 짐승이다. 특히 순하다. 그래서 쉽게 올라탄다. 하지만 거기서 떨어지지 않으려면 탁월한 마술馬術교관이 되어야만 한다. 이 말은 원로원 의원인 아롱의 것이었다. 그런데 어느 쾌청한 저녁, 이 사랑스런 변덕쟁이가 재갈을 물고 반항하더니, 검찰관 나리를 나자빠지게 하였다. 그러고 나서 너무 잘 어울려서 제때에 되돌려 주는 것은 생각하지도 못했던 안장, 굴레, 마구, 모포, 비싼 마갑馬甲을 등위에 싣고 술탄의 종마 사육장으로 전속력으로 도망을 쳤다.

망고궐이 수석 비서관인 지그자그와 함께 마구간으로 내려갔다.

"신경 써서 받아쓰시오—그가 비서관에게 말했다—받아쓰시라고…"

곧 그는 뛰어오르고, 이리저리 날뛰며, 뒷발질하고, 꼬리 밑으로 히힝거리면서 원을 그리며 돌기 시작한 암말을 향해서 반지를 돌렸다.

"뭘 생각하시오—왕이 비서관에게 말했다—그러니까, 받아쓰라니까요…"

"폐하,—지그자그가 답변했다—폐하께서 시작하시기를 기다리고 있습니다…"

"내 암말이—망고궐이 말했다—이번에는 당신 말을 받아 적겠구먼. 받아쓰시오."

이러한 명령이 너무 모욕적이라고 생각했던 지즈자그는 자신이 폐하의 암말의 비서가 아닌 폐하의 비서가 된 것을 늘 영광스럽게 생각할 것이라고 술탄에게 멋대로 항의했다.

"받아쓰라고 내 말하잖소." 술탄은 그에게 반복했다.

"전하, 저는 할 수 없사옵니다—지그자그가 대꾸했다—저는 이런 종류의 단어 철자를 전혀 모르옵니다…"

---

78 고등법원이 개회할 때 드리는 미사로, 법관들은 이때 붉은색의 법복을 입고 참여하였다.

1748년판의 삽화

"어떤 경우에라도 받아쓰시오." 술탄이 재차 말했다…

"폐하의 영을 거절하는 것이 몹시 가슴 아플 따름이옵니다—지그자그가 덧붙였다—어쨌든…"

"어쨌든 그대는 인간말짜야—아주 격에 맞지 않은 거절에 분개한 망고귈이 말을 막았다—내 궁전에서 꺼져버리시오. 그리고 다신 나타나지 마시오."

경험으로 배움을 얻은 가엾은 지그자그는 사라졌고, 이 마음씨 착한 인간은 대부분의 귀족 집에는 얼씬도 하지 못하거나, 문 앞에 자기 마음을 두어야만 했다. 이등 비서관을 불렀다. 그는 솔직하고, 정직하지만 유달리 사리사욕이 없는 프로방스 출신이었다. 자신의 의무와 운명이 부른다고 믿는 곳으로 달려가서는, 술탄에게 정중한 인사를, 그의 암말에게는 훨씬 더 정중하게 인사를 올리고는, 받아쓰면 암말에게 유리했던 모든 것을 필기했다.

그 암말의 연설에 호기심을 가질 사람들에게 내가 콩고의 고문서를 참조하도록 한 것은 모두들 잘한 일이라고 생각할 것이다. 이 왕은 그 연설의 사본을 즉시 그의 전 동역관들과 고대 및 근대 외국어과 교수들에게 나누어 주었다. 혹자는 그것이 그에게는 아주 감동적이라고 생각되었던 몇몇 오래된 그리스 비극들 중의 한 장면이라고 했다. 혹자는 머리를 한참 쓰더니 그것은 이집트 사람들의 신학서의 중요한 단장斷章이라는 것을 밝혀낼 수 있었다. 혹자는 그것이 카르타고 사람인 아니발의 추도사 도입부였다고 주장했다. 혹자는 이 작품이 중국어로 쓰였고, 공자孔子에게 바치는 무척 믿음 깊은 기도문이라고 단언했다.

석학들이 이해하기 어려운 추측으로 술탄의 애를 태우고 있는 동안, 그는 걸리버 여행기를 떠올렸고, 정부, 법, 왕, 제신, 승려, 종교, 신전, 제단을 두고 있는 말들의 섬에서 이 영국인만큼 오랫동안 머물렀으며, 그 말들의 풍속과 관습을 거의 완벽하게 알고 있는 것 같았던 한 남자가 말의 언어를 완전히 이해했을 것이라는 것을 전혀 의심치 않았다.[79] 사실, 걸리버는 암말의 이야기가 오자誤字투성이임에도 불구하고 수고를 들이지 않고 읽고 해석했다. 이것이 바로 콩고 전역에서 대부분의 사람들이 가지고 있는 가장 훌륭한 번역본이다. 망고궐은 자기만족과 자기 이론체계의 명예를 위하여 그것은, 걸리버보다 앞선, 수많은 씨당나귀 무리들 중에서 두드러졌던 작은 암말 한 마리와 세 가닥의 포니테일을 한 늙은 파샤[80]의 사랑 이야기를 요약한 것이라고 알렸다. 기담奇談이었지만, 술탄과, 궁정과 반자와 그 이외의 제국 전역에서 그 누구도 그 진실을 모르지 않았다.

제29장
가장 재미날 수 있지만, 가장 적게 읽힌 이야기

망고궐의 꿈, 혹은 가설의 나라로의 여행

"아이고 머리야—망고궐이 하품을 하고 두 눈을 비비며 말했다—내게 철학은 절대 말하지 마시오. 그런 대화는 건강에 안 좋아요. 어제는 알맹이 없는 생각으로 밤을 보냈단 말이오. 술탄답게 자기는커녕, 대신들의 머리가 일 년 동안 하는 것보다 더 많은 일을 내 머리가 했소. 웃으시는군요. 하지만 내 말이 과장이 아니라는 것을 그대에게 설득하고, 그대의 억설 때문에 불쾌하게 보냈던 밤을 보상받기 위해서라도, 그대가 내 꿈을 모조리 받아줘야 하겠소.

79 휴이넘이라고 하는 말의 나라에 있었던 걸리버를 말한다. 조나단 스위프트의 《걸리버 여행기》는 《입 싼 보석들》이 출판될 당시 프랑스에서 많이 읽혔던 작품이다.
80 파샤 중에 가장 지위가 높은 파샤다. 그의 깃발에는 포니테일이 달려 있었다.

졸음이 찾아오고 있었지만, 내 상상력이 비상을 하기 시작했었소. 그때 나는 내 곁에서 이상한 동물 하나가 튀어 오르는 걸 보았소. 독수리의 머리, 그리폰의 발, 말의 몸통, 사자의 꼬리를 하고 있었소. 이리저리 날뛰었지만 난 그놈을 잡았지. 나는 그놈의 갈기를 노리고 있다가, 그놈 등 위에 가볍게 뛰어 올랐소. 그러자 곧 그놈이 허리춤에서 시작되는 긴 날개를 펴는 것이었소. 그리고 나는 엄청난 속도로 대기를 기르는 것을 느꼈지.

우리의 비행은 길고도 길었지, 그때 마법에 걸린 것 마냥 허공에 떠 있는 건물을 보았소. 어마어마했지. 그 건물의 초반礎盤에 결함이 있었을 거라는 게 절대 아니오. 그도 그럴 것이 그 건물을 받치고 있는 것이 없었고, 직경이 16센티미터도 안 되는 그 기둥들이 아득히 올라가 있었고, 빛이 나야 볼 수 있는 궁륭을 받치고 있었기 때문이오. 이 궁륭에는 좌우로 균형 있게 틈이 나 있었는데, 여길 통해서 빛이 들어오고 있었지.

내가 타고 있던 동물이 바로 이 건물 입구에서 멈췄소. 발을 딛는 것이 제일 망설여지더라고. 이 회랑에서 거니는 것보다, 내 승용乘用 동물을 타고 날아다니는 것이 덜 위험해 보였거든. 그럼에도 불구하고 이곳에 사는 수많은 사람들과 이들의 놀라우리만큼 역력한 안정된 표정에 기운을 얻어, 내려가서는, 앞으로 갔고, 그 무리들 안으로 뛰어들었지. 그리고 이 무리진 사람들을 쳐다보았소.

그들은 얼굴이 보기 싫게 붓거나 깡마른 늙은이들이었소. 살도 없고 기운도 없는 거의 모두가 기형적이었지. 혹자는 머리가 지나치게 작았고, 혹자는 팔이 아주 짧았지. 혹자는 몸통에 문제가 있었고, 혹자는 다리가 부실했어. 대부분 두 발이 다 없었고, 목발을 짚어야 다닐 수 있었지. 입김만 불어도 그들은 쓰러질 정도였으며, 새로 온 누군가가 그들을 일으키려는 마음이 생길 때까지 땅에 달라 붙어있었어. 이런 결함들이 있었는데도,

단번에 그들에게 호감이 가더군. 그자들의 얼굴 표정에는 뭔지 모를 매력과 호방함이 있었던 거야. 그자들의 옷이라곤 몸의 백 분의 일도 가리지 못하는 작은 천 조각이었으니 거의 벗고 있었던 거나 마찬가지였어.

나는 붐비는 사람들 틈을 계속 헤집고 나와서는, 큰 거미줄이 닫집 구실을 하고 있었던 누대樓臺 아래에 이르렀어. 그런데 그 대담성이 이 건물의 대담성에 부응하고 있었던 거야. 이 누대가 바늘 끝 위에 세워져 중심을 잡고 있는 것 같았어. 난 이곳에 있었던 사람 때문에 무지하게 떨었지. 긴 수염을 하고, 자기 생도들만큼 야위었고, 이들 누구보다도 더 맨살을 드러낸 노인이었어. 가벼운 액체로 꽉 찬 컵 안에 대롱을 입에 문 채 담가 놓고, 입으로 불어 만든 거품을 주위에 있었던 많은 관객들에게 불어주고 있었어. 이 관객들은 열심히 그 거품들을 격찬하였지.

내가 어디 있는 거야? 이런 유치한 짓에 멍해진 내가 중얼거렸지. 거품을 불어대는 이자는 도대체 어쩌자는 거야, 그리고 이 거품을 날려 보내는데 정신없는 이 늙은 애들은? 이 상황을 상세히 말해 줄 자 누구란 말인가?… 누더기는 나를 여전히 놀라게 했는데, 이 누더기가 크면 클수록, 이것을 걸치고 있었던 사람들은 거품에 대한 흥미를 덜 느낀다는 것을 알게 되었소. 이러한 기발한 관찰로 인해 나는 옷을 그래도 걸친 것 같은 자에게 다가갈 수 있었지.

나는 어깨가 누더기로 반쯤 가려진 자를 보았소. 이 누더기는 꿰맨 부분이 솜씨 좋게 가려진 채 촘촘하게 붙어 있었어. 그는 거기서 일어나고 있는 일에 대해서는 거의 아랑곳하지 않고 무리 속을 왔다 갔다 하는 거야. 표정은 상냥했고, 입가엔 웃음을 띠었고, 태도는 귀족적이었고, 눈길은 부드러웠어. 그에게로 곧장 갔지.

'댁은 누구십니까? 내가 어디 있는 거지요? 이 사람들은 다 누구입니까?

내가 그에게 무람없이 물었어…

'나는 플라톤이오—그가 나에게 대답을 했어—당신은 가설의 나라에 있는 거요. 그리고 여기 있는 사람들은 원리원칙을 좇는 사람들이오.'

'그런데,—내가 그의 말을 받았지—어떻게 해서 숭고하신 플라톤께서 여기에 아니 이 정신 나간 사람들 가운데 있는 겁니까?…'

'신입회원들이요— 그가 나에게 말했어—내겐 이 회랑에서 먼 곳에 작은 성소가 있소. 이론적 체계를 버리는 사람들을 그리로 데려간다오.'

'그러면 당신이 그들을 위해 하는 일이 무엇이오?…'

'인간을 알게 하고, 미덕을 실천하게 하고, 말과 태도에서 기품을 가지도록 하는 것이오.'

'훌륭한 일을 하시는군요. 그런데 당신을 철학자보다는 거지같이 보이게 하는 이 누더기는 뭡니까?'

'왜 저에게 그걸 물으시는 거지요—한숨을 쉬면서 말하더라고—어떤 추억을 상기시키려고 그러시는 건가요? 이 신전은 예전에 철학의 신전이었소. 유감스럽게도, 이곳은 참 많이도 변했습니다! 소크라테스의 설교단이 이곳에 있었지요…'

'네, 뭐라고요!—그의 말을 가로채면서 내가 말했지—소크라테스도 대롱을 가지고, 또 입으로 거품을 만들어 불고 있었다고요?…'

'아니, 그게 아니요—플라톤이 나에게 대답했어—그가 신들로부터 현자 중의 현자란 이름을 받을 만했던 건 이런 식이 아니었소. 그가 살아 있는 동안 했던 일은 인재들을 양성하고, 인정 있는 사람들을 길러내는 것이었소. 그 비결은 그의 죽음과 함께 사라졌지. 소크라테스가 죽자, 철학이 누렸던 좋은 시절도 다 갔고. 이 원리원칙을 좇는 자들이 자랑스럽게 입고 있는 이 누더기는 그가 입었던 천 조각들이오. 그가 눈을 감으려하자 철학자의

칭호를 열망했었던 자들이 그의 옷에 달려들어 발기발기 찢어놓았던 거요.'

'알겠습니다—내가 다시 말을 했지—이 누더기는 그들과 그들의 먼 후세들에게 이름표 구실을 하는 것이군요…'

'누가 이 조각조각들을 모아서,—플라톤이 계속 말했지—우리에게 소크라테스의 옷을 복원해 주겠소?'

그가 이렇게 비장하게 부르짖고 있었을 때, 나는 저 멀리서 느리지만 당찬 걸음으로 우리를 향해 걸어오는 어린애를 봤어. 머리는 작았고, 몸집은 가냘펐으며, 두 팔은 연약했고, 다리는 짧았어. 한데 이 아이가 앞으로 다가올수록, 이 아이의 사지가 점점 커져가고 길어지는 거야. 계속해서 자라나는 이 아이의 모습이 수없이 다른 형태로 바뀌어 보였던 거지. 이 아이가 기다란 천체 망원경으로 하늘을 관측했고, 진자를 사용해서 물체의 낙하 속도를 추정했으며,[81] 수은관을 이용해서 공기의 무게를 확인했고,[82] 프리즘을 손에 들고 빛을 분해하는 걸 보았어.[83] 그때 정말 어마어마하게 큰 거인이었지. 머리는 하늘에 닫고, 두 발은 심연 속으로 사라졌으며, 두 팔이 하나씩 양 극점까지 뻗어 있는 거야. 그가 오른손으로 횃불을 흔들어 대니까, 그 빛이 하늘 저 멀리까지 퍼져 가고, 바다 밑바닥까지 비추고, 땅속 깊은 곳까지 스며들었지.

'우리에게 오고 있는—내가 플라톤에게 물었어—저 거인은 누굽니까?'

'실험의 신을 잘 보아두세요—그가 나에게 대답했지—바로 그 신입니다.'

그가 이렇게 짧게 답변을 하자마자, 나는 실험의 신이 가까이 오는 것을

---

81 갈릴레이의 실험을 말한다.

82 기압계를 발명한 토리첼리의 실험을 말한다.

83 뉴턴은 빛을 입자로 보고 프리즘을 사용해서 백색광을 굴절시켜 여러 단색광으로 분리한 다음 그 단색광이 특유의 굴절률을 가진다는 사실을 발견한다.

1748년판의 삽화

보았고, 가설의 나라 회랑의 기둥들이 흔들리고, 궁륭들이 내려앉고, 우리 발밑의 포도鋪道가 반쯤 갈라지는 것을 보았소.

'피합시다—플라톤이 재차 나에게 말했어—피하자고요. 이 건물은 오래 견디지 못할 것입니다.'

이 말을 하고 나서 그는 떠났고, 나는 그 뒤를 따랐지. 거인이 와서는 회랑을 치니까 엄청난 소음과 함께 무너져 내리더라고, 그리고 내가 깼지."

"아! 마마,—미르조자가 큰소리로 말했다—그게 마마께 꿈을 꾸시게 했군요. 마마께서 편안한 밤을 보내셨다면 제 기분이 아주 좋았을 텐데. 하지만 마마의 꿈을 알고 나니, 마마께서 그 꿈을 꾸지 않으셨다면, 몹시 섭섭했을 겁니다."

"부인,—망고귈이 그녀에게 말했다—부인을 이토록 즐겁게 한 꿈의 밤보다도 훨씬 더 훌륭하게 보냈던 밤들도 내 알고 있는데. 그래서 내가 마음대로 여행을 했더라면, 부인이 가설의 나라에 있기를 바라지 않기 때문에, 내 발길을 딴 곳으로 돌렸을 거요. 나를 괴롭히고 있는 두통도 지금은 전혀 겪지 않거나, 어쨌든 그걸 잊어야 할 필요도 있을 것이고."

"전하,—미르조자가 그에게 대답했다—그것이 아무것도 아니길 그리고 반지 실험을 한두 번 해서 마마께서 거기서 벗어나시길 기대해야만 하겠습니다."

"두고 봅시다." 망고귈이 말했다.

술탄과 미르조자 사이의 대화는 얼마 동안 계속되었고, 술탄은 열한 시가 돼서야 그녀를 떠났다. 그가 어떻게 될지는 다음 장에서 보게 될 것이다.

제30장

열네 번째 반지 실험

벙어리 보석

술탄의 궁정에서 빼어난 모든 여자들 중에서, 폐하께 술 따르는 직책을 맡은 신하의 아내인 젊은 에글레보다 우아하고 재기 있는 여인은 없었다. 그녀는 망고귈의 전부였다. 그는 경박한 그녀의 말솜씨를 좋아하고 있었다. 마치 에글레가 없는 곳에서는 어디에서나 쾌락도 재미도 전혀 없었던 것처럼, 그녀는 또한 궁정 귀족들의 전부였다. 무도회, 공연, 모임, 연회, 저녁식사, 사냥, 도박 등 도처에서 에글레를 찾았다. 어디에서든지 그녀를 만났다. 즐기는 것을 좋아하다 보니 그녀를 욕망하고 있었던 자들이 그네들 마음대로 그녀의 몸뚱이를 여러 개로 만들고 있는 것 같았다. 그래서 에글레만큼이나 희구되는 여인이 없었다면, 그녀만큼 오지랖이 넓은 여인이 없었다고 제가 말할 필요는 없겠지요.

수많은 연모자들이 그녀를 늘 쫓아다녔다. 그리고 이들은 그녀가 그들 모두를 냉대하지 않았다고 믿고 있었다. 경솔함 때문인지, 상냥한 성격 때문인지, 그녀의 꾸밈없는 예절은 종종 눈에 띄는 친절과 같았다. 그녀의 마음에 들려고 애쓰는 사람들은 그녀가 싹싹함 그 이상의 어떤 것도 두지 않았다고 하는 눈길에서 간혹 애정이 보인다고 생각했다. 신랄하지도 입이 험하지도 않은 그녀는 입을 열면 아양 떠는 말들만 하였다. 그녀의 찬사가 의심을 낳았던 여러 경우에도 정감이 풍부하고 발랄함이 넘쳤는데, 그녀 쪽에서는 변명의 여지가 있는 의심이었다. 다시 말해, 에글레가 장식이자 환희인 이 사교계가 그녀에게는 맞지 않았다는 것이다.

비난할 것이라고는 지나친 친절밖에 없을지도 모를 한 여인에게 적이 전혀 없었을 것이라고 쉽게 생각할 수도 있을 것이다. 그러나 그녀에게는 적이 있었다, 잔인한 적들이. 반자의 독신녀篤信女들은 그녀의 표정이 지나치게 방종하고, 태도에도 뭔지 모를 방탕함이 있다고 생각했으며, 행실에서도 속세의 광기 어린 쾌락을 보았다. 이 독신녀들은 이상으로부터 그녀의 품행은 어쨌든 수상쩍다는 결론을 내렸고, 자기들의 말을 듣길 원했던 사람들에게는 베푼다는 마음으로 이러한 사실을 넌지시 말했다.

궁정의 여인들은 이보다 더하면 더했지 못하지 않게 그녀를 취급했다. 이 여자들은 에글레의 관계를 의심했고, 애인도 대주었고, 몇몇 대단한 연애 사건으로 그녀에게 영예를 안겨 주기도 했으며, 다른 연애 사건에도 뭔가 관계하고 있다고 간주했다. 모두들 내용을 속속들이 알고 있었으며, 증인들을 댔다. "아 그래!—서로 귓속말을 했다—대공원 어느 숲에서 그녀가 멜라임과 얼굴을 맞대고 있는 것을 현장에서 붙잡았다고. 에글레는 제법 재치가 있다니까—누군가 덧붙였다—그런데 멜라임은 너무 머리가 돌아가서 그녀의 말을 즐기지 못한단 말이야. 한 숲에서 저녁 열 시 경에…"

"말도 안 돼요—한 댄디가 대답했다—전 해질 무렵에 그녀와 함께 골백번도 더 산책을 했습니다. 아주 만족스러웠습니다. 그런데 말이 나왔으니 말인데, 쥘레마르가 그녀의 몸치장에 열심이라던데 알고들 계세요?…"

"물론 알고 있습니다, 그리고 그녀의 남편이 술탄의 거처에서 시중들 때만 그 여자가 몸단장을 한다는 것도 말입니다…"

"불쌍한 셀레비!—다른 여자가 계속 말했다—사실, 그의 부인은 파샤 이스마엘에게서 받았던 깃털장식과 귀걸이로 몸치장을 과시한다니까요…"

"그게 정말인가요, 부인…"

"순도 백 퍼센트 진실입니다. 그 여자에게서 직접 들은 겁니다. 어쨌든 브라흐마 신의 이름으로, 우리가 이해하도록 합시다. 에글레는 제 친구예요. 그래서 …하는 것은 정말 섭섭할 겁니다."

"아!—세 번째 여자가 비통하게 소리를 질렀다—이 가엾은 여인은 자진해서 자취를 감추었어요. 유감스러운 일입니다. 하지만 스무 번의 밀통을 한꺼번에 하다니. 그건 너무 지나친 것 같아요."

댄디들도 그녀에 대해서 보다 많은 배려를 하지 않았다. 혹자는 그들이 함께 길을 잃었던 사냥 시합을 이야기했다. 혹자는 그가 무도회에서 교묘하게 낚았던 그녀와 함께 가면을 쓰고 했던 아주 생생한 대화의 후일담을 여성을 존경한다는 이유로 감췄다. 혹자는 그녀의 기지와 매력에 찬사를 보냈고, 그의 말대로라면, 가장 훌륭한 솜씨를 지닌 사람에게서 얻은 그녀의 초상화를 보여주면서 찬사를 끝맺었다. "이 초상화는—혹자가 말했다—그녀가 제나키에게 선물했던 것보다 더 흡사하구먼 그래."

이 말들이 그녀 남편의 귀에까지 들어갔다. 셀레비는 아내를 사랑하고 있었다. 하지만 격식을 갖춘 사랑이었고, 누구도 이를 거의 의심치 않았다. 처음에 그는 이 첫 번째 고자질을 받아들이지 않았다. 그러나 고자질이 계속해서 되풀이되는 바람에, 여러 가지 측면을 고려한 결과 자기보다 훨씬 통찰력이 있는 친구들을 믿게 되었다. 에글레를 자유롭게 해 주면 해줄수록, 그녀가 이를 악용했다는 의심을 더욱 하게 되었다. 질투심이 그의 영혼을 차지했다. 그는 먼저 아내를 괴롭히기 시작했다. 에글레는 결백하다고 생각했기 때문에 초조해하며, 이렇게 바뀐 태도를 잘 견디어 냈다. 그녀의 기질이 성마르고, 절친한 친구들의 충동질도 있었던 터라, 그녀는 무분별한 행실에 빠져들었고, 이러한 행실로 인해 모든 상황들이 그녀에게 불리하게 돌아갔으며, 하마터면 목숨을 치러야 할 뻔했다. 난폭한 셀레비는 얼마 동안 갖가지 복수 계획, 참수, 독살, 목매달기 등을 머릿속에서 되새긴 결과, 고통이 보다 서서히 찾아들고 훨씬 잔인한 벌을 주기로 결심했다. 고향으로 돌아가 은거생활을 하게 하는 것이었다. 이건 궁정의 여인에게는 진짜 죽음이다. 한마디로 마침내 명령이 떨어진 것이다. 어느 날 저녁, 에글레는 자신의 운명을 알게 된다. 모두가 그녀의 눈물에는 아랑곳하지 않는다. 그녀의 변명에도 이젠 귀 기울이지 않는다. 이렇게 해서 그녀는 반자에서 팔십 리 떨어진 고성古城으로 쫓겨나고, 이곳에서 동거자라고는 두 여인과 감시를 맡은 네 명의 흑인 내시뿐이었다.

떠나자마자 그녀는 무죄가 되었다. 댄디들은 그녀의 연애사건들을 잊었고, 여인네들은 그녀의 기지와 매력을 용서하였으며, 모두가 그녀를 동정하였다. 망고귈은 셀레비의 입을 통해서 그가 아내에 대해서 취했던 끔찍한 결심의 동기를 알게 되었으며, 망고귈만이 그런 결심을 인정한 것 같았다.

케르셀의 연애사건이 터졌던 것은, 불쌍한 에글레가 유배지에서 신음하고 있은 지 거의 육 개월이 되었을 무렵이었다. 미르조자는 그녀의 결백을 바랐다. 하지만 도저히 그런 기대를 하지 못하였다. 그럼에도 불구하고 그녀는 어느 날 술탄에게 말했다. "전하, 얼마 전 케르셀의 목숨을 보전케 해준 전하의 반지가 에글레의 유배생활을 끝내 줄 수는 없을는지요? 전 그렇게 생각하지는 않지만. 그 때문에 전하의 반지에게 물어봐야만 할 것이고, 가엾은 유폐자는 여기서 팔십 리나 되는 곳에서 지겨워 죽을 지경이니…"

"에글레의 운명에 관심이 많으시구려?" 망고귈이 그녀에게 대답했다.

"그렇습니다, 전하, 무엇보다도 그녀가 결백하다면…" 미르조자가 말했다.

"그대는 지금부터 한 시간 내에 그 소식을 알게 될 거요—망고귈이 답변했다—내 반지의 성질을 전혀 기억 못하시오?…"

말을 마치자, 그는 정원으로 가서, 반지를 돌렸고, 십오 분도 채 안 돼서 에글레가 살고 있는 성의 정원에 모습을 드러냈다.

그는 거기서 혼자 괴로움에 지쳐있는 에글레를 보았다. 한 손에 얼굴을 괸 채, 그녀는 남편의 이름을 다정하게 부르고, 눈물로 자기가 앉아 있는 잔디를 적시고 있었다. 망고귈은 반지를 돌리면서 그녀 곁으로 다가갔다. 그러자 에글레의 보석이 구슬피 말했다. "난 셀레비를 사랑하고 있어." 술탄은 다음 말을 기다렸지만, 튀어나오지 않자, 자기 반지를 닷하더니, 에글레 쪽으로 향하기 전에 모자에 대고 두세 번 문질러 보았지만 헛일이었다. 보석이 다시 말을 했다. "난 셀레비를 사랑하고 있어" 그러더니 뚝 그쳤다.

"이건—술탄이 말했다—입이 아주 무거운 보석이로구먼. 자 다시 해 보자, 좀 더 가까이서 보석을 다그쳐 봅시다." 이런 말을 함과 동시에 그는 반지가 받을 수 있었던 에너지 전부를 주었고 재빠르게 에글레 쪽으로 향했다. 그러나 그녀의 보석은 계속해서 말이 없었다. 이 보석은 줄곧 입을 다물고 있었는데, 이와 같은 구슬픈 말을 되풀이하기 위해서만 침묵을 거두었다. "난 셀레비를 사랑하고 있고, 다른 남자들에게서는 한 번두 사랑받은 적이 없어."

망고귈은 결심을 했고, 십오 분 반에 미르조자에게 돌아왔다.

"아니 전하!—그녀가 그에게 말했다—벌써 돌아오시는 거예요? 그런데 뭐 좀 알아내셨는지요? 우리가 대화를 나눌 수 있는 거리를 가져오셨나요?…"

"아무것도 없소." 술탄이 그녀에게 대답했다…

"네! 하나도 없다고요?…"

"정말 하나도 없소. 난 이보다 더 말없는 보석을 들어 본 적이 없소. 그래서 이런 말들만 얻어 낼 수 있었소. '난 셀레비를 사랑하고 있고, 다른 남자들에게서는 한 번도 사랑 받은 적이 없어.'"

"아! 전하,—미르조자가 급히 다시 말을 꺼냈다—도대체 무슨 말씀이세요? 이 얼마나 다행스러운 소식이에요! 그러니 그녀는 정숙한 여자인 것입니다. 송구하옵니다만, 그녀가 더 오랫동안 불행을 겪어야 하는 지요?"

"그렇지 않소—망고귈이 대답했다—그녀의 유배생활은 곧 끝날 것이오. 그런데 그렇게 되면 그녀의 부덕이 희생되리라는 걱정은 전혀 안 드시오? 에글레는 정숙하오. 그건 그렇고, 내 마음의 환희여, 그대가 내게 요구하는 것을 생각해 보시오. 그녀가 내 궁정에서 계속해서 정숙할 수 있도록, 그녀를 궁정으로 다시 부르리다. 하지만 그대의 욕구는 충족될 것이오."

술탄은 즉시 셀레비를 불러들였다. 그리고 그에게 이렇게 말했다. 에글레에 대해 퍼졌던 소문을 철저히 규명해 보니, 이 소문이 거짓이었고, 중상모략이었음을 알아냈고, 그녀를 궁정으로 다시 데려오라는 명을 그에게 내리노라고. 셀레비는 복종했고 그의 부인을 망고귈에게 대령하였다. 그녀가 폐하의 발아래 몸을 던지려 하였지만, 술탄은 그런 그녀를 제지하며 이렇게 말했다.

"부인,—그가 그녀에게 말했다—미르조자에게 감사하세요. 당신에 대한 그녀의 우정이 나로 하여금 모두가 당신에게 뒤집어 씌었던 사건의 진상을 밝힐 결심을 하게 하였소. 계속해서 내 궁정을 돋보이게 해 주시오. 그러나 미인은 간혹 가다 연애사건을 통해서만큼이나, 경솔한 언행을 통해서도 똑같은 잘못을 저지른다는 것을 기억하시오."

그 이튿날부터 에글레는 미소를 지으며 그녀를 맞아들였던 황후의 처소에(마니몬반다에) 다시 나타났다. 댄디들은 그녀 주위에서 싱거운 칭찬을 한층 더 늘어놓았고, 여인네들 모두가 뛰어와 그녀를 포옹하였고, 축하했다. 그리고 다시 그녀를 헐뜯기 시작했다.

제2권

ŒUVRES

PHILOSOPHIQUES

DE Mr. D***.

LES BIJOUX INDISCRETS.

TOME CINQUIEME.

A AMSTERDAM,

Chez MARC-MICHEL REY.

M. DCC. LXXII.

제1장
밍고귈은 옳은가?

망고귈이 퀴퀴파로부터 운명적인 선물을 받았던 이래로, 여성의 우스꽝스러움과 악덕은 영원한 농담거리가 되었다. 끝이 없으니, 애첩은 이 때문에 자주 지겨워했다. 그러나 다른 많은 사람들과 마찬가지로 미르조자에게 미쳤던 권태의 가혹한 두 가지 효과가 있었는데, 그것은 그녀의 성질을 돋우는 것과 그녀가 하는 말마다 독살스러움이 묻어나오는 것이었다. 그러하니 그녀 곁으로 오는 자들은 불행하여라! 그녀는 누구도 구분하지 않았는데, 술탄도 예외는 아니었다.

"전하,—그녀가 마음이 불쾌해 있었던 어느 날 그에게 말했다—그토록 많은 것을 알고 계시는 마마께서는 오늘의 소식을 아마도 모르시겠지요…"

"그런데 그게 무엇인가?" 망고귈이 물었다…

"마마께서는 매일 아침 브랑톰[1]이나 우빌[2] 작품의 세 페이지나 외우고 계시기 때문에 드리는 말씀이옵니다. 이 통찰력 있는 두 작가 중에 누구를

---

1 Brantôme. 《바람난 부인들*Dames galantes*》의 저자다. 디드로보다 한 세기 반 전에 활동했던 그는, 성행위에 대해서 사회가 요구하는 윤리규범과 본능이 부추기는 인간적 현실 사이에 존재하였던 엄청난 차이를 디드로가 이 작품에서 드러내고 있는 것처럼 역설하였다.

2 Antoine Le Metel d'Ouville. 1657년경에 죽은 그는 외설적인 콩트를 많이 썼다. 그의 작품에서는 소위 여성의 미덕이 시니즘의 대상이 되었다.

더 좋아하시는지 확신할 수가 없습니다…"

"잘못 알고 있소, 부인—망고귈이 대답했다—크레비용의 작품이오…"

"오! 이자의 책을 금기시하지 않으셨군요—애첩이 말을 가로막았다—마마와 저를 가지고 만들어낸 새로운 험담들이 지나치게 신랄한 것이어서 지난 것들을 재연하는 것이 더 낳겠습니다. 이 브랑톰에게는 정말로 좋은 것들이 많이 있습니다. 마마께서 그의 여러 소화小話에 벨의 셋 내지 네 개의 항목을 더하시면, 마마께서는 줄곧 D'…후작과 무이 기사만 한 기지를 지닌 독보적인 존재가 되실 것이옵니다.[3] 마마께서 대화하실 때마다 이러한 기지가 놀랍도록 다양하게 배어나오실 것이옵니다. 마마께서 여자들을 손색없이 갖추어 놓으셨을 때에는, 마마께서는 신神들을 찾으실 것이옵니다. 신들을 완벽하게 갖추어 놓으신다면, 여자들에게로 다시 돌아갈 것이고요. 사실, 전적으로 즐기시기 위해서, 마마에게 없는 것이라고는 작은 불경서집不敬書集뿐이옵니다."

"그대의 말이 맞소, 부인—망고귈이 그녀에게 대답했다—그리고 내 그걸 마련해 놓을 거요. 이 현세와 내세에서 속는 것을 두려워하는 자는 제신들의 권능, 남자들의 정직함, 여자들의 정숙함을 필요 이상으로 믿지 않을 수 없을 것이오."

"하오니, 마마가 생각하시기에, 이 정숙함이라는 것은 아주 모호한 것이라는 말씀이신가요?" 미르조자가 말을 받았다…

---

3 Pierre Bayle. 브랑톰과 계몽주의 정신의 선구자였던 벨을 비교하는 것은 아무런 근거가 없는 것 같다. 그러나 무이Charles de Fieux, chevalier de Mouhy와 다르장스d'Argens후작을 겨냥한 풍자라는 것에는 의심의 여지가 없다. 무이(1701-1784)는 시대 풍속을 그리는 데 전념하였던 소설가였다. 다르장스(1704-1771)는 철학자이자 프리드리히 2세의 친구였으며, 계몽주의 시대에 "포르노그래피" 부문에 있어서 가장 위대한 고전 중 하나인 《철학자 테레즈*Thérèse philosophe*》의 저자였다.

다르장스, 《철학자 테레즈*Thérèse philosophe*》(1748)의 머릿그림

"그대가 생각하는 모든 것을 넘어선다는 말이요." 망고귈이 대답했다.

"전하,—미르조자가 다시 말을 꺼냈다—마마께서는 마마의 대신들을 콩고에서 가장 정직한 사람들이라고 저에게 말씀하셨습니다. 전하의 대관, 지방총독, 비서관, 재무관, 한마디로 전하의 전 공직자들의 찬사를 저는 수도 없이 받았기 때문에, 한마디도 틀리지 않고 마마께 반복할 수 있사옵니다. 마마께서 총애하시는 대상이 마마와 가깝게 있을 수 있는 영광을 누린 자들에 대해 마마께서 마음속에 품으셨던 좋은 평판으로부터 유일하게 제외되었다는 것이 이상하옵니다."

"그런데 그게 그렇다고 누가 그럽디까?—술탄이 그녀에게 대꾸했다—그러니 부인, 그대가 일반적인 여성을 대표하는 것이 내키지 않는다면, 내가 여자에 대해서 하고 있는 참일 수도 있고 거짓일 수도 있는 말 속에 그대가 쓸데없이 끼어들지 않았나 생각해 보시오."

"저도 마마님께 그것을 권해 드리지 않을 것이옵니다—이 대화에 참석하고 있는 셀림이 덧붙였다—마마님께서 여기서 얻으실 거라고는 틀린 것들뿐이옵니다."

"나와 같은 여자들을 제물로 삼아 내게 건네는 찬사들은 결코 받지 않겠소—미르조자가 응수했다—내게 찬사를 보낼 생각이시거든, 누구도 희생자가 되지 않기를 바라오. 우리 여자들에게 건네는 달콤한 말이라는 것도 대부분 폐하의 파샤들이 그분을 위해서 열어주는 호사스러운 향연과 비슷하오, 그건 결국 백성들이 지는 부담 외에 아무것도 아니란 말이오."

"그 얘긴 그만 합시다—망고귈이 말했다—그건 그렇고, 솔직히 말해서, 콩고 여인들의 정조라는 것은 망상일 뿐이라는 것을 납득하지 못하겠소? 그러니 내 영혼의 환희여, 생각해 보시구려, 오늘날 유행하는 교육이 무엇이요, 젊은 처자들이 그네들 어머니에게서 무엇을 본받고 있소, 그리고 집에 틀어박혀서, 살림을 하고, 자기남편으로 만족하는 것은 암울한 생활을 하는 것이고, 몹시 권태로운 일이며, 산 채로 자기를 매장하는 짓이다라는 식의 편견으로 어떻게 사내들이 그대 같은 아름다운 여인을 유혹하는지. 그러고 나면 우리 같은 남자들은 여자에게 대단히 과감해지고, 경험 없는 어린 계집아이는 유혹받은 것을 알고 몹시 만족해하지. 나는 정숙한 여인들은 드물다고, 희귀하기 이를 데 없다고 주장했었소. 이 말을 취소하는 것은 당치도 않을뿐더러, 내 기꺼이 덧붙여 말하건대, 정숙한 여자들이 보다 드물지 않을 수 있다는 것은 놀라운 일이란 말이오. 셀림의 생각이 어떠한지 물어보시오."

"전하,—미르조자가 대답했다—셀림은 우리 여성에게 많은 것을 빚지고 있어서 여성을 무자비하게 헐뜯지는 못할 것이옵니다."

"마마,—셀림이 말했다—매정한 여인을 만나는 일은 있을 수 없으셨던 폐하께서 여인들을 당신이 생각하시는 대로 생각하시는 것은 당연한 일이옵니다. 친절하시게도 손수 타인을 판단하시는 마마께서 타인에 대해 고수하고 계시는 것과는 다른 생각을 가지실 수 없사옵니다. 그렇기는 하지만 저는, 부덕婦德의 이점들을 경험을 통해서 알고 있고, 방탕한 짓의 유감스러운 결과들에 대해서는 반성의 빛이 역력했던 분별 있는 여인들이 있다고 생각하고 있음을 고백하려는 바이옵니다. 유복한 가정에서 태어났고, 예의바르며, 자신의 의무를 지각하는 법을 배웠고, 이 의무를 사랑하며, 이 의무에서 절대 벗어나지 않을 그런 여인들이옵니다."

"그런데 반대 이유를 지지리 늘어놓지 않기 위해서 말씀드립니다만,—미르조자가 말을 보탰다—생기발랄하고, 사랑스러우며, 매력적인 에글레는 또 정숙함의 모델이 아닌가요? 전하, 전하께서는 그걸 의심치 않으시겠지요. 그리고 마마의 입을 통해서 온 반자가 그것을 알고 있습니다. 그런데 정숙한 여자 한 명이 있다면, 그런 여자가 천 명이 있을 수도 있는 겁니다."

"정말이지, 가능성에 대해서는—망고귈이 말했다—논쟁하지 않겠소."

"하지만 마마께서 그런 여자들 천 명의 존재 가능성을 인정하신다면,—미르조자가 재차 말을 했다—그런 여자들이 존재하지 않았다고 누가 마마께 고했겠습니까?"

"그 여자들의 보석들밖에 없겠지—술탄이 대답했다—하지만 이 증언이 그대 논증에 저항할 힘이 없다는 것을 내 인정하오. 그대가 어떤 바라문 중에게서 이 증언을 들었다면, 내 두더지가 될 것이오! 마니몬반다 전속 승려를 불러들이시오. 이 승려는 거의 브라흐만 신의 존재가 바라문의 교리로 증명되는 것처럼, 그대가 나에게 정숙한 여인들의 존재를 증명했다고 말할 것이오. 혹시, 그대는 하렘에 들어오기 전에 이 숭고한 학교에서 강의를 해 본 일이 없으시오?"

"지나친 농담은 하지 마세요—미르조자가 말을 이었다—저는 단지 가능성에서 결론을 이끌어낸 것이 아니었습니다. 저는 사실과 경험에서 출발하는 것입니다."

"그래요—망고귈이 계속했다—사실은 불구不具고, 경험은 격리되었고. 반면에 나는 그대도 잘 알고 있는 수많은 시도를 하고 있잖소. 하지만 아주 긴 반론으로 당신의 화를 더하고 싶지 않구려."

"다행히도,—침울한 어조로 미르조자가 말했다—두 시간 만에야 마마께서 저를 괴롭히는 것에 지치셨군요."

"내가 그런 실수를 저질렀다면,—망고귈이 대답했다—실수를 만회하려 애써 보겠소. 부인, 그대에게 내 지난날의 모든 특권을 주겠소. 그리고 내게 남은 실험들을 계속하다가, 진짜로 변함없이 정숙한 여인을 만난다면…"

"어떻게 하실 건데요?" 미르조자가 재빨리 말을 끊었다…

"그대가 원하신다면, 정숙한 여인들의 가능성에 대한 그대의 추론에 무척 만족한다고 공표할 것이오. 내 권력을 모두 동원해서 그대의 논법을 퍼뜨릴 것이오. 그리고 아마라의 내 성도 주겠소. 성을 장식하고 있는 작센의 도자기 전부도 말이오. 칠보로 된 작은 거미원숭이와 드 베뤼 부인[4]의 부 관실에서 온 다른 귀한 장식품들도 빼놓지 않겠소."

"전하,—미르조자가 말했다—저는 성의 도자기들과 작은 거미원숭이면 족합니다."

"좋소—망고귈이 대답했다—셀림이 우리의 재판관이 될 것이오. 에글레의 보석을 신문하기 전에 내게 시일을 좀 주시오. 궁정의 분위기와 그녀 남편의 시기심에 실험할 시간을 충분히 남겨 두어야만 하겠소."

미르조자는 망고귈에게 한 달을 주었다. 그가 요구했던 것의 반절이나 더 되는 기일이었다. 그리고 그들은 똑같이 희망을 가득 안고 헤어졌다. 술탄의 약속이 공표되었더라면, 온 반자가 이 약속에 찬반의 내기를 걸었을 것이다. 그러나 셀림은 입을 다물었고, 망고귈은 마음속으로 이기거나 질 각오를 하고 있었다. 망고귈이 애첩의 처소 밖으로 막 나가려는 참에, 그녀의 카비네[5] 끝에서,

"전하, 그런데 작은 거미원숭이도요?"라고 외치는 소리를 들었다.

"작은 거미원숭이도." 망고귈이 물러가면서 그녀에게 대답했다.

---

4 잔 달베르 드 륀Jeanne d'Albert de Luynes(1670-1736), 드 베뤼de Verrue 공작부인이다. 에피쿠로스 철학을 신봉하는 이 여자는 한때 사르디니아 왕이었던 빅토르-아메데 2세Victor-Amédée II의 애첩이었다. 수집광이었던 이 여인은 진귀하고 드문 것들을 모두 보관한 진열실 구입에 막대한 돈을 썼다고 한다.

5 카비네Cabinet는 부인들이 화장을 하거나, 기도를 하거나, 낮잠을 자기도 하고, 명상과 고독에 필요한 일들에 관련하여 여자들이 사용하는 방을 말한다.

그는 그 길로 한 원로원 의원의 프티트 메종[6]으로 갔다. 여기서 우리는 그를 지켜볼 것이다.

제2장

열다섯 번째 반지 실험

알판

술탄은 궁전의 젊은 대감들 모두가 프티트 메종을 소유하고 있다는 것을 모르지 않았다. 그런데 그는 몇몇 원로원 의원들도 이 은거지들을 이용하고 있음을 알았다. 그는 이러한 사실에 놀랐다. "그들이 거기서 뭘 하는 거야?—그가 혼잣말을 했다(왜냐하면 그가 제1권에서 몸에 밴 혼자 말하는 습관을 제2권에서도 유지하고 있기 때문이다)—내 백성의 안녕과 재산과 자유와 생명을 위임받은 자는 프티트 메종을 두어서는 안 되는 것 같은데. 그런데 원로원 의원의 프티트 메종은 댄디의 그것과는 다른 것 같단 말이야… 사법관, 이자 앞에서 내 신민들의 가장 큰 이해관계가 논의되잖아, 그런데 단두대의 이슬이 될 운명이 담긴 숙명의 단지를 손에 쥐고 있는 사법관이 자기 신분의 위엄과 자기 직무의 중요성을 잊을 수 있을까! 그런데 코생이 보람도 없이 고아의 고함소리를 양쪽 귀에 짊어지면서까지 자기 폐를 혹사시키는 동안, 이자는 비밀 유곽 문의 상부 장식을 아름답게 꾸미고 있는 음탕한 주제들을 머릿속에 생각하고 있을지도 몰라!… 그럴 수는 없어… 어쨌든 두고 보자고."

그는 이렇게 말하고 알칸토로 떠난다. 원로원 의원 이포마네[7]의 프티트

---

6 Petite maison. 구체제의 귀족들이 파리 중심에 가지고 있었던 저택Hôtel과 달리 파리 외곽에 마련해 두었던 이른바 '작은 집'을 말한다. 이곳이 여성들과 비밀스런 관계를 맺는 은신처였음은 말할 것도 없다.

메종이 있는 곳이 바로 거기다. 그가 들어간다. 여러 방을 돌아다닌다. 방마다 실내장식을 살펴본다. 모든 것이 그에게는 음란해 보인다. 그의 대신들 중에서 가장 세련되고 가장 호색적인 아제질르의 프티트 메종도 이보다 더 낫지 않다. 어떻게 생각해야 할지 몰라서, 그는 나가야겠다는 마음을 먹었다. 그도 그럴 것이 요컨대 휴식용 침대, 유리로 된 알코브, 푹신푹신한 소파, 용연향 술 진열장 그리고 그 나머지가 그가 알고 싶어 했던 것의 말없는 증인이었기 때문이었다. 그때 그는 등받이가 있는 큰 침대에 널브러져서 깊은 잠에 빠져 있는 한 뚱뚱한 형체를 보았다. 그는 이 여자를 향해 반지를 돌렸다. 그리고 그녀의 보석으로부터 다음과 같은 일화를 이끌어냈다.

"알판은 한 양치기의 여식입니다. 그녀의 어머니가 제 명을 다하지 못했었다면, 나는 여기에 있지 않았을 것입니다. 이 가족의 어마어마한 재산은 이 늙은 미친 여자의 손안에서 아무도 모르게 사라져 버렸습니다. 그래서 그녀는 네 명의 자식—아들 셋 딸 하나(제가 이 여자의 보석이랍니다)—에게 남겨 줄 것이 거의 없었습니다. 아, 제가 죄를 저지르기에 안성맞춤이었던 겁니다. 얼마나 많은 치욕을 참아야 했던가! 난 아직도 그 치욕을 더 견뎌야만 합니다! 사교계에서 사람들은 수도원이 제 여주인의 재산과 용모에 안성맞춤이라고 말하곤 했습니다. 그러나 저는 수도원이 제게는 전혀 어울리지 않다는 것을 느꼈습니다. 저는 수도사 신분보다는 전술戰術을 더 좋아했습니다. 그래서 저는 아잘라프 총독 휘하에서 처음 몇 번의 전투를 치렀습니다. 대장군 낭가자키 휘하에서 제 자신을 완성시켰습니다. 그러나 군역에 아무런 보답이 없었는지라 저의 마음은 군역에서 멀어졌으며, 군직을 떠나 문관이 되었습니다. 그리하여 저는 재능과 기지와 용모와 각종

7 이 음탕한 원로원 의원의 이름 "Hippomanès"는 '말에 미친' 자라는 의미의 그리스 어원에서 파생되었다. 이 말은 보통 고대인들이 최음催淫에 적합한 용어로 간주했다고 한다.

여행 장비 일체와 조상祖上으로 의기양양한 상스러운 땅딸보 원로원 의원의 것이 되는 것입니다. 두 시간 전부터 저는 그를 기다리고 있습니다. 그는 분명히 올 것입니다. 사실 그의 집사가, 그가 온다 해도, 오래도록 기다리게 하는 것이 그의 괴벽이라고 저에게 기별했기 때문입니다."

알판의 보석이 여기까지 말했을 때, 이포마네가 도착했다. 그의 행렬이 내는 떠들썩한 소리와 가족 같은 그의 그레이하운드의 애무에, 알판이 잠에서 깼다. "과연 당신이 있었구려, 나의 왕비님—이 땅딸보 의장이 그녀에게 말했다—당신을 갖는 것이 너무도 힘들구려. 말씀해 보시구려, 나의 프티트 메종이 어떻소. 다른 것만 하지요, 그렇지 않은가요?"

"우리가 마치 프티트 메종을 한 번도 본 적이 없었던 것처럼, 그녀의 보석이 말하는 것이었다, 제가 그녀의 정사에 까닭 없이 관계하지 않았던 것처럼." 세상물정 모르고, 소심하고, 비탄에 잠긴 여인을 가장하고 있던 알판이 고통스럽게 소리를 질렀다. "의장님, 제가 의장님을 대하는 행동이 이상하지요. 제가 대단한 정념에 이끌리고 있나 봅니다. 이 때문에 제게 직면한 위험에 눈이 멀었습니다. 결국, 사람들이 제가 여기에 있다는 의심을 하게 된다면, 뭐라고 말하겠습니까?"

"그대 말이 맞소—이포마네가 그녀에게 대답했다—그대의 행동은 분명치가 않소. 하지만 내 입이 무겁다는 것을 믿으셔도 좋소."

"어쨌든,—알판이 다시 말을 하였다—전 의장님의 양식도 믿고 있습니다."

"오, 그 때문에라도,—이포마네가 히죽대며 그녀에게 대답했다—나는 아주 분별 있게 행동할 것이오. 그런데 어떻게 하면 프티트 메종에서 완벽하게 독신자篤信者 티를 안낼 수 있겠소? 그대는 정말 매력적인 가슴을 지녔구려, 거짓이 아니오…"

"그럼 그만두세요—알판이 그에게 대답했다—의장님께서는 벌써 약속을 어기셨어요."

"전혀 그렇지 않소—의장이 그녀에게 반박했다—하여간 그대는 나에게 답변을 주지 않았소. 이 실내장식에 대해 어떻게 생각하시오?" 그러고 나서 그의 그레이하운드 암컷에게 말을 건넨다. "이리 와, 나의 총신. 앞발 줘봐, 귀여운 것. 이 총신은 나의 착한 딸이야⋯ 아가씨께서는 정원을 한 바퀴 산책하고 싶으세요? 테라스로 갑시다, 아가씨는 매력적이에요. 이웃 사람 몇몇이서 나를 내려다보고 있구먼, 하지만 당신을 못 알아볼 것이오⋯"

"의장님,—알판이 그에게 대답했다—저는 자극하는 말에는 관심이 없습니다. 여기가 훨씬 난 것 같아요."

"그대 좋으실 대로 하시오—이포마네가 다시 말을 하였다—피곤하시면, 저기 침대가 있소. 마음이 조금이라도 내킨다면, 누워보세요. 이 침대를 잘 알고 있는 젊은 아스테리와 사랑스러운 페니스는 이 침대가 훌륭하다고 내게 단언했다오." 알판에게 이렇게 적절치 못한 이야기를 하면서, 이포마네는 그녀의 옷소매를 잡아당겼고, 그녀의 코르셋을 늦추었으며, 치마를 벗겨 내었으며, 그녀의 통통한 두 발을 작은 두 개의 실내 슬리퍼에서 꺼냈다.

알판이 거의 알몸을 드러냈을 때, 그녀는 이포마네가 자기의 옷을 벗기고 있음을 알았다⋯

"뭘 하시는 거예요?—몹시 놀란 그녀가 소리를 질렀다—의장님. 그럴 생각은 아니시겠지요. 저 정말 화낼 거예요."

"저런! 나의 왕비님,—이포마네가 그녀에게 대답했다—나처럼 그대를 사랑하는 남자에게 화를 내다니! 그건 그대가 할 수 없는 엉뚱한 행위일 것이오. 이 침대로 가시라고 그대에게 청을 드려도 괜찮겠소?"

"이 침대로요?—알판이 말을 이었다—아! 의장님, 의장님께서는 저의 애정을 이용하시는군요. 나보고 침대로 가라고요! 내가, 침대로!"

"아 그게 아니오—이포마네가 그녀에게 대답했다—그게 아니란 말이오. 누가 그대에게 그리로 가라고 했소? 하여간 그리로 데려가도록 몸을 맡기시면 되는 것이오. 그도 그럴 것이 그대도 잘 알고 계시잖소, 그대의 거대한 동체 때문에 그대를 그리로 들고 갈 마음이 내키지 않는단 말이오."… 그럼에도 불구하고 그는 양팔로 그녀의 허리를 안았다. 그리고 힘을 써 보는데… "후 몸무게가 엄청나군!—그가 말을 했다—어쨌든, 내 사랑, 그대가 도와주지 않으면, 우리는 결코 이르지 못할 것이오."

알판은 그의 말이 옳다는 생각이 들어서, 도와주었고, 몸을 일으키는데 성공했으며, 그녀가 질겁했던 침대를 향해 몸의 반쪽은 이포마네의 양팔에 기대고, 다른 반쪽은 그냥 자기 발로 지탱해 나아갔다. 그녀는 이포마네에게 아양을 떨면서 우물우물 말하였다. "사실, 여기에 온 걸 보면 제가 틀림없이 미쳤어요. 저는 의장님의 양식을 믿고 있었거든요, 그런데 의장님은 믿을 수 없을 정도로 괴짜세요…"

"전혀 그렇지 않소—의장이 그녀에게 대답했다—전혀 그렇지 않아요. 그대도 보시다시피, 나는 예의바르지 않은, 아주 예의에서 벗어난 일은 어떤 것도 하지 않소."

나는 그들이 계속해서 다른 친절한 언행에 대해서 많은 이야기를 했다고 생각한다. 그러나 술탄이 그들의 대화를 더 오래 따라가야 할지 판단하지 못했기 때문에, 그 친절한 언행들에 대해서는 후손들도 알지 못할 것이다. 정말 유감이다!

제3장

열여섯 번째 반지 실험

댄디들

애첩의 처소에서는 일주일에 두 번 모임이 있었다. 애첩은 왔으면 바랐던 여자들을 전날 지정하였고, 술탄은 남자들의 명단을 알려 주었다. 모두가 꽤나 차려입고 왔다. 대화가 일반적이었는데, 다시 말해 모두가 같이 대화를 나누었다. 궁정의 연애담이 재미난 정사를 생산하지 못할 경우, 모두가 그것을 상상해 내거나 몇몇 나쁜 콩트들에 손을 대기 시작했다. 이것이야말로 천일야화를 계승할 만한 것이다. 남자들이 그들에게 떠올랐던 별의별 이상한 이야기를 할 특권을 가졌다면, 여자들은 그 이야기를 들으면서 매듭 장식을 만드는 특권을 가졌다. 술탄과 애첩은 신하들 틈에서 꼼짝못하고 있었다. 그들이 있다고 해서 즐길 수 있는 것은 전혀 금지되지 않았으며, 지겨워하는 경우는 거의 없었다. 망고귈은 쾌락이 추구되는 곳은 오로지 왕좌 바로 아래였고, 그래서 누구도 자진해서 거기서 내려오지 않았으며, 자진해서 내려오는 것보다 더 나은 때에 국왕을 폐위시킬 줄 몰랐다는 것을 일찍이 알고 있었다.

그가 원로원 의원인 이포마네의 프티트 메종 여기저기를 훑는 동안, 미르조자는 장미 빛 살롱에서 젊은 자이드, 쾌활한 레코리, 생기발랄한 세리카, 총독의 부인들인 아민과 벵자이르, 정숙한 체하는 오르피즈와 대관부인이자 모든 바라문 중들의 세속 어머니인 베튈라와 함께 그를 기다리고 있었다. 그는 늦지 않고 나타났다. 그는 안티옹 백작과 파다에 기사와 함께 들어왔다. 늙은 탕아인 알시페노르, 그의 문하생인 젊은 마르몰랭이 그의 뒤를 따랐다. 이 분 후에 파샤 그리그리프와 지휘관 포르탱백 그리고 셀릭타[8]인 파트 드 블루르가 도착했다. 이 자들은 궁정에서 가장 과감한 댄디들이었다. 망고굴은 일부러 그들을 집합시켰다. 그들의 염복艶福에 대한 이야기를 귀에 못이 박이게 들은 그는 이 이야기를 보다 더 오랫동안 들어서 확실히 알 작정을 하였다. "자, 여러분,—그가 그들에게 말했다—바람난 제국에서 일어나는 일을 다 알고 계시는 그대들은 또 무슨 일을 다시 하시는가? 말하는 보석들은 어디까지 했지요?…"

"전하,—알시페노르가 대답했다—갈수록 과도해지는 것은 항상 떠들썩한 풍문이옵니다. 이것이 계속되면, 얼마안가 서로들 말이 통하지 않을 것이옵니다. 하여간 조베이드의 보석의 가벼운 입보다 더 재미난 것은 없사옵니다. 이것이 그녀의 남편에게 밀애담을 낱낱이 말하였답니다."

"그게 아주 놀랍습니다—마르몰랭이 계속했다—수를 헤아리면 지휘관 다섯, 중대장 스물, 근위보병 한 중대원들 거의 전부, 바라문 중 열둘이나 되옵니다. 고것이 제 이름도 대서 제가 추가되는데, 그러나 이건 악의가 있는 농담이옵니다."

"이 사건에서 재미난 점은—그리그리프가 말을 이었다—질겁을 한 남편이 두 귀를 틀어막고 사라졌다는 것이옵니다."

"그것 참 정말 끔찍하군요." 미르조자가 말했다.

"그렇습니다, 마마—포르탱벡이 말을 가로막았다—끔찍하고, 소름끼치고, 가증스럽습니다!"

"이 모든 것 이상이라 해야겠지요—애첩이 다시 말을 하였다—소문 때문에 한 여자의 명예가 더럽혀진 것이라고요."

"마마, 이 일은 말 그대로입니다. 마르몰랭은 진실에 한마디도 보태지 않았습니다." 파트 드 블루르가 말했다.

---

8 Sélictar. 터키어로 '검을 찬 사람' 또는 '무관'이란 의미를 지니고 있다. 여기서 셀릭타는 공식적으로 술탄의 검을 가지고 다니는 위엄 있는 무관을 가리키는 것으로 보인다.

"방금 말한 것은 확실하옵니다." 그리그리프가 말했다.

"됐습니다—안티옹이 덧붙였다—이에 대한 풍자시가 돌고 있습니다. 그리고 아무 일도 아닌데 풍자시를 짓지는 않습니다. 그건 그렇고 어째서 마르몰랭은 보석들의 수다에서 안전할 수 있을까요? 이번에는 시나르의 보석이 말을 하려고 단단히 마음먹고, 나와는 전혀 어울리지 않은 자들과 나를 한통속으로 만들어놓을 작정을 했었소. 그런데 어떻게 하면 이를 방지할 수 있겠소?"

"방지로 위안을 삼는 것은 때 이른 처신이오." 파트 드 블루르가 말했다.

"그대 말이 맞소—안티옹이 대답했다. 대답을 하자마자 그는 노래를 하기 시작했다—나의 행복은 너무 커서 그걸 믿기 힘들다네."

"백작,—안티옹에게 말을 건네면서 망고귈이 이야기했다—그러니까 그대는 시나르를 개인적으로 알고 있다는 겁니까?"

"마마,—파트 드 블루르가 대답했다—누가 그걸 의심하겠습니까? 그는 한 삭망월이 넘도록 그녀와 함께 돌아다녔습니다. 그래서 그들은 풍자가요의 대상이 되었습니다. 그리고 그녀가 미인이 아니고 입이 크다는 것을 그가 바침내 깨닫지 못했다면, 이 가요는 지금도 계속되고 있을 겁니다."

"맞습니다—안티옹이 말을 재개하였다—그러나 이러한 결함은 흔치 않은 매력으로 상쇄되었습니다."

"그 밀애는 오래되었나요?" 정숙한 체하는 오르피즈가 물었다.

"부인,—안티옹이 그녀에게 대답했다—저는 그때가 언젠지 가물가물하니, 내 염복이 나타난 연표의 도움을 받아야만 할 것 같습니다. 거기서 날짜와 시간을 알 수 있을 것입니다. 그런데 제 하인들이 응접실에서 가지고 즐기는 무척 큰 책입니다."

"잠깐만요—알시페노르가 말했다—제 기억에 그 일은 정확히 그리그리프가 대관 부인과 사이가 틀어진 지 일 년 후였어요. 대관 부인은 기억력이 좋아서 당신에게 정확하게 …을 알려줄 겁니다."

"당신이 댄 날짜보다 더 거짓인 것은 없다고 말이죠—대관 부인이 엄숙하게 대답했다—경솔한 인간들은 내 취향이 아니라는 걸 다들 제법 아실 겁니다."

"그러나, 부인,—알시페노르가 다시 말했다—폐하께서 대관을 어전회의에 부르실 때마다, 마르몰랭이 부인의 처소에 비밀 계단을 통해서 들어갔을 때 그가 과도하게 절제했었다고 부인께서는 우리를 절대 납득시키지 못할 것입니다."

"한 여인의 처소에 아무런 까닭 없이 남몰래 들어간다는 것보다 더 해괴망측한 일을 내 알지 못합니다—파트 드 블루르가 말을 보탰다—사실 대개들 여러 차례에 걸친 그의 방문을 두고서는 단지 어디까지 진행되었나 그것만을 생각하고 있었습니다. 그러니 부인께서는 그때부터 강력히 주장해 온 부덕婦德의 평판을 이미 누리고 있었던 겁니다."

"그러나 무척이나 오래된 일입니다—파다에가 말했다—그 일은 거의 쥘리카가 자신의 심복이었던 셀릭타에게 약속을 어겼던 때에 일어났습니다. 그녀가 육 개월 뒤에 팽개쳐버렸던 그리그리프를 차지하려고 말입니다. 그녀는 현재 포르탱백과 지내고 있어요. 전 제 친구의 이 작은 불행에 대해서 유감스럽게 생각하지 않습니다. 전 그녀를 이해하고, 찬미합니다. 그리고 겸허한 모든 것을 찬미합니다."

"쥘리카는,—애첩이 말했다—하지만 아주 사랑스러워요. 재기가 있고, 감식안도 있으며, 표정에는 뭔지 모르지만 흥미를 끄는 것이 있어요. 저는 그녀의 매력보다 이걸 더 좋아한다니까요."

"저도 그렇게 생각합니다—파다에가 대답했다—하지만 그녀는 말랐어요, 가슴도 없고, 허벅지도 앙상하고, 동정이 가게 만드는 부분이지요."

"그대들은 필경 그녀의 소식을 알고 계시지요." 술탄의 첩이 덧붙였다.

"물론입니다, 마마—안티옹이 말을 재개하였다—그것은 뻔한 일입니다. 제가 쥘리카의 처소에는 거의 가 본 적이 없지만 그 점에 대해서는 파다에만큼 알고 있습니다."

"저두 기꺼이 그렇게 생각하렵니다." 애첩이 말했다.

"그건 그렇고, 말이 나왔으니 말인데—셀릭타가 말했다—그리그리프가 지르필의 마음을 사로잡은 지가 오래되었는지 그에게 물어봐도 될까요? 정말 미녀라고 부를 만합니다. 감탄할 만한 육체를 지니고 있습니다."

"이봐요 누가 그걸 의심하겠습니까?" 마르몰랭이 말을 보탰다.

"셀릭타는 굉장히 행복하겠어요!" 파다에가 계속 말하였다.

"난 당신 파다에를—셀릭타가 말을 가로막았다—궁정에서 준비가 가장 잘된 바람둥이라고 생각하고 있소. 저는 그가 대신의 부인, 오페라에서 가장 아름다운 두 여배우, 그가 프티트 메종에 앉혀 놓은 천한 바람둥이 계집을 두고 있는 것을 알고 있습니다."

"그런데—파다에가 말을 이었다—저는 대신의 부인과 두 명의 여배우와 천한 바람둥이 계집은 셀릭타와 아주 잘 지내고 있고, 모두가 이 사실을 알고 있는 것을 아직도 눈치 채지 못한 어떤 여인이 보기에 그런 것이라고 사료됩니다." 이렇게 말하고 나서 레오크리에게로 가더니 그녀에게 다음과 같이 말했다. "부인, 정말 색깔이 부인께 황홀할 정도로 잘 어울립니다…"

"얼마나 되었는지 모르지만,—마르몰랭이 말했다—안티옹은 멜리스와 파티므를 놓고 저울질하고 있었습니다. 이 두 여인은 매혹적입니다. 오늘은 금발의 멜리스와 내일은 갈색의 파티므와 보냈다니까요."

"그것 참,—파다에가 계속했다—무척 난처한 상황에 빠진 남자이군요. 그는 왜 둘 다 잡지 않았지요?"

"그걸 바로 그가 했지요." 알시페노르가 말했다.

우리의 댄디들은, 보시다시피, 아주 순조롭게 말을 이어가고 있어서 거기서 멈출 수가 없었다. 이때 조베이드와 시나르와 쥘리카와 멜리스와 파트메와 지르필이 온다는 전갈이 왔다. 이 뜻밖의 통고에 그들은 잠시 당황했지만, 곧 마음을 가다듬었고, 그들이 오로지 헐뜯을 시간이 없었기 때문에 헐뜯지 못했던 다른 여인들을 제물로 삼았다.

그들의 잡담을 참지 못한 미르조자가 그들에게 말했다. "여러분, 그대들에게 부여할 수밖에 없는 공적과 특히 청렴함 이외에도, 그대들이 지금 자랑하고 있는 염복이란 염복은 다 가지고 있음을 의심할 여지가 없습니다. 그러나 그대들에게 말씀드리건대, 이 점에 대해서는 그 부인들의 보석이 하는 이야기를 듣는 것이 정말 좋겠으며, 그 보석들의 입을 통해 나온 진실을 브라흐마 신께서 기꺼이 인정하신다면, 진심으로 브라흐마 신에게 감사드릴 것입니다."

"즉,—안티옹이 말을 이었다—마마께서는 같은 것을 두 번 들으시겠다는 말씀이시지요. 좋습니다! 마마께 똑같은 것을 다시 말씀드리겠습니다."

그러는 동안 망고귈은 반지를 선임先任 순으로 돌렸다. 대관 부인부터 시작했는데, 그녀의 보석은 기침을 세 번 하더니 떨리고 쉰 목소리로 말했다. "대관께서는 제게 처음으로 쾌락의 맛을 보여 주신 분입니다. 그러나 제가 그분의 것이 된지 육 개월이 채 안 돼서 한 젊은 바라문 중이 제 여주인에게 여자들은 남편 생각을 하지만 조금도 그리워하지는 않는다는 말을 들려주었습니다. 저는 그의 도덕을 향유했고, 그 후에는 양심에 거리낌 없이 원로원 의원, 참사원 의원, 주교, 심의관 한 둘, 악사…를 차례대로 받아들일 수 있다고 생각했습니다."

"그런데 마르몰랭은?" 파다에가 말했다.

"마르몰랭이요,—보석이 대답했다—전 모릅니다. 기억이 나지 않는데 몇 차례 오만불손하게 굴었다고 해서 제 여주인이 당신 저택에서 내쫓았던 자존심만 있는 젊은 친구가 아니라면…"

시나르의 보석이 발언권을 넘겨받아서 말했다. "당신은 알시페노르, 파다에, 그리그리프를 묻는 것인가요? 저는 가장 훌륭한 사교계에 출입했었습니다. 하지만 제 생애 처음으로 이 자들의 이름을 듣고 있는 겁니다. 뿐만 아니라, 온 세상 사람들과 교분이 있으시고 저의 당신이신 총독 아말렉, 금융가 테네로르, 대신 아브디랑을 통해서 이들의 근황을 알게 될 것입니다."

"시나르의 보석은 입이 무겁군—안티옹이 말했다—이것이 자라피, 아이랑, 늙다리 트레비스테르 그리고 잊혀진다는 말이 무색한 청년 마무드는 묵과하고 있어요. 이것이 눈코 뜰 새 없이 이 수도원 저 수도원을 다닌 지 십 년, 십이 년이 됐다고 해서 바라문 땡초는 코딱지만큼도 고하지 않아요."

"저는 평생 방문이라곤 몇 번 받지 않았습니다—멜리스의 보석이 말했다—그러나 그리그리프와 포르탱벡의 방문을 받은 적은 한 번도 없었고, 안티옹의 경우는 지금은 훨씬 덜 합니다."

"내 사랑, 보석이여—그리그리프가 이 보석에게 응수했다—그대는 잘못 생각하고 있소. 그대는 포르탱벡과 나를 부인할 수는 있소, 그대 좋으실 대로 얼마든지. 그러나 안티옹으로 말할 것 같으면, 이자와의 사이는 그대가 그렇게 인정하고 있는 것보다는 더 낫지 않소. 그가 나에게 이에 대해서 한마디 합디다. 그리고 그는 그대가 알아왔던 그 누구보다도 더 낫고 그래서 아직도 보석의 평판을 살 수 있는 콩고에서 가장 진실한 사내요."

"위선자로서의 평판이 그에게 없을 수 없겠지요, 그의 친구인 파다에도 마찬가지라고요—파티므의 보석이 오열하며 말했다—나의 명예를 더럽혀가면서까지 내가 이 괴물들에게 어떻게 했습니까? 아비생 왕조의 황손이 에르겝제드의 궁정에 왔습니다. 그는 저를 마음에 들어 했습니다. 그는 저를 돌봐주었습니다. 그러나 배신자 파트 드 블루르와 그의 비겁한 공범자 파다에가 나의 하녀들을 타락시키지 않았다면, 내 욕실에 이 젊은 왕자님을 들여넣지 않았더라면, 이분은 실패했을 것이고, 저는 저에게 소중했던 제 남편에게 계속해서 충실했을 겁니다."

변호 사유가 같았던 지르필과 쥘리카의 보석은 둘이 한꺼번에 말을 했지만 어찌나 빨리 말을 했던지, 누가 무슨 말을 했는지 가려내는 데 온갖 고생을 다하였다… "이런저런 호의를 다 베풀었는데!—하나가 소리쳤다…—파트 드 블루르에게 말이야!—다른 하나가 말했다…—쟁쟁…, 세르벨롱…, 베넹겔…, 아가리아…, 프랑스인 노예 리클리…, 에티오피아 청년 테자카… 는 괜찮아… 그러나 무미건조한 파트 드 블루르는… 오만불손한 파다에… 브라흐마 신의 이름으로 그걸 맹세하건대… 위대하신 신과 요정 퀴퀴파를 그 증인으로 삼아… 나는 그들을 조금도 모릅니다… 나는 그들과 아무런 일도 없었다고요…"

망고귈이 반지를 원위치시키지 않았더라면, 지르필과 쥘리카는 지금도 말을 하고 있을 것이다. 어쨌든 그의 신비스러운 반지가 이 여인들에게 작용하는 걸 멈추자, 그 보석들의 입이 순식간에 닫혔고, 깊은 침묵이 그것들의 소음에 뒤이어 흘렀다. 그러자 술탄이 몸을 일으켰고, 우리의 젊은 경솔한 인간들에게 분노의 눈길을 던지면서 말했다.

"그대들은 감히 접근할 엄두도 내지 못했고 그대들 이름을 거의 알지도 못하는 여인들을 헐뜯다니 참 대담하시구려. 누가 그대들을 내 앞에서 거짓말을 할 정도로 용감하게 만들었소? 몸을 떨어보시오, 비열한 것들!"

이렇게 말을 하고 나서 그는 언월도에 손을 가져갔다. 그러나 겁에 질린 여인들은 소리를 질러 그를 제지했다. "나는—망고귈이 재차 말하였다—그대들이 받아 마땅한 죽음을 선사하려고 했소. 하지만 그대들의 운명을 결정하는 것은 그대들의 욕지거리를 받았던 부인들이오. 저열한 벌레들! 그대들을 으깨어 죽이거나 살리는 것은 그 부인들 손에 달려있을 거요. 말씀을 해 보세요, 부인들, 어떤 명을 내리시겠습니까?

"그들을 살려주세요—미르조자가 말했다—그리고 가능하다면 그들의 입을 봉하세요."

"살려주겠소—술탄이 말을 이었다—부인들께서 허락하였소. 그러나 그대들이 어떤 조건에서라는 것을 잊기라도 한다면, 내 선군先君의 영혼을 걸고 맹세하건대…"

망고귈은 그의 맹세를 끝맺지 못하였다. 말하는 도중 그의 시종들 중 하나가 끼어들어 배우들이 다 준비되었다고 알렸기 때문이었다. 이 군주는 공연에 절대 늦지 않는 것을 원칙으로 삼았었다. "시작하라고 해." 그가 말했다. 그러고 나서 즉시 애첩에게 손을 건넸고, 그의 칸막이 좌석까지 동행했다.

제4장

열일곱 번째 반지 실험

희극

콩고에서 올바른 낭독법에 대한 취향이 알려져 있었다 하더라도, 희극 배우들 없이는 지낼 수가 없었다. 극단을 구성하고 있었던 서른 명 중에, 뛰어난 남자 배우는 하나 쓸 만한 여배우는 둘을 꼽을까 말까 했다. 작가들의 소질은 무능한 대다수에 적합할 수밖에 없었다. 그래서 배우들의 결점에 작품의 특성을 맞추는 데 신경을 쓰지 않았다면, 한 작품이 이럭저럭 성공적으로 공연될 수 있기를 기대할 수가 없었다. 이것이 바로 우리 시대에 연극의 관례라고 이해되는 것이었다. 예전에는 배우들은 작품을 위해 태어난 사람 같았다. 그래서 배우들을 위해 작품을 짜곤 했다. 만약에 당신이 한 작품을 상연하려고 한다면, 그 주제가 흥미롭고, 줄거리가 잘 짜여 있고, 인물들의 성격이 일관성이 있고, 말투가 순수하고 유창하다면, 대개가 이의 없이 검토를 한다. 그러나 로시우스[9]와 아미안에게 맞는 배역이 없다면, 그 작품은 거절당했다. 술탄의 오락 총감인 흑인 환관장宦官長은 그저 그런 극단을 불러들였다. 이날 하렘에서는 첫 비극 공연이 있었다. 이 비극은 아주 오래전부터 박수갈채를 받았던 근대 작가의 것이었는데, 그의 작품이 줄곧 박수를 받는 데에 익숙해져 있었더라면, 얼토당토않은 것으로 짜인 그저 덩어리였을 뿐이었을 것이다. 그나저나 그는 변하지 않았다. 그의 작품은 잘 쓰였고, 그 장면 장면들은 기교가 발휘되었고, 각 사건들은 솜씨좋게 처리되어서, 관심은 갈수록 증대되었으며, 그것에 대한 열정은 날로 커져만 갔다. 자연스럽게 연결되고 빈틈이 없는 각 막들은 관객들을 끊임없이 미래에 매어두고 과거에 만족케 하였다. 그래서 이 걸작의 제 4막, 그러니까 이 막보다 훨씬 더 흥미로운 제5막을 준비하고 있었던 아주 격정적인 장면에 이르렀을 때, 애처로운 대목들을 들어야만 해서 눈물을 흘리는 우스꽝스러움을 피하기 위해, 망고귈은 오페라글라스를 꺼냈고, 무관

---

9 Roscius. 기원전 1세기 로마의 유명한 배우. 일명 바롱Baron이라고 하는 미셸 부아롱Michel Boyron(1653-1729)이 이 로마의 배우를 계승한 이른바 근대의 배우로 알려졌다. 바롱은 《염복이 넘치는 남자*L'homme ā bonnes fortunes*》(1686)라는 제명의 희극에서 여성을 정복하는 것을 무례할 정도로 과시하는 배역을 맡았다고 한다. 사실 이 작품은 그의 동 주앙적인 사생활에서 영감을 받은 것이라고 한다. 바롱은 디드로의 《도르발과 나 혹은 사생아에 관한 대화*Dorval et moi ou Entretiers sur le file naturel*》에서 도르발이 방탕한 품행을 비난하기 위해서 떠올린 이름이기도 하다.

심한 척하면서 칸막이 좌석들을 거닐기 시작했다. 그는 일층 관객석에서 크게 감동한 여인을 보았는데, 작품과 관련지어 볼 때는 감동한 것도 아니었으며, 아주 걸맞지 않았다. 그의 반지가 즉시 그녀 쪽으로 향했다. 그러자 연극이 아주 구슬픈 대단원으로 치닫고 있는 와중에, 보석이 숨을 헐떡이며 다음과 같은 말로 남자 배우에게 건네는 소리가 들렸다. "제발!… 제발!… 끝내시라니까요, 오르고글리[10]… 당신은 저를 너무나 감동시키고 있어요… 제발!… 제발… 더 이상 못 견디겠어요…"

모두가 귀를 기울였다. 눈을 돌려 이 목소리가 떠난 곳을 찾아보았다. 보석이 방금 말한 소리는 일층 맨 뒷좌석에서 울려 퍼졌다. 누가 무슨 소리를 했던 거야? 모두들 의아해 했다. 그걸 알 때까지, 다들 계속해서 손뼉을 치며 소리를 질렀다. 앙코르, 앙코르. 그러는 동안 뜻밖의 사고로 인해 그의 작품 상연이 중단되지나 않을까 걱정이 되었던 작가는 무대 뒤에서 노발대발했으며, 모든 보석들을 멀리 쫓아내려 하였다. 소음은 커졌으며, 계속되었다. 술탄에게 윤허를 구하지도 않고, 연극은 이 혼란스러운 상태에서 멈췄다. 그러나 망고귈은 조용히 하라는 신호를 보냈고, 배우들은 다시 연기를 시작했으며, 작품은 끝을 맺었다.

어찌나 공공연한 선언이었는지 그 후편을 알고 싶어 했던 망고귈은 그 선언을 했던 보석을 감시토록 했다. 얼마 되지 않아, 그 배우가 에리필의 처소로 갔다는 사실을 알게 되었다. 그도 간다고 알렸는데, 오르고글리가 기별을 넣었을 무렵, 그는 반지의 성능에 힘입어 배우보다 먼저 그 부인의 처소에 당도했다.

에리필은 무장을 하고 있었는데, 다시 말해 점잖은 실내복을 입고서,

---

10 아주 "거만한orgueilleux"이라는 이름의 오르고글리Orgogli란 배우도 비평가들에 의하면 바롱일 것이라고 추측되고 있다.

휴식 침대 위에 무사태평하게 누워 있었다. 배우가 뻣뻣하고, 의기양양하고, 시건방지고, 자존심을 드러내는 태도를 한번에 짓고 들어왔다. 그는 왼손으로 하얀 깃털장식이 달린 수수한 모자를 흔들었고, 오른손의 다섯 손가락 끝을 모아 코밑을 쓰다듬었으며, 꽤나 연극적인 태도를 취해, 전문가들도 감탄했을 법했다. 그의 절인사는 퉁명스러웠고, 그의 인사말은 평이했다.

"아! 나의 왕비님,—에리필에게 몸을 숙여 인사하면서 애교 섞인 말투로 소리쳤다—당신 정말 그대로시구려! 당신도 잘 아시겠지만, 실내복 차림인데도 너무 아름답습니다…"

이 천한 놈의 말투가 망고귈의 귀에 거슬렸다. 이 군주는 젊었고, 그래서 예법을 무시할 수 있었다…

"하여간, 그러니까 내가 예뻐 보인다고요, 내 사랑?…" 에리필이 그에게 대답했다.

"말씀드리지만, 황홀할 정도입니다…"

"그렇게 말해 주니 너무 기분이 좋아요. 때때로 나를 감동의 도가니에 몰아넣었던 그곳을 조금만 반복해 주었으면 정말 좋겠어요. 그 부분… 거기요… 그래… 바로 거기예요… 장난꾸러기 같으니라고, 너무 매력이 있어!… 어쨌든 계속해요. 이 부분은 유달리 내 마음을 흔들어 놓는단 말이야…"

이렇게 말을 하면서, 에리필은 그의 주인에게 모든 것을 다 말하고 있는 듯한 눈길을 던졌고, 한 손을 건넸는데, 무례한 오르고글리는 마음에 내키지 않은 듯 억지로 입을 맞추었다. 쟁취한 여자보다는 자신의 재능에 우쭐해 있던 그는 과장된 어투로 읊어 댔으며, 마음이 흔들린 그의 부인은 그에게 때로는 계속하라고, 때로는 그만하라고 간청했다. 그녀의 표정을 보고 그녀의 보석이 이러한 반복행위에서 어떤 역할을 기꺼이 할 것이라는 것을 판단한 망고궐은 이 나머지 장면의 증인이 되느니 그것을 짐작하는 편이 낫겠다고 생각했다. 그는 자리를 떠서, 그를 기다리고 있었던 애첩의 처소로 갔다.

이 연애 사건에 대해서 술탄이 해 준 이야기를 듣고서, 그녀가 큰 소리로 말했다.

"전하, 무슨 말씀이세요? 그러니까 여자들이 갈 때까지 갔다는 말씀이신가요! 대중의 노예인 배우라니! 광대! 게다가, 이 인간들이 자기들하고 맞지도 않는 신분이라도 얻게라도 된다면. 하여간 그들 대부분은 품행도 나쁘고, 감정도 없어요. 그리고 이런 인간들 중에서, 오르고글리라는 작자는 기계 같은 놈[11]일 뿐입니다. 생각이라곤 해 본 적도 없고, 여러 가지 역할을 익히지 못했더라면, 아마도… 말하지 못했을 겁니다."

"내 마음의 환희여,—망고궐이 그녀에게 대답했다—그대가 통탄을 다 하다니, 그럴 생각은 아니겠지요. 그럼 아리아의 개떼를 잊으신 거요? 제기랄! 내 생각에, 배우는 그르댕이나 진배없소."

"전하, 전하의 말씀이 옳습니다—애첩이 그에게 대꾸했다—저는 그럴 만한 가치도 없는 여인들을 위해서 전력을 다하느라 제정신이 아니랍니다. 팔라브리아는 그녀의 붉은털원숭이들의 우상이나 되든지. 살리카는 그녀가 원하는 대로 파르파디에게 우울증 치료나 맡기든지. 아리아는 그녀의 애완동물에 묻혀 살고 죽든지. 에리필은 콩고의 모든 광대들에게 몸을 맡기든지. 내게 무슨 상관이죠? 난 이 모든 것에 성채 하나만 달랑 걸었으

---

11 배우들의 예술을 찬양하고 연극의 사회적 역할을 누구보다도 인정했던 디드로는 대부분의 배우들이 빠져 있었던 도덕적 방탕에 분개했다. 그는 《배우에 관한 역설 *Paradoxe sur le comédien*》에서 보다 격렬하게 배우들의 품행에 대해 논할 것이다.

니. 생각을 바꾸어야만 한다는 느낌이 드네요. 그렇게 하기로 굳게 결심을…"

"그럼 작은 거미원숭이는 안녕이지." 망고궐이 말했다.

"안녕 작은 거미원숭이야—미르조자가 응수했다—그리고 여성에 대한 나의 고결한 견해도, 다시는 재론하지 않을 생각입니다. 전하, 제 처소에 보름 이상 여인네들을 들이지 않게 해 주옵소서."

"하지만 남자 하나는 있어야 할 것이오." 술탄이 덧붙였다.

"마마와 함께 하는 것을 즐기겠습니다, 다시 말해 마마와의 동석을 고대하겠습니다—애첩이 응답했다—그런데 시간이 남게 되면, 제게 충실한 리카릭과 셀림을 위해 쓰겠습니다. 전 그들과 함께 있는 것이 좋습니다. 제게 책을 읽어 주는 자의 박식함에 싫증이 나면, 마마의 대신이 젊은 시절 연애담으로 저를 즐겁게 해 주겠지요."

제5장
문학에 관한 대담

애첩은 그녀자신 기지가 있다고 자랑하지는 않았지만, 기지가 있는 자들을 좋아했다. 그녀의 화장대 위에는 여러 다이아몬드 장신구와 장식술이 있었는데, 그 사이에는 당대의 소설들과 얼마 안 가서 사라지게 될 당대의 작품들이 보이곤 했다. 그리고 그녀는 이것들을 아주 훌륭하다고 판단했다. 그녀는 카바뇰 놀이와 비리비 놀이를 하다가, 자리를 옮기지 않고 아카데미 회원이나 석학과 대담을 하곤 하였다. 그리고 이들은 그녀가 섬세한 감정만으로도 이 작품들의 아름다움이나 이 아름다움의 빛을 때때로 가리고 있었던 결점들을 찾아냈다고 시인하였다. 미르조자는 자신의 통찰력으로 이들을 놀라게 하였으며, 여러 질문을 던져 이들을 난처하게 만들었는데, 그렇다고 해서 기지와 아름다움이 있어 언곤 하였던 이점들을 절대 남용하지 않았다. 이들은 그녀를 상대로 잘못 생각했다는 것에 대해 조금도 유감스럽게 생각하지 않았다.

그녀가 망고귈과 함께 보냈던 어느 오후 끝 무렵에, 셀림이 와서, 그녀는 리카릭도 불러오게 하였다. 아프리카 저자는 셀림의 성격을 다른 데에서 알리기 위해 여기서는 보류해 두었다. 그러나 그는 여기서 우리에게 다음과 같은 사실을 알려준다. 리카릭은 콩고 아카데미 소속이며, 그의 박학다식도 그가 재사꾼이 되는 것을 막지 못했으며, 과거의 것에 대한 지식도 깊었으며, 그가 언제나 인용하는 고대의 규칙에 대해서는 세심한 애정을 가지고 있었고, 원리를 만드는 기계였으며, 콩고에서 제일가는 작가들, 특히 약 3,040년 전 카프라리아어로 거대한 숲의 정복—아득한 옛날에 이 숲을 차지하고 있었던 원숭이들을 카프라리아 사람들이 몰아냈다는 내용이다[12]—에 대해 숭고한 시를 지었던 미르풀라라고 하는 사람의 가장 열렬한 지지자였다.

리카릭은 이 시를 콩고어로 번역하였고, 각주, 비평주석, 이본異本과 베네딕트회 판본의 모든 장식들을 다 달아서 아주 뛰어난 판본을 내놓았다. 그밖에 그의 작품으로는 모든 규칙을 다 갖춘 형편없는 비극 두 편과 잔인한 인간들과 몇몇 오페라에 대한 찬사 한 편이 있다.[13]

"마마,—리카릭이 그녀에게 몸을 숙여 인사하면서 응답했다—타마지

---

12 익살스럽지만 호메로스의 《일리아드》에 대한 암시인 것 같다.

13 이러한 정보로 미루어보아, 리카릭Ricaric은 앙투안 우다르 드 라 모트Antoine houdar de La Motte(1672-1731)로 추정된다. 라 모트도 아카데미 회원이었으며, 호메로스를 번역하였고, 비극시인이자 오페라 작가였다. 그러나 라 모트는 고대인들을 추종하지 않았다. 1714년 그가 다시 불을 지핀 신구논쟁에서 그는 근대인의 편에 선다. 디드로가 일부러 그의 이력을 흩트려 놓은 것 같다.

후작 부인의 것으로 생각되지만 불행히도 뮐라젠의 필적을 알아볼 수 있는 소설 한 권, 저희가 어제 초대했던 시인 퇵시그라프[14]의 강연에 대한 저희 원장님이신 랑바다고의 답신, 그리고 이 시인의 저서인 《타메를랑》[15]을 마마님께 가져왔습니다."

"그것 참 훌륭하오—망고귈이 말했다—인쇄기는 쉴 새 없이 가동되고 있소. 그래서 말인데, 콩고의 남편들이 작가들만큼 제 의무를 다 한다면, 난 앞으로 십 년도 채 안 돼서 백육십만 병사를 갖출 수 있을 것이고, 모노에 뮈기 정복을 기대할 수 있을 것이오. 우리는 한가하게 소설을 읽게 될 것이오. 이제 연설문을 봅시다, 특히 나와 관련된 것을."

리카릭은 연설문을 눈으로 대충 훑더니, 이 대목을 발견하였다. "위엄 있는 우리 황제의 선조님들은 분명히 이름을 드날리셨습니다. 그러나 그분들보다도 더 위대하신 망고귈은 다른 많은 탄복할 만한 주제들을 가지고 다가올 세기를 준비하셨습니다. 탄복할 만하다고 말씀드렸나요? 좀 더 엄밀하게 말해 봅시다. 쉽게 믿을 수 없을 정도라는 말입니다. 우리의 조상들께서 당신들 후손이 카노글루 통치시의 경탄할 만한 치적들을 우화로 생각하리라고 단정한 것이 옳았다 하더라도, 우리가 직접 보고 있는 예지와 중요성이 담긴 이 기적 같은 일들을 우리의 후손들이 믿지 않을 것이라는 생각을 우리는 그분들보다 얼마나 하고 있지 않습니까?"

"불쌍한 랑바다고 대감,—술탄이 말했다—그대는 선 멋 부리는 말꾼에

---

14 Tuxigraphe. "운명destin"과 "작가éccrivain"라는 의미의 그리스어로 구성된 말이다. 그래서 이 이름은 비극 작가에 적합하다.

15 Tamerlan. 14세기 말 터키-몽고계의 유명한 정복자의 이름. 장 바티스트 마르가 드 티이Jean-Baptiste Margat de Tilly는 1739년 그의 전기를 썼다. 《타메를랑의 전기*Histoire de Tamerlan*》는 《그리스 연극*Théâtre des Grecs*》의 저자인 아버지 브뤼무아le père Brumoy라는 사람이 출판했다. 디드로는 이 작품에서 소포클레스와 에우리피데스에 대한 지식을 얻었다.

불과하오. 내가 옳게 믿고 있는 것은, 그대가 내 아버지의 영광을 내 영광의 뒤안길에 묻어버리고 있듯이, 그대의 계승자들이 어느 날 나의 영광을 내 자손의 영광으로 가려 버릴 것이란 것이오. 아카데미 회원들이 존재하는 한, 이런 현상은 계속될 것이오. 리카릭 대감, 그대는 어떻게 생각하시오?"

"전하, 제가 마마께 말씀 드릴 수 있는 것은,—리카릭이 대답했다—제가 방금 전 폐하께 읽어 드린 부분은 청중들의 열화와 같은 성원을 받았습니다."

"딱한 일이야—망고궐이 대꾸했다—그럼 웅변에 대한 진짜 심미안이 콩고에서 사라졌단 말인가? 숭고한 오밀로고가 위대한 아벤을 찬양할 때에는 이렇지가 않았어."

"전하,—리카릭이 다시 말을 했다—진정한 웅변은 고귀함과 유쾌함과 설득력이 모두 어우러지게 말하는 기술과 다를 것이 없습니다."

"이치에 맞게라는 말도 보태시오—술탄이 계속했다—그대의 친구인 랑바다고의 그 원칙을 본떠 판단하시구려. 내 작금의 웅변에 표시하는 모든 경의에도 불구하고, 그자는 엉터리 연설꾼일 뿐이오."

"하지만 전하,—리카릭이 즉시 대답했다—실로 폐하께 황공한 말씀이옵니다만, 폐하께서 윤허…"

"내가 그대에게 윤허하는 것은—망고궐이 준엄하게 다시 말을 하였다—짐 앞에서 양식을 존중하고, 또 웅변가는 양식을 보여주지 않아도 되는지 분명히 내게 알리라는 것이오."

"보여주지 않아도 되옵니다, 전하." 리카릭이 대답했다.

그러고 나서 곧 제멋대로 장광설을 늘어놓았고, 반박을 하려고 해 봐야 할 수도 없는 것을 증명하기 위해서 아프리카, 아랍, 중국의 웅변술사들을 인용하였다. 이때 셀림이 그의 말을 가로막았다.

"당신이 말한 모든 작자들이 증명할 것이라고는—이 대신이 그에게 말했다—랑바다고는 서투르기 그지없고 터무니없기 이를 데 없는 설교꾼이라는 것일 뿐이오. 실례의 말씀입니다만, 리카릭 대감,—그가 덧붙였다—나는 그대를 대단히 공경하고 있소. 그러나 동료 간의 우의는 차치하고서라도, 진실을 말씀드리자면, 세력을 떨치고 계시고, 공정하시며, 친절하시고, 자비로우시며, 위대한 전사이신 술탄께서는 당신의 선조들만큼 크게 되시기 위해서 그대의 웅변술사들의 죽마竹馬가 필요 없으시며, 자기 아버지와 선조를 헐뜯게 하며 키운 아들이 한 손으론 그를 미화하고 다른 손으론 그를 왜곡하고 있다는 것을 의식하지 못한다면 아주 우스울 정도로 거만하게 될 것이라는 사실을 그대는 우리와 같이 인정하지 않으실 참이오? 그대 생각에, 망고궐의 신장이 선왕들 그 누구 못지않게 출중하다는 걸 증명하기 위해서, 에르겝제드와 카노글루의 동상의 두부頭部를 쳐낼 필요가 있겠소?"

"리카릭 대감,—미르조자가 다시 말을 꺼냈다—셀림이 옳아요. 각자 하시던 말씀은 그만두시고, 우리들의 선조를 기념하기 위한 찬사가 청중들에게 일종의 호도라는 의심을 주지 않도록 하게 합시다. 다음 아카데미회의 때, 나를 대신해서 그 말을 전해 주세요."

"이러한 견해를 피력하면서 어떤 결실을 바라고, 그렇게 언성을 높인지는 참으로 오래되었습니다." 셀림이 다시 말을 했다.

"대감, 그대의 말이 틀렸다고 생각하오—리카릭이 셀림에게 대답했다—아카데미는 여전히 훌륭한 취향의 성소요. 그 황금시절에는 우리가 지금에 와서도 반대할 만한 철학자들도 시인들도 없었소. 우리의 연극은 아프리카에서 제일가는 것으로 인정받았었고, 지금도 그럴 것이오. 퇵시그라프의 《타메를랑》은 정말 굉장한 작품이오! 외리소페의 비장함과 아조프의 고귀함이 있는 작품이오. 고대古代가 그대로 있는 작품이란 말이오."

"나는,—애첩이 말했다—타메를랑》의 초연을 보았어요. 그리고 여러 분들처럼, 이 작품의 줄거리는 잘 짜였고, 대화는 품위가 있었으며, 예법은 잘 지켜졌다고 생각했습니다."

"마마,—리카릭이 말을 가로챘다—고대인들의 독서를 자양분으로 삼은 퇵시그라프와 같은 작가와 대부분의 우리 근대인들과는 얼마나 많은 차이가 있습니까!"

"그러나 그대가 지금 멋대로 비난하고 있는 이 근대인들은—셀림이 말했다—그대가 이렇게 우기고 있는 것만큼 비난받을 만하지 않소. 뭐 어째요! 그대는 이들에게서 천재와 창의력과 열정과 세밀함과 개성과 긴 독백을 보지 못하시오? 내 마음을 충족시킨다면 야, 법칙이란 것들이 내게 뭐 그리 중요하겠소? 그건 절제 있는 알미뒤르와 현학적인 아발도크의 준수도, 유식한 체하는 파르카댕의 시학도 아니란 것은 분명하오. 나는 이들을 읽은 적이 없고, 이들로 인해 나는 아불카젬과 뮈바르다르와 알바부크르 그리고 다른 수많은 사라센인들의 작품에 탄복하고 있단 말이오! 자연의 모방 이외의 다른 법칙이 있단 말이오? 우리의 눈은 자연을 연구했던 사람들의 눈과 같지 않다는 겁니까?"

"자연은—리카릭이 응답했다—우리에게 매순간 다른 모습을 보여주고 있습니다. 그 모습들 모두가 진실됩니다만, 그 모두가 다 아름답지는 않습니다. 그대가 중요하다고 생각하는 것 같지 않은데 바로 그 작품들 속에서 선택하는 법을 배워야 합니다. 그 작품은 그들의 경험을 모아놓은 것이고, 그들에 앞서 축적되었던 경험들을 모아놓은 것입니다. 시대정신이 어떻다 하더라도, 사태를 파악하기 위해서는 사태의 순서를 따라야만 하는 법이오. 그래서 단 한 사람만으로는 자기 인생의 좁은 공간에서 이전以前 세기에 발견되었던 모든 것을 다 안다고 뽐낼 수는 없소. 달리 말하면 하나의 학문이 탄생하고 발전하고 완성이 되는 데 달랑 한 사람의 머리면 될 수 있다고 주장해야만 할 것이오. 이건 경험에 위배되는 일이오."

"리카릭 대감,—셀림이 반박했다—그때까지 축적되어온 보배들을 향유하고 있는 근대인들이 고대인들보다 더 풍요롭지 못하다면, 이러한 비유가 그대 마음에 들지 않으신다면, 다시 말해, 이 거인들의 어깨 위에 올라탄 그들이 이 거인들보다 멀리 보지 못한다면, 그대의 추론은 뒤집히고 마는 것이오. 말이야 바른 말이지, 그들의 물리학, 천문학, 항법, 역학, 산술이 우리 근대인들의 것과 비교해 볼 때 뭐란 말이오? 어째서 우리의 웅변과 시가 그들의 것만큼 탁월하지 못할 수 있단 말이오?"

"셀림,—술탄의 비가 응답했다—리카릭은 그대에게 조만간 이러한 차이의 근거들을 상술할 것이오. 그는 왜 우리의 비극이 고대인들의 것보다 열등한지를 말할 것이오. 나도 사실이 그렇다는 것을 그대에게 기꺼이 책임지고 증명해 보일 것이오. 나는—그녀가 말을 계속했다—그대가 고대인들을 읽지 않았다고 해서 절대 비난하지 않을 것이오. 그대의 정신은 지나치게 장식이 되어 있어서 고대인들의 연극에 대해 그대가 모르고 있는 것이오. 그런데 고대인들의 관습, 풍속, 종교에 관련된 몇몇 생각들은 별도로 떼어 놓으시오. 그러면 이러한 생각들로 인해 여러 가지 사정이 달라졌기 때문에 비로소 그대는 충격을 받게 될 것이오. 그러고 나서 그들의 주제는 고상하고, 적절히 선택되었고, 흥미로우며, 줄거리는 알아서 굴러가는 듯 전개되고 있으며, 대화는 꾸밈없고 자연스럽기 짝이 없으며, 결말은 억지스럽지 않고, 흥미감도 이리저리 분산되지 않으며, 줄거리도 여러 에피소드에 의해 짓눌리지 않고 있음을 인정하시오. 그대가 알랭달라 섬에 있다고 상상해 보시오. 그곳에서 일어나고 있는 일 모두를 살펴보시오. 젊은 이브라임과 교활한 포르판티가 그곳에 온 순간부터 무슨 말들을 하고 있는지 전부 다 들어보시오. 불행한 폴립실르의 동굴 가까이 가 보시오. 그의 불평을 한마디도 놓치지 마시오. 그러고 나서 그대를 환상에서 꺼내 준 것이 있는지 내게 말해 보시오.[16] 이와 같은 검토를 감당해낼 수 있고, 이와 같은 완성도를 지니고 있다고 자부할 수 있는 근대 작품 하나를 대보시오. 그러면 내가 졌다고 생각하겠소."

"브라흐만 신의 이름으로!—술탄이 하품하면서 소리쳤다—부인이 아카데미식 논설을 했구려."

"나도 규칙이란 것을 전혀 모릅니다—애첩이 계속 말했다—하물며 이러한 규칙들을 품어냈던 현학적인 말들은 말할 것도 없지요. 하지만 마음을 즐겁게 해 주고 감동시키는 것은 오로지 진실이라는 것을 알고 있습니다. 공연의 완성은 줄거리를 아주 정확하게 모방함으로써 이루어지고, 줄곧 속고 있는 관객은 이 이야기에 참여하고 있다고 상상하는 것도 알고 있습니다. 그런데 그대가 우리에게 자랑하는 그 비극에도 이와 유사한 것이 있습니까?

"그대는 그 비극의 구성을 찬양하고 계신가요? 그 구성은 보통 아주 복잡해서 그렇게 짧은 시간 내에 그렇게 많은 일들이 일어날 수 있었던 것은 기적일 겁니다. 제국의 멸망이나 보존, 왕비의 결혼, 군주의 죽음, 이 모든 것이 눈 깜짝할 사이에 실행됩니다. 음모가 관련된 일입니까? 제 일막에서 그 음모를 준비합니다. 이 음모는 제 이막에서도 연결되고, 굳건해집니다. 모든 대책들이 동원되고, 장애물은 제거되며, 음모자들은 제 삼막에서 준비를 하고 있습니다. 저항, 격투, 아마도 조직적인 싸움이 계속될 겁니다.

---

16 소포클레스의 《필록테테스*Philoctète*》를 암시하고 있음은 말할 것도 없다. 알랭달라섬은 렘노스 섬이고, 상기의 인물들은 가각 필록테테스, 율리시즈, 네오프톨레모스를 구현하고 있다.

그리고 그대는 이러한 것을 구성이니 흥미니 열기니 진실임직함이니 부를 것입니다. 저는 그런 그대, 빈약한 줄거리를 마무리하기 위해서 이따금 어떤 값을 치러야 하는지, 가장 사소한 정치적인 사건도 교섭과 흥정과 결정으로 시간을 얼마나 잡아먹는지 모르지 않는 그대를 절대 용서하지 않을 것입니다."

"마마, ―셀림이 응답했다―우리의 작품들에 군더더기가 조금 있다는 것은 사실입니다. 그러나 그건 필요악입니다. 갖가지 에피소드의 도움을 받지 않는다면, 모두 기다리다 못해 지칠 것입니다."

"다시 말해서, 한 사건의 상연에 생명을 불어넣기 위해서는, 그 사건을 있는 그대로, 그것이 그렇게 되어야 하는 그대로 표현하면 안 된다는 말이지요. 왕이 첩과 왕좌와 목숨을 잃을 지경이라고 다들 정신을 뺏기고 있는 마당에, 경쾌한 아리에타와 템포 있는 소나타를 바이올린으로 연주하는 것이 훨씬 더 불합리하지 않다면, 그건 우스꽝스럽기 짝이 없는 일입니다."

"부인, 그대 말이 맞구려―망고귈이 말했다―그때 필요한 것은 침울한 아리아지. 그래서 난 그대에게 곧 그것을 명할 것이고."

망고귈은 일어나서 나갔다. 그리고 셀림과 리카릭과 애첩 사이의 대화는 계속되었다.

"어쨌든, 마마, ―셀림이 응수했다―마마께서는, 우리가 에피소드로 인해 환상에서 깨어난다면, 대화가 우릴 환상으로 다시 인도한다는 것을 부정하지 않으실 겁니다. 제가 알기로는, 우리의 비극작가들처럼 그 대화를 이해하는 자는 아무도 없습니다."

"결국 누구도 알지 못하는 것입니다―미르조자가 재차 말을 했다―대화에 넘쳐나고 있는 과장법, 말재주, 지나친 윤색은 자연에서 떨어져도 한참 떨어져 있는 것입니다. 작가가 숨으려 해도 소용없는 일입니다. 내 두 눈이 꿰뚫고 있으니, 나는 등장인물 뒤에 있는 그를 끊임없이 알아보는 거지요. 신나, 세르토리우스, 막심, 에밀리는 언제나 코르네이유의 대롱인 것입니다. 우리의 옛 사라센 사람들의 대화는 이렇지 않았습니다. 괜찮으시면, 리카릭 대감께서 그 몇 부분을 번역해 보시지요. 그러면 그들의 입으로 표현되는 순수한 자연을 듣게 되실 겁니다. 내 기꺼이 근대인들에게 말하리다. "여러분, 그대들의 인물들에게 술later 생명을 불어넣으려 하지 말고, 그들에게 생명을 주는 상황 속에 그들을 놓으세요."

"마마께서 우리 드라마의 구성과 대화에 대해서 방금 하신 말씀에 따르면 ―셀림이 말했다―마마께서 결말도 봐주신다는 기색은 보이지 않습니다."

"물론 아닙니다―애첩이 재차 말했다―백 개 중에 좋은 것은 하나뿐, 나머지는 형편없습니다. 어떤 것은 전혀 준비가 안 되었고, 다른 것은 기적과 같습니다. 작가가 오막이 진행되는 동안 각 장마다 데리고 다녔던 등장인물 한 사람 때문에 난처해하나요? 작가는 그를 한칼에 해치웁니다. 모두가 울기 시작하죠. 그럼 나는 미친 여자처럼 웃고요. 그런데 우리가 낭독하는 것처럼, 사람들이 말한 적이 있었나요? 군주와 제왕들이 제대로 걷고 있는 사람과 다르게 걷는가요? 그들은 한 번도 신들린 사람이나 난폭한 미치광이처럼 몸짓을 해 본 적이 없었나요? 왕비들이 아주 날카로운 소리를 지르면서 과장된 표현을 쓰나요? 모두들 우리가 비극의 완성도를 최상까지 끌어올렸다고 추정하고 있습니다. 그런데 저는 아프리카 사람들이 최근 몇 세기 동안 전념했었던 전 장르에 걸친 문학작품 중에서, 비극이 불완전한 장르로 증명되었다고 생각합니다."

우리의 연극 작품에 대한 애첩의 혹평이 이쯤 되었을 때, 망고귈이 다시 들어왔다.

"부인,―그가 그녀에게 말했다―그대 때문에 내 어쩔 수 없이 말을 계속해야겠소. 그대도 알다시피, 내게 시학이 길다는 생각이 들면, 그것을 간추릴 수 있는 비법이 있소."

"앙고[17]에서,—애첩이 계속했다—새로 온 사람이 생각납니다. 그는 공연에 대해서 말하는 것은 들어 본 적이 없지만, 감각도 있고 예의도 지킬 줄 알며, 군주들의 궁정, 조신들의 처세술, 각료들의 질투, 여인네들의 험담도 조금은 알고 있으며, 저는 그에게 속내 이야기를 한답니다. '이봐요, 하렘에서는 엄청난 변화가 일고 있답니다. 마니몬반다에 대한 열정을 의심하여 아들을 못마땅하게 생각한 군주는 이 둘에게 잔인하기 이를 데 없는 복수를 하려고 합니다. 이 연애 사건은 필시 가슴 아픈 결과를 가져올 것입니다.[18] 괜찮으시다면, 제가 앞으로 일어나게 될 모든 일을 증언해 드리겠습니다.' 그는 나의 제안을 수락하고, 나는 그를 칸막이 좌석으로 데리고 갑니다. 거기서 그는 무대를 보는데, 술탄의 궁정으로 생각합니다. 내가 진지함이란 진지함을 다 가장한다 해도, 당신은 이 남자의 환상이 한순간이라도 지속되리라고 생각하세요? 반대로 당신은, 배우들의 굳은 행동, 그들이 입은 기이한 의상, 그들이 하는 괴상한 몸짓, 이상하고 운율과 박자를 맞춘 과장된 어법, 그의 어안을 벙벙하게 만들 수많은 다른 불협화음 때문에, 그가 제일장부터 제가 자기를 가지고 논다거나 혹은 왕과 전 조신이 엉뚱한 짓거리를 한다고 제 코에 대고 한바탕 해대거나 말할 것이라고 당신은 인정하지 않으시겠어요?"

"그 가정은 제 마음을 때리는군요, 인정합니다—셀림이 말했다—그러나 대부분의 사람들이 보게 될 것은 사건의 모방이지 사건 그 자체가 아니

17 Angot 혹은 Angote. 아프리카의 한 왕국이었거나 아비시니(에티오피아의 옛 왕조 이름)의 한 지방을 말한다.

18 《페드라*Phèdre*》를 암시하고 있다.

라는 확신을 하고 공연장에 간다는 것을 깨닫지 못할까요?"

"그런데 그 확신이라는 것 때문에—미르조자가 말을 이었다—사건을 가장 자연스럽게 상연할 수 없지 않을까요?"

"말하자면,—망고귈이 말을 이었다—그대는 프롱드 당원들의 선봉에 선 것인가?"

"그리고 모두가 마마의 말씀을 믿는다면,—셀림이 계속 말을 이었다—제국의 고상한 취향은 머지않아 쇠퇴할지도 모르고, 상스러움이 곧 되살아나, 우리는 마뮈라와 오롱다도 시대의 무지 속으로 다시 떨어질 수 있지 않겠습니까?"

"전하, 그와 같은 일은 조금도 걱정하지 마십시오. 저는 침울한 정신을 증오하옵니다. 그래서 그 수를 늘리지 않을 것이옵니다. 게다가 폐하의 영광은 저에게 너무나도 소중하여, 제가 폐하의 찬란한 통치에 해를 입히는 일은 절대 생각할 수 없사옵니다. 그러나 모두가 저와 폐하의 말씀을 믿는다면, 리카릭 대감, 문학은 분명히 눈부시게 빛나지 않겠소?"

"아니,—망고귈이 말했다—그대는 이 점에 대해서 나의 대관에게 말해 줄 기억에 남을 만한 것이 없단 말이오?"

"없습니다, 전하,—리카릭이 대답했다—하지만 모든 문인들과, 폐하께서 이들에게 붙여주셨던 새로운 검열관을 대신해서 폐하께 감사를 드리고 난 후, 저는 폐하의 대관에게 예의를 다 갖추어, 원고 수정에 임명된 식자들의 선택은 아주 미묘한 문제이며, 제가 보기에 이 직책을 감당할 수 없을 것 같은 자들에게 이 일을 맡기고 있으며, 이렇게 해서 나쁜 결과가 숱하게 나오게 되니, 훌륭한 작품들은 엉망이 되고, 가장 뛰어난 재능의 소유자들은 제압당해 자기 방식대로 글을 쓰지 못하거나 전혀 글을 쓰지 못한다거나, 외국에서 작품을 써서 엄청난 돈을 벌어들여 지내게 되며, 토의가 금지되어 있는 주제들을 나쁘게 생각하게 되니, 폐하께 일일이 상술하기에는 너무 긴 불합리한 것들이 수도 없이 많다고 알릴 것입니다.[19] 저는 그에게 아무런 근거도 없이 계속해서 요구하고 있는 거머리 같은 문학 연금수혜자들에게 연금을 정지키라고 권고할 것입니다. 저는 주해자, 고고학자, 주석가, 그리고 이와 비슷한 일을 하는 사람들에 대해서도 말을 하는 것인데, 이들이 자기 직업을 제대로 수행하면 이들은 없어서는 안 될 존재가 될 것입니다. 그러나 이들은 모호한 것은 그냥 넘어가고 분명한 부분은 해명하려는 유감스러운 습관을 지니고 있습니다. 저는 대관이 사후에 간행된 거의 모든 작품들이 발행정지 되지 않도록 신경을 써 주길 바라고, 작가가 살아 있는 동안에는 그의 작품들을 망각의 운명 속에 처넣더니, 그가 죽은 뒤 한참 돼서야 모아서 출판하는 서적상의 탐욕으로 인해 위대한 작가에 대한 기억이 손상되는 일을 대관이 묵인하지 않기를 바랍니다."

"그리고 전 말입니다—애첩도 계속했다—저는 그에게 그 수는 얼마 안 되지만 리카릭 대감과 같은 탁월한 사람들을 알려줄 것입니다. 그는 이러한 분들을 바탕으로 해서 폐하의 은혜를 한데 모을 수 있을 겁니다. 마니몬반다의 둘도 없는 손금쟁이는 매년 폐하의 금고에서 일천 스캥이나 벌어들이는데, 이 가난한 사내는 한 푼도 없다는 것은 놀랄 일이 아닙니까?"

"흠, 부인,—망고귈이 답변했다—나는 리카릭에게도 내 금고에서 그만큼 꺼내 주겠소. 그대가 나에게 알려준 대단한 것들을 감안해서 말이오."

"리카릭 대감,—애첩이 말했다—제가 당신을 위해서 또 무언가를 해야만 하겠군요. 당신을 위해서 제 자존심의 조그만 한을 버려야겠습니다. 그래서 저는 망고귈께서 방금 당신의 공로에 보답했던 것을 고려하여, 그

19 리카릭이 술탄에게 올리는 이 진언에서 우리는 당시 서적판매 행정에 대해 개혁을 바라는 철학자 디드로의 온건한 변론을 읽을 수 있다.

가 나에게 했던 모욕을 잊겠습니다."

"부인 그 모욕이 무엇인지 물어봐도 되겠소?" 망고귈이 말을 이었다.

"그럼요, 마마, 마마께 알려드리겠습니다. 마마께서는 친히 문학에 대한 대화 속에 우리를 끌어넣습니다. 마마께서는 대단하지도 않은 근대인의 웅변에 대한 부분으로 시작하십니다. 마마께 고마움을 표하기 위하여, 마마께서 던지셨던 보잘것없는 화제를 따라 가려고 결심을 하면, 지루함과 하품이 전하를 사로잡고, 마마께서는 마마의 의자에 앉아 고심하시며, 자세를 수도 없이 바꿔보지만 편안한 자세는 찾지도 못하십니다. 마침내 평정심을 잃으실 대로 잃으신 데 지쳐, 부리나케 결심을 하시고서는, 몸을 일으켜 사라지십니다. 그런데 또 어디를 가시지요? 아마도 보석의 말을 들으시러 가시겠지요!"

"내 사실을 인정하오, 부인. 하지만 거기서 모욕적인 것이라고는 내 전혀 보지 못하겠소. 누군가가 훌륭한 것을 지루해하고 형편없는 것을 즐겨 듣기라도 한다면, 그에게는 참으로 안된 일이오. 이렇게 옳지 못한 기호로 인해서 그가 등졌던 것의 장점은 조금도 손상되지 않소. 이 때문에 그는 단지 부적당한 판단을 한 사로 반전하에 드러난 것일 뿐이오. 부인, 여기다 이렇게 덧붙일 수 있을 것 같소. 그대가 셀림의 대화에 열심인 동안, 나도 거의 그만큼 당신에게 성 한 채를 마련해 주려고 힘을 기울이고 있었소, 아무런 보람도 없이 말이오라고. 그대가 그렇게 선고했으니, 결국 내가 유죄여야 한다면, 그대는 즉석에서 설욕을 당한 것이라고 내 선언하는 바이오."

"그런데 그게 어떻게 그렇게 되지요?" 애첩이 말했다.

"그건 이러하오—술탄이 대답했다—아카데미 회의에서 모욕을 받았던 내 마음을 좀 딴 데로 돌리려고, 어떤 보석에게 질의를 하려고 갔었소…"

"그런데요, 전하…?"

"그런데 내게 우연히 걸린 두 보석의 말만큼 불쾌하기 짝이 없는 말을 내 일찍이 들어본 적이 없었소…"

"전 더할 나위 없이 기쁜데요." 애첩이 말했다…

"그것들이 알아들을 수 없는 말로 서로 말을 하기 시작했소. 그것들이 말한 것 전부를 아주 잘 기억하긴 했는데, 그나저나 내가 그중 한마디라도 이해한다면, 나 죽어도 좋소!"

제6장

열여덟 번째와 열아홉 번째 반지 실험

편평한 회전타원체와 난해한 지르지로
재간껏 빼앗아 보아라

"그거 이상하군요—애첩이 말을 계속했다—지금까지 보석들이 이런저런 비난을 받은 것은 아주 분명하게 말했기 때문이라고 생각했었는데."

"물론 그랬었소! 부인—망고귈이 대답했다—이 두 보석들은 그렇지가 않아, 그러니 누구든 그것들 말을 알아들을 수 있으면 들어 보라고.

당신 전체적으로 동글동글한 그 땅딸보 여자 알지, 머리는 양어깨에 박혀있고, 두 팔은 그게 팔인지 뭔지 거의 알아볼 수도 없고, 양다리는 짧디짧은데다, 배는 아래로 축 처져서, 붉은털원숭이나 발육이 시원치 않은 비만 태아쯤으로 생각할 수 있고, 편평한 회전타원체[20]란 별명이 붙었으며, 브라흐마 신으로부터 공의 형상을 받았기 때문에, 이 신이 자기를 기하학 연구에 초빙하였다고 확신했으며, 결과적으로 포병대에 들어갈 수도 있

20 Sphéroïde aplatie. 모페르튀Maupertuis가 1736년 조직한 랩랜드(노르웨이, 스웨덴, 핀란드 북부 지역) 탐험을 한 후에 유행한 기하학 용어다. 그 지역의 탐험 결과 모페르튀는 둥근 지구의 양극은 편평하다는 결론을 내렸다.

었을 그 여자 말이오. 그도 그럴 것이, 이 여자의 몸이 돌아가는 품새를 보면, 이 여자는 대포 아가리에서 나오는 대포알처럼 자연의 품안에서 빠져나왔음이 분명하거든.

난 이 여자 보석의 소식을 알고 싶었지, 그래서 고것에게 질문을 했고. 그런데 요 소용돌이 이론 지지자가 아주 심오한 기하학 용어로 자기 생각을 말해서 난 그걸 전혀 알아듣지 못했어, 그런데 지기도 무슨 소리했는지 아마 모를 거야. 말한 것이라곤, 직선이니 오목 면이니 일정 양이니, 길이니 넓이니 깊이니, 고체니, 활력이니 관성의 힘이니, 원추니 원기둥이니, 원추곡선이니 곡선이니 탄성곡선이니 곁레 점과 함께 있는 요(凹)곡선이니…"

"폐하 제발 그 나머지는 그만하옵소서!—애첩이 고통스럽게 외쳤다—마마의 기억력은 고민스럽습니다. 그거 다 잊어 없어질 텐데. 그 때문에 전 일주일 이상 머리가 아플 것 같아요. 혹시 또 다른 보석은 그만큼 흉겨울까요?"

"그대는 곧 그걸 판별할 거요—망고귈이 대답했다—브라흐마 신 발가락의 이름으로! 내 기적을 일으켰소. 의미라곤 통 없고 정확하지 않았음에도 불구하고, 난 고것의 일 수 없는 말을 하나하나 기억했소, 그러니 그대가 예리하고 비평적인 설명을 달아 내게 해 준다면, 부인, 그대가 내게 친절한 선물을 해 준 것이 될 것이오."

"전하, 그게 무슨 말씀이세요?—미르조자가 소리쳤다—마마께서 그 말을 누군가에게서 슬쩍하셨다면, 전 죽어버릴 거예요."

"난, 그게 어떻게 그리 되었는지〔내가 기억하게 되었는지〕 모르오—망고귈이 대답했다—그도 그럴 것이, 이 두 보석들은 오늘 나와 면담했던 유일한 자들이기 때문이오. 두 번째 보석에게 반지를 향하자, 이것은 잠시 침묵한 후에, 마치 의회에서 연설했었던 것인 양 말을 하는 것이었소.

'신사 여러분,

저는, 제 이성을 무시하여, 생각하는 모델, 제 감정을 표현하는 모델을 찾지 않을 것입니다. 하지만 제가 뭔가 새로운 것을 제시한다면, 그것은 전혀 가장된 것이 아닐 겁니다. 주제가 새롭다는 것입니다. 이야기가 됐을지도 모를 것을 제가 되풀이라도 한다면, 저는 다른 사람들처럼 그것을 생각하는 꼴이 될 것입니다.

이 서두를 비꼬아서 조롱하지 마시고, 제가 읽은 것이 없다거나 아무짝에도 쓸모없는 독서를 했다고 비난하지 마시기를 바랍니다. 저와 같은 보석은 책을 읽거나, 그 독서를 활용하거나, 반박을 예측하여 거기에 답변하기 위해 만들어지지 않았습니다.

저는 제 주제에 적합한 견해와 문식文飾은 아끼지 않을 것입니다. 이 점에 대해 말씀 드릴 것 같으면, 주제의 양이 많아서도 화려해서도 안 되는 이상 극도로 절제해야 하니 그러한 것입니다. 그러나 생각이 마른 웅변가의 몫인 자질구레한 사항까지 내려가는 일은 피할 것입니다. 제가 이러한 오류를 범했다는 의심을 받으면 매우 유감스러운 일일 것입니다.

신사 여러분, 저의 발견물과 제 화술에서 여러분이 분명 고대하고 계신 것을 알려드린 후에, 저의 성격을 스케치해 드리겠습니다. 붓질 몇 번이면 충분할 것입니다.

여러분 모두가 알고 계실 겁니다, 나를 포함해서 두 종류의 보석이 있습니다. 거만한 보석과 겸손한 보석이 그것입니다. 전자는 으뜸가길 원하고 어디서나 상석에 앉기를 원합니다. 반대로 후자는 동의하는 척하며 순종하는 태도를 보여줍니다. 이런 두 종류의 의도는 실행을 계획할 때 표면화돼서, 이 서로 다른 보석들을 이끄는 타고난 재질에 따라 그것들이 움직이도록 결정합니다.

초등교육의 편견에 매이다 보니, 제가 우쭐대는 역할보다 겸허한 역할을 선호한다면, 저는 보다 확실하고 보다 쉽고 보다 돈 안 드는 직업에 눈을 떴을 것이라고 생각했습니다. 그래서 저는 어린아이같이 수줍어하는 마음으로 만나서 행복했던 모든 사람들에게 마음을 끄는 애원을 하며 내 몸을 맡겼습니다.

하지만 때가 얼마나 불운한지! 보석들 중에서 가장 한가한 보석의 애를 태우기 위해 필요했을지도 모를 그러나니 만약 ~하면이니 ~때문에를 열 번도 넘게 늘어논 다음에야, 모두들 저의 서비스를 받아들이는 것이었어요. 아! 그것도 오래가지 않았다고요. 나를 처음 차지한 자는 새 애인의 미화된 화려함에 빠지더니, 저를 버리더라고요. 그래서 전 다시 할 일이 없어졌답니다.

사랑하는 사람을 잃은 지 얼마 안 됐어요. 그렇지만 저는 재물이 그것을 보상해 줄 것이라는 환상을 품진 않았습니다. 실상, 빈자리는 수단이 열의만 못한 어떤 육십 대 노인에 의해 차지되어 있었지만, 채워지지는 않았습니다.

그는 온 힘을 다해 내가 과거의 기억을 지울 수 있도록 노력했습니다. 그는 저를 위해 제가 종사하고 있었던 직업에서 예의와 경쟁력으로 인정받는 모든 예절을 갖추고 있었습니다.

한 번도 딸려본 적이 없다고 하는 솜씨를 통해 그가 천부적인 재능의 보고寶庫 속에서 나의 고통을 조금이라도 덜어주는 것을 찾았다 하더라도, 이러한 보상은, 새로운 사랑관계를 찾아 헤매며, 심지어 그 관계를 마음속에 그려 가정하느라 헛되나마 애쓰고 있었던 제 상상력에도 불구하고, 저에게 불충분했습니다.

이상이 우월함의 이점이라서, 우월함은 생각을 파악하여 여러 다른 형태로 곧이어 나타나고자 하는 모든 것을 가로막습니다. 그리고 우리의 수치가 되겠지만 이야기해 볼까요? 이것이 보석들의 배은망덕한 천성이라, 보석 앞에서 열성이라는 것은 전혀 진실로 간주되지 않는 것입니다.

이러한 고찰은 저에게 아주 당연한 것처럼 보이기 때문에, 누구도 저에게 이런 지적을 해 주지 않았지만, 저는 이러한 지적이 저에게만 해당된다고 생각하지 않습니다. 그러나 나보다 먼저 누군가가 이러한 고찰에 감동을 받았다 해도, 여러분, 그것을 표명함으로써, 여러분들이 보기에 그 장점을 부각시키려고 한 것은 적어도 제가 맨 처음이랍니다.

저는 지금까지 목청을 돋우었던 사람들을 원망하지 않고 그 특징을 놓치지 않으려고 조심하고 있습니다. 숱한 웅변가들에 뒤이어, 나의 자존심은 뭔가 새로운 것으로 내 관찰을 제시할 수 있다는 것에 대해 충족될 대로 된 나머지…"

"아, 전하!—미르조자가 고함을 질렀다—마니몬반다의 손금쟁이의 말을 듣는 것 같습니다. 이자에게 물어보십시오, 그러면 마마께서는 예리하고 비평적인 해석을 얻으실 것이옵니다. 마마께서는 공연히 전혀 다른 방향에서 고대하실지 모를 친절한 선물이지요."

아프리카 저자는 망고귈이 미소를 지었고 말을 계속했다고 전했다. 하지만, 그가 덧붙이고 있다, 나는 그의 나머지 연설을 조심하여 이야기하겠다. 그 시작이 《요정 토프》의 첫머리만큼 재미가 없다면, 그 다음도 《요정 무스타슈》의 결말보다 훨씬 더 지겨울 것이다.[21]

---

21 크레비용의 《탄자이》(1734)에서 정령 종키Jonquille에 의해 두더지taupe로 변신한 요정 무스타슈의 이야기다. 디드로가 암시하는 구절은 무스타슈가 자기 이야기를 하는 "누가 모든 사람으로부터 이해되지 못할까"라는 장章이다. 이 장에서 크레비용은 마리보의 《마리안》에서 나오는 "알아들을 수 없는 말"을 모방한다. 다시 말해 토프와 무스타슈는 한 요정으로서 말을 비비꼬아 알아듣기 힘든 표현을 사용한다. 디드로는 이 구절을

제7장
미르조자의 꿈

망고귈이 난해함의 대명사인 지르지로의 아카데미 연설을 마치게 하고 나니까, 밤이 되었고, 모두들 잠자리에 누웠다.

이날 밤, 미르조자는 단잠을 기대할 수 있었다. 그러나 전날의 대화가 잠을 자는 그녀의 머릿속에 떠올랐고, 그녀가 몰두했었던 생각들이 다른 생각들과 뒤섞여서, 그녀는 괴상한 꿈에 시달렸고, 술탄에게 잊지 않고 이 꿈 이야기를 했다.

"제가—그녀가 그에게 말했다—책으로 가득 차 있는 거대한 회랑 안으로 옮겨갔다고 느꼈을 때, 저는 막 잠이 든 상태였습니다. 그 책들의 내용에 대해서는 말씀드리지 않을 것입니다. 그 책들은 그때 저나 잠을 자지 않는 다른 많은 사람들을 위한 것이었습니다. 저는 단 한 권의 제목만 보지 못했습니다. 훨씬 눈에 띄는 볼거리가 저를 온통 사로잡았기 때문입니다.

책들이 꽂혀 있는 책장들 사이사이에는 빋침대들이 솟아 있었는데, 그 위에는 대리석과 청동으로 된 무척이나 아름다운 흉상들이 있었습니다. 오랜 세월이 흘렀어도 이 흉상들은 훼손되지 않았습니다. 몇 군데 흠을 제외하고는, 온전했고 나무랄 데 없었습니다. 이 흉상들은 고대인들이 그들의 작품에 줄줄 알았던 그런 고귀함과 우아함의 각인을 남기고 있었습니다. 대부분 긴 수염을 하고 있었고, 마마처럼 이마가 넓었으며, 재미있는 표정을 짓고 있었습니다.

저는 그들의 이름과 공적을 알고 싶어 안절부절 못하고 있었는데, 그때

통해서 너무나 솔직하게 크레비용을 희화했기 때문에, 3년 뒤 크레비용은 《아! 대단한 콩트야*Ah! quel conte*》(1751) —《입 싼 보석들》은 1748년에 출판되었다 —의 첫머리에서 불쾌감을 주는 대신인 타시튀른Taciturne이란 인물을 등장시켜서 디드로를 풍자한다.

한 여인[22]이 창틀을 끼우기 위해 벽에 낸 공간에서 나와 저에게 다가오는 것이었어요. 몸매는 늘씬했고, 발걸음은 위엄이 있었으며, 거동은 점잖았습니다. 그녀의 시선에는 부드러움과 거만함이 뒤섞여 있었으며, 목소리에는 뭔지 알 수는 없지만 폐부를 꿰뚫는 매력이 담겨 있었습니다. 그녀는 투구와 갑옷, 흰 새틴 천으로 된 펄럭이는 치마로 치장하고 있었습니다. 그녀가 저에게 말하는 것이었어요. '나는 왜 당신이 당혹해 있는지 알고 있습니다, 당신의 호기심을 채워드리지요. 당신에게 깊은 인상을 심어주었던 흉상의 주인공들은 나의 총아들이었습니다. 이 자들은 밤새워 예술작품을 완성했지요. 그들의 창작력은 제가 채워준 것입니다. 그들은 이 땅에서 가장 문명화된 나라에 살고 있었습니다. 그래서 동시대인들에게 더 없는 기쁨을 주었던 그들의 저서는 오늘날에도 경탄의 대상이 되는 겁니다. 이리 가까이 오세요, 이들의 흉상을 받치고 있는 받침대 위에서 얕은 돋을새김으로 된 흥미 있는 어떤 주제를 보시게 될 겁니다. 이 주제는 당신에게 적어도 이들이 쓴 작품의 특징을 알려 줄 것입니다.'

제가 맨 처음 주시했던 흉상은 위엄 있는 노인인데, 장님 같아 보였습니다.[23] 그는 십중팔구는 전투를 노래했습니다. 사실 그런 주제들이 받침대 양측 면을 채우고 있거든요. 그 앞면에는 형상 하나가 있습니다. 젊은 영웅이었습니다. 자기 언월도 날 위에 손을 놓았습니다. 그리고 머리털로 그를 제지하며, 그의 분노를 진정시키고 있는 것 같은 여인의 팔 하나가 보입니다.

한 남자의 흉상이 이 흉상과 마주하고 있습니다. 절제 그 자체입니다. 이 노인을 향해 있는 그의 시선이 주의 깊습니다. 이자도 전쟁과 전투를 노래했습니다. 하지만 이것이 그가 전념했던 주제의 전부는 아니었답니

---

22 미네르바 여신이다.

23 호메로스다.

다. 그를 에워싸고 있는 얕은 돋을새김 중 백미는, 한쪽에서는 쟁기를 쥐고 온 힘을 다해 땅을 경작하는 등 굽은 농부들이고, 다른 쪽에서는 풀밭 위에 누워 양떼와 개들 한가운데서 피리를 부는 목동입니다.[24]

이 노인 아래 그러니까 같은 열에 있는 흉상은 겁에 질린 시선을 하고 있습니다. 달아나고 있는 어떤 대상을 눈으로 쫓고 있는 것 같습니다. 그리고 그 아래에는 아무렇게나 내팽개쳐진 리라 하나, 여기저기 널려있는 월계수들, 부서진 수레들, 거대한 평원에서 도망치며 미쳐 날뛰는 말들이 묘사되어 있습니다.[25]

제 관심을 끌었던 흉상 하나를 보았는데 이 흉상 맞은편에 있었습니다. 지금도 보고 있는 듯합니다. 외관은 호리호리했고, 코는 매부리 모양에다 날이 섰으며, 시선은 무엇인가를 응시하고 있었고, 장난기 어린 웃음을 짓고 있었습니다.[26] 그 받침대는 얕은 돋을새김 장식으로 잔뜩 덮여 있어서, 제가 묘사를 시작했다하면 끝을 내지 못할 것입니다.

다른 흉상 몇 개를 살펴본 후에, 저는 제 안내자에게 물어보기 시작했습니다.

'이자는 누구죠—제가 그에게 물었습니다—입술에는 진리를 달고 있고, 청렴함이 얼굴 전체에 나타나 있는?'

'그자는—그녀가 제게 말하는 것이었어요—진리와 청렴함의 친구이자 희생자였어요. 동포들을 깨우치고 이들에게 덕을 일러 주느라 전생을 바쳤지요. 배은망덕한 그의 동포들이 그의 생명을 앗아갔답니다.'[27]

---

24 베르길리우스와 그의 세 작품 〈아이네이스〉, 〈농경시〉, 〈목가〉를 이야기하고 있다.
25 올림픽 경기의 시인 핀다로스다.
26 호라티우스다.
27 소크라테스다.

'그리고 그 아래에 놓인 흉상은?…'

'어떤 거요? 받침대 정면에 조각된 미의 세 여신이 받치고 있는 것 같은 것 말입니까?…'

'그거예요.'

'제가 말씀드렸던 박복한 덕인德人의 정신과 좌우명의 신봉자이며 후계자입니다.'[28]

'그리고 포도나무 가지와 도금양 관을 쓴 이 뚱뚱하고 볼이 통통한 자는 누구죠?…'

'쾌락을 노래하고 맛보는 것이 유일한 일이었던 정다운 철학자입니다. 관능의 여신의 품안에서 죽었답니다.'[29]

'그리고 이 또 다른 장님은요?…'

'그는…'[30] 그녀가 저에게 말했습니다.

하지만 저는 그녀의 대답을 기다리지 않았습니다. 저도 알고 있는 것 같았습니다. 그러고 나서 저는 서둘러 이 장님 맞은편에 있는 흉상 가까이 갔습니다.[31] 이 흉상은 서로 다른 여러 학문과 예술의 특성이 어우러진 장식 위에 놓여 있었습니다. 그 받침대 한 면에서는 사랑의 신들이 서로 장난을 치고 있었습니다. 다른 면에는 정치, 역사, 철학의 천재들이 모여 있었습니다. 세 번째 면에는 전투 대형을 취한 양편의 군대가 보였습니다. 격심한 동요와 공포가 병사들의 얼굴에 가득 차 있었습니다. 감탄과 동정의 흔적도 발견할 수 있었습니다. 이러한 감정들은 필시 눈에 보이는 대상들 때문

28 플라톤이다.

29 아나크레온이다.

30 디드로가 찬양했던 시인 밀턴Milton으로 추정된다.

31 볼테르다.

에 생겨난 것이었습니다. 숨을 헐떡거리는 청년이 있었는데, 그 옆에는 나이가 더 많은 전사가 그를 향해 무기를 겨누고 있었습니다. 최고의 미는 모두 이 인물들 안에 있었습니다. 전자에게는 절망이, 후자에게는 사지四肢를 가로지르는 견딜 수 없는 번민이 그것이었습니다. 나는 다가가서 금빛 글씨로 된 아랫부분을 읽었습니다.

아! 그는 그의 아들이었습니다.[32]

거기에는 노발대발하는 회교군주가 조각되어 있었습니다. 이 군주는 많은 백성들이 보는 가운데 한 젊은 여인의 가슴에 칼을 꽂아 넣고 있었습니다. 어떤 이들은 눈을 돌렸고, 다른 이들은 눈물을 쏟고 있었습니다. 이 얕은 돋을새김 위에 다음과 같은 말이 새겨져 있었습니다.

당신이요, 네레스탕?[33]

다른 흉상으로 발길을 옮기려던 참에, 갑작스런 소리가 들려 나는 고개를 돌렸습니다. 이 소리는 검은색의 긴 옷을 입고 무리 지어 회랑으로 돌진하는 사내패가 일으킨 것이었습니다. 어떤 자들은 연기를 아무렇게나 뿜어대고 있는 향로를 들고 있었고, 어떤 자들은 공작 국화와 마구잡이로 꺾어서 조잡하게 꾸며진 꽃들로 만든 화환을 들고 있었습니다. 그들은 흉상들 주위에 소란스레 모여들어, 제가 모르는 두 개의 언어로 찬가를 부르면서 그 흉상들에 향을 뿌렸습니다. 그들이 씌운 화관으로 인해 모습이

---

32 볼테르의 시 작품인 《라 앙리아드*La Henriade*》의 제8시편에 묘사된 장면의 내용이다. 1590년 3월 14일 벌어진 이브리Ivry 전투에서 아이Ailly라는 한 노병이 적병을 죽인다. 그러나 이 적병은 갑옷과 투구를 써서 노병이 알아보지 못한 그의 아들이었다. 이 사실을 안 그는 공포와 양심의 가책으로 경련을 일으킨다.

33 볼테르의 비극작품 《자이르*Zaïre*》의 제5막에 나오는 유명한 시구다.

아주 우스꽝스럽게 된 흉상에 향의 연기가 들러붙었습니다. 그러나 이 고미술품들은 곧 광채를 다시 찾았고, 저는 화관이 시들어 메말라 땅에 떨어진 것을 보았습니다. 이 야만인 같은 인간들끼리 논쟁[34]이 벌어졌는데, 한쪽 편이 다른 쪽 편의 뜻을 거슬러 무릎을 제대로 꿇지 않았기 때문이었습니다. 그래서 그들은 드잡이 질을 할 태세였습니다. 그때 나의 안내자가 눈짓을 하여 그들을 해산시켰고, 거택의 평온을 되찾았습니다.

그자들이 사라지자마자 나는 반대편 문으로 긴 소인족小人族 행렬이 들어오는 것을 보았습니다. 이 소인들은 키가 일 미터도 안 되었지만, 그 대신 아주 날카로운 이빨과 무척 긴 손톱을 지니고 있었습니다. 무리를 여럿 지어 흩어지더니 그들은 흉상들을 점거했습니다. 어떤 자들은 부조의 표면을 긁어내는 데 매진한 나머지, 마룻바닥이 그들의 손톱 부스러기로 뒤덮였습니다. 이들보다 불손한 자들은 같은 패의 어깨 위에 올라 흉상의 머리 높이에 이르러 손가락을 튀기는 것이었습니다.[35] 그러나 나를 몹시 유쾌하게 했던 것은, 튀긴 손가락 이 흉상의 코에 닫지 않고 소인의 코로 되돌아가는 것이었습니다. 그래서 바짝 다가가서 보니까, 그들 모두가 거의 납작코인 것을 알게 되었습니다.

'아시겠지요 ―안내자가 저에게 말했습니다 ―이 난쟁이들의 방약무인함과 이들에 대한 징벌이 어떤 것인지를. 오래전부터 이 전쟁이 지속되었는데, 언제나 그들이 열세였지요. 난 검은 옷의 사람들보다 이 자들에게 덜 엄격했습니다. 전자의 향은 흉상을 변형시킬 수 있습니다. 후자는 애를 써 보았댔자 거의 언제나 흉상의 광채를 더하는 것으로 끝나지요. 당신이 여기서 머무를 시간이 한두 시간밖에 없으니, 다른 것을 보러 가시는 게 좋겠

---

34 신구논쟁을 말한다.

35 비평가들을 의미하는 것 같다.

습니다.'

커다란 커튼이 이내 열리는 것이었어요. 종이 다른 소인족이 일하는 작업장이 보였습니다. 이 소인족은 이빨도 손톱도 없었는데, 반면 면도칼과 가위로 무장을 하였습니다. 그들은 양손에 살아 있는 것 같은 머리 여러 개를 들고서는, 이 머리를 가지고는 머리를 깎고, 저 머리에서는 코와 두 귀를 뽑아내고, 이 후자의 머리에서는 오른쪽 눈을, 전자의 머리에서는 왼쪽 눈을 후벼 파더니, 그러니까 머리를 죄다 해부하는 데 몰두하고 있었던 것입니다.[36] 이 대단한 수술이 끝나자, 그들은 이 머리들을 쳐다보기 시작하더니, 세상에서 가장 멋진 머리라는 생각이 들기라도 했는지 이 머리들에게 미소를 던지는 것이었습니다. 이 가엾은 머리들이 아무리 고함을 질러 봐야 소용없었습니다. 이 소인들은 좀처럼 반응을 보이지 않는 거였어요. 머리 하나가 자기 코를 다시 달라고 하고, 이 부분이 없이는 남 앞에 설 수 없다고 항의하는 소리가 들렸습니다.

'오! 내 사랑, 대갈님,—소인이 그에게 대답했습니다—당신 미쳤어. 당신이 미련을 못 버린 이 코는 말이야 당신의 얼굴을 흉하게 만들었다고. 길었지, 길었다고… 이것 때문에 운이라곤 전혀 따르지 않았겠군. 하지만 고것을 짧게 줄여, 자르고 나니, 당신 매력적이야, 다들 쫓아다니겠어…'

제가 이 머리들의 처지를 애처로워하고 있을 때였어요, 저 멀리서 훨씬 인정 많은 다른 소인들이 안경을 들고 땅에다 몸을 질질 이끌며 오는 것이 보였습니다. 코와 귀들을 그러모으고서는, 세월이 앗아가 버렸던 고것들을 몇몇 늙은 머리에다 다시 맞추는 것이었어요.[37]

---

36 선택된 부분들을 정리하는 편집자, 선집자, 요약하여 간추린 텍스트를 발행하는 발행자를 말하는 것 같다.

37 석학, 주석가, 원본, 필사본, 이본 따위를 비교 검토하여 텍스트 원문을 확정하는 자를 말하는 것 같다.

제자리를 찾아 맞춘 자들도 있었지만, 그 수는 얼마 되지 않았습니다. 다른 자들은 귀가 놓일 자리에 코를 붙이거나, 코가 놓일 자리에 귀를 붙였습니다. 그래서 그 머리들은 전보다 더 흉측해질 뿐이었습니다.

전 이게 다 무슨 일인지 알고 싶어 안달이 났습니다. 제 안내자에게 물었어요. 그러자 그녀가 입을 크게 벌려 내게 대답을 하려고 하는데, 제가 소스라쳐 눈을 떴지 뭐예요."

"거 참 잔인하군—망고귈이 말했다—그 여인이 당신에게 많은 미스터리를 설명해 줄 수 있었을 텐데 말이야. 그나저나 이 여자가 없으니, 내 전속 요술쟁이인 블로퀼로퀴에게 물어볼까 봐."

"누구요?—애첩이 말을 이었다—마마의 궁전에서 환등기를 보여 줄 수 있는 특전을 마마께서 베풀어 주셨던 그 멍청이 말이에요?"

"그자요—술탄이 대답했다—우리에게 그대의 꿈을 풀이해 줄 것이오, 그렇지 않으면 누구도 할 수 없소.

블로퀼로퀴를 불러오도록 해라." 망고귈이 말했다.

제8장

스물한 번째와 스물두 번째 반지 실험

프리카몬과 칼리피가

아프리카 저자는 망고귈이 블로퀼로퀴를 기다리면서 뭘 했는지는 우리에게 전혀 말하지 않았다. 그는 밖으로 나가서 몇몇 보석들에게 물어보았을 것이고, 보석들로부터 알게 된 것에 만족하여, 이 장을 시작하는 기쁨의 소리를 지르면서 애첩의 처소에 돌아왔을 것이 뻔하다.

"이겼어! 이겼다고!—그가 소리쳤다—당신이 이겼다고, 부인. 성과 도자기 작은 거미원숭이는 그대 것이오."

"에글레, 맞죠?" 애첩이 말을 이었다…

"아니오, 부인, 아닙니다, 에글레는 아니에요—술탄이 말을 끊었다—다른 여자요."

"아!—애첩이 말을 했다—전하께서는 제가 영광스럽게도 그 희대의 인물을 알게 되는 특권을 더 오래도록 거부하지는 않으시겠지요…"

"그럼! 그자는, 누가 예전에 그라고 민을 수 있었겠소?"

"그자는…?" 애첩이 말했다.

"프리카몬[38]이오…" 망고궐이 대답했다.

"프리카몬이라고요!—미르조자가 말을 이었다—생각해 보니 안 될 것도 없네요. 이 여자는 젊은 시절을 거의 수도원에서 보냈잖아요. 그곳을 나온 다음에는 가장 모범적이고 은둔자적인 생활을 했지요. 그녀의 집에 발을 들여논 사내라곤 한 명도 없었고, 직접 젊은 독신녀篤信女 무리의 수녀원장처럼 되어 이 독신녀들을 더할 나위 없이 훌륭하게 만드니, 그녀의 집은 이들로 늘 대만원이었습니다. 마마와 같으신 분들은 그 집에서 할 일이 전혀 없으신 겁니다." 미소를 짓고 주억거리며 애첩이 덧붙였다.

"부인, 그대 말이 맞소—망고궐이 말했다—나도 그녀의 보석에게 물어보았소, 대답이 전혀 없지 뭐요. 내 반지를 비비고 또 비벼, 그 효능을 배가시켰소. 아무것도 안 나오더구먼. 이 보석은 귀머거리임에 틀림없다고, 내 생각했지. 그러고 나서 나는 프리카몬을 휴식용 침대—내가 그녀를 발견한 곳이었소—에 그냥 내버려두려고 했는데, 그때 그녀가 입으로 말하기 시작하는 거였소, 그녀의 말이 지금도 들리오.

---

38 Fricamone. 라틴어 'fricare'에서 파생된 말로, 'fricare'는 '비비다frotter'라는 뜻을 지니고 있다. 이 장에서 프리카몬의 행위와 관련하여서는 고전 라틴어 'fricarelle'로 거슬러 올라가야 한다. 'fricarelle'은 남자 역할을 하는 여인의 동성연애의 실행이란 뜻을 담고 있다.

'사랑하는 아카리!—그녀가 소리쳤소—내 머리에서 떠나지 않던 모든 것으로부터 벗어나, 네게 몸을 맡길 수 있는 이 순간순간들이 나는 얼마나 행복한가! 네 품에 안겨 보내는 순간들은, 내 생애 가장 감미로운 순간들이야… 날 방해할 건 아무것도 없어. 내 주위의 모든 것은 고요 속에 있어. 대낮에도 반쯤만 걷힌 내 커튼은, 내가 애정을 따르고 너를 보기 위해 필요한 것만을 받아들이고 있어. 내가 상상력에 명령하면, 상상력은 너를 불러오고, 먼저 난 너를 보지… 사랑하는 아카리, 넌 정말 아름다운 것 같아!… 그래, 그건 바로 네 두 눈, 너의 미소, 너의 입술이야… 부풀어 오르기 시작하는 그 가슴을 내게 감추지 마… 네 가슴에 입 맞추게 해줘… 그걸 제대로 본 적이 없어… 한 번 더 네 가슴에 입 맞출 수 있다면!… 아! 그녀 위에서 죽을 수 있도록 해 줘… 나를 사로잡은 욕망은 얼마나 격렬한가! 아카리, 사랑하는 아카리, 넌 어디 있니? 그러니까 와줘, 사랑하는 아카리… 아! 사랑스럽고 애정이 넘치는 그대여, 정말이야, 알 수 없는 감정들이 내 영혼을 차지해 버렸어. 내 영혼은 그 감정들로 가득 차 있지. 내 영혼은 이 감정들 때문에 놀랐어. 내 영혼은 이 감정들을 채우기에는 부족한가 봐… 흐르거라 감미로운 눈물들이여, 흐르거라, 그래서 나 가슴을 쥐어뜯는 열정을 식혀다오… 아니야, 사랑하는 아카리, 아니야. 네가 나보다 더 좋아하는 그 알리카리는 나처럼 널 전혀 사랑하지 않을 거야… 그건 그렇고 무슨 소리가 들리네… 아! 아카리야, 분명해… 어서 와, 내 사랑, 어서 오라고…'[39]

프리카몬은 틀리는 법이 없지—망고귈이 계속했다—정말 아카리였어. 난 그들이 함께 이야기를 나누도록 내버려뒀어. 그리고 프리카몬의 보석

39 "젊은 독신녀篤信女 무리의 수녀원장처럼 되어 이 독신녀들을 더할 나위 없이 훌륭하게 만들고" 있다 하더라도, 정상적이지 않은 욕망에 사로잡혀 채울 수 없는 열정에 신음하는 이 프리카몬은 《수녀*La Religieuse*》에 등장하는 아르파종 수녀원장의 운명을 예고하고 있다. 디드로는 1748년부터 이미 이 소설의 주요 주제를 예감하고 있었던 것 같다.

은 계속 입이 무거울 것이라는 확신에 차서, 내가 졌다는 걸 당신에게 알리려고 뛰어왔던 거요."

"그런데, —술탄의 비가 말을 이었다— 전 이 프리카몬이란 여자를 이해하지 못하겠네요. 이 여자는 분명 머리가 어떻게 됐거나, 지독한 우울증에 걸렸을 거예요. 아니에요, 전하, 아니에요, 전 마마께서 생각하시는 것보다 훨씬 더 양심 있는 여자라고요. 전 그 실험에 대해서 반대할 게 없답니다. 그렇지만 무엇인가가 느껴집니다, 저에게 그 실험을 이용하지 말라고 하는군요. 그래서 전 절대로 이용하지 않을 것입니다. 결정된 일입니다. 전 이젠 마마의 성도, 도자기도 원치 않을 겁니다, 말하자면 더 나은 이유로 그것들을 쟁취할 것입니다."

"부인, —망고궐이 그녀에게 대답했다— 난 당신을 수긍하지 못하겠소. 상상할 수 없는 장애가 그대에게 있나 보오. 그대는 작은 거미원숭이를 정녕 제대로 보지 못했소."

"전하, 제대로 보았습니다 —미르조자가 항변했다— 제가 알고 있기루는, 그것은 매력이 있습니다. 그러나 이 프리카몬은 저의 일이 아니라고 생각됩니다. 진하께서 그것이 언센가 제 자지가 되길 바라신다면, 다른 곳에서 알아 보십시오."

"물론이요, 부인 —망고궐이 말을 이었다— 그걸 잘 생각해 보니, 당신을 이기게 해 줄 수 있는 자는 미롤로의 정부情婦밖에 없다는 걸 알겠구려."

"아, 전하 터무니없는 말씀을 하시는 군요 —애첩이 그에게 대답했다— 전 마마의 미롤로를 전혀 알지 못합니다. 어쨌든, 그자가 누구이든 간에, 정부가 있다고 하니, 괜한 짓은 아니겠군요."

"그대 말이 정말 맞소 —망고궐이 말했다— 그러나 내 정말 재차 확신할 수 있을 것 같은데, 칼리피가의 보석은 아무것도 몰라."

"그러니까 마음을 정하세요—애첩이 계속했다—둘 중에서 프리카몬으로 하시든지, 칼리피가의 보석으로 하시든지… 그건 그렇고 전 우스운 추론을 하려 했어요. 전하, 전하께서 원하시는 것은 남김없이 다 하세요. 칼리피가의 보석에게 물어보세요. 그것이 입을 다물고 있으면, 미롤로에게는 안된 일이지만, 제게는 잘된 일이지요."

망고귈은 떠났고, 곧 장식된 담황색 소파 옆에 나타났는데, 칼리피가가 그 위에서 쉬고 있었다. 그가 그녀를 향해 반지를 돌리자마자 다음과 같은 말을 중얼대는 어렴풋한 목소리를 들었다.

"제게 뭘 바라시는 겁니까? 당신의 질문을 이해할 수 없습니다. 모두가 저만 생각하지 않는다고요. 그렇기는 하지만 전 다른 보석보다 못할 게 없는 것 같아요. 미롤로는 자주 제 집 안으로 들어옵니다. 정말 그래요, 그런데……………………………………………………………………………

(여기서부터 누락된 대목이 아주 많다. 문인협회는 칼리피가의 보석의 말을 복원시켜 준 자에게 필히 감사해야 할 것 같다. 우리에겐 마지막 두 줄만이 남아 있기는 하지만 말이다. 학자들께서는 이 두 줄을 깊이 생각해 보시고, 저자가 자신이 써 놓은 것이 마음에 안 들고 더 잘 쓸 수 없다고 생각하여 고의적으로 누락시킨 것이 아닌가 판단하여 주셨으면 한다.)

……………………………………………내 연적이 알프스 너머에 여러 개의 제단을 가지고 있을 거라는 소문이 돌더라고요.[40] 아! 미롤로가 없다면, 전 우주는 나를 신처럼 모실 텐데."

망고귈은 즉시 하렘으로 돌아와서 애첩에게 칼리피가의 보석의 한탄을

---

40 Callipiga. 그리스어로 '예쁜 엉덩이'란 뜻을 지니고 있다. 칼리피가의 이야기는 포르노그래피의 고전이라 할 수 있는 니콜라 쇼리에Nicolas Chorier의 《부인들의 아카데미 *Académie des dames*》에서 영감을 얻은 것으로 보인다.

한마디도 틀리지 않고 되풀이했다. 그도 그럴 것이 그는 놀라운 기억력을 지니고 있었기 때문이었다.

"부인,—그가 그녀에게 말했다—여기에는 당신에게 졌다는 것을 말하지 않는 것은 하나도 없구려. 그대에게 모든 것을 다 넘겨주겠소. 그대가 적절한 때에 내 생각을 판단하실 거라면, 그대는 칼리피가에게 감사해야 할 거요."

"폐하,—미르조자가 진지하게 그에게 답변했다—전 저의 승리를 …이 아니라 더할 나위 없이 확증된 부덕婦德에게 돌리고 싶사옵니다."

"하지만 부인,—술탄이 말을 이었다—면밀하게 지켜보았던 여인보다 더 확증된 정숙녀는 내 없는 것으로 아오."

"그런데 전하,—애첩이 응수했다—저는 제 말이 무슨 말인지 잘 알고 있사옵니다. 그리고 셀림과 블로퀼로퀴가 우리의 생각을 판결할 것입니다."

셀림과 블로퀼로퀴가 즉시 들어왔다. 망고귈은 그들에게 진상을 알려주었고, 그들은 모두 미르조자의 편을 들었다.

제9장

꿈

"대감,—애첩이 블로퀼로퀴에게 말했다—그대는 나를 위해 한 가지 일을 더 해 주어야겠습니다. 지난밤 해괴망측한 것들이 허다하게 내 머리를 스쳐갔어요. 그게 꿈이긴 한데, 무슨 꿈인지 아무도 모를 겁니다! 그런데 그대가 콩고에서 으뜸가는 해몽가라고들 내게 확언을 내리지 뭡니까. 그러니 빨리 이 꿈 풀이를 해 보세요." 그러고 나더니 즉시 그녀는 그에게 자기 꿈 이야기를 했다.

"마마,—블로퀼로퀴가 그녀에게 말했다—저는 해몽에 대해서는 젬병이라 놔서…"

"아, 날 구해 주세요, 부탁입니다, 기술적인 용어를 써 보세요—애첩이 큰 소리로 말했다—침묵일랑 그만하고, 설명을 해 보세요."

"마마,—블로퀼로퀴가 그녀에게 말했다—마마께서는 곧 만족해하실 것입니다. 제게 대강이나마 이 꿈에 대한 기발한 생각이 있사옵니다. 제가 마마와 말씀을 나눌 수 있는 영광과 공상가란 형용어도 아마 이것 하나 때문일 것이옵니다. 제가 할 수 있는 한 가장 명쾌하게 마마께 그 생각을 말씀드리겠습니다.

마마,—그가 계속했다—마마께서는 내로라하는 철학자들이 여타 사람들과 함께 이 점에 대해서 논하고 있는 것을 모르시지 않을 것이옵니다. 그들에 따르면, 낮에 우리에게 강한 인상을 심어 준 사물들은 밤에도 우리의 영혼을 사로잡는다고 합니다. 우리가 깨어 있을 동안 이 사물들이 뇌의 신경섬유에 각인시켰던 흔적들이 살아 있다는 것입니다. 습관적으로 몇몇 장소로 향하는 동물의 영靈은 자기에게 익숙한 길을 따라갑니다. 그래서 우리를 슬프게 하거나 기쁘게 하는 무의지적인 재현이 일어나는 것은 이 때문입니다. 이와 같은 시스템에서는, 행복한 연인은 꿈에서도 늘 행복한 일들 투성이일 것입니다. 그러나 그가 깨어 있을 때는 그에게 무정하지 않은 여인이 꿈속에서 그를 검둥이처럼 취급하는 일이 자주 일어나기도 합니다. 혹은 그가 매력적인 여인을 소유하기는커녕, 몸 전체가 기형인 땅딸보 괴물만을 품고 있는 일이 일어나기도 합니다."

"그게 바로 정확히 말해서 어젯밤 내게 일어났던 일이오—망고궐이 말을 끊었다—사실 난 거의 밤새도록 꿈을 꾸었소. 가족 병이라오. 그래서 우린 743500000002년에 꿈을 꾸기 시작했던 토그럴 대왕부터 자자손손 모두 꿈을 꾸고 있소. 그런데 지난밤, 난 그대를 보았소, 부인,—그가 미르조자에게 말했다—그대의 피부, 그대의 두 팔, 그대의 가슴, 그대의 목, 그대의 양어깨, 그 탱탱한 살, 그 우아한 몸매, 그 비길 데 없이 통통한 살, 결국 그대였소. 내가 찾고 있었던 그 매혹적인 얼굴, 그 사랑스런 표정 대신에, 내가 불독 새끼의 주둥이와 코를 맞대고 있었던 것은 제외하고 말이오.

난 끔찍한 비명을 질렀소. 나의 시종인 코트뤼크가 달려와서는 나에게 무슨 일이냐고 물었소. 반 수면 상태에 있던 내가 그에게 대답했소, 미르조자가 가장 흉측한 모습으로 막 둔갑을 했다고. 덴마크 산 개가 되었다고.

코트뤼크는 내가 깨어날 때가 아니라고 판단하고, 물러갔소. 그래서 난 다시 잤지. 어쨌든 난 그대를 놀라울 정도로 잘 알아보았소, 그대, 그대의 몸 그리고 개의 머리를. 블로퀼로퀴 그대가 나에게 이 현상을 설명해 주겠소?"

"폐하께서 아주 간단한 원칙 하나만 동의해 주신다면,—블로퀼로퀴가 대답했다—불가능하다고 생각하지는 않습니다. 모든 존재들은 서로 공통되는 특징을 통해서 무한한 관계를 맺고 있다는 것이며, 그들을 특징짓고 구분하는 것은 그 특징들의 어떤 조합이라는 것입니다."

"그것 참 명쾌하군요—미르조자가 응답했다—입시필르에게도 두 발, 두 팔, 입 하나가 있지요, 기지 있는 여자처럼 말이오."

"그리고 파라스망도—망고귈이 덧붙였다—검을 차고 있고, 인정 많은 사람처럼."

"우리가 이 특징들 —이것들의 조합이 이러이러한 종을 특징짓잖아요—을 충분히 알지 못한다거나, 이러한 조합이 이러이러한 개인에게 맞느니 안 맞느니 서둘러 판단을 내린다면 동을 금으로, 가짜 보석을 브릴리언트형의 다이아몬드로, 계산이나 하는 사람을 수학자로, 미사여구를 늘어놓는 자를 재기 있는 사람으로, 크리톤을 정직한 사람으로, 페디므를 예쁜 여자로 간주할 위험이 있는 것입니다"라며 술탄의 비가 덧붙였다.

"하오면, 마마,—블로퀼로퀴가 다시 말을 하였다—이런 식으로 판단을 하는 사람들을 어떻게 말할 수 있는지 아시고 계십니까?"

"불가능한 계획을 세우는 자들이지요." 미르조자가 대답했다.

"바로 그렇습니다, 마마,—블로퀼로퀴가 계속 말했다—모든 경우를 따져보더라도 난 당신이 꿈꾸고 있다고 생각해라는 일상적인 표현보다도 더 철학적이고 더 정확한 것은 없습니다. 그도 그럴 것이 자신이 추론한다고 생각하고, 두 눈을 뜬 채 꿈만 꾸고 있는 사람들보다 더 흔한 일도 없기 때문입니다."

"말 그대로, 세상살이는 전부 꿈에 불과하다고 할 수 있는 것은—애첩이 말을 끊었다—바로 이런 사람들에게서 비롯된 것입니다."

"마마,—블로퀼로퀴가 말을 다시 하였다—저는 꽤나 추상적인 개념을 이해하신 마마의 능력이 그다지 놀랍지 않습니다. 우리들의 꿈이라는 것은 믿을 수 없을 정도로 빠르게 계속해서 일어나고, 별 상관이 없는 특징들을 통해서만 관계를 맺는 사물들을 결합시키면서 아주 이상하게 만들어놓는 성급한 판단일 뿐이옵니다."

"오, 무슨 말을 하는지 정말 잘 알겠습니다—미르조자가 말했다—그건 상감된 조각들이 제법 많고, 그런 대로 정연하게 박혀 있는 상감 세공된 작품인 것입니다. 우리의 정신이 훨씬 더 살아 있고, 상상력이 훨씬 더 빠르며, 기억이 훨씬 더 정확하느냐에 따라 그렇게 되는 것이지요. 광기도 이 점에 있어서는 마찬가지가 아닐까요? 그러니까 정신병원의 한 환자가 번개를 보고 있다고, 천둥 치는 소리를 듣고 있다고, 낭떠러지가 발아래 입을 벌리고 있다고 고함을 지를 때나, 혹은 거울 앞에 선 아리아드네가 자기를 보고 미소를 지으며, 두 눈에는 생기가 있고, 얼굴색은 매력적이며, 이는 가지런하고, 입은 작다고 생각했을 때, 아주 동떨어진 관계에 속아서 정상이 아닌 이 두 머리는 상상의 사물들을 존재하고 실재하는 것으로 간주하는 것이 아닐까요?"

"맞습니다, 마마. 그렇습니다. 우리가 광인들을 잘 살펴보면,—블로퀼로퀴가 말했다—그들의 상태는 연속적인 꿈에 불과하다는 확신을 하게 될 것입니다."

"저에게는,—셀림이 블로퀼로퀴에게 말을 건넸다—당신의 생각이 기막히게 들어맞는 몇 가지 사실들이 있습니다. 그 때문에 제가 이 사실들을 택하기로 결정했습니다. 한번은 꿈속에서, 날카로운 동물의 울음소리를 들었는데 거대한 회교사원에서 기이한 동물들이 이 열로 나란히 나오는 것을 보았습니다. 이 동물들은 엉덩이를 밀치며 근엄하게 걷고 있었습니다. 그들의 면상에 들씌워졌던 덮개에는 구멍이 두 개 나서 쫑긋거리며 털투성이의 긴 두 귀가 밖으로 나왔습니다. 길디긴 소맷부리는 그들의 앞발을 감싸고 있었습니다. 이러한 광경에 있는 어떤 의미를 찾으려고 시간을 보내면서 저는 상당히 고심하였습니다. 하지만 지금 기억하건대, 전 몽마르트르[41]에서 각성상태에 있었습니다.

또 한 번은 위대한 술단 에르겝세드께서 친히 지휘하셨던 전쟁에 나갔었는데, 강행군을 한 나머지 기진맥진해진 저는 제 막사에서 자고 있었습니다. 〔꿈속에서〕 저는 어전회의에서 중요 안건의 결의를 청원해야만 할 것 같았습니다. 섭정 각의閣議에 참석하러 갔습니다.[42] 하지만 제가 얼마나 놀랐어야 했는지 생각해 보십시오. 회의실이 꼴 시렁, 여물통, 사료통, 닭장으로 가득한 걸 본 겁니다. 대관의 의자에 보이는 것이라곤 되새김질하

---

41 18세기의 몽마르트는 셀림이 보았다고 하는 많은 가축들이 즐비했던 농촌이었다.

42 이 대목에서 우리는 작가가 에르겝제드의 통치시절과 섭정기를 겹쳐 놓고 있음을 알 수 있다.

고 있는 소 한 마리뿐이었습니다. 육군성 장관 대신에 북아프리카 지방산 양 한 마리가, 재무대신 석席에는 매부리와 긴 발톱을 한 수리 한 마리가, 대재상 보좌관과 대법관 대신에 털이 복슬복슬한 커다란 올빼미 두 마리가, 재상의 자리에는 공작 깃을 한 거위들만이 보일 따름이었습니다. 저는 청원서를 제출했습니다. 곧이어 유감스럽게도 야단법석을 피우는 소리가 들려서 잠에서 깼습니다."

"이야말로 풀어내기 진짜 힘든 꿈이 아니겠는가?—망고귈이 말했다—그대가 그때 어전회의에 용무가 있었는데, 그대는 그리로 가기 전에 동물원을 한 바퀴 도셨다고. 어쨌든 블로퀼로퀴 경, 그대는 내 개 머리에 대해서는 아무 말도 하지 않는구려."

"전하,—블로퀼로퀴가 대답했다—마마나 전하께서는 어떤 다른 것을 담비 꼬리로 만든 털목도리로 보셨고, 두 분 마마께서 덴마크 개들을 처음 본 순간 이 개들이 두 분 마마에게 강한 인상을 심어 주었던 것이 틀림없습니다. 거기에는 밤새 전하의 영혼을 단련시키기 위해서 필요했던 것보다 열 배 이상의 상관관계가 있는 것입니다. 색깔이 유사하다 보니 전하께서는 탐스러운 머리를 털목도리로 보셨고, 이내 여인의 매우 아름다운 머리 자리에 추한 개 머리를 꽂으신 것입니다."

"경의 생각이 정확한 듯하오—망고귈이 답변했다—경의 생각들을 알리는 게 어떻겠소? 경의 생각들은 점몽占夢의 발전에 기여할 수 있을 것이오. 이건 이 천 년 전에는 상당히 발전되었지만 그 이후로는 너무나도 등한시되었던 중요한 학문이오. 경의 체계에 또 다른 장점은 고대이건 근대이건 간에 여러 작품에 반드시 등불이 될 수 있을 것이오. 이 작품들은 환상 덩어리일 뿐인데, 플라톤의 《이데아론》,[43] 헤르메스 트리스메지스트의 《단장》,[44] H…신부의 《문예 역설》,[45] 어떤 바라문 승려의 《색깔 광학이론》,

《일반 수학》, 《뉴턴론》 등[46]이 있소. 예컨대, 점술가 양반, 오르코톰이 그의 가설을 꿈꾸었을 때 대낮에 보았던 것과, C…신부가 색깔 오르간을 만들기 시작했을 때 꿈꾸었던 것을 말해 줄 수 있겠소? 그리고 클레오빌이 그의 비극을 썼을 때 무슨 꿈을 꾸었는지도?"

"조금만 숙고를 해 본다면 할 수 있을 것이옵니다, 마마—브로퀼로퀴가 대답했다—그러나 이 미묘한 현상들은 제가 필록센의 번역을 청중 앞에서 발표할 때로 미루겠습니다. 폐하께서 그 특전을 내려주시길 간청하는 바이옵니다."

"기꺼이 그리하리다—망고궐이 말했다—한데 이 필록센은 뭐하는 자요?…"

"전하,—블로퀼로퀴가 다시 말을 했다—꿈의 소재에 정통했던 그리스

---

43 플라톤의 어떤 작품도 《이데아론*Traité des Idées*》이란 제목을 가지고 있지 않다. 디드로는 아마도 플라톤의 이데아 사상이 전개되어 있는 대화편인 《파르메니데스*Parménide*》를 염두에 둔 것 같다.

44 그리스의 난해하고 신비한 저서들의 모음집인 《단장*Fragments*》은 서기 첫 삼세기 동안 만들어졌다고 한다. 그 저자는 "세 배나 더 큰Trismégiste" 헤르메스 신으로 추정하고 있는가 하면, 이집트 신화의 토트Thoth와 동일시되는 헤르메스 트리스메지스트Hermés Trismégiste라고도 한다. 이 인물은 모세에게 가르침을 준 이집트 최고의 마법사라는 설도 있다.

45 이것은 작품의 제목이 아니다. 예수회 신부인 장 아르두앵Jean Hardouin(1646-1729)이 문예비평에 대해 늘어놓은 역설적이고 상식을 벗어난 견해에 대한 암시다. 그는 《호메로스의 변론*Apologie d'Homère*》에서 《아이네이스》의 아이네아스가 《일리아드》의 주인공이라는 논을 펼쳤다. 《가짜 베르길리우스*Pseudo-Virgilius*》와 《가짜 호라티우스*Pseudo- Horatius*》라는 제목의 평론에서 베르길리우스는 《아이네이스》를 만든 적이 없고 호라티우스의 《오드*Odes*》 시집도 다른 사람이 썼다고 했다.

46 "이 어떤 바라문 승려"는 제2부 '섬사람들의 생김새에 대하여'라는 장에서 뉴턴의 이론에 반대하는 카스텔 신부를 말한다. 디드로는 이 장에서 그를 조롱할 것이다. 자연과학에 대한 깊이 있는 지식보다 그 넓이로 식견을 뽐냈던 카스텔 신부는 뉴턴에 대항에서 그의 실수들을 수정하는 것이 자신의 중요한 임무라고 여겼다. 디드로는 여기서 자기 임무에 흥분한 신부와 관련이 있는 작품 셋을 소개하고 있다.

작가이옵니다…"

"그럼 그대는 그리스어를 아시오?…"

"저 말이시옵니까, 전하? 전혀 모릅니다…"

"경은 필록센을 번역했으며, 그가 그리스어로 썼다고 내게 말하지 않았소?"

"그러하옵니다, 전하. 그러나 어떤 언어를 번역하기 위해서 그 언어를 알 필요는 없사옵니다, 그 언어를 전혀 모르는 자들을 위해서만 번역을 하기 때문이옵니다."

"그것 참 놀랍구려—술탄이 말했다—블로퀼로퀴 경, 그럼 그리스어를 모르지만 그리스어를 번역하시구려. 그 누구에게도 이에 대해서는 단 한 마디도 안 할 것이며, 그래도 역시 그대를 대단히 공경할 것임을 내 그대에게 약속하리다."

제10장

스물세 번째 반지 실험

파니

이 대화가 끝났을 때는 해가 여전히 제법 빛나고 있었다. 이 때문에 망고귈은 자기 처소로 돌아가기 전에 반지 실험을 할 결심을 했다. 설령 이것이 그때까지 그를 사로잡고 있었던 생각보다 훨씬 외설적인 생각에 탐닉하는 일에 지나지 않을지라도 말이다. 그는 즉시 파니의 집으로 갔다. 하지만 그녀를 발견하지 못하였다. 저녁을 먹은 후에 다시 왔다. 그녀는 아직도 외출 중이었다. 그래서 그는 다음 날 아침으로 그 실험을 미루었다.

우리가 번역한 아프리카 저자의 일기에 의하면, 망고귈은 그날 아홉 시 반에 파니의 집에 도착했다. 하녀들이 그녀를 막 침대에 눕혔다. 술탄은 그녀의 머리맡에 다가가서 잠시 동안 그녀를 바라보았다. 그러고 나니 좀처럼 매력이라고는 없는 여자가 어떻게 연애질을 그렇게나 많이 했는지 생각할 수가 없었다.

파니는 멋이 없을 정도로 너무 심한 금발이었다. 키가 크고 훌쭉한 그녀는 행동거지가 단정치 못했고, 용모도 반듯하지 않았으며, 매력도 없고, 궁정에서나 봐줄 만한 담대한 태도를 하고 있었다. 기시에 대해서 말하자면, 엽색 행각과 통할 수 있는 기지란 기지는 모두 그녀에게 있음을 대개가 인정하고 있었다. 여자는 스무 번 정도 밀통을 한 뒤에도 어쨌든 은어를 사용하지 않을 정도로 태생이 아주 어리석은 동물임에 틀림없다. 사실 파니가 그 지경이었다.

그녀는 마침내 자신의 성격에 길이 든 남자의 차지가 되었다. 그는 그녀의 부정한 행위에 그다지 놀라지도 않았다. 그렇다고 해서 그녀가 어느 지경에까지 이르렀는지 일반 사람들과 마찬가지로 잘 아는 것도 아니었다. 그는 일시적 기분에 파니를 잡았던 것이다. 그래서 그는 습관적으로 그녀를 지키곤 하였다. 마치 계약결혼을 한 부부 같았다. 그들은 무도회에서 밤을 보냈고, 아홉 시 경에 잠자리에 들었으며, 허물없이 잠을 잤다. 알롱조의 성격이 상냥하지 않았다면, 그의 무사태평함은 그녀의 마음에 덜 들었을 것이다. 우리의 주인공들은 그러니까 술탄이 파니의 보석을 향해 반지를 돌렸을 때 등을 맞대고 깊이 잠이 들어 있었다. 곧이어 고것이 말을 하기 시작했다. 고것의 주인은 코를 골기 시작했고, 알롱조는 막 깨어날 참이었다.

여러 차례 하품을 하더니, "알롱조가 아니군요, 몇 시예요? 제게 뭘 원하시죠?—고것이 말했다—전 그렇게 오래 쉰 것 같지 않은데. 잠시라도 절 좀 내버려두세요."

알롱조는 다시 잘 참이었다. 하지만 술탄의 생각은 이와 달랐다. "정말 귀찮아 죽겠네!—보석이 다시 말을 했다—한번 더하자고, 절더러 뭐 어쩌라고요? 조상 잘 만난 것들은 화나 입으라지! 귀족 보석의 처지는 딱하디 딱한지고! 고달픈 내 상황을 위로해 줄 수 있는 것이 있다면, 그건 나를 차지하고 있는 대감의 호의일 텐데. 아, 그렇기 때문에, 그는 세상에서 가장 좋은 사람이지. 그는 우리를 조금이라도 귀찮게 군 적이 한 번도 없었어. 반면에, 그가 우리에게 남겨준 자유를 그러니까 우린 잘도 이용했고. 제가 줄곧 기회를 노리는 일이 갈수록 잦아진 이 따분한 인간들 중 하나의 몫이 되었다면, 브라흐마 신이시여! 전 어찌 되었을까요? 우린 처참한 삶을 살았을 거야!"

여기서 보석은 몇 마디를 더했는데, 망고귈이 알아듣지 못했다. 곧이어 보석은 놀랍도록 빠르게 영웅적이고, 희극적이고, 익살스럽고, 희비극적인 숱한 사건들을 개괄하기 시작했다. 그리고 그것이 이렇게 계속 말을 이으려고 했을 때에는 숨이 차오를 대로 차 오른 상태였다. "보시다시피, 제게도 기억나는 게 있답니다. 어쨌든 저도 다른 보석들과 비슷해서, 남들이 제게 털어놓은 것 중 극히 일부만 기억한답니다. 그러니까 지금 막 말씀드린 것에만 만족하세요. 이 이상은 생각나지 않거든요."

"정직하군." 망고귈이 중얼거렸다. 하지만 그는 끈질기게 요구했다.

"허 참, 되게 못살게 구시네요!—보석이 다시 말을 했다—털어놓는 것보다 더 나은 일은 없지 않겠어요? 자, 그럼 털어놓자고요, 그래야 하니까. 아마 제가 다 털어놓고 난 다음에는 다른 말을 할지도 몰라요.

제 주인인 파니는—보석이 계속했다—이해되는 일은 아닌데, 은둔할 생각에 궁정을 떠나 반자에 있는 그녀의 저택에 틀어박혔습니다. 가을이 시작될 무렵이었습니다. 그리고 거리에는 아무도 없었습니다. 그럼 그녀가 집에서 뭘 했지?라고 물으시겠지요. 정말이지 전 아무것도 모른다고요. 그나저나 파니는 한 가지 일만은 꼭 했습니다. 그래서 그녀가 그 일에 몰두라도 했었다면, 전 그게 뭔지 알았을 겁니다. 겉보기에도 그녀는 할 일이 없는 것 같았습니다. 그래요, 기억나네요, 우린 하루 반나절을 아무것도 하지 않고 보냈습니다. 지겨워 죽는 줄 알았어요.

이런 식의 삶에 지칠 대로 지쳐 짜증이 나곤 했지요. 그때 아미자다르가 우릴 구해 줄 생각을 했던 겁니다…

'아 당신이군요, 나의 아미자다르! 와 주셔서 얼마나 기쁜지 몰라요. 때마침 잘 와 주셨어요…'

'그런데 반자에서 누가 당신을 알고 있나요?' 아미자다르가 그녀에게 답변했습니다…

'아, 그것으로 말씀드릴 것 같으면, 아무도 없습니다. 그대도 다른 사람들도 상상도 못할 일이지요. 그러니까 내가 왜 여기 있게 되었는지 짐작 못하겠어요…?'

'못하겠소, 실은, 그것에 대해 아무것도 모르오…'

'전혀 모른다고요?…'

'그렇소, 전혀…'

'그럼, 알도록 하세요, 전 회심回心을 하고 싶었어요…'

'회심을 한다고!…'

'네 그래요…'

'날 좀 봐봐요. 그나저나 당신은 여전히 매력적이고, 거기에서 회심을 할 만한 점을 전혀 볼 수가 없구려. 농담이겠지요…'

'아니에요, 정말이지, 진심이에요. 사교계에서 손 떼기로 결심했어요, 지겨워요…'

'그건 당신이 감당하지 못할 환상이오. 당신이 언젠가 독신자가 된다면, 난 죽어도 좋소…'

'정말이지, 그렇게 될 거예요. 남자들은 이젠 정직하지 않아요…'

'마첼이 그리웁디까?…'

'아니요, 그를 못 본 지 한 세기는 되었어요…'

'그럼 쥐폴로요?…'

'그는 더 아니에요, 그만 만나기로 했어요, 그런 생각을 안 했는데 어떻게 된 건지 모르겠어요…'

'아, 알겠소, 그 젊은 이몰라지요?'

'됐어요! 내가 이 싸구려 장신구들을 안 돌려줄까 봐요?…'

'도대체 누구란 말이요?…'

'모르겠어요, 세상 사람들이 다 원망스러워요…'

'아, 부인, 옳지 않아요, 당신이 원망하는 세상 사람들이 당신의 손실을 만회할 기회를 여전히 제공해 줄 것이오…'

'아미자다르, 실제로 그대는 그럼 이 시대의 타락에서 벗어나서 사랑을 할 줄 아는 고결한 영혼의 소유자가 아직도 있다고 생각하세요?…'

'네! 사랑을 한다고? 당신은 그 성가신 일에 매달려 있을 거란 말이오? 사랑받고 싶은 신거요, 당신은?…'

'글쎄, 그러면 안 되나요?'

'하지만 부인, 사랑에 빠진 남자는 사랑에 빠졌다고 주장하는데, 혼자서 그런다는 것을 그럼 잊지 마세요. 상냥하고 절조를 지키는 연인의 질투와 변덕을 감수하기에는 당신의 판단은 지나치십니다. 이런 사람들보다 골치 아픈 것은 없습니다. 이런 자들만 보고, 사랑하고, 꿈꾸고, 이런 자들만을 위해서 기지를 발휘하고, 쾌활하며, 매력을 지니는 것은 분명 당신에게 어울리지 않습니다. 당신이 고결한 애정에 빠져서 하층 중산계급의 모든 결함들을 떠안으려고 했었다면, 해 보십시오…'

'그나저나, 아미자다르, 그대의 말이 맞는 것 같아요. 사실 제 생각에도 사랑을 다져 나가는 일은 우리에게 어울리지 않는 것 같아요. 그러니 화제를 돌리죠, 그래야 하니까요. 우리에게 모범으로 내보인 이 애정이 두터운 여자들이 다른 여자들보다 행복할 것이라는 생각은 들지 않네요…'

'누가 당신에게 그렇게 말했습니까, 부인?…'

'아무도 말하지 않았어요. 하지만 그런 예감이 드네요…'

'그런 예감일랑은 경계하세요. 애정이 두터운 여인은 자기 자신과 연인을 행복하게 한답니다. 하지만 이런 역할이 모든 여자에게 다 맞는 것은 아닙니다…'

'이보세요, 물론입니다, 누구와도 맞지 않지요, 그래서 그 때문에 모든 여자들이 불만이지요. 그런 역할에 전념해서 어떤 이득을 볼 수 있을까요?…'

'상당히 많습니다. 그 역할에 애착을 갖는 여인은 명성을 유지할 것입니다. 사랑하는 자에게서 더할 나위 없는 존경을 받을 것이니, 당신은 사랑이 얼마나 많이 존경의 덕을 보는지 생각하실 수 없을 겁니다…'

'그 말에는 동의할 수 없습니다. 그대는 모든 걸 뒤섞고 있어요, 명성, 사랑, 존경 그리고 여전히 알 수 없는 그 무엇까지 다. 변심을 하면 반드시 수치를 당하지 않겠어요? 물론이지요! 제가 한 남자를 남편으로 맞습니다. 이 남자가 만족스럽지 못해요. 딴 남자를 맞아들였는데 나와 맞지 않는 거예요. 이 남자를 갈아치우고 세 번째 남자를 맞아들였는데 나랑 더 맞지 않는 거예요. 한데, 스무 번 가량이나 잘못 만나는 불운을 겪었는데, 저를 동정하기는커녕, 그대가 바라는 것은…'

'부인, 전 첫 번째 선택을 잘못한 여자가, 실수를 또 저지르면 어쩔까, 실수를 거듭하면 어쩔까 하는 두려움에, 두 번째 선택에서는 잘못하지 않기를 바랍니다…'

'아! 기막힌 윤리로군요. 이보세요, 그대는 조금 전에 나에게 다른 윤리를 설교한 것 같은데. 당신 취향으로는, 여자를 어떻게 길렀어야 했을 지 알 수 있을까요?…'

'기꺼이 말씀드리지요, 부인. 그런데 늦었네요. 이 이야기를 하다보면 우리에게 달갑지 않은 결과가 찾아올지도 몰라요…'

'잘 됐네요. 아무도 없으니까, 그대가 저의 위안이 되겠군요. 자, 결정된 거죠, 안 그래요? 그럼 그 긴 등받이 의자에 앉아서 계속하세요. 저도 그대의 말을 보다 편하게 들을 게요.'

아미자다르는 따랐고 파니 옆에 앉았습니다.

'부인,—그가 그녀를 향해 몸을 숙여, 그녀의 가슴을 보면서 말했습니다—짧은 케이프를 입고 계시는데, 당신의 몸을 두른 품새가 이상야릇하군요…'

'잘 봤어요…'

'도대체 왜 그토록 아름다운 것들을 가리시지요? 이 아름다운 것들에 입을 맞추면서 그가 덧붙였습니다…'

'자, 그만하세요. 당신이 미쳤다는 것을 잘 아시죠?… 지나치게 뻔뻔스럽군요. 윤리학자님께서 저에게 시작했던 이야기를 요란하게 재개하시는군요.'

'그러니까 저는 저의 애인이—아미자다르가 다시 말을 하였습니다—문채文彩와 기지와 감정과 특히 품위를 지니기를 소망합니다. 그녀가 나의 정성을 인정하고, 애교를 부려서 나를 이끌지 말며, 내가 그녀의 마음에

든다면 진심으로 내게 가르쳐 줄 것이며, 그녀의 마음에 한층 더 들 수 있는 방법을 내게 직접 알려줄 것이며, 그녀의 마음속에 내 자리가 나날이 넓어지고 있음을 숨기지 말 것이며, 내 말만을 듣고, 나만을 보고, 나만을 생각하고, 나만을 꿈꾸고, 나만을 사랑하고, 내게만 매여 있고, 나의 진실성을 증명하기 위한 어떤 일도 하지 말 것이며, 언젠가 나의 열정에 몸을 맡겨, 만사를 나의 사랑과 그녀의 사랑의 덕으로 돌리는 일을 내가 분명히 볼 수 있기를 바랍니다. 대단한 성공이지요, 부인! 그런 여자를 차지하는 남자는 얼마나 행복한가!…

'한데, 가엾은 아미자다르, 생각이 터무니없군요. 이보다 진실인 것도 없겠지요. 그게 바로 전혀 있을 것 같지 않은 여인의 초상이라는 겁니다…'

'사과드립니다, 부인, 그런 여자들이 존재합니다. 내 그런 여자들이 드물다는 것을 인정하지요. 하지만 나는 운 좋게도 그런 여자를 만났었습니다. 아! 죽음이 나에게서 그녀를 앗아가지 않았던들. 사실 이런 여자들을 앗아가는 것은 죽음밖에 없단 말입니다. 아마도 지금쯤 난 그 여자의 품안에 있을지도…'

'그나저나 그대는 그럼 그녀에게 어떻게 행동했지요?…'

'미친 듯이 사랑했지요. 내 애정의 증거를 보여줄 기회를 놓쳐 본 적이 없었습니다. 이 증거들이 흔쾌히 받아들여지는 것을 보며 흐뭇했습니다. 난 철저하게 절조를 지켰습니다. 그 여자도 마찬가지로 나에게 충실했고. 우리의 유일한 싸움거리는 사랑이 많으니 적으니 하는 거였어요. 우리 사이가 발전된 것은 이렇게 아무것도 아닌 싸움을 하면서였지요. 우리의 마음을 시험하고 나면 비로소 우린 전례 없이 다정해졌습니다. 서로 해명을 하고 난 뒤에는 우린 언제나 격렬한 애무를 했습니다. 그때 우리 시선 속에 들어찼던 사랑과 진실은 얼마나 대단했던가! 난 그녀의 두 눈에서 읽었고,

그녀는 나의 두 눈에서 읽었어요, 우린 서로 똑같이 열정에 불타오르고 있다고!…'

'그런데 그게 당신들을 어디로 데려가던가요?'

'우리보다 사랑의 강도가 낮고 진실이 부족한 사람들은 모두 알 수 없는 쾌락으로 이끌더군요…'

'향유하셨나요?…'

'네, 어쨌든 제가 한없이 존중하는 귀한 것을 향유했습니다. 만일 존경에 도취되지 않는다 하더라도, 존경은 적어도 이 취기에 많은 것을 보태줍니다. 우리는 서로에게 마음을 활짝 열었습니다. 이렇게 하면 사랑에 얼마나 보탬이 되는지 당신은 생각 못할 거요. 내가 시험하면 할수록, 더욱 더 나는 장점을 알아보게 되었고, 더욱 더 흥분하게 되었지요. 내 반평생을 그녀의 두 무릎 위에서 보냈습니다. 그 나머지 반평생은 유감스럽지요. 전 그녀를 행복하게 했고, 그녀는 나의 행복을 채워주었습니다. 난 언제나 그녀를 즐겁게 만났어요, 그래서 그런지 그녀와 헤어질 때면 언제나 고통스러웠지요. 그렇게 해서 우리는 같이 살았습니다. 부인, 애정이 두터운 여인들이 그렇게 심히 동정해야 할 대상인지 이제 판단해 보세요…'

'아니에요, 당신이 내게 말한 것이 사실이라면, 그런 여자들은 동정의 대상이 아닙니다. 하지만 그걸 믿기 힘들군요. 대개는 그런 식으로 사랑하지 않습니다. 제가 또 생각해 본 것은, 당신이 체험하신 것과 같은 정열은 노심초사한 나머지 직접 제공한 쾌락의 대가를 치르게 마련이라는 것입니다…'

'저도 그랬습니다, 부인. 그러나 전 그 쾌락의 대가를 안고 살아갔습니다. 전 질투의 감정이 꿈틀거리는 것을 느꼈습니다. 내 애인의 얼굴이 조금이라고 일그러지는 것을 보면 내 영혼 깊은 곳에서는 경보가 울리는 것이

었어요…'

'정말 기가 막히는군요! 이것저것 다 고려해 보니까, 대부분의 사람들이 현재 사랑을 하는 것처럼 사랑을 하는 것이 더 낫겠다는 결론이 나옵니다. 마음 편히 행동하고, 서로 사랑하는 동안 약속을 지키고, 서로 지겹거나 어느 한쪽에서 변덕이 나면 헤어지는 거죠. 변심은 당신과 같이 소심한 자들은 알지 못하는 다채로운 쾌락을 제공해 줍니다…'

'말씀드리건대, 이런 방식은 잘난 체하며 멋 부리는 여자와 방종한 여인들에게 제법 어울리는 것입니다. 그러나 애정이 넘치고 세심한 남자는 전혀 받아들이지 못하는 방식입니다. 여자는 기껏해야, 남자가 마음을 주고 있는 상대가 없고 비교하기를 원할 때, 그를 기쁘게 해 줄 수 있습니다. 한마디로 말해서, 바람기 있는 여자는 나와 전혀 맞지 않아요…'

'그대 말이 맞군요, 친애하는 아미자다르. 그대의 생각은 아주 훌륭합니다. 그나저나 현재 누구 사랑하는 사람 있나요?…'

'없습니다, 부인, 당신 말고는. 하지만 당신에게 감히 그걸 말하지 못하겠습니다…'

'아! 내 사랑, 용기를 내요, 말할 수 있어요.' 파니가 그를 뚫어지게 쳐다보면서 말을 받았습니다.

아미자다르는 이 대답을 아주 잘 들었습니다. 소파를 향해 가서는, 파니의 유방 위로 내려온 리본을 만지작거리기 시작했습니다. 그녀는 내버려두었습니다. 아무런 장애를 받지 않고 그의 손이 미끄러져 들어갔습니다. 파니는 그러는 그에게 계속 눈길을 쏟아 부었습니다. 그는 이것을 잘못 해석하지 않았습니다. 전 그가 올바른 판단을 했다고 느꼈어요—보석이 말했다—그가 찬양해 마지않던 그 유방에 입을 맞추었던 겁니다. 끝내라고 재촉했지만, 그가 말을 들었다면 화를 낼 말투였습니다. 그래서 그는 그치지 않았습니다. 양손에 키스하더니, 유방으로 다시 와서는, 입으로 가는 거였어요. 거칠 것이 없었습니다. 파니의 다리가 조금씩 아미자다르의 허벅지 위에 가 있었습니다. 그가 그리로 손을 가져갔습니다. 그녀는 예민했어요. 아미자다르가 놓치지 않고 그런 그녀를 보았습니다. 넋 나간 꼴을 하고 그의 찬사를 들었던 겁니다. 이런 방심을 틈타, 아미자다르의 손이 전진해 갔습니다. 잽싸게 무릎에 닿았습니다. 계속해서 마음을 놓고 있으니, 아미자다르는 결말을 지으려고 힘을 기울였습니다. 그때 파니가 정신을 차린 겁니다. 그녀는 이 삼류 철학자에게 무례를 범했다고 비난했습니다. 그러나 이번에는 그가 넋이 나간 터라 아무 말도 들리지 않았거나, 그녀의 질책에 대한 답변이라곤 오로지 자신의 행복을 완수하는 것이었습니다.

그가 얼마나 매력적이었는지 몰라요! 그보다 먼저 왔거나 나중에 왔던 자들 중에서, 그만큼 내 맘에 든 자가 없었어요. 그걸 말할 때마다 마음이 설레요. 어쨌든 숨 좀 돌리게 해 주세요. 처음으로 그 일을 완수한 누군가를 위해서 제가 말을 한 지 참 오래된 것 같네요."

알롱조는 파니의 보석이 한 말을 한마디도 놓치지 않았고, 망고귈 못지않게 그 사건의 나머지 이야기를 애타게 알려고 했다. 그들은 모두 초조해할 시간도 없었다. 그러자 이야기꾼인 보석이 이렇게 말을 다시 시작했다.

"생각을 거듭한 끝에 이해할 수 있었던바, 아미자다르는 며칠 뒤에 전쟁터로 떠났고, 다들 그가 도시에 있었던 이유를 해명하라고 하자, 그는 제 주인과 있었던 일을 말했던 겁니다. 결국 그녀와 아미자다르를 알고 있는 사람이 우리 집 앞을 지나면서, 우연이건 의심이 나서건 간에, 부인께서 계시냐고 묻고는 기별을 넣고 올라갔습니다.

'아, 부인, 누가 부인께서 반자에 계시는 줄 믿겠어요? 그런데 여기 계신

지 얼마나 되셨죠?…'

'꽤 되었지요, 사교계에서 손을 뗀 보름 전부터…'

'부인 그 이유를 여쭈어도 되겠습니까?…'

'이런, 그 이유를 말하자면 제가 피곤해서. 사교계 여자들은 꽤나 별나게 방종해놔서 견딜 방도가 없습니다. 그 여자들처럼 행동하던지 정숙한 여자처럼 행세해야만 할 것이에요. 하지만 솔직히 말해서 나에겐 둘 다 지나친 것 같군요…'

'어쨌든, 부인, 부인께서야말로 완벽한 모범이십니다. 여승 브를리비비의 말씀을 듣고 회심을 하신 건지…?'

'아니에요, 철학바람이 불고, 신앙심이 치밀어 올라서 그랬어요. 갑자기 나를 사로잡는 것이었어요. 그래서 제가 지금 개과천선의 길을 걷고 있는 것은 이 아미자다르하고는 아무런 상관이 없어요…'

'그러니까 그를 만나신 지 얼마 안 되었다는 말씀이시지요?… ―네, 한두 번…'

'그분만 만나셨나요?…'

'아, 그건 아니에요…내가 은퇴한 후 오래전부터 이 집에 왔던 사람들 중에서 그 사람만이 유일하게 생각하고, 이치를 따져보고, 행동하는 자예요.'

'거 참 이상하네요…'

'그런데 도대체 거기에 이상할 게 뭐 있죠?…'

'그가 최근에 반자의 한 부인, 부인과 같은 여자 한 분, 부인과 같은 독신녀, 부인처럼 사교계에서 은퇴하신 한 분과만 연애를 했다는 것 말고는 없습니다. 그건 그렇고 부인께 그에 대한 이야기를 해 드릴게요. 부인께서도 재밌어 하실 거예요…'

'그렇겠지요.' 파니가 다시 말을 했습니다. 그러고 나서 즉시 아미자다르의 친구는 그의 연애담을 저처럼 한마디도 빠트리지 않고—보석이 말했다—이야기했습니다. 제가 지금 말한 데까지 그가 이르자…

'그런데 부인 어떻게 생각하세요?—그가 그녀에게 말했습니다—아미자다르는 행운아가 아닌가요?…'

'그러나—파니가 그녀에게 대답했습니다—아미자다르는 거짓말쟁이일 거예요. 수치심도 없이 몸을 줄만큼 그렇게 과감한 여자들이 있을 거라고 생각하세요?…'

'그러나, 부인, 생각해 보세요—마르쉬파가 대꾸했습니다—아미자다르는 누구의 이름도 대지 않았고, 우리를 속인 것 같지는 않거든요…'

'무슨 말씀이신 지 어렴풋이나마 알겠네요—파니가 다시 말했습니다—아미자다르는 기지가 있고 풍채가 좋잖아요. 그는 그 가엾은 은둔녀의 마음을 사로잡았을 관능적 상상을 자극했을 거예요. 그래요, 틀림없어요. 이런 사람들은 그들의 말에 귀를 기울이는 사람에게는 위험합니다. 그리고 그런 자들 중 아미자다르는 독보적인 존재이고…'

'아니 부인 뭐라고요!—마르쉬파가 말을 막았습니다—아미자다르만이 유일하게 남을 설득시킬 줄 알 거라고요? 그러면 부인은 그자만큼 조금이나마 당신의 존경을 받을 만한 자들은 전혀 인정하지 않으실 겁니까?…'

'그런데 누굴 말씀하시는 건지 알려 주시겠어요?…'

'당신을 매력적으로 생각하고 있는 바로 접니다, 부인, 그런데…'

'농담 삼아 말씀하시는 거지요? 그럼 제 얼굴을 보세요, 마르쉬파. 저는 루주도 바르지 않았고 애교점도 없어요. 제 헤어스타일도 저와는 전혀 어울리지 않잖아요. 전 몸서리칠 정도로 못생겼고…'

'잘못 생각하고 계시는군요, 부인. 이 실내복은 부인과 기막히게 어울립니다. 이 옷을 입고 있는 당신의 모습은 너무나도 감동적이고 다정다감합

니다!…'

이 달콤한 꿈 말에다, 마르쉬파는 다른 말들을 덧보탰습니다. 저는 조금씩 대화에 끼어들었습니다. 그래서 마르쉬파가 나와의 대화를 끝내고 난 뒤에는, 나의 주인과 대화를 재개했습니다.

'아미자다르가 진정으로 당신의 마음을 돌이키게 했단 말입니까? 마음을 돌이키게 하는 데는 도통한 사람이시. 그가 설교한 것의 일부를 내게 말해 줄 수 있겠습니까? 내 것과 거의 차이가 없으리라 장담합니다…'

'우리는 연애 관계의 몇 가지 점에 대해서 철저히 논했습니다. 애정이 두터운 여자와 바람기 있는 여자의 차이를 분석했습니다… 그도 애정이 두터운 여자들의 사정과 다르지 않았습니다…'

'그러면 당신도 마찬가지겠지요?…'

'전혀 그렇지 않습니다, 내 사랑. 우리 여자들은 너나 할 것 없이 모두 똑같고, 행동원칙이 매한가지라고 그에게 논증하느라 진을 다 뺐어요. 그의 의견은 다릅니다. 끝도 없이 구별을 짓는 거예요. 그의 상상 속에서나 존재하는 그런 구별을 말이에요. 정체불명의 이상적인 피조물, 말하자면, 여사의 모습을 한 키메라, 모자를 쓴 관념적 존재를 자기를 위해 만들어대는 거예요.'

'부인,—마르쉬파가 그녀에게 대답했습니다—전 아미자다르를 잘 알고 있습니다. 센스도 있고, 여자들과의 교제도 잦았던 사내입니다. 부인께 그런 여자들이 있다고 말씀드렸다면…'

'어어, 그런 여자들이 있건 없건 간에 난 그런 여자들의 방식을 받아들일 수 없습니다.' 파니가 말을 가로챘습니다…

'저도 그걸 믿습니다—마르쉬파가 그녀에게 화답했습니다—그래서 당신은 당신의 가문과 자질에 보다 걸맞은 일종의 몸가짐을 해 오신 것이고요. 정숙함을 가장하는 여자들은 철학자들에게나 내맡겨야 합니다. 이런 여자들은 궁정에서 목이 빠지게 기다리다 지쳐 죽어버릴 겁니다…”

파니의 보석은 이 대목에서 입을 닫았다. 이러한 웅변가들의 주요 자질 중 하나는 적절한 때에 멈추는 것이다. 이들은 마치 자기들의 인생과는 별개가 아니었던 것을 말하는 것처럼 이야기하곤 한다. 이러한 이유로 해서 몇몇 작가들은 그들이 그저 기계일 뿐이라는 결론을 내렸다. 이게 바로 그들이 추론하는 방식이다. 여기서 아프리카 저자는 동물은 영혼이 없다는 데카르트 철학 신봉자들의 형이상학적 추론을 빠짐없이 이야기하고 있는데, 이 논증을 통찰력이란 통찰력은 다 동원해서 보석의 수다에 적용하고 있는 것이다. 한마디로 말해서, 보석이 말했던 것과 새가 지저귀는 것은 같은 이치다라는 것이 그의 견해다. 즉, 배우지도 않았는데 완벽하게 표현해내는 것을 보면, 어떤 탁월한 지능의 소유자가 말해야 할 것이나 해야 할 것을 고것들에게 알려 주었다는 것이다.

그런데 저자는 그의 군주를 데리고 무엇을 하고 있습니까?라고 당신들은 제게 묻고 계시는군요. 그는 군주를 애첩의 집에 점심을 먹이러 보냅니다. 적어도, 다음 장에서 우리가 그를 보게 될 곳은 바로 그곳입니다.

제11장

셀림의 여행담

궁정에서 가장 관심을 끄는 보석들에게 질문을 한 다음에, 자신의 즐거움에 변화를 주고 반지 실험을 늘릴 궁리만 하던 망고굴은 도시의 몇몇 보석들의 말을 듣고 싶었다. 그러나 보석으로부터 무엇을 알 수 있을지 낙관하지 않았기 때문에, 그가 갈망했던 것은 편안하게 보석들에게 물어보는 것, 그것들을 찾으러 가는 수고를 하지 않는 것이었다.

고것들을 어떻게 불러들이지? 그를 곤란하게 만드는 것이 바로 이 점이었다. "마마께서는 정말 쓸데없는 것에 신경을 쓰고 계시네요—미르조자가 그에게 말했다—전하, 전하께서는 무도회만 여시면 되는 일입니다. 그래서 오늘 저녁 마마께서 원하시는 것보다 훨씬 많은 이야기꾼들의 말을 들을 수 있도록 해 드리겠습니다."

"내 마음의 기쁨이여, 그대 말이 맞소—망고귈이 그녀에게 답변했다—그대의 방책이 뛰어나기까지 하니, 우리는 반드시 필요한 보석들만을 얻을 것이오."

즉시, 흑인 환관장과 오락 재무관에게 연회를 준비하고 초대장은 사천 장만 돌리라는 명령이 떨어졌다. 모두들 이곳이 육천여 명을 수용할 수 있는, 다른 어느 곳보다도 훌륭한 장소라는 것을 분명히 알고 있었다.

무도회 시간을 기다리면서, 셀림, 망고귈 그리고 애첩은 새로운 소식에 대해서 이야기하기 시작했다.

"마마께서는—셀림이 애첩에게 말했다—가엾은 코댕도가 죽은 것을 알고 계시는지요?"

"아, 첫 번째 소식이군요. 그런데 사인이 무엇이지요?" 애첩이 물었다.

"유감스럽게도, 마마,—셀림이 그녀에게 답했다—그는 중력에 희생되었습니다. 젊은 시절부터 그는 이 시스템에 심취하더니, 말년에는 그것 때문에 머리가 돌아버렸습니다."[47]

"그런데 어떻게 그렇게 되었지요?" 애첩이 말했다.

"그는—셀림이 계속했다—모노에뮈기의 유명한 두 천문학자였던 알

---

47 소설의 첫 장에서 장점술사로 등장했던 코댕도가 뉴턴 과학의 신봉자로 변했다. 뉴턴 작품의 한편으로는 과학적이고, 다른 한편으로는 신비적인 두 가지 특성을 풍자하고 있는 것인가? 뉴턴은 《자연철학의 수학적 원리*Principes*》와 《광학*Optique*》의 저자였을 뿐만 아니라, 《묵시록*Apoculypse*》의 주해가이기도 하였다.

레[48]와 시르시노의 방법에 의거하여, 카노글루 대왕 통치 말년에 꽤나 화젯거리에 올랐던 어떤 혜성이 그저께 다시 출현할 것이라는 것을 알아냈습니다. 이 혜성이 속력을 배가시켜서 자신이 맨 처음 볼 수 있는 행운을 놓칠까 염려한 나머지, 그는 성의 주루主樓에서 밤을 지새울 결심을 했으며, 어제 아침 아홉 시까지도 여전히 망원경에서 눈을 떼지 않고 있었습니다. 장시간의 관찰로 인해 아버지의 몸이 상하지나 않을까 걱정이 된 아들은 여덟 시경에 그에게 다가와 소매를 당기며 여러 번 그를 불렀습니다.

'아버지, 아버지.' 대답이 전혀 없었습니다. '아버지, 아버지.' 코댕도의 아들이 누차 이야기했습니다.

'곧 지나갈 거다—코댕도가 대답했습니다—곧 지나갈 거라고. 아무렴! 내가 볼 거라고.'

'그나저나 농담이시지요, 아버지, 안개가 잔뜩 껴 있는데…'

'난 그걸 보고 싶단다. 정말이지 보고 말 거야.'

아버지의 대답에 설득당하고, 이 불쌍한 아버지 때문에 혼란스러워진 아들은 도와달라고 소리를 지르기 시작했습니다. 사람들이 왔습니다. 그들은 파르파디를 찾으러 보냈습니다. 그런데 코댕도의 하인이 도착했을 때 전 그의 집에 있었습니다. 사실 그는 내 주치의였거든요…

'빨리요, 빨리, 나리, 서둘러 주세요. 나이 드신 코댕도, 제 주인나리께서…'

'아니 무슨 일인가 샹파뉴? 자네 주인님께 무슨 일이 생기셨는가?…'

'나리, 그분께서 미치셨습니다…'

---

48 핼리Edmond Halley(1656-1742)는 영국의 천문학자였다. 그의 친구인 뉴턴(시르시노는 소설에서 뉴턴의 역을 맡고 있다)이 발견한 새로운 물리학 법칙을 혜성 운동에 적용시켰다. 이렇게 해서 그는 1682년에 나타난 혜성의 궤도를 계산했고, 이러한 계산으로부터 1758년에 혜성이 다시 나타날 것을 정확히 예언했다.

'자네 주인님이 미쳤다고?…'

'네 그렇습니다, 나리. 짐승들[49]을 보고 싶다고 난리입니다. 짐승들을 볼 것이고, 이것들이 올 것이라고 합니다. 약제사 나리께서는 이미 와 계십니다. 그리고 나리를 기다리고 계십니다. 서둘러 주십시오…'

'정신착란이군—옷을 입고 사각모를 찾으며 파르파디가 말했습니다—정신착란이야, 정신착란을 심하게 일으켰군.' 그러고 나서 하인에게 말을 건네면서 물어보았습니다. '샹파뉴, 네 주인님께서는 나비가 보인다고 말씀하시지 않더냐? 이불에서 작은 솜뭉치들을 꺼내시지 않더냐?…'

'아닙니다요, 나리—샹파뉴가 그에게 대답했습니다—가엾은 어르신께서는 천문대 꼭대기에 계시는데, 마님과 두 따님, 아드님, 네 분이 어르신을 제지하고 계십니다. 빨리 가 주세요, 나리의 사각모는 내일 찾으시고요.'

'코댕도의 병은 별난 것 같군.' 파르파디는 내 사륜마차에 올랐고, 우리는 함께 천문대로 갔습니다. 우리는 코댕도가 난폭한 미치광이처럼 고함쳐대는 소리를 계단 아래에서 들었습니다. '난 혜성을 보고 싶다고. 그걸 볼 것이라고. 물러가란 말이야, 못된 것들아.'

그의 가족은 필시 그를 그의 거처로 내려가도록 결심시키지 못했기 때문에, 그 성의 주루 위에다 침대를 올려다 놓으라고 시켰던 것 같았습니다. 사실 우리가 그를 발견했을 때는 누워 있었기 때문이었습니다. 우리가 도착했을 때에는, 그들이 불렀던 그 동네의 약제사와 코댕도의 귀에 못이 박이도록 말하고 있었던 교구의 승려가 와 있었습니다.

'내 형제여, 나의 사랑하는 형제여, 당신의 구원과 관계되는 일입니다. 이 시간에 당신이 혜성을 기다리는 일은 신앙에서 벗어나는 행위입니다.

---

49 짐승들은 'Bêtes'의 번역어다. 여기서 'Bêtes'는 코댕도의 하인인 샹파뉴가 'Comète'를 잘못 들어서 그 의미도 전혀 모른 채 소리가 비슷한 'Bêtes'로 말한 것이 아닌가 추정된다.

당신은 지옥에 떨어집니다…'

'제 일이니 상관 마십시오.' 코댕도가 그에게 말했습니다…

'브라흐만 신 앞에 가서는 뭐라고 대답할 것입니까?' 승려가 다시 말을 했습니다.

'스님,—망원경에서 눈을 떼지 않은 채 코댕도가 그에게 대꾸했습니다—제 돈을 먹으려고 제게 설교하는 것은 스님의 직업이고, 물을 미지근하게 해서 내게 자랑하는 것은 바로 약제사의 직업이며, 의사는 내 맥박을 재는 것과 그 외에는 아는 게 없는 것이 그의 의무를 다한 것이고, 제 의무는 혜성을 기다리는 것이라고… 신에게 대답할 것입니다.'

그를 귀찮게 해 봐야 아무런 소용이 없었습니다. 이 이상 얻어내지 못하였습니다. 그는 영웅적인 용기를 가지고 계속해서 관찰을 했습니다. 그리고 그는 왼손은 왼쪽 눈 위에 두고, 오른손은 망원경 대에 놓고, 오른쪽 눈은 접안렌즈에 둔 채 처마 밑에서 죽었습니다. 죽어가는 그의 주위에서는 아들이 계산을 잘못했다고 그에게 소리를 지르고 있었고, 약제사가 치료제를 제안하고 있었으며, 주치의는 머리를 끄덕이며 더 이상 할 일이 없다고 진단을 내리고 있었으며, 승려는 '내 형제여, 통회의 기도를 하십시오, 그리고 브라흐만 신의 가호를 비십시오…'라고 그에게 말하고 있었습니다.

"이거야말로—망고궐이 말했다—영광의 잠자리에서 죽었다고 말할 만하구먼."

"가엾은 코댕도가 편안하게 쉴 수 있도록 해 주십시다—애첩이 덧붙였다—화제를 보다 유쾌한 것으로 돌립시다."

그러고 나서 셀림에게 말을 건넸다.

"대감,—그녀가 그에게 말했다—쾌락이 만연하는 궁정에서, 그대의 나이에, 그대처럼 신사답고, 기지와 재능이 있으며, 혈색은 지금도 좋은데,

보석들이 그대에게 찬탄을 보냈던 것은 놀라운 일이 아닙니다. 고것들이 그대에 대해서 알고 있는 모든 것을 고백하지 않았다는 의심마저 듭니다. 그대에게 별도로 묻지는 않겠습니다. 그대에겐 추가적인 물음을 거절할 충분한 이유가 있겠지요. 하지만 이분들이 경의를 표하길 마지않았던 그대의 연애사건을 보면, 그대는 틀림없이 여자를 알고 있소. 그러니 이건 그대가 대수롭지 않게 인정할 수 있는 것 중 하나인 것이오."

"마마,—셀림이 그녀에게 대답했다—그러한 찬사를 받다니 스무 살의 나이라면 저의 자존심이 우쭐해졌을 것이옵니다. 어쨌든 저는 경험이 있사옵니다. 그래서 제가 처음 숙고한 것들 중에 하나는 이 방면에서 실천을 하면 할수록, 지식을 얻는 일이 줄어든다는 것이옵니다. 제가 여자를 알다니요! 여자를 많이 연구한 자로 인정이 되다니요."

"그럼, 그대는 그것을 어떻게 생각하십니까?" 애첩이 그에게 물었다.

"마마,—셀림이 대답했다—그 여자들의 보석이 이 점에 대해 뭐라고 공표했건 간에, 저는 그 여자들 모두를 존경할 만하다고 생각하옵니다."

"이보시오,—술탄이 그에게 말했다—그대는 정말로 보석이 될 만한 것 같구먼. 그대에겐 무리망이 필요 없겠소."

"셀림,—술탄의 비가 덧붙였다—풍자적인 말투는 그만두시고, 우리에게 진실을 말해 보세요."

"마마,—이 대신이 그녀에게 대답했다—제 이야기에 불쾌한 표현이 섞일 수도 있습니다. 늘 저에게 후한 대우를 해 주었고 제가…때문에 존경하는 여성을 모욕하는 명령을 내리지 말아주십시오."

"아, 늘 존경타령이구려! 이렇게 짐짓 상냥한 체하는 인간들이 일을 시작할 때에는, 이들만큼 신랄하지 않은 인간은 내 알지 못합니다— 미르조자가 말을 끊었다. 그러고 나서 셀림이 자기 방어를 하는 것은 그녀를 존경하기 때문이라고 상상하면서, 그녀가 덧붙였다—내 앞이라고 해서 주눅 들지 마시오. 우리는 서로 재미난 것을 찾고 있는 중이오. 그래서 말인데, 내 맹세코 약속하리다. 그대가 여성에 대해 하는 호의적인 말씀은 모두 내게 하는 것이고, 그 나머지는 다른 여자들에게 하는 것으로 알겠소. 그러니까 그대는 여자에 대해 연구를 많이 했지요? 자 그럼, 그대 연구의 강의록을 우리에게 이야기해 보세요. 인구에 회자되는 그대의 여러 성공만 가지고 판단해 보더라도, 그 이야기는 가장 탁월한 축에 낄 겁니다. 그리고 인구에 회자되는 성공들은 알려지지 않은 성공들에 의해 부인된다고는 생각되지 않습니다."

이 늙은 조신은 그녀의 간청에 지고 말았다. 그래서 이렇게 말을 시작했다.

"보석들이 저에 대해서 많은 이야기를 했지요, 인정합니다. 그러나 고것들이 다 이야기한 것은 아닙니다. 제 이야기를 완성할 수 있는 것들은 이젠 죽어서 없거나, 우리나라에는 없습니다. 그리고 제 이야기를 시작했던 것들은 본론만 살짝 건드렸을 뿐입니다. 말하는 것으로 치자면 제가 보석들보다 훨씬 낫긴 했지만, 저는 고것들에게 약속했던 신성한 비밀을 지금까지 지켜왔습니다. 그러나 고것들이 침묵을 깬 이상, 저도 비밀을 지킬 이유가 없어진 것 같습니다.

열정적인 기질을 가지고 태어난 저는 아름다운 여인이 무엇을 의미하는지, 제가 그 여자를 사랑하는 것이 무슨 뜻인지 거의 몰랐습니다. 여자 가정교사들이 있었는데, 제가 몹시 싫어했습니다. 하지만 그 반면 전 제 어머니의 하녀들과 어울리기를 아주 좋아했습니다. 하녀들은 대부분 젊고 예뻤습니다. 그녀들은 제 앞에서 조심성도 없이 서로 조잘대고, 옷을 벗었다, 입었다 했고, 자기들과 무람없이 지내자고 설교까지 하는 거였습니다. 게다가 나란 인간은 천성적으로 끼가 있었던 지라 이걸 다 유리하게 이용했습니다. 대여섯 살 나던 때에 저는 이러한 지식을 갖추고 남자들의 손에서 자라났습니다. 고대의 작가들이 내 눈앞에 펼쳐졌을 때, 이 지식들이 얼마나 확대되었으며, 어쩌면 그들도 전혀 그 의미를 간파하지 못했던 몇몇 대목을 나의 이 스승들이 얼마나 훌륭하게 해석해 주었는지 아무도 모릅니다. 제 아버지의 시동들은 나에게 중등학교 때의 친절한 언동을 좀 가르쳐 주었습니다. 그리고 그들이 빌려 준 《알루아지아》[50]를 읽고 나니, 나를 완성시켜야겠다는 욕구가 들대로 드는 거였습니다. 그때 제 나이 열넷이었습니다.

집에 드나들던 여자들 중에 말을 건네 볼 수 있을 여자를 찾으면서 제 주위로 눈을 던져 보았습니다. 그런데 모든 여자들이 하나같이 제게는 거추장스러웠던 순진함을 없애주기에 안성맞춤인 것 같아 보였습니다. 애정관계가 시작되고, 제 나이 또래의 여자를 공격할 때 느꼈지만 다른 여자들을 대면할 때는 나지 않았던 용기마저 들어, 제 여자 사촌 중 하나를 목표로 정했습니다. 에밀리는—그녀의 이름이었습니다—젊었고, 저도 그랬습니다. 저는 그녀가 예쁘다고 생각했고, 그녀도 저를 마음에 들어 했습니다. 그녀는 까다롭지 않았고, 저는 과감했습니다. 저는 터득하고 싶었고, 그녀의 알고자 하는 호기심도 이에 못지않았습니다. 우린 서로 꽤나 기발하고 도가 지나친 질문을 종종 했습니다. 어느 날 그녀는 여 가정교사들의 감시망을 따돌렸고, 우리는 경험을 쌓았습니다. 아, 자연은 얼마나 훌륭한 위대한 스승인가! 자연은 즉시 우리를 쾌락의 진실 속에 빠트렸고, 다음 일은 전혀 생각지도 않고 우리는 자연의 충동에 내맡겼습니다. 다음 일을

---

50 L'Aloysia. 1660년 라틴어판으로 출판되었다가, 1680년 니콜라 쇼리에Nicolas Chorier가 《부인들의 아카데미*Académie des dames*》로 번역한 《사랑의 신과 비너스의 비법에 대한 알루아지아 시에가의 시적 풍자*Aloysiae Sigeae Toletanae Satira sotadica de arcanis Amoris et Veneris*》는 고전주의 시대에 가장 유명한 포르노그래피 소설이었다.

미연에 방지할 방법도 없었습니다. 에밀리는 몸이 거북한 것을 느꼈는데, 그 원인을 짐작도 못했던 터라 더더욱 감추지 못했습니다. 그녀의 어머니는 그녀를 추궁했고, 우리의 관계에 대한 자백을 받아냈습니다. 저의 아버지도 그 사실을 알게 되었습니다. 그에 대한 질책을 제게 했지만 만족해하는 눈치가 섞여 있었습니다. 그래서 즉시 그는 제 여행을 결정하였습니다. 제 거동을 주의 깊게 감시하지만 절대 방해하지 않을 임무를 띤 가정교사와 함께 저는 떠났습니다. 다섯 달 뒤에 저는 신문을 보고 에밀리가 천연두에 걸려서 죽었고, 아버지의 편지를 통해서 그녀가 저를 위해 품었던 애정 때문에 목숨을 잃었다는 것을 알았습니다. 제 사랑의 첫 결실은 술탄의 군대에서 지금 특별대우를 받으며 복무하고 있습니다. 저는 믿음으로 늘 그를 후원해 왔고, 그는 아직도 저를 자신의 보호자로만 알고 있습니다.

제가 제 아들의 탄생과 아이 어미의 죽음에 대한 소식을 들었을 때, 우리는 튀니지에 있었습니다. 저는 심하게 충격을 받아서, 한 해적의 아내와 정을 통하고 있지 않았던 들, 분명히 비탄에 빠졌을 겁니다. 이 튀니지 여자는 집요했고, 전 미쳐 있었습니다. 그래서 매일 그녀가 내게 던져 놓은 줄사다리의 도움으로 우리의 호텔에서 그녀의 테라스로, 이곳에서 그녀가 나를 완벽하게 만들어 줄 뻔했던 방으로 갔습니다. 사실 에밀리는 저의 기초만 닦아 주었기 때문이었습니다. 그녀의 남편은 훈령을 받았던 저의 가정교사가 저를 유럽으로 보내려고 재촉했던 바로 그때에 항해에서 돌아왔습니다. 저는 리스본으로 향하는 배에 올랐습니다. 그러나 엘비르에게 애정이 듬뿍 담긴 작별인사를 하고 또 하지 않을 수 없었습니다. 마마께서 보고 계신 이 다이아몬드는 그녀에게서 받은 것입니다.

우리가 탄 선박에는 상품들이 가득 실려 있었습니다. 그러나 제 생각에 선장의 부인이 가장 귀중한 상품이었습니다. 그녀는 이제 갓 스무 살이었습니다. 그녀의 남편은 범처럼 그녀에 대한 집착이 강했는데, 그럴 만한 이유가 전혀 없는 것도 아니었습니다. 우리는 모두 머지않아서 서로 마음이 맞았습니다. 벨리나 부인은 내가 그녀를 마음에 두고 있다는 생각을 갑자기 하게 되었습니다. 저도 그녀에게 무관심하지 않았다는 생각을 하였습니다. 그녀의 남편은 우리를 방해하고 있다는 생각을 하였습니다. 이 뱃사람은 우리가 리스본 항에 닿을 수 있도록 항해를 하기로 즉각 결심했습니다. 저는 그의 사랑하는 부인의 두 눈에서 노상 그녀 곁에 붙어 있는 남편에게 화가 날대로 난 그녀를 읽어내곤 하였습니다. 제 두 눈도 그녀의 남편에게 똑같은 것을 읽어내도록 하였습니다. 그래서 남편도 우리를 놀랍도록 잘 이해하였습니다. 우리는 상상할 수 없는 쾌락의 갈증을 품고 이틀을 꼬박 보냈습니다. 그래서 하늘이 개입하지 않았더라면, 우리는 그 때문에 분명히 죽었을 것입니다. 그나저나 하늘은 언제나 고통받는 영혼을 돕나 봅니다. 우리가 지브랄타 해협을 막 지나자마자 폭풍우가 거세게 일어났습니다. 마마, 제가 마마께 사실대로 이야기하지 못한다면, 저는 반드시 마마의 귀에다 바람이 지나가는 소리를 듣게 할 것이며, 마마의 머리 위에나 벼락이 포효하게 할 것이고, 번개를 일으켜 하늘을 불타오르게 할 것이고, 구름 위까지 파도가 치게 할 것이며, 마마께서 어떤 소설에서도 만나시지 못했던 가장 끔찍한 천둥을 마마께 묘사해 드릴 것이옵니다. 마마께 말씀 드릴 것이라고는 선장은 수부들이 외치는 소리를 듣고 자기 선실에서 나올 수밖에 없었고, 또 다른 위험이 있으리라는 두려움으로 인해 위험을 무릅쓸 수밖에 없었다는 것입니다. 그는 제 가정교사와 함께 밖으로 나왔고, 저는 주저하지 않고 저의 포르투갈 애인의 품안으로 달려갔습니다. 파도와 폭풍우와 천둥이 몰아치는 것은 까맣게 잊은 채 말입니다. 우리는 금방이라도 부서질 것 같은 배로 옮겨 탔고, 저는 신뢰할 수 없는 이 자연의 원소에 그냥 몸을 내맡겼습니다. 우리의 항해는 빨라졌습니다. 그래서 말인데요, 마마, 그런 날씨 속에서 잠깐 동안에 제가 경험했던 세상을 잘 판단해 보십시오. 우리는 카딕스 항에 닻을 내렸고, 마드리드로 곧장 갈 심사였던 제 스승에게 양해를 구해서, 이 항구에서 그녀와 리스본에서 다시 만나자는 약속을 남겼습니다.

스페인 여자들은 우리나라 여자들보다 훨씬 더 편협하고 더 쉽게 사랑에 빠지는 여인들이었습니다. 그곳에서 사랑은 외국인들을 살펴보고, 이들에게 성관계를 제의하고, 그들을 데려 갔다가 다시 데려오라는 명령을 이행하는 심부름꾼 같은 여자들에 의해 거래되고 있었습니다. 그래서 귀부인들은 이 이방인들을 행복하게 해 주는 일을 맡고 있었습니다. 저는 시국 덕을 봐서 이 의식을 거치지 않았습니다. 대혁명이 일어나 프랑스 혈통의 군주가 이 왕국의 왕좌에 막 올랐던 것입니다.[51] 그의 당도와 대관식으로 인해 궁정에서는 축제가 열렸습니다. 저도 당시 이 축제에 나타났었습니다. 무도회에서 누군가 바싹 다가와서 말을 거는 것이었습니다. 다음 날 만나자고 약속을 제안하는 것이었습니다. 수락했지요. 그리고 프티트 메종으로 갔는데, 저는 여기서 망토로 코까지 가린 가면 쓴 남자밖에 보지 못했습니다. 그는 나에게 쪽지 한 장을 주었습니다. 오로페자 부인은 그 쪽지에다 다음 날, 같은 시각으로 파티를 연기했다고 했습니다. 전 다시 왔고, 호화롭기 이를 데 없는 가구로 장식되어 있고 촛불로 밝혀진 거실로 안내를 받았습니다. 나의 여신은 저를 조금도 기다리게 하지 않았습니다. 그녀는 내 바로 뒤로 와서는 한마디 말도 없이 가면을 벗지도 않고 내 품에 와락 달려드는 것이었습니다. 못생겼을까? 예쁠까? 제가 모르고 있던 것

51 1700년 루이 14세의 손자인 펠리페 5세가 부르봉 왕조를 스페인에 세웠다.

이었습니다. 제가 알게 된 것이라고는, 제가 소파 위에 있다는 것과 —그녀가 날 그리로 데려간 것이었습니다 —그녀는 젊고, 몸매가 좋았으며, 쾌락을 좋아한다는 것이었습니다. 나의 찬사에 만족스럽다고 생각했는지 그녀는 가면을 벗었고, 마마께서 보시게 될 이 코담뱃갑 안의 초상화의 본모습을 보여 주었습니다."

셀림은 동시에 섬세하게 세공되어 있고 보석이 가득 박힌 금 케이스를 애첩에게 열어 보였다.

"세련된 선물이군." 망고귈이 말했다.

"제가 이 선물에서 가장 높게 평가하는 점은—애첩이 덧붙였다—이 초상화입니다. 눈은 얼마나 아름답습니까! 입은 어떻고요! 가슴은 황홀할 정도네요! 그런데 이거 다 조금도 미화되지 않은 것인가요?"

"아주 조금은 미화되었습니다, 마마—셀림이 대답했다—그녀의 남편이 우리 관계를 알아차리고 협박을 해서 그녀를 괴롭히지 않았다면, 오로페자는 아마도 저를 마드리드에 정착시켰을 것입니다. 저는 오로페자를 사랑하고 있었지만, 여전히 목숨을 더 사랑하고 있었습니다. 이 부인과 몇 달을 더 즐기기 위해서 그녀의 남편 칼에 찔릴 위험을 무릅쓰는 것은 내 가정교사의 의견 또한 아니었습니다. 그래서 저는 스페인 애인에게 아주 감동적인 작별의 편지를 썼습니다. 우리나라의 어떤 소설에서 뽑아낸 것이었습니다. 그리고 프랑스로 떠났습니다.

그 당시 프랑스를 통치하고 있었던 군주는 스페인 왕의 할아버지였습니다. 그리고 그의 궁정은 유럽에서 가장 으리으리하고, 가장 세련되고, 가장 품위 있는 곳으로 인정받을 만했습니다. 제가 그곳에 나타났는데, 무슨 희귀동물과 같았습니다.

'콩고의 젊은 대감이라—한 아름다운 후작부인이 말했습니다—그런데 그 사람 참 매력이 분명 있단 말이야. 이 콩고 남자들이 우리 남자들보다 훨씬 낫군. 내 생각에 콩고는 모로코와 멀지 않은데 말이야.'

저도 참석해야만 했던 저녁식사가 준비되었습니다. 제가 양식 있는 말을 하기만 하면, 모두가 말이 섬세하고 훌륭하다고 생각했습니다. 애당초 모두들 저에게 양식이 없었던 것이 아닌가 하고 의심을 하고 있었기 때문에 탄성을 질렀던 것입니다.

'매력이 있군요—궁정의 또 다른 부인이 강한 어조로 재차 말을 했습니다—감시당하는 일이 없는 남성들이 여성들을 엄히 감시하는 고약한 나라로 이 인물처럼 멋진 인물을 되돌려 보내는 것은 얼마나 애석한 일이에요! 그게 사실인가요, 신사양반? 그곳 남자들은 두고 있는 게 없다고 하던데. 그거 정말 남자들에게는 썩 유쾌한 일은 아니에요…'

'그나저나—다른 부인이 덧붙였습니다—여기다 이 키 큰 사내를 두어야겠어요. 집안도 좋잖아요. 그를 몰타 섬의 기사 수도회 기사로만 만들어준다면, 다들 괜찮다면, 제가 그에게 직책을 마련해 줄 것을 약속합니다. 그리고 저의 영원한 친구 빅토리아 공작부인께서는 그럴 필요가 있다면 그를 위해서 왕에게 말씀 드릴 것입니다.'

저는 오래지 않아 그녀들의 호의를 의심할 수 없는 증거를 갖게 되었고, 후작부인이 모로코와 콩고 주민들의 재능에 대한 의사를 표명할 수 있도록 만들었습니다. 저는 공작부인과 그 친구가 약속했던 직책이 수행하기 어렵다는 것을 알게 되었습니다. 그래서 그 일을 경계했습니다. 저는 이곳에 머물면서 스물네 시간 동안 열정을 기막히게 키우는 것을 배웠습니다. 한 여자와 관계가 끝나지 않았는데도 다른 여자와 관계를 시작하는 소용돌이 속에 여섯 달 동안 휩싸여 있었습니다. 모두가 노리는 것은 오로지 성적 쾌락뿐이었습니다. 쾌락은 기다려야 오는 것인가, 아니면 획득되는 것인가? 모두들 새로운 쾌락을 향해 줄달음질 쳤습니다."

"셀림 대감, 그게 무슨 말씀이신 가요?—애첩이 말을 끊었다—그 나라에는 도대체 체통도 없나요?"

"용서하십시오, 마마—늙은 조신이 대답했다—모두가 그 말을 입에만 달고 있을 뿐입니다. 하지만 프랑스 여자들은 이웃 나라 여인들처럼 성의 노예가 아닙니다."

"그런데 이웃 나라 여자들이라니?" 미르조자가 물었다.

"영국 여인들이옵니다—셀림이 다시 말했다—겉보기에는 쌀쌀맞고 거만하지만, 성마르고, 관능적이며, 복수심이 강한 여자들이옵니다. 프랑스 여자들보다는 재치가 덜 하지만 훨씬 합리적입니다. 프랑스 여자들은 감정의 은어를 좋아하는데, 영국 여인들은 쾌락의 표현을 선호합니다. 그러나 파리나 런던에서도, 대개가 서로 사랑하다, 헤어지고, 재결합했다가 재차 헤어집니다. 저는 비숍 경[52] —일종의 바라문 승려인데, 독신생활은 전혀 하지 않고 있습니다 —의 딸을 떠나 준準 남작〔나이트 작위〕 부인에게로 갔습니다. 그가 의회에서 궁정의 기획에 반대하여 국민의 이익을 열나게 옹호하는 동안, 그의 집에서 우리, 나와 부인은 주제가 다른 많은 토론을 벌였습니다. 그러나 의회가 폐회되어서 부인은 준 남작을 따라 그의 영지 내 성으로 가야만 했습니다. 저는 별수 없이 한 대령의 부인으로 만족했는데, 그의 연대는 연안지방에 주둔해 있었습니다. 그러고 나서 저는 대도시 시장 부인의 것이 되었습니다. 아 정말 대단한 여자였어요! 제가 쇠약해지는 걸 본 제 가정교사가 주도면밀하게 저를 이 갤리선에서 꺼내주지 않았었다면 저는 콩고를 다시는 보지 못했을 겁니다. 그는 저를 기꺼이 되돌려

52 영국 성공회의 주교.

보낼 것을 요구하는 제 가족의 편지를 생각했던 것입니다. 그렇게 해서 우리는 홀란드로 향하는 배에 올랐습니다. 우리의 계획은 독일을 지나 이탈리아로 가는 것이었습니다. 이탈리아에서 우리가 기대했던 것은 아프리카로 되돌아가는 빈번한 기회였습니다.

우리는 역마차를 타고서야 홀란드에 이르렀습니다. 독일에서의 체류 기간도 홀란드에 있을 때와 같았습니다. 이곳에서 지체 높으신 귀부인들은 모두가 정식으로 공략해야만 하는 중요한 요새 같았습니다. 저는 끝내 정복하고 말았습니다. 그러나 공략하려면 절도가 꽤나 요구되었습니다. 항복문서 조항을 정하는 것이 문제일 때면 가정si과 역접mais이 허다하게 들어가 이러한 쟁취는 얼마 안 가 싫증이 나버렸습니다.

저는 최고의 자질을 지닌 한 독일 여인의 말을 평생 기억할 겁니다. 그 요점은 그녀가 다른 많은 사람들에게도 거부하지 않았던 것을 저에게도 주었다는 겁니다.

'아!―그녀가 비통하게 외쳤습니다―제가 당신과 같은 그저 그런 콩고 사람에게 몸을 내맡기는 것을 대장군이신 제 아버지가 아시면, 뭐라고 하실까요?'

'아무 말씀 안 하실 겁니다―제가 그녀에게 대꾸했습니다―그렇게 높은 신분이 저를 떨게 하고 있으니, 제가 물러나겠습니다.' 이건 제가 신중하게 익힌 일이었습니다. 그래서 만약 제가 무능하게도 전하의 명성을 해쳤다면, 저는 그 일을 두고두고 잊지 못했을 것이옵니다. 우리가 살고 있는 이 건전한 나라를 보호해 주시는 브라흐마 신께서 그 위기의 순간에 저에게 영감을 주신 것이 틀림없습니다.

곧이어 우리가 사귀었던 이탈리아 여자들은 그렇게 격렬하게 흥분하지는 않습니다. 저는 이 여자들과 함께 하면서 쾌락의 풍조를 배웠습니다.

그 우아함 속에는 변덕과 별난 점이 있습니다. 그나저나 이런 말씀을 드리는 저를 용서해 주시리라 믿습니다, 부인 마님들, 여러분들을 즐겁게 해주기 위해서 때때로 이런 것이 필요합니다. 저는 우리나라와 같은 미개한 나라에서 저도 몰랐던 몇몇 향락의 비결을 피렌체와 베니스와 로마에서 가져왔습니다. 이 비결을 저와 함께 나누었던 이탈리아 여자들에게 이 모든 영광을 돌리는 바입니다.

저는 대략 사 년을 유럽에서 보냈습니다. 그리고 여러분들이 보시는 것처럼 성숙한 상태로, 이탈리아에서 발견한 진귀한 것들을 가지고 이집트를 지나 이 제국으로 돌아왔습니다. 이 진귀한 것들을 당장 풀어놓겠습니다."

이 대목에서 아프리카 저자는, 셀림이 유럽에서 벌였던 연애질과 그가 편력했던 여러 나라의 여성들의 특징에 대해서 애첩에게 방금 말했던 이야기가 진부한 나머지 망고궐을 깊은 잠에 빠지게 한 것을 알고서는, 그를 깨울까 두려워, 애첩에게 다가가서 목소리를 더 낮추어 계속 말을 했다고 했다.

"마마,—그가 그녀에게 말했다—너무 길기만 했던 것 같은 이야기 때문에 마마께서 피곤하셨지 않을까 염려를 했다면, 제가 파리에 도착한 후 시작했던 연애사건을 말씀드렸을 겁니다. 어떻게 그 사건이 기억이 안 나는지 모르겠습니다.

"말씀해 보세요, 대감—애첩이 그에게 말했다—주의를 더 기울여서 내 힘닿는 데까지 그대의 노고에 보상할게요. 주무시고 계신 술탄의 주의도 배가시키겠습니다."

"우리는—셀림이 계속했다—마드리드에서 프랑스 궁정의 몇몇 대감들의 이름으로 추천을 받았습니다. 그래서 하선하자마자 우리는 가장 훌륭한 사교계에 출입할 수 있었습니다. 그때는 햇빛이 좋은 철이어서 저와 제 가정교사는 매일 저녁 팔레 루아얄에 산책을 하러 가곤 했습니다. 어느 날 이곳에서 몇몇 댄디들이 다가와서는 우리에게 예쁘디예쁜 여자들을 가리키더니, 진짜지 가짜지 모르겠지만 이 여자들의 이야기를 하였습니다. 마마께서도 물론 생각하시겠지만, 우리는 이 모든 이야기를 잊지 않고 다 챙겼습니다. 정원은 이미 많은 여자들로 꽉 차 있었습니다. 그런데 여덟 시경에 대대적인 지원군이 도착했습니다. 보석의 양과 화려한 몸치장과 즐비하게 늘어선 그들의 구혼자를 보니, 저는 이 여자들을 적어도 공작부인쯤으로 생각하였습니다. 저는 이런 제 생각을 동행하고 있었던 한 젊은 대감에게 말했더니, 이자가 대답하기를 제가 전문가라는 것을 알아차렸고, 제가 원하기만 하면, 가장 사랑스러운 몇몇 여인과 함께 매일 저녁식사도 하는 기쁨을 누릴 수 있다는 것이었습니다. 나는 그의 제안을 받아들였고, 그러자 곧 그는 자기 친구 두세 명에게 귀띔을 하였습니다. 산책로 이곳저곳에 흩어져 있던 이들은 십오 분도 안 돼서 우리에게 오더니 그들의 협상 안을 설명했습니다. '신사 양반—그들이 우리에게 말했습니다—오늘 아스테리 공작부인 댁 저녁식사에서 모두가 당신들을 기다릴 것입니다.' 이 방면에 풋내기들은 우리가 잡은 행운에 대해 탄성을 질렀습니다. 모두가 몇 바퀴 더 돌고는 헤어졌고, 우리는 사륜마차에 올라 즐기러 갔습니다.

우리는 작은 문 앞에서 내렸는데, 그 위로 비좁은 계단이 나 있었습니다. 계단을 올라 삼층에 이르러, 지금 제게 생각되는 것보다 훨씬 넓고 가구들이 멋들어지게 갖추어진 방들을 보았습니다. 이 거처의 안주인을 소개받았고, 저는 그녀에게 무척이나 정중한 찬사를 섞어서 몸을 숙일 대로 숙여 인사를 표했더니, 그녀는 거의 당황한 표정이었습니다. 식사가 차려졌고, 귀엽고 매력적인 여인 옆에 제 자리가 마련되었는데, 이 여인은 최선을 다해서 공작부인인 체하기 시작했습니다. 사실, 저는 어떻게 용기를 내서 그녀와 사랑에 빠졌는지 모르겠습니다. 그런 일이 저에게 일어났습니다."

"그러니까 그대는 일생에 한 번은 사랑하신 건가요?" 애첩이 말을 가로막았다.

"바로 그렇습니다, 마마—셀림이 그녀에게 대답했다—대개가 시작했던 일의 결실을 빨리 맺고 싶어 안절부절못하다가 열여덟에 사랑하듯이 말입니다. 전 밤에 한숨도 못 잤습니다. 그래서 동이 트면 미지의 제 애인에게 세상에서 가장 세련된 편지를 쓰기 시작했습니다. 이 편지를 보냈습니다. 답신이 왔고, 전 약속을 받아냈습니다. 답신의 어투와 부인의 상냥함 때문에 저는 제가 잘못하고 있다는 것을 조금도 깨닫지 못했습니다. 그래서 저는 약속된 장소에 달려갔습니다. 제가 곧 국무총리의 아내나 딸을 차지하게 될 것이라는 확신을 굳게 하고 말입니다. 저의 여신은 큰 소파 위에서 저를 기다리고 있었습니다. 저는 그녀의 양 무릎 위로 달려들었습니다. 그녀의 한 손을 잡고 이 손에다 애정이 듬뿍 담긴 입맞춤을 했으며, 그녀가 고맙게도 저에게 베풀어준 호의에 기뻤습니다. '그게 정말인가요

제가 그녀에게 말했습니다—셀림이 그대를 사랑하고, 사랑한다는 말을 해도 되는 것이? 실례의 말이 될지는 모르지만, 그가 달콤하기 이를 데 없는 희망을 품어도 되는 것이 사실인가요?' 이런 말을 하고 나서 제가 그녀의 가슴에 입을 맞추자, 그녀가 몸을 뒤로 젖혔기 때문에, 저는 이러한 시작을 지속시킬 각오를 단단히 했습니다. 이때 그녀가 저를 제지했고 이렇게 말했습니다.

'자, 이보세요, 그대는 매력 있는 사냅니다. 기지도 있고, 말도 더할 나위 없이 잘하고. 한데 나에게는 사 루이가 필요해요.'

'무슨 말씀이지요?' 제가 말을 가로막았습니다…

'그대가 사 루이가 없으면—그녀가 다시 말을 했습니다—할 수 있는 게 아무것도 없다는 말입니다…'

'네! 아가씨—몹시 놀란 나는 그녀에게 대답했습니다—그대가 그것밖에 안 되나요? 이런 하찮은 것 때문에 콩고에서 올 필요가 없었는데.'

그러고 나서 즉시 저는 옷매무새를 고쳐서, 계단으로 황급히 달려갔고, 떠났습니다.

마마, 보시다시피, 전 배우를 왕녀로 보기 시작한 겁니다."

"놀라서 말이 다 안 나오는군요—미르조자가 다시 말을 했다—어떻든 그 차이는 정말 엄청난데 말이에요!"

"왕녀들이—셀림이 다시 말했다—무례한 짓을 조금이라도 했으리라고는 전혀 생각지 않습니다. 하지만 어쩌란 말씀이십니까? 한 이방인이, 한 청년이 면밀히 살펴보지 않은 것을 말입니다. 유럽 여자들의 자유로움에 대한 안 좋은 이야기를 콩고에서 많이 들었었는데…"

셀림이 여기까지 말했을 때, 망고귈이 깨어났다.

"틀림없이—그가 하품을 하고 두 눈을 비비며 말했다—셀림은 아직도 파리에 있다고 생각하는데. 대단한 이야기꾼이시여, 그대가 언제 반자로 돌아오길 바랐는지 또 내가 더 오래 자야만 하는지 물어봐도 될는지요? 이보게, 사실 내게 하품을 일으키지 않는 여행담을 내 앞에서 시작할 수 없다는 것을 그대가 아는 것도 바람직한 일이니까 말이야. 이건 나쁜 습관이긴 한데, 타베르니에[53]와 다른 여행 작가들을 읽으면서 내가 얻었다네."

"전하,—셀림이 그에게 대답했습니다—제가 반자로 돌아온 지 한 시간

---

53 Jean-Baptiste Tavernier(1605-1689). 그의 《터키, 페르시아, 인도 여행기*Voyages en Turquie, en Perse, en Indes*》(1677-1679)는 샤퓌조Chappuzeau와 라 샤펠La Chapelle과 공동 집필한 작품이다. 이 작품은 디드로의 동시대인들에게 가장 많이 읽혔던 여행기인데, 디드로는 사실 1748년에도 그랬지만 꾸민 이야기가 많은 여행기를 별로 좋아하지 않았다.

은 더 되었사옵니다."

"그거 축하하오." 술탄이 다시 말했다. 그러고 나서 술탄의 비에게 말을 건넸다.

"부인, ―그가 그녀에게 말했다―무도회 갈 시간이오, 여행 이야기를 듣느라고 피곤하셨을 텐데, 그래도 괜찮다면, 가십시다."

"전히, 미르조자가 그에게 내답했다―전 순비가 되었습니다."

망고굴과 셀림은 벌써 도미노 의복(가면무도회를 위한 두건 달린 옷)을 입고 있었다. 애첩도 그 옷을 입었다. 술탄은 그녀에게 손을 건넸고, 그들은 무도회장으로 갔다. 그곳에서 그들은 각자 헤어져서 무리 속으로 흩어졌다. 셀림은 무도회장까지 그들을 수행했다. 나도 따라갔다, 아프리카 저자가 말했다, 춤추는 것을 보는 것보다 잠을 자고 싶었지만…

제12장

스물네 번째와 스물다섯 번째 반지 실험

가면무도회와 그 다음에 일어난 일

반자에서 가장 요상한 반지들은 쾌락이 부르는 곳이면 어디든지 달려갔다. 어떤 보석들은 호화로운 사륜마차를, 어떤 보석들은 대중마차를 타고 왔는데, 걸어오는 보석들도 있었다. 망고굴이 고것들에게 친 장난들을 내가 세세하게 설명한다면 끝을 내지 못할 것이라고, 나에게 그의 옷자락을 받드는 시종의 영광을 내려주신 아프리카 저자가 말했다. 그는 정령으로부터 반지를 받은 이후 반지를 가지고 실행했던 것보다 더 많은 실행을 그 하룻밤 새에 했다.[54] 때로는 이 여자를 향해, 때로는 저 여자를 향해 반지

54 이 장의 주제는 루이 15세의 일화적인 진실을 담고 있다. 루이 15세는 친한 사람들을 대동하여 이따금 베르사유 궁을 빠져나와 파리의 가면무도회에 가곤 했었다. 가면무도

를 돌렸는데, 종종 한꺼번에 이십여 명의 여자를 향해 돌리기도 하였다. 바로 이때 아우성치는 소리가 들렸다. 보석 하나가 날카로운 소리를 질러 댔다. 바이올린 연주자들께서는 〈덩케르크의 종악곡鐘樂曲〉을 켜 주세요. 다른 보석이 쉰 목소리로 고함을 쳐 댔다. 그런데 난 〈소트리오〉곡을 원하오. 난 〈트리콜레곡〉이요, 세 번째 보석이 말했다. 그러고 나자 어중이떠중이들이 한꺼번에 한물 간 카드리유 춤곡을 원한다고 외치는 것이었다. 〈부레춤곡〉이요, 〈네 박자 화음곡〉이요, 〈칼로틴 춤곡〉이요, 〈카드릴곡〉이요, 〈피스톨레 춤곡〉이요, 〈결혼 행진곡〉이요, 〈피스톨레 춤곡〉이요, 〈피스톨레 춤곡〉이요! 하며 외쳐 댔던 것이다. 이 모든 함성에는 괴상망측함이란 괴상망측함은 죄다 들어가 있었다. 한쪽에서는 이런 소리도 들렸다. "꺼져버려라 이 멍청한 녀석아, 이런 녀석은 학교로 쫓아 보내야만 해." 다른 쪽에서는 이런 소리가 들렸다. "그러니까 난 마수걸이도 못하고 돌아갈 거야." 여기서는 "내 마차 삯은 누가 지불할거요?" 저기서는, "그 사람이 도망갔어요, 하지만 그가 다시 돌아올 때까지 찾을 거예요." 다른 곳에서는, "내일 봐요, 그나저나 적어도 이십 루이는 줘야 돼요, 그렇지 않으면 아무것도 할 수 없어요." 사방에서 들리는 소리들은 정욕이나 염복을 드러내는 말들이었다.

이렇게 야단법석이 나고 있는 가운데, 젊고 예쁜 하층 중산계급의 여인이 망고귈을 알아보고는, 그를 뒤쫓아 가서, 성가시게 만든 바람에 반지를 그녀를 향해 돌리게 하였다. 곧이어 모두가 그녀의 보석이 지르는 소리를 들었다. "어딜 달려가시는 거예요? 멈추세요, 멋진 가면을 쓰신 분 말이에요. 당신에게 몸이 달아 있는 보석의 열정을 저버리지 말아 주세요." 이렇

회에서는 전 계층의 인간들이 사육제적 분위기 속에서 서로 뒤섞여 즐길 수 있었다.

게 경솔한 선언에 화가 난 술탄은 자신의 명성을 위태롭게 한 이 여인을 벌하기로 결심하였다. 그는 사라졌고, 근위병 중에서 자기와 비슷한 키의 병사를 찾아 자신의 가면과 도미노 의복을 건네주고, 그 하층 중산계급의 여인이 그의 꽁무니를 따라다니도록 내버려두었다. 겉모습에 내내 속은 그녀는 망고궐로 착각했던 자에게 계속해서 격한 사랑의 밀어를 속삭였다.

이 가짜 술탄은 어리석지 않았다. 온몸으로 말을 할 줄 알았던 사내였던 것이다. 그는 외진 곳에서 미인을 유혹하는 몸짓을 하였다. 그녀는 이곳에서 한 시간 이상이나 자신이 술탄의 애첩인 양 착각했으니, 그녀의 머릿속에 무슨 꿍꿍이속이 굴러가고 있는지 아무도 몰랐던 것이다! 그러나 마법은 이내 풀렸다. 이 자칭 술탄을 애무로 녹여 놓고서는, 그녀는 그에게 가면을 벗어달라고 간청하였다. 그는 그렇게 했고, 두 개의 커다란 송곳니로 무장한 얼굴을 드러내 보였다. 망고궐과는 전혀 딴판이었다.

"이런 제기랄,— 이 하층 중산계급의 여인이 소리를 질렀다—제기랄…"

"사랑스런 부인,—이 스위스 사람이 그녀에게 대답했다—무슨 일이시죠? 당신께서 저를 아신 것이 유감스럽지 않도록 전 당신을 아주 행복하게 해 주었나고 생각하는데요."

그러나 그의 여신은 그에게 대답하는 것이 영 내키지 않았던지, 불쑥 그의 손을 뿌리치더니, 회중 속으로 사라졌다.

보석들 중에서 그렇게 대단한 영예를 갈망하지 않았던 것들은 여전히 쾌락을 접하고 있었다. 그리고 보석들은 모두 이 여행에 대단히 만족한 채 다시 반자로 가는 길로 접어들었다.

망고궐이 그의 두 측근 조신이 활기차게 이야기하는 것을 들었을 때는, 모두가 무도회 장을 다 빠져나가고 있을 때였다. "그녀는 내 정부였소—한 측근이 말하였다—곁에 둔 지 일 년 됐지요. 그녀를 두고 감히 나와 경쟁하려고 했던 자는 그대가 처음이오. 나를 방해하는 이유가 뭐요? 이보시오, 나세스, 딴 데 가서 알아보시오. 당신을 차지하는 것을 지극한 행복으로 여기게 될 상냥한 여자들을 수백이나 찾게 될 것이오."

"나는 아민을 사랑하오—나세스가 대답했다—내가 유일하게 바라보는 여자는 내 마음에 드는 그녀요. 그녀는 내게 기대를 갖게 했소. 당신은 내가 이 기대를 좇는 것이 옳은 일이라고 생각할 것이오."

"기대라고?" 알리베그가 말을 이었다.

"그렇소, 기대요…"

"빌어먹을, 그런 일은 있을 수 없소…"

"이보시오, 내 그렇다고 말하지 않소. 그러니 당신이 아무리 반박을 해도, 나의 결투 신청에 즉각 응할 것임은 분명한 일이지 않겠소."

그들은 즉시 큰 현관 앞 계단을 내려갔다. 이미 언월도를 빼들은 그들은 비극적으로 그들의 분쟁을 끝낼 참이었다. 그때 술탄이 그들을 제지시켜, 싸움을 못하게 하였고, 이들의 헬레네에게 가서 물어보기로 하였다.

이들은 복종했고 아민의 집으로 갔다. 망고귈은 이 집까지 그들을 바싹 따라갔다. "전 무도회 때문에 지쳤어요—그녀가 그들에게 말했다—눈이 감기네요. 제가 잠자리에 들 시간에 오시다니, 그대들은 잔인하신 분들이에요. 한데 두 분 표정이 참 이상하시네요. 무슨 일로 오셨는지 알 수 있을까요?…"

"별것 아니오—알리베그가 그녀에게 대답했다—이자가 자랑을 하고 있구려, 그것도 아주 거만하게, 당신이 자기에게 기대를 갖게 한다고 말이오—그의 친구를 가리키면서 그가 덧붙였다—부인, 어떻게 된 일이오?…"

아민이 입을 열려고 하였으나, 술탄이 바로 그때 반지를 돌리자, 그녀는 입을 닫았고, 그녀의 보석이 그녀를 대신해서 대답을 했다… "나세스가 착각하고 계신 것 같군요. 아니에요, 부인께서 원망하고 계신 분은 그가 아니에요. 그에게는 그보다 훨씬 난 키 큰 제복하인이 있지 않나요? 아! 체면, 명예, 작위, 명성, 의미 없는 말들이 보석들을 꺾을 수 있다고 생각하다니 이 자들은 참으로 어리석기 짝이 없군요! 누구에게나 자기 철학이 있기 마련인데, 우리의 철학이란 것은 특히 사람의 장점, 진짜 장점을, 뜬구름과 다를 바 없는 장점과 주로 구별하는 데 있단 말입니다. 클라빌 선생[55]에게는 실례가 될 줄 모르겠사오나, 이 분도 이 점에 대해서는 우리만큼 모르신다고요. 여러분께서는 곧 그 증거를 입수하게 될 것입니다."

"두 분께서는 비비코자 후작부인을 알고 계시지요—보석이 계속했다—두 분께서는 이 부인과 클레앙도르의 사랑, 그녀의 실총, 그리고 그녀가 요즈음 공언하는 드높은 신앙심도 알고 계십니다. 아민은 정부입니다. 아민은 비비코자 후작과 맺었던 관계를 유지해 왔고, 그의 집을 빈번하게 드나드는 일을 그치지 않았던 것입니다. 이 집에서는 모든 종류의 바라문 승려들을 만날 수 있습니다. 언젠가 이들 중 하나가 비비코자에게 자기에 대해서 잘 좀 말해달라고 제 주인님을 다그친 적이 있었습니다.

'그러면 제가 그에게 뭘 하란 말입니까?—아민이 그에게 대답했습니다—아민은 자신을 위해서도 아무것도 할 수 없는 평판을 잃은 여자입니다. 정말이지 그녀는 당신이 그녀를 귀중한 사람으로 대해 준 것을 여전히 고맙게 생각할 것입니다. 자, 이보세요, 클레앙도르 공과 망고귈은 그녀를 위해 절대 아무것도 해 주지 않을 것입니다. 그러니 당신은 응접실에서

55 샤를-프랑수아-니콜라 르 메트르 드 클라빌Charles-François-Nicolas Le maître de Claville. 《인간의 진짜 장점에 대한 개론*Traité du vrai mérite de l'homme*》(1734)의 저자. 작품의 처음부터 끝까지 "청년에게 고하는 충고"라는 진부한 내용으로 채워져 있었지만 그 당시 베스트셀러였다. 사회적 전통을 준수하는 이 모럴리스트가 설교하고 있는 장점이 '보석'들이 만장일치로 찬양하고 있는 장점과 대척점에 있다는 것은 말할 것도 없다.

마냥 기다리고 계시면 됩니다…'

'하지만, 부인—바라문 승려가 대답했습니다—문제라곤 바로 후작부인 손에 달린 사소한 일일 뿐인데. 사정은 이러합니다. 그녀는 자기 저택에 회교사원의 작은 첨탑을 지으라고 시켰습니다. 분명 기도를 위한 것이었습니다. 한 회교승려를 위한 것 같던데. 그래서 제가 부탁드리는 것이 바로 그 자리입니다…'

'무슨 말씀이세요?—아민이 다시 말을 했습니다—회교승려라니요? 설마 그럴 리가 있겠어요. 후작부인에게 필요한 것이라고는, 비가 오거나, 잠자리에 들기 전 기도가 필요할 때 그녀가 가끔씩 부를 경건한 회교신자뿐인데요. 하지만 회교승려가 그녀의 저택에서 먹고 자고 입고 돈도 받는 일은 비비코자에게는 전혀 어울리는 일이 아닙니다. 저는 그녀에 대한 추문을 알고 있습니다. 이 가엾은 여자는 수입이 육천 스캥이 안됩니다. 그런데도 당신은 그녀가 회교승려에게 이천 스캥을 줄 것이라고 우기시는 겁니까? 아니 정말 상상이 가지 않으세요?…'

'결단코! 그러지 못해 유감스럽습니다—이 성자가 반박했습니다—그도 그럴 것이, 모르시겠어요? 제가 그녀의 회교승려였다면, 일찍이 그녀에게 이보다 더 필요한 존재가 되었을 것입니다. 그래서 우리가 이 정도까지 왔으니, 당신에게 돈과 연금이 비 오듯 쏟아지는 것입니다. 당신이 아시는 대로, 전 모노모타파 소속입니다. 그리고 제 의무를 훌륭히 수행하고 있고요…'

'허 참! 어쨌든, 아민은 또박또박 끊어서 대답했습니다, 당신의 문제는 그렇지만 불가능한 것은 아니잖아요. 당신께서 말씀하시는 장점을 추측할 수 없는 게 유감이지만…'

'내 나라 사람들을 위해서 쓰이는 데 위험할 것이 전혀 없지요, 모노모타

파 사람이 다시 말을 했습니다. 차라리 보세요…'

그는 즉석에서 장점의 완벽한 증거를 아민에게 보여주었는데 아연실색할 정도라, 그 순간에 두 분께서는 그녀의 목전에서 그녀가 두 분을 평가하신 것의 반은 잃으셨던 것입니다. 아! 모노모타파 사람들 만세!"

알리베그와 나세스는 침울한 표정을 지었고, 아무 말 없이 서로 바라보고 있었다. 하지만 놀람에서 깨어난 그들은 서로 얼싸안았다. 그러고 나서 아민에게 경멸의 눈길을 보내더니, 술탄의 발아래 달려가 무릎을 꿇고서는 이 여인에 대한 환각에서 깨어나게 해 주고 그들의 생명과 상호간의 우정을 보존케 해준 그에게 감사의 말을 전했다. 그들은 망고귈이 애첩의 처소로 돌아가 그녀에게 아민의 이야기를 해 줄 때에 도착했다. 미르조자는 이 이야기를 듣고 웃었고, 그 이야기에 나오는 궁정의 여인들과 바라문 승려들을 더 이상 높이 사지 않았다.

제13장

반자에서의 셀림

망고귈은 무도회가 끝난 후 휴식을 취하러 갔다. 잠기운을 전혀 느끼지 못했던 애첩은 셀림을 불러들여 사랑 이야기를 계속하라고 다그쳤다. 셀림은 복종했고 이렇게 다시 시작했다.

"마마, 연애일로 저의 모든 시간을 소진하지는 않았습니다. 제가 진지한 작업에 몰두했을 때에는 쾌락을 멀리했습니다. 그래서 제가 연애질에 손을 댔을지언정 어김없이 축성술, 마술馬術, 검술, 음악과 춤을 배웠고, 유럽 사람들의 풍습과 예술을 관찰했으며, 그들의 정치와 병법을 연구했습니다. 콩고로 돌아와서, 저는 현 술탄의 조부를 알현하였는데, 이 황제 폐하께서는 저를 황군의 고위직에 앉혔습니다. 제가 궁정에 등장하게 된 겁니다.

그리고 얼마 안 있어 저는 에르겝제드 전하의 전부가 되었는데, 그러니까 예쁜 여자들과의 정사에 끼어들게 된 겁니다. 저는 나라 전체의 노소를 막론한 모든 신분의 여자들을 알게 되었는데, 저의 위치가 이 여자들의 마음을 사로잡았건, 이 여자들이 저만의 독특한 어법을 좋아했건, 제 얼굴이 그녀들의 호감을 샀건 간에, 이 여자들 중에서 매정한 여자들은 거의 만나지 못하였습니다. 그 당시 저에겐 대부분의 여자를 지금도 속히 사랑에 빠지게 하는 두 가지 자질, 대담함과 거만함을 갖추고 있었습니다.

저는 먼저 상류사회의 여자들과 사귀었습니다. 저는 이 여자들을 매일 저녁 마니몬반다에서의 모임이나 노름판에서 맞았습니다. 이 여자들과 함께 밤을 지새웠고, 우리는 거의 다음 날을 무시했습니다. 이 여자들의 관심사 중 하나는 애인을 만들거나, 심지어 가장 친한 친구들의 애인을 뺏어오는 것입니다. 그리고 이 애인들을 내치는 게 또 다른 관심사입니다. 밀통을 다져나가면서도, 애인 하나 없는 처지가 될까 두려운 나머지, 이 여자들은 둘 내지 세 명의 다른 남자들에게 추파를 던집니다. 자신들의 눈에 들어온 남자를 유혹하기 위해서 이 여자들이 흔해 빠진 술책을 얼마나 많이 가지고 있는지 알 수 없습니다. 그리고 데리고 있는 남자를 떼어놓기 위해서 입이 닳아도 모자를 중상을 별도로 마련해 두고 있습니다. 이런 일은 항상 있어왔고, 언제고 계속될 것입니다. 제가 지명은 하지 않을 것입니다. 그나저나 저는 에르겝제드의 궁정에는 젊고 아름답기로 소문난 여자들이 있다는 것을 알았습니다. 그리하여 여섯 달도 안 돼서, 사랑의 맹세란 맹세는 모두 형성되고, 깨지고, 다시 맺어지고, 잊혀졌습니다.

이 사교계가 지긋지긋해진 저는 이 반대쪽에 투신했습니다. 저는 중산층 여인들과 정을 나누었습니다. 저는 이 여자들이 엉큼하고, 자신들의 미를 뽐내고 있으며, 체면을 차리는 말투에 물이 오를 대로 올라 있었고,

야만적이고 거친 남편들이나, 자나 깨나 그들의 여 사촌들에게 들러붙어 정열적인 연인도 되려고 해서 나를 몹시 불쾌하게 했던 몇몇 비열한 사촌들이 그녀들의 머릿속에 거의 떠나지 않고 있었음을 알았습니다. 한순간도 이 여자들만을 차지하고 있을 수는 없었습니다. 이러한 동물들은 시종 불쑥불쑥 나타나서는, 만남을 방해하곤 했으며, 대화에 줄곧 끼어들었습니다. 이러한 훼방꾼들에도 불구하고, 저는 이렇게 정숙한 체하는 여자들 대여섯을 제가 바랐던 상황에 처박아 놓기 전 상황까지 끌고 갔습니다. 이 여자들과의 교제에서 저를 기쁘게 한 것은, 이 여자들이 애정을 자부했고—이 또한 자부해야만 하는 것이었습니다—그 애정을 우스워 죽을 지경으로 말을 하는 것이었습니다. 그러고 나서 이 여자들은 친절과 작은 배려를 요구했습니다. 이 여자들의 말을 들어보면, 이 여자들에게는 언제나 남자들이 그리웠던 것입니다. 이 여자들은 아주 양심 바른 사랑을 설교해서 그 사랑을 거부할 수밖에 없었습니다. 그러나 최악의 일은, 이 여자들이 마마님의 이름을 입에다 줄곧 달고 있는 것이었고, 그래서 이따금 이 여자들과 함께 모습을 드러내야만 해서, 중산층 여인과의 연애로 인해 온갖 비웃음을 받아야만 했던 것입니다. 어느 화창한 날 저는 생 드니 가街[56]의 상점에서 빠져나와 평생 다시는 그곳에 가지 못했습니다.

그 당시 사람들은 프티트 메종에 대해서 열광하고 있었습니다. 저는 중근동 사람들이 살고 있는 지역에 프티트 메종 하나를 세내어, 만나고 있거나 이젠 만나지 않는 여자들, 말을 건네고 있거나 한마디 말도 건네지 않고 있는 여자들, 싫증이 나면 쫓아버리는 이런 여자들 중 몇몇을 들여앉혔습니다. 저는 이곳에 친구들과 오페라 극장의 배우들을 불러 모았습니다.

56 당시 생 드니 가는 상업의 대동맥이라 불릴 만큼 상점으로 번화한 곳이었다.

에르겝제드 폐하께서 이따금 오셔서 자리를 빛내주신 간단한 저녁식사를 이곳에서 하곤 했습니다. 아! 마마, 저에게는 진미의 포도주, 감칠맛 나는 술과 콩고에서 제일가는 요리사가 있었습니다.

하지만 수도에서 멀리 떨어진 지방에서 제가 실행했던 계획만큼이나 저를 즐겁게 했던 것은 없습니다. 저의 연대가 그곳에 주둔하고 있었습니다. 저는 연대를 열병하기 위해 반자를 떠났습니다. 저를 도시에서 떼어놓았던 유일한 임무였습니다. 그래서 제가 몰두했던 기상천외한 계획이 없었다면 저의 여행은 짧았을 것입니다. 바뤼티에는 보기 드문 미인들이 사는 수녀원이 있었습니다. 저는 젊었고 수염도 안 났었습니다. 그래서 저는 시대의 위험을 피해서 피난처를 찾는 과부의 자격으로 이곳에 들어갈 궁리를 하였습니다. 저는 여자 옷으로 변장하였는데, 어울렸습니다. 그러고 나서 저는 우리의 은둔자들이 있는 격자문 앞에 가서 저를 소개했습니다. 모두들 저를 다정하게 맞이하였습니다. 남편을 잃은 저를 위로도 하고, 저를 기숙생으로 받아들였습니다. 그래서 저는 들어갔습니다.

제게 주어진 방은 수련기 수녀의 공동침실과 연결되어 있었습니다. 수련기 수녀들은 대단히 많았고, 대부분 젊었으며, 놀라울 정도로 천진무구했습니다. 저는 예의를 갖추어 그녀들의 호감을 샀고, 곧 친구가 되었습니다. 일주일도 안 돼서, 이 여자들은 이 작은 집단의 모든 관심을 저에게 알려주었습니다. 저에게 성격들을 생생하게 묘사하였고, 여러 일화들을 알려주었습니다. 저는 별의 별 속내 이야기를 다 들었습니다. 그래서 저는 우리 같은 속인들은 중상과 비방을 이보다 더 잘 할 수 없다는 것을 알게 되었습니다. 저는 규칙을 엄격하게 준수했습니다. 짐짓 아양 떠는 태도를 취했고 상냥한 어조로 말했습니다. 제가 수녀가 되면 이 수녀원이 행복할 것이라고 모두들 귀엣말로 속삭였습니다.

갓 수녀가 된 한 젊은 동정녀에게 애착을 가진 일이 있은 다음에야 저는 수녀원에서 쌓인 저의 평판을 확신하였습니다. 그녀는 사랑스러운 갈색 머리의 여인이었습니다. 그녀는 저를 엄마라고 불렀고, 저는 그녀를 귀여운 아가라고 불렀습니다. 그녀는 저에게 아무런 감정 없는 입맞춤을 했으며, 저는 그녀에게 애정이 듬뿍 담긴 입맞춤으로 답했습니다. 청춘은 호기심이 많은 법입니다. 지근지필은 저에게 때를 가리지 않고 결혼과 부부들간의 쾌락에 대해서 물었습니다. 그녀는 이에 대한 근황을 묻기도 하였습니다. 저는 능숙하게 그녀의 호기심을 자극했습니다. 물음이 거듭되자, 저는 그녀에게 했던 교육을 그녀와 함께 실천하기에 이르렀습니다. 제가 가르쳤던 수련기 수녀는 그녀만이 아니었습니다. 몇몇 젊은 수녀들 역시 지식을 얻기 위해 작은 제 방으로 왔습니다. 제가 시기와 회합장소와 시간을 적절하게 준비했기 때문에 누구도 엇갈리는 일이 없었습니다. 자 그러면, 마마, 제가 무슨 말씀을 드려야겠습니까? 독실한 과부는 많은 자손을 만들었던 것입니다. 하지만 무두를 말도 제대로 못하게 하고 끙끙 앓게 했던 이 스캔들이 명백하게 드러나서, 입이 무거운 여자들의 위원회가 소십되어, 수녀원 소속 의사를 불렀을 때, 저는 귀영歸營을 궁리했습니다. 그래서 수녀원 전체가 잠든 어느 날 밤, 저는 정원 벽을 기어올라 사라졌습니다. 저는 플롱비에르 온천장으로 갔습니다. 의사가 수녀원의 반수는 이곳으로 보냈는데, 제가 과부의 복장을 하고 시작했던 작업을 기병의 복장을 한 채 마쳤던 곳이 바로 이곳입니다. 마마, 이상이 제국 전체가 기억하고 있으며, 마마만이 그 주모자를 알고 계신 바로 그 사건입니다.

그 이후 제 청춘은—셀림이 덧붙였다—그런 식의 유희, 신비로움이라고는 좀처럼 보기 어렵고 숱하게 맹세를 하지만 진실됨이라곤 전혀 없는 모든 종류의 여자들과 항상 보내느라 소진되었습니다."

"그나저나 상황이 그랬다면—애첩이 그에게 말했다—그럼 그대는 한 번도 사랑한 적이 없었던 건가요?"

"아,—셀림이 대답했다—그때 저는 사랑에 대해 많은 생각을 했었습니다! 제가 사랑에서 바란 것이라곤 쾌락과 제게 쾌락을 약속했던 여자들뿐이었습니다…"

"한데 사랑하지 않고 즐길 수 있나요?—애첩이 말을 막았다—마음속에서 아무 소리 안 하는데, 그게 다 뭐겠어요?"

"어 참, 마마,—셀림이 응수했다—열여덟, 스무 살에 말하는 것이 마음인가요?"

"그럼 결국 그 모든 체험에서 나온 결과가 무엇이랍니까? 그대는 여자에 대해서 어떤 결론을 내리셨지요?"

"여자들은 대부분 성품이 꿋꿋하지 못합니다—셀림이 말했다—이익, 쾌락, 허영심, 이 세 가지 사항이 여자들을 강력하게 움직인다는 겁니다. 이러한 열정 중 하나에 지배되지 않는 여자는 아마도 없을 것이고, 이 세 가지 열정을 모두 겸비하고 있는 여자들은 괴물입니다."

"쾌락만큼은 그래도 괜찮소—방금 들어온 망고귈이 말했다—이 여자들을 신뢰할 수 없다고 해도, 용서해야만 하오. 육체적 욕구가 어느 정도에 이르면, 기수를 들을 가로질러 끌고 가는 것은 혈기왕성한 말이오. 그래서 거의 모든 여자들은 이 동물 위에 걸터앉는 거요."

"메네가 공작부인께서 그녀의 마술교관인 캐다르 기사를 부르는 것은—셀림이 말했다—아마도 이런 이유 때문인 것 같습니다."

"그런데,—술탄의 비가 셀림에게 말했다—그대가 진심으로 연애를 해 본 적이 한 번도 없다는 것이 있을 수 있는 일인가요? 그대가 여성들에게 희열을 준다면, 그대의 진심은 그대의 쾌락을 만족시켜 준 여자를 오로지

능욕하는 데 있을 것인가요? 뭐라고요! 헤아릴 수 없이 많은 여자들 중에서, 사랑받고자 하는 여자와, 사랑받을 만한 여자가 하나도 없다니! 수긍이 안 가는군요."

"아! 마마,—셀림이 대답했다—제가 마마의 말씀을 수월하게 따르고 있는 것처럼, 여러 해 동안 제 마음속에서 한 사랑스러운 여인의 지배력이 수그러들지 않고 있음을 느끼고 있습니다. 시낭하십니다, 마마, 저도 다른 사람들처럼 사랑을 했습니다. 마마께서 모든 것을 다 알고자 하시니, 저도 모든 것을 다 말씀드리겠습니다. 그러니 제가 정식으로 연인의 역할을 다 했는지는 마마께서 판단하실 일입니다."

"그대가 이야기할 이 부분에 여행이 담겨 있는가?" 술탄이 물었다.

"없습니다, 폐하." 셀림이 대답했다.

"다행이군—망고귈이 다시 말을 했다—사실 난 잠잘 생각이 전혀 없거든."

"저로 말씀드릴 것 같으면,—애첩이 말을 재개했다—셀림은 저에게 잠깐 동안의 휴식을 허락할 것 같은데요."

"그도 가서 자라고 하시오—술탄이 말했다—그럼 그대들이 자고 있는 동안, 난 시프리아에게 질문을 해야겠소."

"한데, 전하,—미르조자가 그에게 대답했다—폐하께서는 그럴 의향이 아니시겠지요. 이 보석은 끝이 안 날 여행 속에 마마를 들여다 놓으실 겁니다."

이 대목에서 아프리카 저자는 미르조자의 고찰에 강한 인상을 받은 술탄이 효과 만점인 각성제를 미리 준비해 두었다고 우리에게 알리고 있다. 망고귈과 사이가 좋은 친구였던 그의 주치의가 약의 처방전을 전해 주었고, 이 처방전을 그의 작품 서문으로 했다고 그는 또 덧붙이고 있다. 그러나 우리에게 남은 서문이라곤 제가 여기서 여러분에게 보고해 드릴 고작 마지막 세 줄뿐이다.

…을 복용하세요.

…을

…을

《마리안의 일생과 벼락출세한 농부》, 네 쪽.

《갈피를 못 잡는 마음》, 한 장.

《고백록》, 스물다섯 줄 반.[57]

제14장
스물여섯 번째 반지 실험

여행하는 보석

애첩과 셀림이 전날의 피로를 푸는 동안, 망고귈은 시프리아의 으리으리한 거처를 놀라움을 금치 못하며 둘러보았다. 이 여인은 자기 보석으로 징세 청부인의 재산과 비견될 정도로 한 재산 장만했던 것이다. 호화로운 장식들로 앞을 다투어 뽐내며 한 쪽으로 길게 나 있는 방들을 지나서, 그는 응접실에 이르렀다. 이곳에서 그는 회중들 한가운데 어마어마하게 많은 보석들로 치장하여 모습이 흉해진 이 집의 안주인과 얼굴에 우직함이 써 있는 그녀의 남편이 있는 걸 알아보았다. 승려 둘, 재사才士 하나와 반자 아카데미 회원 셋이 시프리아의 안락의자 곁을 차지하고 있었다. 그리고

57 "효과 만점인 각성제"의 원료로, 디드로는 손쉽게 확인할 수 있는 소설 몇 편을 넣었다. 마리보Marivaux의 《마리안의 일생*La Vie de Marianne*》, 《벼락출세한 농부*Le Paysan parvenu*》, 크레비용의 《갈피를 못 잡는 마음과 정신*Les Égarements du coeur et de l'esprit*》, 뒤클로의 《*** 공작의 고백록*Les Confessions du comte de* ***》. 그러나 이러한 재미난 생각은 디드로가 고안해 낸 것이 아니었다. 몽테스키외의 《페르시아인의 편지*Lettres Persanes*》(CXLIII)와 라 모를리에르의 《앙골라*Angola*》(II, 12)에서도 이미 독서의 지루함을 막는 처방전으로 유사한 원료를 사용했었다.

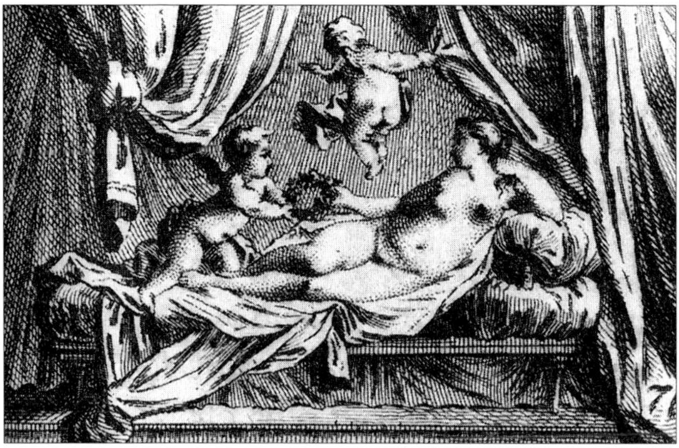

라 모를리에르, 《앙골라*Angola*》(1751)의 판화

폼은 있는 대로 잡고, 양 소매 등을 호호 불어대며, 줄곧 가발을 매만지고, 거울을 보며 입매를 살펴보더니 루주가 잘 어울리는 것에 만족해하는 한 젊은 행정관과 함께 두 명의 댄디가 방구석에서 이리저리 서성대고 있었다. 이 경박한 세 명의 인간을 제외한 나머지 일행은 존경할 만한 이 미라에게 정중한 경의를 표했다. 이 미라는 음란하게 길게 누워 하품을 하고, 하품을 하면서 말을 하고 있었으며, 사사건건 판가름을 지었는데, 죄다 잘못된 판가름이었는데도, 전혀 반론에 부딪치지 않았다.

"어떻게—오래전부터 혼잣말을 했었고 독백을 하고 싶어 죽을 지경이었던 망고귈이 중얼거렸다—이 여자가 어떻게 명문가의 남자를 욕되게 하였을까? 뒤틀릴 대로 뒤틀린 생각을 하고 저런 얼굴을 하고 말이야."

시프리아는 자신을 금발 미녀로 생각해 주길 바랐다. 붉게 얼룩진 그녀의 연 노란색 피부는 얼룩무늬 튤립을 제법 흉내 낸 것이었다. 그녀의 눈은 컸고, 근시였으며, 키는 작고, 콧날은 뾰족했으며, 입술은 얄팍한데다, 얼굴은 각이 졌으며, 양 볼은 파인데다, 이마는 좁고, 가슴은 없고, 손은 메마르고, 팔에는 살이 없었다. 그녀가 이러한 매력을 가지고 그녀의 남편을 홀린 것이었다. 술탄은 반지를 그녀를 향해 돌렸다. 그러자 곧 날카롭게 째지는 소리가 들렸다. 모여 있던 사람들은 착각하여, 시프리아가 입으로 말하는 줄 생각했고, 곧 판단을 내릴 거라고 믿었다. 그러나 그녀의 보석이 이렇게 말을 시작했다.

"제 여행 이야기입니다.

저는 1700000012년 모로코에서 태어났습니다. 그리고 저를 거두어주신 메헤메 트리파투께서 대사로 임명되어 우리의 강력한 황제께서 프랑스 군주에게 보내려 하셨을 때, 저는 오페라 극장 무희였습니다. 저는 그를 따라 여행을 같이 하였습니다. 프랑스 여인들의 매력은 곧 저에게서 저의 애인을 앗아갔습니다. 그래서 저는 지체하지 않고 보복조처를 취했습니다. 참신한 것을 갈구하고 있던 궁정 조신들은 모로코 여자를 도모하고 싶어 했습니다. 사실 이렇게 해서 제 주인님이 지명되었던 것입니다. 그녀는 이 조신들을 아주 인간적으로 대했습니다. 그래서 그녀의 부드러운 태도는 육 개월 만에 그녀에게 가구란 가구는 다 갖추어진 작은 저택과 함께 이만 에퀴나 되는 보석과 이만 에퀴의 돈을 가져다주었습니다. 그러나 프랑스 사람은 변덕스러운지라, 얼마 안 가서 저의 유행은 끝이 났습니다. 이 지방 저 지방 돌아다니는 즐거움을 전혀 맛보지 못했습니다. 재능이 뛰어난 사람들에게는 거대한 무대가 필요한 법인데. 저는 트리파투를 떠나보냈고, 다른 왕국의 수도로 가야 하는 신세가 되었습니다.

한 돈 많은 영국 신사가 프랑스 여행 중에 저를 런던으로 끌고 갔습니다. 후! 그는 정말이지 대단한 사람이었습니다. 낮에는 저를 여섯 번 침수시키더니, 밤에도 똑같이 해 대는 것이었습니다. 혜성의 꼬리 같은 그의 자지는 불화살을 쏘아 댔습니다. 저는 이보다 빠르고 짜릿짜릿한 충격을 느껴 본 적이 한 번도 없었습니다. 그 어느 것도 이러한 속도에는 오래 버티지 못할 것입니다. 그래서 그는 조금씩 속도를 낮주었고, 저는 그의 음경 끝에서 정수를 받을 수 있게 되었습니다. 그는 저에게 오만 기니guinée[58]를 주었습니다. 항해에서 돌아온 지 얼마 안 된 사략선 선장 두 명이 이 귀족 신사를 계승했습니다. 친한 친구 사이인 그들은 누가 더 기운차고 더 빨리 사격을 하는지 보여주려고 애쓰면서 같이 항해를 하는 것마냥 저와 성교를 하였습니다. 하나가 닻을 내리려고 하는 동안, 저는 다른 하나의 자지를 잡아당겨서 사격을 다시 하도록 준비시켰습니다. 적당히 계산해 보아도, 팔 일 동안 저는

58 영국의 21실링에 해당하는 금화.

어림잡아 백 팔십 번의 공격을 받았습니다. 그나저나 저는 세밀하게 계산하여 기재하는 데는 금방 지쳐버렸습니다. 그도 그럴 것이 그들이 멈추지 않고 그들의 대포에다 장전을 했기 때문입니다. 저는 그들이 노획한 것 중 제 몫으로 만 이천 리브르를 받았습니다. 겨울이 끝나가자, 그들은 다시 항해를 해야 했고, 제가 먼저 독일 공작과 계약을 하지 않았었다면, 그들은 저를 기꺼이 그들의 간호인으로 고용했을 것입니다.

그는 저를 그의 조국인 오스트리아 비엔나로 데려갔습니다. 거기서 저는 저의 전 존재를 관능의 심연 속에 빠트렸습니다. 석 달 동안 내내, 저는 호사스럽기 그지없는 향연을 베푼 그의 주인이었습니다. 그는 로렌 사내들 것처럼 쪼글쪼글하고 오그라든 불알을 지니고 있었고, 음경은 대단히 길고 굵어서 제가 그 반도 잡을 수 없었습니다. 그러나 우격다짐으로 집어넣은 끝에 찢어진 제 음부는 애처롭게 입만 멍하니 벌리고 있었습니다. 하지만 자주 사용한 덕에, 내 칼집은 마침내 이 괴물 같은 검을 받아들이게 되었습니다. 그리고 우리는 단조로운 성교가 낳은 권태로움을 끝내기 위하여 새로운 기술을 생각하였습니다. 때로는 제가 그의 위에서 성교를 했고, 때로는 그의 남근 위에 편하게 걸터앉아 했는데, 요컨대 속력을 낸 것은 저였습니다. 그는 발기된 그의 성기를 자주 제 입에 댔고, 게다가 그의 입술로 제 입술을 짓누르면서, 흡인력이 센 혀로 저의 온몸을 핥았습니다. 어쨌든 그가 저를 뒤에서 공략했더라도, 그가 비너스의 후예에 대한 취향이 결코 없다고 해봐야 소용없는 일이었습니다. 그는 성적 쾌락의 장애물을 헤치고 길을 내기 위해서, 제 다리 한 짝은 허공에, 다른 한 짝은 아래다 놓고 난 뒤, 허벅지 사이로 삽입을 했습니다. 그는 산체즈[59]의 사랑의 교훈을 속속들이 알고

59 Thomas Sanchez(1550-1610). 결의론자인 그는 1592년 공식적으로 출판된 《결혼에 대하여*De Matrimonio*》에서 부부관계의 모든 자세를 낱낱이 설명하였다.

있었고, 아레티노의 익살스러운 장면들을 누구보다도 훌륭히 재현했습니다. 저에게서 이러한 칭송을 받은 뒤에, 그는 저의 교태에 대한 대가로 수천 플로린을 주었습니다. 그리고 난 후 저는 로마로 자리를 옮겼습니다.

이 도시 자체는 비너스의 신전이고, 열락이 머무는 곳입니다. 그럼에도 불구하고 이곳은 제 마음에 조금도 들지 않았는데, 예외라면 이곳 또한 매력적인 엉덩이가 가장 아름다운 성지城地보다 환대를 받았다는 것입니다. 그리고 이게 바로 제가 이 나라에 온지 삼일째 되는 날 경험한 일입니다. 한 유명한 고급 창녀가 저에게 제의를 하였습니다. 제가 자기와 포도밭에서 저녁나절을 재미나게 보낼 의향이 있다면 천 에퀴를 벌게 해 준다는 거였습니다. 제의를 수락했지요. 우리는 사륜 포장마차에 올랐고, 그녀가 잘 아는 곳에 도착했습니다. 그리로 붉은색 반바지를 입은 두 기사가 우리를 만나러 와서는 우리를 나무가 빽빽이 우거진 숲으로 데리고 갔습니다. 여기서 그들은 옷을 당장 벗고는 우뚝 솟아 탱천할 대로 탱천해 있는 그들의 성기를 보여 주었습니다. 각자 자기 파트너와 뒹굴었습니다. 그러고 나서 놀이는 혼음으로 변했고, 다음으로는 오랄 섹스, 그리고 유방 사이에다 해대는 것이었습니다. 마침내, 한 오입쟁이가 나와 일을 벌이고 있는 동안 다른 놈은 제 연적을 차지했습니다. 저를 데려왔던 그녀에게도 같은 일이 벌어졌던 것입니다. 그러고 나서 이 모든 일이 즐겁게 피렌체식의 입맞춤(설왕설래舌往舌來)으로 가면서 흥미를 돋웠답니다. 그러고 나서 우리의 투사들이 전투를 끝냈을 때, 우리에게 후하게 지불해 준 이 친절한 분들의 성욕을 깨우기 위해서 우리는 수음을 해 주었습니다. 이런 상황이 몇 번 거듭되다 보니, 저는 그들에게서 육만 에퀴를 벌어들였으며, 이 창녀가 나에게 대주곤 했던 자들에게서는 그 두 배를 벌었습니다. 저는 그들 중 하나가 저를 종종 방문해서 자리를 뜨지 않고 두 번이나 사정을 했던 것과, 다른 하나는 나에게서 슬그머니 빠져나와 매번 제 이웃에게로 슬쩍 옮겨간 일을 기억하고 있습니다. 이를 위해서는 엉덩이를 위에서 아래로 움직이면 그만이었습니다. 이탈리아에서 실행하는 기묘한 관행입니다."

시프리아의 보석은 콩고와 스페인 말투를 반반씩 섞어가며 이야기를 계속했다. 고것은 스페인어만을 사용하기에는 분명히 이 언어를 충분히 알지 못했다. 우리가 한 언어를 많이 말할 때 비로소 배운다고, 일반적인 사려가 부족하기보다는 오히려 거기에 매달려 있는 아프리카 저자가 말하고 있다. 시프리아의 보석은 마드리드에서 말할 시간이 거의 없었던 것이다.

"제 뒤로 풍토의 악영향을 상기시키는 몇몇 은밀한 욕구가 붙어 다녔지만—보석이 말했다—저는 이탈리아를 빠져나왔습니다. 그러고 나서 저의 특권을 횡령자와 나누지 않고 즐길 수 있는 나라로 가고자 결심하였습니다. 저는 카스티야 라 비예야로 여행을 했습니다. 이곳에서 우리는 여행의 임무를 단순화할 수 있었습니다. 그러나 이것만으로는 제 복수를 다하기에 충분치 않았습니다. 저는 〔비너스의 후예에게〕 밤낮으로 열렸던 무도회에서 박자를 맞출 것을 명했습니다. 이 후예가 자기 일을 훌륭히 수행했기 때문에 우리는 화해했습니다. 우리는 사이좋게 마드리드의 궁정에 이르렀습니다. 마드리드에 들어서면서, 저는 위엄 있는 백발을 한 사람을 알게 되었습니다. 저에게는 잘된 일이었습니다. 그도 그럴 것이 그는 저의 젊음을 동정하였고, 저를 악에서 지켜 주기 위하여 육십 년 간 쌓은 경험의 결실인 비밀 한 가지를 제게 전해 주었기 때문입니다. 그 악은 프랑스 사람들이 유포시켰던 것으로, 이 때문에 그들은 그 악의 대부가 될 만했습니다. 이 비결과 제가 스페인에 들여오려고 했지만 실패했던 청초함의 취향이 있었기에, 저는 마드리드에서의 모든 사고를 피했습니다. 이곳에서는 제 허영심이 홀로 금욕을 한 것이었습니다. 제 여주인의 발은, 보시다시피, 아주 작습니다. 이러한 장점은 카스티야 사람의 상상력을 가장 강하게 자극하는 요소입니다. 양 다리사이에 어마어마한 동굴을 지니고 있는 여인에게 작은 발은 마드리드에서는 여권旅券인 셈입니다. 이 이상한 장점 덕에 이 나라에서 거의 언제나 열렬한 갈채를 받았던 저는 이 나라를 떠나기로 결심했습니다. 이곳에서 도망치기 위해서 저는 후원자를 물색했고, 서인도제도로 막 떠날 참이었던 아주 덕망 높은 수도회 총회의원을 곁에 두었습니다. 이 성직자의 보호를 받으면서 저는 약속의 땅을 보았습니다. 행복한 프렐르가 스캔들을 일으키지 않고 주머니에 금을 담고 허리에는 칼을 차고, 그의 정부는 말을 타는 그런 나라였습니다. 그곳에서 보냈던 삶은 얼마나 감미로웠던가! 밤은 얼마나 대단했었는지, 그럴 수 있을까, 대단한 밤이었어! 나에게 화가 있으라! 그렇게 많은 쾌락을 기억할 때면, 저는 쾌락을 오줌 싸듯 내보내고… 게다가… 아! 아! 전 쾌락의 감각을 잃었어요… 저는 죽어갑니다.

마드리드와 서인도제도에서 머무른 지 일 년 뒤에, 저는 콘스탄티노플행 배에 올랐습니다. 보석의 출입이 통제된 나라 백성들의 풍습을 맛보지 못해서, 전 제 자유의 침해를 받을 뻔했던 이 나라를 부랴부랴 떠났습니다. 그렇지만 저는 회교도들과 제법 자주 만나서 이들이 유럽 사람들과의 교제를 통해 상당히 개화되었다는 것을 알게 되었습니다. 그래서 저는 그들에게서 프랑스 사람들의 경박함, 영국 사람들의 열정, 독일 사람들의 힘, 스페인 사람들의 인내 그리고 이탈리아 사람들의 세련됨이 아주 강하게 묻어 있음을 보았습니다. 한마디로 말해서, 터키의 근위대장 하나가 추기경 하나, 공작 넷, 영국 귀족 하나, 스페인 대공 셋 그리고 독일 제후 둘과 맞먹는다는 말씀입니다.

여러분, 여러분께서 아시다시피, 콘스탄티노플에서 저는 위대한 에르겝제드의 궁정으로 왔습니다. 이 궁정에서 저는 우리의 대감들을 둘째가라면 서러울 정도로 친절하게 만들어 놓았습니다. 그리고 제가 아무 짝에도 쓸모없게 되자, 저는 이 화상에게 투신한 겁니다—자기에게 익숙한 몸짓으로 시프리아의 남편을 가리키며 보석이 말했다—추락도 이런 추락이!"

아프리카 저자는 시프리아의 보석이 외국어로 표현했던 대목들을 번역하도록 시킬 마음이 있을 귀부인들에게 예고하는 것으로 이 장을 끝맺고 있다.

"제가—그가 말했다—그 대목들을 삭제했다면, 저로서는 전기 작가의 의무를 저버리는 일이 되었을 것입니다. 그리고 시프리아의 보석은 여행을 하면서 자신의 말투를 지나치게 엉망으로 만들어 놓았고, 고것의 이야기들은 한 번도 읽혀진 적이 없었던 어떤 불온서적보다 음란하기 그지없다는 사실을 정숙한 부인들에게 예고하지도 않은 채 제 작품에 그 대목들을 간직했다면, 제가 존경하고 있는 여성에게 결례가 되는 일일 것입니다."

제15장

시달리즈

망고귈은 애첩의 처소로 돌아왔는데, 셀림이 그보다 먼저 와 있었다.

"그럼, 전하,—미르조자가 그에게 말했다—시프리아의 여행담이 전하께 괜찮으셨는지요?"

"좋지도 나쁘지도 않았소—술탄이 대답했다—여행담을 전혀 알아들을 수 없었으니까."

"근데 왜 그랬지요?" 애첩이 재차 말을 했다.

"그건 말이오—술탄이 말했다—그녀의 보석이 여러 나라 말에 능통한 사람처럼, 우리나라 말만 빼고, 각종 언어를 구사했기 때문이오. 그건 정말이지 무례한 이야기꾼이오, 하지만 훌륭한 통역자일 수도 있을 거요."

"네!—미르조자가 다시 말을 했다—마마께서는 고것의 이야기를 전혀 이해하시지 못하였다고요?"

"한 가지만 빼고 그렇소, 부인—망고귈이 대답했다—그건 여행담이 남성들의 종교적 믿음보다 여성들의 정숙함에 훨씬 더 치명적이라는 것이고, 여러 나라 말을 알아야 할 이유가 거의 없다는 것이오. 우리는 라틴어, 그리스어, 이탈리아어, 영어 그리고 콩고어까지 완벽하게 알 수가 있고, 보석과 마찬가지로 기지를 가질 수 있습니다. 이게 그대의 견해이지요, 부인? 셀림의 견해인가? 그럼 그대는 그대의 연애담을 시작하도록 하시오. 하지만 여행담은 절대로 해선 안 되오. 여행담은 날 극도로 피로하게 만든단 말이오."

셀림은 술탄에게 사건은 한 장소에서만 일어날 것이라고 약속하며 말했다.

"제가 서른 살쯤 되었을 겁니다. 전 그때 막 아버지를 여의었습니다. 가정을 방치해두지 않기 위해서 전 결혼을 했고, 제 부인과 함께 예의를 지키며 살았습니다. 경의, 정중함, 공손함, 평이하지 않지만 아주 정직한 예의를 보였던 것입니다. 에르겝제드 군주께서 왕위에 오르고 난 뒤의 일이었습니다. 저는 그분이 군림하기 오래전부터 그분의 호의를 받고 있었습니다. 그분이 죽기 전까지 전 그분의 호의를 계속 받았습니다. 그래서 전 저의 열의와 충성심으로 이 훈장의 증거를 보여 주려고 노력했습니다. 마침 황군의 감찰대장 자리가 비어 있었습니다. 제가 그 자리를 차지하게 되었고, 이 직위로 인해 저는 국경으로 잦은 시찰여행을 할 수밖에 없었습니다."

"잦은 시찰여행이라고!—술탄이 고함을 질렀다—내일까지 나를 재우려면 여행 한 번이면 돼. 주의하시오."

"전하,—셀림이 계속했다—바로 그 당시 순시를 하던 중에 제가 오타뤼크라고 하는 기병 대령의 부인을 알게 되었습니다. 남자로서 용감한데다, 우수한 장교였지만, 대하기 까다로운데다 범처럼 질투가 심했고, 이러한 집착을 증명할 만한 것이 그의 용모에 나타나 있는 남편이었습니다. 사실 그는 소름끼칠 정도로 못생겼습니다.

그가 젊고, 싱싱하고, 아름다운 시달리즈와 결혼한 지는 얼마 되지 않았었습니다. 말을 처음 나누는 순간부터, 공손한 것 이상의 무언가를 느끼게 되고, 헤어짐이 못내 아쉬워, 다시 볼 때까지 새록새록 떠오르는 그런 보기 드문 여자 속屬이었습니다.

시달리즈의 생각은 정확했고, 의사 표현은 매력이 있었습니다. 그녀의 대화는 흥미를 끌어서, 그녀를 보는 일은 전혀 지겹지 않은데, 그녀의 말을 듣는 것은 그녀를 보는 것보다 훨씬 덜 지겨운 일이었습니다. 이러한 장점으로 인해, 그녀가 모든 사람의 마음에 강한 인상을 심어준 것은 당연한 일이었습니다. 제가 그것을 알아보았던 것입니다. 저는 그녀를 무척이나 존경했고, 오래지 않아 보다 애정 어린 감정을 갖게 되었으며, 저의 모든 태도에는 강한 정열의 참 색깔이 줄기차게 묻어나왔습니다. 처음 몇 번 쉽게 승리를 거둔 일이 저에게는 조금은 해가 되었습니다. 제가 시달리즈를 공격할 때면, 저는 그녀가 거의 저항하지 못할 것이고, 감찰대장 나리의 구애를 대단한 영광으로 생각한 그녀가 그저 적당한 방어만 할 것이라고 상상했습니다. 그러니 저의 사랑고백에 대한 그녀의 대답이 저를 얼마나 놀라게 했는지 생각해 보십시오.

'나리,—그녀가 저에게 말했습니다—모두가 제게 있다고 하는 어떤 매력에 나리의 마음이 동하셨다는 생각을 제가 주제넘게 했을지라도, 제가 나리께서 저에게 사용하시기 전에 수많은 여자들을 속이셨던 언변을 진지하게 듣는다면 미친년일 것이옵니다. 존경심이 없다면, 사랑은 무엇인가요? 아무것도 아닙니다. 그리고 나리께서 저를 존경하기에는 저를 충분히 알지 못하십니다. 머리가 좋고 통찰력이 있더라도, 이틀 만에 한 여자의 성격을 철저히 알아내서 그 여자에게 합당한 배려를 할 수는 없는 일입니다. 감찰대장 나리께서는 여흥거리를 찾고 계십니다, 옳으신 일입니다. 시달리즈가 누구도 즐겁게 하지 못하는 것도 옳은 일이고요.'

제가 비할 데 없는 진실한 사랑의 감정을 품고 있고, 저의 행복은 그녀의 손에 달렸으며, 그녀의 무관심으로 인해 저의 여생은 곧 독이 퍼질 것이라고 그녀에게 아무리 맹세해 봤댔자 소용이 없었습니다.

'버릇처럼 말씀하시는군요—그녀가 저에게 말했습니다—완벽하세요. 아니 이젠 저를 생각하지 마세요, 아니 낡아빠진 맹세에 혹할 정도로 제가 얼이 빠져 있다고 믿지 마세요. 나리께서 제게 방금 말씀하신 것은, 모든 사람들이 생각하지도 않고 말하는 것이고, 그에 대한 믿음도 없이 듣고 있는 것입니다.'

제가 시달리즈를 그저 좋아만 했었다면, 그녀의 냉혹함으로 인해 저의 자존심은 상했을 것입니다. 그러나 저는 그녀를 사랑하고 있었습니다. 그녀의 냉혹함이 저의 마음을 아프게 했던 것입니다. 저는 궁정으로 떠났습니다. 그녀의 영상이 그곳까지 저를 따라왔고, 그녀의 부재는 제가 그녀에게 품었던 열정을 약화시키기는커녕 증폭시키기만 하였습니다.

궁정에다 저를 묶어 두었던 직무와 직위를 그녀를 위해 희생할 생각을 골백번이나 할 정도로 시달리즈는 저의 마음을 차지했습니다. 그러나 성공의 불확실성이 늘 저를 막았습니다. 제가 그녀를 버려두고 왔던 그곳으로 달려갈 수가 없어서, 저는 그녀를 제가 있는 곳으로 유인할 계획을 세웠습니다. 저는 에르겝제드가 영광스럽게도 제게 베풀어주신 신뢰를 이용하였습니다. 저는 이분에게 오타뤼크의 장점과 가치를 칭찬하였습니다. 그는 근위대 기병 보좌관으로 임명되었습니다. 그를 군주 곁에 못 박은 자리였습니다. 그리하여 오타뤼크는 궁정에 등장했고, 그와 함께 온 시달리즈는 곧 오늘의 미인이 되었습니다."

"그대의 직무를 지키면서 그대의 시달리즈를 궁정으로 부른 것은 아주 잘 하신 일이오—술탄이 말했다—사실 브라흐만 신의 이름으로 맹세하건대, 그대를 그 지방으로 홀로 떠나게 하려던 참이었소."

"모두가 그녀에게 추파를 던지고, 주시를 하고, 줄곧 치근덕거려 보았지만, 헛일이었습니다—셀림이 계속하였다—저만이 그녀를 매일 볼 수 있는 특권을 누렸습니다. 그녀를 만나면 만날수록, 저는 더욱 더 그녀에게서 우아함과 장점을 발견하였으며, 이 때문에 더더욱 어찌할 바를 몰랐습니다. 저는 그녀의 머릿속에 있는 수많은 제 연애사건에 대한 최근의 기억들이 저에게는 해가 될 수도 있다는 생각을 했습니다. 이 기억을 지우고, 제 사랑의 진실됨으로 그녀를 설득하기 위해서, 저는 사교계를 자진해서 떠났고, 그녀의 집에서 우연히 만났던 여인 말고는 어느 여인도 만나지 않았습니다. 이러한 태도가 그녀를 감동시켜서, 그녀가 예전의 혹독함을 조금 완화했던 것 같았습니다. 저는 주의를 배가했고, 사랑을 요청했으며, 그녀는 저를 존경하게 되었습니다. 시달리즈는 저를 예외적으로 대하기 시작했습니다. 저는 그녀의 신뢰를 얻어냈습니다. 그녀는 자주 그녀의 집안 문제에 대해서 저의 견해를 물었습니다. 하지만 자신의 마음의 문제에 대해서는 제게 한마디도 하지 않았습니다. 제가 그녀에게 감정을 이야기하면, 그녀는 저에게 격언으로 답하였습니다. 그래서 저에게는 애석한 일이었습니다. 이런 고통스런 상태가 오래도록 지속되자, 저는 그 상태에서 빠져나와 이번을 마지막으로 제가 무엇에 만족해야 하는지를 알고자 결심했습니다.”

“어떻게 처신하셨지요.” 미르조자가 물었다.

“부인, 곧 알게 될 거요.” 망고귈이 대답했다.

그리고 셀림이 계속했다.

“마마, 제가 말씀드렸지요, 시달리즈를 매일 보았다고. 처음에는 그녀를 그리 자주 보지 못하였습니다. 저의 방문은 선보다 훨씬 더 드물어졌고, 결국에는 그녀를 거의 보지 못했습니다. 이따금 우연히 마주보고 앉아서 이야기라도 나누는 일이 생기면, 저는 단 한 번 콩알만 한 사랑의 불씨도 품어 보지 못했을 정도로 사랑에 대해서는 거의 말하지 않았습니다. 이러한 변화가 그녀를 놀라게 했습니다. 그녀는 제가 마음속으로 어떤 맹세를 하지 않았나 생각했습니다. 그래서 제가 그녀에게 궁정에서 일어난 연애 이야기를 해 주고 있었던 어느 날, 그녀가 멍한 표정을 지으며 저에게 말했습니다.

‘셀림, 당신은 저에게 당신 자신에 대해서 가르쳐주시는 게 전혀 없습니다. 다른 사람의 염복에 대한 이야기는 기막히게 잘 하시지만, 당신의 염복에 대해서는 상당히 신중하시군요.’

‘부인,—제가 대답했습니다—그건 분명 제가 염복이 조금도 없거나, 그걸 비밀로 하는 것이 적절하다고 생각하기 때문이오.’

‘아, 그래요!—그녀가 제 말을 막았습니다—내일이면 온 세상이 다 알게 될 일을 오늘 제게 숨기시니 때도 정말 잘 맞추시는군요.’

‘잘됐군요, 부인,—제가 그녀에게 응답했습니다—하지만 적어도 그 어느 누구도 그것을 저에게서 얻어내지는 못할 것이오.’

‘참으로,—그녀가 다시 말을 했습니다—당신은 조심스럽기로는 최고입니다. 그런데 당신이 금발의 미시스, 키 작은 지블린, 갈색머리 세페라를

원망하고 계시다는 것을 누가 모르고 있을까요?'

'또 누구에게 볼일이 있으십니까?' 제가 매몰차게 덧붙였습니다.

'정말로, 전 이 여자들뿐만이 아니라고 굳게 믿을 것입니다. 그저 호의로 당신을 보아온 두 달 전부터, 당신은 그냥 계시지 않았습니다. 그래서 바로 이 부인들과 서둘러 진행하신 거구요.'

'제가, 아무것도 안 하고 가만히 있다니요!—제가 그녀에게 대답했습니다—그건 제게 심히 유감스러운 일일 겁니다. 저의 마음은 사랑하기에 안성맞춤이고 사랑받기에도 조금은 어울리기도 하지요. 그래서 당신에게 제 마음이 그렇다는 것을 고백하려고 했는데. 어쨌든 그 이상 묻지 마세요, 벌써 너무 말한 것 같습니다.'

'셀림,—그녀가 진지하게 다시 말을 하였습니다—전 당신에게 비밀이 조금도 없습니다. 그러니 당신도 저에게 그래주세요, 부탁입니다. 어디까지 하셨지요?…'

'거의 소설의 끝에 이르렀소…'

'그런데 누구와 함께이지요?' 그녀가 열의를 가지고 물었습니다…

'마르테자라고 아시지요…'

'네, 그런 것 같아요. 아주 상냥한 여자지요…'

'그래요, 헛일이었지만 당신의 마음에 들기 위해서 모든 것을 다 시도하고 나니까, 이쪽으로 방향을 틀었구려. 그녀가 나를 욕구한지는 여섯 달도 더 되었소. 두 번 만나보니 다가가는 것이 용이해졌지요. 세 번째 만남은 저의 행복을 완성시킬 것이오. 그리하여 그날 저녁 마르테자가 저녁 준비를 하고 저를 기다립니다. 그녀는 사귀기에 재미난 여자고, 경박하며, 신랄한 면이 조금 있지요. 하지만 그래도 비길 데 없는 여인이오. …하는 점잔 빼는 인간들보다 이런 방종한 여인들과 함께라면 대수롭지 않은 일도 더욱

더 잘하게 되지요.'

'그나저나, 나리,—시선을 떨어트리며 시달리즈가 말을 끊었습니다— 나리의 선택에 축하를 보내는 바입니다만, 마르테자가 풋내기가 아니고, 나리를 만나기 이전에 그녀가 자기 애인들의 수를 헤아려 보았던 것을 알려드려도 될까요?…'

'부인, 그게 무슨 상관이겠소,—제가 다시 말을 했습니다—마르테자가 나를 진심으로 사랑한다면, 난 나를 첫 번째 애인으로 생각할 것이오. 그나저나 약속시간이 다 되었군, 괜찮으시면…'

'한마디만 더 하겠습니다, 나리. 마르테자가 나리를 사랑하는 것이 정말인가요?…'

'그렇게 생각하오…'

'그럼 나리도 그녀를 사랑하십니까?' 시달리즈가 덧붙였습니다…

'부인,—제가 그녀에게 대답했습니다—그대가 직접 나를 그녀의 품안에 던져놓지 않았소. 그대가 그걸 실컷 말씀해 놓고서는…' 제가 막 나가려고 했는데, 시달리즈가 저의 긴 겉옷을 잡아당기더니, 느닷없이 돌아섰습니다…

'부인, 부인께서 내게 원하시는 것이 있소? 내게 하실 명이라도?…'

'아닙니다, 나리. 아니 어떻게, 거기 계시는 거지요? 벌써 멀리 가신 줄 알았는데…'

'부인, 걸음을 재촉하겠소…'

'셀림…'

'시달리즈…'

'그럼 떠나시는 거예요?…'

'그렇소, 부인…'

'아! 셀림, 누구를 위해 저를 희생시키는 건가요? 시달리즈에 대한 존경이 마르테자라는 여자의 애정행위보다도 못하다는 것입니까?…'

'그럴지도 모르오, 부인,—제가 그녀에게 응수했습니다—내가 당신에 대해 그저 존경심만을 가졌었다면. 그러나 나는 당신을 사랑하고 있었소…'

'그건 사실이 아니에요—그녀가 흥분해서 소리를 질렀습니다—당신이 저를 사랑하셨다면, 저의 진실한 감정을 알아보셔야 했습니다. 꿰뚫어 보셔야 했고, 종국에는 당신의 인내력이 저의 오만함을 꺾을 것이라고 자신하셔야 했습니다. 하지만 당신은 넌더리를 냈고, 저를 팽개쳤습니다. 그리고 아마도… 순간에' 이 말을 하면서 시달리즈는 말을 멈추었고, 한숨을 내쉬었으며, 그녀의 두 눈에는 눈물이 글썽했습니다…

'말씀하세요, 부인,—제가 그녀에게 말했습니다—말씀을 다하세요. 나를 지치게 했던 당신의 냉혹함에도 불구하고, 나의 애정이 여전히 지속된다면, 당신은 …을 할 수'

'제가 할 수 있는 것은 없습니다. 당신은 이젠 저를 사랑하지 않잖아요. 그리고 마르테자가 당신을 기다리고 있고…'

'마르테자가 내게 흥미가 없고, 시달리즈가 그 어느 때보다도 나에게 소중하다면, 그대는 어떻게 하시겠소?…'

'가정假定을 놓고 제 생각을 말씀드리는 것은 어리석은 짓입니다…'

'시달리즈, 제발 부탁이오, 내가 가정을 안 했다고 생각하고 대답해 주시오. 시달리즈가 언제나 나에게 세상에서 가장 사랑스러운 여인이라면, 마르테자의 마음을 끌 생각이 내게 추호도 없었다면, 다시 한 번 묻겠는데, 그대는 어떻게 하시겠소?…'

'제가 언제나 했던 것은, 배은망덕한 사람—시달리즈는 마침내 저에게

대답을 했습니다—저는 당신을 사랑할지도 모른다는 겁니다…'

'그리고 셀림은 당신을 열렬히 사랑하고 있소.' 그녀의 무릎에 달려들어, 제 기쁨의 눈물로 적신 그녀의 양손에 입을 맞추며 그녀에게 말했습니다.

시달리즈는 어리둥절했습니다. 예기치 않은 이러한 변화로 인해 그녀는 혼란스러웠습니다. 저는 그녀의 흐트러진 상황을 이용했습니다. 그래서 그녀가 물리칠 수 없었었던 애정의 징표를 통해서 우리의 화해는 철석같이 확인되었습니다."

"그런데 그 꼴좋은 오타뤼크는 이를 어찌 생각했소?—망고귈이 말문을 막았다—자신에게 근위대 기병 보좌관 자리를 만들어 준 남자를 아내가 후하게 대해도 좋다고 했겠지."

"전하,—셀림이 다시 말을 했다—오타뤼크는 그녀가 제 말을 전혀 듣지 않은 동안에는 그 고마움에 뽐내고 다녔지요. 그러나 제가 행복해지자마자, 저한테는 거북살스러워지고, 사나워져서, 견딜 수가 없었으며, 부인에게는 난폭해졌습니다. 개인적으로 우리를 방해하는 것에 만족하지 못한 그는 우리를 감시토록 했습니다. 우리는 배신을 당한 것입니다. 그래서 소위 자신의 체면이 손상된 것을 확신한 그는 용감하게도 저에게 결투를 신청했습니다. 우리는 하렘의 큰 정원에서 싸웠습니다. 저는 두 번 찔러 그에게 부상을 입혔고, 제가 그의 생명의 은인이 될 수밖에 없도록 만들었습니다. 그가 상처에서 회복되는 동안, 저는 그의 아내 곁을 잠시도 떠나지 않았습니다. 그러나 그가 건강을 회복해서 처음으로 했던 일은 우리를 헤어지게 해서 시달리즈를 학대하는 것이었습니다. 그녀는 저에게 자신이 처한 상황의 슬픔을 죄다 생생히 묘사해 주었습니다. 저는 그녀를 납치해 가겠다고 그녀에게 제안을 했습니다. 그녀는 동의했습니다. 그래서 술탄과 동행했던 사냥에서 돌아온 우리의 질투꾼은 홀아비가 된 것에 크게 놀랐습니다. 소용없는 일이지만 유괴범에 대한 불만을 터트리지도 않은 채, 오타뤼크는 즉시 복수를 궁리했습니다.

저는 시달리즈를 반자에서 이십 리 떨어진 어느 시골집에 숨겨 두었습니다. 그리고 저는 이틀 밤 중 하룻밤을 틈타 도시를 탈출하여 시자르로 갔습니다. 그러는 동안 오타뤼크는 부정한 아내의 목에 현상금을 걸고는, 돈을 줘서 제 하인들을 매수하였습니다. 그러고 나서 저의 정원 안으로 잠입했습니다. 그날 저녁 저는 그곳에서 시달리즈와 함께 바람을 쐬고 있었습니다. 우리는 어두운 오솔길 안으로 들어갔고, 저는 그녀에게 가장 감미로운 애무를 퍼부었습니다. 그때 보이지 않는 손이 제 두 눈앞에서 그녀의 가슴을 칼로 찔렀습니다. 잔인한 오타뤼크의 손이었습니다. 똑같은 운명이 저를 위협하려던 참이었지만, 제가 오타뤼크보다 앞섰습니다. 저는 단검을 뽑았고, 시달리즈의 복수를 했습니다. 저는 이 젊은 여인에게 달려갔습니다. 그녀의 심장이 여전히 뛰고 있었습니다. 저는 서둘러 그녀를 집으로 옮겼습니다. 그러나 도착하기도 전에 그녀는 입술을 제 입술 위에 붙인 채 숨을 거두었습니다.

제 품에서 시달리즈의 사지가 식어 가는 것을 느끼자, 저는 가장 격심한 비명을 질렀습니다. 제 하인들이 달려왔고, 공포가 가득한 그곳에서 저를 끌어냈습니다. 저는 다시 반자로 왔고, 시달리즈의 죽음에 절망한 나머지 혹독하기 짝이 없을 정도로 자학하면서 제 관저에 틀어박혔습니다. 저는 시달리즈를 진정으로 사랑하고 있었습니다. 그녀도 저를 열렬히 사랑하고 있었습니다. 그래서 저는 제가 당한 사별의 크기와 그로 인한 눈물겨운 애도를 항시 마음에 품고 있었습니다."

"결국,—애첩이 다시 말을 했다—슬픔을 달래셨나요?"

"아! 마마,—셀림이 대답했다—그녀의 죽음을 잊지 못할 거라고 오랫동안 믿고 있었는데, 제가 터득한 것이라고는 영원한 고통은 없다는 것이었습니다."

"이젠 저에게 남자들 이야기는 하지 마세요—미르조자가 말했다—그들은 모두 다 이렇다니까요. 다시 말해, 셀림 대감, 가엾은 시달리즈의 이야기는 우리의 가슴을 뭉클하게 했는데, 당신이 그토록 애석해했던 이 가엾은 시달리즈는 정말 어리석게도 당신의 맹세를 믿었고, 브라흐마 신께서 경신한 그녀를 어쩌면 엄히 처벌하고 계신 동안, 당신은 딴 여인의 품에서 당신의 순간순간을 꽤나 즐겁게 보내고 있잖아요."

"허, 참, 부인,—술탄이 다시 말을 했다—마음을 가라앉히시오. 셀림은 아직도 사랑하고 있단 말이오. 시달리즈의 믿음은 회복될 거요."

"폐하,—셀림이 응답했다—폐하께서는 잘못 알고 계실 수 있습니다. 시달리즈와의 연애를 통해서 제가 제 평생을 위해 알아두어야 했던 것은, 진정한 사랑은 행복에 지나친 해가 된다는 것이 아니었겠습니까?…"

"그럴 수도 있겠지요—미르조자가 말을 끊었다—그러니 그대의 견해도 견해지만, 저는 지금 이 시각에도 그대가 다른 여인을 더욱 더 열렬하게 사랑하고 있다고 확신하는 바입니다."

"더욱 열렬하게라니요—셀림이 다시 말을 이었다—그건 감히 장담할 수 없을 것 같습니다. 한 매력적인 여자에 충실한 지, 진심으로 충실한 지 오 년이 되었습니다. 제가 이 사실을 받아들이기도 쉽지 않았습니다. 그도 그럴 것이 얼마나 정숙한 여인이었던지요!…"

"정숙한 여자라고!—술탄이 소리쳤다—이보게, 기운을 내시오, 궁정의 여인이 정숙하다는 소리를 들으니, 내 기쁘오."

"셀림,—애첩이 말했다—그대의 이야기를 계속해 주세요."

"그러니까 그대의 정부의 변함없는 사랑을 받는 선량한 회교도를 언제나 신뢰하시오.” 술탄이 덧붙였다.

“아! 전하, —셀림이 격렬한 어조로 다시 말을 했다—필비아는 제게 충실합니다.”

“충실하건 그렇지 않건—망고귈이 다시 말을 했다—그대의 행복에 뭐 그리 중요하오? 그대도 그렇게 생각하고 있잖소, 그것으로 충분하오.”

“그럼 그대가 현재 사랑하고 있는 사람이 필비아인가요?” 애첩이 말했다.

“네, 마마.” 셀림이 대답했다.

“이보게, 안된 일이구먼—망고귈이 덧붙였다—난 그녀에 대한 믿음이 전혀 없다네. 그녀에게는 늘 승려들이 들러붙어 있어, 그리고 이 승려들은 정말로 성가신 인간들이야. 게다가 내 보니 눈은 중국 사람들처럼 작고, 들창코에다, 얼굴에는 완전히 색기가 좌르르 돌더구먼. 우리끼리니 얘기네만, 색을 쓰는 일은 어떤가?”

“전하, —셀림이 대답했다—그녀가 그것을 혐오하지 않는다고 생각하옵니다.”

“그래, —술탄이 응답했다—모든 것이 그 매력에 넘어가는구먼. 그건 그대가 나보다 더 잘 알아야만 하는 것이지, 아니면 그대는…”

“마마께서는 잘못 생각하고 계시옵니다—애첩이 말을 재개했다—우리가 사교계의 모든 진수를 경험할 수 있지만, 그것이 무엇인지 전혀 모를 수도 있사옵니다. 제가 거는 쪽은…”

“만날 내기타령이구려—망고귈이 말을 끊었다—그게 날 짜증나게 한단 말이오. 이 여자들이란 구제불능이라니까. 그러니, 부인, 그대의 성城을 따시오, 그리고 그대는 또 내기를 할 것이고.”

“마마, —셀림이 애첩에게 말했다—필비아가 마마께 도움이 될 만한 일이 없을까요?”

"무슨 말씀이시지요?" 미르조자가 물었다.

"제가 알게 된 것이 있는데—이 조신이 대답했다—보석들이 거의 폐하의 면전에서만 말한다는 것입니다. 그래서 술탄의 조부이신 카노글루를 위하여 놀라운 일들을 많이 수행했던 정령 퀴퀴파가 그의 손자에게 보석들에게 말을 시키는 재능을 주었을 것이라는 생각을 하였습니다. 하지만 필비아의 보석은 아직 입을 열지 않은 것으로 알고 있습니다. 그것을 신문해서, 마마에게는 성을 안겨 드리고, 저로서는 제 애인의 정조를 확신할 수 있는 방법이 없을까요?"

"있을 거요—술탄이 다시 말을 했다—어떻게 생각하시오, 부인?"

"오! 전 그렇게 곤란한 일에 끼어들지 않겠어요. 셀림은 제가 총애하는 자이기 때문에, 성을 미끼로 해서 행복한 그의 삶을 잃어버리게 놓아 둘 수 없습니다."

"한데 그럴 생각은 아니겠지요—술탄이 다시 말을 했다—필비아는 정숙하오. 셀림은 그걸 맹세할 것이오. 그가 이미 말했소. 한 말을 취소할 사람이 아니오."

"그렇습니다, 전하—셀림이 대답했다—그래서 폐하께서 필비아의 집에서 만날 약속을 저에게 주시다면, 기필코 제가 먼저 가 있을 것이옵니다."

"그대의 제안에 유념하시오—애첩이 다시 말을 했다—셀림, 가엾은 셀림, 급히 서둘러 가세요, 그대가 비록 다정하긴 하지만…"

"안심하십시오, 마마. 주사위가 던져졌으니, 제가 필비아의 말을 들을 것이옵니다. 이로 인해 일어날 수 있는 최악의 사태는 부정한 여자를 잃는 것이옵니다."

"그리고 그 여자를 잃은 것을 죽도록 후회하는 것이고요." 술탄의 비가 덧붙였다.

"얘기하고는!—망고귈이 말했다—그럼 그대는 셀림이 정말 바보라도 되었다고 생각하시는 거요? 그는 시달리즈 같은 애정 어린 여자를 잃었소, 그리고 이젠 생명이 넘치는 그를 보시오. 그런데도 그대는, 그가 필비아를 부정한 여자로 인정하게라도 된다면, 그 때문에 그가 죽을 거라고 우기시고 있군요. 그가 이 단 한방에 간다면, 내 그가 변함없는 자라는 것을 보장하리다. 셀림, 내일 필비아의 집에서 봅시다, 듣고 있지요? 나의 도착 시간을 알려줄 거요."

셀림은 머리를 조아렸고, 망고귈은 나갔다. 애첩은 계속해서 이 늙은 조신에게 그가 큰 도박을 했다고 들먹였다. 셀림은 그녀의 온정 어린 지적에 감사를 표했고, 중요한 사건을 기다리며 모두 자리를 떴다.

제16장

스물일곱 번째 반지 실험

필비아

어디선가 셀림의 성품을 말해 주기로 약속했었던 아프리카 저자는 여기다 집어넣을 생각을 했다. 나〔아프리카 저자〕는 고대의 작품들을 높이 사는 바인지라 셀림이 다른 곳에서 훨씬 훌륭했을 수 있으리라고는 보장할 수 없다. 그들이 지닌 장점 때문에 모든 문이 열리는 그런 사람들이 있다고 아프리카 저자는 말하고 있다. 얼굴에서 풍기는 매력과 정신에서 나타난 섬세함으로 인해 그들은 젊은 시절 많은 여자들에게 인기가 있다. 의무와 쾌락을 양립시킬 줄 알았기 때문에, 노년에도 존경을 받고 있는 그들은 국가를 위한 봉사를 통해 그들 인생의 절도를 보여 주었다. 한마디로 말해서, 예로부터 언제나 사회에 커다란 기쁨을 주는 사람들이다. 셀림은 이런 사람이었다. 그의 나이 육십에 이르렀고, 일찍이 쾌락의 행로에 들어섰지만, 건장한 체격과 신중함은 그의 노쇠를 막아 주었다. 기품 있는 표정, 자연스러운 태도, 매혹적인 독특한 말, 오랜 경험으로 닦은 사교계에 대한 엄청난 지식, 여성을 대하는 습성으로 인해 그는 궁정에서 모든 사람들이 닮고 싶어 했지만, 그를 구별했던 재능과 천재를 자연으로부터 받지 못한 관계로 모두가 흉내 내 봐야 성과를 보지 못했던 인물로 인정을 받았다.

나는 이제—아프리카 저자가 계속 말한다—이 남자가 자기 애인에 대해서 걱정하는 것과 미친놈처럼 밤을 보내는 것이 옳은 일인지 묻겠다. 그도 그럴 것이, 사실 그는 머릿속에서 이 생각 저 생각을 수없이 되새겼고, 필비아를 사랑하면 사랑할수록 더욱 더 그녀가 부정한 여인으로 생각될까봐 두려웠기 때문이다. "내가 어떤 미궁으로 들어갔단 말인가?—그는 혼잣말을 했다—그리고 뭣 때문에? 애첩이 성을 차지한다면, 내게 돌아오는 것은 뭐지? 그리고 그녀가 성을 잃는다면, 내게 예정된 운명은 무엇이란 말인가!… 그나저나 그녀가 왜 성을 잃을 수 있단 말인가? 난 필비아의 애정을 확신하지 못하고 있단 말인가? 아! 난 그녀를 완전히 사로잡고 있는데, 그러니 그녀의 보석이 말을 한다면, …은 나뿐일 거야. 하지만 만일 이 배신자가… 아니야, 아니야, 그녀의 의중을 떠볼 수 있었는데. 번덕스러움을 눈치챌 수도 있었고. 오 년 전부터 우리는 변했을 수도 있어… 그러나 시험은 위험해… 하지만 이젠 물러설 때가 아니야. 술독을 입에다 댔으니, 술을 다 쏟아버리는 한이 있더라도, 다 비워야만 해… 어쩌면 신탁 또한 내게 유리할 지도 몰라… 이런! 신탁으로부터 뭘 기대할 수 있단 말인가? 왜 다른 녀석들이 내가 제압했던 정숙한 여인을 공략하려고 했을까, 성공도 못했으면서?… 아! 사랑스런 필비아, 내가 이런 의심들을 하여 그대를 욕보이는구려. 그대를 정복하기 위해서 내가 입었던 고통을 잊으리다. 희망의 빛줄기가 나를 비추고 있으니, 그대의 보석이 고집스럽게 침묵을 지키길 기대해 보겠소…"

셀림이 술탄으로부터, 오늘 저녁 열한 시 반 정각에 그대도 알고 있는 그 장소로 나오시오, 고작 이런 말을 적은 쪽지 한 장을 받았을 때, 그는 이렇게 마음의 동요를 일으키고 있었다. 셀림은 펜을 들고서는 떨면서, 전하, 알겠습니다라고 썼다.

셀림은 그날 남은 시간을 희망과 두려움 사이를 오갔던 전날 밤처럼 보냈다. 정부情夫가 자신의 애인이 부정不貞할 때, 본능적으로 반응하는 것은 진실 중의 진실이다. 그들은 동물들이 궂은 날씨가 다가올 때면 가볍게 몸을 떠는 것과 매우 흡사하게 몸을 떤다. 의심 많은 정부는 잔뜩 찌푸린 날씨에 귀가 가려운 고양이와 같다. 동물들과 정부들 사이에는 공통점이 또 있는데, 가끔은 이런 본능을 잃어버렸고, 정부가 남편이 되었을 때는 정부의 몸 안에 있던 이 본능이 무뎌진다는 것이다.

셀림에게는 시간이 무척 느리게 가는 것 같았다. 그는 추시계를 숱하게 쳐다보았다. 마침내 운명의 순간이 왔고, 이 조신은 애인의 집으로 갔다. 늦은 시각이었다. 하지만 아무 때나 들어가곤 했기 때문에, 필비아의 거처는 그에게 열려 있었다…

"당신을 더는 기다리지 않을 참이었어요―그녀가 그에게 말했다―당신이 보고 싶어 안달하며 기다리다 생긴 편두통 때문에 잠자리에 들었어요…"

"부인,―셀림이 그녀에게 대답했다―예의를 지켜야만 하고 공무도 있고 해서 난 술탄의 거처에 묶여 있었던 거나 다름없었소. 그리고 당신과 헤어진 이후로, 한시도 짬을 내지 못했소."

"그럼 저는요!―필비아가 항변했다―전 그 때문에 기분이 몹시 나빴었어요. 당신을 보지도 않고 어떻게 이틀을 꼬박…"

"당신도 아시지 않소—셀림이 다시 말을 했다—내 위치가 되면 어떤 의무에 매이게 되는지. 제후들의 총애가 아무리 확고한 것처럼 보인다 해도…"

"네!—필비아가 말을 끊었다—술탄께서 당신에게 냉담함을 표시하셨던 것 같다고요? 당신이 술탄을 섬기고 있다는 것을 잊으셨던 것 같다고요? 셀림, 멍하게 계시는군요. 제게 대답도 안 하시고… 아! 당신이 저를 사랑하신다면, 전하께서 우대하시건 홀대하시건 당신의 행복에 문제될 건 없잖아요? 당신이 추구하는 행복은 폐하의 두 눈이 아니라, 제 두 눈에, 제 품 안에 있다고요."

셀림은 이 설교를 주의 깊게 경청하였고, 애인의 얼굴을 살펴보더니, 그 움직임 하나하나에서 속아 넘어갈 정도는 아니지만 도저히 따라할 수 없는 진정성을 찾았다. 내가 따라할 수 없다고 말한 것은, 우리 남자들에게 하는 소리다. 그도 그럴 것이 필비아가 아주 감쪽같아서 셀림은 그녀를 의심했던 것을 자책하기 시작했다. 망고귈이 도착한 것은 바로 그때였다. 필비아는 즉시 입을 다물었고, 셀림은 벌벌 떨었다. 그리고 보석이 말을 했다. "부인께서는 아무리 공고의 전 피고다로 순례를 떠나서도 소용없는 일입니다. 아이를 갖지 못하실 겁니다. 제가 잘 알고 있는 이유를 말씀드리자면, 그녀의 보석인 제가…"

이렇게 시작하는 말을 듣고서는, 셀림은 사색이 되었다. 그는 일어서려고 했다. 그러나 떨리던 그의 두 무릎은 기운이 쭉 빠졌다. 그래서 그는 안락의자에 다시 주저앉고 말았다. 보이지 않는 술탄이 다가와 그의 귀에 대고 속삭였다.

"진저리가 나시오?…"

"아! 전하,—셀림이 고통스럽게 외쳤다—제가 왜 미르조자의 말씀과 제 마음의 예감을 듣지 않았을까요? 제 행복이 이제 막 날아가 버렸습니다. 다 잃었습니다. 그녀의 보석이 침묵하면, 저는 죽어 가는 생명이고, 그것이 말을 하면, 죽은 것입니다. 하지만 그것이 말하도록 해 주세요. 저는 무시무시한 규명을 기다리고 있습니다. 그러나 그 규명을 두려워하는 것보다는 제가 처해 있는 이 난감한 상황이 더 증오스럽습니다."

그렇지만 필비아의 첫 몸놀림은 그녀의 보석에다 손을 가져가 입을 틀어막은 것이었다. 그때까지 보석이 말한 것은 유리하게 해석될 수 있지만, 그녀는 그 이외의 것이 두려웠던 것이다. 그녀가 보석이 지키고 있던 침묵에 안심하기 시작했을 때, 셀림의 재촉을 받은 술탄이 반지를 돌렸다. 필비아는 어쩔 수 없이 손가락을 떼어야 했고, 보석이 말을 계속했다.

"저는 절대 받지 않을 것입니다, 모두가 절 너무 피로하게 해요. 수많은 성직자들의 부단한 방문은 저의 의지에 늘 방해가 될 것입니다. 그래서 부인께서는 아이를 못 가질 거구요. 셀림만이 저를 환대하였다면 저는 임신을 할 수 있을 거예요. 한데 저는 도형수 생활을 하고 있답니다. 오늘은 이놈, 내일은 저놈 그래서 늘 노를 젓고 있어요. 필비아가 체험하는 마지막 사내는 언제나, 이자의 후손을 영속시킬 수 있도록 하늘이 맺어 주었다고 그녀가 믿는 자입니다. 이런 망상을 피할 자 없지요. 상속자도 없이 작위만 있는 여인의 보석의 처지는 얼마나 피곤한지요! 십 년 전부터 저는 저만을 몹시 원하기에는 적절하지 않았던 자들에게 몸을 내맡기고 있습니다."

망고귈은 이 대목에서 셀림이 들을 만큼 들어서 난감한 상황에서 벗어날 수 있다고 생각했다. 그 나머지는 못 듣게 해 준 것이다. 그는 반지를 원위치시켰고, 필비아가 연인의 비난을 피하지 못하도록 내버려 둔 채, 떠났다.

먼저 이 불행한 셀림은 망연자실했다. 그러나 화가 치밀어 오른 그는 기운과 말을 되찾아서, 부정한 그의 여인에게 경멸의 눈길을 던졌다. 그리고 그녀에게 말했다.

"배은망덕한 것! 부정한 것! 내가 당신을 아직도 사랑하고 있다면, 복수를 할 것이오. 하지만 내 애정을 받을 자격이 없는 당신은 내 분노 또한 받을 자격이 없소. 나 같은 사내가, 셀림이, 상놈들 더미와 함께 명예가 더럽혀지다니!…"

"참말로,—정체가 밝혀진 창녀의 말투로 필비아가 느닷없이 그의 말을 가로막았다—당신은 별일도 아닌데 공공연하게 화를 내고 계시는군요. 당신이 예전에 아셨다면 절망하셨을 것을 감추어 왔던 저에게 감사해 하기는커녕, 당신은 마치 모욕을 받은 것 마냥 벌컥 흥분하여 격분을 하고 계십니다. 그런데 무슨 이유로, 나리, 나리께서는 세통, 리켈, 몰리, 타크마, 그리고 궁정에서 가장 친절한 스타급 인사들보다 더 낫다고 생각하십니까? 우리는 이들과의 바람 같은 사랑을 애써 감추지도 않고 하고 있는데요. 셀림, 당신과 같은 남자는 진이 빠질 대로 빠졌고, 노쇠하여, 아주 오래전부터, 바보가 아닌 다음에야 당신 곁에 꼭 붙어 있을 아름다운 여인을 가질 수 없는 상태의 남자라고요. 그러니 당신의 오만함은 부적당하고 당신의 분노는 격에 맞지 않은 것임을 인정하세요. 게다가 당신이 불만이시라면, 남들이 자유롭게 작업하도록 내버려두세요. 당신보다 훨씬 훌륭하게 그녀의 마음을 사로잡을 거예요."

"그럼 그렇게 하지, 그것도 기꺼이." 화가 오를 대로 오른 셀림이 대꾸를 했다. 그리고 이 여자를 다시는 안 보겠다고 결심을 하고서는 나갔다.

그는 자기 저택으로 들어가서는, 따져보니 여자를 잃은 것보다는 오랫동안 과오를 저지른 것이 괴로워서 며칠 동안 틀어박혔다. 피해를 입은 것은 그의 마음이 아니라, 그의 허영심이었던 것이다. 그는 애첩의 질책과 술탄의 조롱이 두려웠다. 그래서 그는 그 둘을 피할 참이었다.

그는 궁정을 떠나서, 고독 속에 파묻혀, 거의 대부분을 조신의 의복을 입고 허비했던 삶을 철학자로 마감하려고 거의 마음을 굳혔다. 이 무렵 미르조자가 그의 생각을 간파하고서는 위로를 하려고 하여, 하렘으로 불러들여 연설을 늘어놓았다. "허 참, 가엾은 셀림, 그럼 저를 떠나시는 건가요? 그대가 불성실하다고 하여 벌하는 것은 필비아가 아니라 나예요. 우리 모두는 그대의 연애사건을 유감스럽게 생각하고 있습니다. 그것이 마음을 아프게 한다는 것도 인정합니다. 그러나 그대가 술탄의 후원과 나의 존경심을 어느 정도 존중하신다면, 그대는 계속해서 우리의 사교계에 활력을 주실 것이고 그대와 같은 남자에게 절대 어울리지 않았던 이런 필비아를 잊으실 겁니다."

"마마,—셀림이 그녀에게 대답했다—제 나이가 물러날 때라고 알리고 있습니다. 저는 사교계를 실컷 경험했습니다. 나흘 전에는 사교계에 정통하다고 자부했습니다. 하지만 필비아의 모습 때문에 혼란스럽습니다. 여자들이란 뭐라고 설명할 수가 없습니다. 마마께서 모든 매력을 다 지닌 여성 축에 들지 않으신다면, 모든 여자들이 다 저에게는 가증스러울 것입니다. 마마께서는 이 말씀을 곡해하지 않으시기를! 안녕히 계십시오, 마마, 저는 고독 속에서 유익한 생각을 할까 합니다. 고독 속에서도 마마와 술탄께서 제게 베풀어주신 호의를 잊지 못할 것이옵니다. 고독 속에서 제 마음이 여전히 바라는 것이 있다면, 마마의 행복과 술탄의 영광을 비는 것이올 겁니다."

"셀림,—애첩이 그에게 응답했다—그대의 판단은 분하고 원통하시어 그런 것입니다. 그대는 웃음거리가 되는 것이 두려우신 겁니다. 궁정에서 멀리 떠나 있는 것보다는 머무르시게 되면 모면하기가 더 어려운 웃음거리

말입니다. 좋으실 대로 얼마든지 철학을 하세요. 그러나 지금은 철학을 사용할 때가 아닙니다. 그대의 은신처에서는 울화통과 비애만을 경험할 것입니다. 그대는 황량한 곳에서 칩거할 만한 사람이 전혀 아닙니다. 그리고 술탄께서…"

망고귈이 도착해서 애첩이 말이 끊겼다. 그녀는 그에게 셀림의 계획을 전했다.

"그럼 돌았구먼—군주가 말했다—이 별 볼일 없는 필비아의 나쁜 소행이 이자의 머리를 돌게 했던 것이오?"

그러고 나서 셀림에게 말을 건네며 계속 말을 했다. "이런 식으로 되어서는 안 될 일이지, 우리의 친구가. 그냥 계시오. 난 그대의 조언이 필요하오. 그리고 부인은 그대의 사교계가 필요하고. 제국의 행복과 미르조자의 기쁨을 위해서는 그대가 절대로 필요하오. 그러니 그렇게 되겠지."

망고귈과 애첩의 애정에 감동받은 셀림은 경의를 다하여 따랐고, 궁정에 머물렀다. 그리고 술탄과 애첩 곁에서 총애를 얻어 사랑받고, 각별한 사랑을 받고, 인기를 얻고, 우대를 받았다.

제17장

망고귈의 조부인 카노글루 통치 시의 경이적인 사건들

애첩이 아주 젊을 때였다. 에르겝제드 통치 말년에 태어나서,[60] 그녀는 카노글루 궁정에 대해서는 아는 것이 거의 하나도 없었다. 우연히 말 한마디라도 흘러나오면 그녀는 정령 퀴퀴파가 이 어진 군주를 위해서 수행했던 기적 같은 일에 대해 관심을 가졌다. 하지만 그 누구도 셀림보다 더 정확히

---

60 퐁파두르 부인은 섭정이 끝나기 이 년 전인 1721년에 태어났다.

그녀에게 그러한 것을 알려 줄 수 없었다. 그는 그 기적 같은 일을 직접 보았고, 참여도 했으며, 그 당시의 역사를 줄줄이 꿰고 있었다. 셀림과 미르조자가 단둘이 있었던 어느 날, 미르조자는 그를 이번 장〔17장〕으로 끌어들여, 그렇게 떠들썩했던 카노글루 통치 시에는 오늘날 콩고의 관심을 집중시키고 있는 것보다 훨씬 놀라운 경이로운 일들이 있었느냐고 물었다.

"마마,—셀림이 그녀에게 대답했다—저는 현 군주의 세상보다 옛 시절을 더 바라는 데는 전혀 관심이 없습니다. 지금도 위대한 일들이 벌어지고 있습니다만, 이것은 지속적으로 망고귈 전하를 빛내게 될 일들의 시험에 불과할 수 있습니다. 그리고 제 이력도 때를 넘긴지라 제가 기대를 가지고 이 일들을 알아보기는 어려울 것 같습니다."

"잘못 생각하고 계시는구려—미르조자가 그에게 반박했다—그대는 불사의 칭호를 얻었고 지금도 간직하고 있소. 그나저나 그대가 겪었던 것을 이야기해 보시오."

"마마,—셀림이 계속했다—카노글루의 통치는 오래 계속되었고, 우리의 시인들은 그의 통치를 황금시대라고 불렀습니다. 이렇게 칭하는 것은 여러 가지 점에서 그에게 합당한 것입니다. 그는 여러 성공과 전승戰勝으로 유명해졌습니다. 그러나 영광의 뒤에는 실패가 따르기 마련이었는지, 이 황금의 순도가 이따금 떨어졌던 것을 지금도 보여주고 있습니다. 제국의 전역에 모범을 보이고 있는 궁정은 색황色荒에 빠져 있었습니다. 술탄은 애인들을 거느렸고, 대감들도 자랑스럽게 그를 흉내 냈으며, 백성들의 거동도 조금씩 닮아갔습니다. 의복과 가구와 여행 장비 일체가 호화롭기 그지없었습니다. 먹는 것 하나 하나에도 섬세함이 예술적으로 표현됐습니다. 도박판도 크게 벌였습니다. 빚을 졌고, 갚지 않았으며, 돈이 있고 신용이 있는 한 물 쓰듯 썼습니다. 아주 강력한 왕명으로 사치 금지령을 내렸지만, 실행되지 않았습니다. 여러 도시들을 점령했고, 여러 지방들을 정복하였으며, 여러 궁전들을 짓기 시작해서, 제국의 남자들과 돈이 다 쓸려나갔습니다. 백성들은 승리를 노래했고, 기아로 죽어갔습니다. 대귀족들은 화려한 성들과 아늑한 정원을 소유하고 있었지만, 그들의 영지는 황폐해 있었습니다. 먼 바다까지 나아갈 수 있는 수많은 배들은 우리를 바다의 왕자로 만들어 주었고, 이웃 나라들의 공포의 대상이 되었습니다. 그러나 한 머리 좋은 자가 이 구조물들을 유지하기 위해서 국가가 들인 비용을 정확히 계산하였습니다. 그리고 다른 대신들의 충고가 있었음에도 불구하고, 그는 모두가 이 일을 축하하기 위해 환희의 불을 지필 것이라는 명을 받았습니다. 엄청난 왕립 국고가 바닥이 났고, 현재의 이 비참한 경제 상황으로는 채울 수 없게 된 것입니다. 그래서 금과 은은 귀해져서 조폐국은 일찌감치 제지 공장으로 바뀌었습니다. 행복에 겨웠던 카노글루는 모든 신하들이 그를 닮아, 그처럼 푸른 눈, 들창코, 붉은 수염을 하는 것이 극히 중요한 일이라는 숭배자들의 말을 믿었습니다. 그래서 그는 이런 외양을 갖추지 않았거나 그것의 흉내를 거부했던 이백만 이상의 사람들을 공고에서 추방했습니다.[61]

마마, 황금시대는 이상과 같습니다. 이상이 바로 마마께서 매일 아쉬움의 소리를 듣는 그 찬란했던 옛 시절입니다. 그러나 허튼 소리를 일삼는 자들의 말을 들어보십시오. 그리고 우리에게도 튀렌느와 콜베르가 있고, 모든 것을 다 따져보면, 지금이 과거보다 더 낫고, 신민들의 지복이 군주들의 영광의 절대적인 척도인 이상, 백성들이 카노글루 통치 때보다 망고궐

---

61 1685년에 있었던 낭트 칙령 폐지와 이로 이해 엄청난 수의 신교도들이 프랑스를 빠져나갔던 사건에 대한 암시다. 구체제 하에서 예외 없이 유효했던 종교의 정치력 행사에 대한 고발은 디드로의 거의 모든 작품에서 쉽게 접할 수 있는 메뉴이기도 하다.

치하에서 더 행복하다면, 현 폐하의 통치가 그 선왕의 통치보다 훨씬 더 눈부시다는 것을 믿으십시오. 어쨌든 카노글루 통치 시의 특이했던 사건으로 다시 돌아가겠습니다.

먼저 꼭두각시의 기원부터 시작하겠습니다."

"셀림, 그건 하지 마세요. 난 이 사건을 외우고 있습니다—애첩이 그에게 말했다—다른 일로 넘어갑시다."

"마마,—이 조신이 그녀에게 물었다—마마께서는 이 사건의 정보를 어디서 얻으셨는지 여쭈어 봐도 되겠습니까?"

"어쨌든,—미르조자가 대답했다—그건 기록되어 있습니다."

"그렇습니다, 마마—셀림이 응수했다—그걸 전혀 들은 적이 없었던 자들에 의해서 말입니다. 수도에 출입을 하거나 어떤 다른 국가의례 때 말고는 제후들에게 접근조차 할 수 없었던 이 하찮은 삼류 인간들이 개입하여 이야기를 짓는 것을 볼 때마다 전 화가 납니다.

마마,—셀림이 계속했다—우리는 궁전의 대연회장에서 가면무도회를 하며 매일 밤을 보냈습니다. 그때 왕실의 공식 후원자인 정령 퀴퀴파가 우리에게 나타나 잠자리로 가서 스물 네 시간을 계속해서 자라고 명했습니다. 모두가 따랐습니다. 이 기한이 끝나자, 궁전은 거대하고 으리으리한 꼭두각시들의 갤러리로 변했습니다. 그 사방의 한 끄트머리에서 옥좌에 올라 있는 카노글루가 보였습니다. 기다란 낡은 끈 하나가 그의 양다리 사이로 내려가 있었습니다. 늙어빠진 마귀할멈[62]이 계속해서 그 끈을 흔

62 맹트농 부인Madame de Maintenon을 말한다. 1715년에 루이 14세가 죽었을 때 그녀의 나이가 팔십인 점을 고려한다면, 루이 14세 통치 말년에 맹트농 부인을 이렇게 표현한 것은 정확한 것이라 할 수 있다. 노쇠하였음에도 불구하고, 루이 14세의 마음을 지배했던 맹트농 부인의 영향력은 그 당시 절정에 이르렀었다. 하지만 맹트농 부인의 권력은 여기서 풍자를 목적으로 했기 때문에 과장되어 있는 것이 사실이다.

들고 있었고, 손목을 한번 놀려서 어마어마하게 많은 하급 꼭두각시들을 움직이고 있었습니다. 카노글루의 손가락과 발가락에서 뻗어 나온 눈에 보이지 않는 가는 실들이 이 꼭두각시들에 연결되어 있었던 것입니다. 그녀는 잡아당겼고, 이내 대관은 쓰러져 가는 칙령들을 일으켜 세우고 밀봉했으며, 이 마귀할멈을 찬양하는 찬사의 연설을 했습니다. 이 찬사의 연설은 그녀의 비서가 대관에게 귀띔했던 것입니다. 육군성 대신은 군에 성마른 사람들을 보냈습니다. 재정 감독관은 주택을 지었고 기아로 죽어 가는 병사들을 방치했습니다. 다른 꼭두각시들도 이런 식으로 생겨났던 것입니다.

만일 마지못해 동작을 실행하고, 두 팔을 충분히 올리지 않고, 양다리를 충분히 굽히지 않는 꼭두각시가 있다면, 할멈은 손등질 한번으로 그들을 묶어 놓은 끈을 끊어버립니다. 그러면 그들은 마비가 되는 겁니다. 저는 이 할멈이 불운에 빠트려 평생 두 팔이 마비된 채 살았던 용감무쌍한 총독 둘[63]을 항상 기억할 것입니다.

카노글루의 몸 전체에서 흘러나오는 실들은 아득하게 먼 곳까지 가서, 공고의 벅시에서 보노에뷔기와 접한 국경에 이르기까지 꼭두각시 군대들을 움직이게 하거나 휴식을 취하게 했습니다. 실 한 번의 움직임으로 도시 하나가 포위되었고, 군사들이 참호를 파고, 맹렬한 전투를 벌이게 되어, 적은 항복채비를 하는 것입니다. 그러나 불시에 실이 또다시 움직이는 일이 일어나기도 합니다. 그러면 포격이 주춤해지고, 맹렬했던 공격이 이젠 전과 같지 않게 이행되고, 적병이 요새를 구하러 옵니다. 우리의 장군들

63 카티나Catinat(1637-1712) 원수와 방돔 공duc de Vendôme(1654-1712)으로 추정된다. 스페인 왕위계승 전쟁 동안 총사령관 직을 맡았던 이들이 패전을 하자, 이들은 돌이킬 수 없는 맹트농 부인의 노여움을 사게 되어 즉시 실총되었다.

사이에서는 분열의 불이 붙고, 우리는 공격을 받고, 놀라, 완전히 격퇴되는 것입니다.

이 나쁜 소식들이 카노글루를 한 번도 슬프게 하지 않았습니다. 신하들이 이 소식을 잊었을 때에야 비로소 그는 접했던 것입니다. 할멈은 혀끝에 실을 달았던 모든 꼭두각시들, 할멈 마음에 드는 말만을 했던 꼭두각시들만이 그 소식을 그에게 전하게 했던 것입니다. 그렇게 하지 않으면 그들은 벙어리가 되었을 테니까요.

또 한 번은 우리 같은 젊은 광인들 모두가 한 연애사건 때문에 마음이 매우 유쾌했는데, 이 사건은 독신자篤信者들의 분노를 호되게 샀습니다. 여자들이 몸의 위아래를 뒤집기 시작하는 겁니다. 머리는 땅을 향하고 두 발은 공중에 띄운 채 양손은 굽 높은 구두 속에 넣고 걷기 시작했던 것입니다.

이 일로 인해 먼저 지식이란 지식은 모두 제 길을 잃었습니다. 그래서 새로운 외모를 연구해야만 했습니다. 이 새로운 외모가 드러났을 때, 사랑스럽다는 생각이 안들 정도로 대단히 무시를 당하였습니다. 그리고 한 번도 언급되지 않았던 다른 것들이 상당히 알려지게 되었습니다. 속치마와 드레스가 눈에 들어오자, 모두들 길을 잃거나 발을 헛디딜 뻔했습니다. 전자는 짧게 하고, 후자는 튼 것은 이런 사연 때문입니다. 이것이 바로 짧은 속치마와 트인 드레스의 기원입니다. 여자들이 곧추선 채로 몸을 돌릴 때에는, 의상의 그 부분을 모양 그대로 유지했습니다. 그래서 우리 부인들의 속치마를 잘 관찰해 보신다면, 예전에는 오늘날 입는 것처럼 만들어지지 않았다는 것을 쉽게 알 수 있을 겁니다.

한 가지 목적만 가질 유행은 그 어떤 것이건 곧 사라지게 될 것입니다. 지속되기 위해서는 적어도 유행은 두 가지 목적에 이르러야만 합니다. 예전에는 젖가슴을 위로 떠받칠 수 있는 비결을 찾았는데, 오늘날에는 아래

1748년판의 삽화

로 향한 젖가슴을 받칠 수 있도록 그 비결을 사용하고 있습니다.

고개는 아래로 향하고, 양다리가 공중에 떠서 놀란 독신녀들은 먼저 두 손으로 얼굴을 가렸습니다. 하지만 이렇게 주의를 하다보면 균형을 잃게 되어 뒤뚱거리다 넘어지게 됩니다. 승려들의 말에 따르면, 여자들은 곧이어 정강이 아래로 속치마를 내려서 작고 검은 리본으로 묶었다고 합니다. 사교계 여인들은 이런 미봉책이 어리석다는 생각이 들었고, 호흡에 방해가 되고 짜증나게 한다고 떠들고 다녔습니다. 이러한 놀라운 일은 행복한 결과를 낳았습니다. 이로 인해 결혼이나 이와 유사한 일들이 일어났고 개종이 성행했습니다. 궁둥이가 못난 여자들은 너나할 것 없이 앞을 다투어 신앙생활의 길로 들어섰으며, 작고 검은 리본을 얻었습니다. 브라만 승려들이 네 가지 사명을 완수한다 해도 이 정도에 이르지는 않았을 것입니다.

이와 같은 시험에서 벗어나자마자 우리는 또 다른 시험을 겪었는데, 덜 일반적인 것이었지만 그래도 교육적인 것이었습니다. 열세 살부터 열여덟, 열아홉, 스물, 그 이상의 처녀들이 아침 일찍 딱딱한 중지中指를 들어 올렸습니다. 어딘지 맞혀 보십시오, 마마—셀림이 애첩에게 말했다—입안도, 귀속도, 터키식도 아닙니다. 모두들 이 처녀들이 병에 걸린 것이 아닌가 의심해서 급히 치료제를 찾으러 다녔습니다. 우리가 지금 자식들에게 반드시 인형을 줘야 결혼시킬 수 있는 풍습에 든 것은 바로 이때부터입니다.

축복받을 일이 또 있습니다. 카노글루의 궁정은 댄디들로 넘쳐났었습니다. 저도 영광스럽게도 그들 중 하나였습니다. 언젠가 제가 이들에게 젊은 프랑스 대감들에 대해서 이야기하고 있었는데, 우리들 양어깨가 올라가더니, 머리보다 더 높이 있는 걸 알게 되었습니다. 그나저나 그게 다가 아니었습니다. 즉석에서 우리는 발꿈치 하나를 축으로 돌기 시작했습니다.”

"한데 거기에 뭐 희한한 것이라도 있었나요?" 애첩이 물었다.

"두 가지 변신 말고는 없었습니다, 마마—셀림이 그녀에게 대답했다— 첫 번째 변신은 마마께서 어리실 적에 유행했던 꽤나 등이 굽은 남자[64]의 기원이었고, 두 번째는 아직도 유행하고 있는 야유꾼의 기원입니다. 그때에도 오늘날처럼 누군가에게 연설의 기초를 가르치기 시작했는데, 연설자가 제자리에서 돌면 돌수록 다른 사람에게까지 계속해서 가게 되는데, 세 번째 사람에 와서 끝이 나게 되니, 이 세 번째 인간에 와서는 연설이 반은 모호하고 반은 무례하게 되는 것입니다.

또 한 번은, 우리는 모두 근시가 되었습니다. 비옹[65]에게 도움을 청해야만 했습니다. 이 불한당 같은 놈이 우리에게 십 스캥을 받고 작은 근시 안경을 팔았습니다. 우리는 시력을 회복한 이후에도 계속해서 그 안경을 사용했습니다. 마마, 오페라글라스의 연원이 이러하옵니다.

저는 바람기 많은 여인들이 거의 그 무렵에 정령 퀴퀴파에게 무슨 짓을 했는지 모릅니다. 그나저나 이 정령이 이 여자들에게 잔혹한 복수를 하였습니다. 이 여자들이 무도회와 식탁과 노름판에서 밤을 지새우고, 호화로운 행차를 하거나 승려들의 품안에서 낮을 보냈던 어느 해 말에, 추해진 자기 모습을 보고 자지러졌습니다. 두더지처럼 검게 얼룩이 진 여자들이 있었고, 붉은 반점이 생긴 여자들도 있었습니다. 후자는 창백하고 말랐으며, 전자는 누르스름한 게 주름이 졌습니다. 이 치명적인 마법을 일시적으로나마 풀어야만 해서, 우리의 화학자들은 분, 루주, 연고, 비너스 솔, 순백 우유, 애교 점을 발명했으며, 온천을 찾아냈고, 추해지고 흉물이 되는 것을

64 거만하게 구는 능력 있고 중요한 인물을 의미한다.

65 Nicolas Bion(1652-1733). 과학 기구를 만들고 팔았던 국왕 직속 기사였으며 유명한 광학자였다.

그치기 위해서 이 여자들이 사용했던 수많은 다른 비결들을 알아냈습니다. 쿼쿼파가 이 여자들을 이 저주 속에 가두어놓고 있었을 때, 예쁜 여자들을 좋아했던 에르겝제드가 이 여자들을 위해서 중재에 나섰습니다. 정령은 할 수 있는 것은 했습니다. 그러나 마력이 워낙 강했던지라 완전히 풀지는 못했습니다. 그래서 궁정의 여인들은 마마께서도 여전히 보고 계시는 그대로의 모습으로 있게 된 것입니다."

"남자들도 사정은 마찬가지였던가요?" 미르조자가 물었다.

"아닙니다, 마마—셀림이 대답했다—더 오래 간 자들이 있는가 하면, 덜 오래간 자들도 있었습니다. 올라간 양어깨가 조금씩 내려갔는데, 다시 몸을 일으켜 세웠던 것입니다. 등 굽은 자로 소문나는 것이 두려워 고개를 들어 세웠고, 상냥하게 보이기 위해서 부자연스런 표정을 지어 보였습니다. 이들은 계속해서 돌았고, 지금도 여전히 돌고 있습니다. 용모가 반듯한 젊은 대감 앞에서 진지하거나 도리에 어긋나지 않는 대화를 시작해 보십시오. 그러면, 마마님께서는 그가 두 팔을 저으며 씽하고 마마님으로부터 멀어지는 것을 보시게 될 겁니다. 전쟁 소식이나 그의 안부를 묻는 누군가에게 풍자시를 읊어대러 가거나, 전날저녁식사를 라봉 부인과 함께 했으며, 그 여자는 사랑스럽기 그지없다든지, 새로운 소설이 나왔다든지, 직접 이 소설 몇 쪽을 읽었다든지, 뛰어난, 아니 대단히 뛰어난 작품이라든지를 그의 귀에다 속삭이러 가는 겁니다. 그러고 나서, 한 여자 주위에서 맴돌며, 잽싸게 이 여자에게 새로운 오페라를 보았냐고 묻고, 당주빌[66] 양이 기막히게 연기를 했다고 직접 대답하는 겁니다."

미르조자는 이 우스꽝스러운 것들이 꽤나 재미있다고 생각했고, 셀림

---

66 Marie-Anne Dangeville(1714-1796). 18세기에 호평받았던 여배우들 중 한 사람이었다.

도 이런 짓들을 했느냐고 물었다.

"네, 마마!—이 늙은 조신이 다시 말을 이었다—내세에서도 남자로 인정받으려면, 그 짓을 안 할 수 있겠습니까? 저도 다른 사람들처럼 등을 둥글게 말아 거만하게 굴었고, 다시 곧추 섰으며, 상냥하게 보이려고 부자연스러운 표정을 지었고, 추파를 던졌으며, 맴돌았고, 야유도 했습니다. 그래서 제가 판단하여 들인 모든 노력들은 결국 일류들의 기벽을 취하기 위했던 것이지, 이 기벽을 하지 않으면서까지 삼류가 되려는 데 있지 않았습니다."

셀림이 이쯤 말했을 때, 망고귈이 나타났다.

아프리카 저자는 그가 그 동안에 전장前章에서 나와 어떻게 되었는지, 무슨 일을 하고 있었는지 알려 주지 않았다. 십중팔구, 콩고의 군주들은 관심에도 없는 행동을 할 수 있고, 이따금 근심거리를 이야기할 수도 있으며, 다른 남자들처럼 인생의 대부분을 쓸데없는 일이나 알 필요도 없는 일에 소진할 수도 있다.

제18장

스물여덟 번째 반지 실험

올랭피아

"부인, 기뻐하시오—애첩의 처소로 들어오면서 망고귈이 말했다—그대에게 유쾌한 소식을 가져왔소. 보석들은 자기들이 무슨 소릴 하는지 알지 못하는 하찮은 광대들이요. 퀴퀴파의 반지는 이 보석들에게 말을 시킬 수 있지만, 진실을 손에 넣을 수는 없소."

"그런데 폐하께서는 어떻게 반지들이 거짓말을 하는 것을 간파하셨지요?" 애첩이 물었다.

"곧 알게 될 거요—술탄이 대답했다—셀림이 당신에게 그의 연애사건

전부를 말하겠다고 약속했었소. 그래서 당신은 그가 약속을 지키지 않았을 것이라는 의심은 전혀 하지 않고 있소. 한데, 조금 전 보석 하나를 조사해 보았는데, 셀림에게는 고약한 구석이 있다고 비난하더군. 그는 당신에게 그걸 고백하지 않았고, 물론 그에게는 그런 구석이 전혀 없는데 말이야, 그런 성격도 아니고. 말을 안 들으면 군사적 처벌을 하겠다며, 예쁜 여자를 학대하고, 이용한다는데, 셀림에게서 그런 점을 발견하시었소?"

"왜 아니겠습니까, 마마?—애첩이 맞장구를 쳤다—셀림이 품을 수 없었던 악의는 없습니다. 그래서 마마께서 알아내셨던 연애사건을 그가 숨긴 것은, 아마도 그 보석과 화해를 해서, 현재는 둘이 잘 어울리고 있으며, 약속을 이행하면서도 저에게 작은 실수 하나쯤은 숨길 수 있다고 믿었기 때문일 것입니다."

"그대의 추측은 줄곧 틀리기만 하니, 그런 추측을 만들어대는 병에서 벗어나야 했을 텐데—망고귈이 그녀에게 응수했다—그것은 그대가 상상하는 것이 절대 아니란 말이오. 그건 소싯적 셀림의 괴이한 행동 때문이오. 사람들이 잠깐 동안 이용하고서는 전혀 지켜주지 않은 그런 여자들 중 한 여인과의 일이란 말이오."

"마마,—셀림이 애첩에게 말했다—제가 아무리 자성해 보아도 전혀 기억이 나지 않습니다. 해서 현재 제 양심은 깨끗하기 그지없다고 느껴집니다."

"올랭피아지." 망고귈이 말했다…

"아! 전하,—셀림이 말을 끊었다—무슨 말씀인지 알겠습니다. 이 일화는 하도 오래되었는지라 제게 생각이 나지 않은 것은 놀랄 일이 아닙니다."

"아스나의 으뜸가는 회계원의 아내인 올랭피아는—망고귈이 다시 말을 했다—셀림 연대의 중대장인 젊은 장교에게 흠뻑 빠져 있었소. 어느 날 아침 그녀의 애인이 혼비백산하여 와서는, 그녀에게 전 군대가 출발하여 셀림의 각 부대와 합류한다는 명을 전했지. 나의 조부이신 카노글루는 그해에는 일찌감치 원정을 시작하겠다고 결심을 했었던 거요. 그런데 그가 세웠던 훌륭한 계획은 그만 명령이 발설되어 실패하고 말았던 거야. 정치인들은 이를 비웃었지. 여자들은 이를 증오했어. 각자 나름대로 그럴만한 이유가 있었던 거지. 그대에게 올랭피아의 이유를 말하겠소. 이 여자는 셀림을 만나서, 가능하다면 가발리의 출정을 막을 결심을 했었소. 가발리는 그녀의 애인의 이름이었소. 셀림은 벌써부터 위험한 남자로 소문이나 있었고. 올랭피아는 호위를 받는 것이 바람직하다는 생각을 했지. 그래서 그녀만큼 예쁜 두 여자 친구가 그녀와 동행하기로 나섰고. 그 여자들이 도착했을 때, 셀림은 그의 관저에 있었지. 그는 자연스럽게 예의를 갖추어 올랭피아를 맞아들였는데, 그도 그럴 것이 그녀 혼자 나타났기 때문이야. 당신도 셀림의 그 자연스러운 예의를 알지 않소. 그리고 그는 이 대단히 흐뭇한 방문으로 자신에게 일어날 일을 알아보았어.

'나리,—올랭피아가 그에게 말했소—저의 관심은 가발리가 잘됐으면 하는 것입니다. 반자에 그가 꼭 있어야 하는 중요한 일이 그에게 있습니다. 그래서 나리께 반년 휴가를 주십사 부탁드리려고 온 것입니다.'

'반년 휴가요, 부인? 설마 농담이시겠지요—셀림이 그녀에게 대답했소—술탄의 명은 분명합니다. 당신에게 친절의 미덕을 베풀어드릴 수 없어서 정말 유감스럽습니다. 그렇게 하면 난 반드시 파멸하게 될 겁니다.' 올랭피아 쪽에서 다시 간청을 했지. 셀림 쪽에서는 또 거절을 했고.

'대신께서 내가 다음 승차陞差 때 포함될 것이라고 약속하셨습니다. 부인, 내가 부인께 친절을 베풀어 내 신세를 망치도록 부인께서 요구하셔도 되는 겁니까?…'

'그게 아닙니다, 나리, 나리께서는 신세를 망치는 일이 없을 것입니다.

그러니 제게 은혜를 베풀어 주세요.'

'부인, 그건 불가능한 일입니다. 그러나 부인께서 대신을 만나보신다면…'

'아! 나리, 누구에게 저를 보내신다고요? 그분은 부인들을 위해 어떤 일도 한 적이 없습니다…'

'사실 당신에게 도움을 주면 내 흡족할 것 같은데, 아무리 곰곰이 생각해 보아도, 한 가지 방법밖에는 모르겠습니다.'

'그게 뭐죠? 올랭피아가 급히 물었어요…'

'당신의 계획은—셀림이 대답했소—가발리를 여섯 달 동안 행복하게 해 주는 거지요. 한데, 부인, 부인께서 그를 위해 마련해 놓으신 쾌락의 십오 분 가량을 내주실 수 있겠습니까?'

올랭피아는 그것을 아주 잘 이해했고, 얼굴을 붉히더니, 어쩔 줄 몰라 했고, 결국 이 몰인정한 제안에 격렬하게 항의했지.

'그것에 대해서는 이제 그만 얘기합시다, 부인, 냉담한 표정으로 연대장이 말을 다시 했소. 가발리는 떠날 것이오. 전하를 위한 봉사는 이행되어야만 하오. 나로서는 무언가 조치를 취할 수도 있었는데, 당신은 전혀 동의하지 않으니. 어쨌든, 부인, 가발리가 떠나기를 원하는 것은 당신이오.'

'저라고요, 올랭피아가 크게 소리쳤소. 아! 나리, 그의 휴가 면허증을 즉시 발송해 주시어, 그가 남아 있도록 해 주세요.' 계약에 필수적인 예비 단계는 소파 위에서 비준되었지. 그리고 부인은 이번에야말로 가발리를 잡아 둘 수 있다고 생각했지. 그대가 알고 있는 이 음흉한 인간은, 어렴풋이나마 생각이 난 것처럼, 부인과 동행했던 옆 관사官舍에 남겨진 두 부인은 누구냐고 물을 작정을 했어.

'저와 절친한 두 친구예요.' 올랭피아가 대답했지.

'가발리와도 친한 친구고, 의심의 여지가 없군—셀림이 덧붙였지—그렇게 생각하면, 이 여자들이 각각 계약상의 공납 중 삼분의 일을 안 내리라고는 생각하지 않소. 그래, 그게 합당한 것 같군. 부인, 그분들에게 조세를 납부할 준비를 시켜주시오.'

'나리,—올랭피아가 그에게 응수했어—나리께서는 참으로 이상하시군요. 나리께 확실하게 말씀드리는데, 이 부인들은 가발리를 요구할 수 있는 아무런 권리가 없습니다. 그러나 제 손으로 이 여자들을 궁지에서 구해 벗어나게 해야 하니, 나리께서 저를 어여삐 여기신다면, 나리께서 이 여자들 앞으로 발행한 어음을 제가 갚도록 하겠습니다.' 셀림은 이 제의를 수락했지. 올랭피아는 약속을 이행했고. 부인, 이게 바로 셀림이 그대에게 알려줘야만 했던 것이오."

"전 그를 용서합니다—애첩이 말했다—제가 셀림이 그녀를 잊었다고 비난하기에는, 올랭피아는 알아봐야 유익하지 않은 여인이었습니다. 저는 마마께서 어디로 이 여인들을 찾아 나설지는 모릅니다. 전하, 마마께서는 참으로 성 한 채를 잃고 싶은 마음이 전혀 없는 남자의 행동이란 행동은 다 하시고 계십니나."

"부인, 며칠 전부터 그대의 생각은 많이도 변한 것 같소—망고귈이 그녀에게 응답했다—내가 그대에게 맨 처음 어떤 반지 시험을 제안했었는지 그대에게 상기시켜도 되겠소, 그러면 그대는 보다 빨리 내기에서 지는 일이 내게 달려 있지 않았다는 것을 알게 될 것이오."

"네, 그래요—술탄의 비가 말을 이었다—제가 알기로는, 마마께서 저는 말하는 보석 가운데서 예외일 것이고, 그때부터 마마께서는 지탄받는 여인들에게만 말을 걸으셨다고 제게 맹세하셨지요. 소문이 날대로 난 아맹트, 조베이드, 텔리스, 쥘리크 같은 여인들 말입니다."

"이 보석들을 신뢰한 것이 어리석은 짓이었음을 내 인정하오—망고귈이 말했다—그러나 다른 보석들이 없었다면, 그 보석들로만 만족해야 했지요. 그대에게 이미 말했었고, 다시 말하는 것이오. 보석들을 보자면, 품위가 있는 것은 그대가 생각하는 것보다 더 드물어요. 그래서 그대가 그대 힘으로 이기기를 결심하지 않는다면…"

"제가요?—미르조자가 격하여 말을 끊었다—성 한 채를 갖기 위해서 그렇게까지 해야 한다면, 전 평생 성을 가지지 못할 것입니다. 말하는 보석! 쳇, 그건 단정치 못한… 전하, 요컨대, 마마께서는 제 이유를 알고 계십니다, 그래서 정말 진심으로 제가 마마께 다시 으름장을 놓는 것입니다."

"그나저나 내 실험을 이젠 불평하지 마시오, 아니면 적어도 우리가 누구에게 도움을 청해야 할지 그대가 고집하는 자가 있으면 가르쳐주시오. 사실 그게 끝날 기미가 보이지 않아 유감스럽기 때문이오. 음탕한 보석들 말이요, 그리고 또 뭐가 있겠소? 음탕한 보석들이지, 늘 음탕한 보석들이라고."

"저는—미르조자가 응수했다—에글레의 보석을 몹시 믿고 있습니다. 그리고 마마께서 제게 요구하신 보름이 끝나가기를 초조하게 기다리고 있습니다."

"부인,—망고귈이 다시 말을 했다—보름은 어제 끝났소. 셀림이 그대에게 옛 궁정 이야기를 하고 있는 동안, 나는 에글레의 보석으로부터 알아낸 게 있소. 셀레비의 불쾌한 기분과 알만조르의 탐화봉접探花蜂蝶하는 성향 덕분에, 고것의 주인이 그대에게는 아무짝에도 쓸모가 없다는 것이오."

"아이고, 전하, 도대체 제게 무슨 말씀을 하시는 겁니까?" 애첩이 고함을 쳤다.

"이건 사실이오—술탄이 재차 말을 했다—다음번에는 그대에게 이 이야기를 한껏 해 주겠소. 그나저나 그 동안에는, 그대 활에 맞는 다른 시위를 찾아보시구려."

"에글레, 정숙한 에글레가 결국 기대를 저버렸군!—놀란 애첩이 말했다—정말 뭐가 뭔지 모르겠습니다."

"그대는 완전히 갈피를 잃었구려—망고귈이 다시 말했다—그러니 고개를 어디다 둬야 할지도 모르겠고."

"그게 아닙니다—애첩이 반박했다—어쨌든 제가 에글레를 많이 신뢰했다는 것을 시인합니다."

"이젠 그런 생각은 해선 안 되오—망고귈이 덧붙였다—에글레는 그대가 유일하게 알고 있었던 정숙한 여자였는지 고것만 우리에게 말씀해 주시겠소?"

"그렇지 않습니다, 전하, 그밖에도 정숙한 여자들과 상냥한 여자들이 많이 있습니다. 전하께 거명해 드리지요—미르조자가 즉시 대답했다—제가 보증하는 여인은 … "

미르조자는 한 여인의 이름도 분명히 발음하지 못한 채 별안간 중단했다. 정숙한 여자를 많이 안다고 했지만 한 여인도 떠올리지 못하는 애첩의 당황하는 모습을 보고, 셀림은 웃지 않을 수 없었고, 술탄은 박장대소하지 않을 수 없었다.

자존심이 상한 미르조자는 셀림 쪽으로 돌아서서 그에게 말했다.

"그나저나, 셀림, 이 분야에 정통하신 당신이 그러니까 도와주세요. 전하,—술탄에게 말을 가져가면서 그녀가 덧붙였다—…에게 물어봐 주실래요… 누굴 말해야 하죠? 셀림 그러니까 도와주세요."

"미르조자에게 물어보시지요." 셀림이 계속했다.

"그대, 당신네 조신들은 나에게 아주 심한 고통을 주시는군요—애첩이 다시 말했다—저는 시험이 두렵지 않지만, 시험을 혐오합니다. 그대가 내게 용서받기를 원한다면, 어서 다른 여인의 이름을 대 보세요."

"자이드가 이상적인 연인의 실재를 찾아냈는지—셀림이 말했다—알아 볼 수 있을 겁니다. 자이드는 이 이상적인 연인을 상상했었고, 자기 뒤를 졸졸 쫓아다녔던 모든 남자들과 예전에 비교하곤 했었습니다."

"자이드라고?—망고궐이 다시 말했다—실은 말이요, 자이드는 내가 내기에서 지게 만들기에 안성맞춤인 여자요."

"아마도—애첩이 덧붙였다—요조숙녀인 체하는 아르시노에와 잘난 체하는 조네키도 소문을 내지 않았던 유일한 여자일 겁니다."

"그건 지나친 말씀이오—망고궐이 말했다—어쨌든 내 반지 실험이 여전히 훨씬 낳을 거요. 그녀의 보석에게로 곧장 갑시다.

이 신탁은 칼카스의 그것보다 더 확실하지!"[67]

"네!—애첩이 웃으면서 덧붙였다—마마께서는 배우처럼 마마의 라신에 정통하시군요."

제19장

스물아홉 번째 반지 실험

쥘레이만과 자이드

애첩의 농담에 응하지 않은 채 망고궐은 곧바로 나가 자이드의 거처로 갔다. 그는 그녀가 작은 방에 틀어박혀 작은 탁자를 마주하고 있는 것을 보았다. 그는 탁자 위에 있는 몇 통의 편지와 초상화 한 장 그리고 널려 있는 몇몇 잡동사니들을 언뜻 보았는데, 그녀에게 애인이 있었다면, 사랑하는

---

67 라신의 비극《이피게네이아*Iphigénie*》3막 7장에 나오는 말이다.

애인에게서 온 것이라는 것을 추측하는 일은 굉장히 쉬운 일이었다. 그녀는 편지를 쓰고 있었다. 눈에선 눈물이 흘러 편지지를 적시고 있었다. 그녀는 흥분하여 초상화에 입을 맞추었고, 편지를 개봉하였고, 몇 자를 끼적거리다가, 다시 초상화로 돌아왔고, 내가 말했던 잡동사니로 달려들어 가슴에 꼭 껴안았다.

술탄은 이루 말할 수 없이 놀랐다. 그는 애첩과 자이드보다 더 애정 깊은 여인들을 본 적이 없었던 것이다. 그는 미르조자에게 사랑받고 있다고 생각했다. 그나저나 자이드는 쥘레이만을 그 이상으로 사랑하고 있지 않을까? 그리고 이 두 연인은 콩고에서 유일하게 진정한 연인이 아니었던가?

자이드가 편지를 쓰면서 쏟았던 눈물은 슬픔의 눈물이 전혀 아니었다. 사랑이 그녀에게 눈물을 쏟도록 한 것이었다. 그래서 그 순간 쥘레이만의 마음을 차지했다는 확신에서 생겨난 감미로운 감정이 유일하게 그녀의 마음을 뒤흔들었던 것이다. "사랑하는 쥘레이만—그녀가 소리쳤다—내가 당신을 얼마나 사랑하는데요! 당신은 내게 얼마나 소중한데요! 당신은 나를 얼마나 즐겁게 하고 있습니까! 자이드가 불행하게도 당신을 보지 못하는 순간에도, 그녀는 적어도 그녀가 얼마만큼 당신의 것인지 당신에게 쓰고 있답니다. 쥘레이만과 멀리 떨어져 있어도, 그녀의 사랑은 그녀의 마음을 기쁘게 하는 유일한 대화랍니다."

자이드의 애정 어린 사색이 그쯤 되었을 때, 망고귈이 그녀 쪽으로 반지를 향했다. 그러자 곧 그녀의 보석이 한숨짓는 것과, 고것의 주인이 독백했던 처음 몇 마디가 반복되는 것이 들렸다. "사랑하는 쥘레이만, 내가 당신을 얼마나 사랑하는데요! 당신은 내게 얼마나 소중한데요! 당신은 나를 얼마나 즐겁게 하고 있습니까!" 자이드의 마음과 보석의 뜻이 너무 잘 맞아떨어져 그 둘이 하는 말은 다르지 않았다. 자이드는 처음에 놀랐다. 그러나 쥘레이만이 기꺼이 들을 수 있을 정도의 말만 그녀의 보석이 할 것이라는 확신에 차 있었기 때문에, 그녀는 그가 같이 있었으면 했다.

망고귈이 재차 시도했지만, 자이드의 보석은 감미롭고 애정 어린 목소리로 되풀이하는 것이었다. "쥘레이만, 사랑하는 쥘레이만, 내가 당신을 얼마나 사랑하는데요! 당신은 내게 얼마나 소중한데요!"

"쥘레이만은—술탄이 소리쳤다—내 제국에서 가장 운이 좋은 자군 그래. 이곳을 떠나자고, 이곳에서는 내 행복보다도 더 큰 행복의 모습이 내 눈앞에 나타나 나를 괴롭히고 있어." 그는 바로 나갔고, 애첩의 처소로 편치 않고 생각에 잠긴 모습을 하고 왔다.

"전하, 무슨 일이세요?—그녀가 그에게 물었다—제게 자이드에 대해서는 한 말씀도 안 하시고…"

"자이드는, 부인—망고귈이 대답했다—사랑스러운 여인이오! 그녀는 사람들이 한 번도 해 보지 못한 것 같은 그런 사랑을 하고 있소…"

"그녀에게는 안된 일이네요." 미르조자가 대꾸했다…

"무슨 말씀이요?" 술탄이 말을 이었다…

"이야기인즉,—애첩이 대답했다—케르마데는 콩고에서 침울한 인간들 중 하나고, 양가 부모의 이해관계와 강압으로 그 결혼이 이루어진 것이니, 케르마데와 자이드보다 더 맞지 않은 부부는 없었다라는 말씀입니다…"

"허, 참! 부인—망고귈이 말을 이었다—그녀가 사랑하고 있는 건 그녀의 남편이 아니란 말이오…"

"그럼 도대체 누군데요?" 미르조자가 물었다…

"쥘레이만이오." 망고귈이 대답했다…

"그럼 도자기들이며 작은 거미원숭이는 안녕이겠군요." 술탄의 비가 덧붙였다…

"아!—망고퀼이 아주 작은 소리로 말했다—이 자이드가 나에게 깊은 감명을 주었소. 그녀가 날 따라다니며, 줄곧 내 곁을 떠나지 않고 있소. 그녀를 꼭 다시 봐야만 하겠소."

미르조자는 질문 몇 개를 던져 술탄의 말을 가로막았고, 술탄은 단음절로 물음에 대답했다. 그는 그녀가 제안했던 카드놀이를 거부했고, 있지도 않은 두통으로 신음했고, 그의 거처로 돌아가, 저녁을 먹지도 않고 잠자리에 누웠는데, 이와 같은 일은 일평생 그에게 없었던 일이었으며, 전혀 잠을 자지 못했다. 자이드의 매력과 애정, 쥘레이만의 장점과 행복이 밤새도록 그를 괴롭혔다.

그에게는 오늘 자이드의 집으로 다시 가는 것 말고는 더 바쁜 일이 없다는 것을 모두들 분명히 생각하고 있을 것이다. 그는 미르조자의 소식을 알아보게 하지도 않고 궁정에서 나갔다. 이런 일은 그에게 처음 있는 일이었다. 그는 자이드를 전날의 그 작은 방에서 찾았다. 쥘레이만이 그녀와 함께 그곳에 있었다. 그는 애인의 손을 쥐고 있었고, 그녀의 두 눈을 응시하고 있었다. 그의 양 무릎 위로 몸을 기댄 그녀는 쥘레이만에게 강렬하기 이를 데 없는 정열이 살아 숨 쉬는 사랑의 시선을 던지고 있었다. 그들은 얼마 동안 이런 상태를 유지하고 있었다. 그러나 곧 그들이 지닌 욕망의 강렬함에 굴복한 그들은 서둘러 두 팔로 서로를 감싸 안았고, 강하게 껴안았다. 그때까지 그들 주위를 지배했던 깊은 침묵이 그들의 사랑의 탄식과 키스하는 소리, 그들에게서 새어나오는 불분명한 몇 마디 말로 깨졌다… "저를 사랑하고 계시는군요!…" "난 당신을 열렬히 사랑하고 있소!…" "저를 영원히 사랑해 주실 거죠?…" "아! 내 생애 마지막 한 숨은 자이드를 위한 것이 될 것이오!…"

비애감에 짓눌린 망고귈은 안락의자에서 몸을 잔뜩 뒤로 젖혔고, 두 눈을 손으로 가리기 시작했다. 모두가 그럴 것이라고 상상하는 것을 보기가 두려웠던 것이다. 하지만 모두가 상상한 것은 전혀 일어나지 않았다… 얼마 동안 침묵이 흐른 뒤에, "아! 소중하고 사랑스런 애인, 내가 얼마나 지금 그대로의 당신을 쭉 알아왔던가요!―자이드가 말했다―난 그래도 역시 당신을 사랑할 겁니다. 그래서 절 자책할 일이 없을 거예요… 한데 울고 계시는군요, 사랑하는 쥘레이만, 오세요, 소중하고 사랑스런 애인, 오세요, 눈물을 닦아드릴게요… 쥘레이만, 두 눈을 떨구시는군요. 무슨 일이세요? 그럼 절 보세요… 오세요, 소중한 애인, 오세요, 위로해 드릴게요. 제 입 위에 당신의 두 입술을 붙이세요. 당신의 영혼을 내게 불어넣으세요. 내 영혼을 받으세요. 멈추세요… 아! 아니에요… 아니에요…" 자이드는 숨을 강렬하게 몰아쉬며 말을 맺었고, 입을 다물었다.

아프리카 저자는 이 장면이 망고귈에게 깊은 감명을 주었고, 그는 쥘레이만의 능력 부족에 어떤 희망을 걸었으며, 망고귈이 자이드에게 건네는 은밀한 제안이 있었고, 자이드는 그 제안을 거절했으며, 그녀의 애인에게 그것을 자랑하지 않았다고 우리에게 알려 주고 있다.

제20장

플라토닉 러브

"그나저나 그럼 이 자이드가 독보적인 존재란 말인가? 매력으로 말하자면 미르조자가 그 어느 면에서도 그녀한테 뒤지지 않는데 말이야. 그리고 미르조자의 애정을 말해 주는 증거가 나에겐 수천 가지가 있잖아. 나는 사랑받고 싶고, 사랑받고 있고, 그런데 쥘레이만이 나보다 더 많이 사랑받고 있다고 누가 내게 말이나 했나? 난 광적으로 타인의 행복을 질투하곤 했잖아. 아니야, 하늘 아래 그 누구도 망고귈보다 행복하지 않아."

술탄은 이렇게 자신을 타이르기 시작하였다. 저자는 그 나머지 부분을 삭제하였다. 그는 그저 다음과 같은 사항을 우리에게 알려주는 것에 그치고 있다. 이 군주는 대신들이 그에게 제시했던 건의보다도 자신에게 한 이 위로의 말을 더 고려하였고, 자이드는 더 이상 그의 머릿속에 떠오르지 않았다는 것이다.

자신의 첩 혹은 자기 자신에게 몹시 만족해 있던 근일 어느 저녁, 그는 셀림을 불러서 대궐 정원 숲을 잠시 배회하기를 제안했다. 듣고 보는 이도 없는 가운데, 할 말을 다하고 많은 일을 도모할 수 있는 곳이 바로 정자였다. 그리로 가면서, 망고귈은 사람들이 사랑하게 되는 이유를 화젯거리로 던졌다. 거대 원칙들 위에 올라서서, 자신의 지위나 용모나 나이에 전혀 어울리지 않은 정조관념을 고집하는 미르조자는 사람들은 아주 자주 사랑하기 위해서 사랑하고 있으며, 성격이 다리가 되어 시작되고, 존경으로 유지되고, 신뢰로 공고해지는 애정관계는 연인이 특별한 호의를 열망하지 않고, 여자는 그런 호의를 주고 싶은 마음이 들지 않아도, 아주 오랫동안 줄기차게 지속된다고 주장했다.

"이것이야말로, 부인, ―망고귈이 응수했다― 소설이 당신을 망쳐놓았다고 할 수 있는 것이오. 그대는 소설에서 존경받는 주인공들과 어리석을 정도로 정조를 지키는 왕녀들을 보셨구려. 그런데 그대는 이러한 존재들이 저자의 머릿속에서만 존재한다는 것을 생각하지 못하였소. 사랑이 무어냐고, 그대가 시테르 섬의 교의를 누구보다도 더 잘 알고 있는 셀림에게 물으신다면? 내 확신하건대, 사랑은 …에 다름 아니라고 그가 그대에게 답할 것이오."

"마마께서는 정녕 ―술탄의 비가 말을 가로막았다― 애정의 섬세함은 한갓 망상이며, 즐길 희망이 없으면, 이 세상에는 사랑의 씨앗은 한 톨도 없을 것이라고 말씀하시는 건가요? 참말로, 마마께서는 틀림없이 인간의 마음에 대해 아주 안 좋은 견해를 지니고 계시는가 봅니다."

"아닌 게 아니라 그렇소—술탄이 말을 이었다—우리네 미덕은 우리네 악덕과 마찬가지로 이해관계를 떠난 것이 아니요. 용감한 인간은 위험에 몸을 내맡기며 영광을 추구하고 있소. 비겁한 자는 휴식과 삶을 사랑하고 있소. 그리고 연인은 즐기기를 원하고."

술탄의 의견에 동조하는 셀림은 만일 두 가지 일이 일어나면, 사랑은 사회에서 추방당해 다시는 사회에 발을 딛지 못할 것이라고 덧붙였다.

"그런데 이 두 가지 일이란 무엇인가요?" 애첩이 물었다.

"그것은,—망고귈이 대답했다—부인, 그대와 나 그리고 다른 모든 사람들이 탄자이와 네아다르네가 꿈을 꾸면서 되찾았던 것을 잃게 될지 어떨지를 말하는 것이오."[68]

"뭐라고요!—미르조자가 말을 가로막았다—이 하찮은 것이 없다면, 성이 다른 두 사람 사이에는 존경도 신뢰도 없을 거라고 믿으시는 건가요? 재능과 기지와 매력이 있는 여인은 절대 감동을 주지 않을까요? 사랑스러운 용모에 뛰어난 재능에 훌륭한 성격의 남자는 신뢰를 받지 못할 거란 말씀이세요?"

"그렇소, 부인—망고귈이 다시 말했다—그도 그럴 것이 과연 그렇게 되겠소, 부인?"

"그러나 제 생각에는, 사람들은 거의 언제나 아름다운 것들로 넘쳐나는 이야기를 듣는 것을 기쁨으로 여길 텐데요." 애첩이 응수했다.

---

68 크레비용의 소설 《탄자이》의 내용을 암시하고 있다. 마법에 걸려 국부를 잃은 남자 주인공과 여자 주인공은 꿈 속에서 이 기관을 되찾았다고 말하지만, 사실 그들은 서로 관계를 맺음으로써 이 기관을 되찾게 된다.

"마마,—셀림이 말했다—그러한 것들은 언제나 사랑 없이 이야기되고 있다는 사실을 유념하십시오. 그렇습니다, 마마, 그렇습니다. 저에게는 완벽한 증거들이 있습니다. 신체의 기관이 제대로 갖추어져 있지 않다면, 사랑은 전혀 없는 것입니다. 콩고에서 가장 잘생긴 사내이고, 궁정에서는 가장 섬세한 정신의 소유자인 아즈노르는, 제가 여자라고 가정한다면, 그의 멋들어진 다리를 내게 자랑삼아 보여 봐야, 그의 푸른 두 눈을 내게 돌려봐야, 내게 뛰어난 찬사를 아끼지 않고 해 봐야, 장점이란 장점은 다 동원해서 자신을 내세워 봐야 헛일일 것입니다. 저는 그에게 단 한마디만 할 것입니다. 그리고 그가 이 말 한마디에 성실하게 대답하면, 저는 그에게 존경이란 존경은 다 바칠 것입니다. 하지만 저는 그를 조금도 사랑하지 않을 것입니다."

"그거 확실하군 그래—술탄이 덧붙였다—그리고 그 수수께끼 같은 말말이야, 사랑하게 되면 그 말의 적절함과 유용성을 그대는 받아들일 것이오. 그대의 교육을 위해서라도, 그대는 반자의 한 재사才士와 초등학교 선생님이 함께 나눈 대화를 스스로 잘 복습해야만 할 것이오. 그대의 의견을 지지했던 재사가 종국에는 어떻게 그가 틀렸고, 상대방이 보석처럼 논증한 것을 인정하게 되었는지 그대는 단번에 이해하게 될 것이오. 어쨌든 셀림도 그대에게 이것을 말할 것이요, 난 바로 그에게서 이런 말을 들었소."

애첩은 망고귈이 자신에게 하지 않았던 이야기가 아주 음란할 것이라는 상상을 했고, 셀림에게 이 이야기를 청하지도 않은 채 카비네로 들어갔다. 셀림에게는 다행스러운 일이었다. 그도 그럴 것이 셀림이 모든 기지를 다 동원해도, 그는 애첩의 호기심을 만족시키지 못했을 것이거나, 그녀의 수치심에 크게 상처를 주었을 것이기 때문이었다. 어쨌든 그녀에게 눈가림하고, 초등학교 교사의 이야기를 더 멀리 떼어 놓기 위해, 그는 다음과 같은 이야기를 그녀에게 했다.

"마마,—이 조신이 그녀에게 말했다—나일 강의 수원지에 인접해 있는 한 광활한 고장에 사랑처럼 잘생긴 청년이 살고 있었습니다. 그는 열여덟도 안 되었는데, 모든 처녀들이 서로 그의 마음을 차지하려고 다투었으며, 그를 연인으로 받아들이지 않을 법한 여자들은 하나도 없었습니다. 타고난 마음이 다정한지라, 그는 사랑할 수 있게 되자 곧 사랑을 하였습니다.

어느 날 그는 사원에서 열린 대파고다를 위한 대중법회에 참석하여, 통상적인 의례에 따라 파고다 앞에서 법으로 규정한 열일곱 번의 절을 하는 중이었습니다. 그가 홀딱 반해 버린 한 미인이 지나가며, 미소를 동반한 윙크를 그에게 하자, 넋을 잃은 그는 균형을 못 잡고, 코를 땅에 처박았습니다. 그가 고꾸라지자 참석했던 사람들 모두가 놀랐으며, 절 횟수를 잊어먹은 그는 열여섯 번만 하게 되었습니다.

모욕과 소란 때문에 분노한 대파고다는 그에게 가혹한 벌을 내렸습니다. 그의 이름은 일라였습니다. 이 가엾은 일라는 갑자기 가장 강렬한 욕망의 불길에 휩싸였지만, 완전히 제압당한 것처럼, 이 욕망을 만족시킬 수단을 잃었습니다. 아주 귀한 것을 잃어 슬픈 나머지 놀란 그는 파고다에게 물었습니다.

'너는 오로지—분명하지 않은 발음으로 파고다가 그에게 대답했습니다—너의 불행을 알고 있지만 그래도 널 사랑하게 될 여인의 품에 안기게 될 것이다.'

오만함은 젊음과 미모의 아주 기꺼운 동반자입니다. 일라는 자신의 기지와 용모의 매력으로 인해 곧 세심한 마음의 소유자를 얻게 될 것이고, 이 세심한 마음의 소유자는 일라에게 남아 있는 것에 족하여, 자기 자신을 위해 그를 사랑할 것이고, 머지않아 그가 잃었던 것을 되찾게 해 줄 것이라고 생각하였습니다.

그는 먼저 본의 아니게 그를 불행하게 만들었던 여인에게 말을 건넸습니다. 생기 있고, 관능적이며, 교태도 부리는 젊은 여인이었는데, 일라는 그녀를 매우 사랑하였습니다. 그는 그녀에게서 약속을 얻어냈는데, 약속 장소에서 교태에 교태를 거듭한 끝에 그녀는 이 가엾은 사내가 한 번도 갈 수 없었었던 데까지 이끌고 갔습니다. 그가 괴로워하며 그녀의 품안에서 신탁을 실현하려고 해 봐야 소용없었습니다. 아무것도 생겨나지 않았던 것입니다. 그녀는 기다리다 지친 나머지, 잽싸게 옷매무새를 고치더니 그를 떠났습니다. 이 정사에서 최악의 사태는 이 못된 미친 것이 이 일을 자기 여자 친구 하나에게 털어놓았고, 이 친구도 조심스럽게 서너 명의 자기 여자 친구에게 이 일을 털어놓았으며, 이 친구들도 이 비밀을 다른 많은 이들에게 알리게 되어, 이틀 전만 하더라도 뭇 여성들의 사랑을 받았던 일라는 이들로부터 경멸의 대상이 되었으며, 손가락질당하고, 괴물 취급을 받았습니다.

자기 고장에서 험담에 오르내린 불행한 일라는 여행을 떠나, 먼 곳에서 자기 병의 치료제를 구하기로 결심했습니다. 그는 남몰래 동행자도 없이 아비생 황제의 궁정으로 갔습니다. 궁정의 여인들은 처음에 이 청년에게 흠뻑 빠졌습니다. 그를 차지하는 게 임자였습니다. 그러나 신중한 일라는 약속은 삼갔습니다. 그를 쫓아다니고 있는 여인들이 그에게서 아무런 이득도 못 찾을 것이 뻔했었던 만큼, 그는 약속을 했다가 소득을 보지 못할 것이 더더욱 두려웠던 것입니다. 하지만 여성의 혜안을 찬미하십시오! 젊디젊은 데다, 온순하기 이를 데 없고, 아주 잘생긴 사내, 다들 그러더군요, 이건 경이적인 것입니다. 그래서 많은 장점들을 겸비하고 있으니, 자칫하면 모두들 그의 결점을 짐작하지 못할 뻔했고, 이자가 완벽한 남자가 지닐 수 있는 모든 것을 가졌다고 인정하는 것이 두려운 나머지, 사람들은 자칫

하면 그에게 없었던 유일한 것을 그가 진짜로 가지지 않았다고 인정할 수도 있었던 것입니다.

얼마 동안 이 지역의 지도를 연구한 뒤에, 일라는 능숙하게 화류계 생활을 하다가, 웬 변덕 때문인지 모르겠지만, 견실한 신앙생활로 돌아선 한 젊은 여인에게 애착을 가졌습니다. 그는 조금씩 그녀의 신뢰를 얻었고, 그녀의 생각을 지지하였고, 그녀의 습관을 본떴으며, 여러 사원에서 그녀를 도와주었고, 사교계의 쾌락의 덧없음에 관해서 아주 자주 그녀와 함께 이야기를 나누었던지라 자기도 모르게 그녀의 취향을 기억을 통해 상기하였습니다. 그가 회교사원에 드나들고, 설교에 참석하고, 병자들을 방문한 지 한 달이 훨씬 넘었을 때, 그는 치료할 준비를 하였습니다. 그러나 소용없는 일이었습니다. 하늘에서 일어나고 있었던 모든 일을 알고 있었던지라, 그의 이 독신녀는 이 땅 위의 사람들이 어떻게 될 것인지도 역시 알고 있었습니다. 그래서 이 가엾은 사내는 베풀었던 자선행위의 모든 결실을 한순간에 잃었습니다. 그에게 위안이 된 것은, 파헤칠 수 없는 비밀이 지켜졌던 것이었습니다. 말 한마디가 그의 병을 낫지 않게 할 수도 있었습니다. 그러나 그 말은 발설되지 않았고, 일라는 다른 독신녀 몇 명과 관계를 가졌습니다. 그는 이 여자들을 차례대로 신탁이 처방한 특효약이라고 간주했습니다. 이 여인들은 오직 일라에게는 없는 것으로 인해 그를 사랑하고 있었기 때문에, 그에게 환멸을 느끼게 하지 않았습니다. 대상들에게서 물질성을 제거해야만 하는 이 여자들의 습관은 그에게는 아무런 도움이 되지 않았습니다. 이 여자들은 감정을 원하고 있었습니다, 하지만 쾌락이 일으키는 것이 바로 감정이었던 것입니다.

'그대들은 그럼 저를 사랑하지 않나요?' 일라는 이 여자들에게 구슬프게 말하곤 하였습니다…

'아이고! 이보세요—이 여자들이 그에게 대꾸했습니다—사랑하기 전에 반드시 알아두어야 할 것이 있다는 걸 모르고 계십니까? 불구가 되어 당신 꼴이 이러한데, 여자들이 이런 당신을 알면, 당신은 전혀 사랑스럽지 않다고요.'

'아, 유감스럽구나—그가 떠나가면서 말했습니다—모두가 그렇게 많이 말하고 있는 이 순결한 사랑은 어디에도 없구나. 모든 남자들과 여자들이 자부하는 이 감정의 섬세함은 한갓 망상에 불과하구나. 신탁은 내 요구를 거절하고, 난 평생 이걸 안고 있어야 하는구나.'

도중에, 그는 심적 교류만을 원하고 무모한 인간을 추한 사람처럼 증오하는 그런 여인들을 만났습니다. 이 여인들은 그의 계획안에 세속적이고 비속한 것을 끌어넣지 말 것을 그에게 아주 진지하게 권했기 때문에, 그는 병을 치유할 수 있으리라는 희망을 크게 품었습니다. 그는 진심으로 행동했습니다. 그리고 그는 이 여자들이 그에게 마지못해 하곤 했던 감미로운 말들을 듣고도, 자신이 그냥 그대로 있었다는 것에 깜짝 놀랐습니다. '난 치유되어야만 해—그가 마음속으로 말하곤 했습니다—아마도 털어놓는 것과는 다른 방법이 되어야 할 것 같군.' 그리고 그는 신탁의 의지에 따라 몸을 둘 기회를 기다렸습니다. 그 여자가 왔습니다. 산책을 미치도록 좋아하는 이 젊은 플라톤 신봉자는 그를 외딴 숲으로 데리고 갔습니다. 그들이 훼방을 놓는 모든 것으로부터 멀리 떨어져 있었을 때, 그녀는 기절할 것 같은 느낌이었습니다. 일라는 그녀에게로 달려가서, 그녀의 마음을 진정시키기 위해서 모든 수단을 다 동원했습니다. 그러나 그의 모든 노력은 헛되었습니다. 기절했던 이 미인은 그 사실을 일라만큼 잘 알았습니다.

'후, 이보세요—그의 품을 뿌리치면서 그녀가 그에게 말했습니다—댁은 어떤 남자입니까? 기분도 안 좋고 도움이 없으면 골백번도 더 죽을 이

외진 곳에 이렇게 오는 일이 다시는 없을 겁니다.'

다른 여인들은 그의 상태를 알고 있었고, 그걸 동정했으며, 자기들이 그에게 품고 있었던 애정은 그것 때문에 변하지 않을 것이라고 맹세했는데, 그를 다신 보지 않았습니다.

불행한 일라는 절세의 미인과 가장 섬세한 감정을 지닌 여자들을 참 많이 불평꾼으로 만들었습니다."

"그나저나 이자는 미련하구먼—술탄이 말을 가로막았다—그는 왜 우리의 수녀원에 넘쳐나는 숫처녀들 중 몇몇에게 말을 건네지 않았지? 다들 홀딱 반할 텐데 말이야. 그리고 그는 격자철문을 통해 반드시 치유될 수 있었을 텐데."

"폐하,—셀림이 말을 이었다—소문에 따르면 그도 이 방법을 시도했으며, 그 어디서도 쓸데없는 사랑을 원치 않는다는 것을 경험했다고 합니다."

"경우가 그러하다면—술탄이 덧붙였다—그의 병은 절망적이란 생각이 드는군."

"폐하처럼 그도 자기 병에 대해 절망할 것입니다—셀림이 계속했다—여러 번 시도를 해 보았지만 아무런 결과도 얻지 못해 지친 그는 사교계에서 자신이 무용하다고 단호하게 선언했던 헤아릴 수 없이 많은 여자들의 말을 듣고 은거하였습니다.

은거지에서 방황한 지 벌써 여러 날이 되었을 때, 그는 외딴 곳에서 나오는 한숨소리를 몇 차례 들었습니다. 그는 귀를 기울였습니다. 한숨소리가 다시 시작되었습니다. 그는 다가갔고, 별처럼 아름다운 한 처녀를 보았는데, 한 손으로는 턱을 괴고, 두 눈에는 눈물이 글썽이고 있었으며, 나머지 신체 부위도 비탄과 사색에 잠긴 자세였습니다.

'아가씨, 여기서 뭘 찾고 계십니까?—그가 그녀에게 말했습니다—이 오

지가 당신에게 맞습니까?…'

'네—그녀가 구슬프게 대답했습니다—적어도 이곳에서는 아주 마음 편하게 슬퍼할 수 있잖아요.'

'그런데 뭐가 괴로우신데요?…'

'아 애통해요!…'

'말씀하세요, 아가씨, 무슨 일이세요?…'

'아무 일도 아니에요…'

'어떻게 아무 일도 아니지요?…'

'아니에요, 전혀 아무 일도 아니에요. 그게 바로 제 고통입니다. 이 년 전에 저는 불운하게도 파고다를 모독했었답니다. 이 파고다가 저의 모든 것을 다 앗아갔어요. 자기가 하게 될 일이 아주 사소한 것이었는지 이 파고다는 제가 저지른 일에 대해서 자기 힘의 커다란 증거를 보여주지 않았었습니다. 그때부터, 파고다가 말하는 것이었어요, 모든 남성들이 나를 피하고 또 피할 것이라는 것이었습니다. 나의 불행을 알고 있기 때문에, 나에게 애착을 느껴 있는 그대로의 나를 사랑하는 한 남자를 만나게 될 때까지 말이에요.'

'이게 무슨 소리인가!' 일라가 소리쳤습니다. '그대가 보는 앞에서 무릎을 꿇고 있는 이 불행한 인간 역시 아무것도 없습니다. 그러니까 그 또한 그의 병입니다. 그도 얼마 전에 불운하게도 파고다를 모독하여 지니고 있던 것을 제거당했습니다. 그런데 자랑은 아니지만, 그건 대단했었습니다. 그때부터, 파고다가 말하는 것이었어요, 모든 여성들이 그를 피하고 또 피할 것이라는 것이었습니다. 그의 불행을 알고 있기 때문에, 그에게 애착을 느껴 있는 그대로의 그를 사랑하는 한 여자를 만나게 될 때까지 말이에요.'

'이게 정말 가능한 일인가요?' 그 처녀가 물었습니다.

'그대가 나한테 말한 것도 사실인가요?' 일라가 물었습니다…

'보세요.' 처녀가 대답했습니다.

'보세요.' 일라가 대답했습니다…

그들은 하늘의 노여움을 산 두 대상물이었음을 의심의 여지없이 서로 확인했습니다. 그들에게 공통된 불행이 그들을 합쳐 주었습니다. 이피는 —이 처녀의 이름이었습니다—일라를 위해서 태어난 것이었습니다. 일라도 이피를 위해서 태어난 것이었습니다. 그들은 두 마마께서 상상하시는 것처럼 정신적으로 서로 사랑하였습니다. 그도 그럴 것이, 그들은 달리 사랑할 수 없었습니다. 그러나 곧 마법이 풀렸습니다. 그들은 각자 환희의 고함을 질렀습니다. 그리고 플라토닉 러브는 없어졌습니다.

그 오지에서 함께 머문 몇 달 동안, 그들은 내내 그들이 변한 것을 서로 확인하였습니다. 그들이 그곳에서 나왔을 때, 이피는 완전히 치유되었습니다. 일라에 대해서, 저자는 그가 재발의 위험이 있었다고 말하였습니다."

제21장

서른 번째이자 마지막 반지 실험

미르조자

망고귈이 정원에서 애첩과 셀림과 함께 이야기를 나누고 있는 동안, 쉴라멕69의 사망 소식을 전해 들었다. 쉴라멕은 에르겝제드의 의사와는 반대로 처음에는 술탄의 댄스 교사였다. 그에게서 공중제비를 배웠던 몇몇 모

69 플뢰리André Hercule de Fleury(1653-1743) 추기경을 말한다. 그는 루이 15세의 스승이었으며 1726년부터 1743년까지 국무장관을 역임했다. 그의 정치적 수행능력은 뛰어나지 못했다. 특히 외교 분야에서의 실정은 그가 죽은 뒤에도 그의 계승자들로부터 많은 비판을 야기했다. 디드로도 플뢰리 추기경에 대해서 신랄한 비평을 가할 참이다.

사꾼들이 전력을 다해 그를 부추겼고, 하도 바쁘게 뛰어다녀서, 그는 마르셀[70]과 다른 사람들보다 총애를 받았는데, 고위 성직자가 될 만한 인물은 아니었다.[71] 성격은 소심했고, 궁정의 독특한 언어를 썼으며, 재미나게 이야기하는 재주가 있었는데, 어린아이들을 즐겁게 하는 재주가 있었다. 그러나 고난도의 춤[72]에 대해서는 아는 것이 없었다. 대재상의 자리가 비었을 때 하도 몸을 굽실댄 나머지, 지칠 줄 모르는 춤꾼이지만 몸이 뻣뻣해서 억지로 몸을 숙이곤 했던 대관장을 밀치고 그 자리에 들어앉았다.[73] 그의 내각은 나라에 영광이 되는 사건들을 통해서 두각을 나타내지 못했다. 그의 적들은—누구라고 적이 없겠는가? 진짜 공적은 적을 많이 두는 것이다—그가 바이올린을 형편없이 연주하고 안무에 대한 재능이 전혀 없다고 비난했다. 또한 장 신부의 팬터마임에 속아 넘어가고, 언젠가 그 앞에서 춤을 추었던 모노에뮈기의 곰 같은 사람 때문에 겁에 질렸다고 비난했다.[74] 그들은 그가 통풍이 있었던 시절에 통뷔의 황제가 춤을 못 추게 하기

---

70 마르셀Marcel은 파리에서 한참 인기 있었던 춤의 대가였다. 1759년 사망한다.

71 루이 14세가 죽기 며칠 전, 당시 다섯 살이었던 황태자의 사부자리에 예수회가 플뢰리 추기경을 천거한 사실에 대한 암시다.

72 플뢰리는 많은 사람들로부터, 때로는 부당한 것이기도 하였지만, 중요한 국정업무 수행에 부적합하다는 비판을 받았다. 정치적 경험이 없었던 그의 이력과 함께, 그의 "소심한 성격"이 일반적으로 비판의 도마 위에 오르곤 하였는데, 다시 말해 정치인으로서 정력적이고 대담하지 못했던 그의 성격은 항상 문제시 되었던 것이다. 사실 플뢰리는 일흔셋에 정치에 입문했다.

73 플뢰리에 의해 떠밀린 사람은 1723년부터 1726년까지 국무총리를 지낸 부르봉 공le duc de Bourbon이었다. 이 "뻣뻣한 인간"은 젊은 왕으로부터 신뢰도가 많이 떨어졌다고 생각한 나머지 총리직을 사임하였다.

74 수수께끼 같은 이러한 비유는 플뢰리 내각 초창기에 당시 프랑스와 동맹을 맺었던 영국에게 이 수상이 국가의 이익을 넘겼었던 주지의 사실을 환기시키고 있는 것 같다. 여기서 "사제인 장"과 "모노에뮈기의 곰 같은 인간"은 영국과 수상이었던 로버트 월폴Robert Walpole이다. 추기경과 마찬가지로 평화주의자였던 월폴은 유럽에 평화를 정착시키기 위한 외교정책을 선호했다. 실제로 플뢰리 내각은 "나라에 영광이 되는 사건들을 통해서 두각을 나타내지 못했다." 이러한 사실을 이 내각이 오랜 기간 동안 비용이 많이

위해서 이 황제에게 수백만 스캥을 주었다고 비난을 했고, 매년 오십만 스캥 이상을 송진을 사는 데 쏟아 부었다고 비난을 했으며, 게다가 자기 것과는 다른 미뉴에트를 켜는 바이올린 악사 모두를 학대한 일이 있었는데,[75] 한마디로 말해서 자기 악기로 반주하면서 콩고의 몇몇 가요들을 알아들을 수 없게 노래하곤 했던 기니의 한 뚱뚱한 원주민의 할머니의 음악에 맞추어 십오 년 동안 잠을 잤다고 비난받았던 것이다.[76] 그가 홀란드의 보리수를 들여와 유행시켰던 것도 사실이다.

망고귈은 따뜻한 마음씨를 가지고 있었다. 그는 쉴라멕을 아쉬워했고, 그에게 추도사와 함께 영구대靈柩臺를 내렸으며, 추도사 낭송은 브루부부가 맡았다.[77]

장례식 날에는 고위 성직자들과 내각 대신들과, 내시들이 인솔한 술탄의 비들이 대회교사원으로 갔다. 브루부부는 두 시간 내내 놀라울 정도로 빠르게 쉴라멕은 탁월한 재능으로 입신양명했다고 밝혔다. 그는 서문경序文經을 모두 외웠고, 쉴라멕이 행정 각 부를 관할했을 시 망고귈과 그의 업적을 잊지 않았다. 그러고 나서 그는 열심히 감탄을 연발하고 있었는데, 이때, 거짓에는 치를 떨곤 했던 미르조자가 그 때문에 발작을 일으켜 혼수상태에

드는 전쟁을 하지 않았고, 부채가 많았던 국가 재정을 균형 있게 되돌려 놓았던 사실로 이해하지 않으면 그렇다는 것이다.

75 플뢰리는 체제에 반대하는 세력을 가차 없이 제거하였는데, 장세니스트들도 그가 대적해야 했던 세력이었다.

76 오래전부터 적국이었던 오스트리아에 대해 플뢰리는 화해 정책을 펴고자 했다. 따라서 "기니의 뚱뚱한 한 원주민"은 당시 독일 황제였으며 헝가리와 시칠리아의 왕이었던 찰스 6세를 말한다. 그는 폴란드 왕위계승 전쟁을 종결하는 빈 조약(1738)에서 프랑스에게 로렌 지방을 넘겨주는 대가로 자신의 딸인 마리아 테레즈의 왕위계승을 승낙받았는데, 다시 말해, 플뢰리에게 이 계승권을 간청했던 것이다.

77 옛 스승에 대한 루이 15세의 부모를 대하는 듯한 감정은 플뢰리가 죽을 때까지 지속되었다. 추기경에 대한 추도사는 1743년 5월 25일 예수회 신부인 샤를 프레 드 뇌빌Charles Frey de Neuville이 맡았다.

빠졌다.

그녀의 하인과 하녀들이 열의를 다하여 그녀를 구했다. 그녀는 전용 승교乘轎에 다시 올랐고, 즉시 하렘으로 이송되었다. 위험을 전해들은 망고귈이 달려갔다. 약이란 약은 다 불러 모았다. 엘릭시르제劑,[78] 라모트 장군 점적제點滴劑,[79] 영국 점적제[80]를 투약해 보았으나, 효과를 전혀 보지 못했다. 침통한 술탄은 미르조자를 슬퍼하다가, 오르고톰을 비난하기도 하였으며, 결국 희망을 다 잃었다. 아니 그의 반지라면 적어도 그가 희망을 걸 수 있었다.

"내가 당신을 잃는다면, 내 영혼의 환희여!—그가 소리쳤다—틀림없이 그대의 보석은 그대의 입과 함께 영원히 침묵을 지키겠지."

곧, 그는 다들 나가라고 명했다. 모두가 복종하고, 이제 그만이 애첩과 마주하고 있다. 그는 반지를 그녀 쪽으로 돌린다. 그러나 다른 보석들도 늘 그런 것처럼 설교에 싫증을 냈던 미르조자의 보석은 분명히 의식이 혼미함을 느꼈는지, 먼저 두서가 없고 불분명한 말만을 몇 마디 중얼댔다. 술탄이 작동을 반복하자 보석이 아주 뚜렷하게 밝히면서 말했다.

"당신, 망고귈과 멀리 떨어져 있다면, 전 어떻게 될까요?… 죽을 때까지 절조를 지킬 저는 당신을 찾아 나설 것입니다. 만일 사랑과 변함없는 마음으로 인해 사자死者들에게 어떤 보상이 주어진다면, 사랑하는 전하, 전 당신을 찾아낼 것입니다… 아, 당신께서 안 계셨다면, 브라흐마 신께서 계시고 이 신께서 믿음 깊은 신자들에게 약속하셨던 매혹적인 궁궐은 저에게 한갓 불쾌감을 주는 거처가 되었을 것이옵니다."

---

78 일종의 강장제다.

79 일종의 활력제다.

80 혼수상태와 실신에 쓰였던 약으로 18세기에 유행했었다.

환희에 빠진 망고궐은 애첩이 차츰 혼수상태에서 벗어나는 것과, 반지를 늦게 원위치 시킨다면, 그녀가 보석의 마지막 몇 마디를 들을 것이라는 것을 알아채지 못했다. 그런 일이 일어나고 말았다.

"아! 전하,—그녀가 그에게 말했다—마마의 맹세는 어찌 된 것입니까? 마마께서는 그럼 마마의 당치 않은 의심을 해소하신 건가요? 전하를 막을 자는 하나도 없었군요. 제가 처해 있었던 상태도, 마마께서 제게 하셨던 모욕도, 전하께서 제게 주셨던 약속도 말입니다."

"아! 부인,—술탄이 그녀에게 대답했다—오로지 그대를 잃었다는 절망감으로 인해 나에게 유일하게 찾아왔던 초조함을 수치스러운 호기심 탓으로 돌리지 마시오. 난 그대에게 반지 실험을 절대 하지 않았소. 그나저나 난, 내 약속을 저버리지 않고, 내 소원대로 그대를 회복시키는 방법, 영원히 내 마음을 그대에게 보증하는 방법을 이용할 수 있다고 생각했소."

"전하,—애첩이 말했다—마마를 믿습니다. 하지만 반지는 정령에게 되돌려 주십시오. 그래서 그의 치명적인 선물이 마마의 궁정도 마마의 제국도 뒤흔들지 않게 해 주십시오."

망고궐은 당장에 기도를 하기 시작했고, 퀴퀴파가 나타났다.

"전능한 정령이여,—망고궐이 그에게 말했다—그대의 반지를 다시 넣어두시오. 그리고 계속해서 나를 보호해 주시오."

"전하,—정령이 그에게 대답했다—전하의 나날들을 나누시어 사랑과 영광을 위해 쓰십시오. 미르조자는 마마께 이 행복 중 전자를 보장할 것이고, 저는 후자를 약속드리옵니다."

이 말을 하고 나서, 두건을 쓴 이 유령은 전용 올빼미들의 꼬리를 꽉 잡고, 왔을 때처럼 제자리를 맴돌다 떠났다.

부록

망고귈의 꿈[1]

제국에 또 다른 혼란이 일어났던 것은 보석들이 한창 쑤군거릴 때였다. 이 혼란의 원인은 페눔, 즉 다 죽어가는 사람에게 씌우는 작은 천 조각의 사용이었다. 옛 의식에 따르면 이 천 조각은 입에다 놓기로 되어 있었다. 개혁자들은 둔부臀部에 놓아야만 한다고 주장하였다. 논객들이 흥분의 열기에 휩싸였다. 모두가 드잡이질까지 할 참이었나. 그쯤 되자 양 진영이 결정을 해 수십사 모셨던 술탄이 자신의 입회하에서 가장 조예가 깊은 수장들끼리 토론회를 벌이도록 허락했다. 이 문제는 심도 있게 논의되었다. 다들 전통과 성서와 그 주석가들을 논거로 끌어댔다. 양측이 내세우는 이유들이 거창했고 등에 업은 권위가 강력했다. 난처한 망고귈은 이 문제의 결정을 일주일 후로 연기했다. 일주일 후, 과격파와 그 대적자들이 공판장에 다시 나타났다.

술탄

주교님들과 승려들은 앉으세요—술탄이 말했다—당신들을 갈라놓은

---

1 이 장은 다음의 두 장과 마찬가지로 1798년에 처음으로 네종에 의해 출판되었다.

이 규율이 지닌 요점의 중요성을 통찰해 보니, 내 옥좌 아래서 거행된 회의 때부터 우리는 줄곧 하늘에게 지혜를 주십사 간청했습니다. 지난밤, 브라흐마 신께서 당신이 아끼시는 인간들과 즐겨 말씀을 나누시는 시각에, 우리는 투시력을 가지게 되었습니다. 우리는 이 심각한 두 사람의 이야기를 듣고 있는 것 같았지요. 한 사람은 얼굴 한복판에 두 개의 코가 있다고 생각하고, 다른 한 사람은 엉덩이에 구멍 두 개가 있다고 생각하는 자들이었습니다. 이게 그들이 서로 한 이야기입니다. 먼저 말 한 사람이 코가 둘 달린 자입니다.

"시종일관 손을 둔부에 가져가 보세요, 그거 정말 웃기는 기벽입니다."

"맞아요."

"그 습관 고치시지 않겠어요?"

"코 두 개 달린 당신도 고쳐보시지요."

"하지만 제 두 개의 코는 실효가 있지요. 그게 보이죠, 만지죠. 그걸 보고 만지면 만질수록 제가 그걸 소유하고 있다는 확신을 하게 됩니다. 십 년 전부터 내내 당신 자신이 만지고 있어도 그 엉덩이를 다른 사람의 것처럼 생각하시니, 그러는 대신 그 광증을 치유하셨어야 했을 텐데."

"미치겠군! 코가 둘 달린 양반, 미친 건 당신이오."

"싸우지 맙시다, 넘어가지요, 넘어가자고. 당신에게 내 코가 어떻게 생겨났는지 말씀드렸지요. 기억하신다면 당신의 그 두 구멍 이야기를 해 주시구려."

"기억을 하면! 그건 잊혀 지지 않습니다. 그때가 삼십일일이었소, 새벽 한 시에서 두 시 사이였지."

"그래서요?"

"잠깐 좀 계세요. 나도 떨리오. 아니지. 내가 산수를 좀 하면, 필요한 것만 정확히 알 텐데."

"거 참 이상하군? 그날 밤에 어쨌단 말이요?"

"그날 밤에 난 생소하지 않은 어떤 목소리를 들었소, 살려줘요, 살려줘요!라고 외치더군요. 들여다보니 머리는 헝클어졌고 겁에 질린 젊은 처녀가 보이더군요. 내 쪽으로 성큼성큼 다가오고 있었소. 그 처자는 난폭하고 거친 늙은이에게 쫓기고 있었소. 그의 차림새와 들고 있었던 도구를 보니 목수였소. 반바지에 셔츠 차림이었는데, 셔츠 소매는 팔꿈치까지 젖혀 있었고, 근육질의 팔에다, 얼굴은 구릿빛이요, 주름진 이마에, 턱에는 수염이 났고, 양 뺨은 부풀었고, 눈은 빛났고, 가슴엔 털이 났고, 머리는 끝이 뾰족한 챙 모자를 쓰고 있었지."

"눈에 선하군."

"그가 거의 따라 잡았을 무렵, 그 여자는 계속해서 살려줘요, 살려줘요! 라고 외치는 겁니다. 그리고 그녀를 뒤쫓던 목수가 말하는 겁니다. '네가 도망가 봤자지. 넌 잡혔어. 그게 없는 건 너뿐이 아닐 거야. 오 마귀의 이름으로 너도 다른 것들 마냥 그걸 가질 거다.' 이 불행한 여인은 이내 발을 헛디뎌 바닥에 배를 깔고 납작하게 뻗어버렸소. 그 와중에도 살려달라고 힘주어 소리치더군요. 그리고 목수가 덧붙이는 거요. '소리쳐 봐, 네가 원하는 만큼 소리쳐 보라고. 크건 작건 넌 그걸 가질 거라니까. 그걸 책임지는 건 바로 나거든.' 그리고 곧 속치마를 들추더니 맨 엉덩이를 까뒤집더군요. 눈처럼 하얀 그 엉덩이, 살이 붙은데다가, 꽉 쪼이고, 둥그스름하고, 토실토실하고, 통통한 것이 마치 물방울 두 개 같은 게 주교회 의장 부인의 그것과 흡사하지 뭐요."

주교회 의장

내 아내의 것이라고.

왜 아니겠어.

구멍 둘 달린 자가 덧붙였지. "바로 그 여자였어요, 기억한다니까요. 늙은 목수가 그 여자 허리 위에 발 하나를 놓고, 몸을 숙이더니, 두 손을 둔부 아래, 그러니까 정강이와 허벅지가 만나 구부러지는 그 부분에 대는 겁니다. 그리고 그녀의 두 무릎을 배 아래로 밀쳐 넣고 궁둥이를 들어 올렸는데, 어쨌거나 그렇게 해서 저는 그 엉덩이를 손쉽게 식별할 수 있게 된 겁니다. 속치마 아래로 **살려줘요!, 살려줘요!**라고 애원하는 신음소리가 새어나오기는 했지만, 그렇게 알아보는 것은 나쁘지 않았습니다. 제 영혼이 냉혹하고 마음이 무자비하다고 생각하시겠지만, 마음에도 없는 짓을 해서는 안 된다고요. 그래서 이렇게 고백하는 것이 창피하지만, 그때 저는 동정심보다는 호기심을 더 느꼈고, 구해준다는 생각보다는 바라보려는 생각이 더 앞섰습니다."

이 대목에서 주교회 의장이 재차 술탄의 말을 막더니 그에게 말했다.

"혹시 그 대화의 두 대화자 중 하나가 제가 아닙니까?"

"물론이지."

"코 둘 달린 남자요?"

"바로 당신이야."

"그럼 전가요—개혁자들의 대장이 말했다—구멍 둘 달린 남자가?"

"당신이고말고."

"이 몹쓸 목수가 땅바닥에 두었던 도구를 다시 잡았어요. 그게 손잡이를 돌려 구멍을 뚫는 나사송곳이었지요. 이 도구를 축축하게 적시려고 그 여자 입 안에다 나사부분을 집어넣더군요. 그 손잡이를 명치에다 세게 고정시키더니, 살려줘요!, 살려줘요!라고 계속 애원하는 이 불행한 여자를 향해 몸을 구부리면서 구멍 하나를 막 뚫으려고 하더군요. 두 개가 있어야 하는데 하나도 없었거든요."

주교회 의장

제 아내가 아닙니다.

술탄

"목수가 갑자기 작업을 멈추고선 생각을 고쳐먹었는지 이렇게 말을 하는 거예요. '내가 하려고 했던 게 얼마나 근사한 일이야! 하지만 그건 이 여자의 잘못이기도 해. 왜 기꺼이 응하지 못하는 거야?… 부인, 잠깐만 기다리세요.' 그는 다시 나사송곳을 땅에 내려놓고 호주머니에서 연한 장미색 리본을 꺼내는 거예요. 왼손의 엄지손가락으로 리본 한쪽 끝을 꽁무니뼈 끝에다 고정시키고, 그 나머지는 홈 모양으로 접더니 오른손 새끼손가락으로 엉덩이 두 짝 사이에 밀착시켜서 이 부인의 아랫배 밑 부분까지 잡아 낭기는 겁니다. 그러나 이 여인은 살려줘요! 살려줘요!를 외치면서 몸을 구르고, 발버둥치고, 오른쪽 왼쪽으로 뒤척이더니 리본을 밀쳐내고 목수의 조처를 엉망으로 만들어 버렸지 뭐요. 목수가 말했어요. '부인, 아직 소리 지를 때가 아니요. 당신을 아프게 하지도 않았는데. 이보다 더 조심스럽게 할 수 없다고요. 부인께서 신경 쓰지 않으신다면, 이 작업은 잘못될 것입니다. 어쨌거나 누굴 탓하려거든 부인을 탓하시면 됩니다. 사물마다 그에 맞는 토양을 제공해야만 합니다. 지켜야 할 균형이란 것이 있습니다. 이건 부인께서 생각하시는 것보다 훨씬 더 중요합니다. 시간이 지나면 치료약도 없습니다. 그리고 부인께서는 그 때문에 절망하실 겁니다.'"

주교회 의장

한데 마마께서는 이 모든 것을 다 들으셨습니까, 전하?

술탄

내가 당신 말을 듣고 있는 것처럼 다 들었소.

주교회 의장

그럼 여인은?

술탄

"내가 보기에는―화자(구멍 둘 달린 남자)가 덧붙였다―그 여자가 반쯤 설득된 것 같았어요. 그래서 난 먼발치에서 그녀가 단념하기 시작했다고 생각했지요. 난 그녀가 목수에게 뭐라 말했는지 몰라요. 어쨌든 목수는 그녀에게 답을 했어요. '아, 그거 합리적이로군요. 여자들을 결심시키는 일은 정말 힘들어요.' 좀 더 편안하게 조처가 취해졌어요. 아노포르[2] 선생은 연한 장미색 리본을 접이자 위에 펼치고 연필을 잡고서는 부인에게 말하는 거요. '어떻게 해드릴까요?'

'무슨 말인지 모르겠어요.'

'옛날 비율대로 해 드릴까요, 아니면 요새 비율대로 해 드릴까요?'"

주교회 의장

오, 하늘에서 내리신 명령의 심오함이여! 이것이 계시가 아니었다면, 얼마나 무모한 것인가! 우리의 오성을 가두어 둡시다. 그리고 숭배합시다.

---

2 Anofore. 'Perceur de cul(s)', 즉 '엉덩이를 뚫는 자'를 의미한다. 'cul'은 문맥에 따라서 여성의 성기를 의미하기도 한다.

“그 부인의 대답이 이젠 기억이 안 나는 군요. 하지만 목수가 반박했어요. ‘말이야 바른 말이지, 부인께서 괴상한 생각을 하고 계시군요. 그것과 비슷한 건 하나도 없을 겁니다. 다들 이 궁둥이를 뚫은 얼간이가 누구냐고 말할 것이오.’

〔귀부인〕 ‘쓸데없는 말은 그만하고, 아노포르 선생, 말한 대로 해 주세요.’

〔아노포르〕 ‘말한 대로 해 달라고! 부인, 하지만 제각기 지켜야 할 체면이라는 게 있는데.’

〔귀부인〕 ‘거기다 그렇게 해 주세요, 말씀드리잖아요. 그걸 원해요, 그걸 원한다고요…’

목수가 목을 크게 벌리고 웃더군요. ‘그럼 난 말입니다, 부인께서는 제가 진지했다고 생각하세요?’ 그나저나 아나포르는 리본 위에 그것의 윤곽을 표시하고, 리본을 제자리에 놓더니 큰 소리로 말하더군요. ‘부인 이럴 수는 없습니다, 이건 상식 없는 짓이에요. 코딱지만큼이라도 감식안이 있는 자는 누구건 간에 이 엉덩이를 보면 부인과 나를 조롱할 겁니다. 거기시부터 거기까지 간격이 있어야 하는 것은 누구나 다 알고 있습니다. 그런데 그만한 넓이의 간격을 만들어 본 적은 없습니다. 지나치면 해가 되는데, 그래도 하실래요?’

〔귀부인〕 ‘네, 그걸 원합니다, 그리고 끝냅시다.’

잠시 뒤에 아나포르 선생이 연필을 잡고 부인의 양 엉덩이에다 그가 리본 위에 그었던 선들과 일치하는 선들을 그리더군요. 그는 어깨를 들썩이며 수선垂線을 긋더니, 안 들리게 중얼거리더군요. ‘그 꼴 대단하겠네! 어쨌든 그 여자가 생각한 것이니…’ 그가 다시 나사송곳을 잡더니 말하는 것이었어요. ‘부인 거기다 그렇게 해 주길 바라십니까?’

'그래요 거기다. 그럼 하세요.'

'그럼 합시다, 부인.'

'또 무슨 일이에요?'

'무슨 일이냐고요? 할 수 없어서 그래요'

'왜요?'

'왜냐고요? 그건 부인께서 떨고 계시잖아요. 그리고 엉덩이를 꽉 조이고. 그러니 내가 그었던 직선을 볼 수 없어서 너무 높게 뚫든가 너무 낮게 뚫게 되잖아요. 자, 부인 용기를 좀 가지세요.'

'당신은 쉽게 말하지만. 당신의 송곳 끝을 좀 보여주세요. 하느님 맙소사!'

'맹세컨대, 그게 제 가게에서 가장 작은 겁니다. 우리가 말하는 동안, 이미 여섯 개는 뚫었을 겁니다, 자, 부인, 벌리세요. 잘하셨어요. 조금 더… 훌륭합니다… 더, 더.' 그러나 나는 이 교활한 목수가 아주 천천히 송곳나사에 다가가는 것을 보고 있었어요. 그가 가고 있었는데… 그때 동정심이 섞인 분노가 나를 사로잡았지요. 몸부림이 나더군요. 이 환자를 구하러 달려가고 싶었어요, 하지만 양팔이 꼭 묶여 움직일 수 없는 느낌이더군요. 목수에게 소리를 질렀지요. '파렴치한 놈아! 망나니 같은 자식아! 그만 해!' 내가 지른 소리에 얼마나 강렬한 힘이 들어갔던지 날 묶었던 줄이 끊어지더군요. 목수에게 덤벼들어서, 그놈의 목을 잡았어요. 목수가 내게 말하는 거예요. '당신 누구요? 누굴 원망하는 거요? 이 여자에게는 거시기가 없는 게 안 보여요? 날 알아보시오, 내가 그 위대한 아나포르요. 거시기가 없는 자들에게 그것을 만들어주는 게 바로 나요. 저 여자에게 그걸 만들어 줘야 하오. 그건 나를 보낸 자의 의지입니다. 나 다음에 나보다 더 강한 분이 오실 겁니다. 그분은 나사송곳이 아니라 둥근 대패를 가지고 계실 겁니다. 그리고 그분은 그 둥근 대패로 없는 사람의 것을 복구시켜 줄 겁니다.[3] 꺼

져. 불경한 것 같으니라고. 내 나사송곳이나 내 계승자의 둥근 대패로 너한테…'

'나한테?'

'너한테, 그래, 너한테…' 조금 후에 그는 왼손으로 도구를 잡고 바람 가르는 소리를 냈지요."

그리고 지금까지 말한 구멍 둘 달린 남자가 코 둘 달린 남자에게 말했소. "무슨 일이오? 물러서시기까지 하고."

"몸짓을 요란스레 하시니 그러다가 내 코 하나가 깨지겠소. 계속하시구려."

"어디까지 했는지 모르겠는데요."

"목수가 도구로 바람 가르는 소리를 내는 데까지 했소."

"그자가 내 어깨 위를 오른 팔등으로 가격을 했는데, 그나저나 어찌나 세게 쳤던지 나도 배를 땅에 대고 뻗어 버렸지 뭐요. 그래서 내 셔츠가 들어 올려지고 엉덩이가 까뒤집히고, 도구의 뾰족한 끝으로 나를 위협하는 그 무시무시한 아나포르가 말하는 것이었소. '용서를 구하라, 불한당 녀석아, 용서를 구하라고, 그렇지 않으면 너의 구멍을 두 개로 만들어 줄 테다.' 곧 나는 나사송곳 끝의 자가움을 느꼈고, 공포에 사로잡혔지요. 깨어났습니다. 그 뒤로 제 엉덩이가 구멍이 두 개라고 확신하게 되었습니다."

이 두 대화자가—술탄이 덧붙였다—그때 서로 조롱하기 시작했지. "하하하, 그 사람 엉덩이에 구멍이 두 개래!…

"하하하, 이게 당신 코 두 개를 덮는 케이스구먼!"

그러고 나서 엄숙하게 회중으로 몸을 돌리더니, 술탄이 말했다. "그리고

3 세례 요한이 예수님의 도래를 알리는 성서구절을 패러디한 것이다. "나는 너희에게 물로 세례를 베풀지만 이제 멀지 않아 성령과 불로 세례를 베푸실 분이 오신다"(루가복음 3장 16-17절).

주교 당신들, 그리고 당신 승려들, 당신들도 웃고 있군! 자기 얼굴에 두 개의 코가 있다고 믿는 것과, 자기 엉덩이에 구멍 두 개가 있다고 믿는 자를 조롱하는 것보다 더 천한 것이 무엇이오?"

그리고 잠시 침묵의 순간이 흐르더니, 술탄은 차분한 태도로 돌아와서는 당파의 수장들에게 말을 건네면서 자신의 투시력에 대해서 어떻게 생각하는지를 물었다.

"브라흐마 신의 이름으로 말씀드리건대—그들이 대답했다—하늘이 여느 예언자에게 하사했던 것보다 통찰력이 깊은 투시력이옵니다."

"시력에 대해서 뭘 좀 아시오?"

"아닙니다, 전하."

"이 두 대화자를 어떻게 생각하시오?"

"둘 다 미쳤다고 생각합니다."

"만약 이들이 당의 수장이 되겠다는 생각을 하고, 엉덩이에 구멍 두 개 당이 코 두 개 당을 박해하기 시작한다면 어떻게 생각하시오?"

주교회 의장과 승려들이 시선을 떨구자 망고귈이 말한다. "나는 내 신하들이 자기 방식대로 살고 죽길 원하오. 나는 그들 좋을 대로 페눔을 입에다 놓건 둔부에 놓건 다 좋소. 그리고 더 이상 이런 어리석은 일로 날 피곤하지 않게 하길 바라오…"

승려들은 물러갔고 몇 달 뒤에 열린 주교구 성직자 회의에서 망고귈의 투시력이 그 권위를 손상시키지 않은 성서정전正典집에 수록될 것이라고 공표되었다.

탐험가들[4]

망고귈이 지혜를 모아오라고 가장 멀리 떨어진 여러 나라에까지 파견했던 탐험가들이 오랜 기간 동안 엄청난 비용을 쓰고 전대미문의 일을 한 후 궁정에 나타났을 때는 바로 이런 일들이 벌어지고 있을 때였다. 그는 탐험가들의 일기를 손에 들고 있었는데 한 줄 한 줄 읽을 때마다 폭소를 터트렸다.

"도대체 뭘 읽고 계시기에 그렇게 재미나세요?" 미르조자가 그에게 물었다.

"이 자들이—망고귈이 그녀에게 대답했다—다른 인간들마냥 거짓말쟁이라 해도 말이야, 훨씬 더 유쾌해요. 그 소파에 앉으시오. 그대는 거의 생각도 못할 체온계 사용법으로 내 그대를 즐겁게 해 주겠소."

'시클로필이 내게[5] 말했다, 내가 어제 당신에게 재미난 광경을 약속했었지.'

미르조자

그 시클로필이 누구예요?

망고귈

섬사람이오.

미르조자

그럼 어떤 섬인데요?

---

4 1769년 오랜 탐험을 마치고 귀환한 부갱빌 선단과 1771년 출판된 그의 《세계 여행기 *Voyage autour du monde*》를 암시하고 있다. 이 작품이 디드로의 《부갱빌 여행기 보유》의 모태가 되었다는 것은 주지의 사실이다. 따라서 이 부록과 《부갱빌 여행기 보유*Supplément au voyage de Bougainville*》가 거의 같은 시기에 작성됐음을 알 수 있다.

5 여기서 나는 부갱빌 자신의 일기에 등장하는 부갱빌을 가리킨다. 따라서 이 문장은 망고귈의 말이 아니다.

망고궐

게 뭐 중요하오?

미르조자

그가 누구에게 말을 하는 거지요?

망고궐

내가 파견한 탐험가들 중 한 사람이오.

미르조자

마마의 탐험대가 그럼 돌아온 건가요?

망고궐

물론이지. 한데 모르고 계셨소?

미르조자

몰랐어요.

망고궐

아 이런, 서로 맞춰나갑시다. 왕비, 그대는 이따금 얌전을 뺀단 말이오. 내가 읽은 것이 그대의 분노를 사게 됐을 때에는 내 그대가 여길 떠나건 말건 상관 않겠소.

미르조자

그럼 내가 그냥 가면은요?

망고궐

그대 좋을 대로 하시오.

나는 미르조자가 머물렀는지 떠났는지 모른다. 어쨌든 망고귈은 시클로필의 연설을 재개하면서 그 다음 문장을 읽었다.

"이 재미난 광경은 우리 신전과 거기서 벌어지는 광경입니다. 종種의 번식은 이곳의 정치와 종교가 주의를 집중하는 목표지요. 그리고 우리가 전념하는 방식은 당신네들 방식하고도 어울립니다. 우리가 사는 이곳에는 오쟁이 진 남편들이 있어요. 당신네 말로 다른 남자가 애무하도록 몸을 내맡기는 아내를 가진 자들을 이렇게 부르지 않는가요? 우리가 정말 제대로 된 결혼식을 만들려고 무진장 주의를 했었지만, 다른 데만큼 아니 그 이상의 오쟁이 진 남편들을 두게 되었지요.

'그럼 당신네들은 우리가 모르거나 우리들끼리도 무시하는 비결을 가진 게로군요—내가 대답했다—제대로 어울리는 부부를 만드는 비결 말입니다.'

'틀렸어요—시클로필이 말을 이었다—성문법을 쓰여 있는 그대로 따른다면, 우리 섬 주민들의 체형은 모두 결혼식이 행복해질 수 있도록 만들어졌습니다.'

'무슨 말인지 잘 모르겠는 걸요—내가 반박했다—그도 그럴 것이 우리가 사는 세계에서는, 결혼은 그 무엇보다도 더 법에 꼭 들어맞고 있으며, 대개의 경우 그 무엇보다도 더 행복과 이성에 부합하고 있기 때문이지요.'

'그럼,—시클로필이 말을 끊었다—내가 설명하지요. 뭐가 어째요! 당신이 우리랑 같이 산 지 보름이 되었는데, 아직도 이곳의 수컷 보석과 암컷 보석의 생김새가 다르다는 것을 모른단 말입니까? 그럼 당신은 시간을 어디다 썼단 말입니까? 이 보석들은 아주 먼 옛날부터 서로 꼭 들어맞도록 결정되었어요. 너트 모양의 암컷 보석은 볼트로 된 수컷 보석과 합치되도록 운명 지어졌단 말입니다. 알겠어요?'

'알겠습니다—내가 그에게 말했다—생김새가 다른 두 보석의 이러한 조합은 어느 정도까지는 활용이 가능하지요. 그나저나 나는 이러한 조합이 부부간의 정조를 보장하는 데에는 충분치 않다고 생각하는데요.'

'거기다 뭘 더 바라십니까?'

'만사가 수학적 법칙에 의해 해결되는 나라에서는, 부부 사이에 존재하는 열정의 비율이 대강이나마 고려됐었기를 바라고 있었습니다. 어째요! 당신은 장난꾸러기처럼 활달한 열여덟 살 먹은 갈색머리 처녀가 육십 대에다 정열도 식은 노인에 절대적으로 만족하길 바란단 말입니까? 이 노인이 끝이 보이지 않는 볼트 모양의 수컷 보석을 지녔다 하더라도 그건 안 될 일입니다.'

'당신 통찰력이 좀 있구먼—시클로필이 내게 말했다—그러니 우리가 그런 일에 대비해 왔다는 걸 알아두세요.'

'어떻게 대비했단 말입니까?'

'오쟁이 졌다고 확실히 증명이 된 남편을 오랫동안 관찰해서 대비책을 만들었습니다.'

'그런 관찰을 통해 이른 결과가 무엇입니까?'

'부부간에 필요한 열정의 비율을 결정하는 것이지요.'

'이 비율이 알려졌습니까?'

'이 비율이 알려진 후, 우리는 남자와 여자들에게 적절한 체온계의 눈금을 매겼습니다. 그것들의 생김새는 같지 않았어요. 여성 체온계의 기준은 대략 길이가 팔 푸스[6]에 직경이 일 푸스 반인 남자 보석과 비슷했어요. 남자들 체온계의 기준은 플라스크 상단부와 비슷했는데, 정확하게 말하자면

6 1푸스pouce는 대략 27mm다.

오목하게 들어간 이 상단부가 그 크기와 같았어요. 바로 저것들입니다—그가 나를 사원 안으로 안내하면서 말했다—당신이 조금 후에 그 효과를 보게 될 정교한 기계들입니다. 사실 군중들과 제물을 바치는 승려들이 있어서 신성한 경험의 순간을 알게 된 겁니다.'

우리는 가까스로 군중들 사이를 빠져나가서 성소에 도착했다. 제단에는 다마스산 천으로 된 침대 두 개만이 있었는데, 커튼이 없었다. 승려들과 무녀들이 서 있었고, 주위는 조용했다. 이들은 베스타 여신을 섬기는 무녀들이 성화聖火를 보존하고 있는 것처럼 보관의 책임을 맡은 체온계들을 들고 있었다. 오보에와 아코디언 소리에 맞춰 부모 손에 이끌린 두 쌍의 연인이 다가왔다. 그들은 모두 벗고 있었고, 두 여자 중 한 여자의 보석은 원형이었고 그녀의 남자는 원통형의 보석을 지니고 있었다.

'그거 뭐 대단하지 않은데요.' 내가 시클로필에게 말했다.

'나머지 두 사람을 보세요.' 그가 내게 대답했다.

나는 시선을 그리로 향했다. 청년의 보석은 평행 육면체의 모양이었고, 처녀의 보석은 정방형이었다.

'성스러운 작업을 주의해서 보세요.' 시클로필이 덧붙였다. 그때 두 명의 승려가 처녀 하나를 제단 위에 눕혔고, 세 번째 승려가 성스러운 체온계로 그녀의 체온을 쟀다. 그리고 대제사장이 액체가 육 분 동안 올라갔을 때의 온도를 주의 깊게 관찰했다. 동시에 두 무녀가 청년을 다른 침대 위에 눕혔다. 세 번째 무녀가 체온계로 그의 체온을 쟀다. 똑같이 주어진 시간에 액체의 상승을 관찰하던 대제사장이 결혼의 법적 유효성을 공표하였다. 그리고 이 부부를 아버지의 집에서 결혼하도록 보냈다. 여성의 정방형 보석과 남성의 평행 육면체 보석은 모두 공히 엄격하게 조사되었고 정확하게 시험되었다. 그러나 액체의 진행상황에 주의를 기울였던 대제사장은 예식서에 표기된 비율에 따라(정해진 온도가 있었기 때문이었다) 사내의 것이 처녀의 것보다 몇 도가 낮다는 것을 알아보고는 대제사장 석에 오르더니 결혼하기에는 부적합한 국부임을 선포하였다. 이 국부가 서로 합쳐지는 것이 금지되었다. 그것을 어기면 근친상간 자들을 금하는 종교법과 민법에 따라 처벌을 받아야만 했다. 이 섬에서 근친상간은 그러니까 아무런 의미가 없는 것이 아니었다. 자연에 반하는 진짜 죄가 또 있었는데, 그것은 그 생김새가 서로 끼워 넣어질 수 없거나 한정되지 않은 성이 다른 두 보석들의 접근이었다. 새 결혼식이 거행되었다. 생김새는 고르지만 양쪽이 짝짝이로 마무리 된 보석을 지닌 처녀와 피라미드 모양의 보석을 지닌 청년의 결혼식이었다. 피라미드의 밑동이 다변형인 처녀의 것에 끼워질 수 있도록 되어 있었다. 그들도 체온계로 체온을 쟀다. 온도가 초과되었든지 모자랐든지 간에 액체의 높이의 비율에서 볼 때 대단치 않았기 때문에 주교회 의장은 면제대상의 경우가 있음을 공포하고는 승낙했다. 각기둥 모양의 보석을 지닌 남성이 찾는 여러 군데가 좌우 짝짝이인 보석의 처녀의 경우도, 그들 체온계의 액체 상승이 거의 비슷하자, 그렇게 승낙을 받았다. 누구나 수학적 재능이 조금만 있었더라면, 면과 고형의 크기에 관계되는 것이 이 섬에서는 아주 높은 완벽 점에 이르렀다는 것과 둘레가 같은 형상들에 대해 기록했던 모든 것이 이곳에서는 절대로 필요했다는 사실을 쉽게 납득하게 된다. 반면에 우리들에게 이러한 발견은 여전히 그 사용이 고대되고 있는 바이다. 원형과 원통형의 보석을 지닌 처녀들과 사내들은 그곳에서 행복하게 태어난 것으로 여겨진다. 왜냐하면 모든 형상들 중에서 원은 둘레가 같더라도 더 많은 공간을 포함하는 것이기 때문이다.[7]

---

7 이 장에서 섬을 대표하는 자의 이름이 왜 시클로필인지 그 이유가 드러나는 대목이다. 그리스어로 'Cyclophile'은 '원의 친구ami du cercle'라는 의미다.

그러나 제물을 바치는 승려들은 실험을 고대했다. 우두머리 승려가 군중들 틈에 있는 나를 알아보더니 가까이 오라고 손짓을 했다. 나는 따랐다. '오, 외국인 양반,—그가 나에게 말했다—자네는 우리의 엄숙한 비의秘儀의 증인이었네. 그리고 자네는 우리들 사이에서 종교가 어떻게 사회의 이익과 연결되는지 보고 있네. 자네가 이곳에서 좀 더 오래 머문다면, 아마도 더 진귀하고 독특한 사례들이 있을 걸세. 하지만 절박한 사정이 있어서 그대는 그대 나라로 가야겠지. 가서 우리의 예지를 그대의 동포들에게 가르치게.'

나는 정중하게 경의를 표했고 그는 계속해서 말을 했다.

'이 성스러운 체온계가 처녀에게 사용할 수 없는 크기의 것이라면, 내가 십이 년 전부터 그런 경우를 다섯 번이나 보았긴 했지만, 특수한 사례지, 이런 경우에는 내 시종 중 하나가 그녀에게 성사聖事준비를 시킨다네. 그리고 그동안 만백성들은 기도를 하지. 내가 설명하지 않더라도, 자네는 성직에 입문하기 위한 근본적인 자질과 서품식의 근거를 잠시나마 봐야만 하네.

사내에게 체온계를 사용할 수 없는 일이 아주 자주 있네. 왜냐하면 무기력한 그의 보석이 작업에 적합하지 않기 때문이지. 그럴 때면 섬에서 키가 큰 모든 처녀들이 다가와서 죽은 것을 다시 살리는 일을 할 수 있지. 이런 것을 두고 종교상의 의무를 다했다고들 한다네. 이러한 실행에 열성적인 처녀를 모두 독실하다고 이야기하고 있어. 그 처녀는 선도하는 것일세. 오 외국인 양반,—그가 나를 뚫어지게 쳐다보면서 덧붙였다—그만큼, 모든 것이 사견이고 편견인 게야. 정말 그렇다니까. 이곳에서 우리가 신성에 적합한 행위라고 생각하는 것이 자네 나라에서는 범죄라고 하잖아. 우리들 사이에서는 대개가, 열세 번째 생일을 맞게 될 때까지 제단 근처에는 얼씬도 하지 못한 처녀에 대해서는 비관적인 예측을 하게 될 거야.

그 부모는 그런 이유로 그 처녀에게 강력하고 그에 합당한 징계를 내릴 것이고.

그게 기형이거나 발달이 늦은 처녀가 체온계에 몸을 맡겼는데 액체가 상승하지 않으면, 그녀는 수녀원에 들어갈 수 있지. 하지만 우리 섬에서는 다른 곳에서 그러는 것처럼 자주 그걸 아쉬워한 나머지, 체온을 잴 때, 이 세상의 여느 여자만큼 액체를 높고 빠르게 올리는 일이 있지. 그리고 그런 여자들 중 몇몇은 절망감으로 생을 마감한다네. 내가 말하지 않았네만 또 다른 악용과 스캔들이 수없이 뒤를 이었어. 내 이 우두머리 지위의 공신력을 높이기 위해서, 나는 처녀의 소원, 특히 서원誓願 전날과 당일을 선언하기 전에 처녀가 온도 측정을 받게 될 시기와 나이와 횟수를 정한 공문서를 공포했다네. 나는 내가 정한 이 규율이 지혜롭다고 고마움을 표시하는 많은 여인들을 만나고 있다네. 결과적으로 그 여자들의 보석들이 내게 헌신적이었지. 그러나 이것은 내가 내 성직을 걸고 한 정당한 프로그램이야.

어느 남자도 다가갈 수 없는 속도로 액체를 어떤 높이로 올렸던 여자는 우리 섬에서 아주 존경받고 영예로운 신분인 유녀遊女로 지정되지. 그도 그럴 것이 그대도 알겠지만 이곳에서는 귀족마다 유녀를 두는 것이 지체 높으신 부인들마다 수학자를 두는 것처럼 현명한 일이기 때문이지. 비록 후자의 경우는 없어지기 시작하고 있지만, 이건 둘 모두 공히 슬기로운 방식이야.

태생이 천민이건 저주받았건 간에 체질이 허약한 청년이 체온계의 액체를 부동의 상태에 머물도록 한다면, 그는 어쩔 수 없이 총각으로 살아야 해. 반대로 체온계의 액체를 어느 여인도 다가갈 수 없는 온도까지 올리게 될 청년은 수도승이 되어야만 한다네. 카르멜이나 프란체스코 수도회 소속이라고 할 수 있겠지. 이 자들이 세속의 도움이 몹시 그립게 될 몇몇 늙은 독신녀들이 의지할 수 있는 사람들이야.

아!—곧이어 두 눈을 치켜뜨고 두 팔을 하늘로 올리면서 그가 소리쳤다—교회는 옛날의 화려함을 얼마나 많이 잃었는가!…'

그가 계속해서 말을 하려고 한 순간, 그의 직속 승려가 말을 가로막으면서 그에게 말했다. '대제사장 나리, 아뢰옵기 황송하오나 제식이 끝났습니다. 나리의 웅변이 길어시시니 나리를 기다리고 있는 점심 진지가 식겠습니다.' 이 고위 성직자가 멈춰 서서, 자기 반지에 입을 맞추도록 했다. 우리는 남은 백성들과 함께 신전을 나왔다. 그리고 시클로필은 중단되었던 말을 다시 했다.

'대제사장은 당신에게 다 보여주지 않았어요. 이 섬에서 일어났던 사건들이나 여류학자들이 하는 일에 대해서는 전혀 말하지 않았단 말입니다. 하지만 이것들은 당신의 호기심을 끌 만한 것들이 아니에요.'

'당신은 필시 내 호기심을 만족시킬 수 있을 것 같은데요—내가 그에게 대꾸했다—그럼 말이요, 그 사건들과 일이란 게 무엇이요? 여전히 결혼식하고 보석과 관련이 있는 것이요?'

'바로 그렇소—그가 대답했다—삼십오 년쯤 됐지요. 그때 우리는 이 섬에 원통형의 남성 보석이 부족하다는 것을 알았었소. 원형의 여성 보석들은 그 때문에 죄다 불평을 하는 겁니다. 그리고 참사원에 자기들이 필요한 걸 공급해 달라는 취지의 진정서와 청원서를 제출했어요. 언제나 높은 사람들의 의도대로 돌아가는 참사원은 한 달 동안 답을 안 했지요. 보석들이 질러 대는 소리가 빵을 요구하는 굶주린 백성들의 그것과 같았어요. 그러자 원로원 의원들은 이 사건을 확인하고 자기들에게 그 사실을 보고하도록 대표단을 임명했습니다. 이것도 한 달 이상이 걸렸지요. 고함소리는 배가 됐고, 그래서 난동이 일어날 순간까지 갔는데, 그때 한 보석상이—솜씨

좋은 남자였어요—아카데미에 출두했지요. 여러 번 시도를 했는데 성공했어요. 위원들이 증언하고 치안 감독관이 허가하여, 그는 참사원으로부터 이십 년 동안 계속해서 원형 보석들의 요구를 만족시키는 데 배타적 권리를 갖는 면허장을 받았답니다.

두 번째 사건은 다각형 여성 보석의 씨가 말랐던 겁니다. 이 재앙을 떠맡을 예술가란 예술가는 다 초대했습니다. 상을 걸었어요. 엄청나게 많은 기계들이 발명되었는데, 상이 이 기계들에게 다 돌아갔어요.

당신도 보았지요—시클로필이 덧붙였다—우리의 여자 보석들 생김새가 다르다는 걸. 이 보석들은 태어날 때 가지고 왔던 생김새를 그대로 간직하고 있습니다. 당신네도 그런가요?'

'안 그래요—내가 그에게 대답했다—유럽, 아시아 혹은 아프리카의 여자 보석은 어떤 형태에 집착하지 않으면서도 모두가 원하는 어떤 형태를 받아들이면서 끝없이 다양한 생김새를 하고 있습니다.'

'그러니까 우리가—그가 말을 다시 했다—이런 종류의 현상에 대해 우리의 물리학자들이 해놓은 설명을 잘못 안 것이 아니군요. 이십 년쯤 전에 아주 사랑스러운 갈색머리의 처녀가 섬에 나타났어요. 그 여자의 언어를 이해한 사람이 없었지요. 그런데 이 여자가 우리말을 익혔을 때, 자기 나라가 어디인지 전혀 말을 하려고 하지 않았어요. 그러나 그녀의 용모에서 나오는 우아함과 그녀의 정신이 주는 매력이 섬의 대부분의 젊은 귀족들을 매료시켰지요. 돈 많은 몇몇 귀족들이 청혼을 했습니다. 그리고 그녀는 원로원 의원인 콜리브리 쪽으로 마음을 굳혔습니다. 결혼식 날, 관례에 따라 그들이 신전으로 인도되었습니다. 제단 위에 누운 이 젊은 외국인 여인이 놀란 관중들의 두 눈에 무정형無定形의 보석을 보여준 겁니다. 그리고 온도를 쟀지요. 액체가 별안간 90도까지 올라가는 겁니다. 대제사장께서는 이 보석이 자기 주인을 유녀 등급으로 좌천시켰었다고 즉시 선언했고, 그러자 그녀와 사랑에 빠진 콜리브리와의 결혼이 금지되고 말았어요. 이 여자를 아내로 삼을 수 없게 되자 그는 정부로 두었지요. 이런 처사에 아주 만족감을 느꼈던 어느 날, 이 여자는 자기가 당신네 제국의 수도에서 태어났다고 그에게 고백을 했는데, 이러한 사실이 우리에게 당신네 여자들을 제대로 이해하는 데 적지 않은 도움을 주었지요.'"

술탄이 여기까지 했을 때, 미르조자가 돌아왔다.

"항상 당신의 격에 맞지 않은 수치심 때문에—망고귈이 그녀에게 말했다—당신은 가장 관능적인 독서를 놓쳤소. 정숙하건 방탕하건 모든 여자들이 공유하고 있는 그 위선이 어디에 소용되는지 당신이 내게 말해 주시면 정말 좋겠소. 당신을 놀라게 하는 것이 내용이란 말이요? 아니지, 당신은 그 내용들을 알고 있으니까. 그게 표현들인가요? 사실 이럴 만한 가치도 없군. 행위를 부끄러워하는 것이 우스운 일이라면, 표현을 부끄러워하는 것은 그 이상으로 한없이 우스운 일이 아니겠소? 나는 이 귀중한 일기에서 문제되고 있는 섬사람들이 미치도록 좋소. 그들이 부르는 것마다 이름이 있고, 그 언어는 보다 간단하고, 정직하거나 부정직한 사물들의 개념은 훨씬 더 명확합니다."

미르조자

그곳 여자들은 옷은 입나요?

망고귈

물론이지요. 하지만 품위를 지키려고 입는 게 아니라, 교태를 부리려고 입고 있어요. 그 여자들은 욕망이나 호기심을 자극하려고 옷을 입는 것이지요.

미르조자

그럼 그것이 마마께는 좋은 풍속에 들어맞는다고 보이세요?

망고귈

그렇다마다요.

미르조자

그러실 줄 알았어요.

망고귈

오! 그대는 늘 모든 걸 다 짐작하고 있구려.

이렇게 이야기를 나누면서, 그는 일기를 건성으로 대충 훑어보더니 말을 했다. "이 안에는 참 독특한 풍습이 있구먼. 자, 이게 섬 주민들의 생김새에 대한 장章이오. 그대의 그 훌륭한 얌전빼기가 통할 수 있는 건 하나도 없구려. 여기 또 다른 장이 있는데, 여성들의 몸치장에 대해서군. 이 장은 완전히 그대의 영역이군 그래. 그리고 그대가 활용할 수도 있을 장이야. 내게 대답도 않는구려. 그대는 날 항상 경계하고 있군."

"제가 큰 잘못을 한 건가요?"

"내가 그대를 시클로필에게 넘겨서 그가 그대를 섬사람들에게 데리고 가도록 해야만 하겠소. 내 장담하건대, 그대는 완벽할 대로 완벽해져서 돌아올 것이오."

"지금도 충분히 그런 것 같은데요."

"그대가 보기에는 그렇겠지요. 그러나 나로서는 그대의 기분을 풀어 주지 않고서는 거의 한마디도 할 수 없을 것이오. 그렇지만 그대는 훨씬 더 나아질 것이오. 그리고 내가 그대에게 항상 말을 할 수 있고, 그대는 항상 내 말을 들어줄 수 있다면, 내 마음은 그 때문에 훨씬 더 편할 것이고."

"그런데 제가 마마의 말씀을 듣는 게 마마께 뭐 그리 대단한 일인가요?"

"어쨌거나, 요컨대 그대 말이 옳구려. 자 그럼, 오늘 저녁, 내일 아니면 다음에 우리 섬사람들의 생김새와 섬 여자들의 몸치장에 대한 장을 이야기하겠소."

섬사람들의 생김새와 섬 여자들의 몸치장에 대해서

저녁을 먹은 후였다. 미르조자는 매듭을 하고 있었고 망고귈은 소파에 누워서 두 눈은 반쯤 감은 채 편안하게 소화를 시키고 있었다. 그가 침묵과 휴식 속에서 한 시간은 족히 보냈을 때, 애첩에게 말했다. "부인, 내 이야기를 들을 기분이시오?"

"그건 경우에 따라서 다르지요."

"이쨌든, 결국 말이오, 그대가 예절을 갖춘 만큼이나 생각을 가지고 나에게 말했던 것처럼, 그대가 내 말을 듣건 안 듣건 거 뭐 대수겠소?" 미르조자는 미소를 지었고 망고귈이 말했다. "내 탐험가들의 일기를 가져 오너라. 그리고 내가 거기다 내 턱수염으로 표시를 해 두었는데 치우지 말고."

일기가 대령되었고, 그가 일기장을 열고 읽는다. "섬사람들은 타지 사람들처럼 생기지 않았다. 제각기 태어나면서부터 자기 천직에 맞는 표적表迹을 지니고 나왔다. 그래서 일반적으로 다들 자기가 무엇이 되어야만 하는 줄 알았다. 자연이 수학자의 운명을 부여했던 자들은 컴퍼스 모양의 가느다란 손가락을 지니고 있었다. 나를 맞아준 집 주인은 이런 부류에 속했다. 천문학이 적성에 맞는 자는 두 눈이 달팽이처럼 생겼다. 지리학이 적성인 자는 머리가 지구 모양이었다. 음악이나 소리 듣기에 소질이 있는 자는 두 귀가 나팔 모양이었다. 측량이 적성인 자는 두 다리가 측량용의 푯말처럼 생겼다. 수력학에 맞는 자는…" 술탄이 여기서 멈췄다. 그러자 미르조자가 그에게 말했다. "그럼, 수력학에 맞는 자는요?" 망고궐이 그녀에게 대답했다. "그걸 당신이 묻는 거요? 노즐 모양의 보석을 하고 있는데 오줌발이 끝내주오. 화학이 적성에 맞는 자는 코가 증류기 모양이고, 해부학이 적성에 맞는 자는 집게손가락이 메스처럼 생겼고, 기계공학이 적성에 맞는 자는 두 팔이 줄이나 톱처럼 생겼고, 기타 등등."

미르조자가 덧붙였다. "우리나라 사람들 중에는, 브라흐마 신으로부터 오로지 기운 센 두 팔만을 하사받아서 쟁기질할 운명인 것 같은 사람들이 마마 제국의 키를 쥐고, 마마 재판소의 자리를 차지하고 있거나 마마의 아카데미를 주재하고 있습니다. 두더지처럼 눈이 어두운 자들이 관찰, 그러니까 살쾡이의 눈이 필요한 직업을 수행하며 평생을 보내고 있지 않습니까. 그 나라 사람들 중에는 이런 사람들이 없나 보군요."

술탄이 읽기를 계속했다. "주민들 가운데서 손가락은 컴퍼스를, 머리는 지구를, 두 눈은 현미경을, 두 귀는 나팔을 겨냥해서 만들어진 자들이 눈에 띄었다. 재능이란 재능은 제 몸에 다 광고하고 다니는 이 국제적인 남자들 중에서, 여기 이 남자들은,—내가 주인에게 말했다—당신 수하의 거장들이 분명하지요?" 미르조자가 술탄의 말을 가로막고서는 말했다. "전 주인의 대답을 알고 있습니다."

망고궐

그럼 그게 뭐지요?

미르조자

자연이 오만가지 재능을 부여한 것 같은 이 사람들은 아무 짝에도 쓸모

없는 자들이라고 대답했지요.

망고궐

브라흐마 신의 이름을 걸고 말하는데, 그렇소. 말이야 바른 말이지, 술탄의 비인 그대는 정말 재치덩어리요. 내가 보낸 탐험가 한 사람이 덧붙였소. 이러한 섬사람들의 생김새 때문에 만백성들의 표정이 어떤 꼭두각시 같았다고 말이오. 그들이 걸을 때면, 성큼성큼 걷는 것 같았고. 몸짓을 요란하게 할 때면, 몇몇 형상들을 묘사하는 것처럼 보였고. 노래할 때면, 거창하게 낭송하고 있었답니다.

미르조자

사정이 그러하니 그들의 음악은 틀림없이 형편없을 겁니다.

망고궐

왜 그렇게 생각하시오?

미르조자

그들의 음악은 틀림없이 낭독만도 못할 것이기 때문이지요.

망고궐

"섬 공원의 큰 산책로를 몇 바퀴 돌지도 않았는데 나는 곧 대화의 주제가 되었고 호기심의 대상이 되었다. 달에서 떨어진 자야, 누군가가 말했다. 아니야 틀렸어—다른 사람이 말했다—그는 토성에서 왔어. 난 그자가 수성인이라고 생각하는데, 세 번째 사람이 말했다. 네 번째 사람이 내게 다가오더니 말했다. '외국인 양반, 어디서 오셨는지 여쭤 봐도 되겠습니까?'

'난 콩고에서 왔소.' 내가 그에게 대답했다.

'콩고는 어디에 있습니까?'

내가 그의 질문에 대답하려는 순간, 수많은 남자와 여자의 목소리가 반복되면서 시끄럽게 들렸다. '콩고 사람이래요, 콩고 사람'… 이 시끄러운 소리에 귀가 멍멍해진 나는 손으로 귀를 막고 서둘러 그 공원을 빠져나갔다. 그러나 사람들은 이 콩고인이 동물인지 사람인지 알아보기 위해서 나의 집 주인을 붙잡아 두었다. 며칠 동안 계속해서 이 콩고인을 보길 바라는 수많은 사람들이 그 집 대문 앞을 떠나지 않았다. 내가 모습을 드러냈고 말을 하자, 그들은 쳇 사람이잖아라고 소리를 지르면서 야유 섞인 경멸감을 표시하며 모두 물러갔다."

이 대목에서 미르조자가 폭소를 터트리기 시작했다. 그러고 나서 그녀가 덧붙였다. "그럼 몸치장은요?"

망고굴이 그녀에게 말했다. "부인, 부인께서는 검은 옷의 바라문 승려를 기억하십니까, 대단한 기인인데, 정신이 들락날락 했던?"

"네, 그를 기억해요. 모든 면에서 재치가 있었던 괜찮은 사람이었는데, 검은 옷의 다른 바라문 승려들 그러니까 동료 승들이 상심 속에 죽게 만들었지요."

"아주 잘 알고 있구려. 그대가 누구한테 전해들은 것이 아니구려. 그렇다고 그자가 음계에 따라 색깔을 조율했던 어떤 클라브생을 그대가 봤다고는 할 수 없을 것 같군. 그자는 그 클라브생을 가지고 소나타, 알레그로, 프레스토, 아다지오, 칸타빌레 연주곡을 두 눈이 유쾌하도록 연주했다고 하던데. 귀로 들어야 유쾌한 이 기막히게 작곡된 이 작품들을 말이오."[8]

---

8 이 문제의 인물은 예수회 신부이자 수학자였던 루이 베르트랑 카스텔Louis-Bertrand Castel(1688-1757)이다. 그는 삼십 년 동안 한 번도 성공해 본 적은 없지만 "색채 음악"의 구현에 힘썼다. 이 음악은 그가 상상했던 새로운 예술 장르였는데, 귀로 듣는 연주 작품을 정해진 음계에 시각에 호소하는 색깔을 부여한 작품으로 바꾸어서, 이 작품을 색채 오르간인 "클라브생 오퀼레르"에 장치된 채색된 리본을 사용하여 연주하는 것이다. 예수회 신부

"저는 더 잘했는걸요. 언젠가 그에게 소리의 미뉴에트 곡을 색깔의 미뉴에트 곡으로 표현해 달라고 제안했습니다. 그러자 그는 그걸 용케 해냈습니다."

"그대 마음에 많이 들던가요?"

"많이요, 그도 그럴 것이, 저는 그때 아이였거든요."

"그런데, 내 탐험대원들이 똑같은 기계를 그 섬니리에서 찾아냈다더군, 하지만 이 기계는 제 용도에 사용되었소."

"알겠어요. 몸치장에 쓰였지요."

"사실이오. 그나저나 몸치장에 어떻게 쓰였단 말이지요?"

"어떻게요? 사정은 이렇습니다. 우리 여자들의 몸단장에 대한 곡이 주어지면, 이 곡의 배음[9]을 찾고 또 다른 배음들의 서로 다른 색깔들을 결정하기 위해서 클라브생 건반 몇 개를 누르기만 하면 되는 일이잖아요."

"그대는 정말 참을 수가 없구려, 가르칠 게 없으니, 그대는 못 맞추는 게 없어요."

의 실험정신에 매료된 디드로는 《농아에 대한 시한*Lettre sur le sourdo et muete*》, 《달랑베르의 꿈*Le Rêve de d'Alembert*》에서 당시에 많은 관심을 불러일으켰던 이 신기한 계획을 소개한다.

9 기음fundamental tone(줄이나 공기 기둥 전체를 진동시켜 얻은 음) 위에 희미하게 들리는 음. 기음 위의 배음들은 줄이나 공기 기둥 전체 중 부분이 진동함으로써 생기며, 따라서 부분음partials 혹은 하모닉스harmonics라 부르기도 한다. 한편 기음은 제1 배음, 혹은 제1 부분음이라 부른다. 보통 기음만을 분명히 들을 수 있지만 주의력을 집중하면 배음을 들을 수 있다. 배음은 균등하게 분할된 부분(예를 들어 2등분 · 3등분 · 4등분)들이 진동할 때 생기는 일련의 부분음들로, 진동하는 부분이 작아질수록 배음의 음높이는 높아지고 배음들 사이의 음정차도 점점 좁아진다. 배음의 진동수는 기음의 진동수에 대해 간단한 정수비(예를 들어 2 : 1, 3 : 1, 4 : 1)를 형성한다. 금속 · 나무 · 돌로 만든 막대, 원통, 판(예를 들어 심벌즈 · 벨 · 마림바 등), 울림막(드럼)의 진동으로 소리를 내는 악기들은 정수비에 따른 부분음들이 아닌 배음을 만들어 그 배음의 진동수(혹은 음 높이)는 배음열을 벗어나게 한다. 어떤 악기에서 잘 발생하는 특정한 배음은 음색에 영향을 미친다. 클라리넷의 부드러운 음은 낮은 음역의 배음에 기인하는 것이며 반대로 낮은 음역에서 배음이 부족한 오보에는 보다 비음鼻音에 가까운 음색을 가진다.

"이런 종류의 음악을 연주할 때는 불협화음을 준비해서 살려야 한다는 생각도 듭니다."

"아무렴, 말씀 그대로입니다."

"결국 하녀의 재능은 성가대 지휘자만큼이나 천재성과 경험과 깊이와 연구가 있어야 된다고 생각합니다."

"그럼 그 다음은 무엇인지, 그걸 아시겠소?"

"모르겠사옵니다."

"그 다음은 말이오, 내게 남은 일이라곤 일기를 덮고 소르베만 먹으면 된다는 것이오. 술탄의 비여, 그대의 명민함은 내 기분을 엉망으로 만든단 말이오."

"다시 말하면, 마마께서는 조금은 어리석은 저를 사랑해 주실 거란 말씀이지요."

"왜 아니겠소? 이 일로 인해 우리는 친밀해 질 것이고, 우리는 한층 더 이런 것을 즐길 것이오. 좀처럼 가시지 않는 굴욕감에 대항하기 위해서는 대단한 정열이 필요한 법이오. 난 바뀔 것이니, 이 점 유의하시오."

"전하, 제가 마마의 일기를 다시 보고 계속 읽어나갈 수 있도록 허락해 주십시오."

"기꺼이 그렇게 하지요. 그러니까 말을 하는 자는 내 탐험대원이오."

"어느 날 식탁을 물리고 나서, 나를 맞아준 주인은 소파에 몸을 맞기더니 이내 잠이 들었다. 그래서 나는 여인들과 함께 그들의 거처를 둘러보았다. 몇 개의 방을 돌아본 후에, 우리는 크고 빛이 잘 들어오는 작은 방으로 들어갔는데, 클라브생이 방 한가운데 있었다. 안주인이 앉았고, 클라브생 내부를 바라보면서 건반 위로 손가락들을 놀렸다. 그리고 만족스러운 표정으로 말했다.

'건반의 조율이 된 것 같군…'

그리고 나는 낮은 목소리로 중얼거렸다. '그녀가 꿈을 꾸고 있군.' 악기 소리는 전혀 들리지 않는데 말이야.

'부인께서는 음악가시군요, 그러니 연주를 하시겠네요?'

'아니에요.'

'그럼 그 악기는 무엇입니까?'

'곧 알게 될 겁니다…' 그러고 나서는 딸들을 향해 몸을 돌렸다. '하녀들을 부르거라.' 그녀가 첫째 딸에게 말했다.

세 명의 하녀가 왔는데, 그녀는 하녀들에게 대략 이런 연설을 하였다.

'애들아, 난 너희들한테 정말 불만이 많다. 나도 내 딸들도 의욕을 잃은 지 여섯 달이 넘었잖아. 그런데도 너희들 때문에 내가 얼마나 많은 돈을 썼니. 난 너희들에게 최고의 선생들을 붙여주었다. 그런데 너희들은 아직도 화음의 첫 번째 원리들도 모르는 것 같구나. 나는 오늘 내 머리 장식 리본이 녹색과 금색이길 바랐어. 그 밖의 색깔을 찾아 보거라.'

가장 젊은 하녀가 여러 개의 건반을 눌렀다. 그러자 한 손에서는 흰색, 노란색, 진홍색, 녹색의 빛이 나왔고, 다른 한 손에서는 푸른색과 보라색의 빛이 나왔다.

'그게 아니야—초조한 듯한 어조로 안주인이 말했다—이 색들의 뉘앙스를 부드럽게 하란 말이야.'

하녀는 다시 흰색, 레몬색, 터키 블루, 분홍색, 장미색, 오로라색, 검은색의 건반을 눌렀다.

'아직도 엉망이야!—안주인이 말했다—그건 참을 수 없게 만들어. 고음부를 쳐봐.'

하녀는 따랐다. 그 결과 흰색, 오렌지색, 연푸른색, 살색, 유황색, 회색의 빛이 나왔다.

안주인이 소리를 질렀다. '더는 못 견디겠어…'

'마님께서―다른 두 하녀들 중 한 하녀가 말했다―당신의 큰 파니에[10]를 입고 작은 구두를 신고… 하도록 주의하신다면…'

'그래, 그거 괜찮을 것 같군.'

그러고 나서 부인은 방의 후미진 곳으로 가서 조바꿈에 맞는 옷을 입었다. 그러나 맏딸은 시녀에게 환상적인 몸단장을 연주하라고 부탁했다. 그리고 이렇게 덧붙였다.

'내가 무도회에 초대받았거든. 그래서 내 모습이 경쾌하고, 특이하고, 화려했으면 좋겠어. 난 단색은 지겨워…'

'쉬운 일은 없군요.' 시녀가 말했다. 그리고 그녀는 명암이 선명한 담회색을 쳤는데, 이것과 비슷한 색은 존재하지 않았다. 그리고 말했다. '보세요, 아가씨, 이것이 아가씨의 중국식 헤어스타일, 공작 깃털로 된 반외투, 연초록과 금색이 어우러진 아가씨의 치마, 육계肉桂빛 스타킹, 흑옥빛 신발과 정말 잘 어울리네요. 특히 아가씨께서 갈색에다 깃털 모양의 루비 장식을 한 모자를 쓰신다면… 금상첨화겠습니다.'

'얘, 넌 너무 많은 걸 원하는구나―처녀가 응수했다―네가 와서 네 생각을 실천해 보렴…'

둘째 차례가 되었다. 기다리고 있었던 시녀가 말했다.

'언니께서는 무도회에 가십니다. 그런데 아가씨께서는 신전에 안 가십니까?…'

---

10 스커트를 퍼지게 하기 위해 살대를 넣은 페티코트.

'물론 가지, 그래서 말인데 난 네가 뭔가 아주 요염한 것을 쳐주었으면 좋겠어…'

'그러시면—시녀가 대답했다—붉은 색깔의 얇은 천으로 된 옷을 입으세요. 그럼 저는 반주를 해서 나머지 것을 찾겠습니다. 모르겠어… 아 생각났다… 아니야… 그래, 그거야. 아가씨께서는 매혹적이실 겁니다… 보세요, 아가씨, 노란색, 초록색, 검정색, 붉은색, 남색, 흰색, 푸른색의 빛이 아가씨의 보헤미아 산 황옥 귀걸이, 붉은색 뉘앙스를 주는 아가씨의 모습, 두 개의 뇌쇄적인 애교점, 세 개의 크루아상[11] 그리고 일곱 개의 애교점… 과 아주 기막히게 어울리실 겁니다.'

그러고 나서 그 여자들은 내게 정중하게 인사를 하고는 나갔다. 혼자 남게 된 나는 생각했다. '이곳 여자들은 우리나라 여자들만큼 미쳤어. 그렇지만 이 클라브생은 그렇게 많은 수고를 하지 않는군.'"

읽기를 중단한 미르조자가 술탄에게 말했다. "마마의 탐험대원이 적어도 악보가 딸린 반주 작품과 숫자로 표시된 저음부를 우리에게 가져왔어야 했는데."

술탄

그가 그렇게 했소.

미르조자

그럼 누가 우리에게 그걸 연주해 주나요?

술탄

어쨌든 검은 옷의 바라문 승려 제자들 중 누군가가 할 거요. 남아 있는

---

11 여성의 머리 모양을 아름답게 하기 위해 사용된 초승달 모양의 액세서리를 말한다. 루이 15세 때 유행했던 장신구다.

그의 시각적 악기를 수중에 넣은 자요. 그나저나 지겹소?

미르조자

아직도 많이 남아 있나요?

술탄

그렇지 않아요. 몇 페이지만 더 읽으면 그대는 해방이오.

미르조자

마저 읽어 주세요.

술탄

"내가 그런 생각을 하고 있을 때,—망고귈이 말했다—어머니가 들어왔던 방문이 열렸는데 어찌나 괴상망측한 모습 하나가 나타났는지 나는 그것을 알아보지 못했다. 피라미드 모양의 헤어스타일과 굽 높은 실내용 슬리퍼 때문에 그것의 키가 한 피에 반이나 커 보였다. 그것은 이것 말고도 흰색 털목도리, 오렌지색 반외투, 연푸른색의 털이 짧은 벨벳 원피스, 살색 치마를 입고, 유황색 스타킹과 회색 다람쥐 모피의 슬리퍼를 신고 있었다. 그러나 내 눈길을 끌었던 것은 파니에였는데, 오목하게 각이 진 오각형의 모양을 하고 있었다. 각마다 돌출된 부분이 약 이 미터 정도가 되었다. 측면에 다섯 개의 보루가 달린 돌아가는 주루主樓라고 말할 수 있겠다. 곧이어 맏딸이 나타났다.

'하느님 맙소사!—어머니가 소리쳤다—네 몸단장을 누가 했니? 물러가거라, 정말 보기 싫구나. 무도회 시간이 좀 남았으니, 네 옷을 다시 입히라 해야겠구나. 어쨌든 네가 가면을 썼으면 좋겠다.' 그러고 나서 둘째 딸에게 말을 건넸다. 머리끝서부터 발끝까지 훑어보더니, '그렇게 하니까 적당하

고 품위가 있구나.'

그러는 동안에 야식을 거창하게 먹고 난 후, 몸단장을 했던 바깥주인이 죽은 나뭇잎 색깔의 모자를 쓰고 나타났다. 모자 아래로 소용돌이 모양의 가발이 늘어져 있었고, 길이가 각각 한 피에[12] 반이고 정방형의 장식 천으로 꾸며진 브로치 두 개가 달린 모직 예복이 있었다. 예복에는 다섯 개의 앞 단추와 네 개의 주머니가 있었다. 그러나 주름도 파니에도 없었다. 반바지와 담황갈색의 양말, 녹색 모로코가죽 신발을 착용하였는데, 이 세 가지가 전체적으로 조화를 이루고 있었고 바지 모양이 된 형국이었다."

망고궐이 여기서 멈췄고 웃겨서 배꼽을 빼고 있었던 미르조자에게 말했다. "이 섬사람들이 그대에겐 웃기는 모양이군."

그의 말을 끊으면서 미르조자가 덧붙였다. "그 나머지는 하지 마세요. 이번만은, 전하, 전하께서 옳습니다. 이것이 전례가 되지 않도록 해 주십시오. 마마께서 이성적으로 행동하실 요량이시라면, 다 끝장입니다. 이 섬사람들이 우리에게 이상하게 보이듯이 우리도 그들에게 이상하게 보일 것은 분명합니다. 그리고 유행에 관해서 말씀드리자면, 보통 사람들에게 기준을 제시하는 것은 광인들이고, 정숙한 여인들에게 기준을 제시하는 것은 창녀들이니, 그 기준을 따르는 것이 가장 잘하는 일이라는 것은 자명한 일입니다. 우리는 우리 조상들의 초상화를 보고 웃습니다. 우리의 후세들이 우리들의 초상화를 보고 웃을 것이라는 것은 생각지도 않고 말입니다."

술탄

그러니까 내 평생 단 한 번 상식이라는 걸 가져 봤는데.

---

12 약 32.4cm.

미르조자

마마가 그러신 것을 용납합니다. 하지만 다신 그 상태로 돌아가지 마십시오.

술탄

당신의 통찰력을 모두 동원한다면, 하모니와 멜로디와 시각적 클라브생은…

미르조자

그만하세요, 계속 읽겠습니다. "〔하모니와 멜로디와 시각적 클라브생이〕 남자들과 여자들과 전 시민을 갈라놓았던 분열의 원인이 되었다. 학파 대 학파, 거장 대 거장의 싸움이 일어났다. 말싸움을 하고, 욕지거리를 하고, 서로 증오했다.

'아주 훌륭해, 하지만 이게 다가 아니지.'

'아닌 게 아니라 제가 다 말씀드린 게 아니거든요.'

'마쳐 보세요.'

"최근에 반자에서 귀머거리들이 가장 고집스런 토론자로 나왔던 소리에 대한 논쟁에서 일어났던 것과 같아요. 마마의 탐험대원들이 있었던 나라에서 색깔에 대해서 가장 오래 그리고 가장 큰 목소리로 외쳤던 자들이 맹인들이었잖아요…"

이 대목에서 낙심한 술탄이 탐험대의 일기를 집어 들고는 박박 찢었다.

"마마 뭐하세요?"

"쓸데없는 책을 치우고 있소."

"저를 위해서라면 괜찮은 것 같은데, 하지만 마마께는?"

"그대의 행복에 아무것도 보태지 못하는 것은 모두 내게는 흥미가 없소."

"그럼 제가 마마께 대단히 소중한 존재인가요?"

"그거야말로 모든 여자들을 떼어놓고 해야 할 질문이로군. 그래, 여자들은 느끼는 게 없어. 여자들은 자기들을 위해서 뭘 해 주건 간에, 모든 게 당연하다고 생각하지. 뭘 해줘도 충분치 않아 . 단 한순간 반대를 하면 한 해 동안 공들인 것이 다 지워지는 거야. 난 가겠소."

"가지 마세요 마마, 여기 계세요. 자, 가까이 와서 저를 안아 주세요."

술탄이 그녀를 안았고 말했다.

"사실 우리는 그저 마리오네트 아니야?"

"네 그래요, 어쩌다."

▌드니 디드로 연보

1713 랑그르에서 10월 5일 칼 만드는 장인인 디디에 디드로(1685-1759)와 피혁 제조 판매인의 딸이었던 앙젤리크 비뉴롱(1677-1748) 사이에서 태어난다. 그 다음 날 생 피에르-생 폴 교회에서 영세를 받는다.

1715 1월 27일 첫째 누이동생인 드니즈 디드로가 태어난다.

1720 4월 3일 둘째 누이동생인 앙젤리크 디드로가 태어난다. 후에 성 우르술라 동정회의 수녀가 되나, 1748년 수녀원에서 미쳐서 죽는다. 몇몇 연구자들에 따르면, 그녀의 죽음이 디드로가 그의 장편 소설 《수녀》를 쓰는 계기가 되었다고 한다.

1722 3월 21일 후일 주교구의 참사원이 된 디디에 피에르 디드로가 태어난다.

1723 1728년까지 랑그르의 예수회 학교에서 수학한다.

1726 외삼촌인 디디에 비뉴롱의 참사회원직을 계승하기 위하여 8월 22일 삭발례를 받는다.

1728-32 파리에서 수학한다. 예수회 소속인 루이 르 그랑 학교에서 포레 Charles-Gabriel Porée 신부 밑에서 라 메트리와 후에 추기경이 된 베르니와 함께 교육을 받는다. 장세니스트 소속인 아르쿠르 학교와 보베 학교에서도 교육을 받는다. 1731년 파리의 샤르트르회 수도원의 견습 수도사가 된다.

1732 9월 2일 현재의 바칼로레아에 해당하는 문학사 자격을 획득한다.

1732-35 파리 신학대학인 소르본에서 수학한다.

1735 8월 6일 현재의 학사학위에 해당하는 신학사 자격을 획득한다. 대학생과 대학교수를 위해 마련되어 있는 성직록을 얻기 위하여 10월 6일 신학사 자격으로 랑그르 주교에게 면담을 요청하여, 12월 3일 자격을 얻었으나, 그달 말에 성직을 포기한다.

1736 디드로의 아버지는 아들의 보헤미안 생활을 비난하며, 그의 빚을 갚아주기를 거부한다. 파리에서 역시 칼 만드는 장인인 푸쿠가 그의 채무를 변제해 주고 숙소를 제공한다. 5월 디드로의 아버지는 그를 이 집에서 끌어낸다. 그의 아버지는 사촌인 룩셈부르크 카르멜 수도원 수도사인 앙주에게 감시를 부탁한다. 디드로는 1737년까지 1년 동안 랑그르 출신의 대소인代訴人 프랑스와-클레망 드 리의 서기로 일했으나, 성실하지 않았다고 한다.

1737-40 계속되는 방랑생활. 어머니로부터 얼마간의 금전적 원조를 받고, 마음을 돌려 교단으로 돌아갈 것을 약속하여 푸쿠와 앙주 수도사에게 재정적 도움을 얻어낸다. 저명한 설교자들을 위해 설교문을 작성하고, 영어를 배우고, 수학을 가르친다. 연극관람을 많이 하고, 드사주와 여배우인 고생과 당주빌에게 찬사를 보낸다. 1739년 재무성 수납인인 랑동 드 마산의 집에서 3개월 동안 가정교사 일을 한다.

1740 독일의 헤센 출신 조각가인 조안 게오르그 빌레와 또 다른 독일 출신 조각가 조안 마르틴 프라이슬러와 친분관계를 맺는다. 1743년까지 데퐁텐 사제의 《근대작품 비평》지에, 1745년까지 《메르퀴르 드 프랑스》지에 여러 편의 아티클과 서평을 게재한다.

1741 1742년까지 프랑스와-클레망 드 리의 조카인 대소인 클레망 드 리 사무실에서 일한 것으로 추정된다. 소설가 바퀼라르 다르노에게 운문서한을 쓴다. 이

서한은 1742년 출판된다. 다음해 1월 생 쉴피스 신학교에 들어갈 것을 고려한다. 부트브리 가에 정착한 그는 같은 거리에 사는 리넨 제품 제조인의 딸인 안-투아네트 샹피옹을 만난다.

1742 템플 스테니안의 《그리스 역사》 번역에 참여한다. 2월 레장스 카페에서 장 자크 루소를 만난다. 루소는 콩디야크에게 디드로를 소개한다. 안-투와네트와의 결혼 승낙을 받기 위하여 12월 7일 랑그르로 간다.

1743 1월 디드로의 결혼소식에 화가 난 아버지는 샹피옹 부인에게 결혼을 승낙할 수 없다는 내용의 편지를 쓴다. 1월 14일 디드로는 트루아 근처의 한 수도원에 갇힌다. 그러나 앙드레 가르니에에 의하면, 디드로가 감금된 곳은 랑그르의 카르멜 수도원이라고 한다. 2월 수도원을 탈출한 디드로는 파리로 간다. 4월 브리아송 출판사에서 《그리스 역사》가 출판된다. 10월 26일 모레트의 공증으로 그의 옛 고객인 상인 가브리엘 풀랭의 입회아래 부부재산계약서의 서명이 이루어진다. 11월 6일 드니와 투아네트는 시테 섬에 위치한 교회 생 피에르 오 뵈에서 결혼한다. 파리 생 빅토르 가에 정착한다.

1744 4월 23일 에두, 투생과 함께 로버트 제임스의 《의학사전》 번역에 대한 국왕의 허가를 받는다. 8월 13일 딸 앙젤리크가 태어났으나 9월 29일 죽는다. 파리 외곽에 위치한 생 앙투안의 트라베르시에르 가로 이사한다.

1745 영국 샤프츠베리 경의 《미덕과 장점에 관한 소고》를 번역 · 출판한다. 퓌지외 부인이 그의 정부가 된다. 10월 구아 드 말브 사제에게 위임된 영국 체임버스의 《백과사전》을 번역 출판하기 위해 출판업자 르 브르통이 브리아송, 형 다비드, 로랑 뒤랑과 함께 연합한다.

1746 디드로가 주로 번역한 제임스의 《의학사전》이 브리아송 출판사에서 1748년까지 6권의 폴리오 판으로 출판된다. 1월 《백과사전》 출간에 대한 국왕의 허가를 받는다. 5월 22일 프랑수아 자크 드니 디드로가 태어난다. 6월 로랑 뒤랑 출판사에서 《철학적 사색》이 출판된다. 7월 27일 구아 드 말브 사제는 디드로에

게 《백과사전》 번역을 제안한다. 이때 달랑베르를 알게 된다. 그해 말 《자연종교의 충분함에 대해》를 집필하기 시작한다. 이 작품은 1772년 네종이 출판한다.

1747 《회의주의자의 산책》을 집필하지만, 생전에 출판되지 않는다. 《고자질쟁이 보석》을 집필한다. 6월 20일과 22일 생 메다르 사제인 아르디 드 르바레가 반종교적인 이유를 들어 《철학적 사색》을 고발한다. 8월 3일 구아 드 말브는 《백과사전》을 포기한다. 10월 16일 달랑베르와 함께 《백과사전》 출판 계약에 서명한다.

1748 뒤랑사에서 《고자질쟁이 보석》을 출판한다. 《흰새》를 집필한다. 3월 국새상서이자 독신자인 다게소에게 《백과사전》의 새로운 계획안을 제출하여 허가를 받는다. 6월 《수학의 여러 상이한 주제에 대한 논문》을 피소와 뒤랑사에서 출판한다. 이 작품의 발표로 인하여 디드로는 독창적이고 경쟁력을 갖춘 수학자로 인정되어 유명해진다. 12월 16일 《의학과 외과학을 오래전부터 갈라놓은 분쟁을 진정시키는 방법이 제안되어 있는 의사 모랑에게 보내는 서한》을 발표한다.

1749 6월 디드로의 첫 무신론적 유물론 선언서인 《맹인에 관한 서한》을 발표. 익명으로 런던에서 출판된 것으로 되어 있으나 실제로는 파리 뒤랑사에서 출판되었다. 6월 9일 볼테르는 디드로가 이 작품을 보내 준 것에 대해 감사의 말을 전하나, 그의 무신론을 비난한다. 7월 22일 생 메다르 사제인 아르디 드 르바레의 고발에 의해, 육군성 장관이자 파리 행정 감독관인 다르장송 백작은 파리 경찰국장인 베리에에게 《맹인에 관한 서한》의 저자를 뱅센 감옥에 투옥하라는 명령을 내린다. 7월 23일 국왕이 날인한 명령서가 뱅센 사령관인 프랑수아-베르나르 뒤 샤틀레에게 전달된다. 7월 24일 7시 30분, 고등법원 변호사이자 샤틀레 경찰서장인 미셰드 로슈브륀은 서적상 감독관인 데므리와 함께 디드로의 집을 수색하여 원고를 압류하고 《맹인에 관한 서한》, 《철학적 사색》, 《회의주의자의 산책》, 《흰새》에 대해 문초한다. 데므리는 디드로를 뱅센으로 압송한다. 7월 31일 베리에의 신문이 시작된다. 디드로는 고소당한 작품을 쓴 사실을 부인한다. 《회의주의자의 산책》은 인정하였는데, 그 육필원고를 파기했다고 확신했기 때문이었다. 8월 1일 서적상 뒤랑은 디드로에게서 《철학적 사색》, 《고자질쟁이 보석》, 《맹인에 관한

서한》의 원고를 받은 사실을 고백한다. 8월 13일 디드로는 다르장송과 베리에에게 편지를 써 자신의 잘못을 인정하고 이후 조심할 것을 서약한다. 8월 21일 망루감옥에서 나와 성내를 산책할 수 있는 허가를 얻는다. 플라톤의 《소크라테스의 변명》을 번역한다. 10월 루소의 방문을 받는다. 루소는 뱅센으로 가는 길에서 영감을 받아 그 유명한 《학문 예술론》을 쓰게 된다. 11월 3일 디드로는 석방된다. 1749년 말 혹은 1750년 초, 루소 집에서 돌바크 남작과 멜키오르 그림을 알게 된다. 일주일에 한번 콩디야크, 루소와 함께 저녁식사를 하고 정기간행물 《야유꾼Le *Persifleur*》 계획을 세운다.

1750 6월 30일 아들 프랑수아 자크 드니 디드로가 죽는다. 9월 29일 드니 로랑이 태어나나, 12월 말에 죽는다. 11월 디드로가 집필한 《백과사전》 〈취의서〉가 1,500부 인쇄되어 배본된다.

1751 1월 《주르날 드 트레부》에서 《백과사전》 〈취의서〉를 공격했던 예수회 소속 베르티에 신부와 논쟁을 벌인다. 디드로는 백과사전 항목 〈기술〉이 첨가된 공개장으로 응수한다. 2월 18일 《농아에 관한 서한》을 발표한다. 3월 《부록》이 첨가된 《농아에 관한 서한》 2판이 발표된다. 3월 4일 프러시아 왕립 과학·문예 아카데미 회원으로 선출된다. 6월 28일 다르장송 백작에게 헌정하는 《백과사전》 첫째 권이 발간된다. 제 1권은 디드로의 〈취의서〉가 담긴 달랑베르의 《서문》에 뒤이어 발간된 것이다. 1,625부가 인쇄된다. 11월 18일 《백과사전》 철학부문 기고가인 프라드 사제의 박사구두논문 발표회가 소르본에서 열린다.

1752 1월 21일 2050부가 인쇄된 《백과사전》 둘째 권이 출간된다. 1월 27일 소르본은 파리 대주교 크리스토프 드 보몽의 교서에 의해 유죄판결을 받은 프라드 논문 중 10개의 명제를 검열하여 삭제한다. 《백과사전》에 대한 탄압이 시작된다. 프라드 사제, 이본, 페스트레, 말레의 탈퇴로, 디드로는 철학 관련 항목을 모두 떠맡게 된다. 2월 7일 《백과사전》 첫 두 권과 그 다음 권에 대한 출판이 금지된다. 말제르브는 《백과사전》 자료의 소각을 막기 위하여 자신이 보관한다. 2월 11일 프라드 사제 체포령이 내려진다. 그러나 그때 그는 베를린에 있었다. 8월 디드로

부인은 홀로 랑그르에 가서 시아버지와 화해한다. 디드로의 《프라드 사제 변론》이 익명으로 출판된다.

1753 9월 2일 마리 앙젤리크 디드로가 태어난다. 11월 3,000부가 인쇄된 《백과사전》 셋째 권이 출간된다. 11월 《자연 해석에 대한 사색》 초판이 발간되고 다음 해 1월 개정판이 출간된다.

1754 10월 14일 3000부가 인쇄된 《백과사전》 넷째 권이 출간된다. 12월 20일 서적상 연합과 《백과사전》 계약을 새로 맺는다. 권당 2,500리브르를 받고, 완간된 후 20,000리브르를 추가로 받는다. 1757년까지 루엘의 화학강의를 듣는다.

1755 2월 10일 철학자들 중 유일하게 몽테스키외의 장례식에 참석한다. 4월 화가 친구인 바슐리에가 발명한 《밀랍화의 비결과 역사》를 출간한다. 소피 볼랑과 알게 되어 7월 1일자로 추정되는 첫 편지를 보내나 분실되었다. 9월 가슴에 통증을 느끼기 시작하여, 우유요법을 하게 된다. 아티클 〈백과사전〉을 집필한다. 11월 초 3000부가 인쇄된 《백과사전》 다섯째 권이 출간된다.

1756 4월 12일 몽모랑시의 에르미타주관에 은거해 있던 루소를 방문한다. 6월 29일 자신의 결정론적 세계관을 밝히는 《랑드와에게 보내는 서한》을 《문예통신》에 발표한다. 10월 10일 《백과사전》 여섯째 권이 출간된다. 병이 재발한다. 11월 루소의 보호자이며 에르미타주관의 주인인 데피네 부인을 만난다.

1757 2월 《사생아에 관한 대담》에 뒤이은 희곡 《사생아》를 발간한다. 이 작품은 생 제르맹에 있는 에옌 공작 사교 모임 극장에서만 상연된다. 3월 10일 루소와의 불화가 시작된다. 논쟁의 원인은 《사생아》의 한 문구가 제공한다. "혼자 사는 사람은 악인밖에 없다." 루소는 디드로에게 몽모랑시로 와 줄 것을 요청했으나 디드로는 회피한다. 3월 14일 디드로가 방문을 약속했을 때, 루소는 이를 원치 않고, 데피네 부인이 그들의 재회를 막는다. 4월 에르미타주관에서 이 두 친구는 화해하

나, 10월 20일 결별한다. 11월 15일 루소를 격분시킨 아티클 〈주네브Genève〉가 포함된 《백과사전》 일곱째 권이 출간된다. 프레롱과 팔리소는 디드로가 《사생아》에서 골도니의 작품을 표절하였다고 고발한다. 12월 5일 에르미타주관에서 루소와 디드로의 마지막 대담이 이루어진다. 12월 23일 디드로는 보캉송과 함께 과학 아카데미로부터 기사 회원의 제안을 받는다. 그러나 왕은 보캉송을 선출한다. 루엘의 화학 강의록을 정서한다. 1760년까지 암울한 나날이 지속된다. 그의 작품들은 사방에서 비판을 받고, 《백과사전》은 또다시 위협받는다. 1758년부터 1766년까지 간행이 중단된다. 루소, 달랑베르와 헤어지고, 그의 극작품은 비방을 받는다.

1758 1월 달랑베르는 아티클 〈주네브〉가 일으킨 혼란으로 인해 《백과사전》에서 손을 뗄 것을 결심한다. 2월 볼테르가 권고한 외국에서의 《백과사전》 작업을 거절한다. 2월에서 5월 사이 《가장》과 《극시론》을 집필한다. 11월 초 이 두 작품이 출판된다.

1759 1월 23일 검찰총장 오메르 졸리 드 플레리의 논고에 의하여, 《백과사전》 간행을 중지하고 엘베시우스의 《정신론》에 유죄를 언도한 파리 고등법원의 판결이 내려진다. 2월 6일 이미 출간된 《백과사전》 제 7권의 수정을 명하는 판결이 내려진다. 그러나 4,000부를 찍기로 한 제7권은 인쇄 중이었다. 3월 4일 《백과사전》의 기고자들이 블랙리스트에 실린다. 튀르고, 마르몽텔 등 몇몇 협력자들이 이 사업에서 손을 뗀다. 3월 8일 국왕 자문위원회에 의해 《백과사전》 발행허가가 취소된다. 4월 《가장》이 툴루즈와 보르도에서 상연되어 성공을 거둔다. 4월에서 5월 사이 체포위기에 몰린다. 말제르브는 원고 압류 명령을 디드로에게 미리 알리고, 그 원고들을 자기 집에 보관하여 백과사전파의 수장을 구한다. 5월 10일 소피 볼랑에게 편지를 보낸다. 이 편지는 후일 보관된 첫 편지가 된다. 6월 3일 아버지 디디에 디드로가 죽는다. 《백과사전》 사건으로 구금된 디드로는 아버지 장례식에 참석하지 못한다. 7월 21일 국왕 자문위원회는 《백과사전》 발행 서적상들이 구독 신청인 모두에게 앞으로 발행하지 못할 《백과사전》 권수에 대한 보상으로

72리브르를 돌려줄 것을 명하는 판결을 내린다. 9월 2일 소피 볼랑과 함께 살롱전을 관람한다. 9월 3일에서 15일까지 그랑발에 체류하며 《1759년 살롱》의 초고를 작성한다. 9월 3일 로마 교황 클레멘스 13세의 교서에 의해 《백과사전》은 유죄판결을 받는다. 말제르브의 도움으로 《백과사전 도판》의 출판허가가 난다. 구독신청자들에게 반환되기로 예정되어 있었던 72리브르도 《도판》에 대한 선불금 형식으로 지불되어, 간행 중지로 손해를 보았던 서적상들에 대한 보상이 이렇게 이루어진다. 9월 26일부터 10월 7일까지 그랑발에 다시 머물며, 《1759년 살롱》을 완성한다. 11월 23일 건축가 파트의 고소에 의해, 프레롱은 《문예통신》에 《백과사전》이 레오뮈르의 미발간 도판을 표절했다는 비방 기사를 싣는다. 과학 아카데미 위원들이 브리아송 인쇄소를 방문하여 표절을 하지 않았다는 결론을 내린다. 말제르브의 개입이 큰 도움이 되었을 것이다.

1760 7월에서 11월 《수녀》의 서두가 되는 쉬잔 시모냉의 수기를 집필한다. 11월 파르제스 드 폴리지에게 자신의 장서를 팔 계획을 한다. 11월 《가장》이 마르세유에서, 《사생아》가 함부르크에서 상연된다. 12월 9일 사제가 된 동생에게 관용에 대한 편지를 쓴다. 이 편지는 《백과사전》의 아티클 〈불관용〉에 다시 실린다.

1761 1월 《가장》이 함부르크에서 상연된다. 2월 《사생아》가 리옹에서 두 번 상연된다. 《가장》이 코메디 프랑세즈에서 처음으로 상연된다. 9번의 상연이 있었는데, 디드로는 2월 23일 3번째 상연에 참석했으며, 극장은 1,178명의 관객이 모여 만원사례를 이루었다고 한다. 3월에서 5월 《라모의 조카》의 초고를 작성한다. 7월 《리처드슨 예찬》을 집필한다. 《백과사전》의 마지막 열 권의 교정작업을 끝낸다. 그 인쇄는 비밀리에 진행된다. 9월 중순 경 《1761년 살롱》 집필을 끝낸다.

1762 1월 《리처드슨 예찬》을 발간한다. 《백과사전 도판》 제1권을 출간한다. 돌바크 집에서 영국인 소설가 로렌스 스턴을 알게 되고, 이 소설가는 5월 《트리스트럼 섄디》 처음 6권을 보내준다. 디드로는 9월에 이 소설을 읽는다. 4월 20일 에카테리나 여제의 시종인 슈발로프 공작이 《백과사전》 간행을 러시아에서 끝낼 것

을 제안한다. 디드로는 이 제안을 9월에 거절한다. 11월 11일 10월에 작성된 《철학적 사색의 부록》을 소피 볼랑에게 알린다. 《철학적 사색의 부록》은 1763년 1월 1일 《문예통신》에 발표되고, 1770년 네종이 출판한다. 11월 심한 복통과 구토증세를 겪는다. 《그와 나》를 집필한다.

1763 1월 초 《도판》 제 2권이 출간된다. 3월 26일 돌바크 집에서 영국인 정치가 존 윌크스를 만난다. 6월 파리 고등법원과 제네바 공화국 소참사회가 유죄판결을 내린 《에밀》 사건에서 루소를 변론한다. 오페라 코믹 《생 제르맹 장터의 콜랭과 콜레트》 구상에 몰두한다. 9월 《1763년 살롱》을 집필하여, 10월 1일 《문예통신》에 발표한다. 10월 1861년에야 출판되게 될 《서적상 거래에 관한 서한》을 집필한다. 주불 영국대사 허포드 경의 비서로 3년 간 파리에 머물게 될 데이비드 흄을 돌바크 집에서 만난다. 엘베시우스 집에 기거하고 있던 영국인 배우 데이비드 게릭을 알게 되고, 돌바크 집에서 영국 역사학자 에드워드 지본을 만난다.

1764 11월 12일 르브르통이 인쇄 중에 있는 《백과사전》의 마지막 10권을 검열하여 특히 〈사라센 사람들〉을 포함한 41개의 아티클 전체를 수정하였고, 3개의 아티클은 삭제하였으며, 300여 페이지를 바꾸었다는 사실을 알게 된다. 그해 겨울부터 루소와의 화해를 시도한다.

1765 2월 10일 그림은 예카테리나 여제에게 디드로의 장서를 살 것을 제안한다. 3월 16일 이 러시아 여제는 디드로의 장서를 산다. 15000리브르와 매년 1000리브르의 연금을 받는 대신, 디드로의 사망 후 상트페테르부르크 도서관에 장서 전체를 넘긴다는 것이 그 계약의 내용이었다. 4월 6일 루소는 디드로와의 화해를 거절한다. 6월 통풍으로 고생한다. 레날 사제가 《두 인도의 역사》 집필에 협력해 줄 것을 부탁한다. 여름 디드로 가족은 병든 달랑베르를 문병한다. 그곳에서 달랑베르를 간호하는 레스피나스 양을 처음으로 만난다. 7월 15일 《유럽문예지》에 《테렌티우스 예찬》을 발표한다. 8월 네케르 부인과 알게 된다. 9월 《백과사전》 제 7권의 일러두기를 작성한다. 이렇게 해서 사전 간행 책임자로서의 임무를 마치게 된다.

9월에서 11월까지 《1765년 살롱》을 집필한다. 《트리스트럼 섄디》를 완독하고 《운명론자 자크》의 집필을 시작한다. 12월 4일 예술가가 마음을 써야 할 후세와 고대 예술가들의 장점을 주제로 팔코네에게 첫 편지를 보낸다. 《찬성과 반대》라는 제명으로 알려진 서신교환의 첫 부분이 될 것이다. 12월 《백과사전》 마지막 10권의 인쇄가 끝난다.

1766 1월 《백과사전》 마지막 열 권이 익명으로 뇌샤텔의 서적상 사뮈엘 포셰 주소로 4,000부 발행되어 지방과 외국인 구독자들에게 배본된다. 파리 구독자들에게는 비밀리에 배본된다. 4월 16일 표트르 대제의 상을 만들기 위해 조각가를 찾고 있었던 예카테리나 여제에게 팔코네를 추천한다. 이 조각가는 콜로 양과 함께 9월 12일 프랑스를 떠난다. 4월 23일 르브르통은 베르사유에 《백과사전》을 배포했다는 이유로 바스티유에 수감된다. 7월 《1765년 살롱》의 결론에 해당하는 《회화론》을 완성한다. 8월 1일부터 12월 15일까지 《문예통신》에 실린다. 1795년에야 출간된다. 10월 30일 예카테리나 여제는 디드로에게 50년 치의 연금을 미리 지불한다. 《두 인도의 역사》 집필에 참여하기 시작한다. 초판은 1770년에 출간된다.

1767 동생 디디에 디드로가 랑그르 성당 참사원으로 임명된다. 1월 10일 상트페테르부르크 왕립 예술 아카데미 준 명예회원으로 임명된다. 러시아 《백과사전》을 계획한다. 3월 중농주의자 르 메르시에 드 라 리비에르를 예카테리나 여제에게 추천한다. 이 중농주의자는 1767년 9월 26일부터 1768년 5월까지 상트페테르부르크에 머문다. 9월 팔코네는 디드로에게 그들이 주고받은 편지를 출판할 것을 제안했으나 거절당한다. 9월 24일에서 28일까지 그랑발에서 머물며 《1767년 살롱》을 집필하여 1768년 11월에 완성한다.

1768 1월 초 《도판》 제5권이 출간된다. 가슴 통증, 위통, 복통, 귀 중이염 등으로 고생한다. 9월에서 10월 주불 러시아 대사였던 갈리치느 공의 초상화들을 그의 옛 정부인 도르네 양에게서 되찾기 위하여 연극을 꾸민다. 디드로가 일기 형식으로 쓴 이 계획은 1954년 자크 푸루스트가 《조작》이란 제명으로 출판한다. 뤼노

드 보아제르맹이 《도판》에 대한 표절시비를 다시 일으킨다. 소송은 1778년까지 지속되는데, 결국 기각된다.

1769 2월 1일 《1767년 살롱》의 단편인 《내 낡은 실내 가운에 대한 그리움》이 《문예통신》에 실려서 배포된다. 3월 《도판》 제6권의 동물 판화에 관해 쥐시외에게 의견을 묻는다. 이 박물학자가 볼품없다는 판단을 내리자, 도방통에게 새로이 제작을 맡긴다. 3년의 시간이 필요했던 이 제작으로 인해 비용이 추가되었으며, 서적상들은 도방통에게 보수지불을 거절한다. 봄 모 부인과의 관계가 시작된다. 6월 13일 갈리아니가 나폴리로 소환됨에 따라 디드로가 이 사제의 《밀에 대한 대화》를 교정하고 인쇄하는 책임을 맡게 된다. 샤를-조제프 판쿠크가 부록이 추가된 《백과사전》 신판을 제안하지만, 거절한다. 후일 네종이 이 작업을 완성하여 《방법적 백과사전》이란 이름으로 출간한다(1791-1794). 8월 9일 《가장》이 코메디 프랑세즈에서 9회에 걸쳐서 다시 상연된다. 독일 작가이자 철학자인 에르데가 한 차례 관람하여, 디드로를 만난다. 8월 10일에서 14일까지 파리에서 《달랑베르와 디드로와의 대담》을 집필한다. 8월 15일에서 9월 5일까지 파리에서 《달랑베르의 꿈》을 집필한다. 9월 첫째 주일 동안 파리에서 《대담의 후속편》을 집필한다. 3부작 《달랑베르의 꿈》은 1782년 《문예통신》에 실려서 배포되었다가 1830년 출간된다. 9월에서 11월 《1769년 살롱》을 집필한다. 10월 15일에서 11월 1일 스티코티 작품의 서평인 《가리크 혹은 영국 배우들》이 《문예통신》을 통해서 발표된다. 이 서평은 《배우에 관한 역설》의 모태가 된다. 11월 자기 딸 앙젤리크를 그림과 결혼시킬 생각을 한다. 12월 말 갈리아니 사제의 《밀 거래에 대한 대화》가 디드로와 데피네 부인에 의해서 실제 출판일보다 늦은 1770년으로 표기되어 출간된다. 12월 말 혹은 1770년 초 《물질과 운동에 대한 철학적 원칙》을 집필한다. 1792년 네종이 《방법적 백과사전》에 실어 출간한다.

1770 1월 6일 모 부인 집에서 주현절의 잠두가 된 디드로는 자유헌장인 26행시의 《드니 법전》을 규정한다. 3월 앙젤리크와 카루아용 드 방될과의 결혼을 고려한다. 모렐레가 쓴 갈리아니 사제의 《밀에 관한 대화 반박론》에 대한 검열관으

로 임명되어, 이 작품의 출간을 늦출 것을 권한다. 4월 디드로와 16명의 철학자들이 네케르 부인 집에 모여 피갈에게 위임된 볼테르 상을 만들기 위해 기부금 모집을 한다. 《두 인도의 역사》 초판이 출간된다. 5월 사제인 동생과의 화해를 시도한다. 《문예통신》에 실려서 《수녀》가 배포된다. 8월 2일부터 9월 26일까지 그림과 함께 랑그르와 부르본을 여행한다. 랑그르에서 딸의 결혼을 준비하나, 동생과의 화해는 끝내 성사되지 않았다. 8월 10일에서 18일 사이 부르본에서 모 부인과 그녀의 딸 프뤼느보 부인과 만난다. 《랑그르와 부르본 여행》의 초고를 작성한다. 8월 13일에서 18일 사이 부르본에서 《부르본의 두 친구》와 《아버지와 그 자녀들과의 대화》를 집필한 후, 랑그르로 돌아온다. 8월 29일부터 9월 5일까지 부르본에 다시 머물며, 《부르본의 두 친구》에 펠릭스의 이야기와 서언을 첨가한다. 11월 초 그랑발에서 《부르본의 두 친구》를 탈고한다. 《자연종교의 충분함》과 《철학적 사색 부록》이 네종에 의해서 그의 《철학 모음집》에 실려 출간된다. 11월 《갈리아니 사제 변론》을 집필한다. 12월 15일 《부르본의 두 친구》가 《문예통신》에 실려서 배포된다.

1771 1월 6일 작년에 이어 재차 주현절 잠두가 된 디드로는 《궁지에 몰린 왕권에 대한 잠두 왕 드니의 롱도 형식의 애가》를 쓴다. 1월 레싱이 번역한 《가상》이 오스트리아 여제 마리-테레즈가 관람한 빈 극장에서 대성공을 거둔다. 2월 《사생아》도 빈에서 성황리에 막을 내린다. 《편견에 대한 소고의 검토에 대한 드니 디드로씨의 편지》를 집필한다. 이 편지는 1770년 작성된 돌바크의 《편견에 대한 소고》에 대해 그해 봄 프레데리크 2세가 《검토》에서 반박한 내용에 대한 답변이다. 5월 1일 《아버지와 그 자녀들과의 대화》가 《문예통신》에 실려서 배포된다. 5월 20일 디드로는 예카테리나 여제를 대신하여 티에르 남작의 회화 소장품 구매 협상을 한다. 협상을 위해 그의 상속자인 브로글리 원수와 그 부인을 만난다. 원수 부인이 바로 《한 철학자와 *** 원수부인과의 대담》의 모델이 된다. 6월 《클라브생 레슨과 하모니의 원칙》이 발표된다. 모 부인을 위해 《그는 선인인가? 악인인가?》의 초안인 《가정의 오락》을 집필한다. 7월 1764년 집필한 《혼자서 답변하는 개종자》가 《문예통신》에 실려서 배포된다. 5월 15일에 발표된 《부갱빌 여행

기》 서평을 쓴다. 9월 《1771년 살롱》을 집필한다. 이 살롱은 《문예통신》에 게재되지 않는다. 9월 12일 《운명론자 자크》의 적요본摘要本을 완성한다. 9월 26일 《사생아》가 코메디 프랑세즈에서 상연되나, 단 1회에 그친다. 1051명이 관람하였다.

1772 1월 4일 티에르 남작의 상속자들이 그의 소장품을 예카테리나 여제에게 판다. 디드로의 협상은 성공적이었다. 460,000리브르에 렘브란트 작품 8점, 라파엘로 작품 5점, 반 다이크 작품 7점, 코레지오 작품 3점, 티치아노 작품 10점, 두러 작품 2점, 루벤스 작품 12점, 푸생 작품 6점, 로랭 작품 3점등을 샀다. 1월 6일 또 주현절의 잠두가 된 드니는 절대자유주의의 어조를 띤 격정적인 서정시 《자유에 미친 사람들》을 쓴다. 2월 14일 《도판》 마지막 권에 대한 허가를 받는다. 이렇게 해서 《도판》 작업이 끝난다. 3월 27일 토마스의 《여성 찬양》의 서평인 《여성에 대하여》 초안을 작성한다. 7월 《여성에 대하여》가 《문예통신》에 발표된다. 여름-8월, 1774년 출간되게 될 레날 사제의 《두 인도의 역사》 제 2판을 교정하고 보충한다. 9월 9일 앙젤리크의 결혼식이 생-쉴피스 성당에서 거행된다. 9월 23일 《이것은 콩트가 아닙니다》와 《카를리에르 부인》을 탈고한다. 전자는 1773년 4월, 후자는 《두 번째 콩트》라는 제명으로 동년 5월에 《문예통신》에 실려서 배포된다. 10월 7일 《부갱빌 여행기 보유》 초판이 완성된다. 초판은 1773년 9월과 10월, 1774년 3월과 4월에 걸쳐 《문예통신》에 배포된다. 암스테르담에서 3차례에 걸쳐 디드로의 철학 전집이 출판된다. 첫 번째는 12절판 3권, 두 번째는 레이 출판사에서 8절판 6권, 세 번째는 극작품과 함께 12절판 6권으로 출간된다. 3번째 출판할 때를 제외하고는 디드로가 관여하지 않았다고 한다. 12월 취리히에서 게스너가 번역한 독일어판 《부르본의 두 친구》와 《아버지와 그 자녀들과의 대화》가 발표된다. 12월 말경 상트페테르부르크로 갈 결심을 한다.

1773 1월 《가장》이 국왕이 참석한 나폴리 공연에서 성공을 거둔다. 4회에 걸쳐 상연을 하였다. 2월 마이스터가 취리히에서 프랑스어판 《부르본의 두 친구》와 《아버지와 그 자녀들과의 대화》를 발표한다. 4월 28일 자신의 부재 시 전 재산

관리권을 부인에게 넘겨준다. 6월 3일 네종을 자신의 전 육필본의 수유자受遺者로 지명하고, 사후 출판할 권리를 준다. 6월 11일 그림과 함께 헤이그로 출발한다. 이때 네종은 독일의 다름슈타트를 거쳐 러시아로 간다. 7월 15일에서 8월 20일까지 헤이그의 디미트리 갈리친느 공작 집에서 머문다. 이곳에서 갈리친느 자녀들의 가정교사인 엠스테뤼스, 은행가이자 박애주의자인 이삭 드 핀토, 해부학자 캉페르 등을 만난다. 《첫 번째 풍자》를 탈고한다. 《라모의 조카》와 《운명론자 자크》를 진척시키고, 《엘베시우스 반박론》을 집필하고, 《배우에 관한 역설》의 초고를 작성한다. 《홀란드 여행》 집필을 시작하고, 1772년 출간된 엠스테뤼스의 《인간에 대한 서한》을 읽고 주석을 단다. 마르크 미셸 레이를 통해서 자신의 전집을 출판할 계획을 세운다. 8월 20일 예카테리나 여제가 보낸 알렉시스 나리슈킨과 함께 러시아로 출발한다. 9월 손녀인 마리-안 드 방될이 태어난다. 10월 8일 4륜마차로 3,200킬로미터의 여행 끝에 상트페테르부르크에 병들어 도착한다. 그림은 9월 17일에 도착했었다. 팔코네 집에서 묵을 생각이었으나, 냉대를 받자, 바실리 나리슈킨 장군 집에 기거한다. 10월 15일부터 예카테리나 여제와 처음에는 매일 하루 3시간씩, 나중에는 3일마다 대담을 한다. 여제는 매일 저녁 그림을 맞이한다. 11월 1일 상트페테르부르크 아카데미로부터 초대를 받아 시베리아에 대한 논문을 발표한다. 11월과 12월 복통으로 고생한다. 모스크바의 고아원 후견인으로 임명된다. 여제와 베츠킨에게 러시아에서 6년 내에 신 《백과사전》 출판을 제안한다. 이 기획은 1774년까지 계속된다.

1774 1월 여제의 신뢰도가 떨어진 그는 러시아를 떠나는 시기를 놓친다. 대담은 중단되었다가 다시 이어지곤 했으며, 여제에게 새로운 문제들을 제기했으나, 결국 러시아에서 대단한 것을 얻지 못한다. 3월 5일에서 4월 5일 사이 나르바, 단치히, 함부르그를 거쳐 헤이그로 돌아온다. 프레데리크 2세의 요청에도 불구하고 베를린과 포츠담에는 들르지 않는다. 3월 헤이그에서 《가장》과 《사생아》가 상연된다. 4월 5일에서 10월 초까지 헤이그에 재차 머무른다. 《엘베시우스 반박론》을 완성하고, 《엠스테뤼스에 대한 고찰》을 보완한다. 8월 《예비법안에 대한 고찰》을 집필한다. 갈리친느가 필사본 하나를 훔친다. 해부학자 캉페르와 재회했

으며, 《생리학 요강》 집필을 시작한다. 여름 소피 볼랑에게 보낸 마지막 편지들이 이때 쓰여진다. 상트페테르부르크에서 집필을 시작했던 《군주들의 정치 원리》을 완성하고, 1775년 8·9월 《문예통신》에 실려서 배포된다. 9월 《한 철학자와 ***원수부인과의 대담》의 초고를 작성한다. 이 작품은 1775년 4월 《문예통신》에 실려서 배포된다. 《두 인도의 역사》 제 2판이 출간된다. 제 2판이 나오는 1780년까지 2판 수정에 힘쓴다. 특히 호텐토트 족에 대한 정보를 수집한다.

1775 6월 27일 손자 드니-시몽 카루아용이 태어난다. 7월 가슴 통증으로 고생한다. 7월 말 예카테리나 여제를 위한 《대학 계획서》를 끝낸다. 여제는 1776년 1월 20일에 이 작품을 받게 된다. 9월 《1775년 살롱》을 집필한다. 《회화, 조각, 건축, 시에 대한 단상》 집필을 시작한다. 철학 드라마 《두 친구》의 초안을 작성한다.

1776 1월 소피 볼랑을 위한 시, 《옛 친구를 위한 철학자의 새해선물》을 짓는다. 1월 13일 메트라가 그의 《비밀 문예통신》에 《군주들의 정치 원리》 적요본을 발표한다.

1777 2월에서 4월까지 세브르에 거주하며, 《두 인도의 역사》 집필과 레이에게 5월 출간을 약속한 자신의 전집 준비에 전념한다. 6월 9일 모 부인의 성명축일을 위해 《그는 선인인가? 악인인가?》의 두 번째 단계인 《각본과 서문》을 완성한다. 7월 네종의 요청에 의해 세네카를 다시 읽기 시작한다.

1778 6월 물투를 접견하고 그에게 《운명론자 자크》와 집필 중인 《세네카의 생애》를 읽어준다. 10월에서 11월 그랑발에 체류하는데, 건강이 악화되기 시작한다. 11월 《문예통신》에 실려서 《운명론자 자크》를 배포하기 시작한다. 배포는 1780년까지 지속된다. 12월 《세네카의 생애와 작품에 대한 시론》이 왕의 윤허를 얻어 파리에서 출판된다. 《그는 선인인가? 악인인가?》와 《배우에 관한 역설》을 증보하고, 《생리학 요강》 완성을 위해 의학 관련 서적 리스트를 만든다.

1779 5월 18일 예카테리나 여제는 결혼한 디드로의 딸을 위해 2,000루블을 디드

로에게 보낸다.

1780 한 해 내내 《생리학 요강》 집필에 전념한다. 《부갱빌 여행기 보유》(폴리 베이커 양의 에피소드가 이때 삽입된다)와 《수녀》를 증보한다. 8월 29일 랑그르 시장과 행정관이 랑그르 시청에 전시하기 위한 그의 흉상을 요청한다. 10월 《수녀》가 《문예통신》에 실려서 배포되기 시작한다. 이 작품의 배본은 1783년까지 계속된다. 팔코네와 교환한 서신의 출판을 다시 한 번 거절한다. 12월 《두 인도의 역사》 제 3판이 제네바에서 출간된다. 예카테리나 여제에게 보낼 목적으로 1784년까지 자신의 작품들을 필사시킨다.

1781 1월 《두 인도의 역사》 제 3판이 파리에 도착한다. 그림은 이에 항의를 했고 디드로는 응수를 한다. 3월 25일 《그림씨에게 보내는 레날 사제 변론 서한》을 집필한다. 4월 네종이 착수한 《방법적 백과사전》 준비를 돕는다. 4월 30일 우동이 제작한 청동제의 디드로 흉상이 랑그르 시청에 설치된다. 5월 21일 파리 고등법원에 의해 《두 인도의 역사》가 유죄판결을 받는다. 레날의 구속영장이 발부된다. 7월 28일 《운명론자 자크》를 아내에게 읽어주고 《그는 선인인가? 악인인가?》를 탈고한다. 8월 1일 스코틀랜드 골동품 협회 명예회원이 된다. 9월 《1781년 살롱》을 집필한다. 《살롱》의 결론 격인 《회화에 대한 단상》에 마지막 손질을 가한다.

1782 2월 작품 말미에 부록 서문을 게재하기 위해 《수녀》를 수정한다. 1778년의 《세네카 생애 시론》의 증보판인 《클라우디우스와 네로의 치세에 대한 시론》을 출판한다. 3월에서 4월 《맹인에 관한 서한 부록》을 집필한다. 이 《부록》은 《문예통신》에 실려서 5월에 배포된다. 《수녀》를 증보한다.

1783 3월 수종과 기종으로 건강에 심한 타격을 입는다. 자신의 육필본을 정리하여 지르발에게 필사를 시킨다. 《부르본의 두 친구》와 《배우에 관한 역설》을 증보하여, 지르발에게 보낸다.

1784 2월 지르발에게 《그는 선인인가? 악인인가》의 수정을 부탁한다. 2월 19일 뇌졸중으로 졸도하고, 피를 토한다. 간신히 회복한다. 2월 22일 소피 볼랑이 죽는다. 모두가 이 사실을 디드로에게 숨긴다. 4월 초 손녀인 마리-안 카루아용드 방될이 11살의 나이로 죽는다. 7월 19일 타란 가의 4층 계단을 오르는 것을 피하기 위하여, 예카테리나 여제가 세로 얻은 리슐리외 가 39번지 브종 저택의 한 아파트로 옮긴다. 7월 31일 오후 3시경 드니 디드로는 71세를 일기로 사망한다. 8월 1일 생-로크 교회의 성모 마리아 예배소에 안치된다. 9월 9일 예카테리나 여제는 디드로 부인에게 1,000루블을 보낸다.

1785 11월 5일 디드로의 육필본 32권과 장서가 상트페테르부르크에 도착한다.

1948 《방될 부인 기증도서》가 허버트 디크만에게 개방된다.

1952 《방될 부인 기증도서》가 파리 국립도서관으로 이송된다.

1965 레닌그라드 기증도서가 점차적으로 연구자들에게 공개된다.

▌작품 해설

1. 텍스트의 기원

디드로의 생존 시에 간행된 유일한 소설인 《입 싼 보석들》(1748)은 그의 작품들 중 발행 부수가 가장 많았고 인기를 누렸던 작품이었다.[1] 그러나 이 작품은 소위 음란성 때문에, 이미 금서 처분을 받은 《철학적 사색》(1746)과 《회의주의자의 산책》(1747)에 이어 블랙리스트에 올랐으며, 동시대와 특히 십구 세기의 비평가들로부터 부정적인 평가와 혹독한 비판을 면치 못했다. 한편, 《입 싼 보석들》이 견뎌야 했던 이러한 비평은 《입 싼 보석들》이 태어난 특이한 배경과 관계가 없지 않다. 디드로의 딸인 방될 부인은 아버지에 대한 《회고록》(1830)에서 이 소설의 기원을 이렇게 밝히고 있다. "크레비용의 소설들이 유행하고 있었다. 아버지는 퓌지외 부인과 형식이 자유로운 작품들을 쓰는 방식에 대해서 이야기를 나누었다. 문제는 자유정신이 취향의 구실을 할 〔…〕 재미있는 착상을 찾는 것이라고

1 이 소설은 1747년 말경에 완성되어 1748년 초에 익명으로 출판된다. 그러나 동년 2월 14일 저자는 디드로로 판명되어 경찰에 고발된다.

아버지는 말했다. 그녀는 그가 그런 장르의 것을 쓸 수 없을 것이라고 했다. 보름 후에 그는 그녀에게 《입 싼 보석들》과 금화 오십 루이를 가져다주었다."[2]

당시 유행했던 크레비용 혹은 크레비용류流의 소설들은 이른바 외설 소설로 분류된 작품들이었다. 이러한 작품들은 그 당시 독자들의 취향과 맞아떨어졌고, 돈을 벌기 위해서는 그들의 취향에 맞추는 소설 창작이 필요하였다. 자신의 정부情婦가 돈을 안 주면 헤어지겠다고 위협성 발언을 했으니[3] 이 미래의 세계적 '위인'도 사랑 앞에서는 어쩔 수 없었던 모양이다. 그러나 사랑의 힘 혹은 이별에 대한 두려움의 심정으로 그가 찾은 "재미있는 착상"은 생각지도 못한 결과를 일으키고 말았으니 그의 작가적 이력에 흠집을 낸 것만은 사실이다. 그의 변론은 시대를 이기지도 못했다. 더구나 자신을 끝내 설득하지도 못했다. 디드로는 이 소설을 쓴 것을 "대단히 어리석은 짓"이었다고 후회한다. 미지의 독자들에게 사죄를 구하는 심정

---

2 "Mémoires de Mme de Vandeul", *Oeuvres complètes*, t. I, édition critique et annotée, dirigée par Jean Fabre, Herbert Dieckmann, Jacques Proust et Jean Varloot, Paris, Hermann(Après la mort de Jean Fabre, l'édition a été désignée sous le sigle DPV et dénommée Edition H. Dieckmann-J. Varloot), 1975, p. 20.

3 이 〈회고록〉에 의하면, 퓌지외 부인이 디드로에게 돈을 요구한 것은 이때가 처음이 아니었다. 《미덕과 장점에 대한 소고》(1745), 《철학적 사색》(1746)도 이 정부를 위해 집필한 것이었고, 1754년의 《자연해석에 대한 사색》도 이 정부의 요구로 집필할 것이다. 특이한 점은 퓌지외 부인이 요구한 돈의 액수가, 상징적일 수도 있겠지만, 모두 금화 오십 루이였다는 것이다(*Ibid.*). 자신을 찬미했던 두 젊은 독일인 앞에서 그가 했던 변론성 말로 이 소설의 기원의 증거를 더해 보자. "나는 《입 싼 보석들》이라는 아주 추한 책을 썼다. 나는 부분적으로나마 그것에 대한 사과를 구할 수 있다. 나에게는 정부가 있었다. 그녀는 나에게 금화 오십 루이를 요구했고 나는 한 푼도 없었다. 그녀는 보름 내로 이 돈을 주지 않으면 나를 떠나겠다고 위협했다. 그래서 나는 대부분의 우리 독자들의 취향에 맞춰서 이 책을 집필했다. 나는 이것을 서점에 가져다주었고, 서적상은 나에게 금화 오십 루이를 주었으며, 나는 애인의 치마폭에 그것을 던졌다"(E. Heier, *L. H. Nicolay(1737-1820) and His Contemporaries*, La Haye, Nijhoff, 1965, p. 77 ; Diderot, *Les Bijoux indiscrets*, DPV, t. III, p. 6에서 재인용).

을 디드로의 친구이자 《백과사전》 기고가였던 네종의 《회고록》(1821)은 이렇게 전한다. "그는 매일 《입 싼 보석들》을 쓴 것을 후회하였다. 이 책에 대해서 좋은 소리가 들릴 때조차도 그는 시무룩하고 착잡한 태도만 하고 있었다. 〔…〕 만일 손가락 하나를 잘라서 이 실수를 만회할 수 있다면, 주저하지 않고 그런 희생적 행위를 감수하고서라도 그 말도 안 되는 헛소리를 전부 없애 버리셨다고 내게 자주 단언했었다."[4] 1749년의 《맹인에 관한 서한》으로 뱅센 감옥에 투옥되었을 때도, 이러한 불행의 결정적인 원인을 《입 싼 보석들》의 집필 때문이라고 회고했으니, 디드로가 이 작품에 대해 얼마나 안 좋은 기억을 가지고 있었는지 짐작할 수 있을 것이다.[5]

그러나 디드로는 모두가 인정하는 역설逆說의 작가다. 이 "젊은 날의 실수"는 똑같은 실수로 반복되지 않았지만, 작가의 에로틱한 시선은 1748년 이후의 여러 작품에 퍼져 있는 것이 사실이다. 1748년의 "나쁜 책"은 폐기되기는커녕 후에 세 개의 장이 부록으로 추가된다. 더구나 추가된 장의 내용은 1772년의 《부갱빌 여행기 보유》의 내용을 시사하고 있다. 《부갱빌 여행기 보유》는 디드로의 윤리관의 완성이라 할 수 있는 자연윤리가 집약된 곳, 그 윤리관의 화룡점정이다. 부록은 청년 디드로에서부터 말년의 디드로까지 여과된 사상의 진수眞髓가 노골적이며(적어도 두 장은) 은유적으로 표현되었지만 "나쁜 책"에 더해졌다. 젊은 한때 치기어린 짓 정도로만 여겨졌던 이 소설을 디드로는 왜 증보했을까? 처음의 생각이 바뀌었을까? 이 소설이 증보된 이후 1781년의 회고(주 5 참조)를 고려하면 그런 것 같지는

---

4 Jacques-André Naigeon, *Mémoires historiques et philosophiques sur la vie et les ouvrages de Diderot*, Paris, 1821, pp. 36-37 ; Diderot, *Les Bijoux indiscrets*, DPV, t. III, p. 6에서 재인용.

5 디드로는 1781년 《클라우디우스와 네로의 치세에 대한 시론》 때문에 또다시 경찰에 소환된다. 그가 이러한 회고를 한 것이 바로 이때다.

않다. 하지만 그의 윤리관을 읽을 수 있는 유쾌하고 '좋은' 텍스트를 보태서 "나쁜 책"을 살리고 싶은 그의 의도를 짐작할 수 있을 것 같다. 그래서 그 부록은 단순한 보충이 아니라, 원 텍스트와 소통 기능을 하는 임무를 부여 받았다고 말할 수 있겠다. 이제 외설적인 이야기가 그의 윤리관의 한 자리를 얻게 되었다.

2. 모방과 풍자

결국 디드로가 "찾은" "재미있는 착상"은 '말하는 보석'이었다. 그러나 이 발상은 디드로 고유의 것이 아니었다. 이 별난 주제가 가랭의 《음부에게 말을 하게 했던 기사에 대하여》와 함께 13세기에 태어난 것은 주지의 사실이다. 그러나 가랭의 우화가 1756년 이후에야 인쇄가 되었기 때문에, 디드로가 《입 싼 보석들》의 이야기를 이 작품에서 직접 끌어왔는지는 확실하지 않다. 대부분의 연구자들은, 케일뤼 백작의 것으로 추정되는 《노크리옹, 알로브로즈족族의 콩트》에서 디드로가 그 별난 발상을 차용했다고 자신하고 있다. 사실 디드로의 친구이자 《백과사전》의 기고자였던 레날 사제가 《입 싼 보석들》의 서평에서 그 차용 사실을 말하고 있으며, 케일뤼 백작이 《노크리옹 혹은 "입 싼 보석들"의 기원》이라는 제명으로 전작의 신판新版을 출판하였다는 사실을 고려해 본다면, 디드로가 이 작품에서 보석들의 이야기를 차용했다는 것은 분명하다. 케일뤼는 《천일야화》식의 서술양식으로, 노크리옹이라는 매력적이고 재기 발랄한 여인의 입을 빌려 우화를 이야기한다. 이 여자는 이 우화를 통하여 알로브로즈 족의 바람기 넘치는 왕의 우울증을 치유한다. 권태로움에 빠져 있는 왕과 이 왕에게 다시 삶의 활력을 찾아주려고 하는 여인의 이야기에서, 망고굴과 미르조자의 역할을 엿볼 수 있다. 마술반지의 신비로운 힘에 의해 고백을 하는 보석들의 주제가 케일뤼를 통해 디드로의 손에 건네졌다 하더라도, 사실 이 소설의 서술구조와 주인공들의 연애담은 크레비용의 《소파》와 뒤크로의 《고백》의 그것과 매우 유사하다. 예를 들면, 제2부 13장의 셀림의 엽기적인 연애담은 《고백》의 내용을 축약해 놓은 듯하다. 제2부 11장의 "셀림의 여행담"의 서술구조는 《소파》에서 빌려온 것이다. 소설의 길잡이 실 역할을 하는 '말하는 보석'의 주제를 처리하는 기법 또한 《소파》와 무관하지 않다. 숨겨진 연애사건을 여러 개의 에피소드로 나누어 폭로하는 구조가 그것인데, 《입 싼 보석들》에서는 보석들의 입담을 통해 드러나는 반면, 《소파》에서는 신뢰할 만한 한 증인, 다시 말해 나중에 소파로 변해 문제의 연애사건의 무대가 된 증인에 의해 드러난다. 디드로 자신도 서문에서 그 관계를 암시했으며, 제1부 1장에서도 이 작품이 크레비용, 뒤크로뿐만 아니라 당대에 유행하고 있었던 리베르탱 소설 작가들의 영향이 스며들었음을 사사하고 있다.

이 작품이 비록 크레비용식의 리베르디나주와 당시 포르노그래피 문학이 결합된 외설적이고 경박한 소설이라는 비난을 받기도 했지만, 여러 비평가들이 간과하지 않은 진지한 측면이 있다. 이 진지한 측면은 이 소설의 무게와 부피를 가늠케 한다. 이 진지한 측면은 우리의 관점에서 세 가지로 요약해 볼 수 있다.

첫째, 이 소설의 풍자적 기능이다. 무엇보다도 주목해야 할 것은 작가의 지능적인 인물풍자다. 이 소설에서 망고귈은 루이 15세를, 미르조자는 퐁파두르 부인을, 셀림은 리슐리외 원수를, 멋쟁이 귀족과 유혹자들이 들끓고 있는 반자의 궁정은 베르사유 궁정을 모델로 하고 있다. 왕을 알레고리의 중심에 내세운 예는 물론 디드로 이전에도 있었다. 크레비용의 《아탈자이드, 알레고리 작품》과 《코피랑족의 왕, 제오키니줠의 연애 사건》, 고다르 도쿠르의 《사랑받은 사내》가 대표적인 예다. 그러나 이들의 작품들은 모두 불온서적으로 취급되어 금서 처분을 받을 정도의 신랄함을 지니지 못했다. 왕족을 암시하는 인물을 알레고리의 중심으로 삼았을 경우에는 불경하고 무례한 어조는 삼가고, 일탈을 하는 경우가 있다 하더라도, 루이 15세의 장점을 잊지 않고 부각시켜야만 했던 것이 당시의 관례였기 때문이었다. 디드로도 그럭저럭 이 게임의 규칙을 따랐다. 그러나 디드로는 퐁파두르 부인의 초상보다 더 훌륭하게 술탄의 비를 묘사했다. 미르조자의 지적 · 도덕적 · 육체적 특징 가운데 퐁파두르 부인의 마음에 들지 않은 것은 하나도 없었을 것이다. 애첩의 초상을 실제보다 더 낫게 그렸으니, 풍속을 해칠 수 있는 외설적인 장면이 많았다 하더라도, 이 작품이 루이 15세의 노여움을 크게 살 만한 위험은 없었을 것이다. 망고귈의 초상을 모순이 가득한 인물로 그린 것도 이러한 소설적 전략과 맞물렸을지도 모른다. 디드로는 술탄의 개인적인 장점과 그의 치세 동안 이룩해 놓은 성과들을 잊지 않고 격찬한 반면, 독자들에게 반감을 살 만하지 않을 정도로, 망고귈을 에고이스트, 독재자, 여성 혐오자, 퉁명스럽고 무정하며 시니컬하고 게다가 잔인한 인간성을 지닌 인물, 거대한 제국을 다스리는 군주로서 "보석"을 너무 좋아하는 인물로 묘사하기에 서슴지 않았다. 1748년 당시, 백성들의 인기와 충성심에 강한 확신을 갖지 못한 루이 15세, 다시 말하면, 조금은 지나친 농담에 미소로 화답하기에는 정신적 여유가 없었던 이 국왕이 망고귈의 부정적인 됨됨이를 보고 편안한 마음을 갖지는 못했을 것이다. 그러나 이 소설은 국왕에 대한 모욕이 아닌 작품의 음란성으로 인해 풍속을 해쳤다는 죄목으로 블랙리스트에 오른다.

둘째, 이 진지한 측면은 문학, 철학, 과학 분야에서 새롭게 조망해야 할 현안으로 떠오른 그 시대의 주요 문제들까지도 포함한다. 디드로 자신 근대인과 호메로스(고대인) 편을 동시에 든 신구논쟁, 제주이트와 장세니스트와의 논쟁, 데카르트의 소용돌이 이론을 누른 뉴턴의 만유인력 이론, 혜성의 재출현 예측, 빛의 분해, 음향이론, 영혼의 물질성을 논한 로크의 가설, 《사생아에 관한 대담》에서 논하게 될 진지 극에 대한 주요 규칙 등이 때로는 등장인물들의 입담을 통해 희극적으로 때로는 해박한 지식을 통해 진지하게 토론된다. 이 현안들은 작가의 차후 지적 행보와 맞닿게 될 것이며, 그 해결책이 제안될 것이다.

셋째, 이 소설이 지닌 가장 중요한 가치가 크레비용과 뒤크로 유의 외설 소설적 경향을 뛰어넘은 디드로의 독창성으로 확인된다. 이 독창성은 디드로의 자연윤리가 지향하게 될 성의 본질과 권리의 확인을 통해 나타난다. 자크 뤼스탱의 표현을 빌면, 그것은 "육체의 권리 선언"[6]이다. 이 작품에서 디드로가 고려했던 풍자의 범위가 당시의 철학, 예술, 과학을 넘어 국왕과 애첩이었던 루이 15세와 퐁파두르 부인에게까지 미쳐 있었다 하더라도, 그 중심에는 항상 보석의 말을 통한 에로티시즘이 서 있었다. 륄리를 풍자한 위트뮈트솔과 라모를 풍자한 위레미파솔라시튀튀의 음악적 재능의 비교 뒤에는 이김없이 보석들의 항언이 펼쳐지고, 보석들이 말을 한다는 상상할 수 없는 사실을 철학적으로 풀어내기 위해 나선 뉴턴 역의 시르시노와 데카르트 역의 올리브리—이 둘은 콩고의 수도인 반자 아카데미 회원의 두 대부이다—추종자들의 추론은 무력하기 짝이 없다. 이들이 아카데미에서 내놓은 설은 미궁의 길만 더해 줄 뿐이다. 하지만 이 일련의 풍자가 전달하는 메시지는 분명하다. 인간 정신의 진보를 추구하는 계몽의 세기에 전前 세대의 예술과 과학은 현실과 유리된 추상적인 이성의 덫이

6 Jacques Rustin, *Les Bijoux indiscrets*, Préface de J. Rustin, coll. Folio, Paris, Gallimard, 1981, p. 17.

고, 경험적 이성이 이 과거의 무게를 제거하고 새로운 진실을 찾아내야 한다. 이러한 의미에서 '말하는 보석'은 당시 철학자들의 궁금증을 더하고 풀어야 하는 자연현상의 일부와 비유될 수 있을지도 모른다. 다시 말하면 진실은 보석들의 말하는 행위에서 찾아야 하는 것이 아니라, 보석들의 말 속에서 찾아야 한다는 것이다.

3. 문학적 의의 혹은 본능의 자리

디드로가 소설가로서의 첫 이력을 심은 《입 싼 보석들》과 관련하여 그 문학적 의의를 이야기하였던 여러 언급들 가운데 가장 간명한 것 하나를 고른다면, 피에르 므나르의 "차후 전 작품의 모태"[7]라는 평가일 것이다. 무엇보다도 이 작품에서는, 오랫동안 웅크리고 있었던 그의 유물론 철학이 기지개를 펴면서 디드로식 사유의 선이 뿌리를 내리고 있으며, 그의 건강한 경험주의 정신을 예고하는 진리 탐구 방법이 시도되었으며, 고정적이고 인위적인 심미안의 규칙 대신에 존재와 이 존재들 간의 관계를 자연적이고 사실적으로 묘사하려는 소설 미학이 실험되었다. 소설이란 장르에 실험된 이러한 지적, 예술적 작업의 완성도를 높이기 위해 선택된 소설 기법 또한 이 처녀작의 문학적 가치를 더하는 요소임이 분명하다. 디드로 문학의 특수한 감수성으로 말할 수 있을 이 기법은 대화의 형식을 빌려 작자의 개입, 이야기의 일탈, 삽입 등 열린 구조를 형성하며 《달랑베르의 꿈》, 《라모의 조카》, 《운명론자 자크》 등 미래의 걸작을 준비하고 있다. 이러한 시도와 실험은 자신의 문학과 철학에 대한 전망을 내놓는 것일 텐데, 디드로는 보석들의 이야기를 통해서 또 다른 전망을 제시하고 있는 것 같

---

7 Pierre Mesnard, *Le Cas Diderot*, Paris, PUF, 1952, p. 105.

다. 《입 싼 보석들》을 외설 소설로 규정한다면 이러한 전망은 물론 존재하지 않는다. 우화적 요소가 다분한 이 소설의 음란성은 남·여성의 성기를 뜻하는 '보석'이 말을 하는 기상천외한 발상에서 비롯된다. 하지만 《입 싼 보석들》은 제2부 16장의 "여행하는 보석"에 나오는 외설이야기를 제외한다면, 《귀부인들의 아카데미》, 《수도원의 비너스》, 《카르멜 수도회 접수계 수녀》, 《샤르트르 수도회 문지기 수사》 등 당시 포르노그래피 계열 소설의 음란성을 노골적으로 담지 않았다. 보석들의 독백이 남녀의 성적 결합을 통한 육체적 묘사에 있다 하더라도, 그것에 대한 상상을 유도하는 묘사가 대부분이며, 보석들이 폭로한 비밀들은 성적 테크닉이 아니라 오히려 여성들의 심리와 밀접한 관계가 있다.

이 심리상태는 소설에서 먼저 불안심리로 나타난다. 지마는 언제부턴가 베개 밑에 음란성 소설을 감춰 두고 읽고 있었다.[8] 부모에게 들킬까 봐 대놓고 읽지 못한다. 수치심과 정조는 여성의 제일 덕목이 아닌가. 화자는 그녀에게 계속해서 읽을 것을 종용한다. 왜? 정숙하다고 소문난 아글라에도 그 책을 이미 섭렵한 뒤다. 소녀의 호기심과 불안감이 교차한다. 정신적 성장통이라고 해야 할까? 그 갈등을 온전히 해소할 길이 없다. 성의 에네르기가 금기의 사슬을 끊고 나아가는 지점에는 어김없이 도덕적 비난의 화살이 기다리고 있음을 그녀는 알고 있기 때문이다. 이 불안감을 종식시키기 위해서는 누군가 이 '어둠'의 상상력을 '밝음'의 이치로 안내해 주어야만 할 것 같다.

《입 싼 보석들》의 여인들이 안내자의 역할을 자처한 듯 보인다. 그네들은 용감하게도 그 도덕적 금기에 도전하고 있기 때문이다. 이 여인들의

---

8 여기서부터는 옮긴이가 《불어불문학 연구》, 제66집(2006년 여름)에 게재한 〈디드로의 페미니스트적 시각—《입 싼 보석들》을 중심으로〉의 일부를 발췌한 것임을 밝혀둔다.

도전은 '바람'이란 형태로 나타난다. 하지만 그 용기는 먼저 만용으로 드러난다. 그녀들의 바람 행태를 보석들이 폭로하자 숨기기 바쁘다. 위반의 쾌감을 감당할 만한 힘이 그녀들에게는 없는가 보다. 사회 공동체의 법칙이 지닌 힘의 자장이 너무 세다. 대항 질서도 세우지 못하고 보편적인 윤리의 질서에 균열을 낸 여인들은 여성이란 성을 포기해야 할 판이다. 정조는 여성을 지켜주는 성城 같은 존재가 아니었던가? 이 여자들에겐 이제 나아갈 길이 없다. 이 길 없음은 자신의 본성을 지키지 못하는 안타까움과 그 결과 사회적 괴물로 취급받을 두려움 사이에 낀 이 여자들의 존재론적 딜레마다. 몸에게 거짓을 말하는 정신, 가슴을 표현하지 못하는 이 자유의 부재로 인해 이 여인들의 삶은 에네르기 없는 정념 그 자체다. 행복의 길을 내기 위해서는 정사情事를 그만두던지 정부情婦로 인정받을 결심을 하던지 양자택일을 해야만 했다.

이 선택의 중심에 《입 싼 보석들》의 진정한 풍자가 선다. 이 풍자는 개인의 생리학이 지닌 '일탈의 향연'과 사회의 생리학이 지닌 '부조리의 질서'를 '솔직함'의 거울로 비춘다. 이 거울은 여성과 사회 사이에 존재하고 있었던 성이란 벽의 문이다. 디드로의 관점에서, 애당초 이 문은 없었다. 그래서 디드로는 이 벽에 문을 만들기 위해 새로운 장치를 설치하지 않는다. 문제가 성이었다면, 성으로 하여금 성의 진실을 말하게 함으로써 이 성의 문제를 해결하도록 한다. 남녀 성기를 상징하는 보석이 그 문이 된다. 소통을 위해서 이 문은 늘 열려 있어야 하기 때문에 정직성은 곧 생명이다. 보석이 이 소설에서 '정직성'의 신탁으로 상징되는 이유다. 망고귈에게 신비의 반지를 건네주는 정령 퀴퀴파는 이 보석을 "여자들 몸에서 가장 솔직한" 부분으로, 망고귈은 진실에 앞선 아무런 편견이 없는 존재로 은유한다. 그도 그럴 것이 보석은 선험적인 추론을 할 수가 없기 때문에, 체험한 것만을 이야기한다. 더도 덜도 말고 아는 것만을 이야기하니 거짓이 있을 수 없다. 궁정의 한 여인의 말은 다분히 해학적이다. "한 여자의 연애 행각이 폭로되어야 한다면, 애인보다 보석을 통하는 게 더 낫겠네요. 〔…〕 그도 그럴 것이, 보통, 정부情夫는 입 싼 인간이 되기 전에는 불만에 차서, 그 때문에 상황을 과장하면서 분풀이할 생각에 사로잡히는 반면, 보석은 흥분됨이 없이 말하고 진실에 사족을 붙이지 않잖아요." 누구나 진실 앞에선 당당할 것이다. 감추고 싶었지만 진실이기에 여성들은 모니마의 생각처럼 보석들의 말을 겁내지 않는다. 알신의 생각처럼 성행위는 세상에서 가장 아름다운 일인지 모른다. 미르조자의 처소에 초대받은 궁정 여인들의 말처럼 섹스는 숨길 일이 아니다. 모두가 다 알고 즐겨 실천하는 일이다. 더구나 대부분의 여자들은 뇌일혈을 일으켜 죽느니 차라리 불명예를 택하겠다고 한다. 이제 여성들은 자기들의 보석이 무언가 말을 하기를 바란다. 보석은 주인들의 사랑이 육체적이고 일처다부의 욕망을 추구하고 있음을 알린다. 백퍼센트 순수함이 허구인 만큼 정조가 삶인 여인도 신화일 뿐이다.

이러한 정직성, 여성들의 자각은 성적 진실을 외면한 사회적 성향에 대한 비웃음이다. 진실의 비웃음은 본능의 자연성에 대한 환상을 일상의 삶으로 끌어올리기 위한 여성들의 욕망인 것이다. 현실의 문법이 가둘 수 없는 이 욕망은 디드로가 《철학적 사색》(1746)에서 역설한 정열의 변론과 이웃하고, 《프라드 사제 변론 속편》(1752)에서 '본능'이라고 부를 이 욕망은 인간의 의식에 앞선 아니 이 의식과는 상관없는 '무의지적인 감정'이기도 하다. 《부갱빌 여행기 보유》(1772)에 오면 이 욕망은 도덕적 관념을 용인할 수 없는 순수한 자연인의 개념으로 비추어진다. 민법과 종교법을 압도하는 자연권으로서의 이 개념은, 디드로의 관점에서, 남·여성 모두에게 보편적 울림을 갖는 보편적 크기를 갖는 것이다.

1748년의 《입 싼 보석들》은 인간의 본능을 누르는 정조와 수치심의 가면을 여성들의 속물적인 성적 체험을 통해 성적 존재에 대한 근본적인 질문으로 벗겨내려고 시도하는 디드로의 전투적인 에로티시즘을 보여주고 있다. 하지만 디드로는 이 전투성을 통해 여성의 성적 욕망에 쳐진 울타리를 제거하는 데 그쳤을 뿐, 울타리 밖으로 나온 욕망이 자율적으로 자신을 충족시킬 수 있는 윤리적 장치를 만들지 않았다. 물론 이 작품은 강간죄의 엄벌(제1부 25장)과 레즈비언 행위의 비난(제2부 8장)을 통해서 빗나간 관능의 윤리를 고발하고 있지만, 성적 자유의 무한한 권능을 허용함으로써 충실한 부부관계, 심지어 혼외관계의 충실이라는 것도 단순한 미망이라는 사실을 그리고 있다. 《입 싼 보석들》의 욕망을 단순한 쾌락추구의 도구로 한정시키지 않기 위해서는, 욕망의 자율성이 존재하는 질서, 즉 성과 자유와 질서를 조화롭게 순환시킬 수 있는 윤리가 필요하다. 디드로는 철학자였고 이 계급에는 그에 상응하는 윤리가 항상 존재했었다. 《부갱빌 여행기 보유》는 《입 싼 보석들》의 욕망을 존재의 사슬을 영속시키는 자연윤리의 권리와 의무로 승화시킨다. 이 권리와 의무는 《입 싼 보석들》의 부록 〈탐험가들〉편에서 암시되고 있다. 디드로는 이 작품에서 여성들에게 성적 권리를 찾아줌과 동시에 '좋은 풍속'에 맞는 자연의 질서를 세우려는 의도를 부록을 통해 보여줌으로써 1748년의 텍스트의 가치를 더욱 만족스럽게 만들 수 있었던 것이다.

《입 싼 보석들》의 말법은 진리와 진실을 찾아가는 작가의 인식의 틀이었다. 그들의 서술 언어는 직접 서술이고 그래서 할 말을 분명하게 한다. 그들의 진실은 생명의 현실이다. 그들이 하는 말은 삶의 현실과 관련된 것이요, 그들의 언어가 관능의 언어를 넘어선 상징의 언어가 되는 것은 바로 이때다. 이 상징의 언어는 작가의 의도를 품고 있다. 언어 밖의 무엇을 겨냥한다. 그래서 그들의 말 속에는 작가가 하고 싶었던 말이 담겨져 있고, 이 둘의 말은 딴 말이 안 될 것이다. 이 둘이 한 말은 이렇게 요약된다. 여성들의 현실은 사회 속의 현실이지만, 자연의 현실이기에, 보석들의 말은 자연과의 의사소통이며, 개인의 경험으로부터 보편의 경험으로 승화될 수밖에 없다. 이러한 의미에서 보석들의 말은 내일을 겨냥한 희망의 지성이다. 진정한 담론은 항상 미래에 속하며, 보석들의 말이 미래 담론의 개화를 위해서 바쳐질 수 있다는 점에서, 이 계몽주의 철학자는 두 세기 후에나 찾아 올 하나의 '혁명', 여성해방운동을 벌써 《입 싼 보석들》에서 준비하고 있었는지 모른다. 우리가 이 리베르탱 소설에서 찾을 수 있는 또 하나의 문학적 의의다.

* * *

불어불문학 전공을 하지 않은 사람들에게서 디드로에 대한 그들의 지식을 들을 때마다 내심 기뻤다. 물론 옮긴이가 아는 한도 내에서 고쳐주고 싶은 부분도 있었지만, 작품의 진실은 차치해 두고서라도 그들이 자신들의 전공에 적용하는 응용력이란 참으로 놀라웠다. 이는 아마도 미셸 푸코, 시몬 드 보부아르, 조르주 바타유 등의 작품 속에 간간이 언급된 디드로와 그 작품의 매력 때문이기도 하겠지만, 무엇보다도 우리에게는 '처녀지'였던 디드로에 대한 소개서와 그 작품들의 번역이 그들의 관심을 이끌어내는 데 한몫하였으리라 생각된다. 하지만 옮긴이에게 못내 아쉬웠던 점은 디드로의 처녀 소설이 국내에 소개되지 않고 있다는 사실이었다. 한 작가의 사상의 추이를 고찰하기 위해서는 항상 초기 작품부터 시작하는 법인데, 디드로의 4대 중·장편 소설 중 《라모의 조카》, 《수녀》, 《운명론자 자크》만이 오래전에 우리말로 번역이 되어 있을 뿐이었다.

전공자로서의 책임감이 앞섰지만, 디드로 특유의 해학과 회화투 번역에 자신을 할 수 없었던지라 마음을 쉽게 먹을 수 없었다. 마침내 큰 마음(?)을 먹고 번역에 착수하였고, 이 작품의 중요성을 강조하셨던 선생님께서 친히 교정을 해 주신다는 약속까지 얻어냈다. 번역의 어려움 때문에 진도는 예상과는 어긋났고, 선생님께 비교적 제대로 된 번역본을 보여 드려야겠다는 생각에 우리말 선택이 쉽지 않았다. 장고 끝에 악수가 나온다는 말이 옮긴이의 번역에 적용되지 않기만을 바랐다. 번역이 반 이상이 되어 갈 무렵, 선생님께서 돌아가셨다. 원고는 한 줄도 보여드리지 못했는데. 이 작품은 반드시 우리말로 번역이 되어야 한다는 선생님의 역설이 자꾸만 되새겨져서, 번역을 끝내야 하겠다는 생각만 앞섰나 보다. 선생님께서 주문하셨던 정성으로 다듬어진 '번역작품'에 이르렀다는 감정을 갖지 못했다.

디드로의 사대 소설 중, 최초의 소설이자 마지막 하나를 옮긴이가 완역을 했다는 데에 만족하고 싶다.

2007년 5월

정상현

입 싼 보석들

초판 발행 2007년 6월 15일
초판 1쇄 2007년 6월 15일

지은이 드니 디드로
옮긴이 정상현

펴낸곳 고려대학교출판부
www.kupress.com
kupress@korea.ac.kr
136-701 서울특별시 성북구 안암동
02-3290-4230, 4232
Fax 923-6311

찍은곳 한국컴퓨터인쇄정보

ISBN 978-89-7641-610-0 03860

값 12,000원

* 잘못 만들어진 책은 바꿔드립니다.